Robert Dugoni
Auf kalter Spur

Das Buch

Wer tief gräbt, findet mehr als die Wahrheit.

Als die Mordermittlerin Tracy Crosswhite mit ihrem Mann Dan und ihrer kleinen Tochter nach Cedar Grove zurückkehrt, lauern dort dunkle Erinnerungen auf sie. Hier wurde ihre Schwester brutal umgebracht, ein weiteres Mädchen starb einen gewaltsamen, nie geklärten Tod.

Nach einer Brandstiftung, bei der eine Reporterin stirbt, bittet die örtliche Polizei Tracy um Hilfe. Während auch Dan als Jurist einen mysteriösen Fall untersucht, ermittelt Tracy. Sie kommt einem Killer gefährlich nah – der längst sie und ihre Familie im Fadenkreuz hat …

Der Autor

Robert Dugoni ist der New-York-Times-Bestsellerautor der Tracy-Crosswhite-Serie, die mehr als zwei Millionen Exemplare verkauft hat und die es auf Platz 1 des Wall Street Journal und auf Platz 1 bei Amazon geschafft hat. »Das Grab meiner Schwester« wird derzeit für eine TV-Serie adaptiert. Dugoni ist auch Autor der David-Sloane-Serie und der Romane »The 7th Canon und »The Cynide Canary«, das von der Washington Post zum besten Buch des Jahres gewählt wurde.

Er war mehrfach Finalist für den International Thriller Writers Award sowie für den Mystery Writers of America Award in der Kategorie Bester Roman. Seine David-Sloane-Reihe wurde zweimal für den Harper Lee Award nominiert. Dugonis Bücher sind in über 20 Sprachen übersetzt worden. Mehr über Robert Dugoni können Sie auf seiner Website unter www.robertdugoni.com oder unter www.facebook.com/AuthorRobertDugoni erfahren.

ROBERT DUGONI

AUF KALTER SPUR

THRILLER

Aus dem Amerikanischen von
Dorothee Danzmann

Die amerikanische Ausgabe erschien 2020 unter dem Titel »A Cold Trail«
bei Thomas & Mercer, Seattle.

Deutsche Erstveröffentlichung bei
Edition M, Amazon Media EU S.à r.l.
38, avenue John F. Kennedy, L-1855 Luxembourg
August 2020
Copyright © der Originalausgabe 2020
By La Mesa Fiction, LLC
All rights reserved.
Copyright © der deutschsprachigen Ausgabe 2020
By Dorothee Danzmann

Die Übersetzung dieses Buches wurde durch Amazon Crossing ermöglicht.

Umschlaggestaltung: bürosüd° München, www.buerosued.de
Umschlagmotiv: © Trevor Williams / Getty; © makasana photo /
Shutterstock; © Ievgenii Meyer / Shutterstock; © norr / Shutterstock;
© Bernatskaya Oxana / Shutterstock
Lektorat: Rainer Schöttle
Korrektorat: Manuela Tiller/DRSVS
Gedruckt durch:
Amazon Distribution GmbH, Amazonstraße 1, 04347 Leipzig /
Canon Deutschland Business Services GmbH, Ferdinand-Jühlke-Straße 7,
99095 Erfurt /
CPI Books GmbH, Birkstraße 10, 25917 Leck

ISBN: 978-2-49670-486-0

www.edition-m-verlag.de

Für Detective Scott Alan Tompkins
King County Sheriff's Office
25. November 1969 – 9. September 2018
Ein guter Freund. Ein wunderbarer Mensch.
Ein engagierter Detective.
Er hatte immer ein Lächeln zu vergeben. War immer bereit zu helfen.
Er wird mir fehlen.
Aus unserem Leben gegangen, aber nicht aus unserer Erinnerung.
Auf ewig unvergessen.

PROLOG

Cedar Grove, Washington
1993

Heather Johansen versuchte vergeblich, sich Tränen und Regen aus den Augen zu wischen. Immer wieder peitschte ihr der Wind einen weiteren Schwall Tropfen ins Gesicht, bis sie kaum noch etwas sehen konnte. Sie ging die Landstraße entlang, wo es keine Straßenbeleuchtung gab, nur pechschwarze Dunkelheit, hoch bis zum wolkenverhangenen Himmel, an dem kein Mond leuchtete, der ihr den Weg hätte weisen können. Über dem dichten Blätterdach des Waldes der North Cascades ballten sich dicke Sturmwolken zusammen.

Die vom Regen schweren Äste der Bäume ließen bei jedem Windstoß zusätzliche Schauer auf sie niederprasseln, und obwohl Heather sich die Kapuze ihrer Windjacke fest um den Kopf gezurrt hatte, suchte und fand der erbarmungslose Regen jede Naht und jede Lücke in ihrer Kleidung. Kragen und Manschetten ihres langärmligen Hemdes waren bereits durchnässt, die Jeans klebten ihr an den Beinen wie dünne Leggins. Auch ihre Strümpfe waren nass, die Füße eiskalt, dabei sollten ihre Stiefel eigentlich wasserdicht sein. Noch schlimmer war allerdings, dass sie die sinkenden Temperaturen praktisch auf der Haut fühlte und erschrocken registrieren musste, wie aus dem Regen Eisregen wurde und einzelne Eisstückchen an ihrer Kleidung haften blieben. Bald spürte sie ihre Fingerspitzen nicht mehr und bei jedem Schritt taten ihr die Zehen weh.

Sie blieb stehen und warf einen verzweifelten Blick zurück, dorthin, woher sie gekommen war. Sollte sie umkehren, wieder nach Silver Spurs gehen? Sie hatte ein wenig die Orientierung verloren und hätte nicht sagen können, was näher lag, Silver Spurs oder ihr Zuhause in Cedar Grove. Hatte sie bereits mehr als die Hälfte der Strecke zwischen beiden Städtchen zurückgelegt? Und wenn sie wirklich zurückging, wen sollte sie anrufen? Wen konnte sie bitten, sie abzuholen? Ihre Eltern auf keinen Fall. Die dachten, sie übernachte bei Kimberly Robinson, die praktisch nebenan wohnte, nur eine halbe Meile von Heathers Elternhaus entfernt. Es blieb ihr keine andere Wahl, sie musste weitergehen.

Also beugte sie sich vor, stemmte sich gegen den Wind und setzte einen Fuß vor den anderen, wobei jeder Atemzug als kleines Wölkchen in die Dunkelheit schwebte und jeder Schritt unter dem Gewicht der immer gleichen Fragen noch schwerer fiel als ohnehin schon. Sie wusste einfach keine Antworten. Was sollte sie nur ihren Eltern erzählen? Was zum Teufel sollte sie tun? Hatte sie vorhin die richtige Entscheidung getroffen oder hatte sie sich von ihrer Angst leiten lassen und dumm verhalten? War sie einfach nur stur gewesen?

Vom vielen Weinen hatte sie Magenkrämpfe bekommen und musste stehen bleiben, zusammengekrümmt, die Hände auf die Knie gestützt. Als die Schmerzen nach etwa einer Minute etwas nachließen, richtete sie sich auf, atmete tief durch und musste feststellen, dass zwar die Krämpfe abgeklungen waren, das Wetter sich jedoch um keinen Deut verbessert hatte. Im Gegenteil. Die Bäume bogen sich unter dem heulenden

Wind und aus dem Eisregen war inzwischen richtiger Schnee geworden.

Es wurde immer schlimmer statt besser.

Heather schleppte sich weiter, schaffte aber nur ein paar Schritte, bevor ein neuer Gedanke sie erschrocken verharren ließ: Wohin konnte sie gehen, wenn sie es bis Cedar Grove geschafft hatte? Nach Hause wohl kaum – was sollte sie denn ihren Eltern erzählen? Kimberly kam ebenfalls nicht infrage, ihre beste Freundin käme dadurch nur in eine sehr unangenehme Lage. Und das wollte sie auf jeden Fall vermeiden, weswegen Kimberly auch nichts von ihrem Problem ahnte. Heather hatte sie nicht eingeweiht. Die Robinsons waren sehr streng und sie gehörten derselben Kirche an wie Heather und ihre Eltern. Sie würden ihre Tochter unter Druck setzen, wenn ihnen etwas seltsam vorkam, würden darauf bestehen zu erfahren, was Sache war. Das konnte Heather ihrer Freundin einfach nicht antun.

Sarah Crosswhite fiel ihr ein. Sarah und sie waren zwar nicht richtig befreundet, gingen aber in dieselbe Jahrgangsstufe. Bis zum Haus der Crosswhites war es nicht so weit wie bis zu dem von Heathers Eltern und vielleicht konnte sie mit Doc Crosswhite reden. Der hörte ihr bestimmt zu, ohne gleich zu urteilen. Er war Arzt, er würde wissen, was zu tun war.

Vor ihr blitzte ein Licht auf, ein flackernder Schein, ein Auto – farblich irgendwo zwischen Blau und Grau – bog gerade um die Kurve und kam näher. Einen Moment lang spürte Heather so etwas wie Erleichterung, dann folgte Panik. Sollte sie versuchen, das Auto anzuhalten oder nicht? Sie zögerte kurz, um dann entschlossen an den Rand der Fahrbahn zu treten. Es war einfach zu kalt, sie musste es versuchen. Sie hob die Hand, winkte.

Die Scheinwerfer waren inzwischen nah genug, um sie zu blenden. Heather senkte die Hand, schirmte die Augen ab.

Über das Heulen des Windes hinweg hörte sie Reifen quietschen und als sie aufsah, war das Auto mitten auf der Straße stehen geblieben. Heather näherte sich dem Fahrzeug von der Seite her, um dem grellen Scheinwerferlicht zu entgehen.

Die Fahrertür ging auf.

»Heather? Was machst du denn hier? Du holst dir doch den Tod in dieser Kälte!«

Mist! Heathers frohe Erwartung wandelte sich in fast so etwas wie Angst.

»Heather?«

Sie hob die Stimme, um den Sturm zu übertönen. »Ich muss zu den Crosswhites.«

»Zu den Crosswhites?«

»Fährst du mich hin?«

»Was willst du denn bei den Crosswhites?«

»Ich muss mir über ein paar Sachen klar werden. Bitte, fährst du mich hin?«

»Worüber musst du dir denn klar werden?«

Heather trat an die Beifahrertür. »Ist doch egal. Es geht um etwas Persönliches. Kannst du mich bitte einfach nur hinfahren?«

»So geht das nicht, Heather, du musst damit aufhören. Es war einfach nur ein Unfall. Ein Fehler.«

Heather zuckte zusammen, erstarrte.

»Denk daran, wem du hier allen das Leben kaputtmachst! Dir selbst doch auch.«

»Leben? Genau daran denke ich ja. Besonders an eins!«, rief Heather.

»Von wegen, du bist einfach nur stur. Und du reagierst viel zu emotional. Ich fahre dich zum Krankenhaus von Silver Spurs, du gehst da rein und wir alle können unser Leben weiterleben.«

»Ich gehe auf keinen Fall zurück, ich gehe zu Doc Crosswhite. Zu Fuß, wenn du mich nicht fährst.« Heather war schon halb am Auto vorbeigegangen, als die Stimme ihr zurief, sie solle stehen bleiben.

»Komm schon, Heather, steig ein! Wenn du dir dein Leben kaputtmachen willst, bitte, das ist deine Sache. Aber meins machst du nicht kaputt, dazu hast du kein Recht.«

Heather hörte, wie der Motor des Wagens hochgejagt wurde, hörte die quietschenden Reifen, die Mühe hatten, auf dem nassen Asphalt Halt zu finden. Als sie über die Schulter hinweg einen Blick nach hinten warf, hatte das Auto gewendet. Durch die wild tanzenden Schneeflocken hindurch sah sie die Scheinwerfer näher kommen.

Hastig sprang sie zur Seite, ließ das Auto an sich vorbeischießen. Einen Augenblick glaubte sie, es werde weiterfahren, zurück nach Cedar Grove. Aber dann leuchteten die Bremslichter auf, färbten die tanzenden Schneeflocken kurz blutrot. Die Fahrertür flog auf, im Wageninnern ging flackernd die Beleuchtung an, um gleich darauf wieder auszugehen, als die Autotür mit einem Knall zugeschlagen wurde.

»Hau einfach ab!« Heather ging mit großen Schritten am Wagen vorbei. »Hau ab und lass mich in Ruhe.«

Hinter sich hörte sie einen tiefen, kehligen Laut, der fast so klang wie ihr Hund, wenn etwas oder jemand sie beim Spaziergang überraschte. Unsicher geworden wandte sie sich um, sah sich erneut von den Scheinwerfern geblendet. Schützend hielt sie sich die Hand vor die Augen und konnte so im grellen Licht die Umrisse einer rasch näher kommenden Gestalt wahrnehmen, die in der hoch erhobenen Hand einen länglichen Gegenstand hielt.

Jetzt stand sie vor ihr, die Gestalt, und der längliche Gegenstand sauste nieder wie die Axt eines Holzfällers, traf sie am Kopf, zwang sie in die Knie. Heather kippte nach hinten, schlug mit dem Kopf auf den Straßenbelag.

Benommen lag sie da, sah hoch in den fallenden Schnee. *Seltsam,* dachte sie.

Mit einem Mal war ihr gar nicht mehr kalt.

Kapitel 1

Cedar Grove, Washington
Gegenwart

Tracy Crosswhite kam die Treppe herunter in die Küche, wo sie das Fläschchen mit frisch abgepumpter Muttermilch in den Kühlschrank stellte. Therese, die Kinderfrau, die Dan und sie probeweise eingestellt hatten, stand an der Spüle und prüfte mit der Hand die Temperatur des laufenden Wassers. Aus den in der Küchendecke eingelassenen Lautsprechern drang Popmusik und auf dem Küchentresen mit seiner Arbeitsplatte aus Granit stand neben der Spüle eine Babywippe, darin die kleine Daniella, nackt bis auf Hemdchen und Windel. Zwischen diesen beiden Kleidungsstücken lugte ihr Bäuchlein hervor und jedes Mal, wenn Daniella nach dem über ihr hängenden Spielzeug schlug – ein blauer Elefant mit roten Ohren und ein leuchtend gelber Löwe mit orangefarbener Mähne –, bewegte sich die Wippe.

»Muttermilch steht im Kühlschrank, Therese.« Tracy klappte den Kühlschrank zu. »Das reicht hoffentlich, bis wir wieder da sind. Wir bleiben auch nicht lange.«

»Wir kriegen das prima hin, Daniella und ich.« Therese war Irin, was man ihrem wunderbar weichen, melodischen Akzent deutlich anhörte. »Genießen Sie bloß in aller Ruhe Ihren freien

Abend, Sie und Mr O'Leary. Sie gehen doch heute das erste Mal aus, seit die Kleine da ist, richtig? Und wie lange ist das jetzt her?«

»Morgen werden es zwei Monate«, sagte Tracy. »Und ja, wir gehen heute zum ersten Mal wieder aus.«

»Das haben Sie sich ganz bestimmt verdient.«

Dan hatte Therese auf Empfehlung eines gemeinsamen Freundes eingestellt, nachdem Tracy zuvor sieben Bewerberinnen abgelehnt hatte. Bei Therese hatte er sie inständig gebeten, der Nanny doch eine Chance zu geben, wozu Tracy sich auch bereit erklärt hatte, solange abgemacht war, dass die Beurteilung von Thereses Kompetenzen letztlich allein bei ihr lag. Ihr blieben bis zur Rückkehr in die Abteilung für Gewaltverbrechen bei der Polizeibehörde von Seattle noch zwei Monate Elternzeit – falls sie denn zurückkehrte. Noch hatte sie die Entscheidung nicht getroffen.

Dan und sie waren mit Daniella nach Cedar Grove gezogen, weil ihr kleines Farmhaus in Redmond gerade auseinandergenommen und komplett neu aufgebaut wurde, um der Familie mehr Platz zu bieten. Cedar Grove deswegen, weil Dan das von ihm umgebaute Haus seiner Eltern hier als Wochenendhaus behalten hatte, um der Großstadt auch mal entfliehen zu können. Für Dan war das Haus wichtig, wobei Tracy es immer noch schwierig fand, nach Cedar Grove zurückzukommen und hier zu wohnen. Ihre Erinnerungen an die kleine Stadt waren alles andere als positiv, unter anderem auch, weil dazu die Erinnerung an das Verschwinden ihrer Schwester gehörte. Allerdings fiel ihr der Aufenthalt hier inzwischen mit jedem Besuch leichter und sie wollte ihrer Tochter gern die Chance geben zu erleben, wo ihre Eltern geboren und aufgewachsen waren.

Diesmal hatte der Besuch noch einen weiteren Grund außer dem Umbau: Dan sollte beim County-Kammergericht Larry Kaufman vertreten, den Besitzer des ehemaligen Warenhauses

Kaufman in der Market Street. Dan nannte die ganze Sache einen »Probelauf«, würde die gemeinsame Zeit in Cedar Grove Tracy doch Gelegenheit bieten, Therese kennenzulernen und ihre Arbeit einzuschätzen. »Wenn du einen Hund aus dem Tierheim adoptieren möchtest, darfst du ihn auch zur Probe mit nach Hause nehmen, ehe du dich endgültig entscheidest«, hatte er argumentiert. »Ist schon wahr, was Keanu Reeves in seinem Buch übers Elternsein schreibt: Wer einen Hund halten oder ein Auto fahren will, muss seine Eignung dafür nachweisen. Man braucht sogar einen Schein, wenn man angeln gehen will …«

»… bloß Vater werden, das erlauben sie jedem Arschloch einfach so«, hatte Tracy den von ihrem Mann gern zitierten Satz beendet.

Jetzt sah sie sich in der Küche um und entdeckte auf dem Boden die leeren Futterschalen von Rex und Sherlock. Die beiden mächtigen Rhodesians, die gut und gerne pro Kopf fünfundsechzig Kilo auf die Waage brachten, mochten es gar nicht, wenn man ihnen eine Mahlzeit vorenthielt. Dan war nachmittags mit ihnen joggen gegangen und hatte sie allem Anschein nach erfolgreich ausgepowert, sie lagen jedenfalls lang ausgestreckt auf ihren runden Hundebetten hinten im Wohnzimmer und schliefen tief und fest. Das durfte man als wahren Segen ansehen, neigten sie doch zum Schmollen, wenn Tracy und Dan ohne sie das Haus verließen.

»Ich sollte sie wohl lieber füttern, bevor wir gehen«, meinte Tracy jetzt.

»Auf keinen Fall!« Therese schob sich entschieden zwischen ihre Arbeitgeberin und die beiden Futternäpfe. »Machen Sie das bloß nicht! Sie sind schon umgezogen und machen sich mit dem Hundefutter bloß die schicken Sachen dreckig. Die stehen Ihnen übrigens prima, Sie sehen umwerfend aus.«

Tracy stöhnte. »Ich fühle mich auch umwerfend – mit all den Pfunden auf den Rippen und besonders mit denen hier oben könnte ich mühelos alles Mögliche umwerfen.« Sie legte sich die Hand unter eine Brust.

»Mr O'Leary habe ich noch nicht meckern hören«, versicherte Therese. »Schon gar nicht über Ihre obere Hälfte.«

»Meckern? Über was?«, wollte Dan wissen, der gerade in die Küche kam. »Ich meckere nie!«

Das stimmte, Dan beklagte sich selten, das war eine seiner vielen liebenswerten Eigenschaften. Tracy nannte ihn ihren »Mr Optimismus«, weil er die Welt so gern positiv sah.

»Auf jeden Fall nicht über meine Frau.« Dan schlang Tracy die Arme um die Taille. »Sieht sie nicht aus wie Charlize Theron? Also, hab ich jetzt Glück gehabt oder hab ich Glück gehabt?«

»Sie sind ein glücklicher Mann, Mr O'Leary. Daran kann kein Zweifel bestehen!«, versicherte Therese.

»Okay, ihr beiden ewigen Optimisten, wir wollen es nicht übertreiben«, sagte Tracy, die in der Schwangerschaft achtzehn Kilo zugenommen hatte und immer noch elf Kilo über dem lag, was sie sonst immer gewogen hatte. Der Arzt hatte ihr versichert, solange sie stillte, was für Daniella sowieso das Beste sei, werde sie die überflüssigen Pfunde schnell loswerden. Aber noch war es nicht so weit und insgeheim beneidete Tracy Therese um ihre gertenschlanke Figur. Mit ihren sechsundzwanzig Jahren sah die Kinderfrau so aus, wie Tracy vor fast zwanzig Jahren und einem Kind selbst einmal ausgesehen hatte: eine Langstreckenläuferin mit langen Beinen und schlanker Taille.

»Soll ich das Hemd lieber in die Hose stecken?« Dan trug das bunte Hemd, das Tracy ihm geschenkt hatte und das ganz eindeutig nicht zu denen gehörte, die man in die Hose steckte. Tracy seufzte. Sie hätte es gern gesehen, wenn ihr Mann in Kleiderfragen ein bisschen mehr Stil entwickelte. Eigentlich kannte er nichts anderes als Anzüge und, alternativ, ausgeleierte Shorts und T-Shirts.

»Es sieht prima aus«, versicherte sie. »Ich habe dir doch gesagt, dass man es so trägt.«

»Mir kommt es trotzdem vor, als sollte ich es lieber in die Hose stecken. Was meinen Sie, Therese?«

»Ich finde, Sie sehen ziemlich flott aus.« Therese drehte den Wasserhahn zu.

»Ziemlich flott. Das höre ich gern.«

Tracy verdrehte die Augen, bückte sich hinunter zu ihrer Tochter und rieb ihre Nase an deren weicher Wange. »Sei lieb zu Therese, ja? Krieg bloß keine Kolik und schrei nicht die ganze Zeit, wenn wir weg sind.«

Daniella strampelte gurrend mit den Beinchen und langte mit dicken Fingerchen nach Tracys Haar.

»Vielleicht sollte ich sie noch mal stillen, ehe wir gehen?«, fragte Tracy in die Runde.

»Wenn du sie noch mal stillst, kann Therese sie nicht mehr aus der Wippe holen«, mahnte Dan. »Und in ein paar Wochen können wir mit ihr Reklame für Goodyear-Reifen machen.«

»Gehen Sie ruhig«, drängte Therese sanft. Sie nahm das Baby aus der Trage und drückte es an sich. »Siehst du, meine Kleine? Das da, das wird deine Abendmutti sein und ich deine Tagesmutti.«

Tracy erstarrte zur Salzsäule, während heftige Muttergefühle sie im Innern aufwühlten. Dan, der wohl mitbekam, wie es ihr ging, legte ihr den Arm um die Schultern und drehte sie sanft zur Tür. »Komm schon, wir müssen wirklich los. Sonst können wir unsere Tischreservierung vergessen.«

»Wir melden uns vom Restaurant aus.« Tracy holte sich Wintermantel und Schal von der Garderobe neben der Haustür.

»Nein, tun wir nicht.« Als Dan die Tür öffnete, drang sofort eiskalte Luft ins Haus. »So war es abgemacht: keine Anrufe zu Hause, wenn wir ausgehen. Frühestens auf dem Rückweg.«

»Sie haben die Nummern von beiden Handys?«, erkundigte sich Tracy bei Therese.

»In meinem Handy gespeichert.« Therese nickte.

»Und schalten Sie die Alarmanlage ein«, bat Tracy.

»Bei zwei solchen Hunden im Haus?« Therese deutete mit dem Daumen auf die friedlich schlummernden Riesen im Wohnzimmer. »Den möchte ich mal sehen, der hier reinkommen will. Mit Rex und Sherlock an meiner Seite wird das ein kurzer Kampf.«

Draußen kniff kalte Luft Tracy in Wangen und Hände, als sie sich auf den Trittsteinen im Gras einen Weg zum Auto suchten. Der Februar hatte den North Cascades feuchtes Wetter beschert und ab und an schneite es auch wieder. Noch lagen große Schneeflecken vom letzten Mal herum und eine feine Schneeschicht bedeckte Äste und Zweige. Die Wettervorhersage hatte weitere Schneefälle angekündigt, doch an diesem Abend zeigte sich der Himmel in wolkenlosem Blau mit Vollmond.

Tracy kletterte auf den Beifahrersitz ihres neuen Subaru Outback, auf dessen Rückbank Daniellas Kindersitz prangte. Den alten Pick-up ihres Vaters, einen Ford Baujahr '93, hatte sie behalten, weil sie dachte, Daniella würde ihn später vielleicht gern fahren wollen. Dan hielt das für unwahrscheinlich. Wusste man denn, ob Autos überhaupt noch mit Benzin fuhren und einen Fahrer brauchten, wenn die Kleine so weit war?

Im Moment war der Outback die vernünftige und sichere Entscheidung, ein Panzer mit Allradantrieb und allen nur denkbaren Sicherheitsvorrichtungen, der auch dem Schlimmsten die Stirn bieten konnte, was Cedar Grove ihnen bieten mochte. Tracy fühlte sich verantwortungsbewusst, wenn sie ihn fuhr.

Verantwortungsbewusst, praktisch veranlagt und so alt wie Methusalem.

Während Dan mit Blick auf den Bildschirm der Einparkhilfe rückwärts aus der Einfahrt fuhr, betrachtete Tracy gedankenverloren die Lichter in den Fenstern des zweistöckigen Hauses vor ihnen. Ursprünglich war Dans Elternhaus ein einstöckiger Bungalow gewesen, den Dan zu einem zweistöckigen Heim im Stil von Cape Cod umgebaut hatte, ein Haustyp, den er während seiner Zeit als Anwalt in Boston kennen- und lieben gelernt hatte.

Dan langte nach ihrer Hand. »Es wird schon gut gehen mit Therese und unserer Kleinen.«

Tracy wischte sich eine Träne von der Wange.

»Es geht ihr gut, Tracy, und bestimmt läuft alles prima!«, wiederholte Dan geduldig. »Wir wollen doch nur essen. Sie verlässt uns nicht, um aufs College zu gehen!«

»Glaubst du, so sieht sie mich dann? Daniella? Bin ich für sie die Abendmutti?«

Dan grinste. »Du bist auf keinen Fall die Abendmutti, du bist die einzige Mutti. Das hat Therese nur gesagt, um dich zu beruhigen. Damit du dir keine Sorgen machst.«

»Ich weiß.« Tracy holte tief Luft, um vernehmlich wieder auszuatmen. »Ich habe einfach zurzeit ein bisschen nah am Wasser gebaut. Meine Hormone machen, was sie wollen, und ich fühle mich fett.«

»Du siehst aber nicht fett aus.«

»Sagte er und starrte ihr auf die Titten!«

»Hey! Darf man die Berglandschaft nicht mehr bewundern?«

Sie lachte. Dan brachte sie immer zum Lachen. Das war schon auf der Grundschule so gewesen, wo er den Prototyp des liebenswerten Trottels verkörpert hatte, ein Pummelchen mit Bürstenhaarschnitt und riesiger schwarzer Brille. Nie im Leben hätte sie sich damals eine Zukunft an seiner Seite vorstellen können, aber dann war Dan für sie da gewesen, als sie 2013 nach Cedar Grove zurückgekommen war, um den Fall des Mannes wieder aufzurollen, der wegen der Ermordung ihrer Schwester im Gefängnis saß. Sie hatten sich neu kennengelernt und Tracy hatte in ihm einen Mann gesehen, der den Ballast einer wegen der Untreue seiner Frau gescheiterten Ehe mit sich herumschleppte und sich trotzdem ein gütiges Herz und eine sanfte Seele bewahrt hatte.

»Los, fahren wir«, sagte sie jetzt. »Sonst sind wir noch unsere Tischreservierung quitt.«

»In Cedar Grove, an einem Wochentag?« Er zwinkerte ihr zu, legte den Fahrgang ein und sie machten sich auf in die Stadt.

Nicht lange, und sie hielten vor der einzigen Ampel von Cedar Grove, die an einem schwarzen Kabel über der Market Street baumelte und mit jedem Windstoß sanft schaukelte. Tracy staunte nicht schlecht, wie sehr sich die Hauptgeschäftsstraße seit ihrem letzten Besuch verändert hatte. »Erfolgreich ist Gary ja wirklich, das kann man nicht anders sagen«, meinte sie und bezog sich damit auf Gary Witherspoon, den Bürgermeister der Stadt. »Neue Bürgersteige, restaurierte Straßenlaternen, neue Schaufenster. So langsam sieht die Stadt wieder richtig lebendig aus.«

»Und das kriegt er hin, indem er den Familien die Häuser klaut, die hier seit zwei und mehr Generationen Geschäfte betreiben«, konterte Dan.

Er sollte am nächsten Morgen vor dem Kammergericht von Whatcom County erscheinen, um Widerspruch gegen einen von Cedar Groves Anwalt Rav Patel gestellten Antrag auf Urteilsfindung im Schnellverfahren einzulegen. Patel hatte mit diesem Antrag auf die Klage reagiert, die Dan im Namen seines Mandanten Larry Kaufman junior erhoben hatte. Kaufman beschuldigte Bürgermeister Witherspoon und den Stadtrat, ihm und anderen Gewerbetreibenden gegenüber fälschlicherweise behauptet zu haben, ihre Häuser entsprächen nicht mehr den Standards aktueller Bauvorschriften und die Renovierung koste mehr, als die Läden wert seien. Laut Kaufman hatte die Stadt den Ladenbesitzern auf diese Weise Angst einjagen wollen, damit sie an die Stadt verkauften. Die meisten waren auf entsprechende Kaufangebote gern eingegangen und hatten im so verdienten Geld ein Geschenk des Himmels gesehen, Bargeld für Unternehmen, die entweder bereits hatten dichtmachen müssen oder aber seit mehr als einem Jahrzehnt kurz vor dem Aus standen. Larry Kaufman, dessen Großvater das Warenhaus Kaufman's Mercantile Store eröffnet und dessen Vater im Geschäft hatte bleiben können, indem er den Laden teilte und seine Hälfte in eine Eisenwarenhandlung umwandelte, mochte fünfundsiebzig Jahre Familientradition nicht einfach so ad acta legen. Er lehnte das Angebot ab und als die Stadt Anstalten machte, seinen Laden trotzdem zu übernehmen, heuerte er Dan an.

Im flackernden Licht der Ampel ließ sich das eiserne Schild gut lesen, das ebenfalls über der Straße hing.

Willkommen in Cedar Grove,
Bergbauzentrum des Staates Washington!

In Cedar Grove arbeitete schon seit mehr als hundert Jahren keine Mine mehr und eine Bergbauzentrale des Staates war der Ort nie gewesen, aber laut Witherspoon war es für eine Stadt wichtig, sich ihrer Vergangenheit zu erinnern. So hatte er jedenfalls den Einsatz öffentlicher Gelder für dieses Werbeschild begründet, wobei es ihm offenbar nichts ausmachte, historische Fakten bei Bedarf ein bisschen zurechtzubiegen.

Cedar Grove war in den Vierzigerjahren des neunzehnten Jahrhunderts von Christian Mattioli zum Leben erweckt worden, der hier in den Bergen Gold, Kupfer und Kohle entdeckt und die Cedar Grove Mining Company gegründet hatte. Die Stadt war unterhalb der Mine entstanden, die mehrere Jahrzehnte lang sehr lukrativ gearbeitet hatte. Nur hatten sich die Bodenschätze irgendwann erschöpft, das Bergwerk stellte die Arbeit ein, die neu gebaute Bahnlinie ließ Cedar Grove links liegen und Mattioli tat es ihr nach, samt seiner Bergbaugesellschaft und der halben Einwohnerschaft. Zurück blieb, wer zwar zäh war und auch harte Arbeit nicht scheute, wem aber auch sonst nicht viel anderes übrig blieb. Tracys Vater war eine der Ausnahmen gewesen, ein Arzt, der freiwillig nach Cedar Grove gezogen war, um hier als Landarzt zu arbeiten, zu jagen, zu fischen und in der wilden Landschaft zu wandern. Doc Crosswhite, wie ihn alle bald nannten, hatte Mattiolis verfallenes Anwesen übernommen und in liebevoller Kleinarbeit restaurieren lassen, bis es wieder im alten Glanz erstrahlte. Für seine Töchter Tracy und Sarah war die von Bergen, Flüssen und Seen umgebene Stadt in ihrer ländlichen Idylle der ideale Ort zum Aufwachsen gewesen und Tracy hatte lange nie irgendwo anders leben wollen als genau hier, in Cedar Grove.

Dann war Sarah verschwunden, woraufhin sich alles, aber auch wirklich alles verändert hatte.

Nachdem die Ampel grün geworden war, fuhr Dan an dem Gebäude vorbei, in dem früher einmal die First National Bank residiert und in dem er nach seiner Scheidung und der Rückkehr nach Cedar Grove sein Büro gehabt hatte. Die großen weißen Steinquader waren vor Kurzem gereinigt worden, Fenster und Türen frisch gestrichen. Das sorgfältig renovierte Gebäude beheimatete inzwischen das Rathaus von Cedar Grove.

Nicht weit von *Grandma Billie's Bistro,* wo sie einen Tisch reserviert hatten, fand Dan einen Parkplatz. Laut der Stadtzeitung *Cedar Grove Towne Crier* hatten Grandma Billies Enkelinnen Elle und Hannah nicht nur die Rezepte ihrer Großmutter, sondern auch deren Liebe zum Kochen geerbt und einen kleinen Geschäftskredit aufgenommen, um das Bistro der alten Dame wiedereröffnen zu können.

»Sie scheinen auch umgebaut zu haben«, stellte Tracy fest, nachdem sie aus dem Auto gestiegen war und nun unter einer der frisch renovierten Straßenlaternen mit den schmiedeeisernen Pfählen stand. Hoch oben, unter der Laterne, flatterte ein dreieckiges Segel im Wind und warb immer noch für das Jazzfestival, das im vergangenen Sommer in der Stadt stattgefunden hatte.

»Gehört wohl alles zur Generalüberholung der Innenstadt«, kommentierte Dan.

»Es sieht auf jeden Fall großartig aus«, fand Tracy beim Anblick der grauen Markise über der vorspringenden Fassade. Im Schaufenster hingen handgeschriebene Speisekarten und unter der Markise stand eine schmiedeeiserne Sitzbank, daneben eine Stelltafel mit den Spezialitäten des Abends.

Glöckchen klingelten, als Dan die Tür aufzog, und während sie ihre Mäntel und Schals in der Garderobe am Eingang unterbrachten, kam Elle persönlich zu ihnen, um sie zu begrüßen und an einen Tisch nahe beim Fenster zu führen. Sie reichte ihnen Speisekarten und machte sie auf ein paar Besonderheiten des Abends aufmerksam.

»Sie waren ein Baby, als ich Sie das letzte Mal sah!«, sagte Tracy. »Ihre Schwester war noch jünger.«

Elle lächelte. »Bei Baby fällt mir ein, dass Sie doch eine kleine Tochter haben, nicht wahr?«

»Daniella.« Tracy zückte ihr Handy mit den Babyfotos. »Sie ist heute zwei Monate alt geworden.«

»Die ist ja total niedlich«, fand Ellen. »Kommen Sie beide denn wieder zurück? Werden Sie auf Dauer hier wohnen?«

Dan schüttelte den Kopf. »Nein. Aber wir behalten das Haus meiner Eltern als Wochenendhaus.«

Tracy sah sich um. »Das Restaurant sieht großartig aus.«

»Danke. Die Stadt ist insgesamt gerade dabei, sich zu verändern.«

»Ich hörte davon«, sagte Dan. »Ihr Umbau, war der sehr teuer?«

»Die Stadt hat uns einen Kredit gegeben, um den Laden an die aktuellen Bauvorschriften anpassen zu lassen und ein paar Jahrzehnte Staub loszuwerden. Für die Neugestaltung der Fassade haben wir beim Staat Washington Förderung beantragt und auch bekommen. Und jetzt sind wir jeden Abend ausgebucht!«

Im Raum standen ein Dutzend Tische, fast alle besetzt. Weiße Tischdecken, blutrote Kerzen und ein Dämmerlicht verströmender Kronleuchter ließen an ein Landgasthaus denken und ein Gaskamin strahlte mit bläulich-gelber Flamme Wärme aus. An den Wänden hingen neben Werkzeugen aus dem Bergbaubereich Spiegel aus dem achtzehnten Jahrhundert, die den Saal geräumiger wirken ließen.

»Am Essen Ihrer Großmutter haben Sie aber hoffentlich nichts geändert«, meinte Tracy.

»Würden wir nie tun!«, versprach Elle. »Wir kochen immer noch nach Billies Rezepten, haben aber auch ein paar eigene dazugenommen. Ich hole Ihnen erst einmal Wasser und Sie können sich in aller Ruhe die Speisekarte anschauen.«

»Lass es!«, warnte Tracy, kaum war Elle verschwunden.

»Was denn?« Dan gab sich unschuldig.

»Du weißt genau, was ich meine. Ich sehe es dir an der Nasenspitze an und deine Fragen waren doch wohl unmissverständlich. Du denkst an deinen Fall! Das ist gegen die Absprache. Keine Arbeit, hatten wir gesagt, keine Handys, kein Stress.«

»Ich wollte doch bloß wissen, was so eine Renovierung kostet«, protestierte Dan. »Es interessiert mich einfach.«

»Von wegen.«

Elle kam zurück, um ihre Wassergläser zu füllen, und Tracy hatte sich gerade in die Speisekarte vertieft, als die Glöckchen an der Tür weitere Gäste ankündigten. Sie sah auf: Roy Calloway und seine Frau Nora hatten gerade das Restaurant betreten. Calloway war über dreißig Jahre lang Polizeichef von Cedar Grove gewesen und 2013 nach einem heftigen Zusammenstoß mit Edmund House, dem Mörder von Tracys Schwester, in den Ruhestand getreten. Die Verletzungen, die er Edmund House verdankte, hingen ihm zum Teil immer noch nach und er humpelte, ging aber ohne Stock, weil er für solche Hilfsmittel viel zu stolz war. Mit seinen ein Meter fünfundneunzig und einer Brust, die an ein Fass denken ließ, füllte er, obwohl bestimmt schon über fünfundsechzig, mühelos den ganzen Türrahmen aus.

Calloway legte seine Winterjacke ab und zum Vorschein kam eine khakibraune Uniform, komplett mit goldenem Stern an der Brust. Lächelnd traten Nora und er zu Dan und Tracy an den Tisch. »Ihr könnt wohl auch nicht lange wegbleiben, was?«, begrüßte er die beiden.

Tracy deutete mit dem Kinn auf die Uniform. »Das sagt mir der Richtige. Was soll die Uniform? Ich dachte, Sie sind Rentner.«

»Ist er auch«, versicherte Nora. »Das ist nur vorübergehend.«

Calloway sah so aus, als hätte er eigentlich gern mehr gesagt, verstand wohl aber die Warnung in der Stimme seiner Frau. Sie hatte nicht vor, über seine Arbeit zu sprechen. »Wie lange bleibt ihr denn in der Stadt?«, fragte er.

»Ungefähr einen Monat«, antwortete Tracy. »Wir lassen unser Haus in Redmond umbauen.«

Calloway schien kurz über die Antwort nachzudenken.

»Wo ist denn das Baby?«, wollte Nora wissen.

»Zu Hause bei einer Nanny«, erklärte Dan.

»Dann wollen wir euren Abend zu zweit aber wirklich nicht weiter stören«, sagte Nora, ein deutlicher Wink mit dem Zaunpfahl an ihren Mann gerichtet.

»Ich habe das mit Finlays Frau gehört«, bemerkte Tracy. Kimberly Armstrong war bei einem Hausbrand ums Leben gekommen. Konnte das der Grund dafür sein, dass Calloway vorübergehend wieder den Polizeichef gab? Finlay Armstrong war damals Calloways Nachfolger geworden. »Wie geht es ihm?«

»Er ist beurlaubt«, antwortete Calloway in einer Art, die Tracy vermuten ließ, dass Finlay den Urlaub nicht ganz freiwillig genommen hatte.

»Wir gehen heute seit Daniellas Geburt zum ersten Mal wieder zusammen aus.« Dan nahm kein Blatt vor den Mund.

»Lasst es euch schmecken«, sagte Nora. »Das Essen hier ist immer noch wunderbar.«

»Nimm das T-Bone!« Calloway zwinkerte Tracy zu und sie musste unwillkürlich grinsen. Der Chief gab gern damit an, zäher als ein billiges Steak zu zwei Dollar zu sein, wobei die Zeit auch bei ihm die eine oder andere Ecke und Kante abgeschliffen zu haben schien. Tracy sah ihm und Nora nach, die einen Tisch in Kaminnähe ansteuerten.

»Lass das!«, zischte Dan, der sich in seine Speisekarte vertieft hatte.

Tracy drehte sich zu ihm um. »Was denn?«

»Das weißt du ganz genau, Tracy Crosswhite. Ich sehe es dir an der Nasenspitze an. Du wüsstest zu gern, warum Calloway wieder Polizeichef ist.«

»Von wegen Nasenspitze, du siehst mich doch gar nicht an!«

»Muss ich auch nicht. Die Abmachung war, keine Arbeit, keine Handys, kein Stress.«

Tracy griff brav zur Karte, jedoch nicht, ohne rasch noch einen kurzen Seitenblick Richtung Calloway zu werfen.

»Lass das!«, mahnte Dan.

Kapitel 2

Am nächsten Morgen brach Dan schon früh zum Kammergericht von Whatcom County auf. Es war ein strahlender Tag mit einem leuchtend blauen Himmel, an dem ein paar kleine weiße Wölkchen schimmerten. Eine prima Gelegenheit, fand Tracy, um einen Spaziergang zu machen und Therese Cedar Grove zu zeigen. Sie steckten Daniella in einen rosa Schneeanzug, zogen ihr die Kapuze fest um das kleine Gesicht, bewaffneten sich im Coffeeshop *The Daily Perk* mit Caffè Latte und schlenderten schon bald die Market Street entlang, wobei Tracy Daniellas Kinderkarre schob.

»Ich fand ja den Winter in Seattle schon kalt«, stellte Therese fest. »Dabei war das ja wohl noch gar nichts. Ganz schön abgefahren, was?«

Tracy erinnerte sich noch aus ihrer Jugend an diese kalten, klaren Tage, an denen die Luft fast zu knistern schien. »Glauben Sie, Daniella hat es warm genug?«

»Sie findet unseren Ausflug prima!«, versicherte Therese. »Sehen Sie doch, wie aufmerksam sie alles anschaut. Die tritt bestimmt mal in Ihre Fußstapfen und wird auch Detective.«

Daniella, die hellwach war, schien ihre Umgebung wirklich sehr aufmerksam wahrzunehmen.

Ihrer Mutter ging es ähnlich, denn jetzt bei Tageslicht fielen die Veränderungen in der Market Street noch deutlicher ins Auge als am Abend zuvor. Es hatte sich wirklich einiges getan, seit Gary Witherspoon das Amt des Bürgermeisters von seinem Vater Ed übernommen hatte, der vierzig Jahre lang die Geschicke der Stadt gelenkt hatte. Die Market Street hatte der Hauptstraße einer Geisterstadt geglichen, als Tracy Crosswhite 2013 nach Cedar Grove gekommen war, um die gerade erst entdeckten sterblichen Überreste ihrer Schwester zu beerdigen. Damals waren die Schaufenster fast aller Geschäfte mit Brettern vernagelt gewesen, viele der alten Läden hatten zum Verkauf gestanden oder neue Mieter gesucht und der Wind hatte Papierfetzen über die Bürgersteige geweht, die sich dann in Hauseingängen sammelten. Jetzt wurden in den Schaufenstern auf großen Plakaten Neu- und Wiedereröffnungen angekündigt. Demnach würde Cedar Grove bald ein weiteres Restaurant haben, sich anstelle des altmodischen Haushaltswarenladens einer Mikrobrauerei mit vierundzwanzig Zapfhähnen rühmen dürfen, im alten Trödelladen sollte eine Bäckerei eröffnen und im alten Billigwarenhaus eine Buchhandlung. Aus dem altmodischen Herrenfriseur sollte ein modischer Haarsalon werden. Der Drugstore an der Ecke blieb, ebenso das frisch renovierte Kino Hutchins' Theater, und auch das große Backsteingebäude mit dem verblassten Schriftzug »Kaufman's Mercantile Store« hoch oben an der Fassade wirkte unverändert. Hier sollte nach dem Willen der Stadtverwaltung bald ein großer Laden für Outdoor-Ausrüstung entstehen und interessierte Angler, Biker, Wanderer, Camper, Wildwasserkanuten, Skiläufer und andere Freiluftenthusiasten mit der nötigen Ausrüstung und Kleidung versehen.

Die Schaufenster waren nicht einsehbar, aber dahinter konnte man Bauarbeiten hören – Stimmen, die Anordnungen brüllten, und das Klopfen und Kreischen von Hämmern und Kreissägen.

An der Ecke Second Avenue und Market Street angekommen, warf Tracy einen Blick hinüber zum Polizeigebäude von Cedar Grove. Das einstöckige Haus aus Glas und Metall schien nicht Teil des allgemeinen Renovierungsprojektes zu sein. Sie musste an Roy Calloway denken. Warum war er wohl auf seinen Posten zurückgekehrt?

»Ich geh kurz einen alten Freund besuchen«, wandte sie sich an Therese. »Gehen Sie doch solange mit Daniella in den Park. Ich komme gleich nach, es dauert nicht lange.«

»Lassen Sie sich ruhig Zeit.« Therese übernahm die Karre und schob sie auf den Bürgersteig. »Daniella und ich, wir kommen prima klar.«

Tracy betrat das Polizeigebäude und wandte sich an die Polizistin hinter dem halbhohen Tresen im Eingangsbereich. Anders als in Seattle trennte hier kein kugelsicheres Glas die Beamtin von den Besuchern. Tracy zog die Identifikationskarte aus der Tasche, die sie als Detective auswies, und legte sie auf den Tresen. »Ich möchte zu Roy Calloway. Ist er da?«

»Ja.« Die Beamtin musterte erst den Ausweis, dann Tracy. »Erwartet er Sie?«

Tracy dachte kurz nach. Sie kannte Calloway gut, er war der beste Freund ihres Vaters gewesen. »Gut möglich.«

Gleich darauf zeigte sich Calloway in der Metalltür, die den Eingangsbereich vom Rest der Dienststelle trennte. »Tracy! Was für eine schöne Überraschung!«

»Ich war gerade in der Gegend und da dachte ich, ich schau mal kurz vorbei. Gestern Abend konnten wir ja nicht richtig miteinander plaudern.«

Calloway lächelte. »Komm mit nach hinten.«

Sie folgte ihm den Flur hinunter, über abgetretenes Linoleum, das unter den Neonlichtern glänzte, vorbei an der offenen Tür zu dem, was vierundvierzig Jahre lang Calloways Büro gewesen war. Die bunte Regenbogenforelle, die er vor langer Zeit am Yakima River gefangen und sich auf eine Schautafel hatte montieren lassen, hing nicht mehr an der Wand, wohl aber das Holzschild mit Calloways Lieblingsspruch:

Regel Nummer eins: Der Chief hat immer recht.
Regel Nummer zwei: Sollte er einmal nicht recht haben,
tritt automatisch Regel Nummer eins in Kraft.

»Das Schild habe ich Finlay dagelassen«, erläuterte Calloway, der sich umgedreht und mitbekommen hatte, wie Tracy einen Blick in sein altes Büro warf. »Aber den Fisch nicht. Für den habe ich mich anstrengen müssen.«

»Sie haben ihm auch Ihren Schreibtisch überlassen.« Man erkannte an den Kratzern im weinroten Holz nach wie vor deutlich, wo Calloway gern seine Füße in den Stiefeln Größe siebenundvierzig abgelegt hatte. Irgendwann würde man ihn tot hinter diesem Schreibtisch vorfinden, hatte Calloway früher gern erklärt, und außer als Leiche sei er aus diesem Job auch nicht wegzukriegen. 2013 wäre es fast so weit gewesen, wenn auch nicht gerade am Schreibtisch, und Calloways Hinken erinnerte Tracy lebhaft an jenen dramatischen Tag in den Bergen.

Sie gingen in den Konferenzraum, der mit den Bildern sämtlicher Polizeichefs geschmückt war, die seit dem Jahr 1950 hier Dienst getan hatten. Calloways Porträt hing nicht mehr als letztes in der langen Reihe, diesen Platz nahm jetzt Finlay Armstrong ein, dem der für diese Art von Konterfei nötige Ernst sichtlich schwergefallen war. Er sah jedenfalls so aus wie ein Mann, der nur mühsam ein Lächeln unterdrückt.

Calloway zog sich den Stuhl am Kopfende des Tisches zurecht, setzte sich, lehnte sich zurück und faltete die Hände im Schoß. »Kann ich dir etwas anbieten? Kaffee?«

Tracy legte Jacke, Mütze und Handschuhe ab, ehe sie sich neben Calloway setzte und ihren Pappbecher hochhielt. »Danke, ich hatte schon. Zu viel Koffein und Daniella schläft nicht. Und wenn sie nicht schläft, schlafe ich auch nicht.«

Calloway lächelte. »Danke, dass ihr uns die Geburtsanzeige geschickt habt. Ich habe mich sehr über die Nachricht gefreut.«

»Das war doch selbstverständlich. Sie waren der beste Freund meines Vaters.«

»Er fehlt mir auch jetzt noch. Ich wollte mit ihm jagen und angeln gehen, wenn ich mal in Rente bin, davon bin ich immer fest ausgegangen. Hatte sogar überlegt, ob ich mich auf diese Pistolenschießerei einlassen soll. Wie nennt ihr das gleich noch?«

»Single Action Shooting. Sarah und ich haben allerdings immer Cowboyschießen dazu gesagt.«

»Genau! Ich erinnere mich.«

»Heute beherrschen ganz junge Kids die Wettbewerbe«, sagte Tracy. »Sie sind schnell wie der Blitz, das liegt an den Videospielen. Sie sind viel schneller, als ich es je war.«

»Auch schneller als Sarah?«

»Das vielleicht nicht.« Tracy lächelte. Sarah war allgemein unter dem Namen »The Kid« gelaufen, weil sie Tracys kleine Schwester gewesen war. Aber wenn es ums Schießen ging, hatte niemand an Sarah herangereicht.

»Jetzt wo ich Daniella habe, fehlen mir die beiden womöglich noch mehr als vorher«, gestand Tracy. »Dad wäre ein fantastischer Opa gewesen, er hätte es so geliebt. Und Sarah hätte ihre Nichte nach Strich und Faden verwöhnt.«

Tracys Vater, James »Doc« Crosswhite, hatte sich aus Verzweiflung über das Verschwinden seiner Tochter das Leben genommen, als man allgemein davon ausgehen musste, dass sie ermordet worden war.

»Ja, er hätte es genossen!« Calloway nickte. »Dein Vater hat so vielen Menschen geholfen. Es fällt mir immer noch schwer zu begreifen, dass er sich selbst nicht helfen konnte.«

»Wie geht es Ihrem Bein?« Tracy wechselte von einem schmerzlichen Thema zum nächsten.

»Ich komme klar.«

»Immer noch zäher als ein Steak zu zwei Dollar?«

Calloway grinste verschmitzt. »Vielleicht bin ich im Alter ja ein wenig mürber geworden.«

»Ich sag es nicht weiter«, versprach Tracy. »Und Finlay? Wie kommt er klar?« Damit war ausgesprochen, was sie eigentlich hergeführt hatte und warum Calloway sich Zeit für sie nahm.

Der Chief räusperte sich und lehnte sich vor. »Ich bin sicher, es ging ihm schon mal besser.«

Tracy wartete.

Calloway nickte langsam. »Das Feuer war Brandstiftung. Das hat die Untersuchung ergeben. Jemand hat einen Brandbeschleuniger eingesetzt, Benzin aus einem Kanister, den Finlay im Werkzeugschuppen hinten auf seinem Grundstück aufbewahrte.«

Mit so einer Information hatte Tracy nicht gerechnet. »Echt jetzt?«

»Der Bericht des Brandmeisters ist gerade reingekommen. Das Feuer ist in Kimberlys Arbeitszimmer ausgebrochen. Ihre Leiche ist so stark verkohlt, dass man sie nicht wiedererkennt.«

Aber warum hatte Kimberly nicht flüchten können, als das Feuer ausbrach? Das hatte sich Tracy gleich von Anfang an gefragt, nachdem sie von dem Brand gehört hatte, der mitten am Tag stattgefunden hatte. »Und was steht im Bericht des Rechtsmediziners?«

»Genau das habe ich mich auch gefragt, weswegen ich in Bellingham angerufen habe. Ich konnte auch sofort mit dem

Gerichtsmediziner dort sprechen, bekam den schriftlichen Bericht allerdings erst vor zwei Wochen.«

»Sie starb nicht an den Folgen des Feuers?«

»Vielleicht ja doch. Aber sie konnte nicht flüchten, weil sie durch stumpfe Gewalteinwirkung auf den Hinterkopf daran gehindert worden war.«

Tracy setzte sich zurück. »Scheiße, Roy!«

Calloway schüttelte den Kopf. »Du sagst es. Der Schlag hat gereicht, um ihr die Schädeldecke zu zertrümmern. Vielleicht hat er sogar gereicht, sie zu töten. Irgendwie hoffe ich das sogar, denn wenn ich mir vorstelle, in einem Feuer zu sterben …«

»Habt ihr irgendwelche Verdächtigen?«

»Du weißt doch, wie das läuft.«

»Der Ehemann steht immer unter Verdacht. Ist Finlay deswegen nicht hier?«

Calloway schaukelte auf seinem Stuhl hin und her, ehe er sich vorbeugte und die Unterarme auf den Tisch legte. Die waren nach wie vor kräftig, die Muskeln wie geflochtenes Tau. »Kimberly wollte ein Buch schreiben. Du weißt doch, dass sie für den *Towne Crier* gearbeitet hat?«

»Irgendwann habe ich mal so was läuten gehört.«

Calloway nickte. »Sie war Reporterin.«

»Worum ging es denn in dem Buch?«

»Um den Mord an Heather Johansen.«

Der Name und das Verbrechen ließen Tracy aufhorchen. Heather Johansen war ein paar Monate vor Sarahs Verschwinden ums Leben gekommen. »Ich dachte immer, diesen Mord hätte man Edmund House zugeschrieben, als Teil seiner Mordserie.«

»Es gab keine Hinweise darauf, dass es jemand anders gewesen sein konnte. Für uns kam nur er als Mörder infrage, gerade auch, weil Heathers Tod und Sarahs Verschwinden so dicht beieinanderlagen. House schien sich da als Täter anzubieten.«

»Haben Sie ihn dazu befragt?«

»House?« Calloway nickte. »Er hat es abgestritten. Aber er hat ja auch geleugnet, Sarah getötet zu haben. Der Mann war ein Psychopath. Der hätte nie irgendetwas zugegeben.«

Heather Johansen war im Februar umgebracht worden, sechs Monate vor Sarahs Verschwinden im August. Beide waren achtzehn Jahre alt gewesen und beide verschwanden an einer Landstraße, Johansen in einer Nacht mit heftigem Schneefall. Man hatte ihre Leiche vier Tage, nachdem ihre Eltern sie als vermisst gemeldet hatten, gefunden.

»Heather Johansen starb auch an einem Schlag auf den Kopf«, sagte Tracy.

»Ich weiß.«

»Und Heather war auf der Highschool Finlays Freundin, nicht wahr?«

»Ja.« Calloway nickte. »Du erinnerst dich vielleicht, dass es zwischen den beiden nicht so gut ausging.«

Tracy erinnerte sich wirklich daran, obwohl sie vier Jahre älter gewesen war als Heather und damals im letzten Jahr aufs College ging, also nicht mehr zu Hause wohnte. Sarah hatte es ihr erzählt. In einer kleinen Stadt kannte jeder jeden und alle wussten von allem.

»Heather hatte sich kurz vor Weihnachten von Finlay getrennt, als der im letzten Schuljahr war«, erklärte Calloway. »Er hat sie danach gestalkt, und das wurde so schlimm, dass ich eingreifen musste.«

»Danach verließ er die Cedar Grove High, wenn ich das richtig im Kopf habe«, erinnerte sich Tracy.

»Er hat am Gemeindecollege von Bellingham den Schulabschluss gemacht, dort auch das College mit Schwerpunkt Strafjustiz besucht und ist nach entsprechendem Abschluss hier bei mir eingestiegen.«

Tracy dachte nach. »Warum arbeitete Kimberly an diesem Buch?«, fragte sie dann. »Was bezweckte sie damit?«

Calloway setzte sich zurück und strich sich mit der fleischigen Hand über das Gesicht. Er war in den vergangenen fünf Jahren gealtert. Sie beide waren älter geworden, dachte Tracy, wobei der Zwischenfall in den Bergen ihm mehr abverlangt hatte als ihr. Sein Silberhaar zeigte keinen Hauch mehr vom ursprünglichen Hellbraun und sein Gesicht sah selbst für einen Mann, der einen Großteil seines Lebens draußen verbracht hatte, ein bisschen zu verwittert aus. Calloway hatte nicht in Rente gehen wollen, da war sich Tracy ziemlich sicher. Wahrscheinlich hatte er nicht gewusst, was er mit sich anfangen sollte. Die Jahre als Polizeichef von Cedar Grove hatten seine Identität geprägt, waren weit mehr als nur ein Job gewesen. Der Chief zu sein hatte seinem Leben mehr als drei Jahrzehnte lang täglich einen Sinn gegeben.

Inzwischen ahnte Tracy, worauf diese Unterhaltung hinauslief. Aber sollte sich Calloway dem Thema ruhig langsam nähern, wenn ihm das lieber war.

»Kimberly wollte herausfinden, wer Heather umgebracht hat«, sagte er.

»Dann hielt sie House nicht für den Mörder?«, fragte Tracy, auch wenn sie sich die Antwort ja denken konnte. »Wieso nicht?«

»Das ist ein bisschen kompliziert.«

»Erklären Sie es mir von Anfang an, aber bitte möglichst in der Kurzversion. Ich möchte nicht, dass meine Tochter und mein Kindermädchen da draußen im Park erfrieren.«

»Okay. Finlay war damals ursprünglich unser Hauptverdächtiger gewesen, bis wir dann nach Sarahs Verschwinden House erwischt hatten. Kimberly jedoch hatte eine andere Theorie entwickelt und der zufolge deutete allerhand auf Ed Witherspoon hin.«

»Ed?«, fragte Tracy. »Wieso?«

»Heather hat stundenweise in Eds Maklerbüro gearbeitet, unter anderem auch an dem Tag, an dem sie verschwand.«

»Okay. Und?«

»Als Heathers Eltern anriefen und sie als vermisst meldeten, gaben sie an, mit ihrer Tochter am Tag ihres Verschwindens zum letzten Mal gesprochen zu haben, und zwar kurz bevor Heather am späten Nachmittag Eds Büro verließ. Sie hatte ihnen erzählt, sie wolle bei ihrer Freundin Kimberly übernachten, aber Kimberly wusste nichts von einer solchen Verabredung. Wir haben damals mit Ed gesprochen, weil wir wissen wollten, in welcher Verfassung Heather war, als sie Feierabend machte. Wir erkundigten uns außerdem, ob Finlay sie im Büro besucht hätte oder ob Heather über andere Beziehungen zu Jungs gesprochen hatte, ob sie sich verändert hatte. Was man eben so fragt.«

»Und? Was hat Ed gesagt?«

»Er sagte, Heather habe an dem Tag gearbeitet wie immer und er habe sie eine Stunde früher gehen lassen, damit sie auf jeden Fall sicher nach Hause käme. Ein Sturm braute sich zusammen.«

»Ed ist der Letzte, der sie lebend gesehen hat?«

»Die letzte Person, von der wir wissen.«

»Hatte er ein Alibi?«

»Er sagte, er war zu Hause, und Barbara hat das bestätigt. Ihrer Aussage nach sind sie den ganzen Abend zu Hause geblieben. Das hörte sich logisch an, fand ich, denn der Wetterbericht hatte den ersten richtigen Wintersturm des Jahres vorhergesagt, der dann ja auch kam. Jede Menge Schnee ist an dem Abend gefallen.«

»Warum glaubte Kimberly denn, es könnte Ed gewesen sein?«

»Weil sie dachte, Barbara Witherspoon hätte gelogen.«

»Und wie kam sie darauf?«

»Wegen eines Details im Polizeibericht, das wir nie an die Öffentlichkeit gegeben haben. Kimberly wusste davon, sie hatte die Ermittlungsakte eingesehen. Ihrem Antrag auf Herausgabe von Behördendaten war stattgegeben worden, denn wir hatten die Akte geschlossen, weil wir ja Edmund House für den Mörder hielten.«

»Was hat Kimberly denn herausgefunden?«

»In der Nacht, in der Heather verschwand, waren sechzehn Zentimeter Neuschnee gefallen, aber als wir am nächsten Morgen kamen, um mit Ed zu reden, lagen auf der Kühlerhaube seines Wagens nur vier Zentimeter Schnee. Ich habe das in meinen Bericht aufgenommen.«

»Also dachte Kimberly, das Auto wäre in der Nacht bewegt worden.«

»Genau, das war ihre Theorie.«

»Was sagte Ed dazu?«

»Er sagte, er wisse nicht, warum bei ihm weniger Schnee läge als anderswo und vielleicht hätten die Bäume, die um sein Haus standen, sein Auto ja geschützt.«

Tracy dachte nach. »Hatte Finlay ein Alibi für den Abend und die Nacht?«

»Ja und nein. Er hatte ein Seminar am College in Bellingham, aber wegen der Unwetterwarnung schickte der Dozent alle früher nach Hause. Finlay gab an, auf der Heimfahrt nach Cedar Grove habe es zu stürmen begonnen, weswegen er langsam habe fahren müssen und erst spät nach Hause gekommen sei.«

»Haben Sie das nachgeprüft und kamen seine Aussagen hin?«

»Dass er erst spät zu Hause war? Ja. Seine Eltern haben das bestätigt. Und sein Dozent gab an, dass er an dem Abend beim Unterricht war.«

»Okay, aber hatte er genügend Zeit, nach Cedar Grove zurückzufahren und Heather umzubringen?«

»Es wäre knapp geworden, aber ja, er hätte es schaffen können.«

Tracy dachte nach. »Weitere Verdächtige?«

»Nur Edmund House. Nachdem wir House hatten, haben wir den Fall abgeschlossen.«

»Eine logische Entscheidung, die beiden Fälle glichen sich ja wirklich sehr«, meinte Tracy. »Aber House hat Kimberly ja nun eindeutig nicht umgebracht.«

»Nein, das hat er eindeutig nicht getan.«

»Wer wusste, dass Kimberly das Buch schreibt?«

»Der Verleger des *Towne Crier*, die Johansens, Finlay. Und wahrscheinlich noch ein paar andere in der Stadt. Hier in Cedar Grove ein Geheimnis zu wahren ist schwieriger als in einer Studentinnenverbindung. Das weißt du doch.«

Sie betrachtete Calloway einen Moment lang nachdenklich. »Sie glauben doch nicht ernsthaft, dass Finlay seine Frau umgebracht hat, oder, Roy?«

»Ich weiß nicht mehr, was ich glauben soll, Tracy. Nicht nach dem, was mit Sarah und dem Prozess von House passiert ist. Aber eins weiß ich: Ich werde zu alt für diesen Job. Es wird zu viel für mich.«

»Kimberly muss doch in der Stadt Fragen gestellt haben. Sie muss mit Leuten gesprochen, nach Dokumenten gesucht haben.«

»Hat sie wahrscheinlich auch. Jetzt kommt noch eine Info, die wir nie an die Öffentlichkeit gegeben haben: Laut Bericht des Brandermittlers brach das Feuer in Kimberlys Arbeitszimmer aus, wo ihr Computer stand und sie sämtliche Rechercheunterlagen aufbewahrte. Laut Finlay hatte sie Ordner zum Fall Heather, aber die haben sich in den Flammen alle in Rauch aufgelöst. Und da ist noch etwas. Ich wusste erst nicht, ob es zu allem anderen passt, aber jetzt scheint es definitiv der Fall zu sein.«

Tracy setzte sich zurück. Wartete. Calloway stieß hörbar die Luft aus, was ein bisschen nach einem Wal und seinem Luftloch klang. »Jason Mathews«, sagte er.

Tracy schüttelte den Kopf. »Wer ist Jason Mathews?«

»Da warst du schon weg, nach Seattle gezogen.«

Tracy hatte die Stadt verlassen, nachdem das erste Verfahren gegen Edmund House zu dessen Verurteilung geführt hatte. Für sie war diese Verurteilung von Anfang an nicht korrekt gewesen und sie hatte weiter nach der Wahrheit über den Tod ihrer Schwester geforscht, was den Leuten von Cedar Grove irgendwann zu viel geworden war. Tracys Verhalten damals hatte einen Keil zwischen sie und die Bewohner ihrer Heimatstadt getrieben, hatte sie selbst ihrer Mutter und Roy Calloway entfremdet. Sie war nach Seattle gezogen, um all dem zu entkommen und ihre Ausbildung zur Polizistin anzufangen.

»Dieser Mathews kam aus Montana, wo er als Strafverteidiger gearbeitet hatte. Er war nach seiner Scheidung in Rente gegangen, sodass seine Ex-Frau keine Zahlungen mehr von ihm verlangen konnte, und ist hierhergezogen.«

»Wann war das?«, wollte Tracy wissen.

»So um 2013.«

»Bevor ich für House die neue Verhandlung durchgesetzt hatte?«

»Danach. Mathews hat hier ein Haus gekauft und umbauen lassen, Eric Johansen hat bei diesem Umbau geholfen und sie sind ins Gespräch gekommen, haben sich über Heathers Ermordung unterhalten. Du hattest öffentlich infrage gestellt, dass House Sarah umgebracht hatte, und so fragte man sich natürlich auch, ob er wirklich Heathers Mörder war. Eric kam mit Mathews überein, dass der sich die Sache mal ansehen sollte. Im Austausch dafür wollte Eric einige der Tischlerarbeiten am Haus übernehmen.«

»Und wie weit ist dieser Mathews gekommen?«

»Er tauchte hier mit einer Vollmacht auf, die ihn befugte, Nachforschungen im Namen der Johansens anzustellen, und bat um Einsicht in die Ermittlungsakte. Ich ließ ihn einen entsprechenden Antrag ausfüllen.«

»Hat er etwas gefunden?«

»Das werden wir nie erfahren. Er ist tot. Jemand hat ihn erschossen.«

Tracy ließ Calloway nicht aus den Augen. Langsam bekam sie das Gefühl, hier in eine Falle gelockt zu werden. Calloway kannte die Tochter seines besten Freundes so gut wie jeder andere in Cedar Grove, wahrscheinlich sogar besser. Er wusste, sie war dickköpfig und stur wie ihr Vater und ließ so schnell nicht locker, wenn sie sich erst einmal in etwas verbissen hatte. Deswegen hatte sie sich damals auch nicht damit abfinden können, dass es keine Erklärung für Sarahs Tod geben sollte. Es war ihr von ihrer Persönlichkeitsstruktur her einfach nicht möglich aufzugeben, ohne Antworten gefunden zu haben. Selbst wenn sie bei der Suche nach diesen Wahrheiten ihr Leben riskierte.

»Wie meinen Sie das, er wurde erschossen?«, wollte sie jetzt wissen.

»Wäre einfacher, es dir zu zeigen, als es zu erklären.«

Tracy warf einen Blick auf die Uhr. »Heute nicht, Daniella und die Nanny warten auf mich. Was ist mit den Johansens? Hat Mathews irgendetwas Interessantes für sie herausfinden können?«

Calloway schüttelte den Kopf. »Nicht, dass ich wüsste.«

Tracy schaute noch einmal auf die Uhr. Sie musste wirklich dringend zu Daniella, sonst würden sie und ihre Tochter beide unglücklich sein. Zeit, zum Kern der Sache zu kommen.

»Möchten Sie, dass ich mir das ansehe, Roy?«

»Ging mir so durch den Kopf.« Er zuckte die Achseln. »Aber du hast jetzt das Baby und es wäre nicht fair. Ich finde schon jemand anderen.«

So hatte Roy Calloway immer schon Bitten formuliert, ohne sie direkt aussprechen zu müssen.

»Ich bin in Elternzeit«, erklärte Tracy. »Bis unser Haus so weit ist, dass wir einziehen können, dauert es bestimmt noch ein bisschen.«

»Du hast das Baby. Die Kleine kommt an erster Stelle.«

»Ja, das tut sie. Gleichzeitig arbeite ich gerade eine Nanny ein. Wie soll ich beurteilen, wie sie sich macht, wenn ich die ganze Zeit auch da bin?«

»Dann möchtest du dir die Sache gern anschauen?«

Tracy lächelte. Typisch Roy, eine Frage mit einer Gegenfrage zu beantworten, es so aussehen zu lassen, als wäre Tracy ganz scharf auf den Job. »Lassen Sie mich erst mal in Seattle nachfragen, ob die überhaupt einverstanden wären. Ich bin noch neu in dieser Elternzeitsache, aber ich glaube schon, dass sie es absegnen werden.«

»Und was ist mit Dan?«

Was soll mit ihm sein?, hätte Tracy fast gefragt, fing sich aber gerade noch rechtzeitig. »Ich bespreche es mit ihm.«

»Ich weiß das zu schätzen, Tracy.« Calloway bedachte sie mit dem stahlharten Blick, der früher jedes Kind der Stadt in Angst und Schrecken versetzt hatte. »Ich muss dir ja wohl nicht sagen, dass, falls ich mit meiner Vermutung richtigliege und diese Todesfälle zusammenhängen und sich irgendwie herumspricht, dass du dich damit befasst …«

»Schon verstanden, Roy. Allerdings weiß ich auch, dass sich mein Job allgemein wahrscheinlich nicht besonders gut mit dem Muttersein verbinden lässt. Wäre eine prima Gelegenheit, gleich jetzt herauszufinden, ob ich ihn immer noch machen will.«

»Besprich das mit Dan. Lass dir ein paar Tage Zeit und denk über alles nach, bevor du eine Entscheidung triffst. Und wenn du dich dagegen entscheidest, wenn du es nicht versuchen willst, dann verstehe ich das. Ich würde es dir nicht nachtragen.«

KAPITEL 3

Kammergericht Whatcom County
Bellingham

Dan O'Leary hatte Mühe, nach außen hin ruhig und entspannt zu wirken. Bisher gelang es ihm ganz gut und jeder, der ihn hier am Anwaltstisch neben seinem Mandanten sitzen sah, während Rav Patel den Antrag der Stadt Cedar Grove auf ein Urteil im Schnellverfahren begründete, hätte ihn als gelassen und ungerührt eingeschätzt. Sein Kuli ruhte auf dem Notizblock, er selbst hatte sich mit übereinandergeschlagenen Beinen zurückgelehnt, fand Patels Ausführungen offenbar nicht wichtig genug, um sich Notizen zu machen. Was in gewissem Sinn auch zutraf, denn er wusste, was der Anwalt von Cedar Grove geltend machen wollte: Laut Patel konnte Larry Kaufman, der neben Dan saß und sich in seinem Anzug nicht richtig wohl zu fühlen schien, weder den Bürgermeister Gary Witherspoon noch Mitglieder des Stadtrats verklagen, weil diese unter dem Schutz der Public Duty Doctrine standen. Nach dieser Regel durften Personen, die im Sinne des Allgemeinwohls öffentliche Aufgaben wahrnahmen, nicht für ihre diesbezüglichen Handlungen angeklagt werden.

Patel war nicht dumm und kannte sich ganz offensichtlich in Richter Doug Harveys Gerichtssaal gut aus. Von daher hatte er sich in seinem schriftlichen Antrag kurzgefasst, seine Begründung einfach gehalten und hoffte nun, den Richter davon überzeugen zu können, dass es für die Ablehnung von Kaufmans Beschwerde solide, gut eingeführte rechtliche Gründe gab. Wenn er das hinbekam, konnte Kaufman einpacken, noch bevor Dan richtig losgelegt hatte.

Interessanter als Patels Argumente fand Dan die Tatsache, dass der Anwalt sie selbst vortrug.

Cedar Grove besaß wie andere Städte auch eine Rechtsschutzversicherung, um jemanden von außen anheuern zu können, wenn die Stadtverwaltung eine gerichtliche Auseinandersetzung zu bestehen hatte. Aber anstatt diese Angelegenheit an die Versicherung weiterzugeben und eine Kanzlei in Bellingham mit der Wahrnehmung ihrer Interessen zu beauftragen, zog man es in Cedar Grove vor, den eigenen Rechtsbeistand den Antrag auf ein Urteil im Schnellverfahren begründen zu lassen. Warum?

Vielleicht hatte Patel vor, sich auf diesen Antrag heute zu beschränken. Falls er erfolgreich war, dann musste nicht zusätzlich noch eine teure Kanzlei hinzugezogen werden. Und wenn er mit dem Antrag scheiterte, konnte er immer noch jemand anderen mit der weiteren Arbeit beauftragen. Klang alles irgendwie ganz logisch, nur witterte Dan als typischer Anwalt an jeder Ecke eine Verschwörung. So auch hier.

Leah Battles, Dans Mitarbeiterin, hatte herausgefunden, dass Rav Patel im selben Jahr als Rechtsbeistand von Cedar Grove angefangen hatte, in dem Gary Witherspoon Bürgermeister geworden war. Eine Tatsache, die sie nicht zu Unrecht interessant fand. Also hatte sie weitergebohrt und herausgefunden, dass Patel genau wie Witherspoon seinen Universitätsabschluss an der Washington State University in Pullman gemacht hatte, wo die beiden Mitglied derselben Studentenverbindung gewesen waren. *Tau Kappa Epsilon.* Konnte Patels Entscheidung, die Angelegenheit erst einmal im Haus und ohne fremde Hilfe zu regeln, damit zu tun haben, dass Kaufman Witherspoon Betrug vorwarf? Sollten diese Anschuldigungen nach Möglichkeit nicht über Cedar Grove hinaus bekannt werden, in dieser Zeit, in der die Stadt nach weiteren Investoren suchte, um der Innenstadt neues Leben einzuhauchen?

»In allen Verfahren wegen Fahrlässigkeit ist die Frage entscheidend, ob der Beklagte dem Kläger gegenüber eine Fürsorgepflicht hat«, führte Patel gerade aus. Er war ein zierlicher Mann mit einem deutlichen Anflug von Bartstoppeln, dem der Anzug ein wenig zu weit saß, als hätte er in jüngster Zeit abgenommen. Seine Stimme hatte etwas ungeheuer Monotones und hätte bestimmt auch jemanden einschläfern können, der ansonsten unter Schlaflosigkeit litt. Richter Harvey jedoch wirkte wach und aufmerksam. Und genau darin lag unter Umständen das Problem.

Dem äußeren Anschein widersprechend fühlte sich Dan nämlich alles andere als ruhig und zuversichtlich. Patels Argumente leuchteten ein, aber nur, wenn man sich die Sache nicht genauer ansah. Dan hatte seit fünf Jahren in Whatcom County keinen Fall mehr verhandelt und war nicht mit Richter Harvey vertraut. Er konnte nicht einschätzen, ob der Richter sich die Zeit nehmen würde, tiefer in die Sache einzusteigen, oder ob er sich für die einfachere Lösung entschied und Dan gleich hier und jetzt aus seinem Gerichtssaal komplimentierte.

»Die Gerichte in diesem Staat haben schon lange anerkannt, dass zwischen den Pflichten der Regierung, die sich auf das öffentliche Wohl, und denen, die sich auf das Wohl des Einzelnen beziehen, ein Unterschied besteht«, sagte Patel. »Die Public Duty Doctrine sieht keine Haftung einer Regierungsbehörde oder ihrer Angestellten vor, es sei denn, der Kläger kann aufzeigen, dass die Pflicht, die verletzt wurde, ihm als Individuum geschuldet war. Um es anders zu formulieren, wie wir es auch in unserem Antrag getan haben: ›Die Pflicht allen gegenüber ist nicht die Pflicht einem Einzelnen gegenüber.‹«

Patel, deutlich zufrieden mit seinem Vortrag, gestattete sich ein Lächeln und machte dann noch etwa zehn Minuten in gleicher Art weiter. Richter Harvey stellte im Anschluss keine Fragen, weswegen Dan schlecht einschätzen konnte, in welche Richtung der Mann tendierte.

Dan war gerade aufgestanden, um Patel am Rednerpult abzulösen, als Harvey sich vorbeugte und ihn mit tiefer Raucherstimme ansprach, eine Falte zwischen den Brauen und markante Krähenfüße um die Augen: »Mr O'Leary, das Gericht tendiert dazu, dem Rechtsbeistand von Cedar Grove zuzustimmen.« Das war kein guter Anfang. »Die Gerichte dieses Staates haben entschieden, dass der Sinn der Public Duty Doctrine darin besteht, die Angestellten der Stadt zu schützen, wenn sie ihrer Arbeit nachgehen. Dazu gehört auch das Durchsetzen der auf Landesebene beschlossenen Bauordnung. Warum sollten wir diese Vorschriften hier nicht anwenden?«

Dan legte seinen Ordner auf dem Podium ab, erinnerte sich daran, dass Leah Battles ihm die Mahnung mit auf den Weg gegeben hatte, Richter Harvey nicht mit langem Reden um den heißen Brei zu traktieren, und sagte: »Die einfache Antwort auf diese Frage, Euer Ehren, lautet: Weil die staatliche Bauordnung in diesem Fall nie hätte durchgesetzt werden dürfen.«

Richter Harvey zog die Brauen hoch.

»Die Bauordnung wird hier völlig zu Unrecht herangezogen«, fuhr Dan fort. »Eine völlige Verdrehung der Tatsachen soll das Betrugsmanöver verschleiern, und mit der Berufung auf baurechtliche Vorschriften wird mein Mandant eingeschüchtert. Wenn ich das kurz erklären darf?«

»Das sollten Sie dann wohl lieber tun.« Richter Harvey lehnte sich zurück, einen halbwegs erwartungsvollen Ausdruck im Gesicht.

»Der Rechtsbeistand von Cedar Grove hat die Public Duty Doctrine korrekt zusammengefasst und auch die Gründe, warum diese Regel besteht. Auf die Fakten in diesem Fall kann sie jedoch nicht angewendet werden.«

»Warum nicht? Zu dieser Regel gibt es vier Ausnahmen. Auf welche beziehen Sie sich?«, wollte Harvey wissen.

»Auf keine von ihnen.« Die Falte zwischen Richter Harveys Augen wurde tiefer. »Wir müssen uns auf keine Ausnahme beziehen, weil die Doktrin selbst hier nicht anwendbar ist. Sie greift nämlich nicht, wenn ein Regierungsorgan als Eigentümer handelt. In diesem Fall unterliegt die betreffende Behörde nämlich derselben Fürsorgepflicht wie ein Privatmensch, der einer solchen Aktivität nachgeht. Und sobald sich eine Behörde mit einem Geschäftsprojekt befasst, handelt sie in der Rolle eines Eigentümers.«

»Und mit welchem Geschäftsprojekt war die Stadt Cedar Grove in diesem Fall befasst?« Richter Harvey klang nicht gerade überzeugt.

»Kauf und Verkauf von Grundbesitz von und an Privatpersonen. Darf ich? Um das zu erklären, bedarf es einer kurzen Reise in die Geschichte von Cedar Grove.«

Harvey grinste. »Geschichte ist mein Steckenpferd, Herr Anwalt. Schießen Sie los, aber fassen Sie sich kurz.«

Dan hatte mehrere Schautafeln vorbereitet, die er jetzt auf eine Staffelei stellte. Die oberste hatte etwas von einem Stammbaum, mit dem Namen Christian Mattioli ganz oben. Dan deutete darauf und fasste die Geschichte von Cedar Grove zusammen. »Kurz nachdem Mattioli hier Edelmetalle entdeckt hatte, zogen Menschen nach Cedar Grove, entweder um in den Bergwerken zu arbeiten oder um Zulieferbetriebe wie etwa Läden für Bergwerksausrüstung und Arbeitskleidung zu gründen. Das Geschäft meines Mandanten entstand zusammen mit einigen anderen in der Straße, die später als Market Street bekannt wurde.« Dan deutete auf die Umrisse dieser Gebäude auf seiner Schautafel. »Zu diesen Geschäften gehörten die First National Bank und Western Union Telegraph, eine Apotheke, ein Hotel mit Restaurant und Kaufman's Mercantile Store. Nach dem Donation Land Claim Act von achtzehnhundertfünfzig konnte das Land hier an Bewerber vergeben werden, die dort wohnten oder es bearbeiteten. Der Großvater meines Mandanten kaufte einen Großteil des Landes auf, das jetzt als Market Street bekannt ist, und errichtete auf einem Teil davon das heute noch existierende Backsteingebäude. Weitere Teile verkaufte er an andere Geschäftsinhaber. Von daher gehörte an der Market Street der Grund, auf dem Geschäftshäuser entstanden, den Besitzern dieser Geschäfte und ihren Nachkommen und nicht der Stadt Cedar Grove.«

»Was für einen Unterschied gibt es da?«, fragte Harvey. »Eine Stadt kann doch trotzdem Bauvorschriften durchsetzen.«

»Es ist deswegen wichtig, weil all diese Geschäfte eine Zeit lang sehr erfolgreich waren, dann aber nicht mehr. Nachdem die Metallvorkommen der Gegend erschöpft waren und die Cedar Grove Mining Company die Arbeit einstellte, verließen viele Menschen die Stadt, weswegen die Geschäfte in der Market Street nach und nach in eine Krise gerieten. Einige Unternehmer konnten sich auf andere Geschäftszweige verlegen, und ihre Läden existierten weiter, aber nach und nach gaben die meisten Eigentümer auf und machten ihre Betriebe dicht. Was diese Gebäude betrifft, also diejenigen, die mehr als ein Jahr leer standen, so hat der Rechtsbeistand von Cedar Grove recht. In diesem Fall darf eine Stadt die Bauvorschriften in ihrer neuesten Fassung durchsetzen, bevor ein solches Geschäft wiedereröffnen kann. Wobei allerdings niemand wiedereröffnen wollte! Die Stadt hat die Bauvorschriften benutzt, um die Besitzer unter Druck zu setzen, damit sie ihre Geschäftshäuser und den Grund, auf dem sie standen, an die Stadt verkauften. Aber ...«, inzwischen war Dan beim letzten Schaubild auf der Staffelei angelangt, »mein Mandant, Larry Kaufman, ist der Enkel von Emmet Kaufman, der Kaufman's Mercantile Store in dem Backsteingebäude eröffnete, in dem sich das Geschäft heute noch befindet. Der Vater meines Mandanten, Larry Kaufman senior, teilte den Laden in der Mitte und wandelte die eine Hälfte in einen Eisenwarenladen um, der heute noch existiert. Anders als die Geschäfte, die aufgegeben wurden und leer standen, blieb Kaufman's Mercantile Store geöffnet und ist seit der Zeit um achtzehnhundertfünfzig in Betrieb.«

Harvey musterte Dan interessiert und nickte kaum merklich. »Dann vertreten Sie also den Standpunkt, dass die ursprüngliche Bauordnung in diesem Fall ausschlaggebend bleibt?«

»Genau. Als Gary Witherspoon nun also zweitausendvierzehn auf Larry Kaufman zuging und ihm mitteilte, sein Gebäude müsse, was die Bauvorschriften betrifft, auf den neuesten Stand gebracht werden, handelte er entweder in Unkenntnis oder aber in betrügerischer Absicht.«

»Lassen Sie uns von betrügerischer Absicht ausgehen«, sagte Harvey. Das Ganze bekam mehr und mehr etwas von einem Schachspiel, fand Dan. »Welchen vernünftigen Grund hatte Ihr Mandant, den Behauptungen des Bürgermeisters zu glauben?«

»Vielleicht keinen. Aber er hatte Gründe, dem Bauinspektor zu glauben, der im Auftrag von Cedar Grove sein Haus untersuchte. Im Anhang an unseren Widerspruch befindet sich ein Bericht dieses von der Stadt beauftragten Bauinspektors.«

Richter Harvey suchte in seinen Unterlagen nach dem entsprechenden Anhang und fing an, ihn aufmerksam zu lesen.

»Als mein Mandant sich weigerte, sein Geschäftshaus zu räumen oder für einen Spottpreis zu verkaufen, beschlagnahmten Bürgermeister Witherspoon und der Gemeinderat das Gebäude mit der Begründung, es sei baufällig und damit eine Gefahr für die öffentliche Sicherheit. Auch das war fingiert. Das Gebäude wurde nicht für baufällig erklärt, weil man die Öffentlichkeit schützen wollte. Man wollte meinen Mandanten so aus seinem Haus vertreiben, damit die Stadt als neuer Besitzer das größte Gebäude an der Market Street an die Northwest Company verkaufen konnte, eine etablierte Handelskette, die mit Outdoor-Ausrüstung, Geräten und Kleidung handelt. Im Anhang zu unserem Antrag, Euer Ehren, finden Sie das Expertengutachten eines ehemaligen Bauinspektors der Stadt Seattle.« Dan wartete ab, bis Richter Harvey auch diesen Bericht gefunden hatte, ein gutes Zeichen dafür, dass die Aufmerksamkeit des Mannes nicht nachgelassen hatte.

»In diesem Bericht steht, dass Kaufman's Mercantile Store nicht baufällig war. Im Gegenteil. Wie bei vielen älteren Backsteingebäuden war die Konstruktion nach heutigen Maßstäben sogar übermäßig solide angelegt. Selbst nach den heutigen Bauvorschriften waren die Mängel von daher minimal und entsprechende Reparaturmaßnahmen hätten von meinem Mandanten leicht vorgenommen werden können.«

Harvey setzte sich zurück und wippte mit seinem Stuhl.

»Zusammenfassend, Euer Ehren, hat die Stadt als Privatbesitzer von Immobilien gehandelt, was keine Regierungsfunktion ist, und hat danach falsche Angaben gemacht, um meinen Mandanten unter Druck zu setzen, damit er verkauft. Als er sich weigerte, bediente sich die Stadt in betrügerischer Manier der Bauordnung, um das Gebäude als unsicher einzustufen, zwang meinen Mandanten zur Schließung seines Geschäfts und verpflichtete ihn zu aufwendigen und kostspieligen Reparaturen. Die Public Duty Doctrine greift hier nicht.«

Patel stand auf, um etwas zu erwidern, wurde aber von Richter Harvey gestoppt, der die Hand hob. »Ich glaube, ich habe heute in dieser Sache von beiden Seiten genug gehört. Betrachten Sie den Fall als vorgetragen. Meine Entscheidung werden Sie morgen Nachmittag erfahren.«

Als Dan den Gerichtssaal verließ, fühlte er sich wie ein Mann, der gerade auf ziemlich dünnem Eis einen Fluss überquert: Noch hielt es, aber wie lange? Und was waren die Konsequenzen, wenn es dann doch brach?

Kapitel 4

Cedar Grove

Am Nachmittag zu Hause beantwortete Tracy Dans Fragen nach ihrem Tag möglichst vage. Sie wollte den richtigen Zeitpunkt abwarten, um ihm von ihrer Unterhaltung mit Roy Calloway zu berichten. Dan hatte ausführlich von der morgendlichen Anhörung erzählt und sie hatte ihm gern und interessiert zugehört. Nach dem Abendessen brachte sie Daniella zu Bett, die die nächsten paar Stunden hoffentlich schlafen würde, und als sie wieder nach unten kam, hatte es sich Dan mit seinen Unterlagen am Küchentisch gemütlich gemacht und Therese sich in ihr Zimmer zurückgezogen, um den Eheleuten ein bisschen Privatleben zu gönnen.

Tracy feuchtete an der Spüle einen Lappen an und versuchte, den Milchflecken zu entfernen, den Daniella auf ihrem Hemd hinterlassen hatte.

Dan sah auf. »Wenn du mich mit einem nassen T-Shirt in Wallung bringen willst, muss schon reichlich mehr Wasser zum Einsatz kommen.«

Sie lächelte. »Träum weiter. Ich komme mir vor, als hätten sich in meinem BH zwei Zeppeline eingenistet.«

»Von denen einer explodiert zu sein scheint.«

»Nein, das war das Werk deiner Tochter.«

»Dann übergibt sie sich immer noch?«

»Der Arzt sagt, ich soll mir keine Sorgen machen, es ist nur ein Säurereflux.« Sie deutete mit dem Kinn auf die Papiere und Schriftsätze, die auf dem Tisch verteilt lagen. »Du wirkst nicht besonders zuversichtlich.«

Er schilderte Tracy seine Einschätzung von der Dynamik der Anhörung. »Ich hätte nach Court Rule sechsundfünfzig F argumentieren und den Richter bitten sollen, uns mehr Zeit zum Recherchieren zu geben, aber ich wollte es nicht noch komplizierter machen. Ich prüfe gerade, ob ich noch einen unterstützenden Antrag nachreichen kann.«

»Weißt du denn, wann er seine Entscheidung treffen will?«

»Morgen.« Dan seufzte.

»Therese und ich waren mit Daniella in der Market Street spazieren.« Tracy robbte sich langsam an ihr Thema heran. »Die Innenstadt sieht ziemlich gut aus, Dan, besser, als sie je ausgesehen hat, wenn du mich fragst. Sie arbeiten an den Bürgersteigen, bauen die Geschäfte um, beleben die Schaufenster neu. Ich weiß nicht genau, wie Gary das finanziert – laut Presseberichten mit Fördermitteln aus Bundes- und Landestöpfen –, aber er schafft es.«

»Ja, indem er Geschäftsleute verschreckt und mit Drohungen aus ihren Häusern vertreibt, die er ihnen dann für einen Apfel und ein Ei abkauft. So schafft er das.«

»Vielleicht, aber ...«

»Aber was?«

»Warum sollte irgendwer glauben, ein neuer Laden könnte erfolgreicher sein als der, der dichtmachen musste?«

Dan setzte sich zurück. »Das weiß ich nicht genau. Ich weiß bloß eins: Schon Garys Vater hat nie etwas getan, bei dem für ihn nichts heraussprang, und dein Vater hat immer gesagt, der Mann wäre so korrupt, der würde sich selbst nicht mehr über den Weg trauen.«

Tracy lächelte bei der Erinnerung. »Gut möglich, dass etwas für Gary herausspringt, aber vielleicht möchte er die Stadt auch einfach nur so dastehen sehen, wie sie einmal war. Er ist hier geboren und aufgewachsen, genau wie wir. Vielleicht hat er auch eine Schwäche für die Stadt, wie sie mal war. Hutchins' Theater sieht wieder aus wie das alte Hutchins'. Wir haben so viele gute Erinnerungen daran.«

Dan legte seinen Kuli ab und starrte in die Ferne. »Samstagnachmittags in der letzten Reihe sitzen und rumknutschen, den ganzen Film lang. Ach, wie gut ich mich daran erinnere.«

Sie lachte. »In deinen Träumen. Du hast mich nie auch nur angerührt!«

»Habe ich gesagt, dass ich von dir gesprochen habe?«

»Ach ja? Wer war sie denn?«

»Hey, das sind meine Erinnerungen! Wirf da kein kaltes Wasser drauf! Das spar dir lieber für dein Hemd.«

»Nasses T-Shirt, wildes Rumknutschen in aller Öffentlichkeit – kann es sein, dass du scharf bist, Dan O'Leary?«

»Wie ein Hirsch in der Brunft.«

»Und als Tochter eines Jägers weiß ich genau, was das bedeutet. Vielleicht lässt sich da ja was machen.«

Er stand auf. »Das hoffe ich doch sehr.«

»Da wäre noch etwas!«, sagte sie, bevor er den Tisch räumen konnte, denn eigentlich hatte sie vorher noch etwas anderes besprechen wollen.

Dan setzte sich wieder. »Du weißt schon, wie gefährlich es ist, einen brünstigen Hirsch aufhalten zu wollen?«

»Gestern im Restaurant hatte ich das Gefühl, Roy Calloway würde sich gern mal mit mir unterhalten.«

»Das Gefühl hattest nicht nur du, das Gefühl hatte so ungefähr jeder da im Restaurant.«

»Also habe ich ihn heute auf der Dienststelle besucht. Ich wollte wissen, warum er wieder arbeitet.«

»Weil er Nora zu Hause in den Wahnsinn getrieben und sie ihn rausgeschmissen hat?«

»Nein, mit Nora hat es nichts zu tun. Eher mit Finlay.«

»Finlay? Finlay Armstrong?«

Tracy erzählte von ihrer Unterhaltung über die drei Mordfälle und vom roten Faden, der sie miteinander zu verbinden schien.

»Er möchte, dass du dir das mal anschaust«, fasste Dan anschließend zusammen.

Tracy nickte. »Er hat nicht den nötigen Abstand, ist zu eng mit Finlay befreundet. Er braucht jemanden von außerhalb der Dienststelle.«

»Und du hast ihm erklärt, dass das nicht geht, oder?«

Seine Antwort überraschte sie. »Ich habe gesagt, ich bespreche das mit dir.« Eigentlich hatte Calloway ihr geraten, die Idee mit Dan zu besprechen, aber das ließ sie lieber unerwähnt.

»Musst du das denn?«

Dans Ton hatte sich verändert, das war deutlich zu hören. Die Unterhaltung hatte eine unerwartete Wendung genommen. Dan schien davon ausgegangen zu sein, dass Tracy Calloways Bitte abschlagen würde. Das war ihr nicht recht. »Was soll das heißen?«, wollte sie wissen.

»Musst du denn wirklich mit mir reden?«

»Ich habe gehört, was du gesagt hast. Aber was du damit andeuten willst, wüsste ich gern.«

»Ich deute gar nichts an, ich frage nur. Musst du wirklich mit mir darüber reden? Du erzählst mir von drei brutalen Morden, von denen zwei, wenn Calloway richtigliegt, höchstwahrscheinlich begangen wurden, um das ursprüngliche Verbrechen zu vertuschen. Was veranlasst dich zu der Annahme, die betreffende Person könne nicht auch noch einmal töten?«

»Gar nichts. Genau das glaube ich ja.«

»Okay. Lass uns genauer werden, immerhin hast du mich gefragt. Was bringt dich dazu zu glauben, dass die Person nicht auch dich umbringen wird, wenn du anfängst, Fragen zu stellen?«

Genau hier lag das Problem, mit dem sie sich auch selbst bereits herumgeschlagen hatte. Tracy blieb ganz ruhig. »Ich bin Polizistin, Dan. Ich bin Mordermittlerin. Das ist mein Beruf.«

»Nein, das ist nicht dein Beruf! In deinem Beruf kriegst du einen Mord im Gang-Milieu auf den Tisch oder einen Drogentoten, oder ein Junge wird sauer auf seine Freundin und erschießt sie. In deinem Beruf sammelst du genügend Beweise, um jemanden vor Gericht stellen zu können. Das ist nicht dasselbe, wie in einem Wespennest herumzustochern und zu hoffen, dass dich keine sticht.«

»Wenn Calloway recht hat, dann hat die Person, von der wir reden, ein achtzehnjähriges Mädchen und eine Ehefrau und Mutter umgebracht und ist damit durchgekommen. Sie hat unglaubliches Leid verursacht und kam unbehelligt davon!«

»Und wer weiß, wie viel weiteres Leid die Person weiterhin anderen zuzufügen bereit ist?«

Wie Tracy es hasste, sich mit einem Anwalt zu streiten! »Jemand hat vor fünfundzwanzig Jahren Sarahs Tod dazu benutzt, um den Mord an Heather Johansen zu vertuschen.«

»Das hat nichts mit dir und dem, was du getan oder nicht getan hast, zu tun«, erwiderte Dan aufgebracht. »Calloway hatte für sich entschieden, dass es House war.«

»Haben Heathers Eltern nicht das Recht zu erleben, wie ihr Mörder seine gerechte Strafe bekommt? Dasselbe Recht, wie meine Familie es hatte?«

»Dann lass uns hoffen, dass es Heathers Familie damit ein bisschen besser geht als deiner.«

»Was soll das heißen?«

»Das liegt doch wohl klar auf der Hand. Dein Vater hat sich das Leben genommen und du hättest deines um ein Haar verloren.«

Tracy wäre so gern wütend geworden, riss sich aber zusammen. »Das war jetzt ein fieser Schlag unter die Gürtellinie, Dan. Das hast du nicht nötig.«

»Das sind die Tatsachen.«

Sie versuchte es auf einer anderen Schiene. »Und was ist mit Finlay?«

»Was soll mit ihm sein?«

»Hat er nicht das Recht darauf, dass der Mörder seiner Frau gefunden und sein Name reingewaschen wird?«

»Natürlich hat er das. Wenn er es nicht getan hat.«

»Finlay hat es nicht getan.«

»Du hast auch mal gesagt, Edmund House hätte deine Schwester nicht umgebracht.«

Diesmal konnte sie ihren Zorn nicht zügeln. »Wirst du mir das ernsthaft immer wieder aufs Butterbrot schmieren?«

»Ich habe nicht vor, dir irgendetwas aufs Butterbrot zu schmieren, Tracy. Ich möchte einfach nur nicht, dass dir etwas passiert … erneut etwas passiert. Ich mache mir Sorgen um dich und ich mache mir Sorgen um unsere Tochter. Wenn du meine Gefühle nicht berücksichtigen willst, dann denk wenigstens an *sie*.«

Tracy stand auf. »Du weißt verdammt genau, dass ich nie etwas tun würde, das unter Umständen unserer Tochter schaden könnte!«

»Aber du wirst diesen Fall übernehmen, sehe ich das richtig?«

»Warum hast du Larry Kaufmans Fall übernommen?«

Jetzt war auch Dan aufgestanden. »Das ist nicht dasselbe. Ich laufe nicht Gefahr zu sterben, wenn ich Larry Kaufman vor Gericht vertrete.«

»Warum hast du seinen Fall übernommen, Dan? Warum sitzt du an diesem Tisch in Cedar Grove, spät am Abend, und suchst nach weiteren Argumenten für die Verhandlung? Warum hast du dieses Haus nicht einfach verkauft, als sich die Gelegenheit dazu ergab?«

»Weil das mein Beruf ist, Tracy. Ich bin Anwalt. Ich helfe Leuten, die Hilfe brauchen.«

»Das mache ich auch!«, sagte sie. »Und du weichst meinen Fragen aus.«

»Nein, das tue ich nicht.«

»Erzähl mir nicht, bei deiner Entscheidung, Larry Kaufmans Fall zu übernehmen, wäre es nicht wenigstens zum Teil auch darum gegangen, dass er eben Larry Kaufman ist, ein Mann, der deinen Vater kannte. Ich weiß, wie viel du um die Ohren hast. Du brauchtest diesen Fall nicht. Du hättest ihn ablehnen können.«

Dan schüttelte den Kopf. »Es ist nicht dasselbe, Tracy.«

»Das hier war auch mal mein Zuhause, Dan, und ich hoffe, später einmal wird es auch Daniella etwas bedeuten. Etwas Gutes, etwas Positives. Nicht die Scheiße, mit der ich leben musste. Wir haben darüber gesprochen, dass Daniella wissen sollte, wo ihre Eltern aufgewachsen sind. Findest du, *das* sollte sie kennenlernen? Eine Stadt, die Leute betrügt, sie um ihre Häuser und Läden bringt? Eine Stadt, in der Leute sterben und keiner bereit ist, etwas dagegen zu unternehmen? Willst du sie ernsthaft hier Zeit verbringen lassen, wenn jemand rumläuft und Leute ermordet? Behaupte bloß nicht, ich würde nicht an unsere Tochter denken, Dan! Hau mir das nicht um die Ohren!«

»Jetzt bist du meiner Frage ausgewichen.«

»Behandele mich nicht, als wären wir in einem Kreuzverhör!«, gab sie zurück. »Ich sitze nicht bei dir im Zeugenstand.«

»Wie lautet deine Antwort denn nun?«

»Lass es sein, habe ich gesagt!«

Dan nickte. »Das habe ich mir gedacht. Du willst meine Meinung nicht hören. Du willst nur meine Zustimmung.« Er schüttelte den Kopf. »Tut mir leid, Tracy, aber diesmal nicht. Diesmal musst du die Entscheidung ganz allein treffen.«

Kapitel 5

Als Tracy gegen Abend von draußen kommend die Haustür aufdrückte, ließ sie zusammen mit einem Windstoß auch einen kleinen Schneeschauer herein. Sie schleppte einen Umzugskarton mit sich. Therese, die auf einem hohen Hocker vor einer Staffelei gesessen und an einem Bild des Gartens gearbeitet hatte, stand auf, um ihr zu helfen. Dan hatte sich in sein Arbeitszimmer verzogen. Ihre Auseinandersetzung hing immer noch in der Luft, fast so kalt wie der Wind draußen.

Tracy bedankte sich bei Therese, stellte den Karton ab und streifte sich die Schuhe von den Füßen, die sie für den kurzen Weg in die Garage nicht zugeschnürt hatte.

Der tosende Wind draußen hörte sich an wie ein Güterzug, der jeden Moment über das Haus rollen konnte. »Bläst ganz schön da draußen, was?«, meinte Therese.

Tracy verstaute ihre Schuhe unter der Garderobe. »Und die Temperatur sinkt weiterhin.«

Sie zog ihre lange Daunenjacke fester um sich und schlurfte auf Socken zum Kamin mit den munteren roten Flammen hinter dem Glaseinsatz, stellte sich mit dem Rücken davor und ließ sich vom Gebläse warme Luft hinten an die Beine pusten.

»Viel besser!«, seufzte sie.

»Das Gebläse ist angesprungen, während Sie in der Garage waren«, erklärte Therese. »Hier drin ist es jetzt bullig warm. Ich dachte ja schon, ich muss gleich raus, um Sie zu retten, weil Sie doch nur ein Minütchen wegbleiben wollten. Ein Glück, dass Sie sich da draußen nicht die Möpse abgefroren haben. Wie sollten wir denn sonst Daniella satt kriegen?«

Bis gerade eben war Tracy nicht sicher gewesen, ob sie überhaupt noch Möpse hatte, aber so langsam verzog sich die Kälte aus ihren diversen Körperregionen und sie konnte die Jacke ausziehen und ebenfalls in der Garderobe verstauen. Eigentlich hatte sie genau gewusst, wo der Karton stand, den sie aus der Garage holen wollte. Was sie vergessen hatte, waren all die Möbel aus dem Haus in Redmond, mit denen die Umzugsleute ihre alten Kartons zugebaut hatten. So hatte es eine Weile gedauert, bis sie fündig geworden war.

Therese setzte sich wieder auf den Hocker, den Dan für sie ins Zimmer gestellt hatte, und nahm ihre Palette, auf der sie die aus verschiedenen Tuben stammenden Farben mischte. »Es ist wirklich schön«, seufzte sie und widmete sich wieder ihrer Leinwand. »In Dublin bekommen wir nicht oft Schnee zu sehen. Es erinnert mich an Weihnachten.«

»Von hier drinnen betrachtet ist es schön«, meinte Tracy. »Sobald man aus irgendeinem Grund rausmuss oder irgendwo hinwill, kann das weiße Zeug ziemlich nerven.«

Wie um diesen Punkt zu unterstreichen, ließ der Wind mit leisem Grummeln die Fenster klappern. Zweige knackten und schlugen gegeneinander, entledigten sich ihrer Schneelast, die sofort vom Wind gepackt wurde. Einen Moment lang erkannte man draußen nichts mehr. Alles war weiß.

»Ich hoffe, Sie haben nichts dagegen, wenn ich male«, sagte Therese, der nicht entgangen war, dass Tracy einen Blick auf ihre Leinwand geworfen hatte. »Ich arbeite mit Acrylfarbe, die stinkt nicht. Ich wollte keine Farbdämpfe verströmen, wenn Daniella in der Nähe ist.«

Tracy hatte wirklich unwillkürlich einen Blick auf Thereses Bild geworfen und erkannte inzwischen, wenn auch noch etwas schemenhaft, ihr Gartenhaus inmitten einer Schneelandschaft. Neugierig geworden kam sie näher. »Wie lange malen Sie schon?«

»Ach, eigentlich schon immer, ich habe als Kind in Irland damit angefangen. Mein Vater hat gemalt und mir beigebracht, einfach zu malen, was ich sehe.«

»Das ist wirklich gut. Haben Sie noch andere Bilder?«

»Hier? Glauben Sie, ich drücke mich vor meinen Aufgaben?«

Tracy lächelte. »Ich meinte eigentlich, ob Sie Fotos von Ihren anderen Bildern haben.«

Therese legte Pinsel und Palette ab und zeigte Tracy einige der Bilder, die sie mit dem Handy aufgenommen hatte.

»Die sind wirklich sehr schön«, fand Tracy. »Haben Sie sie je gezeigt?«

»Ich zeige sie gerade Ihnen.«

»Ich meinte, haben Sie sie öffentlich gezeigt? In einer Ausstellung, um sie zu verkaufen?«

»Ach was!« Therese lächelte ein wenig unsicher und schüttelte verlegen den Kopf. »Das meinen Sie nicht ernst.«

»Und ob. Ich würde eins kaufen.«

Therese starrte sie ungläubig an. »Ich hätte viel zu viel Angst, sie auszustellen«, sagte sie schließlich. »Was, wenn niemand zu meiner Ausstellung kommt?«

»Dann sind Sie auch nicht schlechter dran als jetzt.«

»Das wäre mir total peinlich.«

»Ja, aber das würde ja niemand mitkriegen, wenn doch keiner kommt.«

»So kann man es auch sehen.« Therese grinste.

Tracy warf einen Blick Richtung Flur. »Ist Dan noch in seinem Arbeitszimmer?«

»Mr O'Leary gibt Daniella ein Fläschchen. Sie sollten wohl lieber noch mal abpumpen, wir haben nur noch eine Flasche für die Nacht.«

»Mache ich, bevor ich zu Bett gehe«, versprach Tracy.

Sie stellte den Umzugskarton auf den Sofatisch und nahm den Deckel ab. Er gehörte zu einer ganzen Reihe ähnlicher Behältnisse mit Erinnerungsstücken an ihre Kindheit und Jugend, die sie nicht hatte wegwerfen mögen, aber während die anderen oft überwiegend Alben mit Familienfotos und Glückwunschkarten zu allen möglichen Anlässen enthielten, beherbergte dieser Karton die Pullover, Fäustlinge, Schals und Mützen, die ihre Mutter für Sarah und sie gestrickt hatte. Früher hatte sich Tracy gern ausgemalt, wie später einmal ihre Kinder und Nichten in diesen Sachen herumlaufen würden, nur war dann ja alles ganz anders gekommen. Aber jetzt gab es Daniella und mit den Pullovern und Mützen hier eine Verbindung zur Großmutter, die sie nie kennenlernen würde. Außerdem waren die Sachen aus Wolle, also warm und bestens geeignet für einen solchen Winter.

Die Kartons mit ihren Erinnerungen hatten jahrelang in einem vollgestopften Schrank in Tracys Wohnung in Seattle gestanden und waren später in einem nicht benutzten Zimmer des Hauses in West Seattle gelandet, das sie gemietet hatte. Nach dem Umzug ins Farmhaus in Redmond, das nicht nur keinerlei Stauraum bot, sondern generell kaum Platz für alles, was Dan und Tracy tagtäglich benötigten, hatten sie die Kartons auf einem Regal in der Garage des Hauses in Cedar Grove untergebracht.

»Sind die für Daniella?« Therese sah zu, wie Tracy die versiegelten und luftdicht verschlossenen Plastikhüllen mit Kleidung aus dem Umzugskarton nahm.

»Meine Mutter hat sie für mich und meine Schwester gestrickt. Angefangen in den Jahren, als wir Kleinkinder waren.«

»Echt?« Therese hockte sich auf eine Ecke des Sofatischs und nahm einen der Beutel in die Hand. »Das ist ja irre!«

»Wieso? Meine Mutter hat eben gestrickt.« Tracy zuckte die Achseln. »Praktisch nonstop.«

»Verdammt gut hat sie gestrickt, wenn ich mir das hier so ansehe. Die Sachen sind wunderschön.« Therese hielt einen Beutel hoch, in dem sich ein gestrickter gelb-weißer Beanie mit kleinen gelben Entchen darauf befand. »Darf ich den rausnehmen?«

»Natürlich.«

Bewundernd drehte Therese die kleine Mütze zwischen den Fingern. »Daniella wird in diesen Sachen todschick aussehen. Was für ein Glück, dass Sie sie aufbewahrt haben. Ich bin das älteste von sieben Kindern. Wenn meine Brüder mit meinen abgelegten Sachen durch waren, waren die reif für den Müll. Manchmal auch schon vorher.«

Tracy starrte auf die Pullover in ihren luftdichten Beuteln, in denen sie vor Motten und Feuchtigkeit geschützt gewesen waren. Sie hatte bei mehr als einer Gelegenheit daran gedacht, sie einem Frauenhaus zu spenden. Sollten sie denn nicht lieber getragen werden, als in einer Garage zu versauern?

»Ich war mir nicht sicher, ob ich je Verwendung dafür haben würde«, sagte sie leise.

Tracy arbeitete sich durch den Karton und zeigte Therese all ihre Fundstücke. Die junge Frau erinnerte sie ein wenig an Sarah, die in Tracys Erinnerung immer achtzehn Jahre alt sein würde. Wobei die Ähnlichkeit nicht im Alter begründet lag, sondern in Thereses ungezügelter Begeisterung für alles, was sie entdeckte, selbst die allerkleinsten Dinge. Sarah war auch so gewesen. Ihre Mutter hatte Sarah eine mexikanische Springbohne genannt, weil sie immer aktiv, immer in Bewegung war.

Als unter den Lagen Strickkleidung ein Album mit Fotos der Familie auftauchte, schlug Tracy es auf.

»Ist das Ihre Schwester?« Therese glitt vom Sofatisch, um sich neben Tracy zu setzen. Das Bild zeigte Sarah in ihrem Outfit für die Schießwettbewerbe: ihr oft getragener Cowboyhut, die ledernen Beinkleider, ein Karohemd und ein rotes Halstuch, die Single-Action-Revolver in den ledernen Pistolentaschen an der Hüfte. Sarah hatte für dieses Bild posiert, als würde sie gleich ziehen, felsenfest überzeugt, jeden Gegner zu schlagen. Sie hatte bereits als Teenager zu den besten Schützen im Staat Washington gehört.

»Sie war schon eine Nummer, meine Schwester«, sagte Tracy leise. »Da waren sich in Cedar Grove alle einig. Die beste Schützin im County, weil sie so dreist und rotzfrech war.«

»So sieht sie auch aus. Sind Sie das?« Therese deutete auf ein Foto von Tracy in der Lobby des Hutchins' Theater, die Haare in Zöpfen, die Zähne mit einer Zahnspange, die unbeholfenen Jahre. Rechts von ihr Dan, auf der anderen Seite Sunnie Anderson, die inzwischen Sunnie Witherspoon hieß. Sarah und ein paar andere Freunde standen hinter den dreien, Sarah mit leicht angewiderter Miene, weil Sunnie den Platz neben Tracy beanspruchte, der Sarahs Meinung nach rechtmäßig ihr selbst zustand.

»Erkennen Sie den Typen mit dem Bürstenhaarschnitt und der Brille?«

Therese beugte sich vor, um genauer hinzusehen. »Kann nicht wahr sein!«, freute sie sich. »Das ist auf keinen Fall Mr O'Leary!« Lachend drehte sie das Album so, dass besseres Licht auf das Foto fiel. »Er sieht überhaupt nicht aus wie heute!«

Dan, der einzige Junge in einer Gruppe von fünf Mädchen, hatte die Pubertät noch vor sich gehabt. Er war kleiner als die anderen, mit Ausnahme von Sarah, und hatte noch einen Großteil seines Babyspecks auf den Rippen.

»Worüber lacht ihr zwei denn da?« Im Rücken der beiden Frauen war Dan ins Zimmer gekommen.

»Über dieses Foto von Ihnen!«, rief Therese. »Sie sehen aus wie ein Nerd.«

Therese hielt das Album hoch, damit Dan die Bilder sehen konnte. »Hat Tracy Ihnen verraten, dass sie mich damals gestalkt hat?«, wollte er wissen. »Ich konnte in der Stadt keinen Schritt gehen, ohne dass sie mir hinterherlief.«

»Nun ist aber gut!«, lachte Therese. »Sie verarschen mich doch.«

»Es ist absolut wahr!«, versicherte Dan. »Die Frauen standen auf mich. Allein schon wegen meiner Clark-Kent-Brille.« Ein weiterer Windstoß ließ die Fenster leise klirren. Dan sah auf. »Bin ich froh, dass wir die Bäume direkt neben dem Haus im Sommer gefällt haben! Hier oben im Nordwesten können die Stürme ziemlich heftig werden.« Er wandte sich an Tracy. »Ich lese noch im Bett. Kommst du auch bald?«

Dan hielt sich auch an Abenden wie diesem, wenn sie sich gestritten hatten, eisern an sein Prinzip, nie wütend zu Bett zu gehen.

Tracy sah auf ihre Uhr. »Bald«, sagte sie. »Ich würde gern noch diese Pullover und Mützen für Daniella auspacken.«

»Und Sie müssen noch pumpen«, mahnte Therese.

»Genau, das will ich auch noch machen.«

Dan küsste Tracy auf den Scheitel. »Lass dich von all den Erinnerungen nicht zu lange aufhalten. Gute Nacht, Therese.«

Therese sah auf ihre Uhr. »Der Morgen kommt früh in diesem Haus.« Sie stand auf. »Ich wasch mal lieber meine Pinsel aus und mach mich fertig für die Party von Lily White, wie meine Mutter zu sagen pflegte.«

Tracy lächelte. »Die Party von Lily White? Was soll das bedeuten?«

»Sich bettfertig machen.«

»Sagt man das so in Irland?«

»Ich weiß nicht, meine Mutter hat es oft gesagt und so ist es mir im Kopf hängen geblieben. Ein bisschen so wie die Sachen in Ihrem Karton.« Sie deutete mit dem Kinn auf Tracys Erinnerungen, sammelte ihre Pinsel zusammen und verabschiedete sich in ihr Zimmer, das weiter hinten im Haus lag.

Tracy stöberte noch ein bisschen in ihrem Karton. Fast ganz unten fand sie mehrere bunte, mit Blümchen bedruckte Notizbücher, ihre Tagebücher und die von Sarah. Tracy hatte das Tagebuch, das sie als Teenager eine ganze Weile geführt hatte, immer verstecken müssen, weil sie nicht wollte, dass Sarah ihre Ergüsse las. Vor ihrer kleinen Schwester war kein Geheimnis sicher gewesen. Dass Sarah selbst auch Tagebuch geführt hatte, wusste Tracy erst, seit sie nach dem Tod ihrer Mutter ihr Elternhaus ausgeräumt hatte. Der Fund hatte sie damals überrascht, denn Sarah hatte Tracys Kritzeleien immer als total dämlich verspottet und konnte außerdem nie lange still sitzen. Anscheinend hatte Sarah mit dem Tagebuchschreiben angefangen, als Tracy aufs College gegangen war. Vielleicht hatte sie ihre große Schwester ja vermisst. Die Tagebücher in einem Schrank zu finden war ungefähr so gewesen, als wäre Tracy unversehens auf Rasierklingen gestoßen. Im ersten Eintrag in Sarahs krakeliger Handschrift ging es um Tracy: Wie sehr sie Sarah fehlte, wie anders alles ohne sie war, dass nichts je wieder so sein würde wie früher. Tracy fragte sich inzwischen, ob Sarah klinisch depressiv gewesen sein mochte und ihr Vater ihr aus therapeutischen Gründen zu einem Tagebuch geraten hatte. Der typische Arzt, der bei allen anderen die richtige Diagnose stellte, sich selbst aber nicht zu heilen vermochte. Tracys Vater hatte unter einer schweren Depression gelitten und sich letztlich das Leben genommen.

Damals, beim Ausräumen ihres Elternhauses, hatte Tracy Sarahs Tagebücher nicht durchlesen können. Jede Seite hatte ihr einen neuen Stich versetzt, bis sie es nicht mehr aushielt. Aber sie hatte sie eingepackt, ohne heute noch sagen zu können, warum. Jetzt betrachtete sie den kleinen Stapel nachdenklich. Konnte es sein …?

Sie nahm die Bücher aus dem Karton und schlug jedes einzelne kurz auf, bis sie zu den Eintragungen aus den Jahren 1992 bis 1993 gekommen war. 1993 hatte Sarah ihren Abschluss an der Cedar Grove High gemacht.

Ebenfalls 1993, im Februar, hatten Vern Downies Jagdhunde an der Landstraße die Leiche von Heather Johansen entdeckt, vier Monate vor den Schulabschlussfeiern und sechs Monate bevor Sarah auf genau demselben Straßenabschnitt verschwunden war. Tracy nahm sich das Büchlein vor. Sarah hatte nicht systematisch Tagebuch geführt, erinnerte sie sich jetzt, ihre Einträge waren sporadisch und unzusammenhängend gewesen, manche in schwarzer Schrift, andere in Blau, Rot und sogar Lila. Manchmal hatte Sarah Gedanken und Überlegungen notiert, manchmal Bruchstücke von wirklich schlechten Gedichten. Und sie hatte auch gezeichnet: Bäume, eine scheinbar ins Nichts führende Straße, den Mond an einem wolkenverhangenen Nachthimmel, etwas, das aussah wie ein Selbstporträt. Nur wenige Einträge boten einen tiefen Einblick in Sarahs Gefühle. Auch das war typisch für ihre Schwester gewesen, dachte Tracy. Wäre Sarah heute Teenager, so würde man sie wahrscheinlich nicht als mexikanische Springbohne bezeichnen, sondern als hyperaktiv einstufen.

Tracy blätterte sich durch die Seiten, warf hier und da einen Blick auf die Einträge, ohne sie ganz zu lesen. Selbst jetzt hätte sie nicht genau sagen können, ob dieses Eindringen in die Privatsphäre ihrer Schwester überhaupt richtig war. In einer Notiz gestand Sarah, der Gedanke, aus Cedar Grove fort und aufs College zu gehen, mache sie nervös. Sie fürchtete sich davor, ihr Zuhause, ihre Familie, ihre Freunde zu verlassen. Tracy hatte nicht gewusst, dass Sarah je wegen irgendetwas nervös gewesen war. Im Gegenteil. Ihr war sie immer wagemutig und dreist vorgekommen, oft gepaart mit einer gewissen Gedankenlosigkeit. All das hatte sie doch zu einer so erstklassigen Schützin werden lassen.

Tracy überflog einen Eintrag nach dem anderen:

Dies Wochenende Trip nach Oregon zu den Black-Powder-Meisterschaften, nächstes WE Wild-Bunch-Meisterschaften. Training mit Dad. Tracy hat zu viel zu tun, muss ich Familienehre eben allein hochhalten. Haha. Dad sagt, Oregon hat gute Schützen. Der beste soll ein Typ namens Jim Fick sein, Cowboyname »Cold Hand«. Irgendwie mag ich den Namen. Dad sagt, er schießt klassisch, .32 Winchester, .45 Colt. Mach dich auf was gefasst, Cold Hand! The Kid wird dir mächtig den Arsch versohlen und die Medaille nach Hause tragen!

Tracy musste lächeln. Wie ungezügelt schnoddrig ihre Schwester gewesen war. Sie selbst hatte sich bei den Schießwettbewerben »Crossdraw« genannt, ein Wortspiel mit ihrem Namen und der Tatsache, dass sie wie ihr Vater ein Crossdraw-Holster trug, bei dem die Pistole mit dem Griff nach vorn auf der der Schusshand gegenüberliegenden Seite getragen wurde.

Tracy blätterte weiter, jeder Eintrag, jedes Wort ein schmerzlicher Stich. Bei einem Eintrag Anfang November 1992 fielen ihr Initialen ins Auge:

Hörte gerade, dass HJ und FA jetzt getrennt. FA verhält sich wie das letzte Oberarschloch.

HJ und FA – das mussten Heather Johansen und Finlay Armstrong sein. Tracy las weiter:

Hab gehört, er ruft sie in einer Tour an und er wartet nach der Schule auf sie und nennt sie »Schlampe« und »Nutte«. Ich würde ihm ja eine Kugel in den Arsch jagen!

Tracy konzentrierte sich darauf, wie ihre Schwester Armstrongs Verhalten und die Intensität beschrieben hatte, mit der er seine Exfreundin beschimpfte. Soweit Tracy damals mitbekommen hatte, waren Sarah und Heather nicht besonders eng befreundet gewesen, und wenn Sarah Heather in ihrem Tagebuch erwähnte, deutete das auf heftiges Gerede in der Schule hin.

Tracy blätterte weiter, bis sie bei einem Eintrag im Dezember erneut an den eben entdeckten Initialen hängen blieb:

Chief Calloway hat wohl mit FA gesprochen. Null Ahnung, was er gesagt hat, aber er hat FA wohl gehörig den Marsch geblasen, denn der hat die Schule verlassen! Soll jetzt aufs Gemeindecollege gehen.

Nach weiterem Blättern stieß Tracy auf einen Eintrag an dem Tag, an dem Heather Johansens Leiche gefunden worden war. Sarahs Schrift wirkte steif und krakeliger denn je, die blaue Tinte verschmiert:

Sie haben Heather gefunden. Ihre Leiche. Sie ist tot. Die Polizei sagt nichts, die ganze Stadt sagt so gut wie nichts. Sie haben uns von der Schule nach Hause geschickt. Ich habe Dad gefragt, ob die Polizei mit FA redet, weil der HJ gestalkt hat, aber Dad sagt, ich soll keine voreiligen Schlüsse ziehen und niemanden vorschnell verurteilen. Aber wer hätte es sonst sein sollen? Muss doch FA gewesen sein … Oder? Wer denn sonst?

In diesem Moment ließ ein Windstoß die Fenster klirren und Tracy zuckte zusammen. Unwillkürlich sah sie sich um und wünschte, sie hätten wenigstens vor den Fenstern zum hinteren Garten Vorhänge oder Jalousien aufgehängt. Laut Dan war das nicht nötig, da die umstehenden Bäume natürlichen Sichtschutz boten. Draußen schwebten dicke Schneeflocken durch die Luft, von Zeit zu Zeit von einzelnen Strahlen Mondlicht zum Glitzern gebracht. Tracy wollte Sarahs Tagebuch schon schließen, überflog aber dann doch schnell noch die nächsten beiden Einträge:

In der Schule kursiert ein Gerücht. Die gute alte Cedar High, wo nichts privat bleibt. HJ soll schwanger gewesen sein, als sie umgebracht wurde.

Tracy setzte sich auf und überflog rasch den Rest des Eintrags:

Sie sagen, ihre Regel ist ausgeblieben und sie hat auf eins von diesen Stäbchen gepinkelt. Hat keinem was gesagt, nicht mal Kimberly. Eltern sind super religiös.

Tracy blickte in die Flammen hinter dem Kamineinsatz und fragte sich, ob Roy Calloway von den Gerüchten wusste. Und ob der Gerichtsmediziner eine eventuelle Schwangerschaft nachgeprüft hatte. Ihr Blick glitt zurück zum letzten Satz des Eintrags:

Eltern sind super religiös.

Kapitel 6

Am nächsten Morgen wachten Dan und Tracy beide früh auf. Dan nahm die Hunde mit auf eine lange Laufstrecke und verbarrikadierte sich anschießend in seinem Arbeitszimmer. Tracy fütterte Daniella, zog die Kleine an und beschäftigte sich bis zu Thereses Dienstbeginn um neun Uhr mit ihr. Der Unterschied zwischen ihrem und Dans Job lag darin, dachte sie, dass Dan nicht gebeten wurde, seine Karriere zu opfern, weil er Vater geworden war. Von ihm wurde nicht verlangt, den Tag zu Hause zu verbringen, keinem Beruf mehr nachzugehen. Tracy bereute nicht eine Sekunde lang, Mutter geworden zu sein. Daniellas Geburt stellte den mit Abstand schönsten Moment in ihrem Leben dar. Aber sie wollte selbst entscheiden dürfen, wie sich ihre Zukunft gestaltete. Detective zu werden war nicht leicht gewesen, sie hatte hart dafür gearbeitet. Sie hatte die sexistischen Kommentare ihres Captains Johnny Nolasco in Kauf genommen, ebenso seine ständigen Versuche, sie so weit zu reizen, dass sie den Job einfach hinschmiss. Als erster weiblicher Detective in der Abteilung für Gewaltverbrechen hatte sie anderen Frauen den Weg geebnet, indem sie einfach verdammt gut gewesen war. Ein Detective mit Instinkt und der Bereitschaft, unermüdlich an einem Fall zu arbeiten. Sie wollte sich wirklich nicht von Dan oder irgendwem sonst sagen lassen, sie solle sich vom Acker machen. Sie wollte ihre Entscheidung aber auch nicht treffen, weil sie beim Gedanken, ihre Tochter zu Hause zu lassen, Schuldgefühle bekam oder weil sie mit den Frauen um die zwanzig aus dem Geburtsvorbereitungskurs nicht viel hatte anfangen können. Sie wollte ihre Entscheidung für sich allein treffen, aus ihren eigenen Gründen und zu ihren eigenen Bedingungen.

Sie pumpte Muttermilch ab, hinterließ zwei Fläschchen im Kühlschrank und teilte Therese mit, sie wolle ein paar Besorgungen machen.

Auf dem Parkplatz der Polizeiwache war der Schnee geräumt worden und am Empfang saß eine Beamtin, die für Tracy ohne nachzufragen auf den Summer drückte, mit dem die zu den eigentlichen Büros führende Metalltür geöffnet wurde. Roy Calloway saß in dem Büro, das er zurzeit benutzte, und telefonierte gerade.

Er winkte sie herein und bat sie mit einer Handbewegung, sich zu setzen. Sie blieb lieber stehen. »Tut mir leid«, entschuldigte er sich, nachdem er noch eine gute Minute lang telefoniert und das Gespräch dann beendet hatte. »Hast du ...«

»War Heather Johansen schwanger?«, unterbrach Tracy ihn.

Calloway setzte sich mit leicht schmerzverzerrter Miene auf. »Wieso fragst du?«

»Wieso ich frage? Das kann doch nicht Ihr Ernst sein!«

»Das ist mein voller Ernst.«

»Weil eine Schwangerschaft mit ihrer Ermordung zu tun haben könnte.«

»Dann bist du einverstanden mit dem, was wir gestern besprochen haben?«

»Weiß ich noch nicht. Ich habe in Seattle angerufen und warte auf Rückmeldung.«

»In dem Fall ist es mir nicht möglich, weitere Einzelheiten mit dir zu erörtern.«

»Spielen Sie bloß keine Spielchen mit mir, Roy!«

»Ich spiele keine Spielchen. Ich frage mich allerdings, wo du diese Info herhaben könntest.«

»Aus Sarahs Tagebuch.«

»Hm.« Calloways Miene verriet nichts.

»Laut Sarah hat nach Heathers Tod in der Schule das Gerücht die Runde gemacht, sie sei schwanger gewesen.«

»Das waren Gerüchte.«

»Genau. Deswegen frage ich Sie jetzt, was die Rechtsmedizin dazu herausgefunden hat. War sie schwanger?«

Calloway lehnte sich wortlos zurück und bedachte Tracy mit dem Blick, mit dem er den Kindern der Stadt früher zu verstehen gegeben hatte, dass er sie im Auge hatte und seinem Blick nichts entging. Damals hatte sich Tracy davon einschüchtern lassen, inzwischen nicht mehr.

»Kommen Sie schon, Roy, was ist bei der Autopsie herausgekommen?«

Er schüttelte den Kopf. »Ich kann nicht gegen Heathers Persönlichkeitsrechte …«

»Schwachsinn, Roy!«

»… oder die ihrer Familie verstoßen.« Calloway war lauter geworden, um Tracy zu übertönen.

»Sie haben die Akte Kimberly Armstrong und Jason Mathews zur Einsicht überlassen.«

»Weil sie einen entsprechenden Antrag gestellt hatten und Mathews die Einwilligung der Familie vorweisen konnte.« Mit perfekter Pokermiene zuckte er mit den breiten Schultern und hob entschuldigend beide Hände.

Tracy setzte sich. Schwieg. Calloway rutschte auf seinem Stuhl hin und her. Sie nicht. Sie hatten sich in eine Pattsituation manövriert.

Ein uniformierter Beamter zeigte sich in der Tür. »Chief?« Als weder Calloway noch Tracy sich rührten, zog sich der Mann wieder zurück. »Entschuldigung.«

So ging das etwa eine Minute, die Tracy unendlich lang vorkam. »So soll es dann also laufen?«, brach sie schließlich das Schweigen.

»So läuft es nun einmal, Tracy. Ich stelle die Regeln nicht auf, ich …«

»… setze sie nur durch. Sie müssen sich einen neuen Spruch einfallen lassen, Roy.«

»Der Spruch gilt heute wie damals.«

Eine weitere Minute verstrich. »Wenn ich den Fall übernehme, erfahre ich alles.« Wieder brach Tracy als Erste das Schweigen.

»Natürlich.«

»Das meine ich auch so. Keine Geheimnisse diesmal, Roy. Sie verarschen mich nicht. Ich kriege alles zu wissen.«

»Du hast mein Wort. Du wirst alles wissen, was ich weiß.«

»Ich warte auf den Rückruf aus Seattle.«

»Ich brauche nur dein Wort, mehr nicht. Was du noch regeln musst, kannst du später regeln.«

»Dann also: okay. Ich übernehme den Fall.«

Er beugte sich vor. »Der Rechtsmediziner hat auf HCG getestet, humanes Chorion … irgendwas.«

»Gonadotropin«, sagte Tracy. »Habe ich alles gerade hinter mir.«

»Dann kennst du dich damit besser aus als ich. Der Test war positiv. Der Rechtsmediziner konnte außerdem eine frühe intrauterine Schwangerschaft erkennen. Die genaue Formulierung habe ich nicht im Kopf, das kannst du dir in der Akte durchlesen.«

»Hat er gesagt, wie weit Heathers Schwangerschaft war?«

»Vier bis fünf Wochen.«

»Keine DNA?«

»Nein.«

Tracy dachte einen Augenblick nach. »Haben Sie das mit Finlay besprochen?«

»Natürlich.«

»Und?«

Calloway hob beide Hände. »Er sagt, er war es nicht. Sagt, er hätte keine Zeit mehr mit Heather verbracht, nachdem ich bei ihm und seinen Eltern zu Hause aufgetaucht war und ihm geraten hatte, mit den Anrufen aufzuhören und ihr auch nicht mehr aufzulauern.«

»Haben Sie ihm geglaubt?«

»Damals konnte ich euch alle gründlich einschüchtern. Ja, ich habe ihm geglaubt.«

Ja, Calloways Auftreten hatte damals durch und durch zu seiner Körpergröße gepasst.

»Als ich den Bericht des Rechtsmediziners vorliegen hatte, habe ich aus einem Impuls heraus im Krankenhaus von Silver Spurs angerufen«, fuhr Calloway fort. »Laut den Unterlagen dort hatte Heather an dem Abend, an dem sie verschwunden ist, einen Termin. Aber ob sie den auch eingehalten hat, darüber gibt es keine Aufzeichnungen.«

»Deswegen war sie auf der Landstraße unterwegs.«

»Zu dem Schluss bin ich jedenfalls gekommen.«

»Aber wie kam sie nach Silver Spurs und warum war sie zu Fuß unterwegs zurück nach Cedar Grove?«

Calloway zuckte die Achseln. »Wenn ich das wüsste.«

»War sie nach der Trennung von Finlay mit jemandem zusammen?«

»Wenn, dann wusste in der Schule niemand davon, nicht einmal Kimberly. Sie wusste auch nicht, dass Heather schwanger war.«

»Kommt mir ziemlich unwahrscheinlich vor in Cedar Grove.«

»Genau.« Calloway nickte.

»Sie haben es ihren Eltern gesagt?«

Schweigen.

»Sie haben es ihren Eltern nicht gesagt, Roy?« Die Frage kam hart und streng, ein Rückfall in die Wut, die Tracy empfunden hatte, als Calloway ihr gegenüber in Bezug auf Sarahs Ermordung nicht offen gewesen war.

»Ich fragte sie, ob sie sich vorstellen könnten, warum Heather abends im Dunkeln auf der Landstraße unterwegs war. Sie konnten sich keinen Grund dafür vorstellen. Ich sah keinen Sinn darin, es ihnen zu sagen. Sie litten auch so schon genug unter ihrem Verlust.« Calloway nahm Haltung an, versprühte einen Rest seiner einst so einschüchternden autoritären Ausstrahlung. »Ich sah keinen Sinn darin, ihnen die Erinnerung an ihre Tochter zu trüben. Anders wäre es gewesen, hätte ich nachweisen können, dass sie aufgrund dieser Schwangerschaft ermordet wurde. Das konnte ich nicht. Wir hielten House für den Mörder.«

»Und als dieser Jason Mathews die Akte in die Hand bekam? Oder Kimberly Armstrong? Haben *sie* es den Johansens erzählt?«

»Das weiß ich nicht.«

»Sie haben nichts dergleichen erwähnt?«

»Die Johansens? Mir gegenüber nicht, nein.«

»Ich würde mich gern mit ihnen unterhalten, aber so etwas wie das mit der Schwangerschaft sollte lieber von Ihnen kommen. Ein paar Leute hier sind immer noch ein bisschen aufgebracht, weil ich House zu diesem Wiederaufnahmeverfahren verholfen habe und ...«

»Ein paar Leute? Ein bisschen aufgebracht? Das dürfte die Untertreibung des Jahres sein.«

»Können Sie ein Treffen ausmachen?«
Calloway griff zum Telefon.

* * *

Bevor sie die Polizeidienststelle verließ, um gemeinsam mit Calloway zu den Johansens zu fahren, ließ sich Tracy vom Chief Heathers Akte geben und las sich den Bericht des Rechtsmediziners durch. Darin fanden sich die Ergebnisse des positiven Bluttests und die Beschreibung eines winzigen Fruchtsacks in Heathers Uterus, darin ein Embryo von der Größe einer Blaubeere.

Tracy warf noch kurz einen Blick auf den Rest der Akte und verließ dann zusammen mit Calloway das Haus. Auf dem Parkplatz steuerte sie sofort den Subaru an.

»Wo willst du hin?« Calloway war stehen geblieben und streifte sich die pelzgefütterten Handschuhe über. Auf dem Kopf trug er eine Mütze mit Ohrenklappen, die er sich tief in die Stirn gezogen hatte, um Kopf und Ohren vor der beißenden Kälte zu schützen.

»Zu meinem Auto«, erklärte Tracy.

»Willst du nicht in meinem Pick-up mitfahren? Hat das Ding da überhaupt Vierradantrieb? Die Straße zu den Johansens ist bestimmt nicht geräumt.«

Sie lächelte. »Das Ding ist ein Subaru, Chief. Ein Minipanzer. Deswegen hat Dan ihn gekauft.«

Calloway warf seinem Pick-up einen bedauernden Seitenblick zu, als müsse er auf einer Tanzveranstaltung ein hübsches Mädchen in der Ecke stehen lassen, und ging brav zur Beifahrertür des Subaru, riss sie auf und warf einen misstrauischen Blick in den Innenraum des Fahrzeugs. »Hat das Ding nun Vierradantrieb?«

»Allradantrieb.« Tracy hatte sich bereits hinter das Steuer gesetzt. »Auf Vierradantrieb läuft er die ganze Zeit.«

»Ach ja?« Mit einem anerkennenden Lächeln kletterte der Chief ins Auto, wenn auch aufgrund seiner alten Beinverletzung ein wenig mühsam. Er schlug die Tür hinter sich zu.

»Wollen Sie den Pick-up langfristig doch noch gegen ein anderes Auto eintauschen?«, erkundigte sich Tracy.

Der Sicherheitsgurt spannte sich eng um Calloways ausladenden Brustkorb und den ansehnlichen Bauch. »Nora sitzt mir im Nacken. Ich soll mir was zulegen, was weniger Sprit frisst.«

»Als Ihr Suburban Baujahr achtzig? Ein Panzer frisst weniger Sprit.«

Calloway schnitt eine Grimasse. »Was bist du doch für ein Schlaumeier. Genau wie dein Vater. Dann ist Dan also einverstanden?«, wollte er wissen, während Tracy vom Parkplatz bog. »Dass du den Fall übernimmst?«

»Es sei meine Entscheidung, hat er gesagt. Aber wenn ich zwischen den Zeilen lesen soll, dann würde ich sagen, nein. Er ist nicht einverstanden.«

Calloway schüttelte den Kopf. »Genau wie dein Vater«, murmelte er leise, aber doch so laut, dass Tracy ihn durchaus verstand.

Die Fahrt dauerte ungefähr zehn Minuten, wobei die Staubstraße hinaus zu den Johansens wirklich nicht geräumt war, jedoch nur wenige Zentimeter Neuschnee aufwies. Die Spuren von Langlaufskiern führten zu einem bescheidenen einstöckigen Wohnhaus, das Tracy auf nicht mehr als hundertvierzig Quadratmeter Grundfläche schätzte, einschließlich des angrenzenden überdachten Carports. Aus dem gemauerten Schornstein schlängelte sich Rauch in den Himmel.

»Haben Sie mich angekündigt?«

»Ja, ich habe Bescheid gegeben.«

Tracy parkte hinter einer älteren Ford-Limousine, die im Carport stand. Auf der anderen Seite des Unterstands hatte jemand fein säuberlich etwa vier Klafter Brennholz gestapelt.

Sie stiegen aus und stapften über den kleinen Pfad zum Haus, wobei Tracy der vertraute Duft von brennendem Kiefernholz in die Nase drang. Sie hatten die Veranda noch nicht ganz erreicht, als die Haustür aufging und Ingrid Johansen sie mit vorsichtigem Lächeln begrüßte. »Chief Roy!«, sagte sie. Dann, ein wenig leiser: »Tracy.«

Ingrid wirkte gealtert, und zwar nicht nur um die fünf Jahre, die vergangen waren, seit Tracy sie beim Wiederaufnahmeverfahren gegen Edmund House zuletzt gesehen hatte. Eric und Ingrid hatten die Verhandlung vom Zuschauersaal des Gerichtes aus verfolgt. Tracy schätzte das Ehepaar auf Anfang bis Mitte siebzig, so alt, wie ihre Eltern jetzt wären, würden sie noch leben. Ab siebzig, hatte Tracys Mutter oft gesagt, altere ein Mensch in Hundejahren, die Veränderungen gingen dann viel sichtbarer vonstatten als vorher. Tracy hatte Ingrid als schlanke, attraktive Frau in Erinnerung, die mit leichtem norwegischem Akzent sprach und zu Kirchenfesten ungemein köstliche Gebäckstücke beisteuerte. Attraktiv war sie nach wie vor, wenn auch das blonde Haar silbern geworden war, die inzwischen hinter dicken Brillengläsern versteckten kobaltblauen Augen nicht mehr so strahlten wie früher und die helle Haut zahlreiche Altersflecken aufwies.

»Es ist schön, Sie zu sehen«, fuhr Ingrid fort. »Wie ist es Ihnen denn so ergangen?«

Es lag eine gewisse Verunsicherung in diesen Worten, über die sich Tracy allerdings nicht wunderte. Wer einen lieben Menschen durch ein Verbrechen verloren hat, der glaubt nicht mehr an einen Höflichkeitsbesuch, wenn die Polizei vor der Tür steht. Tracy wusste das nur zu genau.

Eric Johansen wartete bereits im kleinen Flur hinter der Tür und alle vier bemühten sich um Small Talk, während sich Tracy und Roy aus ihren Winterklamotten schälten. Eric sah nicht einen Tag älter aus als damals bei Gericht, aber dann hatte er eigentlich vor Jahren schon alt ausgesehen, ab vierzig bereits kahl und immer mit einer dicken Brille auf der Nase. Er hatte ein bisschen zugenommen, im Wesentlichen am Bauch, und auch seine Haut wies Altersflecken auf, aber seine Schultern wirkten immer noch breit und kräftig und er trug wie früher zusätzlich zum Gürtel rote Hosenträger.

Eric nahm ihnen die Winterjacken ab und hängte sie an eine wunderschön geschnitzte Garderobe über einer durchgehenden Sitzbank aus Holz. Tracy musste daran denken, dass ihr Vater den überaus geschickten Tischler damals mit der Restaurierung der Holzarbeiten im alten Mattioli-Haus betraut hatte.

»Haben Sie die getischlert?«, fragte sie jetzt mit bewunderndem Blick auf die Garderobe.

»Die meisten Möbel im Haus sind von mir.« Auch in Erics Stimme schwang ein leichter norwegischer Akzent mit – und ein wenig Stolz.

»Sie ist wunderschön, die Garderobe.«

»Walnuss«, sagte Eric. »Nicht das einfachste Holz in der Verarbeitung, aber bei der Maserung und der Farbgebung braucht man keinen Anstrich. Was Sie da sehen, ist das Holz, wie es ist.«

»Kommt doch rein!«, bat Ingrid und führte sie in das Wohnzimmer, wo hinter einer aus Sofa und Sesseln bestehenden Sitzgruppe mit Blick auf den großen Flachbildfernseher ein Esstisch stand. »Ich habe Kaffee gekocht. Hätten Sie gern eine Tasse?«

»Ich könnte eine ganze Kanne vertragen.« Calloway setzte sich vorsichtig auf einen der Stühle am Esstisch und Tracy tat es ihm nach. Neben ihr stand ein Wohnzimmerschrank mit

Porzellangeschirr, daneben befand sich ein Fenster mit Blick auf den verschneiten rückwärtigen Garten. Ingrid schenkte Kaffee ein und eilte zwischen Esstisch und Küche hin und her, stellte Milch und Zucker auf den Tisch, holte einen Teller mit frisch gebackenem Blätterteiggebäck, dessen Duft Erinnerungen weckte. Zum Schluss stellte sie auch noch Butter auf den Tisch.

»Ich dachte, Sie sind vielleicht hungrig«, sagte sie.

»Hungrig oder nicht ist mir in diesem Fall egal.« Calloway langte begeistert nach einem Teilchen, das er großzügig mit Butter bestrich. »Auch wenn meine Taille und mein Arzt es mir später übel nehmen.«

Auch Tracy gönnte sich ein Gebäckstück, denn noch durfte sie es sich schmecken lassen. Bald würde sie sich solche Genüsse verkneifen müssen. Der Kamin im Raum verströmte Warmluft und es hätte alles sehr gemütlich sein können, nur fühlte sich Tracy überhaupt nicht so. Sie rechnete mit einem schwierigen Gespräch.

»Ich hoffe, wir stören nicht gerade bei etwas Wichtigem.« Calloway biss in den Blätterteig, bis es feine Krümel regnete.

Eric lachte. »Im Winter kann ich den Rasen nicht mähen und mein Holzvorrat reicht für zwei Leben.«

»Ja, den habe ich im Carport gesehen!«

»Machen Sie immer noch Langlauf?«, fragte Tracy, die sich erinnerte, wie Eric Johansen an Tagen nach schwerem Schneefall auf seinen Langlaufskiern die Market Street hinuntergelaufen war, um die Einkäufe der Familie zu erledigen.

»Im Winter jeden Morgen«, sagte er. »Und manchmal wandern wir auch auf Schneeschuhen. Unser Sohn hat uns zu Weihnachten jedem ein Paar geschenkt. Ab und zu begleitet mich Ingrid morgens, aber heute nicht.«

Ingrid nickte. »Sie erinnern sich an unseren Oystein, Tracy? Er war auf der Schule ein oder zwei Klassen über Ihnen.«

»Natürlich erinnere ich mich an ihn.«

»Und Sie sind nach Cedar Grove zurückgekommen?«, fragte Ingrid.

»Wir sind auf Besuch hier«, antwortete Tracy.

»Ihr erinnert euch an Dan O'Leary?«, wollte Calloway wissen.

»Natürlich.« Eric nickte. »Er hat unser Testament für uns aufgesetzt. Wobei wir das inzwischen aktualisieren müssen, wir haben jetzt nämlich vier Enkel.«

»Tracy und Dan sind verheiratet und haben eine kleine Tochter«, fuhr Calloway fort. Tracy ahnte, warum er das erzählte. Sie arbeitete als Polizistin meistens mit einem Partner und wusste, wie man sich die Bälle zuspielt. Es ging ihm nicht ums müßige Plaudern, Calloway wollte Vertrauen aufbauen.

»Ach ja?« Ingrid strahlte Tracy an. »Wie alt ist sie denn?«

»Gerade mal zwei Monate. Ich habe spät angefangen.«

»Zeig doch mal ein Bild«, bat Calloway, worauf Tracy eins der vielen Fotos auf ihrem Handy herumzeigte und ein bisschen von Daniella erzählte. Kaum war das Thema durch, da widmeten sich alle auch schon wieder ihren Kaffeetassen, und im Zimmer breitete sich erneut eine zum Greifen dichte Anspannung aus, fast so dick wie die Butter, die sich Calloway jetzt auf ein zweites Teilchen strich.

»Tracy hat ein paar Fragen zu Heather«, erklärte er dabei. »Das erwähnte ich ja schon vorhin am Telefon. Ich weiß, das ist für Sie beide kein einfaches Thema ...«

»Wir reden nicht gern darüber«, warf Eric ein. »Ich bin sicher, das verstehen Sie, Tracy. Besser als die meisten anderen.«

Tracy nickte. »Ja, ich verstehe Sie.«

»Der Schmerz lässt einfach nicht nach«, fuhr Eric fort. »Wir begraben ihn nur, damit wir weiterleben können.«

Ingrid starrte wortlos in ihre Kaffeetasse.

»Es war eine schreckliche Zeit damals hier in Cedar Grove«, tastete sich Tracy vor. »Und ich weiß, ich habe alles nicht gerade besser gemacht, als ich zurückkam. Aber … ich musste einfach sicher sein, dass es Edmund House war.«

»Na ja, jetzt wissen wir es genau und dieser Mann ist tot und begraben. Möge er in der Hölle schmoren!« Eric wandte sich an Calloway. »Was sind das für Fragen?«

»Sie werden sich an Jason Mathews erinnern«, sagte Calloway.

Eric nickte. »Natürlich.« Das kam ohne einen Hauch Wärme.

»Sie haben ihn engagiert, weil Sie zu Heathers Schicksal Fragen hatten. Genauso wie Tracy zu Sarahs Tod.«

Eric warf Tracy über den Tisch hinweg einen Blick zu, entschlossen, kein Blatt vor den Mund zu nehmen. »Tracy sagt, dass sie sich geirrt hat. Sie ist jetzt der festen Überzeugung, dass Edmund House der Mörder war.«

»Ich erzählte Ihnen ja bereits«, fuhr Calloway fort, »dass wir in Bezug auf den Tod von Jason Mathews Zweifel haben und nicht mit Bestimmtheit von einem Jagdunfall ausgehen können.«

»Ja, das erzählten Sie uns«, bestätigte Eric. »Aber wir haben damit abgeschlossen, Chief, wir können das alles nicht noch einmal durchstehen. Wir haben abgeschlossen, weil wir irgendwie weiterleben mussten.«

»Es würde mich interessieren, ob Mr Mathews einen Bericht geschrieben hat«, mischte sich Tracy ein. »Hat er die Ergebnisse seiner Recherchen für Sie zusammengefasst?«

»Nein.« Eric reagierte ein wenig zu rasch, wobei er fest und entschieden klang, jedoch von der Haltung her nicht so wirkte. Er saß zu gerade, ohne dass sein Rücken die Stuhllehne berührt hätte, und sah an Tracy vorbei. Ingrid starrte weiterhin in ihre Kaffeetasse.

»Wissen Sie, ob er mit irgendwem über Heathers Akte gesprochen hat?«, fragte Tracy weiter.

»Mit niemandem.«

Tracy sah Calloway an.

»Sie haben mitbekommen, dass Finlay Armstrongs Frau vor Kurzem starb«, sagte der.

»Natürlich.« Ingrid nickte.

»Was hat das mit Heather zu tun?« Eric kam gleich auf den Punkt. Diesmal sah er Tracy an.

Calloway beugte sich vor. »Wir wissen, dass Kimberly Fragen über Heathers Tod gestellt hat. Genauso wie Jason Mathews.«

»Sie kam eines Nachmittags hier raus und hat uns interviewt«, gab Eric an. »Kimberly und Heather waren beste Freundinnen, schon als Kleinkinder. Sie sagte, sie würde vielleicht irgendwann ein Buch schreiben – über Heather.«

»Tracy wüsste gern, was Kimberly Sie gefragt hat. Worüber Sie geredet haben. Was Sie ihr vielleicht erzählt haben«, drängte Calloway.

»Warum?«, wollte Eric wissen. »Es spielt keine Rolle mehr.«

»Wir ermitteln immer noch zu Kimberlys Tod, Eric. Wir glauben nicht, dass das Feuer ein Unfall war«, sagte Calloway.

Eric wurde blass. Ingrid stellte ihre Tasse mit leisem Klirren auf der Untertasse ab, wobei sie Kaffee verschüttete. Sie entschuldigte sich, um rasch in der Küche zu verschwinden und mit einem Papierhandtuch wiederzukommen, mit dem sie die Kaffeepfütze aufwischte.

»Warum sind Sie hier?«, presste Eric hervor, wobei er erneut Tracy ansah.

Die Antwort kam von Calloway, leise und mitfühlend: »Eric, wenn das Feuer kein Unfall war, dann wirft das auch neue Fragen zum Tod von Jason Mathews auf.«

»Sie haben gesagt, das mit Mathews wäre ein Jagdunfall gewesen.«

»Ich sagte, es könnte ein Jagdunfall gewesen sein und dass wir nichts Konkretes hätten, um zu einem anderen Schluss zu gelangen.«

Eric hielt den Blick weiterhin unverwandt über den Tisch hinweg auf Tracy gerichtet. »Was genau führen Sie jetzt wieder im Schilde?« Die Frage klang scharf, Erics Augen verschossen Blitze.

»Eric.« Ingrid streckte die Hand aus und berührte ihn am Arm, aber er schüttelte ihre Hand ab.

»Sie leben hier nicht mehr!«, fuhr er fort. »Sie gehen weg und dann kommen Sie wieder und wühlen Dinge auf. Warum? Was haben Sie davon? Was hat es irgendwem Gutes gebracht? Ihren Vater hat es umgebracht, reicht Ihnen das nicht?«

»Eric!«, mahnte Ingrid. »Tracy, es tut mir leid.«

»Nein, ist schon okay«, beschwichtigte Tracy.

»Tracy hat nicht darum gebeten, hier zu sein, Eric. Ich habe sie gebeten, sich die Sache anzusehen«, sagte Calloway, alle Milde und Nachsicht vergessen. »Ich bin derjenige, der Fragen hat. Wenn Sie auf irgendwen wütend sein wollen, dann fangen Sie bei mir an.«

»Bei Ihnen? Warum sollte ich auf Sie wütend sein, Chief?«

»Weil ich die Dinge aufwühle, Eric. Das ist mein Job.«

»Warum?«

»Weil Leute tratschen und mit Fingern zeigen und manche dieser Finger deuten auf Finlay.«

»Finlay?«

»Finlay war auf der Highschool mit Heather zusammen.«

»Das wissen wir. Natürlich wissen wir das«, warf Ingrid ein.

»Und Kimberly schrieb ein Buch über Heathers Tod«, fuhr Calloway fort.

»Sie glauben, Finlay hat Heather umgebracht?« Eric klang ungläubig.

»Ich sage nur, da besteht ein Zusammenhang, Eric. Es gibt eine Verbindung zu Finlay, die wir untersuchen müssen.«

»Das ist doch verrückt«, sagte Eric. »Finlay war doch noch ein Junge, als er mit Heather zusammen war.«

»Stimmt«, sagte Calloway. »Aber die Sache wurde ziemlich stürmisch, Sie erinnern sich doch bestimmt.«

»Natürlich erinnere ich mich«, gestand Eric ein. »Aber Sie haben dem ein Ende bereitet und das war's dann.«

»Das glauben wir auch«, meinte Tracy.

»Warum sind Sie denn dann hier?« Erics Stimme wurde lauter, es klang wie ein Flehen.

»Weil es immer diesen Zweifel geben wird. Es wird immer Leute geben, die diese Verbindung sehen und sich gewisse Fragen stellen. Damit sollte Finlay nicht leben müssen. Nicht, wenn er unschuldig ist«, erklärte Calloway.

Eric sah aus wie ein Teekessel kurz vorm Überkochen, sein Gesicht knallrot. Kopfschüttelnd schaukelte er auf seinem Stuhl hin und her und als er sich mit den Armen auf dem Tisch abstützte, zitterten ihm die Hände. Seine Frau legte ihre Hände auf die seinen.

»Eric. Tracy versucht nur zu helfen«, sagte Calloway. »Ich habe sie darum gebeten.«

Jetzt weinte Eric. Er zog ein rotes Taschentuch aus der hinteren Hosentasche und putzte sich die Nase. »Was ich gesagt habe, tut mir leid, Tracy.« Er holte tief Luft. »Ich bin bloß ein alter Mann, der seine Tochter vermisst.« Ingrid streichelte seinen Unterarm und griff nach einer Serviette, um die eigenen Tränen abzuwischen.

»Das weiß ich, Mr Johansen«, beteuerte Tracy. »Ich weiß, wie schwer das alles ist.«

»Ich kann den Fall nicht untersuchen, Eric«, sagte Calloway. »Ich habe nicht die Erfahrung, die Tracy in diesen Dingen hat, und ich bin zu nah dran an der ganzen Sache, zu nah an Finlay.

Ich habe sie gefragt, ob sie mir helfen kann. Sie hat ein Baby zu Hause. Sie hätte auch Nein sagen können. Sie hätte sagen können, dies alles hier sei nicht länger ihr Problem. Aber sie ist hier, Eric, weil sie weiß, besser als sonst irgendwer, was Ingrid und Sie durchgemacht haben. Sie will diesen Fall nicht untersuchen, Eric, aber sie tut es trotzdem, weil ich sie darum gebeten habe.«

»Mir fehlt meine Schwester auch«, sagte Tracy. »Meine ganze Familie lebt nicht mehr. Und es vergeht nicht ein Tag, an dem ich nicht an sie denke.«

Nach ein paar Augenblicken stieß Eric Johansen lange und vernehmlich die Luft aus. »Was wollten Sie denn nun wissen?«

Tracy warf Calloway einen Seitenblick zu, der ihr ermutigend zunickte. Sie wussten beide, dass Eric Johansen zwar Ja gesagt hatte, sich diese Haltung jedoch auch schnell wieder ändern konnte.

»Wissen Sie, wo Heather an dem Abend war, an dem sie verschwand?« Genauer brauchte Tracy nicht zu werden, dieser Abend hatte sich allen im Raum ins Gedächtnis eingebrannt.

»Uns hatte sie gesagt, sie wolle bei Kimberly übernachten«, sagte Ingrid leise.

»Wie ist sie dort hingekommen?«

»Sie wollte zu Fuß gehen«, antwortete Eric. »Von der Arbeit aus. Sie hat das Büro verlassen, bevor der Sturm losbrach. Ed Witherspoon sagte, er hätte sie früher gehen lassen, und er hat uns auch bestätigt, dass sie dann sofort gegangen ist.«

»Hat sie Sie an dem Abend noch angerufen?«

»Nein.« Ingrid schüttelte den Kopf.

»Haben Jason Mathews oder Kimberly Armstrong je angedeutet, warum Heather auf der Landstraße unterwegs gewesen sein könnte? Wo sie hinwollte oder wo sie hergekommen sein könnte?«

»Nein«, erklärte Eric entschieden.

Die Antwort ließ Ingrid zusammenzucken, die kurz den Mund öffnete, als wolle sie widersprechen, ihn dann aber wieder schloss.

»Haben *Sie* Vermutungen darüber angestellt?«, versuchte es Tracy noch einmal.

Ingrid drückte den Arm ihres Mannes, der Mühe zu haben schien, nicht erneut in Tränen auszubrechen. Er stützte sich mit beiden Ellbogen auf dem Tisch ab und legte sich die zitternden Hände vor den Mund.

Als Eric nicht antwortete, übernahm Ingrid: »Das Krankenhaus in Silver Spurs, Tracy. Jason Mathews behauptete, sie sei zu diesem Krankenhaus unterwegs gewesen.«

»Hat er gesagt, weswegen?«, insistierte Tracy. Ihrem Gefühl nach hatte Mathews das getan.

Ingrid warf ihrem Mann einen raschen Seitenblick zu, bevor sie sich wieder auf Tracy konzentrierte. »Es gab Spekulationen, unbestätigte Spekulationen, dass … Heather schwanger war.«

Es wurde still, als hätte jemand sämtliche Luft aus dem Zimmer gesogen. Tracy wartete einen Herzschlag lang mit ihrer nächsten Frage. »Aber Ihnen gegenüber hat Heather nie etwas davon erwähnt?«

»Nein.« Ingrid schüttelte vehement den Kopf. »Nie.«

Eric nahm seine Brille ab und legte die Stirn in beide Hände. Seine Schultern zitterten. Nach einer Weile tastete er nach einer Serviette, trocknete sich die Augen und ließ die Hände sinken. »Das hat sie nicht getan. Sie ist nie in dieses Krankenhaus gegangen.«

Tracy sah Calloway an und die beiden kamen stillschweigend überein, es vorsichtig angehen zu lassen. »Sie wissen nicht, wie sie dorthin gekommen ist, Eric?«, fragte Tracy leise. »Zum Krankenhaus?«

»Nein. Das haben wir nie herausgefunden.«

»War Heather nach Finlay mit jemandem zusammen?«, wollte Tracy wissen.

»Nein, mit niemandem.« Eric schien sich ganz sicher zu sein.

»Sie hat nie von einem anderen Jungen erzählt? Mit dem sie vielleicht mal einen Kaffee trinken war oder auf einem Date? Überhaupt nichts?«

»Nichts.« Ingrid schüttelte den Kopf.

Wer immer Heather Johansen an diesem Abend ins Krankenhaus nach Silver Spurs gefahren hatte, hatte gewusst, dass sie schwanger war. Was nicht bedeutete, dass diese Person sie auch umgebracht hatte. Nicht notwendigerweise. Eine Freundin hätte sie fahren können oder vielleicht hatte ein Bekannter sie mitgenommen. Aber Kimberly hatte sie nicht dorthin gebracht und Kimberly war Heathers beste Freundin gewesen. Wer immer das junge Mädchen gefahren hatte, war auf jeden Fall erst einmal auch verdächtig.

»Woher wissen Sie so genau, dass Heather das Krankenhaus an jenem Abend nicht betreten hat, Eric?«, wollte Tracy wissen.

»Das hat Mathews uns erzählt.« Eric sah Calloway an. »Nachdem Sie ihm die Akte gegeben hatten. Er hat in dem Krankenhaus nach Unterlagen gesucht und gesagt, dort sei nichts zu finden gewesen. Heather hatte den Termin nicht wahrgenommen.«

»Wir mussten ein paar Papiere unterschreiben, damit er diese Auskünfte bekam«, erklärte Ingrid.

»Hat Mr Mathews gesagt, ob er eine mögliche Schwangerschaft Heathers anderen gegenüber erwähnt hat?«

Ingrid schüttelte den Kopf.

»Er hat mit niemandem darüber gesprochen«, versicherte Eric. »Nur mit uns.«

»Hat er gesagt, was er in den Krankenhausunterlagen gefunden hat?«

»Er sagte nur, dort sei ein Termin für eine Abtreibung eingetragen gewesen, aber nichts davon, dass sie diesen Termin wahrgenommen hat«, sagte Ingrid rasch.

Jason Mathews hatte gewusst, dass Heather schwanger war, dachte Tracy. Hatte er es in Cedar Grove irgendjemandem gegenüber erwähnt? In diesem Städtchen, in dem Gerüchte so schnell die Runde machten? Wem mochte er es direkt erzählt haben und bei wem war das Gerücht angekommen? Weswegen war Mathews gestorben?

Kapitel 7

Tracy und Calloway verließen das Haus der Johansens, warm verpackt in ihre Wintersachen. Viele Informationen hatten sie in diesem Haus nicht erhalten. »Wir müssen herausfinden, wem Mathews von Heathers Schwangerschaft erzählt haben könnte«, überlegte Tracy, sobald Calloway und sie wieder im Auto saßen.

»Vielleicht hat er es ja auch niemandem weitergesagt.«

»Möglich, aber wenn er die Johansens informiert hat, kann er es auch anderen erzählt haben.«

»Womit du sagen willst, er hatte ein großes Maul und hat es weit aufgerissen«, meinte Calloway.

»Denkbar wäre es, meiner Meinung nach. Vielleicht wollte er gern dazugehören oder als der tolle Anwalt rüberkommen, der mehr weiß als alle anderen in der Stadt, einschließlich Heathers Eltern.«

»Und dann hat er es ausgerechnet der falschen Person erzählt?« Calloway klang nicht überzeugt. »Das wäre allerdings ein ziemlicher Zufall.«

»Ich sage ja gar nicht, dass die Person, der er es erzählt hat, ihn auch gleich umbrachte. Er hätte es irgendwem erzählt haben können, und dieser Jemand ging dann nach Hause zu seiner Frau und erzählte es der und die hat es eine Woche später auf einem Treffen des Elternbeirats ihren Freundinnen erzählt und so weiter. Bis das Gerücht, ein toller Anwalt aus Montana würde behaupten, Heather sei schwanger gewesen, bei der Person ankam, für die sogar noch mehr auf dem Spiel stand als für die Johansens.«

»Bei Heathers Mörder.«

»Der dachte, er wäre mit dem Mord durchgekommen und sein Geheimnis vor zwanzig Jahren begraben worden.«

Calloway stieß einen tiefen Seufzer aus. »Das ist natürlich ziemlich wilde Spekulation, Tracy.«

»Gute Polizeiarbeit fängt immer mit Spekulationen an.«

Inzwischen war der Motor des Subaru warm genug. Tracy schaltete das Gebläse auf Hochtouren und legte den Rückwärtsgang ein.

Calloway konnte nicht anders und dirigierte sie zur Landstraße, eine Strecke, die Tracy auch mit verbundenen Augen gefunden hätte. Sie ließ ihn kommentarlos gewähren. Irgendwie würde er für sie immer Polizeichef von Cedar Grove und der beste Freund ihres Vaters sein, während sie für ihn das kleine Mädchen blieb, das auf dem Fahrrad durch die Stadt kurvte.

Nach vier Meilen Landstraße wies Calloway sie an, rechts in eine asphaltierte Straße einzubiegen. Der Abzweig befand sich knapp eine Meile von der Stelle entfernt, an der Heather Johansens Leiche gefunden worden war. Tracy kannte diese Nebenstraße gut, denn in einem der Häuser an deren Ende hatte früher eine ihrer Freundinnen von der Highschool gewohnt. Die Straße war eng und selbst an guten Tagen kaum breit genug für zwei Autos, um aneinander vorbeizufahren, auch wenn sie vorsichtig und fast Schritt fuhren. Jetzt hatten so um die zehn Zentimeter Schnee die Fahrbahn noch schmaler werden lassen.

»Ein guter Ort zum Abtauchen, wenn sich Mathews denn wirklich aus diesem Grund hier ein Haus gekauft hatte«, meinte

Tracy, während sie in den Fahrrillen anderer Autos die Straße entlangschlingerten.

»Das mit dem Abtauchen scheint gestimmt zu haben. Seine Scheidung war hässlich, heißt es. Laut Eric hatte sich Mathews offiziell aus der Juristerei zurückgezogen, obwohl er schon noch den einen oder anderen Fall übernahm, solange der Mandant bar bezahlte oder sich wie Eric auf einen Tauschhandel einließ. Mathews Frau sollte auf keinen Fall die Hälfte irgendwelcher Einnahmen für sich beanspruchen können.«

»Nett!« Tracy war wieder einmal überrascht, wie rachsüchtig manche Leute denen gegenüber sein konnten, die sie vorher angeblich geliebt hatten. »Vielleicht hat ihn ja seine Ex erschossen.« Das war nicht ganz ernst gemeint, Calloway musterte sie dennoch mit hochgezogenen Brauen. »Haben Sie mit ihr gesprochen?«, hakte Tracy nach. »Wissen Sie deswegen, dass die Scheidung hässlich war?«

Calloway nickte. »Ich habe mich erkundigt. An dem Tag, an dem Mathews erschossen wurde, war sie in Billings und insgesamt scheint sie heilfroh gewesen zu sein, dass er die Stadt verlassen hatte. Sie wollte nichts mehr mit ihm zu tun haben, sagte sie. Er sei ein Trinker gewesen, und zwar keiner von den fröhlichen. Ich konnte nie irgendwelche Hinweise finden, die sie mit den Schüssen auf ihren Mann in Verbindung gebracht hätten.« Calloway deutete auf den Straßenrand. »Fahr rechts ran.«

Tracy steuerte den Subaru langsam von der Fahrbahn auf den nicht asphaltierten Straßenrand, wobei die Räder im Schnee ein paarmal durchdrehten. Rechts ragten Koniferen über ihr auf, Riesentannen, Douglasien, Fichten, Gelbkiefern und verschiedene Lärchen – Tracy erkannte viele der Bäume wieder, deren Namen sie in der Oberstufe in einem Kurs gelernt hatte, zu dem auch Exkursionen gehörten. Ihr Lehrer hatte den Baumbestand in dieser Gegend damals als den vielfältigsten im

Staate Washington bezeichnet. Links nahm sie eine Böschung mit kargerem Baumvorkommen wahr. Hier im Schatten, unter dem dichten Kronendach der Bäume, kam es ihr gleich ein paar Grad kälter vor. Vereinzelt lag Schnee unter den Bäumen, auf deren Zweigen sich eine weiße Puderschicht gebildet hatte. Rasch setzte sich Tracy die Kapuze ihrer Daunenjacke auf und hüpfte ein bisschen herum, um nicht ganz auszukühlen. Calloway tat es ihr nach, bis beide so aussahen wie mitten in einem irischen Jig.

»Hier ist es also passiert?« Jeder Atemzug, jedes gesprochene Wort hing kurz wie weißer Rauch vor Tracys Lippen.

»Gleich hier die Straße runter.« Calloway führte sie noch etwa zehn Meter weiter.

»Okay, lassen Sie uns nicht lang um den heißen Brei rumreden. Ich will eine knappe Zusammenfassung, bevor wir uns hier den Hintern abfrieren.«

* * *

Jason Mathews spürte, wie sein Pick-up nach links zog, gleich darauf ertönte hinter ihm lautes Hupen. Er schreckte auf, war sofort hellwach und riss das Lenkrad nach rechts – zu scharf. Der Pick-up geriet von der Fahrbahn und prallte mit den Reifen auf den unbefestigten Seitenstreifen. Zweige schlugen gegen die Windschutzscheibe, kratzten an den Seitenfenstern. Mathews riss das Steuer nach links, bis die Reifen wieder fassten, hüpfte den Straßenrand hoch, fuhr wieder auf Asphalt, schlitterte nach links. Es dauerte, bis der Pick-up die Straßenmitte wiedergefunden hatte.

Er holte tief Luft, zwang sich, die Augen offen zu behalten. Der Barkeeper in der Four Points Tavern *hatte ihm ein Taxi rufen wollen, aber solche Geldausgaben vermied Mathews lieber, und er war nüchtern genug gewesen, um sich zusammenzureißen, bis der*

Barkeeper überzeugt war und ihn nach Hause fahren ließ. Weit hatte er es ja auch nicht, gerade mal zwei Meilen.

Mathews war es schon immer leichtgefallen, Leuten etwas vorzuspielen. Das hatte ihn zu einem guten Anwalt gemacht: seine Pokermiene und sein Talent, seine Gegner davon zu überzeugen, dass er auf jeden Fall vor Gericht gehen würde, wenn sie die von ihm in einem Vergleich geforderte Summe nicht zu zahlen bereit waren. Normalerweise zahlten sie dann. Ja, er war ein verdammt guter Anwalt gewesen und würde auch jetzt noch praktizieren, hätte er dann nicht weiterhin seiner Frau Unterhalt zahlen müssen. Das konnte sie sich abschminken, da hatte sie null Chance, zur Hölle mit ihr! Er hatte Geld beiseitegeschafft und prima versteckt, das würden sie und ihre forensischen Buchhalter nie finden! Kein Vermögen, das nicht, das wäre aufgefallen, aber doch unter dem Strich ein ganz netter Batzen. Und jetzt flog er unter dem Radar. Das war sein Motto. Flieg immer ... nein! Das war es doch gar nicht. Sein Motto war ... wie zum Teufel lautete es noch gleich?

Scheiß drauf. Er brauchte kein Motto. Und ein Vermögen brauchte er auch nicht. Das war das Entscheidende. Er brauchte kein Vermögen. Nicht hier in Cedar Grove, diesem kleinen Kaff am Arsch der Welt.

Er setzte sich hinter dem Steuer zurecht, versuchte herauszufinden, wo er war. Er durfte den Abzweig zu seiner Straße nicht verpassen, denn auf dieser Landstraße gab es keine Schilder. Wie zum Teufel sollte da irgendwer irgendeinen Abzweig finden, so ohne Schilder? Er orientierte sich inzwischen an markanten Merkmalen entlang der Straße, an einem großen Felsen rechts, gleich hinter dem musste er abbiegen. Das war sein ... Wo war er gerade gewesen? Ach ja. Viel Geld brauchte er nicht. Er war prima darin, Leuten was vorzumachen. Wie diesem norwegischen Tischler – Sven ... oder Eric. Eric. Ja, so hieß er. Eric hatte für ihn getischlert, im Wert von locker zwei-, dreitausend Dollar, und alles, was Mathews zu tun brauchte, war ein bisschen rumzufragen. Wegen der toten Tochter von diesem Eric. Leicht verdientes Geld. Mathews hatte sich bloß die Ermittlungsakte besorgt und schon war die Bombe geplatzt. Erics Tochter war gar nicht so brav und blütenrein gewesen, wie ihre Eltern gedacht hatten. Sie war bei ihrem Tod schwanger gewesen. Und die Polizei hatte es nicht mal für nötig befunden, Eric und seiner Frau davon zu erzählen. Wer sorgte hier draußen eigentlich für Recht und Ordnung? Was waren das bloß für Witzfiguren? Der Ausdruck in Erics Gesicht, als Mathews es ihm erzählt hatte – da wäre doch fast die Uhr stehen geblieben. Der Typ hatte ausgesehen, als hätte ihn jemand geohrfeigt, und war einfach erstarrt.

Und dann hatte Eric Mathews befohlen, die Ermittlungen einzustellen. Sagte, er wollte nicht, dass Mathews sich weiter in die Sache einarbeitete, seine Frau und er wollten über den Tod ihrer Tochter nichts weiter wissen.

Mathews hatte vielleicht zehn Stunden mit der Durchsicht der Akte verbracht und dafür fünftausend ... nein, das war nicht richtig. Er hatte ... was hatte er dafür bekommen? Scheiß drauf.

Wieder ein Stoß, wieder zuckte sein Kopf hoch. Da war er ja, der Felsen neben der Straße. Mathews trat auf die Bremse, ließ den Pick-up rutschen, sich drehen, bis der Rauch aus dem Auspuff seitlich am Fenster vorbeischwebte. Warum zum Teufel war dieser verdammte Abzweig nicht anständig ausgeschildert? Er versetzte dem Lenkrad einen Schlag. Trottel!

Was wollte er gleich noch?

Er sah sich um. Ach ja! Abbiegen.

Vorsichtig bog er in die schmale Straße ein, wobei die Fahrerkabine des Pick-ups sich nach links neigte. Wieso kippte sein Auto nach links? Jetzt hörte er, wie der Pick-up an der Böschung entlangschabte. Irgendetwas zerbrach knackend. Mathews lenkte gegen, steuerte die Straßenmitte an.

Vor ihm lag etwas auf der Straße. Er bremste abrupt.

Was zum Teufel ...?

Waren das Äste? Sah ganz so aus.

Was zum Teufel machten Äste mitten auf der Straße?

Befand sich der Pick-up überhaupt noch auf der Straße?

Er starrte durch die Windschutzscheibe. Äste und Zweige. Verdammte Scheiße. Mitten auf der Straße. Einfach drüberfahren? Ging wahrscheinlich nicht. Scheiße!

Er wollte die Fahrertür öffnen. Unmöglich. Er stemmte sich gegen die Tür, spürte, wie sie ein wenig nachgab, ohne sich jedoch ganz öffnen zu lassen. Was zum Teufel war da los?

Er stemmte sich fester gegen die Tür. Die gab ein empörtes Knacken von sich, das in Stöhnen überging. Erst als er sich mit der Schulter dagegenstemmte, gab die Tür so weit nach, dass er sich durch die Lücke zwängen konnte. Stolpernd landete er neben dem Pick-up, wobei er sich weiterhin an den Türgriff klammerte, um nur nicht das Gleichgewicht zu verlieren. Mist! Der Pick-up hatte einiges abgekriegt, war an der ganzen Seite eingedellt und zerkratzt. Und der Seitenspiegel war verschwunden. Da hatte ihn wohl jemand angefahren und Fahrerflucht begangen. Wahrscheinlich schon vorhin, auf dem Parkplatz der Bar. Das musste er seiner Versicherung melden.

Einen Moment lang blieb er einfach so stehen, wusste nicht mehr, was er tun wollte und weswegen er überhaupt ausgestiegen war. Dann fiel sein Blick auf die Äste, die auf der Straße quer lagen und ihm den Weg blockierten. Richtig! Er ließ den Türgriff los und wankte nach vorn um die Fahrerkabine herum. Das war zu viel Holz, um einfach drüberzufahren. Bei seinem Pech platzte ihm dabei wahrscheinlich gleich noch ein Reifen. Es blieb ihm nichts anderes übrig, er musste das Holz beiseiteschaffen. Stöhnend bückte er sich, packte einen der dickeren Äste und schleifte ihn an den Straßenrand. Verdammt, war das Ding schwer. Und der Haufen war nicht ohne, das würde jetzt dauern. Scheiße. Er bückte sich, packte den nächsten Ast, zog und zerrte, wobei ihm vor Anstrengung und weil er sich vorbeugte ein bisschen schwindelig wurde. Er musste eine Pause machen, um wieder zu Atem zu kommen.

Er sah sich um, den Abhang empor, der sich an der linken Straßenseite entlangzog. Zuckte zusammen, als ein heller Sonnenstrahl zwischen den Bäumen hindurch direkt sein Gesicht traf. Vorsichtig hob er die Hand, schirmte die Augen ab.

Da hörte er ein Knacken.

Es war fast windstill, warum sollten die Bäume ...

Irgendetwas versetzte ihm einen Stoß.

Sein Körper flog nach hinten und einen kurzen, sehr kurzen Moment lang blickte er in den Himmel.

* * *

Tracy sah Calloway zu, der unbeholfen von einem Fuß auf den anderen hüpfte, wobei er von Zeit zu Zeit das Gesicht verzog, als wäre er auf eine Reißzwecke getreten.

Als er ihren Blick bemerkte, zuckte er die Achseln. »Mir schläft das Bein ein, das liegt an der Verletzung der Nerven. Kälte wie heute macht es noch schlimmer.« Er deutete mit dem behandschuhten Finger weiter die Straße hinunter. »Wir fanden Mathews Pick-up mitten auf der Straße, der Motor lief noch. Vorm Auto lagen ein paar Äste, weitere am Straßenrand. Es sah so aus, als hätte er sie wegräumen wollen, um zu seinem Haus durchzukommen.«

»Jemand hat die Äste auf die Straße gelegt, damit er anhält und aussteigt.«

»Sollte das zutreffen, dann hätte der Betreffende das genau durchdacht. Die Äste waren nicht abgesägt, das hätten wir sonst festgestellt. Es sah so aus, als wären sie abgebrochen, und zwar nicht an dem Tag, als wir Mathews fanden.«

»Jemand hat sie gesammelt und sich dann auf die Lauer gelegt.« Tracy dachte nach, die Hände trotz der Handschuhe tief in den Taschen ihrer Daunenjacke. So herumzustehen ließ sie die Kälte noch stärker spüren.

»Mathews Blutalkoholpegel war fast doppelt so hoch wie gesetzlich erlaubt, wenn man noch fahren will«, berichtete Calloway weiter. »Und sein Pick-up war an der Seite ziemlich ramponiert. Wir hatten keinen Grund, einen Hinterhalt zu vermuten, da niemand in der Gegend hier ihn gut genug kannte, um einen Groll gegen ihn zu hegen. Deswegen haben wir auch seine geschiedene Frau befragt.«

»Was war mit Eric Johansen?«

»An den haben wir auch gedacht. Eric gab an, zu der Zeit, als unserer Berechnung nach der Schuss gefallen war, zu Hause in seinem Carport an Möbeln gearbeitet zu haben.«

»Hat seine Frau das bestätigt?«

Calloway schüttelte den Kopf. »Das konnte sie nicht, sie war in der Kirche. Wie dem auch sei, wir haben die Leute glauben lassen, wir würden von einem Jagdunfall ausgehen, und haben die Ermittlungen abgeschlossen. Wobei wir hofften, dass sich vielleicht doch noch eines Tages irgendetwas Neues ergibt. Das war bis jetzt nicht der Fall.«

»In welcher Jahreszeit ist es passiert?«

Calloway bedachte sie mit wohlwollendem Grinsen: Sie war auf der richtigen Spur. »Ende Oktober.«

»Jagdzeit für Hirsche. Wer hat ihn gefunden?«

»Eine Nachbarin, die in die entgegengesetzte Richtung fuhr. Zuerst hat sie Mathews gar nicht gesehen, nur die Äste und seinen Pick-up. Sie ist ausgestiegen, ein paar Schritte gegangen und sofort stehen geblieben, als sie Mathews Leiche sah, die teilweise von den Ästen verdeckt wurde.«

»Wo hatte ihn der Schuss getroffen?«

»Im Kopf.«

»Welches Kaliber?«

»Das weiß ich nicht«, sagte Calloway. »Irgendwas mit sechsunddreißig oder größer, wenn man nach der Wunde gehen will.«

»Ihr habt die Kugel nie gefunden?«

Calloway schüttelte den Kopf. »Sieh dich doch um, Tracy. Wir haben gesucht.«

»Also kein Ballistik-Test.«

»Nach dem Ausmaß der Verletzung an Mathews' Schädel zu urteilen, wäre die Kugel wahrscheinlich sowieso zu beschädigt gewesen, um groß etwas damit anfangen zu können.«

»Und ich nehme mal an, dass so gut wie jeder in Cedar Grove und den umliegenden Städten ein Jagdgewehr von dem Kaliber hat.«

»Einschließlich Eric Johansen.«

Tracy blickte den steilen Hang hinauf, wo die Sonne inzwischen hinter einem Baum verschwunden war. Calloway folgte ihrem Blick. »Wir sind da hinaufgeklettert, damals ging das bei mir noch. Fußspuren konnten wir keine entdecken. Sollte es welche gegeben haben, so wurden sie mit einem Zweig wieder verwischt.«

Tracy horchte auf. Den Trick kannte sie, ihr Vater hatte ihn Sarah und ihr bei der gemeinsamen Suche nach Pfifferlingen beigebracht, damit sie ihre Fundstellen nicht verrieten. Man verließ einen Ort rückwärtsgehend und verwischte mit einem Zweig alle Spuren.

»Wenn ihm jemand aufgelauert hat, dann hätte diese Person ihm doch eigentlich vorher gefolgt sein müssen, um genau mitzukriegen, wo er hinfährt, oder?«, dachte Tracy laut nach. »Es hätte doch auch ein anderer Anwohner vor Mathews die Äste sehen und wegräumen können.«

»Könnte man meinen, ja. Mathews zu observieren wäre wahrscheinlich nicht schwer gewesen. Der hat sich allem Anschein nach so gut wie jeden Nachmittag in der *Four Points Tavern* volllaufen lassen.«

»Das würde allerdings auf mehr als eine Person hindeuten.«

»Wieso?«

»Um zu vermeiden, dass ein anderer Anwohner über die Äste stolperte, bevor Mathews eintraf, muss eine Person Mathews gefolgt sein und einer zweiten Person Nachricht gegeben haben, dass er sich auf dem Nachhauseweg befindet.«

»Vielleicht«, meinte Calloway. »Oder der Schütze hat auf sein Glück gehofft. An der Straße stehen gerade mal vier Häuser. Mitten am Tag, wenn alle bei der Arbeit sind, stehen die Chancen gut, dass kaum einer vorbeikommt.«

»Haben Sie mit den Leuten von der *Four Points* gesprochen?«

Calloway nickte. »Sobald wir den Blutalkoholpegel von Mathews kannten. Der erklärt den Schaden seitlich an seinem Pick-up und die Reifenspuren, die wir auf der Landstraße gefunden hatten. Er war dort ins Schleudern geraten, richtig heftig, von einer Straßenseite zur anderen. Ich habe eine Beamtin die örtlichen Kneipen abklappern lassen und dabei ist herausgekommen, dass Mathews regelmäßiger Besucher der *Four Points Tavern* war.«

»Konnte sich der Barkeeper oder einer der Stammgäste an ihn erinnern?«

»Der Barkeeper sagte, Mathews sei an manchen Tagen, so auch an diesem, schon früh gekommen und habe sein Frühstück und das Mittagessen sozusagen in flüssiger Form zu sich genommen. Danach ist er wohl stets nach Hause und hat seinen Rausch ausgeschlafen. Der Barkeeper sagte, er habe Mathews wie immer einen Kaffee angeboten und wollte ihm angeblich auch ein Taxi rufen. Ob das stimmt oder ob er es nur behauptet hat, um seinen Arsch zu retten, habe ich nicht überprüft. Dafür bestand ja auch kein zwingender Grund. Wie dem auch sei, ein Taxi hätte Mathews regelmäßig abgelehnt, behauptete der Barkeeper. Hat wohl immer darauf beharrt, es bis nach Hause nicht weit zu haben, gerade mal zwei Meilen.«

»Und er hatte doppelt so viel Promille im Blut, wie im Straßenverkehr erlaubt.« Tracy konnte sich kaum vorstellen, wie

Mathews da noch in der Verfassung gewesen war, sich hinters Steuer zu setzen.

»Ich weiß, worauf du hinauswillst. Anscheinend vertrug der Mann ziemlich viel und konnte mit dem Alkohol umgehen. Er habe noch verständliche Sätze gebildet, hat der Barkeeper meiner Beamtin erzählt, und sei auf dem Weg zur Tür eine gerade Linie gegangen. Vielleicht hat er das aber auch nur behauptet, um, wie gesagt, seinen Arsch zu retten.«

»Erinnert sich der Barkeeper daran, ob Matthews allein oder mit jemandem zusammen gegangen ist?«

»Anscheinend ist der Mann immer allein gekommen. Er hatte da wohl im Laufe der Zeit ein paar Leute kennengelernt, aber niemand will besonders vertraut mit ihm gewesen sein oder oft mit ihm zusammengesessen haben. Mathews war wohl in betrunkenem Zustand nicht besonders angenehm. Sagt seine geschiedene Frau, wenn man der Glauben schenken darf.«

»Wer wusste, dass er den Tod von Heather Johansen untersuchte?«

Calloway zuckte die Achseln, die Handflächen nach oben gedreht. »Wie ich schon sagte, die Johansens hatten mir grünes Licht gegeben, für den Fall, dass Mathews irgendetwas brauchte. Aber du kennst doch diese Stadt, Tracy. Wenn ein Typ, den nie jemand vorher gesehen hat, rumläuft und Fragen zu einem Mord stellt ...« Calloway ließ den Satz unvollendet.

»Hat Matthews Sie je um irgendetwas gebeten, nach irgendetwas gefragt?«

»Nur um die Kopie von Heathers Akte, die ich ihm gegeben habe, sobald Eric Johansen die notwendigen Papiere unterzeichnet hatte. Ich sagte Mathews, er solle sich ordentlich anstrengen, damit es Klarheit gibt. Damals bin ich ja noch von House als Mörder ausgegangen. Ich habe ihn allerdings auch gebeten, so weit wie möglich Diskretion zu wahren.«

»Da scheint er ja nicht auf Sie gehört zu haben.«

»Passiert mir ständig.«

»Haben Sie Finlay zu dem Schuss auf Mathews befragt?«

»Willst du wissen, ob er ein Alibi hatte?«

»Hatte er?«

Calloway schüttelte den Kopf. »Nein. Er hatte an dem Tag frei und Kimberly arbeitete bei der Zeitung.«

»Hat Finlay gesagt, was er an seinem freien Tag gemacht hat?«

»Du weißt, was er gemacht hat! Er war jagen.«

»Mit irgendjemandem zusammen?« Tracy ließ nicht locker, auch wenn sie sich bei Calloways abwehrendem Verhalten die Antwort schon denken konnte.

»Allein.«

»Haben Sie sich sein Gewehr angeschaut, herausgefunden, wann es zuletzt abgefeuert worden war?«

»Ich habe es mir angesehen und es war sauber. Aber Finlay hat mir gleich von Anfang an gesagt, dass er es in der Woche mit zum Schießstand genommen und anschließend zu Hause gereinigt hatte. Das hat er immer so gemacht.«

»Also lässt sich nichts Genaues sagen.«

»Wann er es zum letzten Mal abgefeuert hatte? Nein.«

»Und ohne die Kugel …«

»Die hätte man sowieso nicht mit irgendeinem bestimmten Gewehr in Zusammenhang bringen können.«

»Sie sagten, der Schädel sei in erheblichem Maß zertrümmert gewesen. Hat man bei der Autopsie herausfinden können, welche Entfernung die Kugel ungefähr zurückgelegt hatte, bevor sie ihr Ziel traf?«

»Laut Bericht kommen sie auf eine Schätzung von neunzig bis hundertvierzig Metern.«

Das half nun auch nicht weiter. »Mit einem Zielfernrohr kriegt jeder einen solchen Treffer hin, Roy. Selbst bei einer Entfernung von zweihundert, ja dreihundertfünfzig Metern ließen sich hier in der Gegend noch genügend Verdächtige finden.«

»Da bin ich ganz deiner Meinung. Laut Einschusswinkel wurde der Schuss wahrscheinlich von einem Felsvorsprung aus abgegeben, der circa neunzig Meter den Hang da hoch liegt.« Er hob die Hand, um die Augen gegen die Sonnenstrahlen abzuschirmen, und deutete in die entsprechende Richtung. »Es passierte ungefähr um diese Tageszeit.«

Tracy schirmte ebenfalls die Augen ab und folgte Calloways Richtungsangabe. »Im Oktober und um diese Tageszeit hätte der Schütze die Sonne im Rücken gehabt und wäre so gut wie unsichtbar gewesen. Selbst wenn Mathews da oben hochgeschaut hätte, hätte er ihn wohl kaum entdeckt. Der Felsvorsprung dort, sagen Sie?« Die Aussicht, auf dieser Seite den Abhang hochklettern zu müssen, stimmte sie nicht gerade froh.

Calloway nickte. »Ungefähr neunzig, einhundertvierzig Meter hier den Hang hoch. Ich würde dich ja hinbringen, aber nicht mit diesem blöden Bein.«

Sie hielt ihm ihre Autoschlüssel hin. »Kein Grund, warum wir uns beide die Möpse abfrieren sollten.«

Seine Augen wurden schmal. »Möpse?«

»Das hab ich von meiner irischen Nanny.«

Calloway griff nach dem Schlüssel und zog sich in den Subaru zurück. Tracy überquerte die Straße, suchte nach einem passenden Einstieg und kletterte los. Der Schnee machte es nicht gerade einfacher, mit den Füßen festen Halt zu finden, und als sie Calloway unter sich den Wagen anlassen hörte, beneidete sie ihn aus ganzem Herzen. Ihr blieb nichts anderes übrig, als sich immer wieder an irgendwelchem Gestrüpp festzuklammern, um den Abhang nicht gleich wieder hinunterzurutschen. Sobald sie den steilsten Teil des Aufstiegs hinter sich hatte, ging es schneller und sie arbeitete sich zu dem Felsvorsprung vor, der sich genau dort befand, wo er nach Calloways Angaben sein sollte. Das mit den neunzig bis hundertvierzig Metern bis runter zur Straße kam hin. Tracy trat hinter den Felsen und kletterte hinauf, die Sonne nun im Rücken. Auch das war bei all dem Eis und Schnee nicht ganz einfach, aber endlich war sie angekommen und hatte einen klaren, unverstellten Blick auf die Straße und ihren Subaru.

Ein Jagdunfall war das auf keinen Fall gewesen.

Kapitel 8

Tracy setzte Calloway an der Polizeidienststelle ab, denn sie wollte ihn nicht dabeihaben, wenn sie jetzt zu Finlay Armstrong fuhr. Um ihm das schmackhaft zu machen, hatte sie an sein Ego appelliert: Er sei trotz seiner Pensionierung in Cedar Grove immer noch sehr präsent und nicht nur seiner Körpergröße wegen. Er werfe einen manchmal zu langen Schatten, besonders, wenn es um seinen ehemaligen Protegé ging. Von daher verspreche sie sich bei Finlay viel von einem Gespräch unter vier Augen.

»Und du willst wirklich nicht kurz noch mit reinkommen und dich bei einer Tasse Kaffee aufwärmen?« Calloway war beim Wagen stehen geblieben und sah auf Tracy hinunter, eine Hand auf dem Autodach, die andere auf der offenen Beifahrertür. »Damit du dir nicht den Arsch abfrierst?«

Tracy lächelte. »Danke, aber ich möchte gleich weiter zu Finlay und zu einer halbwegs vernünftigen Zeit wieder zu Hause sein.«

Calloway wollte schon die Wagentür zuschlagen, als er noch einmal zögerte. »Komm doch mal mit deinem Baby bei uns vorbei. Du weißt schon … Nora würde sich ein Loch in die Mütze freuen, die Kleine zu sehen.«

Tracy lächelte. »Sag Nora, das mache ich auf jeden Fall.«

Sie fuhr vom Parkplatz und zurück durch die Stadt. Finlay, so hoffte sie, würde einer Frau gegenüber vielleicht offener sein als einem Mann, der noch dazu sein ehemaliger Chef war. Vielleicht würde er ihr gegenüber nicht so sehr die Fassade zu wahren versuchen und frei von der Leber weg reden können. Das hatte sie in ihren Jahren bei der Polizei mehr als einmal erlebt.

Es gab Fälle, bei denen ihre männlichen Partner im A-Team ihrer Abteilung mit einem Verdächtigen absolut nicht weiterkamen und ihnen sogar das eine oder andere Schimpfwort an den Kopf geknallt wurde. In solchen Fällen bat Tracy darum, mit dem Mann allein sprechen zu dürfen, und oft dauerte es nicht lange, bis der mit ihr plauderte, als wäre sie auf der ganzen weiten Welt der einzige Mensch, dem er vertrauen konnte.

Sie erwog kurz, auf dem Weg zu Finlay bei der *Four Points Tavern* anzuhalten, aber die Chance, dass dort gerade derselbe Barkeeper hinter dem Tresen stand wie 2013, als Mathews in der Bar Stammkunde gewesen war, schien ihr nicht besonders groß. Sie würde den Besuch dort irgendwann nachholen, wollte jetzt aber erst einmal sehen, dass sie weiterkam. Irgendwann musste sie ja auch nach Hause, Milch abpumpen.

Finlay war nach dem Brand in dasselbe Motel gezogen, in dem auch Tracy während des Wiederaufnahmeverfahrens von Edmund House gewohnt hatte. Roy hatte nicht sagen können, ob Finlay den Wiederaufbau seines zerstörten Heims plante und ob er irgendwann auch wieder zur Arbeit erscheinen würde. Eher dachte er wohl daran, den Staat Washington zu verlassen und in die Nähe seiner Eltern zu ziehen, die sich zurzeit um seine drei Kinder kümmerten. Im Moment schienen Finlay die Erinnerungen zu schmerzhaft zu sein, als dass er ein Bleiben in der Stadt in Erwägung ziehen konnte. Außerdem wollte er seine Kinder nicht der Gerüchteküche von Cedar Grove aussetzen, solange der Tod seiner Frau nicht aufgeklärt war. Natürlich wusste er, wie eifrig darüber spekuliert wurde, ob er etwas mit dieser ganzen Sache zu tun hatte.

Tracy konnte Finlays Haltung nachvollziehen. Sie verstand nur zu gut, warum er die einzige Stadt verlassen wollte, die er je sein Zuhause genannt hatte, und auch die Arbeit, die er so liebte. Wie sollte er Cedar Grove als Polizeichef dienen, solange es Spekulationen über den Tod seiner Frau gab? Spekulationen, die noch dazu den Staub wieder aufwirbelten, der sich mit den Jahren auf die Gräber von Heather Johansen und vielleicht auch Jason Mathews gelegt hatte? In einer kleinen Stadt war man oft nicht durch das isoliert, was gesagt wurde, sondern durch das viele Unausgesprochene. Auch das wusste Tracy nur zu gut. Obwohl sämtliche Bewohner der Stadt ihr versichert hatten, Sarahs Tod sei nicht ihre Schuld, bedeuteten allein diese Beteuerungen doch, dass sich alle diese Frage gestellt hatten.

Tracy versorgte sich in einem Drive-Through-Restaurant mit Hamburgern, da sie seit dem Frühstück nichts gegessen hatte, steuerte den Parkplatz des Motels an und entdeckte dort vor dem zweistöckigen, mit Schindeln verkleideten Haus auch sofort Finlays blauen Pick-up. Tracy holte den Karton mit den Hamburgern und zwei großen Milchshakes vom Beifahrersitz und balancierte ihn auf einer Hand, während sie sich den Riemen ihrer Umhängetasche über die Schulter warf. So kletterte sie die Treppe in den ersten Stock hinauf. Der Schnee auf dem Dach taute bereits und wenn nicht gerade auf der Landstraße ein Lastwagen vorbeifuhr, konnte sie das Schmelzwasser tropfen hören.

Es klang hohl, als sie an der Tür von Zimmer zwölf klopfte. Wenig später tauchte im Fenster neben dieser Tür Finlays Gesicht auf. Er starrte sie kurz an, bevor er ihr öffnete. Fast hätte sie ihn nicht wiedererkannt, so sehr war er gealtert, weit mehr als die fünf Jahre, die seit ihrem letzten Treffen vergangen waren. Damals hatte er nur wenige graue Haare auf Schläfen und Koteletten gehabt, jetzt war er buchstäblich grauhaarig geworden und seine Gesichtshaut war müde und schlaff. Die haselnussbraunen Augen, auf der Highschool ein Hit bei den Mädchen, wirkten leer und traurig. Er schien auch sehr abgenommen zu haben, was besonders am Hals und an den Schultern auffiel und ihn wie einen Schauspieler aussehen ließ, der einer Rolle wegen mithilfe von Medikamenten drastisch abgenommen hatte, und zwar weit mehr, als gesund sein konnte. Sein schwarzes T-Shirt hing allzu locker, und dort, wo in der Taille ein Gürtel die Jeans zusammenhielt, fiel besonders auf, dass sie ihm viel zu groß geworden war.

»Tracy. Schön, ein vertrautes Gesicht zu sehen.« Finlay lächelte, aber es war ein trauriges Lächeln und erinnerte Tracy an ihren Vater, der nach Sarahs Verschwinden nur noch so hatte lächeln können und sich dann bald das Leben genommen hatte. Ob wohl auch Finlay in dunklen Momenten an Selbstmord dachte?

»Hallo, Finlay.«

Finlay trat beiseite und bat sie mit einer Geste hinein. Hier standen zwei Doppelbetten, das eine halb gemacht, das andere mit Koffern, Kleidung und einem Laptop beladen. In der einen Zimmerecke gab es eine kleine Küchenzeile mit zwei Herdplatten und einem winzigen Kühlschrank.

»Willkommen in meinem bescheidenen Heim«, kommentierte Finlay sein neues Zuhause. »Das einzig Gute an einem katastrophalen Feuer dürfte wohl sein, dass man hinterher nicht mehr viel zu packen hat.«

Wie alles sich ändern konnte – in einem einzigen Moment, dachte Tracy.

»Ich habe uns ein bisschen Platz geschaffen«, fuhr Finlay fort und deutete mit dem Kinn auf einen runden Tisch mit Resopalplatte unter dem Alufenster, das einen Blick auf Treppenaufgang und Parkplatz bot.

Tracy stellte ihre Handtasche auf den dunkelbraunen Teppich und räumte die Tüten mit Hamburgern und die beiden Plastikbecher Milchshakes aus dem Karton. »Ich habe uns noch schnell was zum Mittagessen besorgt«, erklärte sie, während sie ihre Winterjacke ablegte und sich einen Stuhl heranzog.

Finlay hob abwehrend die Hand. »Für mich nicht, danke. Aber du kannst gern essen.«

»In diesen Tüten befinden sich vier Hamburger, Finlay! Ich weiß, ich bin seit dem Baby dicker geworden, aber vier Hamburger schaffe selbst ich nicht.«

Als er jetzt lächelte, kam kurz der Mann zum Vorschein, den Tracy früher einmal gekannt hatte. »Okay.«

Sie nahm zwei Burger aus der großen Tüte und schob einen davon zusammen mit einer Tüte Fritten und einem Milchshake auf Finlays Seite des Tisches. Sie fühlte sich durch die dunkle Holzvertäfelung des Zimmers und den leicht muffigen Geruch um fünf Jahre zurückversetzt. Über ihren Köpfen bewegte sich langsam und schwerfällig ein Deckenventilator, dessen nicht ganz ausbalancierte Rotorblätter bei jeder Drehung ein leises Grummeln erzeugten.

»Kann ich dir eine Tasse Tee oder Kaffee anbieten?« Finlay deutete mit dem Kinn auf die Küchenzeile.

»Danke, mir reicht der Milchshake völlig.« Tracy setzte sich an den Tisch, steckte einen Strohhalm in den Becher und trank einen Schluck.

Finlay schenkte sich selbst Kaffee ein, schwarz, ohne Zucker. »Ich habe die Geburtsanzeige auf Roys Schreibtisch gesehen«, sagte er. »Wie alt ist die Kleine jetzt?«

»Gerade mal zwei Monate. Noch gut zu handhaben, wie es heißt.«

»Warte, bis sie Nein sagen kann, dann fängt der Spaß erst richtig an.« Obwohl vier Jahre jünger als Tracy, hatte Finlay schon viel früher eine Familie gegründet als sie. Er setzte sich mit seinem Kaffeebecher ihr gegenüber an den Tisch. »Was führt dich nach Cedar Grove?«

»Wir bauen unser Haus um und sind solange hier untergekommen.«

»Ach ja?« Finlay nippte an seinem Kaffee und ignorierte Burger und Milchshake.

»Wie geht es deinen Kindern?« Als Tracy ihren Burger auspackte, duftete es sofort nach gebratenem Fleisch, geschmolzenem Käse und Zwiebeln.

Finlay zuckte die Achseln. »Wir kommen alle irgendwie zurecht. Meine Kinder sind bei den Großeltern, ich will sie nicht hier haben, solange nicht alles geklärt ist.«

»Denkst du daran, wegzuziehen?«, erkundigte sich Tracy mit vollem Mund.

»In Cedar Grove ist nicht mehr viel für mich geblieben.« Finlay seufzte. »Für keinen von uns. Aber im Moment findet Roy es besser, wenn ich bleibe.« Er stellte seinen Kaffeebecher ab, lehnte sich zurück und faltete die Hände im Schoß. »Roy sagt, du hast angeboten, ihm zu helfen. Ich wette, es war genau andersherum. Er hat dich in die Ecke gedrängt und dich um Unterstützung gebeten.«

Tracy biss erneut in ihren Burger, der noch besser schmeckte, als sie erwartet hatte. Sie war allerdings auch sehr hungrig, vielleicht lag es daran. »Es war wohl ein bisschen von beidem. Er hat gedrängelt und ich habe es angeboten.«

»Und was möchtest du jetzt gern wissen? Wie ich meinen Kanister mit Sprit aufgefüllt habe, um dann zwei Tage später mein Haus abzufackeln? Mit welchem Baseballschläger ich meiner Frau den Schädel zertrümmert habe? Ob es derselbe war, mit dem ich vor sechsundzwanzig Jahren meine ehemalige Freundin erschlug?«

Er sagte das wie nebenbei, ohne besondere Betonung, ohne Ausdruck in den Augen.

Tracy nahm noch einen Bissen von ihrem Hamburger und wischte sich die Hände an einer der mitgelieferten Servietten ab, bevor sie Notizblock und Kuli aus ihrer Umhängetasche kramte. »Okay, fangen wir ganz am Anfang an. Reden wir über Heather Johansen.«

»Wie du dich bestimmt erinnerst«, sagte er, ein schiefes Grinsen auf den Lippen, das sich keine halbe Sekunde hielt, »war ich der wütende Ex-Freund, der sie gestalkt hat.«

»Damit war doch aber Schluss, hab ich mir sagen lassen, nachdem dir Roy die Leviten gelesen hatte.«

»Roy konnte sich ziemlich klar ausdrücken, wenn er sich mal die Zeit für ein längeres Gespräch mit uns nahm.«

Tracy nickte. »Oh ja. Er musste mir nicht zweimal erklären, dass ich nicht mit dem Rad auf dem Fußweg fahren darf.« Sie saugte an ihrem Strohhalm.

»Genau. Er hat mich zusammengestaucht und dann gefragt, was ich eigentlich mit meinem Leben anfangen will. Ich sagte, ich würde vielleicht gern Polizist werden, so wie er. Heute könnte ich nicht mehr sagen, ob mir das damals schon ernst war oder ich nur ein paar Punkte bei ihm machen wollte, weil er mich so eingeschüchtert hatte. Roy sagte, ich wäre achtzehn und ob ich mir schon mal überlegt hätte, wie sich eine Vorstrafe wegen Stalking auf einer Bewerbung für den Polizeidienst ausmachen würde. Dann sagte er, wenn ich das arme Mädchen in Ruhe ließe, würde er mich unterstützen. Also habe ich Heather in Ruhe gelassen und er hat mir geholfen.«

»Warum bist du auf das Gemeindecollege gegangen?«

»Ich glaube, das weißt du. Aber lass mal, ist schon okay. Mir ist klar, dass du alles noch mal mit mir durchgehen musst.« Er setzte sich auf, legte die Unterarme auf den Tisch und schlang die Hände um seinen Kaffeebecher. »Zum einen, glaube ich, weil ich mich geschämt hätte, wäre ich weiterhin auf die Cedar High gegangen. Weil ich Heather so fürchterlich mitgespielt und ihr all diese hässlichen Sachen an den Kopf geworfen hatte. Ich hatte mir eine Menge Feinde gemacht, besonders unter den Mädchen.« Er lehnte sich mit dem Kaffeebecher in der Hand zurück und sah aus dem Fenster. »Wenn ich ehrlich bin, habe ich die Schule wohl auch deshalb gewechselt, weil ich mir selbst nicht ganz traute. Ich hatte Angst, ich könnte Heather vielleicht doch nicht total in Ruhe lassen, und die Konsequenzen hatte mir Roy deutlich vor Augen gehalten.« Er zuckte die Achseln und warf Tracy einen Blick zu.

»Aber du hast sie in Ruhe gelassen.«

»Ja, habe ich tatsächlich. Ich hab mich umgehört, welche Alternativen zur Highschool es gibt, und fand heraus, dass ich am Gemeindecollege gleichzeitig den allgemeinen Schulabschluss und den Junior-College-Abschluss mit Schwerpunkt Strafrecht machen kann.« Er seufzte. »Aber um zur Frage zu kommen, die du nicht gestellt hast …« Er sah Tracy über den Tisch hinweg an, kein Funken Humor in den Augen. »Nein, ich habe kein Alibi für die Nacht, in der Heather starb. Jedenfalls keins, das gut genug wäre. Ich hatte einen Kurs am College in Bellingham, aber es war ein Schneesturm angekündigt und der Dozent wusste, dass ein paar von uns einen ziemlich langen Nachhauseweg hatten. Deswegen hat er uns früher entlassen, so gegen zwanzig Uhr. Ich bin gerade noch so durchgekommen, bevor sie die Landstraße dichtmachten, und war kurz nach Mitternacht zu Hause.«

»Hast du auf der Straße irgendjemanden gesehen?«

Wieder ein Achselzucken, diesmal von Kopfschütteln begleitet. »Es waren nur wenige Autos unterwegs. Du weißt vielleicht noch, dass die Landstraße damals bei starkem Schneefall nicht besonders oft geräumt wurde.«

»Weil es sich nicht lohnte. Sie hätten sowieso mit dem Schnee nicht Schritt halten können.«

»Es gab auch gar nicht genügend Räumfahrzeuge.« Er nippte an seinem Kaffee.

»Also kann ich davon ausgehen, dass du Heather nicht gesehen hast, wie sie ganz allein die Landstraße entlanglief?« Sie lächelte. »Ich muss das fragen.«

»Schon klar.« Er schüttelte den Kopf. »Ich habe oft darüber nachgedacht, nachdem ich gehört habe, was mit ihr passiert ist. Ich habe mich gefragt, was ich getan hätte, wenn ich sie gesehen hätte, und würde gern glauben, ich hätte angehalten und ihr angeboten, sie mitzunehmen. Wobei sie wohl gar nicht eingestiegen wäre. Wahrscheinlicher ist allerdings, dass der verletzte, wütende Junge in mir mich hätte weiterfahren lassen. Und ich weiß nicht genau, wie ich dann damit hätte leben können. Nachdem ich wusste, was ihr zugestoßen ist. Verstehst du mich?«

Ja, das verstand Tracy. Sie musste damit leben, dass sie Sarah auf eben dieser Landstraße allein nach Hause hatte fahren lassen. Hastig schüttelte sie den Gedanken ab. »Du weißt, dass bei der Autopsie herauskam, dass Heather schwanger war?«

»Ich weiß, dass der Rechtsmediziner seinem Bericht nach eine Schwangerschaft für wahrscheinlich hielt. Wobei ich wetten möchte, dass Roy ihn dazu gebracht hat, so vage zu bleiben. Er wollte den Johansens nicht ohne Grund noch mehr wehtun.«

»Wie hast du zuerst von dieser Schwangerschaft erfahren?«

Finlay ließ seinen Blick zum Fenster wandern und nippte an seinem Kaffee. Dann stellte er den Becher ab und sah Tracy an. »Du findest es wohl sowieso heraus.«

Eigentlich hatte sie damit gerechnet, dass er sagen würde, er habe den Autopsiebericht gelesen, aber seinem ganzen Verhalten nach zu urteilen war da wohl noch mehr. Milchshake und Hamburger wurden zur Nebensache, als sie gebannt auf seine nächsten Worte wartete.

»Ich habe es von Jason Mathews erfahren.«

**

Finlay Armstrong entdeckte das Polizeifahrzeug auf dem Parkstreifen vor der Four Point Tavern *und hielt direkt daneben.*

»Tut mir leid, dich zu behelligen«, begrüßte ihn der Kollege, der eine verspiegelte Sonnenbrille trug. Es war Clay Thompson. Finlay und er kannten sich, sie hatten früher zusammen im Leichtathletikverband Baseball gespielt.

»Keine Ursache, Clay. Was gibt es denn?«

Thompson deutete mit dem Daumen auf die Kneipentür hinter sich. »Der Besitzer hat uns angerufen und gebeten, einen Gast zu entfernen.«

Finlay musterte die Rückbank von Thompsons Wagen, konnte aber niemanden erkennen. »Und hast du ihn entfernt?«

Thompson schüttelte den Kopf. »Der Typ war eingeschlafen. Auf dem Barhocker. Schlummerte tief und fest. Ist wohl kurz vor meinem Eintreffen weggeknackt, sagt der Besitzer. Und da er draußen bei Sand Points wohnt, ein bisschen abseits der Landstraße, ist er einer von deinen. Da dachte ich, ich bin mal großzügig und überlass dir den Spaß.«

»Herzlichen Dank.«

Thompson grinste. »Der Barkeeper will keine Anzeige erstatten und auch sonst nicht groß die Welle machen. Sagt, der Typ ist normalerweise okay, wird aber streitsüchtig, wenn er einen zu viel hatte.«

»Hast du einen Namen für mich?«

Thompson zog einen kleinen Notizblock aus der Brusttasche seines Hemdes. »Jason Mathews. Sagt dir das irgendwas?«

Und ob. »Ja, der Name ist mir ein Begriff.« Genauer wurde er nicht, erzählte weder, dass Mathews früher in Montana als Anwalt gearbeitet hatte, noch dass er kürzlich auf der Polizeidienststelle von Cedar Grove aufgetaucht war, um Einsicht in die Ermittlungsakte im Fall Heather Johansen zu verlangen. Heathers Familie habe ihn beauftragt, Nachforschungen zu ihrem »Ableben« anzustellen, wie er es formulierte. »Er gibt sich ein bisschen hochgestochen. Viel heiße Luft, wenn du mich fragst.«

»Der Barkeeper sagt, er ist hier Stammgast geworden. Und wenn er ein paar zu viel gekippt hat, fängt er immer von seiner Ex an und das ist dann wohl ziemlich unerfreulich. Ich dachte, vielleicht schaffst du ihn nach Hause und redest ihm ein bisschen ins Gewissen. Dem Barkeeper wäre es lieber, er käme nicht mehr her, solange er nicht weiß, wann es gut ist, und solange er sich verbal nicht beherrschen kann. Außerdem stellt der Typ eine Gefahr für die Allgemeinheit dar, sagt der Barkeeper, weil er sich grundsätzlich kein Taxi rufen lässt. Okay, er sitzt da drin und gehört ganz dir. Sag ihm, er kriegt nur diese eine Chance, mit einer Standpauke davonzukommen, und wenn er sich noch mal danebenbenimmt, ruf ich dich nicht mehr an. Dann nehme ich ihn mit und sperre ihn ein.« Thompson ließ seinen Motor an.

»Okay, ich werde ihm das klarmachen. Und wenn es noch mal passiert, dann sperrst du ihn wirklich ein.«

Thompson nickte, legte den Gang ein und fuhr los.

In der schlecht beleuchteten Kneipe musste Finlay erst einmal die Sonnenbrille abnehmen. Er hängte sie mit dem einen Bügel in die Brusttasche seines Hemdes und wartete, bis sich seine Augen an das schummrige Licht gewöhnt hatten. Von innen machte die Kneipe auch keinen eleganteren Eindruck als von außen: Ventilatoren drehten sich träge über einem halben Dutzend Tische und weiter hinten im Raum konnte man Billard spielen. An warmen Tagen wie heute sollten die Ventilatoren wohl die Luft in Bewegung halten, während sie im Herbst und Winter halfen, die Wärme zu verteilen.

Der Barkeeper deutete mit dem Kinn auf einen Mann vorn am Tresen, der in sich zusammengesackt war und mit dem Kopf auf dem Tresen lag. Finlay hatte ihn selbst schon ausgemacht und als das mutmaßliche Problem identifiziert.

»*Danke, dass Sie gekommen sind!*« Beim Barkeeper handelte es sich um den Besitzer der Kneipe, er stellte sich als Pete Adams vor. »*Wenn er die ganze Zeit so ruhig gewesen wäre wie jetzt, hätte ich Sie nicht behelligt, aber vor seinem Wegtreten hat er sich ausführlich erst über seine Ex und dann über Frauen im Allgemeinen ausgelassen. Laut und nicht sehr freundlich. Ich glaube, Sie wissen, was ich meine.*«

»*Ich kann es mir vorstellen.*«

»*Wäre schön, wenn Sie ihn nach Hause fahren und ihm ein bisschen ins Gewissen reden könnten. Wir haben sowohl männliche als auch weibliche Gäste und versuchen, keine schlechte Stimmung aufkommen zu lassen.*«

»*Ich werde sehen, was ich tun kann.*«

Als Finlay dicht neben Mathews mit den Knöcheln auf den Tresen klopfte, schreckte der Mann hoch, als hätte sein Stuhl einen Stromstoß abbekommen. Verwirrt sah er sich um.

»*Mr Mathews?*«

»*Wer will das wissen?*« *Mathews kniff die Augen zusammen.*

»*Ich bin Polizeibeamter aus Cedar Grove. Können Sie laufen?*«

»*Klar kann ich das. Was ist das denn für eine Frage?*«

»*Eine von denen, die Polizisten Leuten stellen, die zu viel getrunken haben.*«

Mathews stellte den Blick auf Finlays Uniform scharf.

»*Ich möchte Sie bitten, vorsichtig vom Barhocker zu steigen und mich nach draußen zu begleiten*«*, fuhr Finlay fort.*

»*Wieso?*«

»*Wie ich schon sagte, Sie haben ziemlich viel getrunken. Sie sind am Tresen ohnmächtig geworden.*«

»*Ist das verboten?*«

Finlay unterdrückte mit Mühe ein Grinsen. »*Sagen Sie es mir, Sie sind der Anwalt.*«

Mathews sah aus, als wüsste er schon gar nicht mehr, was gerade Thema gewesen war, stieg aber brav vom Barhocker. Finlay packte ihn beim Oberarm, damit er nur nicht das Gleichgewicht verlor, und so steuerten die beiden die Tür an. Als Finlay sie aufstieß, zuckte Mathews zurück und hob schützend die Hand, um das scharfe Sonnenlicht abzuwehren.

»Haben Sie eine Sonnenbrille dabei?« Finlay setzte sich seine wieder auf.

»In meinem Pick-up.«

»Den werden Sie allerdings stehen lassen.«

»Wieso das denn?«

»Weil Sie betrunken sind, und ja, es gibt ein Gesetz, das es einem verbietet, in alkoholisiertem Zustand Auto zu fahren. Ich bringe Sie nach Hause, Sie bekommen eine Verwarnung und dann hoffe ich, das reicht und Sie tun sich das nicht noch einmal an. Okay?«

»Okay.«

»Müssen Sie sich übergeben?«

»Was?«

»Haben Sie das Gefühl, Sie müssten sich gleich übergeben?«

»Nein, alles in Ordnung.«

»Da bin ich mir nicht so sicher«, murmelte Finlay leise vor sich hin. Laut sagte er: »Wenn Sie sich in meinem Streifenwagen übergeben, müssen Sie den wieder sauber machen. So wird das bei uns geregelt. Verstanden?«

»Verstanden.«

Finlay öffnete die hintere Wagentür und legte Mathews die Hand auf den Kopf, damit der Mann sich beim Einsteigen nicht stieß und womöglich noch auf die Sitze blutete. »Anschnallen.«

»Was ist mit meinem Pick-up?«

»Den werden Sie später holen müssen.«

Kurz danach lenkte Finlay seinen Streifenwagen rückwärts vom Parkplatz. Er meldete sich per Funk bei der Zentrale, erklärte, wo er war, worum ihn der Kollege aus Silver Spurs gebeten hatte und dass er jetzt Mathews nach Hause bringen würde. Nachdem er den Diensthabenden auf den aktuellen Stand gebracht hatte, hängte er das Mikro des Funkgeräts wieder in die Halterung und warf einen Blick durch das Schutzgitter, um sich zu vergewissern, dass sein Passagier wirklich nicht so aussah, als müsse er sich gleich übergeben.

»*Sie sind der Anwalt, der für die Johansens arbeitet*«, *stellte er fest.*

Mathews warf ihm einen verständnislosen Blick zu. »*War*«, *sagte er dann.*

»*Jetzt arbeiten Sie nicht mehr für die Familie?*«

Mathews schüttelte den Kopf.

Finlay wartete.

»*Denen hat nicht gefallen, was ich ihnen sagen musste*«, *tönte es nach einer Weile von hinten.*

»*Ach ja?*«

»*Ja.*«

Erneut entstand eine Pause, nur hielt Finlay diesmal nicht lange durch, er musste die Frage einfach stellen. »*Und was hatten Sie zu erzählen? Was gefiel den Johansens nicht?*«

»*Das fällt unter die anwaltliche Schweigepflicht.*«

»*Okay.*«

Ein paar Minuten verstrichen schweigend, dann meldete sich Mathews, ohne dass Finlay ihn gedrängt hätte. »*Ich habe etwas erfahren, was sonst niemand weiß.*«

Finlay schwieg. Wahrscheinlich gehörte dieser Anwalt zu den Leuten, die immer so tun, als hätten sie tonnenweise wichtige Infos, wobei sie in Wirklichkeit auch nicht mehr wussten als andere. Das alberne Geschwätz eines Betrunkenen.

»*Wollen Sie jetzt wissen, was ich weiß?*«, *erkundigte sich Mathews.*

Finlay ließ sich Zeit mit seiner Antwort, setzte sich gerade hin, achtete auf den Verkehr. »*Klar doch*«, *meinte er schließlich.* »*Schießen Sie los.*«

»Das Mädchen – wie hieß sie noch gleich? Heidi ... Ingrid ...«
»Heather?«
»Genau, das war der Name. Heather.« Mathews sah aus dem Fenster, als hätte er vergessen, worum es gerade ging.

Finlays Herz tat einen Satz. *»Was ist mit Heather?«*

Mathews musterte ihn im Rückspiegel. *»Wie sich herausstellte, war sie nicht so unschuldig, wie alle immer gedacht haben.«*

Finlay fühlte, wie er rot anlief. *»Ach ja?«*, stieß er hervor.

»Jawohl. Stellte sich raus, dass sie schwanger war.«

Finlay starrte nun in den Rückspiegel, versuchte, den Mann da hinten richtig einzuschätzen. Der Anwalt trug ein zufriedenes Grinsen zur Schau, wobei sein Blick nach wie vor eher verschwommen wirkte. Irgendwer hupte und als Finlay wieder auf die Straße sah, entdeckte er entsetzt, dass er den Mittelstreifen überfahren hatte. Sofort lenkte er zurück auf die richtige Fahrspur und nahm sich einen Moment Zeit, sich wieder zu beruhigen. *»Woher wissen Sie das?«*, fragte er schließlich.

»Steht in der Akte. Im Autopsiebericht.«

Finlay hatte Heather Johansens Akte nie gesehen. Calloway bewahrte sie in seiner verschlossenen Schreibtischschublade auf, zusammen mit ein paar anderen Akten, unter anderem die von Sarah Crosswhite. Roy ging davon aus, dass Edmund House beide Mädchen umgebracht hatte, Sarah und auch Heather.

»Steht da sonst noch was?«, bohrte Finlay weiter. *»In der Akte? Steht da noch irgendwas anderes?«*

Mathews schüttelte seinen Kopf, ganz langsam, von links nach rechts. Fast sah es so aus, als könnte ihm der jederzeit von den Schultern fallen. *»Nee.«*

»Sonst haben Sie nichts weiter herausgefunden?«

»Was denn zum Beispiel?« Der Kopf wackelte immer noch.

»Wer der Vater war?«

KAPITEL 9

Als Finlay sich nun wieder auf Tracy konzentrierte, versuchte die zwar, sich nichts anmerken zu lassen. Doch allmählich kam sie sich vor wie auf einer Party, so viele rote Lämpchen flackerten inzwischen. Am besten nahm sie sich jedes einzelne extra vor. »Was hat er geantwortet?«

»Er wüsste es nicht.« Finlay verzog das Gesicht. »Er sagte, er habe Eric und Ingrid gesagt, was im Bericht des Rechtsmediziners steht, und die beiden hätten ausgesehen wie vom Laster überrollt. Eric noch mehr als Ingrid. Ich konnte mir das gut vorstellen. Die beiden sind sehr religiös und das war ihr kleines Mädchen.«

»Und da haben sie ihn dann gefeuert?«

»Haben ihn aufgefordert, ihr Haus zu verlassen, sagte er. Seitdem arbeite er nicht mehr für sie und das sei ihm auch ganz egal gewesen. Eric hätte für ihn bereits Tischlerarbeiten im Wert von mehreren Tausend Dollar erledigt. Wie ich schon sagte, kein besonders sympathischer Mensch.«

»Das hast du Roy nie erzählt?«

Finlay schüttelte den Kopf.

»Warum nicht?«

»Du weißt, warum nicht. Zum einen wusste Roy es ja wohl sowieso, wenn es im Autopsiebericht stand, hatte aber beschlossen, es nicht öffentlich zu machen, wahrscheinlich, um den Johansens zusätzlichen Kummer zu ersparen. Und zum Zweiten, weil es eine Information war, die nur der Vater – also möglicherweise Heathers Mörder – wissen konnte.«

»Und dann wurde Jason Mathews erschossen und du dachtest, wenn Roy von deinem Gespräch mit ihm erführe, stündest du gleich wieder auf der Liste der Verdächtigen.«

»Ich wollte nicht noch einmal erleben, was ich nach Heathers Tod durchmachen musste. Roy sprach davon, sich zur Ruhe zu setzen, und ich sollte sein Nachfolger werden. Außerdem fand ich es ziemlich bedeutungslos, was dieser Mathews zu wissen behauptete. Für mich jedenfalls.«

»Warum?«

Finlay wurde munterer – und lauter. »Weil ich ihn nicht erschossen habe, Tracy. Ich habe Heather nicht umgebracht und ich habe Mathews nicht erschossen.«

»Hattest du Angst, du könntest der Vater des Babys gewesen sein?«

»Klar hatte ich Angst! Ich hatte mich Heather seit Roys Standpauke nicht mehr genähert, aber ich wusste ja nicht, in welchem Monat sie gewesen war.«

Tracy nickte nachdenklich. »Und warum erzählst du mir das nun alles, Finlay?«

»Ich dachte, du findest es sowieso heraus, wenn du jetzt ermittelst.«

»Wie hätte ich es denn herausfinden sollen?«

»Wie? Roy hat dir die Akte gegeben, oder etwa nicht?«

»Nein, ich meinte, wie sollte ich herausfinden, was Mathews dir erzählt hat? Mathews ist tot und die *Four Points Tavern* hat bestimmt nicht mehr denselben Wirt wie damals.«

Finlay zuckte die Achseln. »Du hast den Autopsiebericht gelesen?«

»Ja.«

»Und anschließend war ich der erste Mann, der dir in den Sinn kam, oder nicht?«

Sie nickte. »Ja.«

Finlay zuckte wortlos die Achseln.

»Wie lange lag eure Begegnung zurück, als Mathews erschossen wurde?«, fragte Tracy weiter.

»Aus der Kneipe habe ich ihn irgendwann Anfang Oktober geschleppt. Nachdem du in die Stadt zurückgekommen warst. Erschossen wurde er dann in der Jagdsaison.«

Einen Monat. Tracy sah Finlay unverwandt an. »Hast du mitbekommen, ob Heather nach eurer Trennung mit jemandem zusammen war?«

Finlay schüttelte den Kopf. »Nein. Und ich kann dir sagen, dass Kimberly auch nichts in der Richtung mitbekommen hat.«

»Woher weißt du das?«

Finlay verzog das Gesicht. »Weil Kimberly Einsicht in die Ermittlungsakte bekommen und mir anschließend genau dieselben Fragen gestellt hat wie du jetzt. Ob ich der Vater war und wenn nicht, wer es dann gewesen sein könnte.«

»Heather hatte es ihr also nicht verraten.«

»Nein. Und von einer Beziehung mit irgendjemandem hat Kimberly auch nichts geahnt.«

Tracy dachte nach. An der Cedar Grove gab es pro Jahrgangsstufe etwa vierzig Schüler, in ihrer Jugend waren es sogar noch weniger gewesen. Da schien es unwahrscheinlich, dass Heather etwas mit einem Klassenkameraden gehabt hatte, denn das hätte sich auf keinen Fall geheim halten lassen.

»Du hast nie irgendwelche Gerüchte gehört?«

»Über eine Schwangerschaft?« Finlay schüttelte den Kopf. »Davon hörte ich zum ersten Mal an dem Nachmittag, als Mathews hinten in meinem Wagen saß.«

»Hast du denn irgendeine Idee, wer der Vater gewesen sein könnte? Irgendwelche Theorien?«

Finlay zuckte kopfschüttelnd die Achseln. »Wie ich schon sagte, mir ist nie etwas zu Ohren gekommen und Kimberly auch nicht. Kimberly hatte wirklich nicht die leiseste Ahnung und ich war ja gar nicht da. Was hätte ich mitbekommen sollen? Meine Frau war felsenfest davon überzeugt, dass Heather ihr auf jeden Fall von einer Schwangerschaft erzählt hätte. Sie standen sich sehr nahe. Sie hat dem Bericht des Rechtsmediziners nicht geglaubt. Ihrer Meinung nach war da ein Fehler passiert.«

»Das halte ich für sehr unwahrscheinlich.«

»Ich gebe nur Kimberlys Meinung wieder.«

»Ihr beiden hattet keine Theorien?«

Finlay zögerte.

»Was?«

»Nichts.«

»Von wegen nichts! Hattest du keine Theorie?«

»Nein, hatte ich nicht. Oder sagen wir: erst, als Kimberly sich die Akte besorgt hatte und ich erfuhr, dass Heather gerade mal in der siebten oder achten Woche gewesen war.«

»Und was hast du da überlegt?«

Finlay seufzte erneut. »Das ist jetzt reine Spekulation!«

»Verstanden.«

Finlay setzte sich auf. »Heather arbeitete damals bei Ed Witherspoon. Ich weiß nicht, ob du dich noch erinnerst, aber Ed hat jedes Jahr in seinem Maklerbüro für Angestellte und Kunden eine Weihnachtsparty geschmissen.«

»Klar erinnere ich mich.« Auch Tracys Eltern hatten jedes Jahr zu einer Weihnachtsparty eingeladen und laut Tracys Vater hatte es Ed sehr gewurmt, dass zu ihnen immer mehr Leute kamen als zu ihm.

»Wenn ich mir jetzt das Timing anschaue«, fuhr Finlay fort, »dann frage ich mich, ob es vielleicht auf dieser Party oder danach passiert ist. Der Alkohol floss da in Strömen, und zwar für alle. Ganz bestimmt wurden die jüngeren Gäste nicht nach einem Ausweis gefragt oder so.«

»Weiß Roy von dieser Theorie?«

Finlay schüttelte den Kopf. »Wie ich schon sagte, es war reine Spekulation, nachdem Kimberly die Akte bekommen hatte. Wir gingen damals noch fest von Edmund House als Mörder aus.«

»Und wie siehst du es jetzt?«

Finlay schüttelte den Kopf und stieß vernehmlich die Luft aus. »Ich weiß es nicht mehr, Tracy. Ich weiß es nicht mehr. Aber eins kann ich dir sagen: Heather ist an dem Abend nicht den ganzen Weg nach Silver Spurs gelaufen. Alle wussten doch, dass ein Schneesturm aufzog. Da wäre sie nie zu Fuß los, das glaube ich nicht. Sie war auch gar nicht entsprechend gekleidet.«

»Deiner Meinung nach hat sie jemand zur Abtreibung ins Krankenhaus gefahren.«

»Und wenn das nicht ihre Mutter, ihr Vater oder Kimberly waren, dann muss es logischerweise der Vater ihres Babys gewesen sein. Der hatte genügend Gründe, eine Abtreibung zu bezahlen und Heather dazu zu überreden.«

»Und warum war sie dann allein auf dem Weg nach Hause?«

»Das weiß ich nicht. Ich weiß aber wohl, dass es keine Abtreibung gab, sie hat es nicht durchgezogen. Das bestätigt ja auch der Bericht des Rechtsmediziners. Vielleicht gab es Streit zwischen ihr und dem, der sie gefahren hat, weil Heather die Abtreibung dann doch nicht wollte. Vielleicht ist sie mitten im Streit aus dem Auto gestiegen und hat sich zu Fuß auf den Nachhauseweg gemacht. Oder sie wurde einfach beim Krankenhaus abgesetzt und die Person, die sie gebracht hatte, fuhr wieder, in der Annahme, dass sie es machen lässt.«

»Irgendwelche Beweise, die diese Theorie untermauern?«

»Der Bericht der Rechtsmedizin, die Unterlagen des Krankenhauses und die Tatsache, dass Heather mitten in einem Schneesturm allein auf der Landstraße unterwegs war.«

»Gibt es noch irgendetwas, das deiner Meinung nach für mich wichtig sein könnte? Was ich wissen sollte?«

»Nein.« Finlay trank einen Schluck Kaffee. »Eigentlich doch, da ist noch was. Ich glaube, dieser Mathews war so etwas wie ein Betrüger.«

»In welcher Beziehung?«

»Ich glaube, er hat die ganze Sache so manipuliert, dass für ihn auf jeden Fall Erics Tischlerarbeiten herausspringen. Ohne dass er dafür bezahlt.«

»Wie kommst du zu dieser Annahme?«

»Hat Roy dir erzählt, dass Mathews in Montana vom Gericht wegen fahrlässigen Umgangs mit Mandantengeldern gerügt worden war? Roy hat sich das angesehen. In den meisten Fällen war Mathews' Alkoholkonsum Ursache der mangelnden Korrektheit. Hat Roy dir erzählt, dass er sich auch mit Mathews' Ex unterhalten hat?«

Tracy nickte.

»Dann weißt du jetzt alles, was ich auch weiß.«

»Wie hast du herausgefunden, was Mathews so treibt? Dem Barkeeper hast du erzählt, er sei dir vom Ansehen her aus der Stadt bekannt.«

Finlay lächelte. »Wir reden hier von Cedar Grove, Tracy. Hier fällt einem jedes fremde Gesicht auf. Mir besonders, ich wurde damals dafür bezahlt. Nach Edmund House haben wir besonders auf Fremde geachtet.«

»Wusste irgendwer sonst davon, dass Mathews sich mit dem Mord an Heather befasste? Soweit du das mitbekommen hast?«

»Wie schon gesagt, ich persönlich würde davon ausgehen, dass es so gut wie jeder in der Stadt wusste. Aber wenn ich konkret werden soll? Nein. Konkret wusste ich nur von mir, Roy und den Johansens.«

»Wo warst du an dem Nachmittag, an dem Mathews erschossen wurde?«

»War ja klar, dass die Frage irgendwann kommt.« Finlay nickte. »Es war Ende Oktober, Tracy, ich war da, wo ich während der Hirschsaison an jedem freien Tag war. Dort, wo auch dein Dad zu der Jahreszeit an seinen freien Tagen gewesen ist. Ich war jagen.«

»Allein?«

Armstrong zuckte die Achseln. »Es gibt in Cedar Grove nicht viele Typen, die mitten in der Woche nicht arbeiten.«

»Wo hast du gejagt?«

»Nur zwei, drei Meilen von der Stelle entfernt, wo sie Mathews' Leiche gefunden haben.« Er stellte seinen Becher hin. »Kürzen wir die Sache doch ab«, meinte er hitzig. »Ja, ich hätte zu der Stelle fahren können, von der aus Roys und meiner Meinung nach der Schuss auf Mathews abgegeben worden ist. Und ich reinige mein Gewehr nach jedem Schuss und nach jeder Jagd, egal, ob ich geschossen habe oder nicht. So habe ich es von meinem Vater gelernt und diese Angewohnheit habe ich immer beibehalten. Also war mein Gewehr sauber und wäre auch dann sauber gewesen, wenn ich damit auf Mathews geschossen hätte.«

»Und? Hast du?«

»Habe ich was?«

»Auf Mathews geschossen.«

»Nein!« Finlay wurde lauter, seine Stimme klang höher. »Ich habe auch Heather nicht umgebracht. Oder meine Frau.«

Tracy ließ ihm einen Moment Zeit, sich zu beruhigen, ehe sie fragte: »Wer wusste, dass du jagen warst?«

»Ganz sicher wusste das nur Kimberly. Und den Schuss, um den es geht, hätte ich mit geschlossenen Augen abgeben können.«

»Hast du ihn denn gehört?« Der Knall dürfte ziemlich weit zu hören gewesen sein. »Als du jagen warst? Hast du irgendetwas in der Art gehört?«

»Wenn ja, dann erinnere ich mich nicht mehr.«

»Wann hast du von Mathews Tod erfahren?«

»Roy kam zu uns nach Hause, nachdem ich heimgekommen war. Er hat mir eine Menge der Fragen gestellt, die du mir jetzt auch stellst.«

Ganz bestimmt hatte Roy das getan. Tracy klappte die Seite in ihrem Notizblock um. »Es tut mir leid, Finlay. Ich muss dich nach Kimberly fragen.«

»Ich weiß.«

Mehr nicht. Er versicherte ihr nicht, das sei schon in Ordnung, er verstünde sie ja, das sei nun mal ihre Arbeit. Er hatte nicht vor, es Tracy irgendwie einfacher zu machen. Wortlos lehnte er sich zurück, wie ein halb betäubter Boxer, der auf den nächsten Schlag wartet und nicht einmal die Fäuste heben oder sonst wie Anstalten zu seiner Verteidigung unternehmen mag.

»Hast du an dem Tag gearbeitet?«, fing Tracy an.

»Ich war auf Patrouille.«

»Deine Nachbarin erinnert sich daran, in deiner Auffahrt einen Streifenwagen gesehen zu haben.«

»Alice Brentworth. Wohnt auf der anderen Straßenseite, direkt gegenüber von uns. Ich habe oft mittags zu Hause gegessen, um Geld zu sparen. An dem Tag auch. Wir haben uns schon mal zum Essen in der Stadt getroffen, Kimberly und ich, wenn sie gerade beim *Towne Crier* zu tun hatte, aber sie hat meistens zu Hause an ihren Artikeln gearbeitet. Ich war ungefähr eine Stunde zu Hause.«

»Und der Benzinkanister, den die Brandermittler gefunden haben?«

»Meiner. Ich hatte ihn am Samstag zuvor neu füllen lassen, ich wollte den Rasen mähen. Ich bewahrte das Benzin im Schuppen hinter dem Haus auf.«

»Wer könnte davon gewusst haben?«

Finlay zuckte die Achseln. »Das weiß ich nicht, aber wer hat denn keinen Kanister mit Benzin in seinem Schuppen? Wer hat denn keinen Aufsitzrasenmäher oder ein Gebläse oder eine benzinbetriebene Heckenschere?«

Auch bei Tracy zu Hause hatte immer ein Benzinkanister im Schuppen gestanden, aus den eben von Finlay genannten Gründen.

»Als Nächstes kommt doch jetzt sicher die Frage, ob jemand mein Haus hätte betreten können, ohne von den Nachbarn dabei gesehen zu werden«, sagte Finlay.

»Wäre das möglich?«

»Fahr an dem vorbei, was von meinem Haus noch steht. Wie bei den meisten Häusern in Cedar Grove hätte auch bei uns jeder sein Auto einen Block oder zwei weiter weg abstellen und durch den hinteren Garten kommen können.«

»Laut Polizeibericht gab es keine Hinweise auf gewaltsames Eindringen.«

»Zum einen haben wir nie abgeschlossen, wenn einer von uns zu Hause war. Es hätte also jeder ins Haus schleichen, Kimberly einen Schlag auf den Kopf versetzen und das Benzin auskippen können. Und zum anderen hätte Kimberly diese Person gekannt haben können. Dann wäre sie nicht alarmiert oder auf der Hut gewesen, als die Person auftauchte, oder wenigstens nicht sofort. Ich halte die zweite Möglichkeit für wahrscheinlicher.«

»Warum?«

»Es gab keinen sexuellen Übergriff und es wurde auch nichts gestohlen. Wer an diesem Tag bei uns eingedrungen ist, hatte andere Beweggründe. Ich glaube, es ging darum, Kimberly umzubringen und ihre Recherchen im Fall Heather Johansen zu vernichten.«

»Wie weit war Kimberly mit ihren Recherchen gekommen?«

Finlay deutete auf Tracys Notizbuch. »Hier solltest du jetzt ein Sternchen oder so was neben deine Notizen malen, denn was ich jetzt zu sagen habe, klingt so unwahrscheinlich, dass selbst ich es kaum glauben mag.«

Tracy sah ihn an, unsicher geworden.

»Die Antwort lautet: Ich weiß es nicht. Über das hinaus, was im Bericht des Rechtsmediziners steht, haben Kimberly und ich nicht über das Buch geredet, das sie schreiben wollte.«

»Nie?«

Finlay schüttelte den Kopf. »Kimberly wusste, es war ein heikles Thema, und der Bericht des Rechtsmediziners hat es noch heikler werden lassen. Sie war auch nur ein Mensch, Tracy, ihr gingen dieselben Gedanken durch den Kopf, die auch du zum Ausdruck gebracht hast. Hätte das Baby von mir sein können? Wir haben darüber gesprochen. Für Kimberly war das ein weiterer Grund, das Buch zu schreiben, sagte sie. Sie wollte meinen Namen reinwaschen.«

Eine Träne lief Finlay die Wange hinunter. Er wischte sie fort. Was waren das für Tränen?, fragte sich Tracy. Tränen der Trauer oder Tränen der Reue? Vielleicht auch des Zorns? Er hob die Hand. Das war's, hieß das, jetzt weißt du alles. Aber Tracy wusste auch, was er nicht sagte: dass nämlich seine Ehefrau, die Mutter seiner Kinder, nach der Lektüre der Ermittlungsakte an ihrem Mann zu zweifeln begonnen hatte. Als sie von Heathers Schwangerschaft las, war der erste Name, der ihr in den Sinn kam, Finlays gewesen.

»Kimberly hatte Zweifel«, sagte Tracy.

Finlay legte die Zeigefinger auf die Stirn, als habe er plötzlich Kopfschmerzen. »Vielleicht«, flüsterte er.

Im folgenden Schweigen hörte Tracy den Radiator klicken und ticken, hörte das Summen des kleinen Kühlschranks, das leichte Stottern des Ventilators an der Decke. »Finlay?«

»Hm?« Er sah sie nicht an.

»Wie hast du vom Feuer erfahren?«

* * *

Kimberly Armstrong las in einem der vier Ordner, die sie aus ihrem Regal genommen hatte. In der Ecke ihres Arbeitszimmers gaben die glühenden, orangefarbenen Heizstäbe eines kleinen Öfchens seltsame knackende Geräusche von sich und es roch leicht verbrannt. Kimberly hatte sich ihr Arbeitszimmer in einem von den Vorbesitzern ursprünglich ohne Baugenehmigung hochgezogenen Anbau ihres Hauses eingerichtet, einem schlecht isolierten Raum mit einfach verglasten Fenstern, in dem es im Herbst und Winter nie richtig warm wurde. Irgendwann hatte Kimberly das ständige Frösteln am Schreibtisch sattgehabt und sich kurzerhand im Altwarenladen dieses Öfchen gekauft, mit dessen Anschaffung Finlay ganz und gar nicht einverstanden gewesen war. Er sah in dem Heizofen eine akute Feuergefahr, besonders in Kombination mit dem vielen Papier in ihrem Arbeitszimmer, mit dem man seiner Meinung nach locker einen ganzen Waldbrand anfachen konnte.

Kimberly blätterte um und las weiter. Seit einiger Zeit befasste sie sich nun mit dem Mord an Heather Johansen und dem Tod von Jason Mathews und war auch schon weitergekommen, hatte manchmal sogar das Gefühl gehabt, kurz vor dem Durchbruch zu stehen, bald genau zu wissen, was passiert war. Aber ganz so weit war sie dann doch noch nicht, irgendein Puzzleteil fehlte. Außerdem beschäftigte sie inzwischen auch eine andere, mindestens so spannende Geschichte und sie befasste sich mit Heathers Tod nur noch, wenn sie ein bisschen Zeit übrig hatte. So wie heute.

Kurz vor seinem Tod hatte Jason Mathews jedem, der es hören wollte, erzählt, er sei bei seinen Recherchen auf ein hochexplosives, von Roy Calloway bisher verschwiegenes Detail gestoßen. Nur war dieser Mathews ein Trinker gewesen, wie Kimberly inzwischen wusste. Vielleicht hatte er sich nur wichtigmachen und mit seinen Andeutungen einfach neue Kunden ködern wollen und man musste seine Geschichte als Schwachsinn abtun.

Aber dann war Mathews erschossen worden.

Laut Polizei – Roy Calloway also – hatte es sich dabei höchstwahrscheinlich um einen Jagdunfall gehandelt. Kimberly hatte damals im Auftrag des Towne Crier *über den Todesfall berichten sollen und Roy hatte ihr erklärt, allem Anschein nach habe Mathews abgebrochene Äste von der Straße geräumt und war dabei von einem Jäger, der diese Äste für ein Geweih hielt, fälschlicherweise für einen Hirsch gehalten worden.*

Eine ziemlich gewagte These, aber typisch für Roys Art, die Presse nur häppchenweise mit Infos zu füttern. Der inzwischen pensionierte Polizeichef war bekannt und berüchtigt dafür, die Wahrheit nach Bedarf auch schon mal zurückzuhalten und zurechtzubiegen. Oder sogar, wie im Fall Sarah Crosswhite, Beweisstücke zu manipulieren, damit der von ihm verdächtigte Edmund House auch ganz bestimmt wegen des Mordes an der jungen Frau verurteilt wurde.

Vielleicht hatte Calloway damit gerechnet, dass Kimberly mitspielte, die Geschichte so schrieb, wie er sie dargestellt hatte, und die Sache auf sich beruhen ließ. Aber bestimmte Einzelheiten ließen der Journalistin einfach keine Ruhe. So hatte sich zum Beispiel nie ein Jäger gemeldet und die Verantwortung für diesen »Unfall« übernommen. Was so ein Mensch doch bestimmt getan hätte, oder?

Kimberly hatte die Stelle aufgesucht, an der Mathews erschossen worden war, war sogar auf den Berghang seitlich der Straße geklettert, von dem aus die Kugel ihn getroffen hatte. Danach hatte es für sie festgestanden, dass hier kein Jäger Äste mit einem Geweih verwechselt hatte und schon gar nicht diesen Mathews mit einem Hirsch. Was dann ja wohl bedeutete, dass Mathews in einen Hinterhalt gelockt worden war, und zwar vielleicht von jemandem, der ihn zum Schweigen bringen wollte, damit nicht bekannt wurde, dass Heather Johansen bei ihrer Ermordung schwanger gewesen war.

Kimberly hatte das Gefühl, ganz nah an einer unglaublichen Geschichte dran zu sein, möglicherweise sogar an einer Riesenstory. Sie wusste auch, dass sie ihrem Verleger ordentlich auf die Füße treten musste, damit diese Geschichte veröffentlicht wurde. Atticus Pelham hatte so gar nichts von dem mutigen Anwalt aus dem Roman »Wer die Nachtigall stört«, nach dem seine Eltern ihn benannt hatten. Pelham mochte keinen Ärger und schon gar keinen, an dem der Chief oder seine Polizeidienststelle beteiligt sein könnte. Pelham hatte Angst vor Roy Calloway. Kimberly nicht. Es hatte ihr nicht gefallen, von Calloway zur Verbreitung der Geschichte mit dem sogenannten Jagdunfall benutzt worden zu sein, und so hatte sie Pelham erklärt, Einsicht in die Ermittlungsakten zu Heather Johansen und Jason Mathews beantragen zu wollen. Johansens Akte war geschlossen und von daher nach entsprechendem Antrag verfügbar und Matthews Akte hätte eigentlich auch geschlossen sein müssen, immerhin war der Mann laut Roy Calloway bei einem Jagdunfall ums Leben gekommen. Als Pelham sich gegen Kimberlys Vorschlag sperrte, hatte sie ihm erklärt, seine Zeitung sei Cedar Groves Stimme der Wahrheit. Sie war sogar so weit gegangen, das berühmte Zitat von Thomas Jefferson über die Pressefreiheit und die Sicherheit eines Landes zu bemühen, das ihr vom Studium her noch gut im Gedächtnis war. Als auch das nichts half, hatte sie gedroht, mit der Geschichte zum Bellingham Herald *zu gehen.*

Schließlich war der Verleger eingeknickt – allerdings nicht ganz. Sie dürfe ruhig ihren Antrag auf Kopien der entsprechenden

Akten stellen, hatte er gesagt, er könne ihr aber nicht versprechen, ihren Artikel auch zu drucken, wenn der nicht absolut wasserdicht sei. Mit dem Problem wollte sich Kimberly befassen, wenn es denn so weit war.

Ihre Hartnäckigkeit hatte allerdings ihren Preis gehabt und zu einem Konflikt mit Finlay geführt, der inzwischen Polizeichef geworden war und sich durch die Arbeit seiner Frau in eine schwierige Lage gebracht fühlte.

Als die beiden Akten schließlich im Büro der Zeitung eingetroffen waren, drei Wochen später als vom Gesetzgeber in solchen Fällen vorgeschrieben, hatte Kimberly fest mit redaktioneller Überarbeitung und fehlenden Seiten gerechnet. Zu ihrer Verwunderung schienen beide Akten jedoch vollständig zu sein. Sie hatte sie mit nach Hause genommen, und als sie die Tür ihres Arbeitszimmers hinter sich schloss, traf sie mit Wucht die Erkenntnis: Was sie da in Händen hielt, was sie sich vorgenommen hatte, war wirklich ein ziemlicher Brocken.

Denn eine der beiden Akten konnte für sie keine gewöhnliche Polizeiakte sein.

Die eine Akte dokumentierte die Ermordung ihrer besten Freundin, den Tod eines Menschen, mit dem zusammen sie groß geworden war.

Kimberly hatte Heathers Akte in der Hand gehalten und es war ihr vorgekommen, als halte sie einen heiligen Gegenstand von unglaublicher Macht. Ihre Hände hatten gezittert. Wollte sie diese Geschichte wirklich schreiben? Wollte sie wirklich so genau wissen, was passiert war? Länger als eine Stunde hatte sie sich mit dieser Frage herumgeschlagen, bis sie sich entschieden hatte. Ja, sie musste die Akte durchlesen, und zwar nicht wegen der Freiheit der Presse und Thomas Jefferson.

Sondern Heathers wegen.

Wenn Jason Mathews kaltblütig erschossen worden war, woran sie inzwischen kaum mehr Zweifel hegte, dann nicht ohne Grund.

Dass er es geschafft haben sollte, mit seinem Auftreten in seiner Stammkneipe jemanden so gegen sich aufzubringen, dass der zum Gewehr griff, konnte sie sich nicht vorstellen. Obwohl – unmöglich war auch das nicht. Nur hielt Kimberly es für wahrscheinlicher, dass er umgebracht worden war, weil er bei der Durchsicht von Heathers Akte auf irgendetwas gestoßen war. Alles andere wäre ein zu großer Zufall gewesen und man hatte Kimberly auf der Journalistenschule ein gesundes Misstrauen gegen Zufälle eingeimpft. Journalisten glaubten nicht an Zufälle, sie glaubten an Fakten. Und nach Fakten suchten sie auch, nicht nach Zufällen oder Mutmaßungen.

Nachdem sie tief Luft geholt hatte, ohne jedoch die Schmetterlinge in ihrem Bauch beruhigen zu können, hatte Kimberly die Akte aufgeschlagen. Und während sie las, eine Zeile nach der anderen, während sie die Informationen langsam verdaute, kam es ihr ein paarmal so vor, als verletzte sie die Privatsphäre ihrer Freundin. Sie fand Polizeiberichte, Befragungen und Fotos – wobei sie sich die Fotos nicht ansah, dazu fühlte sie sich noch nicht bereit. Aber alles andere las sie, auch den Bericht des Rechtsmediziners. Anfangs hatte sie sich nicht vorstellen können, hier in der Akte etwas zu entdecken, worauf sie in ihren schlimmsten Albträumen nicht gekommen wäre.

Genau das geschah jedoch.

Jason Mathews hatte nicht herumgeprahlt, hatte sich nichts aus den Fingern gesogen.

Sie wusste jetzt, worauf er angespielt hatte, was er entdeckt haben wollte. Sie kannte die Information, die Roy Calloway nicht an Ingrid und Eric Johansen weitergegeben hatte – und auch an niemanden sonst. Wie betäubt sie sich damals gefühlt hatte. Und dann hatte sie angefangen zu zittern und schließlich zu weinen.

Heather war schwanger gewesen.

Das Gefühl von Schmetterlingen in ihrem Bauch hatte sich zu einem massiven Flattern ausgeweitet, bis sie irgendwann ins

Bad am anderen Ende des Flurs stürzen musste, wo sie sich heftig übergab. Auf den kalten Kacheln kniend, selbst eiskalt bis in die Knochen, hatte sie den Gedanken laut ausgesprochen, der sie zum Würgen gebracht hatte.

Heather war mit Finlay zusammen gewesen. Sie hatten sich getrennt, aber davor waren sie ein Paar gewesen.

Ihr Verstand arbeitete auf Hochtouren, ergänzte die Lücken, bis sich ein Bild ergab: Als Polizeibeamter von Cedar Grove hatte Finlay doch sicher Zugang zum Bericht des Rechtsmediziners gehabt. Er hatte gewusst, worauf Jason Mathews anspielte oder er hätte es aus dem Bericht des Rechtsmediziners erfahren können, oder? Heather war schwanger gewesen – allein diese Information stellte die Ergebnisse infrage, zu denen die Polizei gekommen war und denen zufolge Edmund House Heather umgebracht hatte. Wobei es dieser Schlussfolgerung immer schon an ausreichenden Beweisen gemangelt hatte.

Aber jetzt gab es neue Beweise.

Was, wenn es Finlays Baby gewesen war? Was, wenn Heather deswegen an dem Abend auf der Landstraße unterwegs gewesen war? Das Krankenhaus befand sich in Silver Spurs. Konnte sie dorthin gegangen sein, um eine Abtreibung vornehmen zu lassen? Und … und …

Nein. Stopp! Sie musste sich zügeln.

Mühsam hatte sie sich aufgerappelt, hatte ihr Gesicht im Spiegel über dem Waschbecken angesehen. Grau hatte sie ausgesehen, kränklich. Was zum Teufel war ihr da gerade durch den Kopf gegangen? Was hatte sie sich dabei gedacht?

Hier ging es nicht um irgendeinen Mann. Hier ging es um Finlay.

Kimberly hatte anfangs gezögert, mit ihm auszugehen. Wegen seiner Geschichte mit Heather. Aber mit der Zeit hatte sie diese Vorbehalte hinter sich lassen können. Trotzdem hatten sie gewartet und waren vier Jahre zusammen gewesen, bevor sie geheiratet hatten. Kimberly hatte sich ihrer Gefühle ganz sicher sein wollen. Und sie war sich sicher gewesen! Sie hatte sich in Finlay verliebt. Er war ein guter Mann, ein sanfter Mann. Ihr Ehemann. Der Vater ihrer Kinder. Finlay war kein Mörder. Finlay war fürsorglich und höflich.

Nur stürmten jetzt auch ganz andere Gedanken auf sie ein, Gedanken, die sie Jahre zuvor endgültig verworfen hatte. Gedanken, bei denen es darum ging, was passiert war, als Heather die Beziehung zu Finlay beendete und dem Jungen damit das Herz brach. Sie hatte sich an seine Wut erinnert, an die schrecklichen Wörter, mit denen er Heather beschimpft hatte, daran, wie er mit ihr und über sie geredet hatte.

Nein!

Sie hatte sich im Bad über das Waschbecken gebeugt, sich kaltes Wasser ins Gesicht gespritzt und gehofft, so wieder zur Besinnung zu kommen. Finlay hatte sich verändert. Er war nicht mehr der Junge, der er auf der Highschool gewesen war. Er hatte aus seinem Fehler gelernt. Hatte nicht jeder einen ehemaligen Freund oder eine ehemalige Freundin, die oder der das Schlimmste in einem geweckt hatte? Das gehörte doch zum Erwachsenwerden. Das gehörte zum Daten! Finlay hatte sich geändert. Er hatte damals die Schule gewechselt, und dann war er Polizist geworden. Er hatte von Roy Calloway gelernt, der ihn als Mentor unter seine Fittiche genommen und ausgebildet hatte.

Wodurch er vollen Zugang zu Heathers Akte erhielt ...

Vielleicht hatte er deswegen nicht gewollt, dass Kimberly die Story verfasste. Weil er wusste, was sie bei Einsicht in die Akte erfahren würde.

Ein weiterer Gedanke ließ ihr Schauer über den Rücken laufen, so kalt, dass sie bald am ganzen Körper zitterte und die Arme um die Brust schlang, um sich ein bisschen zu wärmen.

An dem Tag, an dem Jason Mathews erschossen worden war, war Finlay auf der Jagd gewesen.

In diesem Moment hatte Kimberly beschlossen, dass ihr keine andere Wahl blieb. Sie musste Finlay darauf ansprechen, musste ihm die Fragen stellen, die ihr durch den Kopf gingen. So konnte sie nicht leben, mit all diesen Zweifeln. So konnte sie unmöglich leben.

Als Finlay an dem Abend nach Hause gekommen war, hatte Kimberly ihm erzählt, was sie dem Bericht des Rechtsmediziners entnommen hatte. Finlay hatte sich das ruhig angehört, war nicht wütend geworden, hatte nicht geschrien, nicht geflucht. Aber sie hatte den Schmerz in seinem Gesicht gesehen und wusste, wie tief sie ihn verletzt hatte.

»Ich habe Heather nicht umgebracht«, hatte er an jenem Abend erklärt. »Und ich habe Jason Mathews nicht erschossen.«

Kimberly hatte bei diesen Worten eine ungeheure Erleichterung verspürt. Sie hatte ihm gesagt, dass sie ihm glaubte, dass sie nicht weiter an dieser Story arbeiten und eine andere Geschichte finden würde, um darüber zu schreiben. Aus dem Baudezernat der Stadt seien ihr ein paar Informationen zu Ohren gekommen, die sich als gute Nachricht für ganz Cedar Grove entpuppen könnten. Und was den Bericht des Rechtsmediziners anging, dem glaubte sie sowieso nicht, hatte sie gesagt. Heather war ihre beste Freundin gewesen, etwas so Wichtiges hätte sie Kimberly erzählt. Heather hätte Kimberly um Hilfe gebeten. Also würde sie diese Sache nicht glauben. Sie würde die Geschichte nicht weiterverfolgen.

Aber natürlich hatte sie das doch getan.

Aber nicht für Heather.

Nicht für Finlay.

Und nicht für Cedar Grove.

Sie hatte die Geschichte für sich selbst weiterverfolgt. Und für ihre Kinder.

Sie war drangeblieben, weil sie nicht einfach so wieder zur Tagesordnung übergehen konnte. Nicht mit all den offenen Fragen in Bezug auf den Mann, den sie geheiratet hatte, mit dem sie das Bett teilte, der der Vater ihrer Kinder war.

Natürlich hatte sie weiter recherchiert! Wie sollte sie denn sonst zukünftig mit Finlay leben können? Wenn auch nur die Spur eines Zweifels blieb, wenn auch nur im Entferntesten die Möglichkeit bestand, er könnte der brutale, berechnende Mörder ihrer besten Freundin sein?

Und so brütete sie an diesem Tag in ihrem Arbeitszimmer über Akten, als von irgendwoher im Haus ein Geräusch an ihre Ohren drang. Woher genau, hätte sie nicht sagen können. Sie hatten keinen Hund und auch keine Katze, Kimberly war gegen beides allergisch. Und von den Kindern war um diese Zeit keins zu Hause.

War Finlay zurückgekommen? Sie hatten zusammen zu Mittag gegessen, konnte er irgendetwas vergessen haben? Rasch klappte sie den Ordner zu, stand auf und stellte ihn zurück ins Regal. »Finlay?«, rief sie. »Bist du das? Hast du etwas vergessen?«

Keine Antwort.

Sie öffnete die Tür ihres Arbeitszimmers, trat in den Flur – zuckte zusammen und legte sich die Hand aufs Herz. »Himmel! Hast du mich erschreckt!« Sie zog die Brauen zusammen. »Moment mal! Was machst du eigentlich hier?«

Jetzt wusste sie auch, was sie eben gehört hatte: das Geräusch, das entstand, wenn man die Glastür hinten im Haus aufschob. Irgendetwas roch durchdringend. Kimberly sah zu Boden.

»Ist das unser Benzinkanister?«

* * *

»Ich war auf Patrouille«, sagte Finlay. »Es war ruhig gewesen. Über Funk nur wenige Meldungen.« Er schwieg kurz. »Bis es im Lautsprecher knisterte und durchgesagt wurde, ein Brand sei gemeldet worden.« Er sah Tracy an. »Ich weiß noch, wie ich dachte, ein Feuer jetzt, Ende September, könnte verheerend sein. Wir hatten einen ungewöhnlich warmen Sommer gehabt, dreizehn Tage mit mehr als zweiunddreißig Grad Höchsttemperatur, darunter fünf mit über siebenunddreißig. Der Wald war trocken wie Stroh. Noch schlimmer waren die Bergkiefernkäfer, die sich in breiter Formation über den Kiefernbestand hergemacht und praktisch nur noch rostbraunes Brennholz hinterlassen hatten. Es herrschte Waldbrandgefahr der höchsten Alarmstufe, und das aus gutem Grund. Die Diensthabende meldete Flammen und schwarzen Rauch.« Den nächsten Satz sprach Finlay, als rede er mit sich selbst. »An der Bisby Road, Ecke Fourth Street, Haus Nummer dreihundertzweiundsiebzig.«

»Dein Haus«, sagte Tracy.

Finlay nickte. »Ich griff zum Mikro und bat um nähere Informationen. Die Adresse wurde wiederholt. Kennst du das Gefühl, wenn man nicht weiß, was man tun soll?«

Ja, dieses Gefühl kannte Tracy sehr gut. Sie hatte sich wie gelähmt gefühlt, als ihr Vater an jenem Morgen anrief, um zu fragen, warum man ihren Pick-up an der Landstraße gefunden hatte, ohne eine Spur von Sarah.

»Ich war unfähig, mich zu rühren«, fuhr Finlay fort. »Ich weiß noch, dass ich an den Heizofen in Kimberlys Zimmer dachte und wie oft ich sie gewarnt hatte, der könnte Feuer fangen. Den Heizofen hatten auch die Brandermittler anfangs im Visier. Weil das Feuer in Kimberlys Arbeitszimmer ausgebrochen war. Sie dachten, die Steckdose wäre defekt gewesen und es hätte Funken gegeben.«

Tracy hörte zu, ohne ihn zu unterbrechen.

»Und dann fiel es mir ein. Kimberly war zu Hause. Wir hatten zusammen zu Mittag gegessen.« Er sah Tracy an. »Da bekam ich richtig Angst.« Er presste die Lippen so fest zusammen, dass sie fast nicht mehr zu sehen waren. Tracy spürte, wie sich in ihrem Magen ein Kloß bildete. Finlay holte Luft. Eine Träne rollte ihm die Wange hinunter. »Als ich eintraf, stand das Haus voll in Flammen und spuckte schwarzen Rauch. Gegenüber, auf der anderen Straßenseite, hatte sich eine Menschenmenge versammelt. Da suchte ich nach Kimberly. Ich fragte meine Nachbarn. Ich fragte alle, wirklich jeden einzelnen, ob sie sie gesehen hätten. Sie haben alle …« Er schloss die Augen. Weitere Tränen rannen ihm über die Wangen. »Sie haben einfach alle den Kopf geschüttelt. Niemand hatte sie gesehen. Und als ich zum Carport sah, stand da ihr Wagen, ihr Honda.« Er atmete hörbar aus, nahm sich einen Moment Zeit. »Ich rannte über den Rasen zur Haustür, wollte ins Haus, versuchte, an den Flammen vorbeizukommen. Feuerwehrleute haben mich festgehalten. Ich kann mich nicht mehr daran erinnern, dass meine Uniform Feuer fing oder wie viele Feuerwehrleute nötig waren, um mich festzuhalten. Irgendwann spielte es dann auch keine Rolle mehr. Sie rissen mich weg, schleppten mich fort und ich stand da. Stand einfach nur da, hilflos, und hörte diesen Flammen zu, wie sie heulten. Und ich wusste, Kimberly war im Haus.«

Tracy wartete einen Moment, wollte Finlay Zeit lassen, sich zu fangen. Dann fragte sie leise: »Glaubst du, jemand wollte dich als den Schuldigen dastehen lassen, Finlay?«

Er runzelte nachdenklich die Stirn, hatte sich die Frage wohl oft selbst gestellt. »Als Heather ermordet worden war, ist mir diese Idee nicht gekommen. Da hielt ich mich einfach für ein Opfer der Umstände. Wir waren ein Paar gewesen, ich hatte mich nach der Trennung wie ein Idiot benommen. Als Mathews ermordet worden war, dachte ich, er wäre ermordet worden, damit ein Geheimnis nicht aufgedeckt wurde. Eins, dem er zu nahegekommen war. Aber ich habe nicht gedacht, dass mir jemand den Mord absichtlich in die Schuhe schieben wollte.«

»Und jetzt?«

Er sah auf. »Als sie sagten, der Bericht des Brandermittlers zeige Beweise für einen Beschleuniger, und zwar Benzin, und dass sie meinen Benzinkanister gefunden hätten …«

»Wer könnte dir die Schuld an den Morden in die Schuhe schieben wollen?«

»Ich weiß es nicht.«

Tracy fragte sich erneut, wer alles gewusst hatte, dass Finlay Heather Johansen nach dem Ende ihrer Beziehung gestalkt hatte. Wer hatte gewusst, dass Jason Mathews die Ermittlungsakte kannte und den Bericht des Rechtsmediziners gelesen hatte, der von einer wahrscheinlichen Schwangerschaft ausging? Wer wusste, dass Kimberly Einsicht in beide Akten verlangt und auch erhalten hatte?

Finlay auf jeden Fall und …

Tracy lief es kalt den Rücken hinunter. Und Roy Calloway.

Kapitel 10

Dan warf einen Blick auf den unteren rechten Rand seines Bildschirms. Sechzehn Uhr.

Er lehnte sich im Stuhl zurück, bis er aus dem Fenster sehen konnte. Kein Subaru in der Einfahrt, Tracy war also noch nicht wieder zurück.

Dan hatte praktisch den ganzen Tag ununterbrochen gearbeitet und nur einmal kurz sein Arbeitszimmer verlassen, um sich etwas zu essen zu holen und nach Daniella und Therese zu sehen. Therese hatte er im Wohnzimmer vor der Staffelei entdeckt, auf der ihr Bild vom Garten immer konkretere Formen annahm. Man konnte schon ziemlich gut den Pavillon erkennen, den er im vergangenen Sommer um den Whirlpool herum hochgezogen hatte. Dan hätte nicht sagen können, in welchem Stil Therese arbeitete, dazu kannte er sich mit Malerei nicht genug aus. Vielleicht impressionistisch? Der Garten lag hinter einem lichten Schleier aus Schneegestöber verborgen, aus dem der Pavillon leicht verschwommen hervortrat.

»Sie schläft in ihrem Körbchen«, hatte Therese geflüstert. »Ich nutze die Zeit zum Malen. Sie haben doch hoffentlich nichts dagegen?«

Dan hatte überhaupt nichts dagegen.

Seit dieser kurzen Unterbrechung hatte er den ganzen weiteren Tag am Schreibtisch gesessen.

Jetzt ließ ihn ein köstlicher Duft aus der Küche das Wasser im Mund zusammenlaufen und er wollte gerade nachsehen, was da gekocht wurde, als ein leises Klingeln seine Aufmerksamkeit auf eine gerade eingetroffene E-Mail lenkte. Das Kammergericht von Whatcom County. Richter Harveys Entscheidung. Dan lud sie herunter, überflog rasch die einführende Zusammenfassung der Fakten und suchte nach dem entscheidenden »Daher«, das dem eigentlichen Richterspruch voranging.

Richter Harvey hatte seine Entscheidung über den Antrag der Stadt auf ein Schnellverfahren zurückgestellt und Dan dreißig Tage für die Beschaffung von Nachweisen dafür zugestanden, dass die Stadt Cedar Grove und ihre Angestellten im vorliegenden Fall nicht durch die Public Duty Doctrin geschützt waren. Mit anderen Worten: Dans Argumentation vor Gericht hatte den Richter nicht vollständig überzeugen können, aber er gab ihm Zeit, um sie weiter zu untermauern. Außerdem hatte Richter Harvey die Stadtverwaltung von Cedar Grove angewiesen, endlich auf Dans bereits vor einem Monat gestellte Anträge auf Einsicht in bestimmte Dokumente zu reagieren und eidesstattliche Erklärungen der von Dan benannten Zeugen bereitzustellen.

Wieder meldete Dans Computer mit leisem »Ping« den Eingang einer E-Mail. Diesmal hatte sich Rav Patel gemeldet. Er fragte an, wann Dan bei ihm im Büro vorbeikommen wolle, um die verlangten Dokumente einzusehen, und schickte im Anhang die unter Eid abgegebenen Antworten auf die von Dan schriftlich eingereichten Beweisfragen. Die prompte Reaktion des gegnerischen Anwalts entsprach so gar nicht Dans Erwartungen. Er hatte mit weiterem Hinhalten gerechnet. Außerdem war hiermit klar, dass Patel den Fall nicht an einen außenstehenden Anwalt weiterzugeben gedachte, zumindest zum jetzigen Zeitpunkt noch nicht.

Dan schickte eine Antwort, in der er bat, gleich am nächsten Tag zur Durchsicht der fraglichen Dokumente vorbeikommen zu dürfen. Dann telefonierte er mit seinem Büro in Seattle, wo Leah Battles ihm mitteilte, auch sie habe Richter Harveys Entscheidung gelesen und sei gerade dabei, von Gary Witherspoon und Mitgliedern des Stadtrats von Cedar Grove die Abgabe eidesstattlicher Erklärungen zu fordern.

»Setz den Termin für Witherspoons eidesstattliche Erklärung ans Ende«, bat Dan. »Wenn ich schon weiß, was die anderen Mitglieder des Stadtrats zu sagen haben.«

Jetzt war draußen ein Motorengeräusch zu hören. Dan sah aus dem Fenster: Tracy war gerade in ihre Einfahrt eingebogen und parkte nun hinter seinem Tahoe. Obwohl sie seit dem vergangenen Abend nicht mehr miteinander gesprochen hatten, konnte sich Dan lebhaft vorstellen, wo seine Frau gewesen war.

»Wir telefonieren morgen noch einmal«, verabschiedete er sich von Battles.

Er ging in die Küche, wo er den Deckel vom leise vor sich hin köchelnden Eintopf lüpfte, den Therese aufgesetzt hatte, um sich den köstlichen Duft um die Nase wehen zu lassen. An der Haustür mühte sich Tracy inzwischen damit ab, zwei Kartons in den Flur zu verfrachten. Dan ahnte schon, was sich darin befand: Polizeiakten.

»Warte, ich helfe dir!« Er legte den Deckel zurück auf den Topf und eilte an die Tür.

»Danke, es geht schon.« Tracy stellte ihre Kartons ab, während Dan die Tür schloss und ihr zur Begrüßung einen Kuss gab. »Ist Daniella wach?«, erkundigte sich Tracy, während sie die Winterjacke auszog und an die Garderobe hängte.

»Therese ist mit ihr spazieren, seit gut einer halben Stunde.« Dan warf einen Blick auf seine Uhr. »Sie dürften jetzt jeden Moment wiederkommen.«

Tracy stand inzwischen vor der Staffelei. »Das ist ziemlich gut, findest du nicht auch?«

Dan nickte. »Ich habe schon dran gedacht, es zu kaufen und über den Kamin zu hängen.«

»Das wäre eine prima Idee.« Tracy schnupperte. »Kochst du? Es riecht wunderbar.«

»Tut mir leid, das hat auch Therese auf den Herd gesetzt. Irish Stew, glaube ich.«

»Genau das Richtige bei diesem Wetter, Futter für die Seele. Es fängt gerade wieder an zu schneien. Wir können das Feuer schüren und uns nett entspannen.«

Ein Blick aus dem Fenster zeigte Dan wirklich die eine oder andere Schneeflocke. Er seufzte. Da standen sie nun und redeten um den heißen Brei herum, drückten sich vor einer richtigen Unterhaltung. Er wusste, wo sie gewesen war, und hatte darüber nachgedacht, wie er reagieren sollte, wenn sie heimkam, was er sagen sollte. Er wollte weder die Situation weiter eskalieren lassen noch als Macho dastehen, ahnte jedoch, dass sich beides wohl kaum vermeiden ließe.

»Darf ich fragen, wo du warst oder was sich in diesen Kartons befindet?«, fing er an.

»Heute Morgen war ich zusammen mit Roy bei den Johansens und danach bin ich nach Silver Spurs gefahren, um mit Finlay zu reden.«

»Und?«

»Und ich habe in Seattle angerufen und beantragt, mir die Ermittlungen in diesem Fall zu erlauben.«

Dan seufzte. Da wären sie dann also. »Okay.«

»Das ist mein Beruf, Dan.«

»Ich weiß. Das sagtest du bereits gestern Abend.«

»Ich möchte nicht, dass das zu einem Problem zwischen uns wird …«

»Und das verstehe ich!«, unterbrach er sie, ohne jedoch zu versichern, dass es bestimmt kein Problem sein würde.

»Lass mich ausreden.«

»Das wird nicht nötig sein.«

»Dan …«

»Ich verstehe, dass es hier um deinen Beruf geht. Ich verstehe auch, dass du große Ähnlichkeiten mit deinem Vater hast in deiner Entschlossenheit, Menschen zu helfen. Das treibt dich an, deswegen stehst du jeden Morgen auf. Wahrscheinlich habe ich einfach nur gehofft, du würdest nie wieder arbeiten gehen. Das soll jetzt kein sexistischer Spruch sein und ich hoffe sehr, du fasst es auch nicht so auf. Ich mache mir einfach Sorgen um dich.« Er zuckte die Achseln. »Aber wir haben Therese ja genau deswegen eingestellt, damit du wieder arbeiten kannst. Also …«

»Ich weiß, dass du dir Sorgen machst!« Tracy war näher gekommen. »Und dafür liebe ich dich auch. Ich würde auch nicht einfach jeden x-beliebigen Fall übernehmen.«

»Aber Heathers Tod erinnert dich daran, was deine Familie durchgemacht hat, nachdem Sarah verschwunden war.«

Tracy warf einen Blick Richtung Kartons. »Ich glaube, jemand versucht ganz bewusst, Finlay als Hauptverdächtigen dastehen zu lassen, Dan. Und wer immer das tut, der ist bisher mit dreifachem Mord durchgekommen.«

Dan nickte, ohne etwas zu sagen.

»Du musst doch wissen, dass ich keine Dummheiten mache«, fuhr Tracy fort.

»Okay.« Dan brachte ein dünnes Lächeln zustande. Gleichzeitig fragte er sich, wie viele Polizisten, die bei der Ausübung ihres Berufs ums Leben gekommen waren, etwas Ähnliches gesagt hatten.

Kapitel 11

In der Nacht fegte einem Güterzug gleich ein heulender Sturm über Cedar Grove, ließ Äste und Zweige peitschen und knarren, gegeneinanderschlagen und brechen. Er tobte den größten Teil der Nachtstunden über, warf noch mehr Schnee auf die ohnehin schon verschneiten Straßen und gab erst um vier Uhr morgens endlich Ruhe. Das wusste Tracy deswegen so genau, weil sie da gerade wach gewesen war und Daniella gestillt hatte. Allerdings hatte sie auch vorher nicht viel geschlafen. Immer wieder gingen ihr ihre letzten Gedanken beim Treffen mit Finlay durch den Kopf.

Wer hatte genügend Informationen, um alles so zu arrangieren, dass Finlay als Hauptverdächtiger dastand?

Roy Calloway.

Eine lächerliche Vermutung, wie sie genau wusste, die gleichzeitig aber auch zutreffen konnte. Sie hatte bei anderen Fällen schon weitaus abwegigere Ideen verfolgt, die sich am Ende als überhaupt nicht verrückt erwiesen hatten.

Also zwang sie sich dazu, alles im Kopf noch einmal genau durchzugehen. Mentale Gymnastik sozusagen.

Roy hatte Heathers Schwangerschaft verschwiegen, das stand fest. Seinen eigenen Angaben nach, weil er Heathers Eltern schützen, deren Erinnerungen an ihre Tochter und

Heathers Ruf nicht beschmutzen wollte. Glaubte man ihm in diesem Fall, dann konnte man auch davon ausgehen, dass dieselbe Rücksichtnahme den Johansens gegenüber ihn veranlasst hatte, die Zeitung damit abzuspeisen, Jason Mathews sei höchstwahrscheinlich einem Jagdunfall zum Opfer gefallen. Er hatte von den Informationen ablenken wollen, die Mathews in Heather Johansens Akte entdeckt hatte. Roy wusste genau, dass der Tod von Mathews kein Unfall gewesen war. Er wusste, wo der Schuss gefallen war, er hatte die Stelle untersucht und war auch den Hang hinaufgeklettert, von dem aus geschossen worden war. Und wenn ihm bewusst war, dass Mathews keineswegs bei einem Jagdunfall ums Leben gekommen war, dann musste ihm logischerweise auch klar sein, dass der Mann höchstwahrscheinlich gestorben war, weil er Heathers Akte gekannt hatte. Oder war noch ein anderer Grund denkbar? Mathews schien ein nicht gerade angenehmer Mensch gewesen zu sein, der gern zu viel trank. Vielleicht hatte er sich ja jemanden zum Feind gemacht, möglicherweise jemanden aus der *Four Points Tavern*. Allerdings wäre das ein ziemlicher Zufall gewesen, wenn man den Zeitpunkt des Todes bedachte.

Warum also hatte Roy so viel verschwiegen? Um Finlay zu schützen oder um den Verdacht auf ihn zu lenken? Oder handelte es sich hier einfach nur um gute Polizeiarbeit? Manchmal gab man wichtige Informationen nicht an die Öffentlichkeit, weil man hoffte, den Täter, wenn man ihn denn gefasst hatte, aufgrund von Einzelheiten überführen zu können, die außer ihm niemand wissen konnte. Auch das war denkbar.

Während sie Daniella stillte, war Tracy noch einmal die Fakten durchgegangen.

Roy wusste, dass Finlay Heathers Freund gewesen war. Er wusste, dass die Beziehung nicht gut geendet hatte. Er wusste, dass Finlay nach Heathers Ermordung als Hauptverdächtiger gelten musste. Als Polizeichef von Cedar Grove hatte er möglicherweise sogar mitbekommen, dass Finlay auf eine Anfrage der Funkzentrale hin Mathews an jenem Nachmittag aus der Bar geholt hatte. Vielleicht hatte er vermutet, Mathews könne Finlay vom Bericht des Rechtsmediziners erzählt haben. Dass Finlay die Begegnung mit Mathews Roy gegenüber nie erwähnt hatte, könnte zu dieser Vermutung beigetragen haben. Okay, das waren jetzt Spekulationen, viel zu dünn, um irgendwelche Schlüsse daraus zu ziehen, jedoch nicht mager genug, Tracy am weiteren Spekulieren zu hindern. Den Schuss, der Mathews tötete, hätte auch Roy mit verbundenen Augen abgeben können, und er hatte sicherlich gewusst, dass Finlay an diesem Tag frei hatte. Natürlich war ihm auch klar, womit sich ein Jäger im Oktober beschäftigte, wenn er nicht gerade arbeiten musste, weshalb er sich hatte denken können, dass Finlay an seinem freien Tag auf die Jagd ging. Und er wusste, dass Kimberly Armstrong angefangen hatte, die Morde an Heather Johansen und Jason Mathews zu untersuchen.

Beschützte Roy seinen Protegé? Oder schützte Roy sich selbst?

Um Letzteres glauben zu können, musste Tracy einen riesigen Gedankensprung bewältigen: Sie musste sich vorstellen, dass Roy Calloway, der Mann, von dem Cedar Grove einst mit eiserner Hand regiert worden war, Heather geschwängert hatte. Das war der entscheidende Punkt, aus dem sich logischerweise alles andere ergab.

Und es war der Punkt, an dem diese Theorie zusammenbrach.

Tracy kannte Roy, und nicht nur als Polizeichef. Roy und ihr Vater waren beste Freunde gewesen, Nora und er gern gesehene Gäste bei Tracy zu Hause. Nie hatte Roy irgendetwas von einem Lüstling ausgestrahlt, hatte sich nie in irgendeiner Weise zweideutig gegeben. Und als Lüstling musste sie ihn doch sehen, wenn ihre Theorie stimmen sollte, oder? Wenn sie glauben wollte, dass sich Roy an einem achtzehnjährigen Mädchen vergriffen und es vielleicht sogar vergewaltigt hatte.

Und das war etwas, das Tracy sich einfach nicht vorstellen konnte. Auf gar keinen Fall. Das wäre ja so, als würde sie ernsthaft erwägen, ihr Vater könnte mit Heather geschlafen haben. Manche Männer betrogen ihre Frauen. Einmal ein Betrüger, immer ein Betrüger, pflegte ihre Mutter zu sagen. Manche Männer flirteten auch nur, um auszutesten, wie weit sie gehen konnten.

Roy gehörte zu keiner der beiden Sorten.

Tracy wollte Roy Calloway auf ihrer Liste der Verdächtigen belassen, wie es die gute Polizeiarbeit so verlangte, würde ihn jedoch nicht vorverurteilen. Finlay ebenso wenig. Sie musste weitergraben.

Gegen sechs nahm Tracy Daniella mit zu sich ins Bett, wo sie beide tief und fest schliefen, bis Tracy um neun von ihrem Handy geweckt wurde. Seattle meldete sich. Andrew Laub, ihr Lieutenant, gestattete die Ermittlungen in Cedar Grove.

Dan war bereits fort. Wohin, das wusste Tracy nicht und sie hatte auch nicht mitbekommen, wie er das Haus verließ. Sie fütterte Daniella, zog sie an und übergab die Kleine in eine rosa Decke gewickelt der Tagesmutti. Vielleicht half der Begriff ja wirklich, wenn man ihn oft genug vor sich hin sagte. Vielleicht nahm er ihr irgendwann ein bisschen von dem Schuldgefühl, das sie plagte, wenn sie ohne ihre Tochter wegging. Bislang war das allerdings noch nicht passiert.

Warm angezogen und bereits auf dem Weg zu ihrem schneebedeckten Subaru kämpfte Tracy immer noch mit den Tränen. Fast wäre sie zurück ins Haus gegangen, fast hätte sie Roy Calloway angerufen, um ihm zu sagen, es ginge nicht, sie sei durch mit der Jagd nach Mördern. Aber dann musste sie erneut an Daniella denken und daran, warum Dan und sie nach Cedar Grove gekommen waren. Dan hatte das Haus seiner Eltern schon verkaufen wollen, weil Tracy kaum gute Erinnerungen an die Stadt hatte. Tracy hatte das anders gesehen und ihn schließlich überzeugen können. Sie wollte sich nicht Zeit ihres Lebens von der Angst vor schlechten Erinnerungen beherrschen und am Nachhausekommen hindern lassen. Und jetzt hoffte ein Teil von ihr, Gary Witherspoon könne der Stadt neues Leben einhauchen, sie wieder zum Blühen bringen. Vielleicht nicht ganz so wie zu ihren Hochzeiten, aber doch als liebenswertes Zuhause für Menschen, die sich kannten, die aufeinander und auch auf anderer Leute Kinder achtgaben. Sie wünschte sich das für Daniella.

Sie warf einen Blick auf den Beifahrersitz und die Polizeiakte, die dort lag, und dachte an Heather Johansen. An Heather und an ihre Schwester Sarah und an die dunklen, dunklen Monate damals. Nein, Cedar Grove würde nie wieder die Stadt sein, die sie als Kind gekannt hatte. All die Umbauten und frischen Farbanstriche konnten die Schatten nicht vollends übertünchen, die der gewaltsame Tod zweier junger Frauen geworfen hatte. Ein Sargtuch lag über dem Ort, der ihr so idyllisch erschienen war, als sie hier aufwuchs. Deswegen war die Wiederaufnahme des Verfahrens gegen Edmund House für viele hier ja so schmerzlich gewesen: Die Stadt hatte nicht in ihre dunkelste Zeit zurückgewollt. In die Zeit, als Cedar Grove zu verfaulen begonnen hatte. Und jetzt, wo es langsam wieder heller zu werden schien, würde genauso wenig irgendwer dorthin zurückgehen wollen.

Aber so wie es damals absolut notwendig gewesen war, die Wahrheit herauszufinden, war es das jetzt auch wieder. Denn nur die Wahrheit würde dauerhaft Licht in die Stadt zurückbringen.

Wenn Cedar Grove wirklich überleben sollte, dann musste Tracy Heather Johansen zur Ruhe betten – und Kimberly Armstrong ebenfalls. In Bezug auf Jason Mathews spürte sie keine persönliche Verpflichtung, wobei sein Tod jedoch das

Herzstück des Falles zu sein schien, mit dem viele Fragen verknüpft waren. Wenn sie also das Buch über dem düstersten Kapitel der Stadt zuklappen wollte, dann musste sie auch seinen Tod aufklären, dann musste sie auch ihn zur Ruhe betten.

Sie steuerte ihr Auto vorsichtig rückwärts aus der Einfahrt und über die verschneiten Straßen, die inzwischen gut passierbar waren, weil der morgendliche Verkehr die Schneeschicht auf dem Asphalt festgefahren hatte. Hinter der Stadt, beim Einbiegen auf die Landstraße, traf sie auf relativ dichten Verkehr. Das war in ihrer Jugend anders gewesen, damals hatte man die Landstraße oft ganz für sich gehabt. Auf ihr gelangte man aus der Stadt hinaus. Bis auf die Fahrten zu den diversen Schießwettbewerben, auf die ihr Vater Sarah und sie mitgenommen hatte, bestand für Tracy damals kaum ein Grund, die Stadt zu verlassen. Jetzt musste sie ein wenig warten, bis sie sich in den Verkehr einfädeln konnte.

Die Verkehrsdichte nahm ab, je weiter sie vorankam. An diesem Morgen fuhren alle weit unter dem auf Warnschildern angegebenen Tempolimit, denn es war nach wie vor sehr kalt, unter null, weswegen man mit überfrierender Nässe rechnen musste. Der immer mal wieder zwischen den Baumkronen hindurchschimmernde Himmel zeigte sich winterlich hellblau, wolkenlos, ein Hinweis darauf, dass es im Laufe des Tages wohl nicht mehr viel wärmer werden würde. Tracy kannte solches Wetter. Es fühlte sich ruhig und friedlich an, ohne auch nur einen Windhauch, fast als läge Cedar Grove im Auge eines Sturms, wo es windstill und leise ist, der Wald in ohrenbetäubendes Schweigen gehüllt.

Bis erneut die Hölle los war.

Sie warf einen Blick auf die Kilometeranzeige, auch wenn sie noch ziemlich genau in Erinnerung hatte, wie weit sie fahren musste. In Cedar Grove wusste jeder, wo Vern Downies Jagdhunde auf Heather Johansens steif gefrorene Leiche gestoßen waren. Schüler aus Cedar Grove hatten damals mit Blumen und Andenken entlang der Straße ein kleines Mahnmal entstehen lassen. Andere kamen aus reiner Neugier, aber James Crosswhite hatte seinen Töchtern verboten, dort hinzugehen. Das sei kein Ort für Neugierige, hatte er gesagt. Ein junges Mädchen war dort gestorben.

Sie entdeckte die Abzweigung und fuhr vorsichtig vom Asphalt auf den Seitenstreifen, bremste ebenso vorsichtig und gekonnt. Die Schneepflüge hatten den Schnee an die Straßenränder geschoben, wo er, kompakt und vereist, gefährlich sein konnte. Sobald der Subaru stand, setzte sich Tracy ihre Strickmütze auf, schlang den Schal um den Hals und nahm Heathers Akte vom Beifahrersitz. Sie wollte sich den Fundort der Leiche ansehen, vielleicht kamen ihr ja jetzt, wo sie die Akte kannte, irgendwelche Ideen oder Gedanken.

Einer der Kriminaltechniker der Washington State Patrol hatte damals eine Skizze von diesem Abschnitt der Landstraße samt Abzweig angefertigt, auf der man sehen konnte, dass die Straße hier eine scharfe Linkskurve machte. Laut Bericht dürfte es an dem betreffenden Abend stockdunkel gewesen sein. Straßenbeleuchtung gab es keine und die dunklen Sturmwolken dürften im Verbund mit dem dichten Dach der Baumkronen wohl kaum natürliches Licht durchgelassen haben. Aus diesem Grund war im Polizeibericht anfangs davon die Rede gewesen, Heather könnte von einem Auto erfasst worden und mit dem Kopf auf den Asphalt geprallt sein. Diese Theorie hatte man verwerfen müssen, nachdem bei der Autopsie außer der Wunde am Kopf keine weiteren Verletzungen gefunden worden waren, weder Hautabschürfungen noch Prellungen. So hatten die Rechtsmediziner auch die Möglichkeit verworfen, Heather könnte aus einem fahrenden Auto gesprungen oder geworfen worden sein.

Was weitere Theorien betraf, so glaubte Tracy nicht daran, dass Heather versucht hatte, zu Fuß zum Krankenhaus in Silver Spurs zu gelangen. Ihrer Meinung nach war sie zum Krankenhaus gefahren worden, hatte sich dort geweigert, ihren Termin wahrzunehmen, und dann versucht, zu Fuß nach Hause zu kommen. Der Polizeibericht bestätigte Finlays Beobachtung, der zufolge Heather gar nicht für das kalte, feuchte Wetter an dem Abend angezogen war: Sie hatte über ihrer Jeans und dem T-Shirt lediglich eine Regenjacke getragen. Für einen geplanten Fußmarsch hätte sie sich auf jeden Fall ganz anders ausstaffiert.

Wenn also der Vater ihres Babys Heather ins Krankenhaus gefahren und dort abgesetzt hatte oder wenn Heather sich geweigert hatte, das Krankenhaus zu betreten, und aus dem Wagen geflüchtet war, warum hatte sie sich dann nicht versteckt, als das Auto zurückkam?

Erneut musterte Tracy die Linkskurve der Landstraße. Was, wenn die Kriminaltechniker damals alles falsch herum betrachtet hatten? Statt sich darauf zu konzentrieren, was der Fahrer nicht gesehen haben könnte, hätten sie sich vielleicht fragen sollen, was Heather nicht gesehen hatte. An einem stockdunklen Abend in den Bergen, wo noch dazu ein Sturm tobte, war der Fahrer des betreffenden Fahrzeugs bestimmt mit Fernlicht gefahren. Dieses grelle Licht dürfte Heather kurzfristig geblendet haben. Eine mögliche Erklärung dafür, dass sie sich nicht versteckt und ihrem Mörder so Gelegenheit zum Zuschlagen gegeben hatte. Diese Theorie wurde durch die Ausführungen des Rechtsmediziners untermauert, denen zufolge Heather bewegt worden war, nachdem man ihr mit einem stumpfen Gegenstand die Verletzung seitlich am Kopf zugefügt hatte.

Die Polizei hatte entlang der Straße nach Blutspuren gesucht, ebenso am Waldboden auf der Strecke zwischen der Straße und dem Fundort der Leiche, ohne jedoch etwas entdeckt zu haben. Das ließe sich unter Umständen durch das Wetter an dem Abend erklären. Der Bericht sprach außerdem von nur wenigen Fußspuren im Wald und kaum Reifenabdrücken auf dem Seitenstreifen, was auch dem Wetter und mangelndem Detailinteresse der Kriminaltechniker damals geschuldet sein konnte.

Tracy klappte die Akte zu und stieg aus dem Auto. Sofort verbiss sich die Kälte in ihr Kinn und die Wangen und sie zog den Schal hoch, bis er die untere Gesichtshälfte bedeckte. Sie klemmte sich den Ordner unter den Arm, kletterte die Böschung hinunter und suchte nach einem Pfad in den Wald, wobei sie immer wieder unter tief hängenden Zweigen durchtauchen musste und mit Pulverschnee überschüttet wurde. Bei jedem Schritt sank sie mit den hohen Stiefeln bis zum Schienbein ein. Tapfer stapfte sie weiter, bis sie die Felsansammlung erreicht hatte, wo Heathers Leiche gefunden worden war, und zwar ganz hinten auf der ersten Felsschicht, von Weitem nicht leicht zu erkennen. Der Ablageort war eindeutig ausgesucht worden, um die Leiche zu verstecken, auch das ein signifikanter Hinweis darauf, dass Heather nach dem Schlag auf den Kopf bewegt worden war.

Ein wenig außer Atem blieb Tracy stehen, erschöpft von der Anstrengung und weil es ihr seit Daniellas Geburt generell an Ausdauer mangelte. Sie zog sich den Schal von Mund und Nase, ließ bei jedem Atemzug weiße Wölkchen durch die kalte Luft schweben. Sie schätzte die Entfernung von der Straße bis hierher auf vielleicht hundertfünfzig Meter, nicht gerade weit also. In den Aufzeichnungen der Kriminaltechniker war von geknickten Zweigen und Absatzspuren die Rede, woraus man geschlossen hatte, dass die Leiche hierher gezogen und nicht getragen worden war. Heather war ein Meter siebzig groß gewesen und hatte einundsechzig Kilo gewogen, ein Gewicht, das ein normal großer und starker Mann auch hätte tragen können. Tracy hatte allerdings genügend forensische Berichte gelesen, um zu wissen, dass ein toter Körper viel schwerer zu tragen war als ein lebender. Die Schlaffheit machte es schwer, ihn anzuheben und den Schwerpunkt zu finden. Und der Mörder hatte es noch dazu eilig gehabt, die Leiche von der Straße und außer Sicht zu schaffen, obwohl bei dem Sturm an jenem Abend wohl kaum viel Verkehr zu befürchten gewesen war. Die Leiche war nicht begraben worden, man hatte sie nur leicht mit einer Schicht Schnee und Erde bedeckt. Was die Kriminaltechniker zu der Frage veranlasst hatte: Wenn der Mörder einen Schläger mitgebracht hatte, warum dann nicht auch eine Schaufel?

Aber auch hier wusste Tracy aus Erfahrung, dass die Entscheidung, eine Leiche nicht zu vergraben, nicht unbedingt einen vorsätzlichen und geplanten Mord ausschloss. Es war durchaus denkbar, dass der Mörder keine Schaufel mitgebracht hatte, weil klar gewesen war, dass er die Leiche gar nicht vergraben konnte. Der Boden in den North Cascades bestand aus Gletschersedimenten und war extrem hart. Entsprechend schwierig gestaltete es sich, hier ein Loch zu graben, egal wie tief, besonders am Fuße eines Felsvorsprungs. Baumwurzeln mussten auch berücksichtigt werden und stellten eine weitere Komplikation dar – ganz zu schweigen davon, dass der Wagen des Mörders auf der Landstraße gestanden hatte, wo jeder Vorbeifahrende ihn hätte sehen können.

Irgendjemand hupte. Drei Mal hallte es bedrohlich laut durch den ansonsten so stillen Wald. Seltsam. Tracy zog den Reißverschluss ihrer Jacke auf und löste vorsichtshalber den Sicherheitsriegel ihres Pistolenholsters, bevor sie zur Straße zurückging. Um es sich leichter zu machen, trat sie dabei in die Spuren, die sie auf dem Hinweg im Schnee hinterlassen hatte.

Auf der Straße parkte jetzt Finlays blauer Pick-up hinter ihrem Subaru. Finlay lehnte an der Kühlerhaube und sah ihr beim Näherkommen zu. Als sie ihn fast erreicht hatte, zog er die rechte Hand aus der Tasche seiner dunkelgrünen, pelzgefütterten Polizeijacke und streckte sie ihr hin. Tracy griff zu und ließ sich das letzte Stück Straßenböschung hochziehen.

»Habe ich dein Auto also richtig erkannt.« Finlay trug eine tief in die Stirn gezogene schwarze Mütze mit Ohrenklappen und hatte sich nicht rasiert. Auch seine Bartstoppeln waren mit Grau durchsetzt. »Wäre auch ein zu großer Zufall gewesen, dass ausgerechnet hier ein anderer Subaru rumsteht.«

»Was machst du hier, Finlay?«

»Ich war auf dem Weg zurück ins Motel und habe dein Auto am Babysitz hinten auf der Rückbank erkannt. Und natürlich auch an der Stelle, wo es steht.«

»Ich dachte, du hättest den Polizeibericht nicht gelesen.« Das war keine Frage.

Finlay lächelte. »Aber ich habe hier gewohnt, Tracy. So wie du auch. Wer damals in Cedar Grove gelebt hat, kennt die Stelle hier. Und auch die, an der sie deinen Pick-up gefunden haben, als Sarah verschwunden war.«

Okay, dagegen ließ sich nichts sagen. »Wolltest du irgendwas von mir?«, fragte Tracy.

»Nein, eigentlich nicht. Wenn du hier bist – heißt das, du sitzt jetzt offiziell an dem Fall? Sie haben ihn dir übertragen?«

»Nein, und ich denke noch drüber nach.«

Sie betrachtete die Straße, warf einen Blick Richtung Kurve. Finlay schien ihre Gedanken lesen zu können.

»Das ist die Richtung, aus der ich an dem Abend auf meinem Nachhauseweg vom College gekommen bin.«

Die Feststellung ließ Tracy aufhorchen, wobei allein schon Finlays Anwesenheit hier am Tatort ihr schon zu denken gab. Musste sie hier mehr als einen Zufall wittern? Stalkte er sie etwa? So, wie er damals Heather gestalkt hatte?

Kapitel 12

Dan stand in der Eingangshalle der ehemaligen First National Bank. Hier im Gebäude hatten sich nach dem Auszug der Bank Büros befunden, auch das seiner Anwaltskanzlei, als er damals nach seiner Scheidung nach Cedar Grove zurückgekommen war. Die Käfige, in denen früher die Kassierer der Bank gesessen hatten, existierten noch und dienten inzwischen als kleine Arbeitsbereiche für einige der städtischen Angestellten. Schritte und Stimmen hallten durch den hohen Raum, der ganz mit rotem Marmor ausgekleidet und mit sechs dekorativen Marmorsäulen geschmückt war, von denen man munkelte, sie seien zur Zeit des Baus dieser Bank mehr wert gewesen als vergleichbare Säulen in Gold. An der Decke hingen noch die ursprünglichen Kronleuchter in Bronze und Messing aus dem neunzehnten Jahrhundert, und auf dem Fußboden schimmerten die aus kleinen Kacheln bestehenden Mosaiksteine, die einen Adler mit einem Olivenzweig im Schnabel und dreizehn Pfeilen in den Klauen darstellten. Alles glitzerte, alles war bestens in Schuss. Christian Mattioli hatte beim Bau der Bank, die sein Vermögen verwahren sollte, keine Kosten gescheut und Dan musste sich eingestehen, wie gut es sich anfühlte, das Haus so sauber und lebendig zu erleben, voll geschäftiger Menschen, summender Stimmen und klingelnder Telefone.

Er verzichtete auf den Fahrstuhl, nahm lieber die gewundene Marmortreppe mit dem dunkelroten Läufer und dem blank polierten Messinggeländer. In seinem früheren Büro im ersten Stock war jetzt Rav Patel untergebracht, der Rechtsbeistand von Cedar Grove.

Patels Bereitschaft, Dan die verlangten Dokumente jetzt doch so umgehend zur Verfügung zu stellen, war überraschend gekommen. Inzwischen glaubte Dan zu verstehen, was Patel dazu bewogen haben könnte: Er wollte Dan unter Druck setzen, damit Cedar Grove so schnell wie möglich erneut einen Antrag auf Entscheidung im Schnellverfahren stellen konnte. Indem er die Dokumente freigab und Fragen beantwortete, gab sich Patel offen und kooperativ und konnte vortragen, Dan habe keine Beweise vorliegen und so sei seine Behauptung hinfällig, Gary Witherspoon und die anderen Stadträte stünden in diesem Fall nicht unter dem Schutz der Public Duty Doctrin. Und von Betrug beziehungsweise Irreführung könne ebenfalls keine Rede sein.

Auf der Rauchglastür, wo früher »Dan O'Leary, Rechtsanwalt« gestanden hatte, prangte jetzt in schwarzen Lettern der Name von Rav Patel, darunter die Angabe, er sei der Justiziar der Stadt. Dan drückte die Tür auf und fand sich im Empfangsbereich des Büros, wo sich ein Deckenventilator mit breiten Rotorblättern über einem Schreibtisch drehte, der zu seiner Zeit nicht besetzt gewesen war. Jetzt begrüßte ihn dahinter ein bekanntes Gesicht.

»Dan O'Leary!« Sunnie Witherspoons Stimme klang so hell wie der Sonnenschein, der durch die Bogenfenster in ihrem Rücken fiel. Sie stand auf und kam hinter ihrem Schreibtisch hervor, um Dan eine höchst unprofessionelle Umarmung zuteilwerden zu lassen. »Rav hat schon gesagt, dass wir dich heute Morgen erwarten. Wie schön, dich zu sehen.«

»Ich freue mich auch«, versicherte Dan.

Sunnie und Tracy waren früher eng befreundet gewesen, aber Dan und Sunnie hatten sich nie besonders nahegestanden, und das von Dan gegen Sunnie Witherspoons Ehemann Gary angestrengte Verfahren ließ wohl auch kaum Hoffnung auf eine baldige Änderung dieser Lage. Sunnie hatte Dan früher lediglich toleriert, weil Tracy ihn mochte, ihn aber eigentlich als Außenseiter betrachtet und daraus auch nie einen Hehl gemacht. Tracys Vater war Arzt gewesen, der von Sunnie Anwalt, Dans Vater nur kleiner Angestellter bei der Stadt. Die zwei Mädchen hatten in den beiden stattlichsten Häusern von Cedar Grove gewohnt, während Dans Familie sich nur einen kleinen Bungalow hatte leisten können, noch dazu am falschen Ende der Stadt.

»Du kannst Tracy ausrichten, dass ich stocksauer auf sie bin!« Sunnie gab Dan frei und trat einen Schritt zurück. »Ich kann es nicht fassen, dass sie sich nicht bei mir gemeldet hat. Und das Baby kenne ich auch noch nicht. Wie alt ist die Kleine denn jetzt?«

»Zwei Monate.«

»Zwei Monate? Sag Tracy, ich habe ein Geschenk für sie und ein paar Ratschläge. Immerhin habe ich vier Kinder großgezogen.«

»Ich glaube nicht, dass Daniella mit Ratschlägen schon viel anfangen kann.« Dan bemühte sich um einen lockeren Ton.

Sunnie verstand seinen Witz entweder nicht oder sie ignorierte ihn, wie sie es auch früher meistens getan hatte.

»Irgendwer hat mir erzählt, sie hätten Tracy, eine andere Frau und das Baby beim Spaziergang in der Stadt gesehen«, fuhr Sunnie fort.

»Das dürfte unsere Nanny gewesen sein.«

»Nanny? Moment! Sag mir jetzt nicht, Tracy will wieder arbeiten gehen! Das hat sie doch nicht vor, oder? Nicht mit einem Baby im Haus.«

»Sie hat sich noch nicht entschieden.«

Sunnie schien sich seit der Schulzeit nicht sehr verändert zu haben, zumindest nicht von ihrer Persönlichkeit her. Sie redete immer noch, ohne sich groß darum zu kümmern, ob ihr Gesprächspartner zuhörte, und hätte wahrscheinlich auch auf einen Toten stundenlang eingeredet, ohne dessen Zustand mitzubekommen. Sie hatte zugenommen, besonders an Hüften und Beinen, ihr von Haus aus hellbraunes Haar zeigte blonde und goldene Strähnchen und sie war genau wie früher stark geschminkt, wobei kleine schwarze Pünktchen den blauen Lidschatten zierten, die wahrscheinlich von der Wimperntusche stammten.

»Ich erwische sie schon noch«, versprach sie jetzt. »Du kennst mich doch. Wenn ich mir etwas in den Kopf gesetzt habe, lasse ich nicht locker.«

Dan nickte. »Ja, daran erinnere ich mich.«

»Wetten, mit mir hast du hier nicht gerechnet, was? Nicht, dass ich es nötig hätte zu arbeiten! Aber ich musste einfach mal wieder unter Erwachsene, als unser Jüngster aus dem Haus war. Noch einen einzigen Tag ohne Ansprache und ich werde wahnsinnig, habe ich zu Gary gesagt. Eigentlich wollte ich ja Krankenschwester werden, weißt du noch?«

»Ich dachte, du wolltest Schauspielerin oder Sängerin werden.«

Sunnie winkte ab. »Ach, du hattest immer schon gern einen Witz auf Lager! Wie dem auch sei, ich habe meine Pläne alle aufgegeben, um zu Hause bei den Kindern bleiben zu können. Egal – ich sagte zu Gary, es wäre mir einerlei, was, aber irgendetwas müsste ich tun. Mein Hirn war ja praktisch schon Brei. Ich gehöre einfach zu den Menschen, die Anregung brauchen.«

»Das kann ich mir vorstellen.«

»Du bist hier wegen dem Ausforschungsbeweis Larry Kaufman, richtig? Das ist der Fall gegen Gary und den Stadtrat.«

»Ich bin hier, weil ich Rav Patel sehen möchte«, stellte Dan richtig.

Sunnie winkte ab und setzte sich wieder hinter ihren Schreibtisch. »Mach dir keine Sorgen, ich nehme das nicht persönlich. Ihr Anwälte tut einfach nur eure Arbeit und von irgendwas muss man ja schließlich leben, nicht?«

»Genau«, sagte Dan.

»Ist wirklich schön, dich zu sehen«, wiederholte Sunnie, bevor sie zum Telefon griff und Rav Patel von Dans Eintreffen in Kenntnis setzte. Wenig später tauchte Patel selbst auf, in blauem Hemd und Krawatte, die Ärmel hochgekrempelt, sodass man seine sehr teuer und solide wirkende Uhr sehen konnte.

»Ich habe die Dokumente und eine Kopie der gerichtlichen Fragen in meinem Büro. Hätten Sie gern einen Kaffee?«, begrüßte er Dan.

»Danke, nein.«

»Dann kommen Sie doch bitte gleich mit durch.«

»Sag Tracy, ich halte Ausschau nach ihr. In Cedar Grove kann sie sich nicht lange vor mir verstecken«, rief Sunnie noch, während Dan Rav Patel in dessen Büro folgte.

Patel schloss die Tür hinter ihnen beiden und bedachte Dan mit einem müden Lächeln, bevor er hinter seinem Schreibtisch verschwand. Dan erinnerte sich noch gut an das achteckige Büro mit den Regalen aus Mahagoni, vollgestopft mit ungelesenen antiken Ausgaben von Rechtstexten, die alle auch schon zu seiner Zeit hier gestanden hatten.

Patel setzte sich unter einen weiteren träge arbeitenden Deckenventilator und deutete auf die beiden Besucherstühle vor dem Schreibtisch. »Bitte, nehmen Sie Platz.«

Dan setzte sich ebenfalls und schlug die Beine übereinander. »Ich nehme an, Sie zahlen hier nicht mehr fünfzehn Dollar Miete im Monat?«

Patel lehnte sich im cremefarbenen Ledersessel zurück, im Rücken das Erkerfenster, durch das Morgenlicht auf die eine Schreibtischhälfte fiel. »Richtig! Ich hatte schon gehört, dass das mal Ihr Büro war.«

»Ungefähr drei Jahre lang. Ich erinnere mich an einen sehr altmodischen Heizkörper direkt unter dem Fenster dort, der im Winter ziemlichen Lärm gemacht hat.«

»Die Heizung ist im gesamten Gebäude erneuert und modernisiert worden.«

»Das muss teuer gewesen sein«, stellte Dan fest.

»Für bestimmte Verbesserungen konnte die Stadt Mittel aus einem Topf für Denkmalpflege in Anspruch nehmen.« Patel deutete mit dem Kinn auf einen Stapel Kartons auf einem Tisch in der Ecke des Büros. »Ich habe die von Ihnen angeforderten Dokumente zusammengestellt. Unsere Antworten auf die gerichtlichen Fragen haben Sie erhalten?«

»Ich war angenehm überrascht, wie schnell Sie das erledigt haben.«

Patel zuckte die Achseln. »Ich hatte meine Zweifel in Bezug auf die Anhörung. Nicht was meinen Antrag betraf, aber irgendwie konnte ich mir schon denken, dass Richter Harvey Ihnen wenigstens die Chance für einen Ausforschungsbeweis zubilligt. Er hat es gern mal ein bisschen spannend.«

»Das war auch mein Eindruck. Obwohl ich da im Gerichtssaal kurz mal dachte, gleich wäre alles vorbei.«

»Ein cleverer Schachzug, auf die Geschichte der Gebäude in der Market Street einzugehen.«

»Ich tu, was ich kann.« Dan schwieg kurz, ehe er fortfuhr: »Es wundert mich ein bisschen, dass Sie immer noch dabei sind, Rav.«

»Und wieso?«

»Ich dachte, Sie würden den Fall vielleicht an eine Kanzlei in Bellingham abgeben.«

»Ich hatte das überlegt.« Patel nickte. »Aber meiner Meinung nach können wir das genauso gut hier im Haus erledigen.« Er beugte sich vor, den Blick fest auf die fünf Metallkugeln gerichtet, die links von ihm sanft klickend eine gegen die andere stießen, um Newtons physikalischen Grundsatz zu demonstrieren, dem zufolge es für jede Aktion eine gleichwertige und entgegengesetzte Reaktion gibt.

»Die Stadt möchte diese Angelegenheit gern geregelt wissen, um mit den Plänen für die Market Street und das Bürgerzentrum weitermachen zu können«, fuhr er fort.

»Cedar Grove hat ein Bürgerzentrum?« Dan zog die Brauen hoch.

Patel erwiderte die Geste mit einem sanften, unverbindlichen Lächeln. »Cedar Grove *hätte* gern ein Bürgerzentrum. Es ist im Gespräch, die Market Street an einem Ende zu schließen und dort ein Amphitheater für Ereignisse wie das Jazzfestival zu bauen, das letzten Sommer ein so schöner Erfolg war. Die Stadt braucht einen Ort, an dem Menschen zusammenkommen können.«

»Dann würden ja nur noch die Menschen selbst fehlen.« Dan strahlte Patel an, der auch diesmal nicht belustigt wirkte. »Nehmen Sie mir nicht übel, wenn ich das jetzt so sage, aber der Bürgermeister und der Stadtrat scheinen in Bezug auf die Zukunft von Cedar Grove eine sehr optimistische Einstellung zu haben. Meinen Mandanten würde ein gut besuchtes Amphitheater dicht neben seinem Laden bestimmt auch nicht stören!«

»Womit wir bei Ihrem Mandanten wären.« Patel griff zum Kuli und tippte damit auf seine Schreibunterlage. »Die Stadt würde diesen Disput gern beilegen.«

»Ich bin ganz Ohr, und wenn Sie mich als Kind mit Bürstenhaarschnitt gekannt hätten, dann wüssten Sie, von welchen Ohren ich spreche und wie ernst es mir damit ist.«

»Was wäre erforderlich, um diese Sache beizulegen?«

»Mein Mandant möchte weiterhin sein Geschäft führen. Er ist bereit, Outdoor-Ausrüstung zu verkaufen, wenn er damit Umsatz macht.«

»Ich meinte eigentlich, was nötig ist, um ihn aus dem Geschäft herauszukaufen.«

»Er hat kein Interesse daran, herausgekauft zu werden.«

»Die Stadt hat ihm zehntausend Dollar geboten. Ich bin befugt, auch höher zu gehen, allerdings nur im Rahmen der vom Stadtrat bewilligten Grenzen.«

»Und wo lägen die?« Dan selbst wollte keine Zahl nennen, die dann womöglich niedriger lag als das von der Gegenseite angedachte Limit.

»Würde Ihr Mandant fünfzehntausend Dollar akzeptieren?«

»Wie ich schon sagte, er macht das nicht des Geldes wegen. Er hat gern einen Ort, wo er jeden Tag hingehen kann, Sie verstehen schon ... aus dem Haus kommen, Leute treffen, die er kennt. Und natürlich ist auch eine gewisse Nostalgie dabei. Der Betrieb wurde von seinem Großvater gegründet und ging dann erst auf seinen Vater und später auf ihn selbst über. Da sind also auch noch Gefühle der Familie gegenüber.«

»Wir könnten mit den neuen Besitzern sprechen und garantieren, dass Ihr Mandant auf jeden Fall mindestens ein Jahr, nein, sagen wir zwei Jahre nach dem Verkauf bei ihnen angestellt bleibt. Bestimmt wären die neuen Besitzer an dem geschäftlichen Ansehen interessiert, das Ihr Mandant beisteuern könnte.«

»Ich bin sicher, das wären sie, aber nicht für fünfzehntausend Dollar.«

»Wie viel wäre erforderlich?«

»Da ich diese Diskussion mit meinem Mandanten noch nie geführt habe, kann ich nicht sagen, ob überhaupt eine Summe ausreichend wäre.«

»Ihr Mandant ist Mitte siebzig. Seine Kinder leben nicht mehr in Cedar Grove. Er kann nicht ewig arbeiten und seine Kinder scheinen kein Interesse an dem Laden zu haben.«

»Dem kann ich nicht widersprechen.«

»Und ich glaube nicht, dass Sie irgendetwas finden werden, das Ihre Theorie mit dem Betrug unterstützt. Sie werden auch nicht nachweisen können, dass die Stadt und ihre Angestellten in diesem Fall nicht durch die Public Duty Doctrin geschützt sind. Sie haben geschickt argumentiert, das Unausweichliche aber nur hinausgeschoben. Ich glaube, das wissen wir doch beide.«

»Na ja, das ist ein bisschen wie beim Pferderennen, nicht wahr? Der Sieger steht erst fest, wenn die Pferdchen gelaufen sind, und manchmal kommt es da schon zu Überraschungen.«

»Sind Sie bereit, mit Ihrem Mandanten über einen Vergleich zu sprechen und mir dann Bescheid zu geben?«

»Selbstverständlich.«

Patel nickte. »Dann freue ich mich auf dieses Gespräch.«

»Darf ich die Dokumente mitnehmen?« Dan deutete auf die Kartons.

»Ich habe Kopien für Sie anfertigen lassen. Die Rechnung liegt im obersten Karton. Für einen Auftrag dieser Größe hätten Sie sonst ganz bis nach Bellingham fahren müssen.«

»Danke für Ihre Gastfreundschaft.« Dan erhob sich lächelnd. Er warf einen Blick auf seine Uhr und anschließend auf die Tür, hinter der Sunnie wartete.

»Ich werde sie bitten, etwas für mich zu erledigen.« Patel zwinkerte ihm verschwörerisch zu. »Dann können Sie in aller Ruhe flüchten.«

Kapitel 13

Tracy verließ die Stelle, an der Heather Johansens Leiche gefunden worden war, und fuhr zurück nach Cedar Grove, wo Roy Calloway ihr in der Polizeidienststelle ein Büro zur Verfügung stellen wollte. Sie holte sich aus dem Aufenthaltsraum einen Kaffee und schaute kurz bei Roy im Büro vorbei, um ihn über ihre Arbeit auf den neuesten Stand zu bringen und sich zu erkundigen, ob er, wie abgemacht, mit dem Familienplanungszentrum in Bellingham telefoniert hatte.

Calloway nickte. »Bei denen hat sich Heather nie gemeldet.«

»Okay, war auch nur eine Idee. Ich habe noch ein paar Fragen zum Fall Jason Mathews. In der Akte steht, Sie haben jemanden losgeschickt, um mit den Leuten in der *Four Point Tavern* zu reden, aber ich fand den Bericht über diese Befragungen ziemlich mager. Als wäre der betreffende Beamte neu gewesen oder hätte kein besonders großes Interesse gehabt.«

»*Sie*. Es war eine Beamtin, und sie war auch nicht neu, es gab nur einfach nicht viel, was man über diesen Mathews herausfinden konnte. Du weißt doch, wie das mit Befragungen in Bars ist. Niemand möchte groß etwas sagen, weil niemand in irgendwas hineingezogen werden will. Schon gar nicht, wenn es um einen Todesfall geht. Sie sollte nachfragen, ob Mathews sich Feinde gemacht hatte, und hat niemanden gefunden, der den Mann gut genug gekannt haben wollte, um das beurteilen zu können. Und bevor du jetzt zu kritisch wirst, vergiss nicht, dass wir ja nicht von einem Zusammenhang zwischen Heather und Mathews ausgingen. Also hat sie nicht danach gefragt, ob Mathews über die Akte Johansen getratscht hat.«

»Hatte er denn irgendwelche Feinde?«

»Sie konnte nichts in der Art feststellen.«

»Sie hat notiert, da solle noch mal jemand nachhaken. Ist das passiert?«

»Ich sah keinen Sinn darin. Damals.«

Trotzdem, fand Tracy, halfen einem diese Befragungen weiter. Es wurde immer wahrscheinlicher, dass Mathews aufgrund seiner Kenntnis der Ermittlungsakte umgebracht worden war und nicht von jemandem, mit dem er in seiner Stammkneipe aneinandergeraten war. Trotzdem nahm sie sich vor, sich mit dem Mann in Verbindung zu setzen, der die *Four Points Tavern* im Jahr 2013 betrieben hatte, um nachzufragen, ob Mathews je Andeutungen über den Bericht des Rechtsmediziners gemacht hatte.

Tracy verließ Calloway, um sich in dem ihr zur Verfügung gestellten Büro am anderen Ende des Flurs einzurichten. Sie hängte ihre Wintersachen an die Haken, die eigentlich für die Kampfausrüstung vorgesehen waren, und sah sich um. Alles wirkte frisch ausgeräumt, der Schreibtisch bis auf den Monitor des Computers leer, ebenso leer die Regale. An den Wänden jedoch erkannte man anhand von Kratzern und Löchern, wo bis vor Kurzem noch Bilder gehangen hatten, und das abgetretene Linoleum zeigte Spuren von Stiefelabsätzen. Selbst bei geschlossener Tür konnte Tracy Telefone und Stimmen hören.

Sie setzte sich an den Schreibtisch und rief zu Hause an, um sich nach Daniella zu erkundigen.

»Der geht es prima«, versicherte Therese. »Sie hängt in der Wippe, spielt mit ihren Spielsachen und sabbert vor sich hin.

Bei dieser Kälte möchte ich nicht mit ihr rausgehen, da frieren einem ja die Beine ab, wie mein Vater immer sagte.«

Tracy lachte. »Okay.«

»Ernsthaft!«, sagte Therese. »Erinnert mich irgendwie an Irland. Da steigt aus den Mooren ein Nebel auf, der einem bis in die Knochen kriecht, als wäre man nackt. Wann ungefähr sind Sie zu Hause?«

»Das weiß ich noch nicht genau. Brauchen Sie irgendetwas?«

»Nee, hier ist alles in Ordnung. Die Kleine scheint mir langsam knülle zu werden. Ich bringe sie bald nach oben, dann kann sie ein feines Nickerchen machen.«

Tracy wünschte, sie hätte eine Übersetzerin für Irisch. Mit »knülle« war doch bestimmt »müde« gemeint, oder? »Rufen Sie mich an, wenn irgendetwas ist«, bat sie.

»Auf jeden Fall, darauf können Sie sich wirklich verlassen.«

Tracy legte auf, holte sich Heathers Akte aus der Umhängetasche und suchte den Teil mit den polizeilichen Befragungen heraus. Im Verlauf der nächsten Stunde las sie sich die Berichte über jedes einzelne Gespräch noch einmal durch, machte sich Notizen und markierte einzelne Sätze. Dann nahm sie sich die Liste mit den Namen und Telefonnummern der Zeugen vor und hielt das Handy schon in der Hand, um sich anzumelden, als sie beschloss, doch lieber einfach vorbeizufahren. Ein Telefonat konnte man leicht abwürgen oder ignorieren, was bei einem Besucher schon schwerer fiel. Auch bei der *Four Points Tavern* wollte sie direkt vorbeifahren, obwohl man da nach all der Zeit wohl nicht mehr viele nützliche Informationen erwarten durfte. Tracy hatte aus Erfahrung gelernt, dass es besser war, bei einer Ermittlung selbst nachzuprüfen, ob alle Schritte erledigt waren. Unerledigtes hatte so eine Art, einen hinterrücks zu überfallen, wenn man nicht mehr damit rechnete.

* * *

Da die Straßen nach wie vor vereist waren, dauerte die Fahrt länger, als Tracy gedacht hatte. Die Sonne hatte sich zwar kurz vorgewagt, war aber schon bald verschwunden und hatte überfrierende Nässe hinterlassen. Da sie eigentlich keine weite Strecke zurücklegen musste, hatte sich Tracy nicht wieder voll eingepackt, sondern lediglich die Jacke übergeworfen und Handschuhe, Schal und Mütze in die Jackentaschen gestopft.

Ed Witherspoons einstöckiges Heim schien gerade mit neuen Schindeln verkleidet worden zu sein und wirkte kleiner, als Tracy es in Erinnerung hatte. Als Kind kommt einem ja alles sehr groß vor. Ed schien rechts, wo früher der Carport gestanden hatte, einen Anbau hinzugefügt zu haben. Wahrscheinlich das Homeoffice, von dem er laut Roy schon lange gesprochen hatte. Tracy fragte sich unwillkürlich, woher wohl das Geld dafür stammte. Der Garten vorm Haus wirkte unverändert, wobei man das bei all dem Schnee natürlich nicht in Einzelheiten feststellen konnte. Barbara Witherspoon war immer eine leidenschaftliche Gärtnerin gewesen, die für ihren Garten jahrelang beim Stadtfest den ersten Preis erhalten hatte. Tracys Mutter, selbst passionierte Gärtnerin, hatte sich meistens mit dem zweiten Platz begnügen müssen, obwohl ihr Garten viermal so groß und viel aufwendiger gestaltet gewesen war als der von Barbara. Im Gegensatz zu Tracys Mutter, die die Entscheidung der Jury nie infrage gestellt hatte, war Doc Crosswhite in seinen Kommentaren nicht so zurückhaltend gewesen. Er hatte den ganzen Wettbewerb gern als reine Show bezeichnet und bei der Gelegenheit sein Mantra über den Bürgermeister zum Besten gegeben, der so korrupt war, dass er sich selbst schon nicht mehr trauen konnte.

An den vorderen Fenstern waren die Vorhänge zugezogen. Wohl um die Kälte abzuhalten, denn zu Hause war jemand, wenn man nach dem Rauch gehen wollte, der sich träge aus dem roten Ziegelschornstein schlängelte. In der Einfahrt stand

Eds Cabrio aus den Achtzigerjahren, weiß, mit kirschroten Sitzen. Dieses Auto war bei mehr Paraden in Cedar Grove mitgefahren, als Tracy im Nachhinein zählen konnte.

Sie klopfte. Wenig später öffnete Barbara Witherspoon die Tür und musterte sie zögernd, als könne sie nicht klar erkennen, wer da vor ihr stand, oder sei sich nicht sicher, das Gesicht schon einmal gesehen zu haben.

»Ich bin Tracy Crosswhite, Barbara.«

»Tracy.« Noch immer ein bisschen zögernd rang sich Barbara dann doch zu einer unbeholfenen Umarmung durch. »Natürlich. Ich habe Sie nicht gleich erkannt.«

»Es ist ja auch schon ein Weilchen her, ich habe mich bestimmt verändert.«

»Was führt Sie zu uns?« Barbara verschränkte die Arme vor der Brust. Sie trug einen dunkelblauen Rollkragenpullover, darüber eine goldene Kette mit einem kleinen Kreuz daran.

»Ich hatte gehofft, mit Ed sprechen zu können.«

»Ed?«

»Ist er zu Hause?«

»Er ist hinten. In seinem Büro. Kommen Sie doch rein, wir brauchen ja nicht gleich die ganze Gegend zu heizen.« Barbara wich zur Seite, damit Tracy das Haus betreten konnte, in dem es sehr warm war und nach Kaffee und abgestandener Luft roch. Irgendwo lief ein Fernseher, eine Spielshow. »Kann ich Ihnen etwas anbieten?«, fuhr Barbara fort. »Ich habe Tee oder Kaffee … Warum haben Sie nicht vorher angerufen? Ich bin gar nicht auf Besuch eingerichtet.«

Innen sah das Haus so ordentlich und gepflegt aus wie der Garten, an den Tracy sich von früher her erinnerte. »Machen Sie sich meinetwegen bitte keine Umstände, Barbara. Ich brauche wirklich nichts.«

»Aber das Haus ist …«

»Das Haus ist wunderschön, wie immer. Genau wie Ihr Garten.«

Für dieses Kompliment wurde Tracy mit einem strahlenden Lächeln belohnt, wobei Barbaras Blick allerdings weiterhin leicht abwesend und leer wirkte. Insgesamt vermittelte die Frau den Eindruck, sich ihrer selbst nicht ganz sicher zu sein. Erste Anzeichen für eine Demenz oder Alzheimer?

»Sind Sie sicher, dass ich Ihnen keinen Kaffee anbieten kann?«

»Ganz sicher«, versicherte Tracy. »Ich möchte mich wirklich einfach nur mit Ed unterhalten.«

»Ed?« Wieder schien Barbara einen Moment lang verwirrt. »Oh, natürlich. Er ist hinten. Ich hole ihn.«

Sie verschwand durch eine Tür weiter hinten im Zimmer, die wahrscheinlich zum Anbau führte. Wenig später dröhnte Eds vertraute Stimme durch den Flur.

»Tracy Crosswhite! Ich will verdammt sein! Wie ist es Ihnen denn so ergangen?« Er wirkte ein bisschen übertrieben erfreut über das Wiedersehen, wie er da so mit ausgestreckter Hand auf sie zukam, als gelte es, den Gouverneur zu begrüßen und dabei einen guten Eindruck zu machen. Ed verfügte nach wie vor über den Charme eines Profipolitikers, auch wenn die Jahre es nicht gut mit ihm gemeint hatten. Richtig dick war er nie gewesen, aber immer mit einem Bauch wie ein Mann im sechsten Schwangerschaftsmonat. Daran hatte sich nichts geändert, nur kam inzwischen schütteres Haar hinzu, das nicht mehr lang genug war, um kahle Stellen zu kaschieren, und seine Haut, der man früher schon eine etwas zu große Liebe zum abendlichen Cocktail angesehen hatte, war deutlich röter geworden. Ihr Rotton ließ inzwischen eher an die Hautkrankheit Rosazea denken.

»Eigentlich ganz gut, Ed«, beantwortete Tracy seine Frage. »Und selbst?«

»Wir schlagen uns durch. Jawohl, das kann man so sagen.« Ed trug eine Khakihose und ein T-Shirt der Seattle Seahawks.

»Was führt Sie denn nach Cedar Grove?«, fuhr er fort. »Wollen Sie jetzt dauerhaft hierbleiben?«

Der Gedanke schien ihn nicht gerade zu begeistern, dachte Tracy belustigt. »Das geht leider nicht. Und ich fürchte, dies ist kein privater Besuch, Ed. Ich komme in Polizeiangelegenheiten. Ich helfe Roy bei einer Sache.«

Das schien ihn weniger zu beeindrucken. »Richtig, Sie sind ja Polizistin geworden.«

»Inzwischen Detective.« Tracy spielte gern ein bisschen mit, warum auch nicht? Ed Witherspoon wusste genau, wer und was sie war, er hatte das Wiederaufnahmeverfahren von Edmund House jeden einzelnen Tag persönlich verfolgt und Tracys Rolle dabei bestimmt nicht vergessen. Es fiel ihm auch nicht gerade jetzt erst wieder ein. Ed Witherspoon vergaß nie etwas. Tracy wusste von seinem Adressverzeichnis mit Namen und Daten sämtlicher Personen, denen er je beim Kauf oder Verkauf von Wohn- oder Geschäftsräumen geholfen hatte, und sie wusste auch, dass er die Grunddaten all dieser Leute noch um ihre Geburtstage, die Namen ihrer Kinder und andere wichtige Informationen zu ergänzen pflegte. Als Makler verdiente er sein Geld damit, wenig zu vergessen und viele Kontakte zu pflegen.

»Detective, richtig, das wusste ich doch! Und Sie helfen Roy? Ich hatte schon gehört, dass er die Polizeidienststelle wieder leitet, solange Finlay ausfällt. Traurige Sache, das mit Kimberly. Barbara und ich waren auf der Beerdigung. Traurig, wenn ein so junger Mensch auf so tragische Art das Leben verliert.«

»Da haben Sie recht.« Tracy dachte an ihre Schwester.

»Kommen Sie doch mit nach hinten. Ich habe jetzt ein Homeoffice. Das kennen Sie noch nicht, oder?«

Tracy schüttelte den Kopf. »Es war schön, Sie wiederzusehen«, wandte sie sich an Barbara.

Die lächelte mit geschlossenem Mund, vage und schweigend.

Tracy folgte Ed einen schmalen, fensterlosen Flur hinunter, vorbei an Familienfotos, die schief an der Wand hingen, als sei öfter mal jemand dagegengestoßen. Der Raum am Ende des Flurs war halb Männerhöhle, halb Büro: ein riesiger Flachbildfernseher, davor eine braune Ledercouch und ein ausladender Stuhl, an den Wänden Wimpel und Bilder der Seahawks und Mariners. Der Büroteil feierte den ehemaligen Bürgermeister mit gerahmten Urkunden und Fotos von ihm und bekannten Persönlichkeiten überall auf den Bücherregalen. An der Decke sollten vier Oberlichter ausreichend Helligkeit ins Zimmer lassen, zwei auf jeder Seite des Dachfirstes, was ihnen an diesem Tag allerdings nicht gut gelang. Mehr Licht strahlte da die Tiffany-Lampe auf Eds Schreibtisch aus.

»Arbeiten Sie noch, Ed?«, fragte Tracy beim Anblick der vielen Papiere auf dem großen Schreibtisch.

»Sie kennen mich, Tracy, ich kann mich nicht zur Ruhe setzen. Das lassen die Leute nicht zu. Und mir liegt der Immobilienhandel im Blut. Unser Büro in der Fourth Street haben Barbara und ich allerdings aufgegeben. Praktisch gleich nebenan vom *Towne Crier*.«

»Ja.« Tracy nickte.

»Den Anbau hier habe ich zum Schutz unserer geistigen Gesundheit eingerichtet, Barbaras und meiner.« Ed grinste, sichtlich zufrieden mit seinem kleinen Scherz. »Hierher kann ich mich flüchten und ganz ungestört arbeiten.«

»Und was arbeiten Sie so, Ed?«

»Dasselbe wie immer – Immobilien. Wohneigentum und Geschäftsräume. Cedar Grove wächst. Gary macht das fantastisch.« Man hörte ihm einen gewissen Stolz an. »Er hat es geschafft, ein wenig frisches Blut in die Stadt zu locken. Junge Leute.«

»Die Veränderungen in der Market Street habe ich mir neulich angesehen.«

»Und? Darf ich sagen, ich bin stolz auf ihn?«

»Natürlich dürfen Sie das.«

»Ich bin stolz auf ihn!« Ed unterstrich seinen Ausruf mit einem kräftigen Schlag der flachen Hand auf die Schreibtischplatte.

»Das muss doch auch für Sie lukrativ sein«, sagte Tracy. »Bei all diesen Veränderungen wollen doch bestimmt ein paar Leute Häuser kaufen oder verkaufen.«

»Ja, ein paar gibt es schon.« Ed sparte sich weitere Ausführungen.

»Sind Sie am Verkauf der Geschäfte in der Market Street beteiligt?«

»Wäre ich gern, aber nein, da stecke ich nicht drin.«

Ed ließ sich langsam in den dunkelgrünen Ledersessel hinter dem Doppelschreibtisch sinken, der wirklich groß genug war, um einen Jet darauf landen zu lassen.

»Also?« Er legte den Kopf schräg. »Erzählen Sie mir, wobei Sie Roy helfen? Moment: Haben Sie nicht gerade ein Baby bekommen?«

»Vor zwei Monaten, ja. Ein Mädchen.«

»Dachte ich doch, ich hätte so was gehört!« Er nahm eine Zigarre aus dem Humidor auf seinem Schreibtisch und überreichte sie Tracy. »Für Dan ... oder für Sie, ich möchte da keinesfalls irgendwelche Vorgaben machen! Bei dem ganzen Me-Too-Zeugs heutzutage muss man ja höllisch aufpassen.«

Tracy lächelte. »Ich werde sie Dan geben. Vielen Dank.«

»Zwei Monate also, was? Und da haben Sie Zeit, Roy zu helfen?«

»An der Zeitfrage arbeite ich noch, das erfordert einiges an Organisation. Was die Frage nach dem Fall betrifft, zu dem ich

Ihnen gern ein paar Fragen stellen würde: Es geht um Heather Johansen.«

Eds Augen wurden groß, allerdings ohne Besorgnis zu zeigen. Eigentlich sah er aus wie ein Zirkusdirektor bei der Ankündigung der nächsten Nummer, die unter Garantie alle von den Stühlen reißen wird. »Heather Johansen?« Er bekreuzigte sich. »Ich dachte, das arme Mädchen wäre längst beerdigt und ruhe in Frieden.«

»Roy prüft da gerade noch ein paar Dinge.«

»Okay. Klar helfe ich, wenn ich kann. Ingrid und Eric sind prima Menschen und es war eine schlimme Zeit damals. Erst das mit Heather und dann verschwand Ihre Schwester. Gott gebe ihrer beider Seelen Frieden. Es hat mir so leidgetan, was Sie durchmachen mussten, Sie und Ihre Familie. Es tut mir immer noch leid. Sie wissen sicher, dass es ein paar Leuten gar nicht recht war, als Sie wiedergekommen sind und in der Vergangenheit rumgestochert haben? Manche Dinge lässt man lieber ruhen, heißt es doch immer.«

Tracy entging die leichte Veränderung in Eds Tonfall nicht. Er schien von ihrem Besuch nicht mehr ganz so begeistert zu sein. Sollte sie die Bemerkung eben als Botschaft verstehen? Wollte er sie warnen, sich lieber nicht mit Heather Johansens Ermordung zu befassen?

Okay, Botschaften schicken, das konnte sie auch. »Heather hat damals für Sie gearbeitet, nicht? In Ihrem Maklerbüro?«

Ed zögerte, aber nur kurz. Die Botschaft war angekommen. »Teilzeit«, erklärte er, mit einem Schlag nicht mehr übertrieben jovial. »Zitieren Sie mich nicht in Bezug auf Wochentage oder Stundenzahl. Mein Gedächtnis ist gut, aber so gut nun auch wieder nicht. Heathers Leute brauchten das Geld, sie wollte aufs College gehen, und Eric fand nicht immer durchgehend Arbeit. Ich habe einen Dollar über dem Mindestlohn gezahlt, um ihnen unter die Arme zu greifen.«

Tracy zückte Notizbuch und Stift und registrierte den Blick, mit dem Ed das zur Kenntnis nahm. »Wie lange hat sie für Sie gearbeitet?«

Ed stieß mit gerunzelter Stirn einen leisen Seufzer aus. »Wow. Das weiß ich nicht. Und ich glaube auch nicht, dass wir hier noch die Unterlagen darüber aufbewahren. Nicht nach all der Zeit und wo wir doch umgezogen sind.«

»Ein paar Monate waren es aber schon, richtig?«

»Ich glaube, ja, aber auch das kann ich nicht mit Bestimmtheit sagen. Sie stellen das Gedächtnis eines alten Mannes ganz schön auf die Probe.«

Da hegte Tracy allerdings so ihre Zweifel. »Ist Ihnen in der Zeit irgendeine Veränderung in Heathers Verhalten aufgefallen?«

»Veränderung?«

Ed war und blieb ein cleverer Politiker: Wenn er nicht wusste, wie er auf eine Frage antworten sollte, reagierte er mit einer Gegenfrage.

»Schien Heather emotionaler? Hatte es den Anschein, als mache sie sich wegen irgendetwas Sorgen?«

»Was da wäre?«

»Irgendetwas.«

Ed kratzte sich am Nacken, während er den Kopf schüttelte. »Himmel, das weiß ich wirklich nicht. Ich meine, sie war noch Schülerin, sie war auf der Highschool.« Er stellte das Kratzen ein, um mit den Fingern zu schnipsen. »Doch, eine Sache ist mir aufgefallen. Ungefähr um die Zeit, als das mit Finlay lief. Sie waren damals schon weg, nicht wahr? Auf dem College? Dann wissen Sie vielleicht nicht, dass Finlay und Heather zusammen waren. Heather hat die Beziehung beendet, glaube ich, und Finlay ist daraufhin wohl ein bisschen durchgedreht, habe ich mir sagen lassen, schien echt nicht mehr alle Tassen im Schrank zu haben. Es wurde richtig hässlich mit den beiden. Ich glaube, Roy hat sich eingemischt und dem Ganzen ein Ende bereitet.«

Witherspoon legte die gefalteten Hände auf einen Papierstapel und sah Tracy über den Schreibtisch hinweg an.

»Haben Sie mit Heather über Finlay gesprochen? Erinnern Sie sich an eine bestimmte Unterhaltung zu dem Thema?«

Ed verzog das Gesicht, bevor er ihr einen besorgten Blick zuwarf. »Hören Sie, Tracy, ich habe Roy das alles damals erzählt. Aber nach Edmund House spielte es doch keine Rolle mehr und ich will hier niemandem Übles nachreden. Finlay ist ein guter Mann und hat in der letzten Zeit genug durchgemacht.«

»Ich verstehe, Ed.« Tracy wartete, wusste sie doch, dass Eds Vorrede nur dazu gedient hatte, nun in aller Ruhe Verdächtigungen aussprechen zu können.

»Okay«, fuhr er dann auch prompt fort. »Heather ist eines Abends in mein Büro gekommen. Das war kurz bevor … Na ja, sie ist gekommen und hat mich gebeten, sie nach Hause zu fahren. Ich fragte sie, warum, und sie sagte, wegen Finlay. Sie hätte Angst vor ihm, Angst, dass er ihr etwas antun könnte.«

»Hat sie direkt gesagt, Finlay hätte sie bedroht?«

Ed sah aus wie ein Mann, dem man eine Spinne hinten ins Hemd gesteckt hat. »Ich weiß es nicht, Tracy. Ich meine, das waren Kids, Highschool-Kids, da läuft doch ständig dieser Mist mit wer liebt wen und so.«

Tracy sah ihn schweigend an. Sie brauchte auch diesmal nicht lange zu warten.

»Ja, sie sagte, Finlay habe sie bedroht.«

»Sagte sie auch, in welcher Weise?«

Ed atmete hörbar aus. »Er habe gedroht, sie umzubringen, sagte sie. Er würde sie umbringen, falls er sie je mit einem anderen Typen erwische.«

Tracy nickte. »Das dürfte Sie damals ziemlich schockiert haben.«

»Und wie!«

»Dann haben Sie es Roy erzählt?«

Jetzt geriet Ed ins Stolpern. So leicht kam er aus der Ecke nicht wieder heraus, in die er sich manövriert hatte. »Nein. Ich meine – nicht gleich.«

»Warum nicht?«

Ed hob beide Hände. »Wie ich schon sagte, Tracy, es waren doch Teenager, das war doch irgendwie typisch. Ich wollte nicht derjenige sein, der Finlay verdammt.«

»Klingt nach mehr als normalem Teenagerkram, wenn man bedenkt, was danach geschah.«

»Warten Sie, bis Ihre Tochter älter ist! Ich habe drei Kinder durch die Highschool gebracht. Mit Dramen kenne ich mich aus.«

»Haben Sie Heather an dem Abend nach Hause gefahren?«

»Nein.« Er schüttelte den Kopf, war sich seiner Sache jetzt wieder sehr sicher. »Ich bin schon lange genug auf der Welt, um zu wissen, dass man als Mann eine gut aussehende junge Angestellte lieber nicht allein im Auto nach Hause fährt. Lässt viel zu viel Spielraum für Gerüchte. Ich bat Barbara, Heather nach Hause zu fahren, was sie Ihnen auch bestätigen würde, falls sie sich erinnert. Vielleicht ist Ihnen ja aufgefallen, dass Barbara nicht mehr ganz bei uns ist. An viele Dinge erinnert sie sich nicht mehr und manches verwirrt sie schnell.«

Wie praktisch, dachte Tracy. »Haben Sie sonst noch Veränderungen an Heather bemerkt?«

»Nein, eigentlich nicht.«

»Wissen Sie noch, wann Sie sie das letzte Mal gesehen haben?«

»Himmel, nein, Tracy! Das weiß ich wirklich nicht mehr.«

»In der Ermittlungsakte steht, Sie hätten Roy gesagt, dass Heather an dem Tag, an dem sie verschwand, bei Ihnen gearbeitet hatte.«

»Dann wird das wohl auch so stimmen. Ich würde bei dem bleiben, was ich damals gesagt habe.«

»Aber Sie erinnern sich nicht mehr an den Tag.«

»Etwas anderes als das, was ich Roy damals erzählte, kann ich Ihnen nicht sagen.«

»Erinnern Sie sich daran, dass sich Heather irgendwie anders benommen hat als sonst?«

»Auch hier: Lesen Sie sich meine Aussage von damals durch.«

»Sie hat nichts zu Ihnen gesagt?«

»Tracy, Sie haben den Bericht doch!«

»Keine Tränen, nichts, was Ihnen aufgefallen wäre?«

Ed Witherspoon schüttelte den Kopf. »Nichts, woran ich mich erinnere, Tracy.«

»Wie haben Sie von Heathers Tod erfahren?«

»So wie alle anderen auch, nehme ich mal an. Irgendwer erzählte mir, Verns Jagdhunde hätten sie gefunden.«

»Erinnern Sie sich an den Abend, an dem Heather verschwand? Was Sie an dem Abend getan haben?«

»Diese Fragen hat mir alle schon Chief Roy gestellt, Tracy, und ich habe sie beantwortet. Sie wollen mich doch nicht reinlegen, oder? Damit ich mich verplappere und etwas anderes sage als das, was im Bericht steht?«

»Ich frage einfach bloß, Ed.«

»Und ich kann mich jetzt nicht mehr erinnern. Nehmen Sie das, was ich Roy erzählt habe, mehr können Sie von mir nicht erwarten.«

»Sie erinnern sich nicht, an dem Abend ausgegangen zu sein?«

»Auch hier gilt: Halten Sie sich an das, was ich Chief Roy erzählt habe. Oder wollen Sie, dass ich blindlings drauflosrate?«

»Das möchte ich natürlich nicht«, versicherte Tracy. »Arbeitete damals noch jemand bei Ihnen, Ed? Gab es außer Ihnen, Barbara und Heather noch jemanden im Büro?«

»Gary natürlich. Es ist jetzt sein Geschäft. Das heißt aber nicht, dass nicht auch noch andere bei uns gearbeitet haben. Mal ein paar Stunden hier oder dort, je nachdem.«

»Dann bedanke ich mich herzlich, dass Sie sich Zeit für mich genommen haben.«

Ed Witherspoon wirkte überrascht und dann erleichtert, als das Interview so abrupt endete. »Okay, klar doch. Keine Ursache.« Tracy stand auf, Ed ebenfalls. »Sie sollten sich überlegen, ob Sie nicht doch wieder nach Hause kommen wollen«, sagte er. »Gary leistet hier wirklich gute Arbeit und Cedar Grove könnte einen guten Polizeichef gebrauchen.«

»Das ist Finlays Job.«

Ed nickte kommentarlos. Er begleitete Tracy den Flur hinunter und durch das Wohnzimmer bis zur Haustür. Draußen, auf der von einem Vordach geschützten obersten Treppenstufe, schlang sie sich den Schal um den Hals und setzte die Mütze auf.

»War wirklich schön, Sie zu sehen«, versicherte Ed. »Sie können gern jederzeit wiederkommen und uns besuchen. Wir würden uns auch freuen, das Baby mal zu Gesicht zu kriegen.«

»Das lässt sich machen.« Tracy hatte sich schon zum Gehen gewandt, drehte sich dann aber noch einmal um, als sei ihr gerade etwas eingefallen. War es nicht, sie hatte die Frage schon im Büro stellen wollen, nur war ihr Ed da für ihren Geschmack ein wenig zu sehr auf der Hut gewesen.

»Veranstalten Sie noch Ihre große Party an Heiligabend?« Sie lächelte. »Das war doch immer ein Ereignis.«

»Nein.« Ed schüttelte den Kopf. »Schon seit Jahren nicht mehr.«

»Nein? Wann war denn die letzte?«

»Das weiß ich nicht mehr, Tracy. Nochmals vielen Dank für Ihren Besuch. Ich erzähle Gary, dass wir geplaudert haben.«

Tracy nickte, drehte sich endgültig um und eilte den Gartenpfad hinunter, während sie hinter sich die Tür zufallen hörte. Sie persönlich wusste genau, wann Ed die letzte Weihnachtsparty geschmissen hatte, denn die hatte im selben Jahr stattgefunden wie die letzte Weihnachtsparty ihrer Eltern. Weihnachten 1992, das Weihnachtsfest vor Heathers Ermordung, vor Sarahs Verschwinden. Und laut Bericht des Rechtsmediziners das Weihnachtsfest, um das herum Heather Johansen schwanger geworden war.

Kapitel 14

Dan verließ das Haus der Stadtverwaltung und rief Larry Kaufman an, um ihn über das vorgelegte Vergleichsangebot zu informieren. Kaufman lehnte es wie erwartet ab.

»Gibt es denn eine Summe, bei der ein Vergleich für Sie denkbar wäre?«, wollte Dan wissen.

»Momentan nicht. Es regt mich zu sehr auf, wie die ganze Sache gehandhabt wurde.«

»Sie sollten sich hier nicht nur von Ihren Gefühlen leiten lassen«, mahnte Dan. »Denken Sie darüber nach. Und wenn Ihnen einfällt, bei welcher Summe Sie sich wohlfühlen könnten, rufen Sie mich an, damit ich die Info weiterleiten kann. Ansonsten gehen wir weiter vor wie besprochen.«

»Dann haben sie die Dokumente rausgerückt und die schriftlichen Fragen beantwortet?«

»Ja. Noch bin ich nicht dazu gekommen, alles durchzusehen, aber ich setze mich bald dran.«

»Sehen wir doch erst mal, was in den Papieren steht, und überlegen dann weiter.«

»Okay.« Dan verabschiedete sich, beendete den Anruf und dachte nach.

Eigentlich hatte er gar nicht die Zeit, sich durch all diese Kartons durchzuarbeiten, denn er saß auch noch an anderen

Fällen und fühlte sich inzwischen etwas unter Druck. Auf eine solch umfassende Papierfülle war er nicht vorbereitet gewesen, er hatte fest damit gerechnet, noch eine Weile von Pontius bis Pilatus geschickt und anschließend mit einem kleinen Stapel Dokumente abgespeist zu werden. Cedar Grove schien einen anderen Ansatz zu verfolgen und ihn unter Papierbergen begraben zu wollen, denn nun lag der Ball in Dans Hälfte des Spielfelds und er musste sich auf der Suche nach eventuellen Goldklümpchen durch massenweise Papier arbeiten. Sich bei Gericht zu beschweren kam nicht infrage, worüber denn auch? Ganz sicher konnte man der Stadt nicht mehr vorwerfen, mauern zu wollen. Dan hätte gern Leah Battles um Hilfe gebeten, aber leider hatte er seiner Mitarbeiterin gerade ein Schiedsgerichtsverfahren und zwei Vergleichsverhandlungen aufs Auge gedrückt.

Es ging nicht anders, er musste zurück nach Seattle, wo Battles und er sich die Durchsicht der Kartons teilen und gleichzeitig die anderen Fälle der Kanzlei betreuen konnten. Dass so etwas eintreten könnte, hatten Tracy und er vor ihrem Umzug hierher besprochen. Dan konnte auf der Couch in seinem Büro schlafen und das Gebäude, in dem die Kanzlei untergebracht war, verfügte über Duschen. Natürlich hatten sie bei diesen Überlegungen noch nicht geahnt, dass Tracy in Cedar Grove arbeiten könnte, und Dan war davon ausgegangen, dass seine Frau zu Hause bei seiner Tochter sein würde. Therese hat uns der Himmel geschickt, dachte er jetzt. Die junge Frau hatte sich als wahre Perle entpuppt und kümmerte sich inzwischen nicht nur um das Baby, sondern kochte zusätzlich noch und erledigte die Wäsche.

Dan war froh, dass er ihr deswegen bereits das Gehalt erhöht hatte.

Vielleicht war es gar nicht so schlecht, wenn er jetzt kurz wegmusste. Ein kleiner Vorgeschmack auf später, wenn Tracy und er beide wieder arbeiteten.

Er machte sich auf den Nachhauseweg, wobei er sich von unterwegs aus bei Tracy zu melden versuchte, aber nur die Mailbox ihres Handys erreichte. Sie schien den Klingelton abgestellt zu haben. Und die Mailbox war voll, was bei Tracy auch nicht gerade selten vorkam. Genervt schüttelte er den Kopf. Wie sollten sie gemeinsam ein Kind großziehen, wenn er oder möglicherweise ja auch Therese Tracy nicht einmal telefonisch erreichen oder ihr eine Nachricht hinterlassen konnten? Was, wenn es einen Notfall gab?

Zu Hause stopfte er ein paar Sachen in eine Reisetasche, schnappte sich sein Rasierzeug, packte die Aktentasche und versuchte es noch einmal bei Tracys Handy. Wieder wurde der Anruf gleich weitergeleitet. Er warf einen Blick auf die Uhr. Wenn er jetzt losfuhr, umging er die Hauptverkehrszeiten und könnte in grob zwei Stunden in Seattle sein, vorausgesetzt, Wetter und Straßenbedingungen spielten mit. Wartete er noch viel länger, dann wurden aus den zwei Stunden schnell drei oder vier, in denen er im dichten Verkehr nur schleichend vorankam. Dan beschloss, Tracy eine SMS zu schicken, denn ihm fiel nicht ein, was er sonst noch tun könnte.

Er nahm die Reisetasche und zwei Anzüge in ihren Schutzhüllen, in denen sich auch gleich die passenden Hemden und Krawatten befanden, und verließ das Schlafzimmer.

Unten saß Therese auf ihrem Hocker und malte, neben sich das Babyfon. Daniella schlief oben in ihrem Zimmer im Korbwagen.

»Sie wollen doch nicht etwa ausziehen?« Therese legte ihren Pinsel hin.

Das sollte bestimmt ein Witz sein, so hoffte Dan wenigstens. Wahrscheinlich hatte die Nanny seinen Streit mit Tracy am Abend zuvor ja zumindest in Teilen mitbekommen.

Er lächelte. »Nee, ich muss nur kurz ein paar Tage zurück nach Seattle, ein, zwei Feuer löschen.«

»Dann sind Sie jetzt Feuerwehrmann?« Therese erwiderte sein Lächeln.

»Das ist wohl jeder Anwalt in gewisser Weise. Hören Sie, ich konnte Tracy nicht erreichen, habe ihr aber eine SMS geschickt. Richten Sie ihr doch bitte aus, dass ich hoffe, in ein paar Tagen wieder zurück zu sein. Vielleicht am Wochenende. Ich sitze die nächsten Stunden im Auto, falls sie anruft.«

»Ich richte ihr alles aus«, versprach Therese.

»Wir können wirklich von Glück sagen, dass wir Sie haben. Brauchen Sie irgendetwas?« Dan sah sich um. »Ist noch genügend Brennholz in der Kiste?« Er stellte seine Reisetasche ab und ging zum Kamin, um einen Blick in die Holzkiste dort zu werfen. »Die ist fast leer. Ich fülle sie noch rasch auf, bevor ich fahre.«

»Jetzt werden Sie bloß nicht albern! Sie machen sich mit dem Harz und dem Holzstaub nur die Klamotten dreckig, und ich sehe doch, wie eilig Sie es haben. Ich krieg das ganz gut allein hin. Los! Fahren Sie schon.«

»Sind Sie sicher?«

»Ich bin zwar nicht bei der Feuerwehr, aber ein bisschen Holz krieg ich schon noch gestapelt.«

»Die Scheite liegen hinterm Haus, an der Seitenwand vom Schuppen, unter einem Tarp. Da steht auch eine Schubkarre, Sie brauchen also nicht mehrmals zu gehen.«

»Ein paarmal laufen wäre gar nicht mal schlimm, ich kann die Gymnastik gebrauchen. Sonst stemme ich hier ja höchstens mal Daniella.«

»Bei so viel Motivation hätte ich noch ein paar Holzklötze zu bieten, die gespalten werden müssten.«

»Nee, lassen Sie man!« Therese lachte. »Dabei hacke ich mir wahrscheinlich doch bloß einen Zeh ab.«

KAPITEL 15

Der Himmel war dunkelgrau, als Tracy Ed Witherspoons Haus verließ, und auf dem Boden sowie der Kühlerhaube ihres Wagens hatten sich ein paar Zentimeter Neuschnee gesammelt. Unter der Schneedecke lag Cedar Grove in friedliches Schweigen gehüllt. Tracy stieg in ihr Auto und überdachte noch einmal das eben geführte Gespräch, wie sie es nach jeder Befragung tat. Ihr Dad hätte ihr jetzt bestimmt geraten, sich nicht zu wundern, von Ed Witherspoon dürfe man einfach keine klaren Antworten erwarten. Okay, das war schon richtig, aber entscheidend war in diesem Fall doch die Frage nach dem Warum. Warum war Witherspoon ihren Fragen ausgewichen?

Auf keinen Fall, weil sein Gedächtnis bei so lange zurückliegenden Ereignissen nicht mehr so richtig wollte. Das kaufte Tracy ihm nicht ab. Ihr kam Witherspoon keinen Deut anders vor als früher, als er stets darüber im Bilde gewesen war, was in der Stadt so lief, überall und ständig hinter einem Deal her. Fast so oft, wie Tracys Vater sich über Witherspoons Korruptheit ausgelassen hatte, hatte er geknurrt, der Mann sei nur Bürgermeister geworden, um seine Geschäfte voranzutreiben und nebenher noch ein bisschen Geld zu scheffeln. Man bezog als Bürgermeister von Cedar Grove nämlich ein Gehalt und Ed Witherspoon hatte es geschafft, diese Bezüge während seiner Amtszeit fast jedes Jahr ein wenig zu erhöhen, ohne dass neue Pflichten oder Verantwortungsbereiche hinzugekommen wären.

Aber Tracy kaufte Ed den Gedächtnisverlust auch aus einem anderen Grund nicht ab. Man vergaß den Abend nicht, an dem eine Mitarbeiterin verschwand, die später ermordet aufgefunden wurde. Das wusste nicht nur Tracy, das war allgemein bekannt. An diese Frau und an diesen Tag erinnerte man sich den Rest seines Lebens. Tracy dachte jeden Tag an ihre Schwester und spielte fast ebenso oft das »Was wäre, wenn«-Spiel. Was, wenn Tracy mit Sarah nach Hause gefahren wäre? Was, wenn Sarah auf dem Freeway geblieben wäre, statt die Landstraße zu nehmen? Was, wenn sie an dem Wochenende gar nicht zu diesem Schießwettbewerb gefahren wären? Mit diesem Spiel konnte sich Tracy so manche Nacht in den Wahnsinn treiben.

Ed Witherspoon sagte, er erinnere sich nicht, und Tracy nahm ihm das nicht ab. Deswegen wanderte der Mann aber noch lange nicht automatisch in die Kategorie »Verdächtige«. Dazu brauchte es schon eine Menge mehr Beweise, etwas Greifbareres. Da reichte es nicht, dass Heather bei Ed gearbeitet hatte oder dass er von ihrer Schwangerschaft gewusst haben könnte. Was die Schwangerschaft betraf, könnte er immer behaupten, Gerüchte gehört zu haben, was in einer Stadt wie Cedar Grove durchaus denkbar war. Sollte Tracy allerdings nachweisen können, dass Ed Witherspoon gewusst hatte, dass Jason Mathews über Heathers Schwangerschaft informiert gewesen war, dann sähe es schon anders aus, dann könnte Ed zum Verdächtigen werden. Wobei damit noch lange nicht nachgewiesen war, dass Ed wirklich einen der beiden umgebracht hatte.

Tracy seufzte. Konkrete Beweise zu finden würde nicht leicht sein.

Nach einem Blick auf ihre Uhr rief sie zu Hause an, um sich nach Daniella zu erkundigen.

»Ihren Mann haben Sie ganz knapp verpasst!«, begrüßte Therese sie. »Der ist jetzt auf dem Weg nach Seattle.«

»Seattle?«

»Er hat Ihnen eine SMS geschickt, weil Sie nicht ans Telefon gegangen sind, als er versucht hat, Sie anzurufen. Er muss dringend im Büro ein paar Sachen erledigen.«

Tracy sah nach – richtig, da war eine SMS. »Hat er gesagt, wann er zurück sein will?«

»Gegen Ende der Woche, wahrscheinlich aber erst am Wochenende.«

»Und wie sieht es zu Hause aus?«

»Alles bestens. Daniella ist aufgewacht und wir essen. Mit dem Appetit hat die Kleine hier kein Problem, das kann ich jetzt schon sagen.«

»Könnten Sie noch eine Stunde durchhalten?«, bat Tracy. »Ich würde gern noch ein, zwei Sachen überprüfen.« Eigentlich könnte sie Dans Abwesenheit auch gleich nutzen, um möglichst viel zu erledigen, dachte sie. Dann hätten sie am Wochenende Zeit füreinander.

»Auf jeden Fall«, versicherte Therese. »Erledigen Sie ruhig, was Sie machen müssen. Wir warten hier auf Sie.«

Tracy konnte Daniella im Hintergrund gurren und gurgeln hören, was sie gleichzeitig glücklich und traurig stimmte. Sie wollte bei ihr sein, wollte ihr Baby füttern.

»Sie wird ungeduldig«, meldete sich Therese. »Ich glaube, sie möchte ihren Brei.«

»Sie isst Brei?« Sofort bekam Tracy noch stärkere Schuldgefühle, denn sie selbst war kläglich gescheitert, als sie versucht hatte, Daniella mit Babybrei zu füttern.

»In dem Alter spucken sie mehr aus, als sie drin behalten. Damit muss man rechnen.«

Tracy spürte, wie ihr eine Träne aus dem Augenwinkel lief. »Das ist wunderbar«, sagte sie mit leicht stockender Stimme.

»Ich schieße ein paar Fotos und schicke sie Ihnen«, versprach Therese.

»Das wäre schön. Ich lasse Sie dann mal weitermachen.« Tracy verabschiedete sich.

Nach diesem Anruf musste sie ihren Wagen erst einmal kurz an den Straßenrand lenken, um sich wieder zu fangen. Dabei las sie sich mehrmals Dans Nachricht durch. Sie wusste ja, wie viel er gerade um die Ohren hatte und wie anstrengend es für ihn war, in dieser Zeit ohne Büro auszukommen. Dass sie jetzt wieder arbeitete, hatte die Sache wahrscheinlich nicht einfacher gemacht. Er würde ihr fehlen. Ganz sicher war diese Situation nicht das, was sie sich erhofft hatte. Andererseits konnte sich Dan so ganz auf seine Arbeit konzentrieren und sie sich vielleicht ja auch auf ihre. Sie nahm sich vor, so viel wie möglich abzuarbeiten, um dann, wenn Dan wieder da war, Zeit für ihre Familie zu haben. Vielleicht konnten sie Therese ein paar Tage nach Hause schicken und einfach nur zu dritt sein.

Sie fuhr weiter, hinüber zur Landstraße, wo der Schneefall inzwischen für schleichenden Verkehr sorgte und sie länger als gedacht brauchte, bis sie nach Süden abbiegen und Silver Spurs ansteuern konnte.

Zwanzig Minuten später hielt sie auf dem Parkplatz der *Four Points Tavern,* über sich am Himmel eine immer dunkler werdende Wolkenschicht, die weiteren Schneefall ankündigte. Außer ihrem Subaru standen nur wenige Wagen hier, die meisten Parkbuchten waren leer.

Tracy kannte die Bar noch aus der Zeit ihres Aufenthalts im Evergreen Inn während des Wiederaufnahmeverfahrens von Edmund House, allerdings nur von außen, sie hatte sie nie besucht. Die *Four Points Tavern* schien eine typische Nachbarschaftskneipe zu sein, mit einer Fassade aus weiß gestrichenen Betonziegeln und zwei großen, von Leuchtreklame dominierten Fenstern. In dem einen wurde für Budweiser geworben, im anderen für die Seattle Seahawks. Im Seahawks-Fenster hing innen ein Zettel, der für die Sonntage, an denen die Mannschaft spielte, günstige Getränke und Snacks versprach. Ohne sich diese Angebote genauer anzusehen, betrat Tracy die Bar.

* * *

Als sie sie wieder verließ, war aus dem leichten Schneefall dichtes Schneegestöber geworden. Wie von Tracy bereits vermutet, hatte die Bar inzwischen den Besitzer gewechselt und der neue Wirt wusste nichts über Jason Mathews. Er hatte ihr immerhin Telefonnummer und Adresse des ehemaligen Besitzers nennen können, allerdings mit dem Zusatz, dass dieser Pete Adams und seine Frau die Schneesaison gern in Arizona verbrachten. Auch deswegen hatten sie sich von der Bar getrennt.

Tracy gab die hiesige Adresse des Ehepaars ins GPS ihres Handys ein und stand kurz danach vor einem Nurdachhaus in Cedar Grove, wo der Gartenpfad zur Veranda zwar von Gartenlichtern beleuchtet war, im Haus selbst aber kein Licht brannte. Tracy versuchte es mit einem Anruf, bekam jedoch nur eine computerisierte Stimme zu hören, die ihr eine Aufsprechmöglichkeit anbot, ohne den Anschlussinhaber zu nennen. Sie hinterließ keine Nachricht. Vielleicht war die Computerstimme ja ein dezenter Hinweis darauf, dass Pete Adams kein Interesse an Fragen zur Vergangenheit hatte, schon gar nicht an denen einer Mordermittlerin aus Seattle.

Sie fuhr zurück zur Landstraße, wo sie davon ausging, dass sich nach dem Temperatursturz und dem leichten Schneegestöber unter der dünnen Lage Schnee stellenweise Glatteis gebildet haben könnte. Sie spürte den Subaru rutschen, als sie bei der Auffahrt vorsichtig auf die Bremse trat, und da sie aus keiner Richtung kommend Scheinwerfer sah, lenkte sie ihren Wagen ohne anzuhalten Richtung Cedar Grove.

Als ihr Handy klingelte, drückte sie auf den Knopf der Freisprecheinrichtung neben ihrem Steuer, um den Anruf auch während der Fahrt annehmen zu können.

»Hallo!«, meldete sich Dan. »Ich wollte nachfragen, ob du meine SMS gekriegt hast.«

»Ja, habe ich. Bist du schon in Seattle?«

»Gerade angekommen. Ich muss Leah bei den Vorbereitungen für ein Schiedsverfahren und einen Vergleich helfen und habe außerdem die Antworten auf meine schriftlichen Fragen im Fall Larry Kaufman dabei, plus mehrere Kartons voller Dokumente zu der Sache, die ich alle durchgehen soll.«

»Zu viel Material klingt besser als zu wenig.«

»Das muss sich erst noch herausstellen. Könnte auch ein Haufen Mist sein.«

»Wann kommst du zurück?«

»Wahrscheinlich am Wochenende. Das heißt, wenn meine erste Einschätzung der Baustellen hinhaut, um die ich mich dringend kümmern muss.«

»Ich dachte, wir könnten Therese vielleicht eins unserer Autos leihen, damit sie ein paar Tage nach Hause fahren kann, und wir haben das Wochenende für uns. Nur wir drei.«

»Klingt gut. Kannst du dir denn die Zeit nehmen?«

Seine Frage entbehrte nicht einer gewissen Schärfe. »Ich werde mir die Zeit nehmen, Dan.«

»Dann nehme ich sie mir auch.«

»Bis Freitagnachmittag dann also. Wir könnten ja noch mal in *Grandma Billie's Bistro* gehen.«

»Hört sich gut an. Oh! Ich hab dir ja noch gar nicht erzählt, dass ich bei Patel im Vorzimmer beim Abholen der Dokumente heute Morgen Sunnie getroffen habe. Sie arbeitet bei ihm.«

»Mach keine Witze! Sunnie arbeitet?«

»Sie sagt, ihr Hirn war nur noch Brei, nachdem sie ihre vier Kids großgezogen hat. Das habe ich ihr glatt abgenommen.«

»Sei nett, Dan, Sunnie ist einfach nur unsicher.«

»Wenn du mich fragst, hat Gary Rav Patel mit einer massiven Gehaltserhöhung geködert, damit er sie einstellt. Oder er hat ihn einfach gezwungen. Sunnie sagt, sie hat es auf dich abgesehen und nimmt es persönlich übel, dass du sie noch nicht angerufen hast.«

Tracy lachte. »Ich ruf sie an und verabrede mich auf einen Kaffee mit ihr. Das dürfte kurz und schmerzlos werden.«

»Da würde ich mich nicht drauf verlassen. Sie hat mich umarmt, als wäre sie auf meine Brieftasche aus. Okay, wir sollten Schluss machen. Wenn ich nicht bald mal anfange, sitze ich hier noch wochenlang fest.«

»In diesem Fall wüsste ich einen Köder, der dich schnell zu mir zurücklockt, Dan O'Leary. Erinnerst du dich an meine zarte grüne Unterwäsche?«

»Und ob.«

»Da passe ich momentan nicht rein. Also lasse ich sie Freitagabend lieber in der Schublade.«

»Wenn das so ist, komme ich schon Freitagmorgen. Jetzt sei bloß still, ich muss mich konzentrieren.«

Lachend beendete Tracy den Anruf. Sie drückte erneut auf den Lautsprecherknopf ihrer Freisprecheinrichtung, weil sie Therese anrufen und Bescheid sagen wollte, wann sie ungefähr mit ihr rechnen könnte. Es war jetzt nach siebzehn Uhr und die Nanny erhielt Überstunden bezahlt, wenn sie vor neun oder nach siebzehn Uhr arbeitete.

»Anrufen Cedar Grove«, sagte Tracy. »Zu Hause …«

In diesem Moment verspürte sie einen Stoß, der ihren Kopf erst nach vorn, dann zurück gegen die Kopfstütze fliegen ließ, und bevor sie richtig verstand, was da los war, drehte sich ihr Auto auch schon um die eigene Achse. Die Landschaft flog im

Kreis an ihr vorbei, die vollen dreihundertsechzig Grad, erst einmal, dann noch ein zweites Mal. Nur mit großer Willenskraft gelang es Tracy, nicht zu bremsen, wie sie es spontan gern getan hätte, sondern stattdessen unerbittlich gegenzulenken, bis sie mit einem Ruck zum Stehen kam. Der Subaru stand direkt vor einer Kurve mit der Nase nach vorn auf der falschen Straßenseite.

Tracy lenkte ihn auf den Seitenstreifen und hielt, um erst einmal zu sich zu kommen. Mit ihr schien alles in Ordnung zu sein, soweit sie das beurteilen konnte. Sie zitterte zwar, aber verletzt war sie nicht.

Als sie wieder gleichmäßig atmete, stieg sie aus, um nachzusehen, was genau eigentlich passiert war. Wäre da nicht der heftige Stoß gewesen, hätte sie auf Eis auf der Fahrbahn getippt, aber sie hatte diesen Stoß ja überdeutlich gespürt. Sie ging einmal ums Auto herum. Ein Platten hatte sie nicht ins Schleudern gebracht. Aber als sie mithilfe der Taschenlampe ihres Handys die hintere Stoßstange und die beiden Wagenseiten untersuchte, entdeckte sie knapp über dem hinteren linken Rad eine kleine Delle. Dort war der Lack zerkratzt, man erkannte deutlich eine gezackte Linie.

Tracy sah sich die Straße an. Kein Zweifel, sie war angefahren worden.

Sie versuchte, sich an irgendetwas im Rückspiegel zu erinnern, Scheinwerfer vielleicht, aber sie hatte telefoniert und nicht darauf geachtet. Die Stelle, an der sich die kleine Delle befand, deutete auf einen gezielten Stoß hin. Ein Unfall war das eben nicht gewesen. Da die meisten Autos vorn schwerer sind als hinten, kann man sie mit einem gezielten, unerwarteten Stoß an der Seite der hinteren Stoßstange dazu bringen, sich um den Motor, ihren Schwerpunkt, zu drehen. So konnte man bei Verfolgungen einen Wagen zum Stehen bringen, eine Technik, die unter dem Namen PIT-Manöver bekannt war und von Rennfahrern, aber auch von der Polizei eingesetzt wurde. Tracy hatte diese Technik selbst erlernt, so wie viele andere für Notfalleinsätze und Verfolgungsfahrten ausgebildete Polizisten auch.

Sie musterte die vor ihr liegende Straße, wo man im Schnee deutlich die von ihren Reifen hinterlassenen Muster erkennen konnte. Sie wollte gerade nachsehen, ob sie auf der Straße irgendetwas von dem Wagen finden konnte, der sie angefahren hatte, oder ob die Reifenspuren irgendwie weiterhalfen, als ein fürchterlicher Gedanke sie erstarren ließ.

Dan war zurück nach Seattle gefahren.

Therese und Daniella waren allein zu Hause.

Kapitel 16

Therese legte den Pinsel aus der Hand und sah auf die Uhr an der Küchenwand. Es war jetzt weit nach fünf, sie hatte schon vor einer halben Stunde mit Tracy gerechnet. Wenn sie vor neun oder nach siebzehn Uhr arbeitete, galt das als Überstunden und wurde entsprechend bezahlt. So war die Abmachung, wobei Therese selbst nicht darauf bestehen würde. Mr O'Leary hatte gerade ihren Lohn erhöht, weil sie jetzt auch noch die Wäsche machte und kochte, und generell verhielten Tracy und er sich ihr gegenüber sehr fair. Nein, ums Geld ging es Therese nicht, sie hatte es einfach lieber, wenn Tracy auch im Haus war. Es gefiel ihr nicht besonders gut in Cedar Grove, obwohl man gegen das Städtchen an sich nichts sagen konnte. Wäre sie verheiratet gewesen und hätte einen Vollzeitjob außer Haus gehabt, dann hätte die Sache schon anders ausgesehen. Dann wäre sie wenigstens unter Leute gekommen. Vermutlich war das auch der Grund dafür, dass Tracy bereits wieder arbeitete. Therese hatte den Streit zwischen ihren beiden Arbeitgebern durchaus mitbekommen und konnte Tracy gut verstehen. Es war einfach todlangweilig, den ganzen Tag im Haus zu hocken, wenn es so kalt war und man nicht mal mit Daniella durch die Stadt ziehen konnte. Zum Glück schlief die kleine Dame viel, und wenn sie wach war, war sie quietschfidel.

Sie warf einen prüfenden Blick in die Runde. Alles sollte in Ordnung sein, wenn Tracy nach Hause kam. Im Kamin war das Feuer bis auf die Glut heruntergebrannt, da musste nachgelegt werden, was Therese daran erinnerte, dass sie ja auch noch die Holzkiste auffüllen wollte. Daniella schlief, Tracy war noch nicht zu Hause – die beste Gelegenheit also, schnell zum Schuppen zu gehen und Nachschub zu holen.

In der Küche sah sie kurz nach der Spaghettisoße, die leise vor sich hin köchelte, und griff zum Holzlöffel, um ein letztes Mal abzuschmecken. Das Geheimnis einer schmackhaften Soße bestand in einem Becher Rotwein und einer Menge Knoblauch, hatte ihre Mutter sie gelehrt. Die Platte unter dem Topf mit dem Wasser für die Spaghetti, das sie bereits aufgesetzt hatte, schaltete sie nach einem weiteren Blick auf die Uhr lieber noch einmal aus. Damit wartete sie vielleicht doch besser, bis Tracy da war. Nudeln wurden wie Klebstoff, wenn man sie zu lange kochte.

An der Tür schlüpfte sie in ein Paar von Tracy geliehene Stiefel und hatte ihren Wintermantel schon halb angezogen, als sie es sich anders überlegte. Der Mantel war wirklich nicht ideal, um Holz zu holen, an dem Harz und Erde hafteten. Auf der Suche nach einer Alternative ging sie die Jacken und Mäntel an den hölzernen Haken hinter der Tür durch, bis sie schließlich Tracys lange Öljacke fand.

»Perfekt!«, freute sie sich.

Beim Anziehen entdeckte sie in den Taschen gleich noch ein paar Arbeitshandschuhe aus Leder. Zum Schluss steckte sie sich noch das Babyfon in die Tasche, das auf dem Küchentresen stand. Wahrscheinlich schlief die kleine Kröte durch, bis Therese die Kiste aufgefüllt hatte, aber sie wollte sie auf jeden Fall hören können.

»Okay«, sagte sie, zog sich die Handschuhe an und öffnete die Tür, was die Hunde aufschrecken und zur Tür rennen ließ, wo sie sich brav hinsetzten und warteten. Mr O'Leary bezeichnete diese Reaktion als pawlowsch: Sobald die Hunde die Tür aufgehen hörten, gingen sie davon aus, dass man zu einem Spaziergang aufbrach. Der Kater ließ sich nicht so leicht auf den Trip schicken und zeigte ohnehin wenig Interesse an der verschneiten Außenwelt. Er blieb lieber zusammengerollt auf der Couch liegen.

»Na, dann kommt schon!«, rief sie den beiden Hunden zu, die sich prompt an ihr vorbei aus der Tür drängten, um sich draußen im Schnee zu balgen. Therese trat unter dem Vordach hervor in leichtes Schneegestöber, streifte sich die Jackenkapuze über und machte sich auf den Weg zum Schuppen.

* * *

Als Therese nicht an ihr Handy ging, beendete Tracy die Verbindung und sprang ins Auto, startete den Motor und drückte auf den Sprechknopf der Freisprecheinrichtung. »Cedar Grove, zu Hause.« Sie hörte den Klingelton des Festnetzes und wenig später Dans Stimme: »Sie sind mit …«

»Scheiße!« Sie legte auf und versetzte dem Lenkrad einen heftigen Schlag.

Unterwegs versuchte sie alle paar Minuten erneut, zu Hause jemanden zu erreichen, jedes Mal ohne Erfolg. Gleichzeitig musste sie sich konzentrieren, denn ihr drohten auf der streckenweise vereisten Fahrbahn immer wieder die Räder wegzurutschen. Sie durfte nicht zu schnell fahren, sonst verlor sie noch die Kontrolle über ihr Fahrzeug und landete im Graben, womit niemandem geholfen wäre.

Außerdem schaute sie ständig in den Rückspiegel und die Seitenspiegel, denn sie wollte auf keinen Fall noch einmal von einem solchen Stoß überrascht werden wie eben. Inzwischen hatte sie die Landstraße hinter sich gelassen und fuhr auf kleineren Seitenstraßen, die noch seltener geräumt wurden. Als vor ihr ein Wagen nur noch zu schleichen schien, überholte sie ihn einfach und auch bei einem Stoppschild hielt sie nicht an, wurde lediglich langsamer und ließ sich über die Kreuzung rollen. Und die ganze Zeit versuchte sie, sich einzureden, bestimmt sei alles in Ordnung. Ganz gewiss war nichts Schlimmes passiert. Sie durfte ihrer Fantasie jetzt auf keinen Fall freien Lauf lassen, die brannte sonst noch mit ihr durch.

Leider half alles gute Zureden wenig.

So schnell es ging, fuhr sie die Market Street hoch, an den schwach beleuchteten Schaufenstern und verwaisten Bürgersteigen entlang. Cedar Grove lag da wie an dem Tag, an dem sie wegen Sarahs Beerdigung hergekommen war, trist und verlassen.

Als sie sich der einen, einsamen Ampel über dem frisch restaurierten Eisenbogen näherte, sprang die erst auf Gelb, dann auf Rot. Vor ihr fuhr ein einzelnes Auto, das brav hielt. Tracy wurde zuerst auch langsamer, überholte dann aber kurz entschlossen und fuhr nach einem raschen Blick nach links und rechts einfach über die Kreuzung. Hinter ihr wurde laut gehupt.

Sie musste durch die ganze Stadt, denn das Haus von Dans Eltern lag am falschen Ende, wie manche Leute früher zu sagen pflegten. Ob falsch oder richtig, war Tracy im Moment völlig egal. Entscheidend war, dass sie immer noch zwei bis drei Minuten von zu Hause entfernt war.

Nach dem Abbiegen rechts in die Elm Street drückte sie erneut auf den Sprechknopf am Lenker, wobei sie diesmal versuchte, Thereses Handy anzurufen. Nichts. Beim Festnetzanschluss ging wieder nur Dans aufgezeichnete Stimme dran und sie legte auf.

Jetzt musste sie rechts abbiegen. Dann nach einem halben Block links und nach zwei weiteren Blocks wieder nach rechts. In dieser Straße jedoch blockierte ein umgestürzter Baum die

Fahrbahn, sodass sie laut fluchend den Rückwärtsgang einlegte und zurücksetzte. An der nächsten Ecke bog sie so schwungvoll rechts ab, dass ihr Auto auf der glatten Fahrbahn ins Schlingern geriet.

* * *

Therese zog die blaue Plastikplane beiseite, die das aufgestapelte Holz vor Schnee und Regen schützen sollte, und langte nach dem ersten der sauber gespaltenen Scheite. Kaum zu fassen, wie kalt es war, noch kälter als in der Nacht zuvor. Die Handschuhe, die sie trug, waren Arbeitshandschuhe, keine Fäustlinge, die es mit Eis und Schnee aufnehmen konnten. Fast sofort spürte sie die Kälte in den Fingerspitzen, was es schwieriger machte, nach dem Holz zu greifen. Gleichzeitig kroch ihr die Kälte jetzt auch noch in die Hosenbeine.

Sie ließ einen Scheit nach dem anderen in die Schubkarre fallen, bis sie voll war, und prüfte dann kurz, ob es ihr nicht zu schwer würde. Ja, schwer fühlte es sich schon an, als sie die hölzernen Griffe der Karre packte, aber eigentlich müsste es gehen. Wobei sie nur hoffen konnte, dass sich die Karre noch einigermaßen problemlos durch den Schnee schieben ließ, der inzwischen bestimmt zehn Zentimeter hoch lag.

Okay – sie drehte die Schubkarre so, dass sie sie zur Rückseite des Hauses schieben konnte. Das Rad bewegte sich kaum. Sie versuchte es noch einmal, hoffte, ein wenig Schwung gewinnen und dadurch vorankommen zu können. Auch das ein Fehlschlag, denn nach knapp zwanzig Zentimetern blieb die Karre einfach im Schnee stecken. Dabei gerieten die Holzscheite in Bewegung und Therese hatte Mühe, die Karre nicht umkippen zu lassen. So wurde das nichts.

Kurz entschlossen ging sie um die Schubkarre herum und trampelte, langsam durch den Schnee pflügend, einen Pfad über den hinteren Rasen bis zum Haus. Danach atmete sie schwer, aber wenigstens fror sie nicht mehr.

Sie war gerade zurückgegangen, um erneut zu schieben, als leises Wimmern aus dem Babyfon drang. Daniella. Therese neigte den Kopf zur Jackentasche, lauschte, hörte noch ein paar zarte Töne und dann nichts mehr. Stille. Okay, jetzt musste sie sich mit dem Holz beeilen, sonst war Daniella wach, bevor sie die Scheite in der Kiste verstaut hatte.

Sie wackelte mit der Karre, bis sich das Rad aus dem Schnee gelöst hatte, und schob. Es ging langsam voran und Therese stemmte sich mit ihrem ganzen Gewicht gegen das Gefährt, damit es besser ins Rollen kam und nicht noch umkippte. So näherte sie sich der Rückseite des Hauses, als die Bewegungsmelder an der Garage ansprangen und sie in grell weißes Licht hüllten.

* * *

Tracy trat auf die Bremse, wendete, spürte, wie der Wagen schlitterte, richtete ihn wieder aus und fuhr so schnell sie konnte die Straße hinunter, die Lichter ihres Hauses bereits vor Augen, die Auffahrt von den Gartenleuchten angestrahlt wie die Landebahn eines Flughafens. Ein rascher Blick zu den Fenstern, aber da waren vorn die Rollläden heruntergelassen, um die Wärme drin zu behalten. Der Subaru rollte aus, stand. Tracy sprang aus dem Auto, versank im Schnee, riss den Fuß raus und stapfte über den Rasen, so hastig, dass sie ein paarmal fast hingefallen wäre. Bei der Haustür angekommen, rüttelte sie am Türknauf. Die Tür war verschlossen.

Dan hatte ein elektronisches Keypad installiert. Tracy drückte auf den Knopf für die Beleuchtung und gab den vierstelligen Code ein. Diesmal ging die Tür auf, als sie dagegendrückte, und sie konnte ins Haus stürmen.

»Therese?«, rief sie. »Therese?«

Als sie keine Antwort erhielt, lief sie durch die Küche in den Flur und stürzte, immer zwei Stufen auf einmal, die Treppe hinauf. Im Kinderzimmer, gegenüber vom großen Schlafzimmer der Eltern, lag ihr Baby in seinem Korbwagen, wach, aber zufrieden. Als sie Tracy sah, strampelte Daniella leise gurrend vergnügt mit Armen und Beinen.

»Komm her.« Tracy nahm sie aus dem Bettchen. »Komm her.«

Schwer atmend sah sie sich um, schaute aus dem Fenster, entdeckte hinten im Garten Licht. Dort stand Therese mit einer Schubkarre voller Brennholz und sah hoch zu Daniellas Fenster im ersten Stock.

Tracy blickte sich suchend um, entdeckte auf dem Wickeltisch das Babyfon und sah erneut aus dem Fenster. Therese trug eine leuchtend gelbe, lange Öljacke und hatte sich deren Kapuze aufgesetzt.

Das war Tracys Regenmantel.

* * *

Therese hatte die Schubkarre schon halb über den Rasen gewuchtet und kam eigentlich ganz gut voran, als sie jemanden ihren Namen rufen hörte.

»Therese? Therese?«

Sie brauchte einen Moment, um zu begreifen, dass die Stimme aus dem Innern ihrer Jackentasche kam. Sie klang nach Tracy. Therese ließ die Schubkarre los, um das Babyfon zu zücken, und warf einen Blick zum Küchenfenster, ohne jedoch erkennen zu können, ob dahinter jemand stand. In diesem Moment ging mit leisem Klack das Licht über der Hintertür aus.

»Komm her. Komm her.« Das war eindeutig Tracys Stimme. Sie kam aus dem Babyfon. Daniella gurrte.

Therese sah hoch zum ersten Stock, wo es hinter dem Fenster von Daniellas Zimmer nach wie vor dunkel war. Trotzdem nahm sie dort jetzt eine Bewegung wahr, erkannte eine geisterhafte Erscheinung, bei deren Anblick ihr kurz das Herz stehen blieb. Bis sich die Erscheinung noch einmal bewegte und man deutlich Tracy erkennen konnte.

Therese hob die Hand und winkte ihr lächelnd zu. Das aktivierte die Bewegungsmelder und schon bald waren sie und der rückwärtige Garten erneut in schimmerndes Licht getaucht.

Und durch das Babyfon hörte sie Tracy schreien. Eine klare Botschaft. Seltsam, aber unmissverständlich.

»Runter, Therese! Fallen lassen! Runter in den Schnee!«

* * *

Tracy ging Richtung Fenster. Da unten stand Therese und winkte ihr breit lächelnd zu, woraufhin die Bewegungsmelder über der Hintertür ansprangen und der Garten erneut hell erleuchtet wurde, ein Anblick, bei dem Tracy von einem unerklärlichen, schlechten Gefühl beschlichen wurde. Sie drehte sich um, wollte Daniella in den Korbwagen legen, überlegte es sich anders, wandte sich hektisch erneut dem Fenster zu. Schrie.

»Runter, Therese! Fallen lassen! Runter in den Schnee!«

Therese sah weiterhin zu ihr hoch, einen verwirrten Ausdruck im Gesicht.

»In den Schnee, runter!«

Da hörte sie den trockenen, knackenden Laut, den die meisten Menschen wohl einem unter der Schneelast brechenden Ast zugeschrieben hätten.

Die meisten Menschen, aber nicht Tracy. Dazu hatte sie das Geräusch zu oft in ihrem Leben gehört, Hunderte, wenn nicht Tausende von Malen. So klang der Schuss aus einem Hochleistungsgewehr.

Tracy legte Daniella zurück in den Korbwagen, stürzte die Treppe hinunter, stolperte, wäre um ein Haar gefallen, musste sich am Geländer festhalten, bis sie ihr Gleichgewicht wiedergefunden hatte. Sie rannte zur Hintertür, riss sie auf, rannte durch den Garten, zog noch im Laufen ihre Pistole aus dem Holster. Immer wieder hielt der Schnee sie auf, der sie nicht schnell genug vorwärtskommen ließ. Sie zielte auf das Licht über der Hintertür, feuerte einen Schuss ab. Das Licht explodierte und der Garten lag in absoluter Dunkelheit. Weiter pflügte sie durch den Schnee, kam sich vor wie jemand, der durch hüfthohes Wasser watet. Bei Therese angekommen, die mit dem Gesicht nach unten im Schnee lag, ließ sie sich auf sie fallen.

»Jesus, Maria und Josef«, stöhnte die junge Frau. »Was zum Henker …«

»Alles in Ordnung? Sind Sie getroffen?«

»Getroffen?«

Tracys ersten Befehl hatte Therese nicht gleich befolgt, wohl aber den zweiten. Danach hatte sie sich bäuchlings in den Schnee fallen lassen.

»Bleiben Sie unten«, befahl Tracy jetzt.

»Was ist denn los?«

Tracy wartete noch dreißig Sekunden. Inzwischen konnte man Daniella im Babyfon leise weinen hören. »Ich möchte, dass Sie jetzt ganz langsam aufstehen«, flüsterte Tracy. »Und wenn ich sage ›Los!‹, dann laufen Sie so schnell wie möglich zum Haus. Drinnen halten Sie sich nicht weiter auf, sondern laufen gleich weiter, um Daniella zu holen. Aber halten Sie sich von den Fenstern fern.«

Therese nickte.

»Okay.« Tracy suchte mit den Augen den Zaun am hinteren Ende des Grundstücks ab, hinter dem ein öffentlicher

Zufahrtsweg verlief und von wo aus wahrscheinlich geschossen worden war.

»Los!«

Therese rannte gebückt zur Hintertür, fiel kurz davor hin, rappelte sich wieder auf, lief ins Haus.

Tracy selbst hielt sich dicht am Boden, die Pistole gezogen, kämpfte sich durch den Schnee, suchte in der Dunkelheit nach irgendetwas, das über den Zaun ragte. Am Zaun angekommen wartete sie kurz, ehe sie aufstand und mit der Pistole auf das Gelände dahinter zielte. Als sie dort nichts entdecken konnte, zückte sie ihr Handy und schaltete dessen Taschenlampe ein.

Auch so konnte sie hinter dem Zaun niemanden entdecken, wohl aber Fußspuren im Schnee, die einen wirr verlaufenden Pfad bildeten. Hier hatte es jemand sehr eilig gehabt, wegzukommen.

Kapitel 17

Mit Daniella auf dem Arm saß Tracy im Wohnzimmer und ließ Therese nicht aus den Augen, die in Kaminnähe auf der Couch hockte. Nach ihrem Anruf bei Roy Calloway hatte Tracy eine Decke vor das Fenster zum Hintergarten gehängt, die zitternde Therese auf die Couch verfrachtet und im Kamin ein loderndes Feuer entfacht, das ausreichte, um das Gebläse anspringen zu lassen. Sie hatte ihrer Nanny eine Decke um die Schultern gelegt und ihr Tee gekocht, den Therese jedoch kaum angerührt hatte. Im Zimmer duftete es nach dem Knoblauch in der Spaghettisoße auf dem Herd. Tracy hatte die Herdplatte unter dem leise vor sich hin köchelnden Topf ausgeschaltet.

Sie hatte mehrfach versucht, Therese anzusprechen, wobei die junge Frau jedes Mal verzögert und aufgeschreckt reagiert hatte. »Wie bitte?«, hatte sie gesagt. »Entschuldigung, was war das eben?« Mehr war ihr bisher nicht zu entlocken gewesen.

Jetzt öffnete Roy die Hintertür für sich und eine Kollegin, die beide noch kurz draußen stehen blieben, um sich den Schnee von den Jacken zu fegen und die Stiefel auf der Fußmatte abzutreten. Ehe Calloway die Tür schließen konnte, war ein kalter Windstoß ins Zimmer gefahren. Die beiden Polizeibeamten kamen ins Wohnzimmer.

»Ich glaube, du hast recht«, sagte Calloway zu Tracy.

Tracy warf einen Blick Richtung Therese und schüttelte kaum merklich den Kopf, bevor sie aufstand und Daniella an ihre Nanny weiterreichte, die es zu trösten schien, die Kleine im Arm zu halten. Danach bat Tracy Calloway, ihr ins vordere Zimmer zu folgen, das nur selten benutzt wurde.

»Wie macht sie sich?«, wollte Calloway wissen.

»Sie hat Angst«, sagte Tracy. »Und sie ist durcheinander.«

»Hm. Ich glaube, du hast recht mit dem Pfad hin zu eurem Zaun, der sieht frisch getrampelt aus.«

»Natürlich habe ich recht, Roy!« Auch Tracy war noch ziemlich nervös.

»Du bist sicher, einen Gewehrschuss gehört zu haben?«

Sie warf ihm einen vernichtenden Blick zu. Er hatte es hier nicht mehr mit dem kleinen Mädchen zu tun, das er mit dem Fahrrad auf dem Bürgersteig erwischt hatte. »Ich habe in meinem Leben genügend Schüsse gehört. Ich weiß, wie sich ein Gewehr anhört.«

Calloway verzog das Gesicht. »Eine Kugel werden wir wohl kaum finden, jedenfalls nicht gleich heute. Vielleicht morgen früh, wenn das Licht besser ist. Aber wenn ich mir ansehe, wo am Zaun die Spuren enden und von welchem Schusswinkel man ausgehen kann, dann dürfte die Kugel wohl kaum das Haus getroffen haben. Vielleicht ja einen Baum, wobei … Egal, ich schick dir morgen ein paar Leute vorbei und rufe auch bei der Kriminaltechnik an …«

»Die Mühe könnt ihr euch sparen. Die können morgen auch nicht viel mehr tun als jetzt und bis dahin sind die Spuren längst verschneit. Ich habe ein paar Fotos gemacht …« Sie schüttelte den Kopf, ohne den Satz zu beenden. Besonders optimistisch war sie nicht, was die Spurensicherung betraf. Sie war den ganzen hastig getrampelten Pfad auf dem Zugangsweg bis zur Straße abgegangen, ohne einen einzigen brauchbaren Stiefelabdruck zu finden. Sogar die Größe des vom Schützen getragenen Schuhwerks ließ sich schwer bestimmen, da die Person, die die Spur hinterlassen hatte, nicht gestapft war, sondern den Schnee bei jedem Schritt mit dem Fuß vor sich hergeschoben hatte. »Was ich an Fotos habe, schicke ich an eine Freundin in Seattle. Die ist Spurenleserin.«

»Was ist sie?«

»Expertin im Verfolgen von Spuren und bei der Identifizierung von Schuhabdrücken, unter anderem. Vielleicht kann sie uns etwas zur Größe und zum Fabrikat des Schuhs sagen. Das Waffelmuster spricht für eine Art Schneestiefel.«

»Das schließt hier in der Gegend so gut wie niemanden aus.« Calloway seufzte. »Ich habe zwei Leute losgeschickt, die die Nachbarn auf der anderen Seite der öffentlichen Zuwegung befragen sollen. Vielleicht hat ja irgendjemand irgendetwas gesehen, eine Person oder ein Auto. Aber in den meisten Häusern dürften der Kälte wegen die Vorhänge dicht zugezogen gewesen sein.«

»Noch etwas«, sagte Tracy. »Der Schütze hat den Pfad, den er beim Kommen getrampelt hatte, auch auf dem Rückweg benutzt. Diese Person weiß also, wie man Spuren verwischt, verfügt vielleicht sogar über so etwas wie eine Polizeiausbildung.«

Calloway war mit dieser Schlussfolgerung nicht einverstanden, das sah man ihm an der Nasenspitze an. »Oder sie hat den bereits getrampelten Pfad zurück zum Auto einfach nur deswegen genommen, weil das am einfachsten war, Tracy. Und vielleicht hat sie die Füße nicht hochgenommen und ist bei jedem Schritt gegen den Schnee getreten, weil sie so am besten vorankam.«

»Mag sein. Aber da wäre noch eine Sache.« Sie berichtete Roy vom Zwischenfall auf der Landstraße.

»Du hast einen Stoß gespürt?«

»Jemand hat mich angefahren, an der hinteren Stoßstange.«

»Hast du denn ein Auto gesehen? Oder einen Pick-up? Irgendetwas?«

»Nein. Ich glaube, der Wagen fuhr ohne Licht.«

»Wo war das?«

»Wie schon gesagt, auf der Landstraße.«

»Bist du sicher, dass jemand dich angefahren hat, Tracy? Reiß mir jetzt nicht gleich den Kopf ab, aber unter dem Schnee bildet sich bei überfrierender Nässe Glatteis ...«

»Das weiß ich, Roy, aber Glatteis hinterlässt keine Beule und zerkratzt mir auch nicht hinten über dem Radkasten den Lack. Sehen Sie es sich an, wenn Sie gehen. Das war ein PIT-Manöver, oder zumindest dicht dran.«

»Ein was?«

»Die Abkürzung steht für diverse Namen, die aber unter dem Strich auf dasselbe hinauslaufen: Mit diesem Manöver kann man bei einer Verfolgungsjagd einen Wagen so rammen, dass er sich um seinen Schwerpunkt dreht. Für uns ist das Wichtigste hier, dass einem das in jedem Fahrkurs für Einsatzkräfte beigebracht wird, sobald es um Verfolgungsfahrten geht.« Tracy zuckte die Achseln. »Ich finde, es lohnt sich, dem nachzugehen.«

Calloway wirkte besorgt, er hatte also verstanden, worauf sie hinauswollte. »Ich kenne Finlay schon sehr lange, Tracy. Er ist ein guter Mann. Und er leidet momentan sehr.«

»So sieht es aus, Roy, aber ab einem bestimmten Punkt können Sie die Beweislage nicht mehr ignorieren.«

»Ich sehe keine Beweise, Tracy.«

»Ich finde, Sie sollten nachprüfen, ob Finlay je an einem speziellen Fahrkurs für Einsatzkräfte teilgenommen hat.« Ob Roy selbst so einen Kurs absolviert hatte, wollte sie jetzt nicht direkt fragen, obwohl es ihr natürlich durch den Kopf ging.

»Okay.« Roy warf einen Blick den Flur hinunter in die Küche. »Und was hast du jetzt mit dieser jungen Dame vor?«

»Ich hatte gehofft, einer von Ihren Leuten könnte sie nach Seattle fahren.«

»Das lässt sich machen. Dürfte bei dem Schnee ziemlich lange dauern, aber wir kommen schon durch.«

»Ich bin mir nicht sicher, ob ich diese Sache weiterverfolgen soll, Roy. Ich weiß nicht genau, ob ich das kann und wie es gehen soll, wenn Therese nicht hier ist, um auf Daniella aufzupassen.«

»Nun mal langsam, Tracy! Du bist natürlich raus. Es war von Anfang an eine Schnapsidee. Du hast jetzt eine kleine Tochter, an die du denken musst, du hast jetzt Familie.«

»Ich weiß.« Tracy nickte. »Aber Sie haben auch Familie, Roy. Jeder Beamte und jede Beamtin in Ihrem Team hat Familie.« Tracy warf ebenfalls einen Blick Richtung Küche. »Ich werde jetzt immer Familie haben. Deswegen bin ich ja auch so wütend! Jemand hat auf mich geschossen. Beziehungsweise auf eine junge Frau, die von Weitem so aussah wie ich. Aber damit hat diese Person nicht nur auf mich geschossen, sondern auf meine ganze Familie.«

»Lass es nicht so nah an dich ran, Tracy. Mach es nicht zu etwas Persönlichem.«

»Der Schütze hat es persönlich werden lassen, Roy. Meine Tochter lag oben und schlief.«

»Genau das meine ich ja, Tracy. Du bist genau wie dein Vater, dasselbe Temperament.«

»Fangen Sie jetzt bloß nicht …«

Calloway hob Stimme und Hand. »Du musst dich beruhigen, okay? Einfach nur beruhigen.« Er ging ein paar Schritte Richtung Küche, machte kehrt, kam zurück. »Denk drüber nach und wir reden morgen weiter. Ich möchte nur ganz deutlich klarstellen, dass du dich nicht von persönlichen Gefühlen leiten lassen darfst. Du darfst diese Sache nicht allein deswegen weiterverfolgen wollen.«

»Genau das haben Sie doch auch getan, Roy. Sie haben aus persönlichen Gründen gehandelt, als Sarah verschwand.« Ihre Worte schienen Calloway getroffen zu haben, er wirkte verletzt. Nicht zum ersten Mal. Tracy hatte auch die scharfe Zunge ihres Vaters geerbt. »Tut mir leid, Roy.«

»Muss es nicht.« Roy schüttelte den Kopf. »Richtig, ich habe es damals persönlich werden lassen, und du hast ja erlebt, was dabei herauskam. Ich bedaure einiges von dem, was damals passiert ist. Solches Bedauern – oder Schlimmeres – wünsche ich dir nicht.«

* * *

Tracy schloss die Tür, schob den Riegel davor und schaltete die Alarmanlage ein. Therese, das musste man ihr lassen, hatte den Vorschlag, sich nach Seattle zurückfahren zu lassen, anfangs resolut von sich gewiesen. Man hatte ihr allerdings deutlich angemerkt, dass sie einfach nur Tracy nicht allein lassen mochte und für sie tapfer sein wollte. Schließlich hatte sie dann doch weinend das Haus verlassen. »Ich liebe die Kleine wirklich!«, hatte sie Tracy beim Abschied unter Tränen versichert. »Und ich arbeite total gern für Sie und Mr O'Leary.«

Tracy schob bei einem der vorderen Fenster die Jalousie ein Stück hoch. Auf der Straße parkte ein Streifenwagen, darin eine Beamtin der Polizeidienststelle von Cedar Grove, auf die eine lange, kalte Nacht wartete. Nicht nur auf sie. Für Tracy würde die Nacht sogar noch länger werden.

Auf dem Weg zur Treppe fiel ihr die Staffelei mit dem Bild darauf ins Auge, die nach wie vor im Wohnzimmer stand, während Palette, Farbtuben und Pinsel verschwunden waren, die Therese immer auf einer kleinen Sperrholzplatte ablegte, wenn sie nicht gerade arbeitete.

Sie hatte ihr Bild zurückgelassen.

Durch das Babyfon konnte man hören, wie Daniella sich rührte. Tracy sah auf die Uhr: Um diese Zeit wurde ihre kleine Tochter immer gefüttert. »Noch mal volltanken«, wie Therese zu sagen pflegte. »Dann können Sie alle beide gut und lange schlafen.«

Schon halb auf dem Weg nach oben kehrte Tracy noch einmal um und sah nach, ob sie die Haustür auch wirklich verriegelt hatte. Dann holte sie sich ihr Pistolenholster, das in der Küche über einer Stuhllehne hing, und nahm ihre Waffe mit nach oben, um sie im Kinderzimmer auf den Wickeltisch zu legen, bevor sie Daniella aus dem Bettchen hob. »Hast du Hunger?«, fragte sie, während sie nachsah, wie es um die Windel der Kleinen stand. »Na, dann wollen wir dich erst mal frisch wickeln.« Sie legte ihre Tochter auf den Wickeltisch, packte sie aus und nahm ihr die nasse Windel ab. »Dann füttere ich dich und danach kann ich dich wohl gleich noch mal wickeln, oder? Bestimmt!« Die letzten Worte kamen stockend, denn inzwischen flossen bei Tracy die Tränen und in ihrer Kehle hatte sich ein dicker Kloß festgesetzt. Sie sah alles nur noch durch einen dichten Schleier, und so dauerte es länger als sonst, Daniella zu säubern, einzucremen, damit sie keinen Windelausschlag bekam, und ihr eine frische Windel anzulegen. Schließlich konnte sie ihre Tochter wieder in ihre Decke hüllen und fest an sich drücken.

»Komm schon, Kleines.« Jetzt liefen die Tränen in Strömen, Tracy schien sie einfach nicht stoppen zu können. Sie setzte sich auf den Schaukelstuhl, hielt ihre Tochter fest und weinte. Ein heftiger Schmerz wühlte sie auf, so schlimm wie damals, als sie von Sarahs Verschwinden erfuhr.

Aber Daniella hatte Hunger. Sie wurde unruhig.

Also legte Tracy sie sich an die Brust, lehnte sich zurück und schaukelte sanft. Für Roy und seine Kollegin hatte sie sich zusammengerissen, aber damit war es jetzt aus. Sie musste niemanden mehr beeindrucken und ließ die Tränen fließen, auch wenn sie manchmal tief Luft holte und versuchte, sich und ihre Gefühle wieder in den Griff zu bekommen. Noch wollte das nicht klappen, bestimmt spielten ihre Hormone verrückt. Immer wieder musste sie an den Stoß gegen ihr Auto denken, hörte sie den Schuss durch den Garten hallen. Therese hatte Tracys gelbe Regenjacke getragen, hatte sich die Kapuze über den Kopf gezogen.

Sosehr sie diese Gedanken auch zu verdrängen suchte, es wollte ihr einfach nicht gelingen. Sobald sie ein Loch erfolgreich gestopft hatte, entschlüpfte ihr die Angst durch ein anderes.

Endlich schloss sie die Augen. Und hörte sich plötzlich ein Lied summen, an das sie schon lange nicht mehr gedacht, das sie schon ewig nicht mehr gehört hatte. Ihre Mutter hatte es Sarah und ihr immer vorgesungen, wenn sie krank oder traurig waren, und davor hatte es ihre Großmutter ihren Kindern vorgesungen. Tracys Mutter hatte die Tochter, die Trost brauchte, fest in den Arm genommen und erst leise gesummt, dann gesungen. Die Worte fielen Tracy seltsamerweise sofort wieder ein, obwohl sie doch nie mehr an das Lied gedacht hatte. Jetzt war ihr, als hätte sie es gestern erst gehört.

Zuerst summte sie leise, schaukelte sanft. Dann sang sie.

»Tura Lura Lural, Tura Lura Lie, Tura Lura Lural, Hush now, don't you cry.« Tracy rang mit den Tränen. »Tura Lura Lural, Tura, Lura Lie, Tura Lura Lura, that's an Irish Lullaby.«

Kapitel 18

Irgendwann schlief Daniella in Tracys Armen ein. Tracy jedoch konnte nicht schlafen.

Sie legte ihre Tochter wieder ins Bettchen, stellte das Babyfon daneben und nahm ihre Waffe vom Wickeltisch. Beim Verlassen des Zimmers zog sie die Tür hinter sich zu, schloss sie aber nicht ganz. Auf der anderen Seite des Flurs, im Schlafzimmer, warteten Rex und Sherlock auf sie. Die beiden hatten hinten im Haus eine elektronisch gesicherte Hundeklappe und konnten kommen und gehen, wann immer sie wollten. Tracy war froh um die Gesellschaft und musste daran denken, was Therese an dem Abend gesagt hatte, als Tracy und Dan ausgehen wollten.

»Den möchte ich mal sehen, der hier reinkommen will. Mit Rex und Sherlock an meiner Seite wird das ein kurzer Kampf.«

Tracy rieb den Hunden die Köpfe. Beide schienen ihre Verunsicherung zu spüren und kannten ihre Pflicht. »Ihr beide haltet ein Auge auf Daniella und mich, nicht wahr?«

Rex ließ sich leise winselnd auf den Boden fallen, während Sherlock aufmerksam sitzen blieb.

Tracy sah aus dem Fenster. Vor dem Haus stand nach wie vor der Streifenwagen.

Dicht gefolgt von Sherlock ging sie ins Badezimmer, wo sie ihr Gesicht mit den roten, verquollenen Augen im Spiegel betrachtete. Tracy hatte seit den ersten schrecklichen Tagen nach Sarahs Verschwinden fast nie mehr geweint. Es war ihr lange so vorgekommen, als hätte sie damals sämtliche Tränen vergossen und nichts könnte je wieder so wehtun.

Da hatte sie sich geirrt.

Der Schmerz, den sie an diesem Abend hatte erfahren müssen, hatte ihr schier das Herz zerrissen. Dabei ging es ihr nicht um sich selbst, noch nicht einmal um Therese. Es ging um ihre Tochter, um Daniella. In was für eine Welt hatte sie dieses kleine Wesen gesetzt? Was für eine Welt war das, in der junge Frauen so schnell dem Bösen zum Opfer fallen konnten? Tracy holte tief Luft und atmete behutsam wieder aus, spritzte sich kaltes Wasser ins Gesicht und trocknete sich ganz langsam ab.

Danach stützte sie sich mit beiden Händen auf dem Waschbecken ab und betrachtete sich noch einmal im Spiegel.

Was für eine Welt wäre es, wenn niemand diese Mordfälle aufklärte, wenn niemand diese Mädchen zur Ruhe bettete? Wo niemand dafür sorgte, dass ihre Familien Antworten bekamen?

In so einer Welt konnte sie ihre Tochter nicht großziehen. Nicht, solange sich hier etwas ändern ließ, solange sie etwas daran ändern konnte. Sie würde Heather Johansen und Kimberly Armstrong zur Ruhe betten, daran ließ sie sich auch von Roy Calloway nicht hindern. Sie würde sie zur Ruhe betten, weil niemand sonst es tat.

Sie würde es tun, weil es ihr eine Herzensangelegenheit war.

Sie würde es tun, weil sie dazu in der Lage war.

Alle Polizisten hatten Familie, Tracy kannte nicht einen, der ohne war. Jeder Polizist, jede Polizistin setzte sich Tag für Tag der Gefahr aus, wohl wissend, dass jeder Abschied von der Familie der letzte sein könnte. Tracy konnte sich in jeden Einzelnen von ihnen hineinversetzen. Hatte sie Angst?

Mehr denn je, aber eher um Daniella als um sich selbst.

Konnte sie aufhören? Dan verdiente genug Geld, sie brauchte nicht zu arbeiten. Sie konnte zu Hause bleiben und Hausfrau und Mutter sein.

Tracy führte diese Debatte mit sich, seit ihre Tochter auf der Welt war. Es schien ihr nicht richtig, einfach nur deswegen mit der Arbeit aufzuhören, weil sie es sich leisten konnte. Vielen Frauen ging es da anders. Für einfache Lösungen, den Weg des geringsten Widerstands, war Tracy nicht geschaffen, sie war aus einem anderen Holz geschnitzt. Roy hatte recht, sie hatte wirklich große Ähnlichkeit mit ihrem Vater. Sie wich nicht vor einer Herausforderung zurück, man konnte sie nicht so weit einschüchtern, dass sie sich verkroch.

Sie würde vorsichtiger sein müssen, Schutzmaßnahmen ergreifen. Wie die Polizistin unten vor der Tür in ihrem Streifenwagen.

Als im Schlafzimmer auf der Ankleidekommode ihr Handy klingelte, ging sie hin und warf einen Blick auf das Display.

Dan.

Was sollte sie ihm sagen? Was konnte sie überhaupt sagen, ohne dass er sich sofort um sie und Daniella sorgte?

»Nichts«, flüsterte sie.

Zum ersten Mal in ihrer Beziehung nahm Tracy einen Anruf von Dan nicht an. Sie hockte sich auf die Bettkante und grübelte. Sie wollte ihn auf keinen Fall anlügen, er sollte sich aber auch keine Sorgen machen müssen.

Schließlich schickte sie eine SMS.

»Bringe gerade Daniella zu Bett. Uns geht es gut, die Hunde passen auf uns auf. Rufe dich morgen an.«

Darunter ein rotes Herzchen.

Dan antwortete postwendend.

»Ich liebe dich auch. Schlaf gut. Die Couch hier ist ungemütlich. Wünschte, ich wäre bei meinen beiden Mädchen.«

Tracy antwortete mit einem Smiley.

Sie legte das Handy beiseite und starrte aus dem Erkerfenster, sah Sterne am Himmel. Sie dachte daran, was Roy gesagt hatte, dass er Probleme damit hatte, sich vorzustellen, es könnte Finlay gewesen sein. Auch sie hatte Probleme damit zu glauben, dass Finlay seine Frau umgebracht hatte, aber noch mehr Probleme hatte sie damit, es nicht zu tun. Zufälle kamen einem in der Polizeiarbeit selten unter und wenn, dann wurden sie für gewöhnlich in stundenlanger, akribischer Recherche von einem engagierten Detective entdeckt, der seine Arbeit machte.

»Zufälle, dass ich nicht lache«, sagte Vic Fazzio, einer ihrer Partner in der Abteilung für Gewaltverbrechen gern und oft. »Und ich bin für mein lautes Lachen bekannt.«

Wieder klingelte ihr Handy.

Tracy beugte sich über das Display, in der Erwartung, dort noch einmal Dans Namen zu sehen. Diesmal konnte sie der Unterhaltung nicht ausweichen, sie schuldete ihm eine Erklärung. Sie holte tief Luft.

Aber das Display zeigte gar nicht Dans Namen, sondern den von Vic Fazzio, den alle nur Faz nannten. Tracy musste lächeln. Von wegen Zufall, was?

»Faz!«, meldete sie sich.

»Tracy!«, antwortete die vertraute tiefe, raue Stimme.

»Hallo, Tracy.« Das war Vera, Faz' Frau.

»Das war Vera«, sagte Faz.

»Hallo, Vera!«

»Ist doch nicht zu spät für einen Anruf, oder?«, wollte Vera wissen.

Tracy warf einen Blick auf die Uhr auf ihrem Nachttisch. Zwanzig vor zehn.

»Es ist nicht zu spät«, hörte sie Faz zu seiner Frau sagen. »Hab ich dir doch gesagt. Tracy ist eine Nachteule. Sie hat die Spätschichten mit links absolviert.«

Vera hörte nicht auf ihren Mann. »Es ist doch wirklich noch nicht zu spät, oder?«

»Nein, ist es nicht«, versicherte Tracy.

»Wie geht es unserem Patenkind?« Das war jetzt wieder Faz. Faz und Vera hatten einen Sohn, Antonio, der im kommenden Sommer heiraten wollte, aber noch keine Enkel. Sie waren begeisterte Paten und behandelten Daniella wie ihre Enkelin.

Tracy rang darum, ihre Gefühle im Griff zu behalten, verschluckte sich allerdings fast an ihren Worten. »Es geht ihr gut. Sie ... sie schläft.«

»Hey, ist alles in Ordnung?« Faz hatte ein feines Gespür für Unausgesprochenes.

»Ja, ich bin ...«

»Tracy! Du sprichst hier mit deinem Kollegen Faz! Wir kennen uns schon eine ganze Weile. Was ist los?«

Da brach es aus ihr heraus. Sie wollte es nicht. Sie wollte sich nicht emotional und hormongesteuert anhören, als hätte sie sich nicht im Griff, als hätte sie nicht alles unter Kontrolle. Aber sie schaffte es nicht. Faz war ein Arbeitskollege, aber er und Vera waren inzwischen auch Teil der Familie geworden, nach der Tracy sich sehnte. Aus diesem Grund hatte sie die beiden gebeten, Daniellas Paten zu sein.

»Wann ist das passiert?«, fragte Faz.

»Heute Abend. Aber mit uns ist wirklich alles in Ordnung. Wir sind in Sicherheit. Vorm Haus steht ein Streifenwagen und hier drin sind die beiden Hunde.«

»Na, da scheiß ich doch drauf. Vera und ich kommen zu dir.«

»Nein, Faz, das ist wirklich nicht notwendig.«

»Was notwendig ist und was nicht, die Entscheidung überlässt du schön mir. Vera kann sich bei Antonio im Restaurant freinehmen, das ist gar kein Problem. Und ich soll erst in einem Monat wieder anfangen zu arbeiten. Die verkackten ...«

»Nicht fluchen!«, mahnte Vera.

»Die elenden Weißkittel wollen mich nicht gesundschreiben, weil ich immer noch diese Kopfschmerzen kriege.«

Faz hatte sich im Zuge von Ermittlungen zu einem Mord im Gang-Milieu schwere Verletzungen zugezogen und war seit zwei Monaten krankgeschrieben. Äußerlich schien er wieder ganz der Alte, alle Schnitte verheilt, die Prellungen abgeklungen, aber in seinem Innern dürfte es anders aussehen, wie Tracy aus eigener Erfahrung wusste. Innere Verletzungen ließen sich nicht zusammenflicken oder mit Salben behandeln, innere Verletzungen heilte ganz allein die Zeit. Und die allertiefsten Wunden schlossen sich nie mehr ganz, mit denen lebte man dann, so gut es eben ging.

»Aber du bist wieder auf dem Damm, oder?«, erkundigte sich Tracy nun.

»Ja, mir geht es gut, mir geht es sogar prima«, versicherte Faz. »Da bin ich wie ein Stier, sie können mich stechen, aber ich stürme weiter. Wir kommen. Ende der Debatte.«

Tracy wollte widersprechen, wollte noch einmal versichern, das sei nun wirklich nicht nötig, alles wäre in Ordnung. Andererseits sehnte sie sich nach den beiden Freunden an ihrer Seite. Mit Faz und Vera im Haus würde sie sich sicherer fühlen und wäre noch dazu wieder flexibel, konnte tun, was sie tun musste.

Als Tochter ihres Vaters konnte Tracy diesen Fall – diese drei Fälle – nicht ungelöst zu den Akten legen. Sie musste sie aufklären, beenden. Sie hatte sich wieder daran erinnert, wie sicher und geborgen sie sich gefühlt hatte, wenn ihre Mutter ihr etwas vorsang. Genau das wollte sie für ihre Tochter. Tracy würde nie zulassen, dass Daniella etwas zustieß. Das sollte die Kleine wissen.

Genau wie dein Vater, fand Roy Calloway.

»Ich bleibe auf, bis ihr da seid«, sagte sie zu Faz.

Kapitel 19

Als Dan die Bürotür aufgehen hörte, hob er verschlafen den Kopf vom Kissen und wusste einen Moment lang nicht, wo er war.

»Dann ist das da draußen also wirklich dein Auto.« Leah Battles stand in der Tür und musterte Dans Reisetasche, die an der Garderobe hängenden Anzüge und Hemden. »Hat dich deine Frau rausgeschmissen? Oder bist du mit dem Baby im Haus so verzweifelt auf eine Mütze Schlaf aus, dass du hier übernachtest?« Battles hatte in der Navy als Anwältin gedient und war dem Marinestützpunkt Kitsap in Bremerton zugeordnet gewesen, als Tracy sie im Rahmen einer Mordermittlung kennengelernt hatte, bei der es unter anderem um Drogenhandel ging. Tracy war die Frau von ihrer ganzen Art her von Anfang an sympathisch gewesen und als Battles nach Abschluss der Ermittlungen durchblicken ließ, sie würde nach Beendigung ihrer Dienstverpflichtung gern in den Privatsektor wechseln, hatte sie sie Dan vorgestellt. Der war damals auf der Suche nach einem Mitarbeiter gewesen, der nicht gerade frisch von der Uni kam und erst angelernt werden musste, was praktisch mehr statt weniger Arbeit bedeutete. Er wollte eine Person mit Kampferfahrung, die schon einmal vor Gericht gestanden hatte und schwierige Fälle nicht scheute. Dan hatte Battles eingestellt und ihr die Fälle von Wirtschaftskriminalität anvertraut, die aufgrund seines guten Rufs an ihn herangetragen wurden. Er wollte sich langsam aus Strafsachen und Zivilprozessen zurückziehen (nicht, dass es bei den Zivilprozessen sehr zivil zugegangen wäre!) und sich zukünftig auf Wirtschaftsrecht konzentrieren, weil man da nicht so sehr an den Gerichtskalender gebunden war. Davon erhoffte er sich mehr Selbstbestimmung in seiner Terminplanung und in der Folge hoffentlich auch mehr Zeit für Tracy und Daniella.

Jetzt setzte er sich auf, schwang die Beine von der Couch und versuchte seinen steifen Hals zu lockern, den er dem harten Sofakissen verdankte. »Ich kriege in Cedar Grove einfach nicht genug erledigt«, sagte er. »Da habe ich gedacht, ich schau mal vorbei und greife dir beim anstehenden Schiedsverfahren unter die Arme.«

»Das ist gestern Nachmittag zu Ende gegangen, wir haben uns auf einen Vergleich einigen können.« Battles warf ihm einen triumphierenden Blick zu und zuckte mit den Achseln.

Es handelte sich um einen schwierigen, höchst kontroversen Fall, bei dem die Gegenseite von einer großen Anwaltskanzlei vertreten wurde. »Wie hast du das denn hingekriegt? Ich dachte, wir lägen noch Millionen auseinander.«

»Ich habe Lombardis eidesstattliche Aussage genommen und ihm damit kräftig zwischen die Beine getreten – sorry! Falsche Ausdrucksweise, tut mir leid.« Sie grinste. Es tat ihr überhaupt nicht leid. Jura war nicht das Einzige, was Battles bei der Marine gelernt hatte. »Und ich muss schon sagen, ich hatte ihn ziemlich gut bei den Eiern. Als wir mit der eidesstattlichen Aussage durch waren, hatte er doch glatt zum Glauben zurückgefunden.«

»Was zahlen wir?«

»Fünfzigtausend. Wie wir es vor anderthalb Jahren angeboten hatten, bevor er fünfhunderttausend an Anwaltskosten verpulvert hat.«

Dan stand auf und dehnte den Rücken. »Dann ist unser Kunde wohl auch glücklich.«

»Sehr. Wollte mich zum Essen ausführen, wir haben uns auf Drinks geeinigt. Er glotzte mir ein bisschen zu sehr.« Battles war ein Meter achtundsechzig groß, dunkelhaarig mit dunklem Teint und mit einer erstklassigen Figur gesegnet. Die hielt sie mit Krav Maga in Form, der Selbstverteidigungstechnik, die der israelische Geheimdienst populär gemacht hatte. Battles war körperlich fit, was Männer anzog. Sie konnte ihnen allerdings bei Bedarf auch den Arsch versohlen.

Dan versuchte nach wie vor, sich den Schlaf aus den Gliedern zu dehnen. »Dann ist da noch die Benedetti-Schlichtung, oder hast du da auch schon einen Vergleich hingekriegt?«

»Du erwartest reichlich viel für die paar Tage.«

»Bei dir weiß ich nie, was ich erwarten kann.«

»Die Schlichtung ist für nächste Woche angesetzt, und sie ist auch der Grund, weswegen ich zu dieser gottlos frühen Stunde hier auftauche.«

Dan warf einen Blick auf die Bürouhr: zehn vor sechs.

Battles fuhr fort: »Was die Wentworth-Schlichtung betrifft, die wurde auf Antrag der Gegenseite auf nächsten Monat verschoben. Sie brauchen Zeit für einen begrenzten Ausforschungsbeweis.«

»Womit wir beim Thema wären.«

»Jaja, schon verstanden. Der reine Altruismus hat dich nicht zurückgeführt. Ich bin die Fragebögen, die du mir gemailt hast, gestern Abend nach meinem Krav-Maga-Training noch durchgegangen. Jedes einzelne der Geschäfte an der Market Street wurde an eine Gesellschaft mit beschränkter Haftung verkauft. Ich habe mir bei der Behörde die Namen der jeweiligen Geschäftsführer raussuchen lassen und dir eine Liste mit Telefonnummern zusammengestellt. Das sind

aber alles Geschäftsnummern, und man wird an die Mailbox weitergeleitet.«
»Bei allen?«
»Bei allen.«
»Wahrscheinlich, weil die Läden erst noch im Aufbau sind und nicht geöffnet haben. Was ist mit Zustellungsbevollmächtigten?«
Battles grinste. »Da fängt es an, interessant zu werden. Sie nennen alle denselben Zustellungsbevollmächtigten, einen Anwalt in Bellingham.«
Dan glaubte, sich verhört zu haben. »Bei allen ist derselbe Bevollmächtigte angegeben?«
Battles nickte. »Ich weiß, wie er heißt, und habe Adresse und Telefonnummer. Als ich gestern da angerufen habe, sprang nur die Mailbox an. Ich habe keine Nachricht hinterlassen, das fand ich klüger.« Sie zuckte die Achseln. »Wie ich schon sagte: Dieser Anwalt hat sämtliche Gründungsunterlagen eingereicht. Also gehe ich davon aus, dass er sie auch ausgearbeitet hat.«
»Das gilt für alle Läden?«
»Vielleicht hat er ihnen einen Sonderpreis gemacht.«
Dan war sich nicht so sicher.
»Ich setz dann mal Kaffee auf«, sagte Battles.
»Danke. Ich gehe kurz duschen, bevor ich anfange.«
Eine halbe Stunde später saß Dan mit einem Becher Kaffee in der Hand vor den Antworten der Stadt auf seine Fragen und den Papieren, die Battles für ihn ausgedruckt hatte. Wie sie schon kurz zusammengefasst hatte, handelte es sich bei allen neuen Geschäften in der Market Street um GmbHs. Das allein war bei einer Geschäftsgründung nichts Ungewöhnliches, denn die Gesellschafter einer GmbH hafteten nicht mit ihrem persönlichen Vermögen.
Nicht normal erschien Dan, dass ausnahmslos alle Gesellschaften denselben Zustellungsbevollmächtigten nannten: Zack Metzger, einen Anwalt aus Bellingham.

Okay – in Cedar Grove kannten sich viele Leute in rechtlichen Fragen nicht besonders gut aus und die Geschäfte, um die es hier ging, hatten alle ungefähr zur selben Zeit den Besitzer gewechselt. Vielleicht hatten sich die neuen Käufer untereinander Tipps bei der Anwaltssuche gegeben. Eine GmbH zu gründen war nicht schwer und vielleicht hatte Metzger ja wirklich für jeden neuen Kunden, der auf Empfehlung kam, einen Rabatt angeboten.

Irgendetwas war ihm hier trotzdem nicht ganz geheuer.

Dan rief Metzger an, erreichte aber ebenfalls nur die Mailbox. Keine Bürokraft also und auch kein Nachrichtendienst. Dan hinterließ eine Nachricht auf dem Anrufbeantworter, in der er um Rückruf bat, ohne zu sagen, worum es ging. Dann setzte er sich an die ihm von Rav Patel überlassenen Dokumente, die sich in der Mehrheit zwar als für die von ihm gestellten Anträge relevant, aber nicht besonders erhellend erwiesen. Er las sich sämtliche durch die Stadt Cedar Grove abgeschlossenen Verträge durch, mit denen die Gebäude an der Market Street erst an die Stadt und dann von der Stadt an die jeweiligen Firmen verkauft worden waren.

Von allen GmbHs lagen die Namen der Gesellschafter vor und auch die Adressen und Telefonnummern der jeweiligen Geschäfte in der Market Street, aber weder Adressen von Gesellschaftern noch deren Telefonnummern.

* * *

Tracy hatte nur wenige Stunden geschlafen, noch dazu sehr unruhig, als Daniella sie weckte. Sie stillte die Kleine, wechselte ihre Windel, die ganze Zeit den Duft von Kaffee und gebratenem Speck in der Nase. Als sie Daniella nach unten brachte, wurde die Kleine von Vera begeistert in Empfang genommen.

»Da ist sie ja! Mein kleiner Engel!«

Faz stand am Herd und wendete Speckstreifen. Auf einer zweiten Herdplatte wartete eine Pfanne, auf dem Tresen eine Schüssel mit geschlagenen Eiern, die nur noch gebraten werden mussten. Faz hatte sich ein rot-weiß kariertes Küchenhandtuch über die Schulter gehängt und auf seiner Nasenspitze thronte eine Lesebrille. Insgesamt sah er so aus wie der etwas zu groß geratene Burgerbrater in einer etwas schmuddeligen Imbissbude.

Rex und Sherlock schienen sich sofort in ihn verliebt zu haben, falls sie nicht doch eher dem Duft von gebratenem Speck anhingen. Jedenfalls hockten beide Hunde in der Küche und verfolgten den Mann am Herd mit erwartungsvollen Blicken.

Auch Faz und Vera hatten nicht lange geschlafen, denn sie waren erst um ein Uhr morgens in Cedar Grove eingetroffen. Glücklicherweise hatte sich die Wetterlage inzwischen beruhigt und es war kein Neuschnee gefallen. In der Nacht hatte Tracy noch gut eine Stunde mit den Freunden zusammengesessen, bis Vera geraten hatte, doch lieber zu Bett zu gehen, um am nächsten Morgen halbwegs frisch weitermachen zu können.

Jetzt saß Vera am Küchentisch, plauderte mit Daniella und aß einen Toast mit Dans selbst gemachter Marmelade. Faz fischte sich den Sportteil aus der Zeitung und gab Tracy den Rest. »Ich wäre fast erfroren, als ich die Zeitung reingeholt habe!«, beschwerte er sich und sah Tracy aus blutunterlaufenen Augen vorwurfsvoll an. »Auf dem kurzen Weg zum Briefkasten!« Sein Gesicht wirkte fleckig und zeigte weiterhin ein paar Narben von den Schlägen, die er erhalten hatte, aber ansonsten sah er aus wie immer: wie der Leibwächter eines Paten in einem Film über die Mafia.

Tracy zweifelte keinen Moment daran, dass ihr Kollege draußen fast erfroren wäre, trug er doch trotz Winterwetter sein klassisches Outfit aus Stoffhose, lockerem Bowlinghemd und ledernen Halbschuhen, die ihm bestimmt schon auf halbem Weg zum Briefkasten eiskalte Füße beschert haben dürften.

Dan besaß ein zweites Paar Stiefel, die wahrscheinlich passen würden, aber Tracy hoffte doch, dass Faz wenigstens einen warmen Mantel mitgebracht hatte. Der Mann maß einen Meter dreiundneunzig und brachte gute hundertfünfzehn Kilo auf die Waage. Da bestand wenig Hoffnung, dass ihm eine von Dans Winterjacken passte.

»Wie hast du geschlafen?«, erkundigte sich Vera bei Tracy.

»Nicht so besonders. Und ihr? War das Bett groß genug?« Faz und Vera hatten im Doppelbett des Gästezimmers übernachtet, das bislang Thereses Zimmer gewesen war.

»Das Bett war prima«, meinte Vera.

»Für dich vielleicht«, protestierte Faz. »Du bist ja auch ein Hänfling. Aber ich, ich bin mir vorgekommen wie eine Sardine.«

»So ungefähr hast du auch geschnarcht. Das Bett ist völlig in Ordnung, Tracy. Setz dich. Trink einen Kaffee und frühstücke ein bisschen was.«

Tracy streckte die Hand nach der Kaffeekanne aus. »Koffeinfrei?«

»Natürlich«, versicherte Vera. »Solange du stillst, ist Koffein für dich tabu.«

»Ich mag ja aussehen, als würde ich stillen, aber das täuscht«, sagte Faz. »Du darfst mir also ruhig sagen, wo ich den normalen Kaffee finde. Sonst schlafe ich euch hier am Tisch ein.«

Nach dem Frühstück ging Vera mit Daniella nach oben, um die Kleine zum Morgenschläfchen hinzulegen. Tracy brachte Frühstück und Kaffee raus zum Streifenwagen und setzte sich dann zu Faz an den Küchentisch. Faz bat sie, ihn auf den aktuellen Stand zu bringen.

In der nächsten halben Stunde ging Tracy die Beweislage durch und berichtete, was sie alles in Bezug auf die drei Morde herausgefunden hatte. Sie ließ auch den heftigen Stoß gegen das Heck ihres Wagens nicht aus.

»Und der Schuss hier beim Haus hat dir gegolten?«

»Therese trug meine Jacke und hatte die Kapuze aufgesetzt.«

»Das spricht meiner Meinung nach irgendwie gegen einen Polizisten«, sagte Faz. »Eigentlich finde ich ja auch, die Hinweise deuten alle auf diesen ... wie heißt er noch? Fenway?«

»Finlay. Finlay Armstrong.«

»Aber als Polizist weiß der doch, dass er hier in der Stadt seines Lebens nicht mehr froh wird, wenn er eine Polizistin umbringt. Dann bricht doch die Hölle los und es wimmelt bloß so von Detectives.«

»Da hast du recht.« Tracy nickte. »Daran hatte ich noch nicht gedacht.«

»Du hast auch gesagt, dass vielleicht jemand versucht, diesem Finlay die Morde anzuhängen.«

»Diese Möglichkeit müssen wir zumindest im Auge behalten.«

»Erklär mir, warum.«

»Finlay hat da etwas zum Timing von Heather Johansens Schwangerschaft gesagt: Laut Bericht des Rechtsmediziners dürfte Heather um Weihnachten 1992 herum schwanger geworden sein. Weder ihre Eltern noch Kimberly Robinson, die damals ihre beste Freundin war, wussten etwas von einem Freund. Sie wussten von niemandem, mit dem Heather ausgegangen wäre, und sei es auch nur ein oder zwei Mal.«

»Hätte ein One-Night-Stand sein können, auf einer Teenager-Party«, gab Faz zu bedenken.

»Vielleicht, aber das ist unwahrscheinlich. Wir reden hier von Cedar Grove, Faz. Hier haben wir auf der Highschool gerade mal vierzig Schüler pro Jahrgang. Jeder kennt jeden und alle wissen alles über alle. Es kommt mir so unwahrscheinlich vor, dass Heather einen Freund gehabt haben oder kurz mal mit jemandem zusammen gewesen sein sollte, ohne dass ihre beste Freundin es wusste. Möglich ist es natürlich, ich schließe es nicht gleich ganz aus. Aber es ist schwer vorstellbar.«

»Was hatte Fenway dazu zu sagen?«

»Finlay. Heather hat bei Ed Witherspoon gearbeitet und Ed hat jeden Heiligabend eine Weihnachtsparty geschmissen.«

»Fenway glaubt, Heather ist zu der Party gegangen und hat dort gevögelt?«

»Von der Zeitschiene her käme es hin, laut Rechtsmediziner. Ich finde, wir sollten dem nachgehen.«

»Du sagst, du hast dich mit Ed Witherspoon darüber unterhalten.«

»Ja.«

»Und? Was hatte er zu sagen?«

»Er war sehr ausweichend. Hat getan, als könne er sich nicht mehr erinnern.«

»Es ist ja auch schon lange her, vielleicht erinnert er sich tatsächlich nicht mehr. Und außerdem kann man sich an etwas, was nicht passiert ist, auch gar nicht erinnern.«

»Ich glaube nicht, dass Ed ein Gedächtnisproblem hat, Faz. Kein Mensch vergisst den Abend, an dem eine junge Frau ermordet wird, die bei ihm gearbeitet hat. An den erinnert man sich, egal, wie lange es her ist. Aber Ed behauptet, sich auch daran nicht mehr zu erinnern.«

»Also lügt er vielleicht, aber kommt er dir vor wie ein Killer? Lass es mich anders formulieren: Kommt er dir vor wie ein Mann, der einem Mädchen den Schädel einschlägt?« Buschige Brauen gingen hoch. »Ich meine – jemanden im Zorn mit der Knarre zu erschießen, das ist eine Sache. Ein Mädchen mit so was wie einem Baseballschläger zu erschlagen, das klingt für mich nach unbändiger Wut.«

»Das sehe ich auch so. Um deine Frage zu beantworten, ich weiß es nicht. Wir haben alle eine dunkle Seite. Das hast du selbst mal zu mir gesagt.«

»Und dabei bleibe ich auch.«

»Also war da vielleicht mehr dran. Gehen wir mal davon aus, dass Heather am Abend der Party schwanger wurde. Was, wenn sie Ed die Daumenschrauben angelegt hat, ihm erklärt, sie würde nicht abtreiben und sie würde das Baby kriegen? Vielleicht ist er da durchgedreht.«

»Vielleicht, aber was ist mit den zwei anderen Morden?«

»Was, wenn jemand anderes den Bericht des Rechtsmediziners in die Finger bekommen und die gleichen Vermutungen angestellt hat wie Finlay? Also nachrechnete und darauf kam, dass es um die Weihnachtsfeiertage herum passiert sein muss? Eds Party fand jedes Jahr statt und in jenem Jahr hat Heather daran teilgenommen.«

»An wen denkst du da?«

»Ich dachte an den Anwalt, Jason Mathews. Er kannte die Akte, wusste also von Heathers Schwangerschaft.«

»Und hat diesen Witherspoon mit der Info konfrontiert? Das ist dürftig.«

»Ich weiß. Aber ist es zu weit hergeholt, um es nicht mindestens in Erwägung zu ziehen?«

»Okay. Dann haben wir die Frau von diesem Fenway. Wie hieß sie noch mal?«

»Kimberly.«

»Glaubst du, sie könnte auch draufgekommen sein?«

»Sie hatte die Akte, wusste also von der Schwangerschaft. Auch sie hätte nachrechnen können. Sie war Journalistin. Vielleicht hat sie angefangen, Fragen zu stellen, auch nach der Schwangerschaft, und die sind der falschen Person zu Ohren gekommen.«

Faz nippte an seinem Kaffee und fuhr sich mit der fleischigen Hand über das müde Gesicht. »Mag sein. Aber wie machen wir von hier aus weiter?«

»Ich glaube, wir gehen noch mal dahin zurück, wo ich angefangen habe. Diesmal mit anderen Fragen und ohne Roy Calloway.«

»Die Eltern des Mädchens?«

Tracy nickte.

»Soll ich mitkommen?«

»Ja. Das zeigt ihnen, wie ernst es mir ist und dass ich den Tod ihrer Tochter wirklich aufklären will.«

»Okay, ich geh noch schnell aufs Klo. Bei mir sickert dieser Kaffee nur so durch.«

»Faz! Zu viele Infos! Welche Schuhgröße hast du eigentlich?«

»Sechsundvierzig. Wieso?«

»Weil deine Lederschühchen in dem Schnee hier nicht überleben.«

Faz zog sich Richtung Bad zurück und Tracy räumte gerade den Tisch ab, als es an der Haustür klingelte. Da das äußerst selten vorkam, reagierten Rex und Sherlock entsprechend lautstark. Tracy ging zur Tür, warf einen Blick durch das kleine Fenster daneben und stieß einen leisen Fluch aus.

Auf der Veranda, neben der Polizistin, die das Haus bewachte, stand Sunnie Witherspoon, erregt und sichtlich aufgebracht.

»Tracy?«, rief sie. »Könntest du dieser Beamtin bitte erklären, dass wir Freundinnen sind?«

Seufzend öffnete Tracy die Tür. »Das geht in Ordnung, vielen Dank«, sagte sie zur Polizistin.

Die nickte wortlos und kehrte zu ihrem Streifenwagen zurück, während Sunnie misstrauische Blicke Richtung Rex und Sherlock warf.

»Moment«, bat Tracy. »Ich schmeiß nur kurz die Hunde raus, sonst wecken sie mir noch das Baby.« Sie ließ Sunnie einfach auf der Veranda stehen und schloss die Haustür.

Danach verfrachtete sie die Hunde in die Waschküche hinten im Haus, wo die beiden sofort durch die Hundeklappe nach draußen verschwanden, um sich im Schnee laut bellend aufeinanderzustürzen.

Kaum hatte Tracy die Haustür ein zweites Mal geöffnet, als sich Sunnie auch schon an ihr vorbei ins Wohnzimmer drängte.

»Ich habe gehört, was gestern passiert ist«, flüsterte sie mit theatralisch gesenkter Stimme, als sei sie Teil einer großen Verschwörung. »Ist alles in Ordnung?«

»Alles bestens. Wie hast du denn davon erfahren?«

»Gary rief mich an, als ich gerade zur Arbeit fahren wollte.«

»Und wie hatte Gary davon erfahren?«

»Er ist Bürgermeister, Tracy, und wir sind hier in Cedar Grove. Weißt du nicht mehr, wie es war, als du für dieses Wiederaufnahmeverfahren hergekommen bist? Jemand hat durch deine Windschutzscheibe geschossen und die Kugel war noch nicht eingeschlagen, da wusste schon die ganze Stadt Bescheid. Dir ist wirklich nichts passiert?«

»Mir geht es prima«, versicherte Tracy.

Sunnie ließ ihren Blick einmal durchs Zimmer wandern, um dann blitzschnell das Thema zu wechseln. »Das hier war das Haus von Dans Eltern?«

»Was das Fundament und die rückwärtigen Schlafzimmer betrifft, ja.«

»Ganz reizend, richtig niedlich und gemütlich.« Sunnie zog ihre Handschuhe aus und ging durch in die Küche.

Tracy folgte ihr. »Wie ich schon sagte, mir geht es gut, Sunnie.«

»Ach, ein Kaffee wäre jetzt wunderbar!« Sunnies Blick war auf die beiden Kaffeekannen gefallen. »Dazu wirst du doch wohl Zeit haben, oder? Für eine alte Freundin?«

Tracy lächelte. »Natürlich.« Sie nahm einen Becher aus dem Küchenschrank und wollte schon zum koffeinhaltigen Kaffee greifen, den Faz gekocht hatte, als sie sich anders entschied. Sunnie bekam ihren Kaffee koffeinfrei. »Hier, bitte.«

»Und? Erzähl doch, was war gestern los?«

»So genau können wir das gar nicht sagen, Sunnie.«

»Von wegen! Jemand soll auf dich geschossen haben! Ob das Parker House gewesen sein könnte? Hat der nicht beim letzten Mal einen von Dans Hunden angeschossen? Ein seltsamer Mensch war das ja immer schon, haust da so ganz allein auf dem Berg. Meinst du, er trägt dir das mit seinem Neffen jetzt noch nach?«

»Nein, das glaube ich wirklich nicht, Sunnie.«

»Aber wer macht denn sonst so etwas? Hier haben dich doch alle geliebt! Dich und deine ganze Familie.«

»Die Stadt hat sich verändert«, meinte Tracy. »Jede Menge neuer Gesichter.«

»Ist es wegen Dan? Wegen des Verfahrens, das er gegen Gary angestrengt hat? Die Stadt liebt Gary, Tracy. Wenn ich die Market Street runtergehe, halten mich jedes Mal mindestens fünf Leute auf, um mir zu sagen, was für einen fantastischen Job mein Mann macht. Versteh mich nicht falsch, das schmeichelt mir schon, aber manchmal will ich doch auch einfach nur schnell irgendwo ankommen.«

Tracy war sich sicher, dass Sunnie die Aufmerksamkeit sehr genoss. »Ich glaube nicht, dass es mit Gary zu tun hatte«, sagte sie.

»Was könnte es denn sonst sein?« Sunnie trank einen Schluck Kaffee. »Ich habe gehört, du stellst Fragen zum Tod von Kimberly Armstrong.« Sie hatte erneut die Stimme gesenkt. »In der Stadt geht das Gerücht, du bist zurückgekommen, weil Roy Hilfe von außen brauchte, damit es nicht nach einem Interessenskonflikt aussieht. Wegen Finlay, du weißt schon.«

»Darüber weiß ich nichts, Sunnie.«

Die Antwort schien Sunnie zu verletzen. Sie stellte ihren Kaffeebecher ab und nahm ihre Handschuhe vom Tisch, wo sie sie abgelegt hatte. »Verstanden. Echt, ich habe es kapiert.«

Sofort bekam Tracy ein schlechtes Gewissen. So wie früher, als Sunnie und sie Freundinnen gewesen waren und Sunnie ihr mindestens einmal am Tag ein schlechtes Gewissen eingeflößt hatte. »Sunnie, du weißt doch, dass ich über Polizeiangelegenheiten nicht reden darf. Ich will dir nichts verschweigen, ich kann einfach nicht darüber sprechen.«

Sunnie nickte langsam. Dann lächelte sie. »Ist mir eigentlich auch egal. Ich dachte, es müsste etwas mit Kimberly Armstrong zu tun haben. Was für eine Tragödie. Alle in der Stadt waren zutiefst betroffen. Erst hieß es, das Feuer sei durch einen Heizofen in Kimberlys Büro ausgelöst worden, sie hätte vielleicht vergessen, ihn auszuschalten und den Stecker zu ziehen. Finlay muss ja am Boden zerstört sein. Wer wäre das nicht! Auf diese Weise den Ehepartner zu verlieren? Aber nun ist Finlay immer noch beurlaubt und Roy fungiert wieder als Polizeichef und jetzt geht das Gerücht, es wäre gar nicht der Heizofen gewesen. Und Kimberly soll auch gar nicht an einer Rauchvergiftung gestorben sein. Das Feuer ist wohl nur gelegt worden, um einen Mord zu vertuschen.«

»Eine traurige Situation«, sagte Tracy.

»Du weißt doch, dass Finlay mit Heather Johansen zusammen war, oder? Du erinnerst dich doch an das arme Mädchen? Alle dachten ja, Edmund House hätte sie umgebracht. Aber jetzt? Da fragt man sich doch, oder? Du warst ja damals nicht mehr in der Stadt, du warst schon auf dem College, aber ich war hier.«

»Sarah hat mir erzählt, was passiert war.« Mehr brachte Tracy nicht unter, Sunnie war einfach nicht zu stoppen.

»Dann weißt du ja auch, dass Finlay sich ziemlich übel aufgeführt hat, nachdem Heather mit ihm Schluss gemacht hatte.

Eine Menge Leute dachten, er hätte etwas mit ihrem Tod zu tun. Und jetzt Kimberly! Das klingt doch nach einem logischen Zusammenhang, das musst du doch zugeben.«

Tracy schwieg. Sunnies Ausführungen hatten ihr gerade mal wieder vor Augen geführt, wie lebendig Cedar Groves Gerüchteküche nach wie vor brodelte.

»Tracy?« Faz, der gerade in die Küche gekommen war, blieb stehen, als er Sunnie entdeckte. »Hallo! Tut mir leid, ich wusste nicht, dass du Besuch hast.«

Sunnie stand auf und streckte ihm die Hand hin. »Sunnie Witherspoon. Tracy und ich waren als Kinder und Jugendliche beste Freundinnen.«

»Vic Fazzio«, sagte Faz. »Tracy und ich …«

»Vic ist Daniellas Patenonkel«, unterbrach Tracy, die Sunnie auf keinen Fall Stoff für weiteren Tratsch liefern wollte. »Seine Frau und er sind auf Besuch bei ihrem Patenkind. Wir wollten gerade los, ich möchte Vic die Stadt zeigen.«

»Seht euch die Market Street an!« Sunnie wurde sofort wieder munter. »Die hat sich so verändert! Dan erzählte mir neulich im Büro, ihr habt eine Nanny? Nicht schlecht, so ein Leben.« Sunnie wandte sich mit strahlendem Lächeln an Faz. »Ich hatte vier Kinder und war schon glücklich, wenn mein Mann einmal im Monat Geld für einen Babysitter springen ließ, damit wir gemeinsam ausgehen konnten.«

Tracy lächelte. »Vic und ich sollten lieber aufbrechen, solange Daniella noch schläft.«

Auf dem Weg zur Haustür zog sich Sunnie die Handschuhe an. »Man muss das Eisen schmieden, solange es heiß ist, was? Ja, an das Gefühl erinnere ich mich noch sehr gut.« Sie knöpfte ihren Mantel zu und schlang sich den Schal um den Hals, bevor sie sich vorbeugte, um je einen Luftkuss neben Tracys rechte und linke Wange zu hauchen.

»Tschüss! Und danke für den Kaffee. Gary und ich würden uns sehr freuen, wenn ihr mal abends zum Essen kommt. Wir wohnen wieder in dem großen Haus ganz in der Nähe von eurem alten. Du erinnerst dich noch an das Haus meiner Eltern?«

»Natürlich.«

»Ich habe es geerbt. Es musste praktisch von Grund auf renoviert werden, aber ich habe zu Gary gesagt, nicht einen einzigen Tag lebe ich mehr in dem einstöckigen Schuppen, in dem wir unsere Kinder großgezogen haben.«

Tracy öffnete die Haustür. »Dan musste zurück nach Seattle, sich um ein paar Fälle kümmern. Ich bin mir nicht sicher, wann ich ihn zurückerwarten kann, aber wir besuchen euch auf jeden Fall, sobald wir können.«

Sunnie streckte Faz noch einmal die Hand hin. »Hat mich sehr gefreut, Sie kennenzulernen. Tracy soll Ihnen die Market Street zeigen. Da gibt es einen Kaffeeladen mit Kuchenverkauf, *The Daily Perk*. Einfach entzückend, und man kann sich dort prima aufwärmen.« Schon auf der Veranda wandte sie noch einmal den Kopf. »Sprich mit Dan und wir machen was ab!« Mit einem letzten Winken marschierte sie auf dem Plattenweg zurück zu ihrem Mercedes.

Tracy schloss rasch die Tür.

»Hilf Himmel, was war denn das?«, erkundigte sich Faz erschüttert.

Tracy lachte ein wenig erschöpft und lehnte sich mit der Stirn gegen die Tür. »Freundin aus der Grundschule.«

»Heftig! Die könnte ohne Weiteres den ganzen Schnee da draußen zum Schmelzen bringen! Man schnallt sie einfach vors Auto und lässt sie reden. Was hat sie denn gewollt?«

»Klatsch und Tratsch.« Durch das Seitenfenster der Tür sah Tracy zu, wie der weiße Mercedes die Straße hinunterfuhr. »Sie war immer schon so, seit ich denken kann. Wenn Sunnie nicht genau weiß, was so alles los ist, nimmt sie das übel. Sie hat mir gerade bestätigt, dass die Gerüchteküche hier immer noch so funktioniert, wie ich sie in Erinnerung habe.« Sie richtete sich auf. »Was die Theorie untermauert, dass Mathews und Kimberly Armstrong wegen bestimmter Informationen aus Heathers Akte ermordet worden sein könnten, die sie nicht für sich behalten haben.«

Faz bekreuzigte sich. »Lass uns verschwinden, sonst kommt sie noch zurück und pustet das Haus um.«

Kapitel 20

Diesmal rief Tracy nicht vorher bei den Johansens an, um ihren Besuch anzukündigen. Faz und sie fuhren los und parkten schon bald in der frisch geräumten Auffahrt des Ehepaares. Sie stiegen aus und trafen sich vorn an der Kühlerhaube, Faz ein bisschen unsicher auf den Beinen. In Dans Schneestiefeln sah er aus, als würde er in Zeitlupe gehen.

»Grundgütiger, wie könnt ihr bloß in den Dingern laufen?«, beschwerte er sich. »Ich komme mir vor wie ein Astronaut auf dem Mond!« Die Stiefel waren eine halbe Nummer zu klein, was immer noch besser war, als ein Paar gute Lederschuhe zu ruinieren.

Tracy warf einen Blick hinüber zur Haustür der Johansens. »Ich weiß nicht genau, was uns erwartet. Eric Johansen ist auf der Hut und beschützt das Ansehen seiner Tochter. Vielleicht redet er gar nicht mit mir.«

»Lass uns anklopfen und das rausfinden, bevor wir uns hier in der Kälte die Flossen abfrieren.«

Auf Tracys Klopfen hin dauerte es nicht lange, bis Eric Johansen die Tür öffnete. Überrascht musterte er erst Tracy, dann Faz. »Tracy?«

»Hallo, Eric. Könnten wir uns vielleicht noch einmal kurz unterhalten?«

Erics Blick glitt hinüber zu Faz. »Worüber denn?«

»Es hat sich etwas ergeben. Das hier ist Detective Vic Fazzio aus Seattle.«

»Seattle?«

»Er ist hier, um Roy und mir ein bisschen unter die Arme zu greifen.«

Eric nickte Faz zu. »Ist Chief Calloway denn nicht dabei?«

»Er musste sich heute Morgen um andere Dinge kümmern.«

»Das glaube ich gern. Ich bin heute früh auf meinen Langlaufskiern in die Stadt zur Apotheke, um Ingrids Blutdruckmedikamente zu holen. Über Sie wird allerhand geredet, Tracy. Man sagt, letzte Nacht sei auf Sie geschossen worden.«

Tracy warf ihm ein etwas verkniffenes Lächeln zu. »Sie wissen doch, wie das in Cedar Grove mit den Gerüchten läuft, Eric. Was ich gehört habe, könnte genauso gut der Wind gewesen sein. Wir hatten um das Haus herum einiges an Schneebruch.«

Eric wirkte unentschlossen. »Eigentlich habe ich heute Morgen zu tun. Ich wollte …«

»Wie weit sind Sie denn heute schon auf Ihren Skiern gelaufen?«, schaltete sich Faz ein. »Wie weit ist es bis in die Stadt? Fünf Meilen von hier aus?«

»Sechseinhalb.«

Faz stieß einen leisen, bewundernden Pfiff aus. »Dreizehn Meilen also, hin und zurück? Das ist eine ganz schöne Strecke. Auch anstrengend, kann ich mir denken.«

»Ach, ich bin auch schon weiter gelaufen«, winkte Eric ab. »Doppelt so weit.«

»Wir hatten da, wo ich in New Jersey aufgewachsen bin, ein Langlaufgelände. Ich weiß, danach sehe ich heute nicht mehr aus, aber ich lief die Loipe von elf Meilen schneller als alle anderen Jungen in meiner Altersgruppe. Ich hab mich auf Langlaufskiern immer toll gefühlt. Als würde im Innern eine

Heizung angehen und die Wärme breitet sich bis in die Fuß- und Fingerspitzen aus. Was für Skier fahren Sie?«

»Rossignol.« Eric taute langsam auf.

»Die sind gut.« Faz nickte anerkennend. »Ich lief damals auf Salomon. Ich wette, bei den Skiern hat sich seit meiner Zeit einiges getan.«

»Möchten Sie meine sehen?«

»Wenn es Ihnen nicht allzu viel ausmacht?«

»Ich habe sie hier im Schrank.«

Eric trat beiseite, um die Besucher einzulassen, und schloss die Tür hinter ihnen. Als er den Schrank neben der Garderobe ansteuerte, warf Tracy Faz schnell einen bewundernden Blick zu. Der grinste nur. Er hatte bestimmt in seinem ganzen Leben noch nie auf Skiern gestanden, da war sich Tracy ziemlich sicher. Es war ihm aber wohl auch noch nie eine Tür vor der Nase zugeschlagen worden.

Eric und Faz plauderten noch ein Weilchen über die Feinheiten des Langlaufs, und falls Faz sich das alles wirklich nur aus den Fingern sog, dann machte er das ganz hervorragend. Irgendwann bat Eric seine Frau, Kaffee zu kochen und Kuchen auf den Tisch zu stellen. Und als er sich nach ein paar Minuten wieder an Tracy wandte, wirkte seine Miene schon viel heller. »Sie sagten, es gebe noch etwas zu besprechen?«

»Ja. Ich verspreche Ihnen auch, möglichst wenig von Ihrer Zeit in Anspruch zu nehmen.«

Eric winkte ab. »Ist schon gut, ich war ja heute Morgen schon unterwegs, Sport treiben.« Er lächelte Faz zu und führte die beiden ins Wohnzimmer, wo sie sich an den Esstisch setzten. Bald kam auch Ingrid dazu. Im Hintergrund spielte leise Orchestermusik. Auf dem Beistelltisch neben dem Kippsessel am Fenster lag eine aufgeschlagene Zeitung, auf dem Boden davor stapelten sich Papiere und weitere Zeitungen. Draußen vor dem Fenster ließ heller Sonnenschein den Schnee auf dem Rasen glitzern wie eine Decke aus Tausenden winziger Diamanten.

Sie plauderten über dies und das, während Ingrid Kaffee und Gebäck auf den Tisch stellte. Faz, nie schüchtern, bediente sich bei beidem, während Tracy die Zeit für gekommen hielt, sich vorsichtig dem Grund für ihren Besuch zu nähern. »Ich habe mich gefragt, Eric, ob der Anwalt, den Sie engagiert hatten, dieser Jason Mathews, Ihnen irgendwie noch mehr zum Inhalt der Polizeiakte gesagt hat.«

»Mehr?«, fragte Eric.

»Haben Sie über den Bericht des Rechtsmediziners gesprochen?«

Eric wurde steif. »Warum wollen Sie darauf noch einmal zurückkommen?«

»Von wollen kann keine Rede sein, Eric. Ich glaube, es muss sein. Ich wüsste gern, ob Mathews irgendetwas gesagt hat, das Sie nicht … nicht angemessen fanden.«

»Etwas, das zu dem Schuss auf ihn geführt haben könnte«, ergänzte Faz. »Wenn ich das direkt fragen darf, so von Mann zu Mann.«

Eric sah Faz an, zögerte, fuhr sich mit den Daumen unter die Hosenträger. »Wir mochten Mr Mathews nicht besonders.«

»Haben Sie ihm deswegen gekündigt, Eric? Weil er gesagt hat, Heather könne möglicherweise schwanger gewesen sein?«

»Es ging nicht darum, was er zu uns gesagt hat. Aber wir wollten nicht, dass er überall in der Stadt rumläuft und unbestätigte Gerüchte über Heather verbreitet.«

»Und Sie dachten, das würde er tun? Gerüchte verbreiten?«

»Er hat uns gesagt, dass er das tun würde.« Eric sah Ingrid an. Ingrid nickte.

Tracy warf Faz einen raschen Blick zu. Das war neu. »Was genau hat er gesagt?«

»Mathews war der Ansicht, mit einer Information wie dieser könnte man gut mal in ein paar Wespennestern herumstochern.«

»Wespennester? Hat er auch erklärt, wie er das meinte?«

»Das sei bei Anwälten gang und gäbe, sagte er, gehöre zum Handwerkszeug. Er wollte ein paar Leuten gegenüber so tun, als wisse er mehr als das, was in der Akte steht.«

»Wie zum Beispiel den Namen des Kindesvaters?«

Eric hob abwehrend die Hand. »Sie war nicht schwanger, Tracy! Das war reine Spekulation.«

»Ich versuche nur zu verstehen, was Mathews gesagt hat und wie er das gemeint haben könnte.«

»Er behauptete, er hätte eine Theorie.« Eric warf seiner Frau einen Hilfe suchenden Blick zu. Seine Unterlippe zitterte, die Unterhaltung ging ihm sehr nah.

Ingrid sprang für ihren Mann ein. »Mr Mathews sagte, bei einer Schwangerschaft von sieben oder acht Wochen wäre die ... Empfängnis um die Weihnachtsfeiertage herum passiert. Er wollte wissen, ob Heather in dieser Zeit auf irgendwelchen Weihnachtsfeiern war.«

Bingo!, dachte Tracy.

Faz stieß hörbar die Luft aus. »Das tut mir so leid.«

»Haben Sie eine Tochter, Mr Fazzio?« Eric presste die Lippen zu einem dünnen Strich zusammen und unterdrückte nur mit Mühe die Tränen.

»Nein, Eric. Aber ich werde bald eine Schwiegertochter haben und irgendwann einmal Enkelinnen. Und ich bin der Pate von Tracys kleiner Tochter. Ich kann mir vorstellen, wie hart dies hier für Sie sein muss.«

Eric schniefte. »Das wissen wir wirklich zu schätzen.«

»Gab es denn Weihnachtsfeiern, an die Sie sich erinnern können, Eric?«, fragte Faz. »Eine Party, zu der Heather gegangen ist?«

»Damals gab es in Cedar Grove immer Weihnachtspartys. Das müssten Sie besser wissen als irgendwer sonst, Tracy. Die besten waren die Ihrer Eltern. Ingrid und ich haben nie eine ausgelassen.«

»Meine Eltern haben diese Feiern so gerngehabt.« Tracy lächelte. »War Heather in dem Jahr mit Ihnen zusammen bei uns gewesen?«

Eric schüttelte den Kopf. »Sie fühlte sich ihrem Arbeitgeber verpflichtet. Sie wissen doch, dass Ed Witherspoon auch immer zu einem Fest eingeladen hat.«

»Ach ja? Das war mir gar nicht mehr so bewusst«, flunkerte Tracy.

»In dem Jahr sind Ingrid und ich zu allen beiden gegangen. Das schien uns richtig, denn immerhin hatte Ed Heather einen Job gegeben.«

»Wo waren Sie zuerst?«, wollte Tracy wissen.

»Zuerst gingen wir zu Ed«, antwortete Eric. »Um es hinter uns zu bringen.« Er lächelte. »Bei Ihrem Vater gab es einfach das bessere Essen und auch die besseren Getränke.«

»Eric!«, tadelte Ingrid leise. »Das war doch kein Wettbewerb!« Sie sah Tracy an. »Ed Witherspoon hatte Heather einen Job gegeben, wofür wir ihm sehr dankbar waren.«

»Verstehe.« Tracy nickte. »Heather ging also mit Ihnen zusammen zu Eds Party?«

»Ja. Sie fand es wichtig, dass wir alle dort auftauchen.«

»Und ist sie dann auch mit Ihnen zusammen weiter zu meinen Eltern gezogen? Hat sie Eds Party verlassen?«

»Nein«, antwortete Eric. »Sie fand, sie sollte lieber bleiben.«

Tracy spürte ihr Blut pochen und musste sich zusammenreißen, um weiterhin ganz ruhig ihre Fragen stellen zu können. »Wissen Sie, wie sie an dem Abend nach Hause gekommen ist?«

»Nein, das hat sie uns nicht erzählt. Sie sehen also, das ist eine Sackgasse. Und genau das haben wir auch Mr Mathews erklärt.«

Tracy nickte. »Ich musste das fragen, Eric. Und Sie beide waren sehr großzügig mit Ihrer Zeit.«

»Sind Sie länger in der Stadt, Mr Fazzio?« Eric schob seinen Stuhl zurück und stand auf. »Wenn Sie möchten, nehme ich Sie gern mal mit zum Langlauf. Es gibt eine Loipe einmal um den See herum, das sind ungefähr elf Meilen. Ich hätte auch noch ein Paar gute Skier für Sie.«

»Ich fürchte, meine Langlauftage liegen ein paar Kuchenstückchen zurück.«

»Melden Sie sich, wenn Sie es doch einmal versuchen wollen. Mein Angebot steht.«

Die beiden Männer verabschiedeten sich mit Handschlag und auch Tracy sagte Auf Wiedersehen. »Hast du je in deinem Leben auf Langlaufskiern gestanden, Faz?«, erkundigte sich Tracy, sobald sie wieder im Subaru saßen.

»Wo denkst du hin! Eher kriegt man einen Eisbären auf die Dinger!«

»Und woher stammen dann deine Infos zum Thema?«

»Aus meiner Vergangenheit, ehrlich erarbeitet. Mein Onkel hat meinem Cousin und mir in seinem Club Sommerjobs besorgt. Das war ein Golfclub, und das Gelände wurde im Winter für Langlauf genutzt. Wir haben die Skier gewachst und Ausrüstung vermietet. Im Frühling und Sommer waren wir dann im Clubhaus beschäftigt und sind mit dem Erfrischungswagen über den Golfplatz kutschiert. Sieht aus, als hättest du mit deiner Theorie zur Weihnachtsfeier recht. Heather war da.«

Tracy nickte. »Und mit meiner Vermutung über ein mögliches Motiv für den Mord an Mathews habe ich auch recht.«

»Was für ein Kerl! Den Eltern eines toten Mädchens mit so was zu kommen! Rumstochern im Wespennest – damit war doch bestimmt Erpressung gemeint. Er hat gedacht, er kann mit seinen Infos an Geld kommen, indem er jemandem die Daumenschrauben anlegt.«

»Das sehe ich auch so. Und ich bin mir ziemlich sicher, dass er damit nicht aufgehört hat, bloß weil Heathers Vater das so wollte.« Tracy setzte sich zurück. »Womit jetzt die wichtigste Frage lautet: Wer hat Heather Johansen nach Hause gebracht? Und mit wem hat Jason Mathews über Heathers Schwangerschaft gesprochen?«

»Was ist mit deinem Cop? Fenway?«

»Finlay? Der hat auf jeden Fall mit Mathews gesprochen, das hat er mir erzählt. Aber als Heather ermordet wurde, war er schon mehr oder weniger nicht mehr in der Stadt.«

»Was meinst du mit mehr oder weniger?«

Tracy erklärte es ihm.

»Okay, das war im Februar. Wie stand es im Dezember? Könnte er sie geschwängert haben?«

»Ich erinnere mich nicht daran, ihn auf der Party meiner Eltern gesehen zu haben, aber das ist schon ziemlich lange her und wir waren nicht eng befreundet. Bei Ed Witherspoon dürfte er kaum willkommen gewesen sein, dort war schließlich Heather.«

»Vielleicht hat er vor dem Haus auf sie gewartet und sie überredet, sich von ihm nach Hause fahren zu lassen.«

»Möglich.« Tracy klang nicht sehr überzeugt. »Aber wenn sie selbst ohne Auto unterwegs war, hätte sie denn dann die Party nicht mit der Person zusammen verlassen, die sie nach Hause fahren sollte?«

»Hätte sie womöglich zu Fuß gehen wollen?«

»Kann sein, aber es war Dezember und Heiligabend.«

»Auch wieder wahr. Womit Fenway aber noch lange nicht aus dem Schneider wäre. Nach allem, was du mir erzählt hast, bleibt er derjenige, auf den alle Hinweise am wahrscheinlichsten hindeuten.«

Das sah Tracy auch so.

Kapitel 21

Nachdem Battles im Schiedsgerichtsverfahren einen Vergleich erzielt hatte und eine von Dans Schlichtungsverfahren um einen Monat verschoben worden war, wurde er in Seattle akut nicht mehr gebraucht und es gab eigentlich keinen guten Grund zu bleiben.

»Mir ist es lieber, wenn du nicht wie eine besorgte Henne um mich herumgluckst«, stellte Battles fest, nachdem Dan und sie das zweite anstehende Vergleichsverfahren besprochen hatten.

Gut, Dans Arbeitsbelastung hatte sich erheblich verringert, aber für wie lange? Bestimmt gab es schon bald wieder einen knallvollen Terminkalender, das war einfach immer so. Die Arbeit eines Anwalts war auch deswegen so anstrengend, weil immer wieder etwas Unerwartetes dazwischenkommen konnte. Da stellte die Gegenseite einen Antrag, mit dem man nicht gerechnet hatte, oder es traf ein knallhart formulierter Brief mit einer noch knallhärteren Forderung ein, und Dan musste reagieren. Als Anwalt lernte man von daher schon früh, die Stille zwischen den Stürmen gut und sinnvoll zu nutzen. Für Dan bedeutete das, sich richtig Zeit für Tracy und Daniella zu nehmen. Wenn er das nicht tat, musste er mit echten Konsequenzen rechnen.

»Fahr zurück nach Cedar Grove!«, befahl Battles, als er in ihr Büro kam, um zu fragen, wie er sie unterstützen könnte. »Entweder du oder ich! Du machst mich total nervös.«

Dan lächelte. »Okay, okay. Ich merke, wenn ich nicht erwünscht bin.«

»Überrasche deine Frau!«, rief Battles ihm nach, da war er schon fast aus der Tür. »Bring ihr Blumen mit!«

»Blumen?«

Battles schnitt eine Grimasse. Gleich würde es Sarkasmus regnen. »Um dich zu entschuldigen! Du hast wahrscheinlich irgendwas echt Bescheuertes gesagt oder getan, sie zum Beispiel mit einem zwei Monate alten Baby bei Schneesturm allein in den Bergen sitzen lassen.«

Dan lachte leise. »Touché.«

Er würde Blumen besorgen.

Zwei der Anzüge sowie ein paar frisch aus der Reinigung geholte Hemden und Krawatten ließ er gleich im Büro, packte nur Akten- und Reisetasche und steckte den Kopf noch einmal kurz bei Battles durch die Tür. »Hilfst du mir, die Kartons mit den Dokumenten aus Cedar Grove ins Auto zu laden?«

»Hast du noch irgendetwas Interessantes entdecken können?« Battles lud sich gleich zwei Kartons auf einmal auf.

»Zum größten Teil beantworten sie meine Fragen. Ich habe aus den Gründungspapieren der diversen GmbHs eine Liste der Gesellschafter zusammengestellt, konnte aber bisher keinen dieser Gesellschafter direkt ausfindig machen. Wahrscheinlich sind sie alle von außerhalb. Was die Frage aufwirft, was auswärtige Investoren an einem Ort wie Cedar Grove interessiert.«

Battles und er stiegen in den Fahrstuhl. »Viele von diesen kleinen Städten verändern sich gerade«, erklärte Leah. »Ich habe neulich in der *Times* einen Artikel darüber gelesen. Seattle platzt aus allen Nähten, Wohnraum wird für viele Menschen zunehmend unbezahlbar, also ziehen immer mehr Leute weiter raus oder suchen sich ein Plätzchen, wohin sie am Wochenende fliehen können. Da kommen diese Städtchen in den Bergen ins Spiel, die sich mehr und mehr zu Rückzugsorten fürs Wochenende entwickeln.«

»Camano Island vielleicht, oder vielleicht sogar La Conner, aber bis nach Cedar Grove fährt man doch ziemlich lange.«

»Von Seattle aus ja, aber nicht von Bellingham oder Everett aus, die auch beide wachsen.«

Der Fahrstuhl war im Erdgeschoss angekommen und Dan folgte seiner Kollegin in den hellen Sonnenschein und sehr kalte Temperaturen. Während er mit der Fernbedienung die Heckklappe seines Chevy Tahoe öffnete, blies ihm eiskalter Wind in Böen um die Ohren und fegte tief hängende graue Wolken über den Himmel. Dan lud seine Kartons ein, Leah schob ihre hinterher.

Dan öffnete die Fahrertür. »Ruf mich an, wenn du was brauchst.«

»Mach ich.«

Er setzte sich hinter das Steuer. Der Motor lief schon, da klopfte Battles noch einmal ans Beifahrerfenster. »Denk an die Blumen!«

* * *

Die Fahrt aus Seattle heraus verlief erfreulich zügig, dafür traf Dan dann südlich von Everett auf dichten Verkehr, und es ging nur noch langsam voran. Er wäre gern noch vor den neuen Schneefällen zu Hause gewesen, die die Wetterexperten angekündigt hatten. Er hörte sich ein Hörbuch an, wie er es auf längeren Fahrten gern tat, musste aber feststellen, dass seine Gedanken immer wieder wanderten und bei Larry Kaufmans Fall landeten. Das passierte ihm leider immer, wenn er mitten in einem Fall steckte, weswegen ihm bei manchen Romanen ein Teil der Handlung einfach entging.

Gleich hinter Everett floss der Verkehr wieder und Dan hoffte, die verlorene Zeit wenigstens zum Teil wieder aufholen zu können. Tracy wusste nicht, dass er unterwegs war, er wollte sie überraschen.

»Blumen!«, sagte er laut.

Battles' guter Rat hatte ihm eingeleuchtet, und so verließ er den Freeway, um Bellingham anzusteuern, wo schwarz geränderte, vom Schneepflug zusammengeschobene Schneereste die Straßenränder zierten. Schnee war hier zwar nicht die Norm, aber auch nichts total Ungewöhnliches. Bellingham lag gleich südlich der Grenze zu Kanada und zog sich um die Bucht von Bellingham herum. Die Olympic Mountains im Südwesten und die Cascades im Osten boten Schutz vor schweren Stürmen, weswegen man hier während der meisten Monate des Jahres auf gemäßigtes Wetter zählen konnte und es weniger regnete als in Seattle. Ähnlich wie Cedar Grove war auch Bellingham im Goldrausch entstanden, eine Stadt der Goldgräber, Immigranten und Investoren. Als Kohle entdeckt wurde, wandelte sie sich zur Kohlestadt, dazu kamen Konservenfabriken, was sich anbot angesichts der reichen Fischgründe von Alaska praktisch direkt vor der Haustür.

Die Architektur der Stadt spiegelte ihre Geschichte als Arbeiterstadt wider: Die Häuser waren hier niedrig, solide Gebäude aus Ziegel und Stein, dazwischen mittlerweile auch Neubauten. In den letzten Jahren war die Einwohnerzahl auf mehr als hunderttausend angestiegen.

Dan fuhr rechts ran und suchte mit dem Handy nach einem Blumenladen, aber auch hier wieder nur halb mit den Gedanken dabei, denn eigentlich musste er immer wieder an die Dokumente hinten im Wagen denken. Die Gründungspapiere all dieser GmbHs waren von der Anwaltskanzlei Metzger hier in der Stadt ausgearbeitet worden und Zack Metzger hatte nicht auf seinen Anruf reagiert.

Dan versuchte es noch einmal unter der Nummer, die er im Handy gespeichert hatte, landete aber wieder nur bei der Mailbox. Noch eine Nachricht mochte er nicht hinterlassen, stattdessen suchte er mithilfe des Handys Metzgers Adresse heraus. Die gab er in sein GPS ein und stellte fest, dass er sich nur fünf Minuten von der Kanzlei entfernt befand. Er warf einen Blick auf die Uhr. Falls dieser Metzger nicht die Arbeitszeiten eines Bankiers einhielt, dürfte er gerade so eben noch im Büro anzutreffen sein. Und wenn nicht, hatte Dan nur ein paar Minuten Fahrtzeit verschwendet.

Er wollte sich schon wieder in den Verkehr einfädeln, als ihm noch etwas einfiel und er »Anwalt Zack Metzger« in die Suchmaschine seines Handys eingab. Online fand er die Biografie dieses Mannes, den er aufgrund der öffentlich zugänglichen Daten auf Ende vierzig, Anfang fünfzig schätzte. Metzger arbeitete seit sechzehn Jahren als Anwalt. Das Rechtswesen schien also nicht sein erster Beruf zu sein. Metzger hatte seinen Abschluss an einer juristischen Fakultät im Staat Washington gemacht, die nicht in Zusammenhang mit einer der Universitäten dieses Staates stand. Dan hatte noch nie von dieser Bildungseinrichtung gehört, aber in Washington konnte man auch dann als Anwalt praktizieren, wenn man sein Examen an einer nicht anerkannten Uni abgelegt hatte, vorausgesetzt, man bestand die Zulassungsprüfung zur Anwaltschaft. Metzgers Lebenslauf ließ auf eine neunjährige Pause zwischen dem Abschluss an der juristischen Fakultät und seiner Vereidigung als Anwalt schließen, was oft bedeutete, dass jemand bei der Zulassungsprüfung des Staates Washington durchgefallen war. In diesem Fall vielleicht sogar neun Mal.

Dan folgte den Anweisungen seines Navis zu Metzgers Adresse in der Meridian Street, wo er allerdings den Eintrag noch zweimal überprüfte, denn ein Anwaltsbüro konnte er hier nicht entdecken. Wohl aber einen asiatischen Supermarkt. Er parkte sein Auto und stieg aus, stellte sich beim Überqueren der Straße dem Wind, der in eiskalten Böen durch die Stadt fegte. Am Supermarkt selbst war keine Adresse angebracht, dafür entdeckte er dort gleich neben dem Schaufenster eine Glastür. Glöckchen klingelten leise, als er sie aufzog. Er stieg eine enge Treppe hoch, die ein wenig seltsam wirkte, als sei hier ein Erdbeben am Werk gewesen. Es roch nach Schimmel.

Auf dem Treppenabsatz stieß er auf eine geschlossene Tür, an der ein gelber Notizzettel klebte: Bin gegenüber bei O'Halloran.

Die Notiz stammte vom 17. November und der Zettel hatte sich bestimmt nicht all die Monate an der Tür gehalten. Metzger praktizierte hier entweder nicht mehr, oder bei O'Halloran gab es täglich eine Happy Hour und der Anwalt recycelte seine Notizzettel.

Dan stieg die Treppe wieder hinunter und stemmte sich gegen die Haustür, die es ihm nicht leicht machte, weil von außen eine Böe dagegenhielt. Auf der von kahlen Bäumen gesäumten Straße sah er sich um, bis er nicht weit entfernt ein rotes Backsteingebäude entdeckte, aus dem seitlich ein Schild mit grünen Kleeblättern und einem Kobold ragte. Das musste es sein.

O'Hallorans grüne Tür wirkte oft und schlecht gestrichen. Unter der abblätternden obersten Lackschicht konnte man mühelos so manche andere Farbe erkennen. Dan stieß die Tür auf. Drinnen war es so düster wie beim Morgengrauen und es dauerte einen Moment, bis seine Augen sich daran gewöhnt hatten. Die Kneipe roch wie damals im Haus seiner Studentenverbindung, nach gebratenem Essen und Bier, und sie war winzig. Sie als Loch zu bezeichnen wäre übertrieben, so klein war kein Loch, mehr als zwanzig Quadratmeter waren das hier bestimmt nicht. Drei Männer saßen am Tresen, zwei weitere standen in einer Ecke und unterhielten sich. Keiner ähnelte Zack Metzgers Foto im Internet. Dan suchte die wenigen Tische ab, alle voll leerer Bierflaschen und roter Plastikkörbchen, in denen hier wohl das Essen serviert wurde.

Zack Metzger saß an einem Tisch fast ganz hinten und war an der vor ihm liegenden Akte zu erkennen, in die er sich mit gesenktem Kopf vertieft hatte. Neben der Akte stand eins dieser Plastikkörbchen, darin ein halb gegessener Hamburger und ein paar Pommes frites mit einem Klacks Ketchup darauf.

»Mr Metzger?«

Der Anwalt sah auf. »Ja? Wer sind Sie?« Er hatte lockiges, grau meliertes Haar, das sich schon lichtete, einen Fünf-Uhr-Schatten und er trug Hemd und Krawatte. Die Krawatte hatte er gelockert und den obersten Hemdknopf geöffnet.

Dan streckte ihm die Hand hin. »Dan O'Leary.«

Metzger gab ihm einen kurzen Händedruck. Seine Hand war klein und weich, ums Handgelenk trug er ein geflochtenes goldenes Armband. Dans Name schien ihm nicht gleich bekannt vorzukommen, er brauchte ein, zwei Sekunden, bevor er stutzte. »O'Leary?« Rasch sah er den Stapel rosa Notizzettel neben der Akte durch, bis er gefunden hatte, wonach er suchte. »Ich dachte doch, den Namen kennst du.« Er hielt den Zettel hoch. »Tut mir leid. Die Handschrift meiner Empfangsdame ist furchtbar. Bis auf Ihren Namen kann ich kein Wort von dem lesen, was sie geschrieben hat.« Grinsend knüllte er den Zettel zusammen und warf damit nach einer zwei Meter entfernt stehenden Dose. Wobei er nicht traf. »Womit kann ich Ihnen helfen?«

»Darf ich mich setzen?« Dan deutete auf einen Stuhl.

»Ist ein freies Land. Nehmen Sie sich den Stuhl. Geht es um eine Strafsache oder Zivilrecht?«

Dan lächelte. »Ich bin ein Anwalt aus Seattle.«

»Ein Anwalt! Mist, das sollten die hier aber feiern! Zwei Anwälte zur selben Zeit, das dürfte noch nie passiert sein.«

Eine Frau kam an den Tisch, in Jeans und ärmellosem rosa Top, dazu ein Gesicht, das auf ein hartes Leben schließen ließ. »Möchten Sie was?«, fragte sie Dan.

Dan warf einen Blick auf Metzgers Glas mit der karamellfarbenen Flüssigkeit und dem schmelzenden Eis. Er fragte sich, wie viele Gläser der Mann wohl schon geleert hatte. »Darf ich Ihnen einen Drink spendieren?«

»Klar doch. Cola.«

Dan unterdrückte ein Lächeln. »Zwei bitte.«

Einer der anderen Gäste ging zur Musikbox und fütterte sie mit Münzen, las sich die Auswahl an Musikstücken durch. Metzger fragte: »Und was bringt Sie ganz bis nach Bellingham, Mr O'Leary?«

»Nennen Sie mich bitte Dan.«

»Klar doch, Dan.«

»Ich habe eine Kanzlei in Seattle, aber ursprünglich stamme ich aus Cedar Grove und dort habe ich kürzlich einen Fall übernommen.«

»Ach ja? Und ich bin die Gegenseite?«

»Nein. Nicht direkt. Ich repräsentiere den ehemaligen Besitzer von Kaufman's Mercantile Store in der Market Street.«

»Die Market Street ist mir ein Begriff. Den Namen Kaufman habe ich noch nie gehört.«

Die Kellnerin kam mit den beiden Getränken zurück. »Das macht drei fünfzig.« Eine Rechnung schien sie nicht vorlegen zu wollen und sie mochte mit der Bezahlung wohl auch nicht warten, bis die Gäste sich zum Gehen anschickten. Dan langte nach seiner Brieftasche.

»Schreib es auf meinen Zettel«, bat Metzger die Frau. »Solange wir nicht auf unterschiedlichen Seiten stehen.«

»Stehen wir nicht.« Die Musikbox spielte einen Country Song und der Mann, der die Auswahl getroffen hatte, kehrte auf seinen Barhocker zurück. »Danke für die Cola.« Dan trank einen Schluck. »Ich verklage die Stadt, den Bürgermeister und den Stadtrat.«

»Sagen Sie mir jetzt bitte, dass Sie einen Anwalt vor Ort brauchen und die Sache lukrativ wird.« Metzger lächelte.

»Momentan sitze ich allein an dem Fall.«

»Schade auch.«

»Wie gut kennen Sie Cedar Grove?«

»War nie da, aber ich habe ein paarmal für einige Geschäfte da oben gearbeitet. Sie modernisieren die Innenstadt, wollen sie wiederbeleben.«

»Sie haben für alle diese Läden die GmbH-Verträge zur Ladengründung aufgesetzt. Deswegen mein Anruf.«

»Muss ja wichtig sein, wenn Sie mich extra hier aufstöbern.«

»Ich bin gerade auf dem Weg nach Cedar Grove und dachte, ich schau schnell bei Ihnen im Büro vorbei. Da habe ich den Zettel entdeckt.«

»Hätten Sie mein Büro von innen gesehen, dann wüssten Sie, warum ich lieber hier sitze. Was möchten Sie wissen?«

»Wie kommt es, dass alle diese Leute Sie engagiert haben? Die GmbHs haben jeweils andere Gesellschafter. Ich gehe also davon aus, dass es auch unterschiedliche Körperschaften sind, oder irre ich mich da?«

»Nein, Sie haben recht. Für mich war es ein Geschenk des Himmels, diese Sache in Cedar Grove. Ich habe den ersten Vertrag aufgesetzt, für eine Bäckerei, und danach kam ein Auftrag nach dem anderen in dieselbe Richtung.«

»Die Bäckerei hatte Sie weiterempfohlen?«

»Keine Ahnung.«

»Haben Sie nicht gefragt?«

»Und einem geschenkten Gaul ins Maul geschaut? Wie komme ich denn dazu? Ich habe mich über die Arbeit gefreut.«

»Sie haben sich nie erkundigt, wer Sie empfohlen hat?«

»Ich weiß, wer die Leute an mich verwiesen hat. Das war die Stadt.«

Dan horchte auf. »Die Stadt? Wissen Sie noch, wer?«

»Nein, aber …« Metzger setzte sich zurück, die Brauen fragend zusammengezogen, einen wachsamen Ausdruck im Gesicht. »Vielleicht erklären Sie mir erst mal, worum es in Ihrem Fall geht. Nicht, dass ich mir hier noch selbst ins Knie schieße.«

Dan erklärte es ihm. »Jetzt versuche ich, die Gesellschafter dieser GmbHs zu finden«, schloss er. »Ich möchte sie fragen, was ihnen der Bürgermeister und die Stadträte so alles versprochen haben. Und da kam es mir einfach ein bisschen zu sauber und ordentlich vor, dass sich all diese neuen Geschäfte bei der Gründung an denselben Anwalt gewandt hatten. Nicht, dass ich etwas dagegen hätte …«

»Wer genau die Leute an mich verwiesen hat, weiß ich nicht mehr, aber der Name steht in den Akten in meinem Büro. Machen wir einen Deal: Wenn Sie einen dieser Geschäftsinhaber unter Eid aussagen lassen wollen, geben Sie ihm meine Karte und sagen, ich stünde gern zur Verfügung.«

Das würde Dan bestimmt nicht tun, aber er nickte. »Okay.«

Metzger winkte die Kellnerin heran und bat um die Rechnung. »Gehen wir in mein Büro. Ich muss Sie allerdings warnen: Falls Sie diese Kneipe schon klein finden, es geht noch kleiner.«

Metzger hatte nicht übertrieben. Sein Büro erinnerte von der Größe her eher an eine Abstellkammer und Dan war froh, nicht unter Klaustrophobie zu leiden. »Jetzt verstehen Sie, warum ich lieber nach gegenüber oder in ein Café gehe, oder?«, meinte Metzger. »Und Sie fragen sich wahrscheinlich, wieso ich überhaupt noch in diesem Loch hause. Das erkläre ich Ihnen gern. Ich zahle hier zweihundert Dollar Miete im Monat und habe sechs Kinder. Zwei gehen auf die Western, drei auf Privatschulen, das jüngste auf eine private Grundschule. Schulgeld. Ich denke praktisch an nichts anderes mehr.« Metzger musterte seinen überladenen, unordentlichen Schreibtisch und die ebenso überladene Ablage dahinter und entdeckte das Gesuchte auf dem breiten Fensterbrett über dem altmodischen Heizkörper.

»Da wären sie.« Metzger nahm die Akten mit an den Schreibtisch, deponierte sie auf einem Stapel juristischer Bücher und Dokumente, schlug die oberste auf und wurde rasch fündig. »Hier. Ein witziger Name, jetzt erinnere ich mich wieder.«

Er drehte die Akte so, dass Dan den Namen auf dem Nachrichtenzettel lesen konnte, der an einer der Seiten haftete.

Sunnie Witherspoon.

Kapitel 22

Tracy beendete den Anruf und ließ ihr Handy sinken. »Keine Antwort.« Nach dem Besuch bei den Johansens hatte sie mehrmals vergeblich versucht, Pete Adams zu erreichen, den ehemaligen Besitzer der Kneipe, in der Jason Mathews so gern getrunken hatte.

»Wie weit ist dieses Silver Spoons denn?«, wollte Faz wissen.

»Silver Spurs?«, sagte Tracy. »Ungefähr fünfzehn Minuten.«

»Lass uns vorbeifahren. Gib mir den Namen von dem Typen, dann telefoniere ich unterwegs ein bisschen rum. Vielleicht tut uns ja wer den Gefallen und schaut sich mal die Grundbucheinträge im Raum Phoenix an.«

Tracy nahm die Landstraße Richtung Silver Spurs. Der Wind war schärfer geworden, Vorbote des angekündigten Schneesturms. Sie fanden das Haus von Pete Adams genauso verlassen vor wie am Vortag.

Faz bedankte sich gerade bei Kinsington Rowe, einem anderen Mitglied ihres A-Teams in Seattle, mit dem er kurz telefoniert hatte. »Mir geht es prima. Ich hoffe, ich kann bald wieder arbeiten, aber erst mal müssen die Ärzte ihr Okay geben. Mach ich!« Er beendete den Anruf und reichte Tracy einen Zettel aus seinem Notizblock. »Kins lässt grüßen. Pete Adams hat in der Gegend von Scottsdale ein Haus gekauft.«

»Hast du auch eine Telefonnummer?«

»Nicht eingetragen. Wahrscheinlich ist es besser, wir gehen persönlich vorbei. Mal sehen, was der Typ noch weiß.«

»Das dürfte ein Problem werden.« Tracy seufzte. »Oder willst du Daniella den Hungertod sterben lassen?«

»Verstehe.« Faz runzelte die Stirn. »Okay. *Ich* fliege hin.«

»Was? Nein, so war das nicht gemeint, Faz. Das kann ich nicht von dir verlangen.«

»Arizona im Februar? Eine echt harte Nummer. Jeden Tag zwanzig Grad und mehr, aber ich werde es tapfer ertragen. Meinst du, Dan leiht mir seine Golfschläger?«

Tracy grinste. Sie wusste, Faz wollte genauso wenig nach Arizona fliegen wie sie. »Ich frage Chief Calloway, vielleicht kann der jemanden entbehren.«

»Im Ernst, Tracy, warmes Wetter und ich, das passt gut zusammen. Mit dem Schnee hier oben, damit komme ich nicht klar.«

»Du bist in New Jersey aufgewachsen, Faz.«

»Ja, aber das ist jetzt vierzig Kilo her. Damals bin ich auf dem Schnee gewandelt wie weiland Jesus auf dem Wasser. Jetzt versinke ich bis zur Taille darin.«

Tracy lachte. »Dann frage ich in Seattle nach, ob sie uns die Kostenübernahme bewilligen, auch wenn sie ja schlimme Geizhälse sind. Können wir noch rasch eine Sache erledigen, bevor wir nach Hause fahren?«

Faz warf einen Blick aus dem Fenster. »Aber wirklich nur eine. Mehr erlaubt uns das Wetter nicht.«

Zwanzig Minuten später verließ Tracy die Landstraße und lenkte ihren Wagen durch die Straßen von Cedar Grove bis zu der ausgebrannten Ruine, die einmal Finlay Armstrongs Heim gewesen war. Teile des Hauses standen noch, die verkohlten Überreste ein scharfer Kontrast zum weißen Schnee. In der Einfahrt parkte der blaue Chevy Pick-up mit Finlay hinter dem

Steuer, der Tracy einen kurzen Blick zuwarf, als sie neben ihm hielt. Dann schüttelte er den Kopf und wischte sich verstohlen über die Augen.

Als Faz und Tracy ausstiegen, tat Finlay es ihnen nach und sie trafen sich an der Kühlerhaube des Chevy. Finlay trug Jeans und eine gefütterte Jacke, dazu eine Baseballmütze der Mariners, die er sich tief in die Stirn gezogen hatte.

»Hallo, Tracy.«

Tracy stellte die Männer einander vor, wobei beide die Hände nur widerstrebend aus den Hosentaschen zogen, um sie nach kurzem Händedruck gleich wieder verschwinden zu lassen.

»Was machst du hier?«, wollte Tracy wissen.

Finlay zuckte die Achseln. »Weiß ich selbst nicht so genau. Im Hotel hocken ging einfach nicht mehr. Ich dreh noch durch, Tracy.«

»Das tut mir wirklich leid.«

»Mein Beileid zum Tod Ihrer Frau«, sagte Faz. »Mir ist auch einmal ein Haus abgebrannt. Das fühlt sich an, als hätte man seine Vergangenheit verloren.«

»Da haben Sie recht, genauso fühlt es sich an.« Finlay wandte sich an Tracy. »Und ihr? Was macht ihr hier?«

»Ich wollte mich einfach nur umsehen, das hatte ich bis jetzt noch nicht getan.«

»Bist du denn irgendwie weitergekommen? Weißt du schon mehr darüber, wie alles zusammenhängt?«

Sie schüttelte den Kopf.

»Ich habe gehört, dass gestern Abend jemand auf dich geschossen hat und die Polizei bei dir zu Hause war.«

»Wo hast du das gehört?«

»Ich war in der Apotheke, mein Arzt hat mir Antidepressiva verschrieben. Ein paar Leute redeten darüber. Stimmt es denn?«

Wieder antwortete Tracy nicht.

Finlay seufzte. »Okay, verstehe. Ich wollte sowieso gerade weiter.« Er stieg in seinen Pick-up, fuhr rückwärts aus der Einfahrt und verschwand, ohne zum Abschied noch einmal zu winken.

»Der Typ ist ganz schön fertig«, stellte Faz fest.

Tracy sah ihn an. »Ist dir wirklich mal ein Haus abgebrannt?«

»Ja. Vera und ich waren frisch verheiratet und hatten in Green Lake ein Haus gemietet. Kabelbrand, total marode Leitungen. Glücklicherweise waren wir beide arbeiten und wir hatten auch noch nicht viel zu verlieren. Es war trotzdem niederschmetternd. So ein Hausbrand raubt einem die Vergangenheit. Allein die Fotoalben, die kriegt man nie wieder. Es ist ein bisschen so, als hätte man nie existiert.«

Tracy hatte Roy Calloway nicht gefragt, ob Finlay in seine Aufstellung verlorenen Eigentums Fotoalben aufgelistet hatte. Wenn Versicherungsgesellschaften zu entscheiden hatten, ob ein Brand ihrer Meinung nach von den Hausbesitzern selbst gelegt worden war, spielten gerettete Fotoalben und Haustiere eine wichtige Rolle.

»Was machen wir also hier – außer uns den Arsch abzufrieren?«, fragte Faz.

Tracy ging über den Rasen auf das Haus zu. Unter ihren Füßen knirschte es, denn der Frost hatte die oberste Schneeschicht gefrieren lassen. »Laut Polizeibericht hat die Nachbarin von gegenüber am Tag des Feuers gesehen, dass in der Zeit zwischen zwölf und ein Uhr mittags Finlays Streifenwagen in der Einfahrt stand.«

»Gibt Finlay das zu?«

»Ja. Er sagt, er war zum Mittagessen zu Hause. Diese Nachbarin ist das reine Überwachungssystem. Sonst standen an diesem Nachmittag keine Autos in der Einfahrt, gibt sie an. Bis auf Kimberlys Toyota.«

»Hat sie Kimberly noch einmal gesehen, nachdem Finlay fort war?«

»Nein.«

»Irgendwelche anderen Besucher?«

»Sie hat keine gesehen.«

»Was daran liegen könnte, dass niemand kam.«

»Finlay glaubt, dass der Mörder von hinten ins Haus kam, um eben nicht gesehen zu werden. Ich wollte nachschauen, ob das möglich ist. Komm mit.« Sie gingen hinter die verkohlte Ruine, wo kein Zaun die Grundstücksgrenze markierte. Der verschneite Rasen reichte bis zu einem kleinen Baumbestand, und als sie den durchquert hatten, kamen sie einen Block weiter an der nächsten Straße raus. »Finlay könnte recht haben. Der Mörder könnte hier gehalten haben und durch das kleine Waldstück gegangen sein.« Ihr Blick folgte der Straße bis dorthin, wo die Bebauung endete. »Er könnte sein Auto dort hinten abgestellt haben, wo man es nicht sah, und sich im Schutz der Bäume angeschlichen haben.«

»Das wäre dann jemand, der die Gegend kennt und sich alles vorher zurechtgelegt hat.«

»Genau wie die Person, die über die öffentliche Zuwegung an meinen hinteren Zaun geschlichen ist.«

»Die Polizei dürfte sich hier gründlich umgesehen haben. Wurden auch die Nachbarn da hinten befragt?«

»Wurden sie und niemand hat irgendwen gesehen.«

»Es wurde niemand gesehen oder es wurde niemand gesehen, der hier nicht hergehört? Ist nicht dasselbe. Leute, die man in der Gegend zu sehen gewohnt ist, fallen einem bei solchen Fragen manchmal gar nicht ein.«

»Sie haben niemanden gesehen.« Tracy schüttelte den Kopf. »So steht es zumindest im Polizeibericht. Ich weiß nicht recht, wie ich jetzt weitermachen soll, Faz.«

»Vielleicht sollten wir noch einmal mit den Nachbarn reden, prüfen, ob ihnen inzwischen irgendwas eingefallen ist.«
»Vielleicht.«
Er sah sich um. »Hey, ist aber eigentlich kein schlechter erster Tag. Wir hatten schon schlechtere. Lass uns nach Hause fahren, auftauen und du kannst die Kleine füttern. Danach quatschen wir alles durch, fassen zusammen, was du herausgefunden hast, und besprechen, wie wir am besten weiter vorgehen. Und wir rufen im Büro an, dass die mich irgendwie nach Phoenix befördern.«

Kapitel 23

Dan verließ Bellingham in östlicher Richtung auf dem Mount Baker Highway, dem aufziehenden Schneesturm immer nur eine Nasenlänge voraus, wenn man nach dem stetig dunkler werdenden Himmel gehen wollte. Der Wind hatte noch einmal zugelegt, inzwischen wackelte bei manchen Böen sogar schon das Auto. Leichter Schneefall hatte eingesetzt, der zweifellos dichter werden würde, je weiter die Temperatur in den Keller stürzte. Dan hatte sein Hörbuch gar nicht erst wieder eingeschaltet. Ihm gingen so viele Fragen durch den Kopf, dass er sich ohnehin nur schwer konzentrieren konnte.

Zack Metzger und er waren die Unterlagen zur Gründung der diversen Firmen gemeinsam durchgegangen und hatten pro GmbH die Namen zweier Gesellschafter gefunden, nicht aber deren Adressen oder Telefonnummern. Metzger sagte, er habe die Leute nie getroffen, Sunnie Witherspoon sei seine einzige Kontaktperson zu den Betriebsgründern gewesen. Er hatte außerdem angegeben, nie zur Beurteilung weiterer Abmachungen zwischen Cedar Grove und den unter seiner Mitwirkung gegründeten GmbHs gebeten worden zu sein. Die Käufer hatten also beim Kauf selbst entweder ohne Anwalt gehandelt oder sich dafür einen anderen Anwalt genommen. Was allerdings weitere Fragen aufwarf. Wenn die Käufer eigene

Anwälte hatten, warum hatten sie dann vorher Metzger angeheuert? Und wenn sie keinen Anwalt hatten, warum hatten sie dann nicht einfach Metzger gebeten, auch den Kaufvertrag zu begutachten? Brauchte man dazu überhaupt einen Anwalt? Laut Larry Kaufman hatte die Stadt die Ladengeschäfte für nur einen Dollar an die neuen Besitzer verkauft. So stand es auch in den Antworten der Stadt Cedar Grove auf die von Dan schriftlich gestellten Fragen. Die Käufer hatten sich verpflichtet, die von ihnen erworbenen Gebäude den aktuellen Bauvorschriften entsprechend zu sanieren. Die Deals seien für beide Seiten von Vorteil, hatte der *Towne Crier* in diesem Zusammenhang Bürgermeister Gary Witherspoon zitiert. Cedar Grove hatte Interessenten für einige Geschäfte in der Innenstadt gefunden und diese Interessenten könnten das sonst zum Ankauf einer Immobile erforderliche Geld in den Umbau stecken, den Bestimmungen der Bauordnung Genüge tragen und dabei auch gleich noch die Market Street verjüngen.

Sunnie arbeitete für Rav Patel. Vielleicht war es irgendwie sogar logisch, dass sie die Dokumente zwischen den beteiligten Parteien hin und her geschoben hatte. Patel dürfte bei der ganzen Sache die Stadt vertreten haben, weswegen er nicht direkt mit den anderen Beteiligten kommunizieren durfte, weil das einem Interessenskonflikt gleichgekommen wäre. Kein Problem wäre der Kontakt zu Metzger gewesen, aber Metzger erinnerte sich nicht an Patels Namen. Dan hatte sich vor dem Verlassen seines Büros in Seattle noch einmal die Verträge angesehen, die ihm von der Stadt überlassen worden waren. Sie waren von den Gesellschaftern der jeweiligen GmbHs unterzeichnet, aber Briefe von Anwälten, die die Käufer vertraten, lagen ihm nicht vor.

Auch das schien seltsam.

War es sinnvoll, Patel gleich mit dem nächsten Antrag im Rahmen der Ausforschung zu kommen und die Wohnanschriften sowie Telefonnummern sämtlicher beteiligter Gesellschafter zu erfragen? Andererseits konnte Dan unmöglich dreißig Tage bis zur nächsten Anhörung vor Gericht warten. Es schadete sicherlich nicht, einfach mal zu fragen.

Kurz vor der Abfahrt zur Landstraße hielt Dan an einer Tankstelle, um den Tahoe vollzutanken. Er zückte sein Handy und rief Rav Patel an. Sunnie Witherspoon ging dran. Normalerweise hätte sich Dan lieber Nadeln in die Augen gestochen, als sich auf eine längere Unterhaltung mit Sunnie einzulassen, aber in diesem Fall und unter diesen Umständen sah das ein bisschen anders aus.

»Hallo, Sunnie, hier spricht Dan O'Leary.«

»Dan O'Leary!«, zwitscherte Sunnies muntere Stimme. »Es tut mir leid, aber Rav nimmt einen Termin außer Haus wahr. Frag mich jetzt nicht, wo. Er sagt mir nie etwas.«

»Vielleicht kannst du mir ja weiterhelfen, Sunnie. Ich versuche die Telefonnummern und Adressen der Leute herauszufinden, die die Geschäfte in der Market Street gekauft haben. Das gehört zu dem Ausforschungsbeweis.«

»Ich fürchte, das ist alles eine Nummer zu hoch für mich, Dan. Soll Rav dich morgen zurückrufen?«

Dan mochte Sunnie nicht weiter drängen und sie auch nicht allzu genau wissen lassen, wie viel er bereits herausgefunden hatte. Bestimmt reichte sie das umgehend an Patel weiter und der konnte sich irgendeine ausweichende Antwort aus den Fingern saugen, für die Dan nun wirklich keine Zeit hatte. Wenn Sunnie als Verbindungsfrau der Stadt fungierte, kannte sie auf jeden Fall Adressen und Telefonnummern der Käufer. Die Zapfsäule signalisierte, dass der Tank voll war, und Dan stieg aus, um den Zapfhahn wieder einzuhängen, während er gleichzeitig das Gespräch mit Sunnie fortsetzte.

»Das kannst du ihm ausrichten, Sunnie, aber vielleicht sollte ich vorher ein bisschen genauer werden. Ich komme gerade aus Zack Metzgers Kanzlei in Bellingham. Ich glaube, du kennst Mr Metzger?«

Sunnie blieb stumm, was wirklich selten vorkam.

»Wie du weißt, hat Mr Metzger für alle Käufer in der Market Street die Gesellschafterverträge der GmbHs aufgesetzt. Das kommt mir seltsam vor. Nur ein Anwalt für alle Käufer?«

»Ich kenne Metzger und ich weiß, dass die Käufer alle mit ihm gearbeitet haben.« Sunnies Eingeständnis überraschte Dan.

»Ach ja?«

»Natürlich. Einer der Käufer brauchte einen Anwalt, frag mich jetzt nicht, welcher, und bat Rav um eine Empfehlung. Rav hat das mir übertragen. Ich kannte keine Anwälte, jedenfalls nicht in Cedar Grove, aber ich fand Mr Metzger online. Ich nehme an, der Käufer war zufrieden und hat ihn an die anderen weiterempfohlen.«

»Ja, so könnte es gewesen sein.« Dan rutschte hinter das Steuer und startete den Wagen. »Nur dass Mr Metzger sagt, er habe nie irgendeinen der Käufer kennengelernt oder mit ihnen gesprochen. Er sagte, alles kam von dir, du hättest als Verbindungsfrau zwischen der Stadt und den jeweiligen Käufern fungiert.«

Auch diesmal antwortete Sunnie nicht sofort.

»Sunnie? Bist du noch dran?«

»Ja, ich bin noch dran. Ich fürchte, Mr Metzger hat mir da viel mehr Verantwortung zugesprochen, als ich wirklich hatte, Dan. Wenn ich hier wirklich so zentral wäre, müsste ich Rav ja um eine Gehaltserhöhung bitten!«

Dan verließ die Tankstelle und steuerte die Landstraße an, wartete auf eine Lücke im Verkehr, um sich einfädeln zu können. »Was mich interessieren würde, falls du … wie soll ich sagen: Papierkram von hier nach da geleitet hast, kennst du die Adressen und Telefonnummern der Käufer. Richter Harvey hat

Kooperation angeordnet, da gehe ich doch davon aus, dass die Stadt bereit ist, mir diese Informationen zukommen zu lassen.«

»Das kann ich nicht entscheiden, Dan. Das muss Rav anordnen.«

»Okay. Na ja, ich dachte einfach, ich versuche es mal.«

»Du willst dir doch nicht etwa aufgrund unserer alten Freundschaft Vorteile verschaffen?«

»Natürlich nicht.« Dan konnte sich einfädeln und fuhr jetzt auf der Landstraße. »Sagst du Rav, welche Informationen ich brauche und dass ich hoffe, die Stadt stellt sie mir freiwillig zur Verfügung?«

»Das mache ich, Dan.«

»Vielen Dank. Und weil Richter Harvey uns an so kurzer Leine hält, kannst du Rav auch sagen, ich hätte gern bis morgen zwölf Uhr mittags einen positiven Bescheid von ihm. Wenn nicht, werde ich versuchen, die Information einseitig zu erzwingen.«

»Rav ist morgen früh bei Gericht in Bellingham, Dan.«

»Dann hat er es ja nicht weit, falls wir uns vor Gericht darum streiten müssen. Anträge seitens einer Partei werden um fünfzehn Uhr angehört. Allerdings brauche ich etwas Zeit, meinen Antrag einzureichen und Rav zu informieren. Wenn du mir die Antwort also gleich morgen früh zukommen lassen könntest, wüsste ich das zu schätzen.«

»Ich lasse es ihn wissen, Dan.«

»Danke. Ach ja, noch eine Sache.«

»Was denn?«

»Sag doch Rav bitte auch, wenn ich die Information erzwingen muss, werde ich das Gericht außerdem um Erlaubnis bitten, dich unter Eid zu befragen. Kannst du ihm das ausrichten? Sunnie?«

Dan hörte das Freizeichen. Am Sturm lag das bestimmt nicht. Ein zufriedenes Lächeln machte sich auf seinem Gesicht breit. Wie sehr er seinen Job doch liebte.

* * *

Als Tracy in die Küche kam, saß Faz auf einem der Barhocker am Tresen und sah Vera beim Kochen zu.

»Vera! Ich habe doch gesagt, nach siebzehn Uhr wird nicht mehr gearbeitet!« Tracy war oben gewesen und hatte sich um Daniella gekümmert, die nach Auskunft ihrer Patentante den ganzen Tag über der reine Engel gewesen war. Sie hatte ein Weilchen auf dem Bauch gelegen und konnte inzwischen das Köpfchen heben, hatte Vera zu berichten gewusst. Sie waren auch draußen gewesen und hatten in Begleitung der Polizistin, die das Haus bewachte, einen Spaziergang gemacht.

»Arbeiten?« Vera lachte. »Ich koche, Tracy. Das ist meine Leidenschaft.«

»Egal. Setz dich und trink ein Glas Wein.«

»Mir schmeckt der Wein auch beim Kochen.« Zum Beweis hob Vera das Glas, das sie neben sich stehen hatte.

»Ich würde dich ja unterstützen, Tracy«, warf Faz ein. »Es ist bloß zwecklos. Wie bin ich wohl so dick geworden?«

»Die Soße war so gut wie fertig«, verteidigte sich Vera. »Sehr lecker. Hast du die gekocht, Tracy?«

»Nein, die irische Nanny.«

»Irisch?« Veras Brauen gingen in die Höhe. »Interessant. Sie kennt sich auf jeden Fall aus. Noch einen Schluck Rotwein, noch eine Knoblauchzehe, und das Essen ist perfekt. Vic sagt, ihr zwei habt vorher noch ein, zwei Sachen zu besprechen? Macht das ruhig, die Soße sollte noch ein bisschen köcheln.«

»Setz dich, Tracy«, befahl Faz. »Wir gehen durch, was wir haben, dann können wir in Ruhe essen.«

Tracy setzte sich mit einem Glas Eiswasser auf den Hocker neben Faz und zückte Notizblock und Kuli. »Okay.« Sie schlug eine neue Seite auf. »Wir wissen, dass Heather Johansen in der siebten oder achten Woche schwanger war, als sie ermordet wurde. So steht es im Bericht des Rechtsmediziners. Das bedeutet eine Empfängnis um Weihnachten herum. Wir wissen, dass Heather am Heiligabend auf Ed Witherspoons Weihnachtsparty war. Wir wissen, dass ihre Eltern auch auf dieser Party waren, aber relativ früh gingen, weil sie noch auf das Fest bei meinen Eltern wollten. Wir wissen, dass Heather blieb, weil sie für Ed arbeitete und sich mit ihm gut stellen wollte, um den Job zu behalten.«

Tracy trank einen Schluck Wasser.

»Wir wissen, dass Heather kein eigenes Auto hatte«, fuhr sie fort. »Jemand musste sie also nach der Weihnachtsfeier nach Hause bringen. Wobei die Johansens sagen, sie wissen nicht, wie ihre Tochter nach Hause kam, während Ed sich nicht mehr daran erinnert.«

»Wir vermuten jetzt, dass die Person, die Heather nach Hause fuhr, sie auch schwängerte«, ergänzte Faz. »Natürlich wissen wir das nicht genau. Heather hätte auch an einem anderen Tag und an einem anderen Ort geschwängert worden sein können.«

»Okay, das ist mein Stichwort!«, meldete sich Vera. »Ich geh nach nebenan und lese ein bisschen.« Ihre dritte Leidenschaft neben Kochen und Gärtnern waren Bücher. »Die Soße sollte noch fünfzehn Minuten auf dem Herd bleiben.« Sie holte sich ihr Buch vom Küchentresen und verschwand im Wohnzimmer.

»Ja, Heather könnte auch woanders schwanger geworden sein«, stimmte Tracy zu. »Nur wussten weder die Johansens noch Heathers beste Freundin etwas von einer Beziehung, nachdem das mit Finlay auseinandergegangen war.«

»Könnte eine einmalige Sache gewesen sein, ein One-Night-Stand. Wie nennen die das heute? Kurze Affäre?«

»Möglicherweise, aber Cedar Grove ist klein und du hast bestimmt schon mitgekriegt, wie schlecht sich ein Geheimnis hier wahren lässt. Spielen wir das mal durch.« Tracy tippte mit dem Kuli auf den Notizblock, auf den sie ganz oben »Fahrer?« geschrieben hatte. »Wer kann sie gefahren haben, wenn es nicht Barbara war?«

»Ed Witherspoon«, meinte Faz.

»Oder sein Sohn Gary.«

»Schreib auch den Ex auf, wenn wir schon alle Möglichkeiten sammeln. Vielleicht hat er das Mädchen immer noch gestalkt und sie überredet, sich von ihm nach Hause fahren zu lassen.«

Tracy setzte Finlays Namen auf die Liste.

»Sonst noch wer?«, wollte Faz wissen.

»Darüber müsste ich nachdenken. So auf Anhieb fällt mir nicht ein, wer sonst noch auf jeden Fall auf der Party gewesen sein müsste. Da kommen ja vor allem Leute infrage, die enger mit Ed und Barbara befreundet sind.« Tracys Blick wanderte immer wieder zum Kalender an der Küchenwand.

»Was?«, wollte Faz wissen.

»Heather wurde ungefähr um diese Zeit ermordet, in zwei Tagen jährt sich ihr Todestag. Es ist jetzt sechsundzwanzig Jahre her.«

»Schlimm, wenn so ein junger Mensch stirbt«, sagte Faz leise.

Tracy holte tief Luft. »Okay, lass uns weitermachen.« Minutiös gingen sie durch, was sie wussten und was sie nur vermuteten, schrieben jedes Detail auf.

Sie sprachen auch über Erics Aussage, Mathews habe Ingrid und ihm vorgeschlagen, mithilfe der Information über Heathers Schwangerschaft in Wespennester zu stechen, um so vielleicht herauszufinden, wer ihre Tochter geschwängert haben könnte.

»Wir wissen, dass Mathews versucht hat, auf diese Weise an Geld zu kommen«, sagte Tracy. »Und dass er darüber geredet hat.«

»Noch ist das reine Spekulation.« Faz deutete mahnend auf Tracys Notizblock.

»Keine reine! Wir wissen, dass er es Finlay erzählt hat.«

»Stimmt. Aber wir wissen nicht, ob er versucht hat, die Info zu versilbern.«

»Nein, aber wenn er es Finlay erzählt hat, können wir davon ausgehen, dass er es auch anderen erzählt hat.«

»Und das bringt uns zu dieser Kimberly. Fenways Ehefrau.«

»Okay. Hier vermuten wir, dass Kimberly Armstrong anfing zu rechnen, nachdem sie von Heathers Schwangerschaft erfahren hatte, und ebenfalls auf die Weihnachtstage als Datum für die Empfängnis kam. Gut möglich, dass sie anschließend ähnliche Überlegungen anstellte wie wir jetzt und auch bei Ed Witherspoons Weihnachtsparty landete.«

»Okay, aber siehst du diese Kimberly als Erpresserin?«

»Nein. Aber sie könnte jemandem von ihrer Vermutung erzählt haben.«

»Wem hat sie es erzählt? – Das scheint mir hier die entscheidende Frage zu sein. Da fangen wir an. Ich weiß, du siehst das anders, aber wem erzählt eine Frau so etwas am ehesten?«

»Ihrem Mann«, meldete sich Vera aus dem Wohnzimmer. »Dem Polizisten.«

Faz sah Tracy an und zuckte wortlos die Achseln.

In diesem Moment sprangen Rex und Sherlock laut bellend aus ihren Hundebetten.

»Jesus, Maria und Josef!« Vera hatte sich sehr erschrocken. »Ihr braucht wirklich keine Alarmanlage.«

»Rex, Sherlock, Ruhe«, schimpfte Tracy. »Ihr weckt noch das Baby.«

Das schien die beiden Hunde nicht zu beeindrucken, die, nach wie vor laut bellend, hinter dem Sofa vorbei zur Tür drängten. Tracy wollte gerade selbst energischer werden und eindringlicher Ruhe einfordern, als ihr der Grund für den Alarm klar wurde. Die Hunde kommentierten nicht einfach den Wind und das Knacken der Äste draußen vor dem Haus, sie meldeten Motorengeräusche, und als Tracy aus dem Fenster sah, bogen die Scheinwerfer eines Autos in ihre Einfahrt.

Sie ging zur Tür, drückte Rex und Sherlock resolut mit dem Knie zur Seite und befahl ihnen, sich zu setzen. Diesmal gehorchten die beiden. »Und jetzt bleibt!«

»Das sollte ich mal bei dir versuchen«, meinte Vera zu Faz.

»Wenn du Tracys Ton hinkriegst, schaffst du das vielleicht sogar«, konterte Faz.

Tracy zog die Tür auf und verspürte einen nervösen Stich im Magen, als sie durch das leichte Schneegestöber hindurch den Tahoe erkannte. Dan kam früher als erwartet nach Hause und sie hatte ihm nichts von Therese erzählt. Er ahnte nicht, was sich bei ihm zu Hause abgespielt hatte. Sie hatte es ihm aus Angst vor seiner Reaktion verschwiegen, weil sie nicht wusste, was er sagen, wie er sich verhalten würde. Ehrlich konnte man dieses Verhalten nicht nennen, und auch nicht richtig, aber so war nun einmal die menschliche Natur.

In diesem Moment schoss ihr ein wichtiger Gedanke durch den Kopf, so klar, dass sie sich schon zu Faz umgedreht hatte, um ihn laut auszusprechen, als sich erst Sherlock, dann Rex an ihr vorbei durch die Tür drängten und sie ablenkten.

Dan begrüßte die Hunde, bevor er seine Aufmerksamkeit der Polizistin zuwandte, die aus dem Streifenwagen gestiegen war und auf ihn zukam. Die beiden unterhielten sich kurz. Dan drehte sich um, sah Tracy in der Tür stehen und beendete wenig später das Gespräch, um mit den beiden Hunden den teilweise vom Außenlicht beleuchteten Pfad hochzukommen.

Tracy war inzwischen richtig übel geworden, so übel, wie ihr in den ersten Schwangerschaftsmonaten gewesen war. Dan blieb vor der Tür stehen, um sich auf der Fußmatte den Schnee von den Stiefeln zu stampfen. »Was ist hier los? Wieso steht ein Streifenwagen vor unserem Haus? Warum wollte die Polizistin wissen, wer ich bin und was ich hier will?«

Tracy trat zur Seite, um ihn einzulassen, wobei Dan gleich hinter der Tür erst einmal stehen blieb. »Vera? Faz?« Zunehmend verunsichert sah er erst Tracy an, dann die Staffelei mit dem unvollendeten Bild, warf einen suchenden Blick Richtung Küche.

»Wo ist Therese?«

Kapitel 24

Dan wartete, bis sich Sherlock und Rex an ihm vorbei ins Schlafzimmer gedrängt hatten, bevor er die Tür schloss. Bald darauf hockten die beiden Hunde im Schein der kleinen Lampe auf der Ankleidekommode da und sahen ihn erwartungsvoll an, als erwarteten sie einen großen Auftritt. Tracy bat ihre Alexa um Musik. Vielleicht würden die anderen dann nicht gleich jedes Wort mitbekommen.

»Wann wolltest du es mir erzählen?«, fragte Dan.

Tracy schüttelte den Kopf. »Ich hätte es dir sofort sagen müssen. Es gibt auch keinen guten Grund dafür, dass ich es dir verschwiegen habe.«

»Und warum hast du es mir dann nicht gesagt?«

Sie seufzte. »Ich könnte behaupten, weil ich weiß, wie viel du um die Ohren hast und dass ich dir keine Sorgen machen wollte ...«

»Aber das war nicht der Grund, oder?«

Sie schüttelte sanft den Kopf. »Nein.«

Er lehnte sich an den Bettrahmen. »Was hattest du denn gedacht? Wie würde ich deiner Meinung nach reagieren?«

Tracy zuckte die Achseln. »Ich dachte, du sagst, dass ich nicht gleichzeitig Detective und Mutter sein kann, dass deine ursprüngliche Besorgnis sich als gerechtfertigt erwiesen hat, dass ich mein Leben in Gefahr bringe und meine Tochter für meine Sturheit bezahlen muss.«

Dan ließ den Blick sinken. »Deine Tochter und ich.«

»Und du.« Tracy nickte. »Habe ich recht?«

Er hob den Kopf, sah ihr in die Augen. »Ja. Wahrscheinlich.«

Dan wirkte verstört, aber nicht wütend, registrierte Tracy verwirrt und zunehmend besorgt. Alle möglichen Gedanken stürmten auf sie ein. Was kam nun? Die Erklärung, er könne so nicht leben, es sei vorbei? Er war zu einem Arztbesuch nach Seattle gefahren? Hatte er Krebs und wusste nicht, wie er ihr das beibringen sollte? Hatte er eine Affäre?

»Es tut mir leid, Dan. Es tut mir leid, dass ich unsere Familie solchen Risiken …«

»Nein, Tracy, *mir* tut es leid.«

Sie musterte ihn prüfend, unfähig, in seinem Gesicht zu lesen. »Das verstehe ich nicht. Warum tut es dir leid? Was tut dir leid?«

»Es tut mir leid, dass ich nicht hier war, dass ich dich und Daniella allein gelassen habe.«

Einen Moment lang starrte sie ihn einfach nur an. »Du hast gesagt, du musst weg, weil du Arbeit hast«, sagte sie schließlich. »Das konnte ich verstehen …«

»Aber das war nicht der eigentliche Grund für meine Abreise.« Dan holte tief Luft, fuhr sich mit der Hand durch die Haare und sofort liefen Tracys Gedanken erneut Amok. »Ich hatte wirklich eine Menge Arbeit und ich musste auch wirklich nach Seattle, nur war das nicht der eigentliche Grund dafür, dass ich gefahren bin.«

Ihr Magen schlug Purzelbäume. »Nicht?«, fragte sie zögernd.

»Nein. Ich bin vor allem auch deswegen gefahren, weil ich wütend auf dich war. Ich war sauer, weil du nicht auf mich gehört und diesen Fall übernommen hast.«

»Ich habe ja auf dich gehört, ich habe …«

Er hob die Hand. »Ich weiß und es tut mir leid, Tracy. Leah hat etwas gesagt, was mir eingeleuchtet hat. Sie hat den Nagel auf den Kopf getroffen. Ich hätte hier sein müssen. Ich hätte dich und das Baby nie mitten in einem Schneesturm allein lassen dürfen. Ich habe es zugelassen, dass mein Ego und mein Stolz mir in die Quere kommen konnten. Meine Hauptverantwortung ist die dir und Daniella gegenüber und ich habe versagt, aber das wird nie wieder vorkommen. Ich werde nie wieder zulassen, dass mein Stolz oder mein Ego mir wichtiger sind als mein Verantwortungsgefühl euch gegenüber. Das werde ich weder dir noch Daniella je wieder antun. Das habe ich mir während deiner Schwangerschaft versprochen, deswegen habe ich Leah eingestellt. Daniella und du, ihr kommt an erster Stelle.«

Tracy wusste nicht, was sie sagen sollte. Sie hatte einen wütenden Dan erwartet, einen, der verlangte, sie müsse sich zwischen Arbeit und Kind entscheiden, der drohte, sie zu verlassen, wenn sie ihn nicht an erster Stelle in ihrem Leben sah. In diesem Moment erkannte sie auch, wie sie zu dieser Einschätzung gekommen war: Ben. Ihr erster Ehemann hatte sich so verhalten, als Tracy damals so verzweifelt nach Sarahs Mörder gesucht hatte. Ben hatte gesagt, er wolle bei ihr nicht an zweiter Stelle kommen, so wolle er nicht leben. Er hatte Tracy die Pistole auf die Brust gesetzt, ihr keine Wahl mehr gelassen. Und dann war er gegangen. Sie hatte ihn nie wiedergesehen, sie hatte nie wieder etwas von ihm gehört.

»Ich hätte es dir erzählen müssen, Dan. Es nicht zu tun war einfach falsch.«

Er nickte. »Ja, das war es. Aber du konntest es mir nicht sagen und es tut mir leid, dass du das Gefühl hattest, es mir nicht sagen zu können.«

»Das hat nichts mit dir zu tun, Dan.«

»Doch, hat es. Du hattest ein Recht darauf, mehr von mir zu erwarten. Es tut mir so leid, dass ich dir nicht das Gefühl gegeben habe, du könntest mir alles sagen, egal, was. Egal, wie schwer es dir fällt und weswegen. Ich nehme an, es hat etwas mit Sarahs Ermordung und deinem ersten Mann zu tun?«

Tracy nickte. »Ja, das stimmt. Aber bitte, hör auf, dir Vorwürfe zu machen. Das bringt uns nicht weiter. Wir hätten beide anders mit der Situation umgehen sollen. Wir haben beide etwas, das uns leidtun sollte.«

»Da hast du recht.«

Sie fiel ihm in die Arme. »Du verstehst, warum ich dies hier nicht auf sich beruhen lassen kann, warum ich es zu Ende bringen muss?«

»Ich verstehe, dass diese Haltung dein innerer Kern ist. Das, was dich zu der Person macht, die du bist.«

Sie lehnte sich ein wenig zurück, um ihm in die Augen sehen zu können. »Aber du verstehst auch, dass es hier nicht um mich geht? Ich mache das nicht wegen Sarah. Hier geht es um Heather und Kimberly und all die anderen Frauen da draußen, die ihr Leben an irgendeinen Psychopathen verlieren. Vielleicht übertreibe ich jetzt, aber so eine Welt möchte ich nicht für meine Tochter. Auch nicht ein derartiges Cedar Grove. Es gibt da draußen jemanden, Dan, von dem ich annehme, dass er drei Menschen umgebracht hat.«

Dan seufzte. »Ich weiß. Ich wünschte bloß, du hättest das jetzt nicht noch mal ausdrücklich gesagt.«

»Tut mir leid. Aber Roy lässt unser Haus rund um die Uhr bewachen und Faz oder er sind bei mir, wohin ich auch gehe.«

»Na gut …« Dan zuckte die Achseln. »Mir gefällt das alles nicht, aber darauf habe ich mich wohl eingelassen, als ich einen Detective heiratete. Ich weiß, welchen Schwachsinn du dir auf der Arbeit von deinem Captain anhören musst, wie oft er versucht, dir einen Knüppel zwischen die Beine zu werfen. Ich werde nicht derjenige sein, der dir deinen Job verbietet oder

Ultimaten stellt. Ich möchte dich als dein Mann nur bitten, vorsichtig zu sein. Lass dir von Roy helfen.«

»Ich habe auch nachgedacht. Wenn du willst, kannst du Daniella mit nach Seattle nehmen. Vielleicht kommt Therese ja wieder, wenn wir nicht mehr hier wohnen. Oder Vera kann auf die Kleine aufpassen. Ich weiß, das würde sie tun.«

Dan lächelte. »Ich bin nicht gerade fürs Stillen ausstaffiert.«

»Wir können sie an einen Muttermilchersatz gewöhnen. Das versuchen wir bereits.«

»Und wie läuft das?«

Tracy zuckte die Achseln.

Dan schüttelte den Kopf. »Ich werde weder dich noch Daniella allein lassen, Tracy. Deswegen bin ich zurückgekommen.«

»Ich weiß. Und ich möchte auch nicht, dass du mich oder Daniella verlässt.«

»Ich meine das ernst, Tracy. Ich möchte, dass du vorsichtig bist. Ich wüsste nicht, was ich täte, würde ich dich verlieren. Mein Leben hat sich nicht gerade so entwickelt, wie ich es mal erwartet hatte, aber mit dir zusammen zu sein hat alle Enttäuschungen in den Hintergrund treten lassen.«

»Genauso geht es mir doch auch!« Tracy umarmte ihn. Hielt ihn ganz fest. Sie würde ihn nie verdienen, dachte sie. Und sie würde nie wieder glauben zu wissen, was in seinem Kopf vorging.

»Geht es Therese gut?«, fragte Dan nach einer Weile.

»Sie war sehr durcheinander, als sie fuhr, aber körperlich unverletzt. Sie wollte eigentlich bleiben, aber ich fand es besser, sie mit einem von Roys Leuten nach Hause zu schicken.«

»Hast du Faz angerufen?«

»Nein. Er rief hier an, als es gerade passiert war und es mir ziemlich schlecht ging. Da ist dann alles aus mir rausgesprudelt und ehe ich mich noch richtig einkriegen konnte, waren Vera und er hier. Vera hat auf Daniella aufgepasst und Faz auf mich.«

Dan lächelte. »Klingt ganz nach Faz. Ich bin froh, dass sie da sind. Lass uns wieder zu den beiden gehen, sonst glauben die noch, wir hätten uns gegenseitig umgebracht.«

»Ich habe ein paar Sachen herausgefunden«, sagte Tracy.

»Ich auch.« Er erzählte ihr schnell von seinem Treffen mit Zack Metzger, an den ausgerechnet Sunnie Witherspoon die Gesellschafter sämtlicher neu zu gründenden GmbHs verwiesen hatte. »Das hatte entweder Rav Patel angeordnet oder Gary Witherspoon. Vielleicht auch beide, sie scheinen ja eng befreundet zu sein. Ich glaube, hier verdient sich irgendwer eine goldene Nase, ich weiß bloß noch nicht genau, wie oder warum. Aber es geht auf jeden Fall um Geld, das kann ich riechen. Wir reden später weiter, jetzt lassen wir uns erst einmal Veras Spaghetti schmecken. Die Soße duftet himmlisch.«

»Die ist genau genommen von Therese.«

»Therese? Echt? Verdammt! Wir müssen zusehen, dass wir diese Irin wiederkriegen.«

Kapitel 25

Kurz nach Mitternacht wurde Daniella unruhig. Tracy stand auf, um nach ihr zu sehen. Vielleicht brauchte die Kleine eine frische Windel, denn hungrig konnte sie eigentlich nicht sein, sie war gerade erst gestillt worden. Daniella schlief schon wieder, als Tracy ins Kinderzimmer kam, aber dafür schien jemand anderes wach zu sein, denn unten in der Küche brannte Licht. Tracy holte sich ihren Bademantel aus dem Schlafzimmer und zog ihn sich über, während sie die Treppe hinunterging. In der Luft hing immer noch schwach der Duft von Thereses Spaghettisoße und Veras Knoblauchbrot.

Faz saß mit seinem Kindle am Küchentisch, die Lesebrille auf der Nase. Er sah auf, als Tracy hereinkam. »Ich habe dich doch hoffentlich nicht geweckt?«

»Nein, ich war wegen Daniella auf. Kannst du nicht schlafen?«

Faz seufzte. »Ich war noch nie der Superschläfer, das ist seit Veras Brustkrebsdiagnose schlimmer geworden.«

Tracy setzte sich neben ihn. »Aber es geht ihr doch gut, oder?«

»Ja.« Faz legte den Kindle und die Brille hin. »Ja, alles in Ordnung. Bei ihrer letzten Routineuntersuchung haben sie absolut nichts gefunden. Jetzt warten wir wieder ein paar

Monate und dann kommt die nächste Kontrolle. Fünf Jahre lang machen wir das. Kommt mir vor wie eine Ewigkeit.«

»Kannst du deswegen nicht schlafen?«

Faz zuckte die Achseln. »Über die eigene Sterblichkeit oder die eines geliebten Menschen nachzudenken ist nicht gerade schlaffördernd.«

»Kann ich mir vorstellen.«

»Ich bin ein paar Jahre älter als du. Meine Eltern leben beide nicht mehr. Ich bin als Nächster an der Reihe.«

»Ich weiß, wie sich das anfühlt. Ich habe meine ganze Familie verloren.«

»Himmel, Tracy, das tut mir leid! Ich wollte dir jetzt wirklich keinen Vortrag halten.«

»Ist schon in Ordnung. Ich kann heute irgendwie auch nicht schlafen.«

»Was geht dir denn durch den Kopf?«

»Dieser Fall.«

»Du musst lernen, die Arbeit im Büro zu lassen.«

»Normalerweise kann ich das ganz gut. Ich packe die Fälle in eine mentale Kiste, bevor ich nach Hause gehe, und hole sie erst am nächsten Morgen wieder hervor. Rein theoretisch mache ich das so. Es klappt nicht immer.«

Faz warf ihr ein halbes Lächeln zu. »Und bisher hattest du noch kein Kind, an das du denken musstest, oder?«

Unter der rauen Schale des Italieners aus New Jersey mit dem Auftreten eines bei Bedarf auch Kniescheiben zertrümmernden Mafioso, die Faz der Außenwelt und besonders Verdächtigen gern präsentierte, steckte eigentlich ein Teddybär, wie Tracy inzwischen gelernt hatte. Liebenswert und auch ziemlich weise.

»Ich weiß, wie es dir geht, Tracy, auch wenn ich uns beide nicht vergleichen will. In meinem Fall stand es nie infrage, dass Vera zu Hause bei Antonio bleibt und ich arbeiten gehe. Sie sorgt sich um mich, besonders nach dem Vorfall neulich, aber das ist nun mal so, wenn man jemanden liebt, das gehört dazu. Darüber haben wir uns ja schon einmal unterhalten.« Faz hob beide Hände. »Vera liebt mich. Also sorgt sie sich um mich. Und ich? Ich habe mich nie so sehr um mich gesorgt, dafür umso mehr um Vera und Antonio. Was mich selbst betrifft, fand ich immer, wenn meine Zeit gekommen ist, ist sie gekommen. Inzwischen ist Antonio erwachsen und es geht ihm gut. Er liebt seinen Job und hat eine wunderbare Freundin, die bald seine Frau sein wird.«

Tracy seufzte. »Ich mache mir Sorgen darum, dass ich irgendwann nicht mehr für Daniella da sein könnte«, gestand sie. »Das gestern Abend hat mir Angst gemacht, Faz. Es hat mir Angst gemacht, mir vorzustellen, was hätte passieren können.«

»Natürlich!« Faz nickte. »Das hätte jedem Angst gemacht.«

»Selbst dir?« Sie lächelte.

»Wahrscheinlich doppelt so viel wie dir. Sieh mal, wir verkaufen keine Schuhe und wir sind auch keine Anwälte, wir haben uns eine andere Arbeit ausgesucht. Es wird immer Tage geben, an denen wir unser Leben riskieren. Das gehört zum Job. Das hat mir mein Onkel in New Jersey von Anfang an mit auf den Weg gegeben, er war ja auch Polizist. Unser Leben zu riskieren ist der Teil des Jobs, der einem Angst macht, hat er gesagt. Gleichzeitig hätte genau dieser Teil ihn fünfunddreißig Jahre lang jeden Morgen aus dem Bett getrieben. Versteh mich nicht falsch, ich komm gut ohne Leute wie Little Jimmy aus, die meinen, sie müssten sich mit ihren Fäusten in meinem Gesicht austoben. Aber ich liebe meinen Job trotzdem. Liebst du deinen Job genug, um die ganze Scheiße in Kauf zu nehmen, die mit dranhängt?«

Tracy nickte nachdenklich. »Und diese Frage muss ich mir schon selbst beantworten, was? Dabei kannst du mir nicht helfen.«

Faz schüttelte den Kopf. »Das kann niemand. Mir kommt es allerdings so vor, als hättest du bereits ziemlich viel Scheiße in Kauf genommen. Und du bist immer noch dabei.«

Tracy nickte. Wahrscheinlich würde sie diese Debatte noch tagelang mit sich führen. »Vorhin, als Dan nach Hause kam, ist mir etwas eingefallen.«

»Als du mir diesen Blick zugeworfen hast?«

»Den hast du mitgekriegt?«

»Ich sag zu Del immer, diesen Blick kriegst du, wenn dir ein Licht aufgegangen ist.«

»Das ist mir ja total neu!«

»Was war es denn diesmal?«

»Ich habe mir überlegt, warum ich Dan nicht erzählt habe, was gestern Abend passiert ist.«

»Du hast ihn beschützt. Du wolltest nicht, dass er sich Sorgen macht.«

»Das wäre eine schöne Begründung, aber wenn ich ehrlich sein will, war es nicht so. Ich war mir nicht sicher, wie er reagieren würde, und ich hatte Angst, er würde mich zu einer Entscheidung zwingen, zwischen Job und Familie. Also habe ich ihm gegenüber geschwiegen.«

»Manchmal ist es einfacher, wenn wir unseren Ehepartnern nicht alles sagen.«

»Schon, aber es liegt auch in der Natur des Menschen, oder?«

»Auf jeden Fall. Wir versuchen, die zu beschützen, die wir lieben.«

»So bin ich auf Kimberly Armstrong gekommen, auf ihre Recherchen, und habe mich gefragt, was sie herausgefunden haben könnte. Und ich dachte, vielleicht hat sie ihrem Mann tatsächlich nicht erzählt, was sie herausgefunden hat.«

»Weil sie feststellen musste, dass er es gewesen ist?«

»Nein, weil sie wusste, es würde ihm wehtun. Sie hat versucht, ihn zu beschützen.«

»Jetzt komme ich nicht mehr mit.«

»Sie wusste, es würde ihn sehr verletzen, wenn sie ihn ihre Zweifel an seiner Unschuld spüren ließ. Ich hatte anfangs echte Probleme, mir vorzustellen, dass die beiden nicht darüber geredet haben. Inzwischen verstehe ich es. Sie wollte ihm nicht wehtun. Sie wollte ihn beschützen.«

»Okay. Das kann ich dir abnehmen.« Faz nickte. »Aber vielleicht hat sie ja auch herausgefunden, dass er es getan hat.«

»Moment, ich erklär dir, worauf ich damit hinauswill. Nehmen wir mal an, Kimberly hat ähnliche Überlegungen angestellt und ist zu ähnlichen Schlüssen gekommen wie Mathews und auch Finlay, der mir ja davon erzählte.«

»Dass Heather auf der Weihnachtsparty schwanger geworden sein könnte?«

»Genau. Finlay gegenüber konnte Kimberly das nicht ansprechen, das hätte ja so aussehen können, als zweifele sie an ihm. Von dieser Prämisse ausgehend – wem hätte sie es dann erzählt? Eine Information wie diese, selbst unbestätigt, hätte sie nur schwer für sich behalten können. Aber mit Finlay konnte sie nicht darüber sprechen, mit wem dann also? Kimberly war Journalistin. Mit wem reden Journalisten?«

Faz bekam das gewisse Glitzern in den Augen. »Mit den Leuten in ihrer Redaktion.«

Tracy nickte.

»Aber wenn sie es ihrem Verleger erzählte, hätte der nicht …«

»Irgendetwas gesagt? Eine Geschichte veröffentlicht?« Sie schüttelte den Kopf. »Nicht unbedingt. Ich kenne Atticus Pelham.«

»Atticus?« Faz versuchte gar nicht erst, seinen Sarkasmus zu verbergen. »Wie in ›Wer die Nachtigall stört‹?«

»Seine Eltern waren große Fans.«

»Noch lange kein Grund dafür, ein Kind so zu bestrafen.«

Sie lächelte. »Atticus berichtet nicht gern über kontroverse Themen. Laut Finlay hat er sich Kimberly gegenüber genau so geäußert, als die ihm sagte, sie würde sich den Mordfall Heather Johansen gern noch einmal vornehmen. Er war wohl damit einverstanden, dass sie recherchiert, hat aber nicht versprochen, einen entsprechenden Artikel dann auch zu veröffentlichen.«

»Was weißt du noch über diesen Atticus?«

»Wie meinst du das?«

»Wie alt ist er? Könnte er auf derselben Party gewesen sein?«

»Nein. Nein, er ist nicht aus Cedar Grove. Er ist vor etwa zwanzig Jahren hergekommen, eine ganze Weile nach 1993.«

Faz zuckte die Achseln. »Kann nicht schaden, bei ihm nachzufragen, oder? Nimm euren großen Polizeichef mit. Ist das okay für dich?«

Seattle hatte Faz noch am Abend einen Flug nach Phoenix bewilligt. Faz hatte entsprechend gebucht und sollte am nächsten Morgen von Bellingham aus losfliegen, um den ehemaligen Besitzer der *Four Points Tavern* aufzuspüren und zu befragen.

»Ich kenne Roy Calloway mein ganzes Leben lang. Vielleicht bin ich nicht immer einverstanden mit allem, was er tut oder wie er es tut, aber ich weiß, dass es ihm nicht um persönliche Vorteile geht, sondern um das Wohlergehen aller. Kannst du mir noch einen Gefallen tun?«

»Sicher.«

Tracy stand auf und kam mit einem Blatt Papier an den Tisch zurück.

»Was ist das?«, fragte Faz.

»Die Leute, die hier in Cedar Grove Geschäfte gekauft haben. Dan hat nur die Namen und versucht nun, Adressen und Telefonnummern herauszufinden. Ich weiß, wir sollen in einer Zivilsache keine Polizeiressourcen …«

»Aber du hast ein schlechtes Gewissen, weil du ihm nicht gesagt hast, was vorgefallen ist, und würdest es gern wiedergutmachen?«

Tracy grinste. »Lass dir bloß nie von irgendwem einreden, du hättest kein gutes Gespür.« Sie stand auf.

»Ich bin seit dreißig Jahren verheiratet.«

Sie drückte seinen Unterarm. »Danke, Faz. Das meine ich ganz ernst, danke für alles.«

»Hey, dafür sind Familien da.«

Wieder musste Tracy lächeln. Wie lange hatte sie diese Worte nicht mehr gehört! »Ich gehe wieder ins Bett. Bei uns kommt der Morgen inzwischen ziemlich früh.«

Faz nahm seinen Kindle. »Wem sagst du das!«

Kapitel 26

Dan schaltete den Tahoe in den Vierradantrieb und fuhr Faz zum Flughafen in Bellingham, was eine Stunde und zehn Minuten dauerte. Faz hatte mit dem eigenen Auto fahren wollen, wovon Dan ihm nach einem Blick auf dessen Reifen abgeraten hatte. Die waren nicht schlecht, aber lange nicht so gut wie die Winterreifen, die Dan jeden Winter beim Tahoe aufziehen ließ, und Faz fehlte außerdem die Erfahrung mit Schnee und Eis in den Bergen. Außerdem konnte es doch auch sein, dass Vera das Auto brauchte, wenn sie zur Vermeidung eines Budenkollers mal aus dem Haus kommen wollte.

In Bellingham angekommen musterte Faz misstrauisch das einsame, in Holz und Stein gehaltene Flughafengebäude. »Ich kenne Outdoor-Ausrüster in Seattle, die größer sind!«, murrte er. Er holte die kleine Reisetasche vom Rücksitz, in die er Waschzeug und Wäsche zum Wechseln gepackt hatte, weil er nicht wusste, wie lange die Suche nach Pete Adams dauern würde, und stieg aus dem Auto.

»Danke für alles.« Dan beugte sich über den Beifahrersitz, um Faz die Hand zu schütteln. Durch die Tür drang sofort eiskalte Luft. »Tracy und ich wissen sehr zu schätzen, was ihr für uns tut, Vera und du.«

»Ich hab das gestern schon zu Tracy gesagt, wir sind jetzt Familie.« Faz schwebte bei jedem Wort ein kleines Wölkchen vor dem Mund. »In einer Familie hilft man einander. Danke fürs Bringen. Sag Tracy, ich halte sie auf dem Laufenden.«

Während Dan vom Flughafen zurück Richtung Cedar Grove fuhr, dachte er über das nach, was Faz eben gesagt hatte. Bestimmt waren seine Worte für Tracy sehr tröstlich gewesen. Dan hatte auch keine Familie mehr, aber Tracy hatte ihre viel früher als er und unter ungleich dramatischeren Umständen verloren. Sie war in Cedar Grove wie eine kleine Prinzessin aufgewachsen, ihr Vater geachteter Arzt, die Mutter beliebte Stütze der guten Gesellschaft, die beiden Töchter Lieblinge der ganzen Stadt, die noch dazu von allen möglichen Schießwettbewerben Trophäen mit nach Hause brachten. Dann war Sarah verschwunden und das ganze Märchen mit ihr. Es war nie wiedergekommen. Im Gegenteil, es wurde alles immer nur noch schlimmer.

Dan dachte daran, wie zwanzig Jahre nach Sarahs Verschwinden ihre Leiche gefunden worden war und wie dieser Tag für Tracy gewesen sein musste. Ihre Mutter und ihr Vater hatten da schon nicht mehr gelebt. Tracy hatte niemanden an ihrer Seite gehabt, niemanden, auf den sie sich stützen konnte, schon seit Jahren nicht mehr. Sarahs Leiche war damals von Edmund House nur wenige Tage vor Inbetriebnahme hydroelektrischer Dämme verscharrt worden, und zwar dort, wo durch Aufstauen eines Flusses ein See entstanden war. Sarahs sterbliche Überreste wurden erst entdeckt, als im Zuge von Umweltschutzmaßnahmen zur Wiederherstellung des natürlichen Lebensumfelds von Lachsen die Dämme zurückgebaut worden waren und das Wasser sich zurückgezogen hatte.

Dan setzte sich auf. »Das Wasser zog sich in seine ursprüngliche Ausdehnung zurück«, flüsterte er vor sich hin. Konnte es wirklich so einfach sein? Warum waren all diese alten Geschäfte in Cedar Grove jetzt plötzlich von der Stadt aufgekauft worden? So etwas tat man doch nicht ohne guten Grund. Wollte Gary Witherspoon wirklich nur seine alte Heimat wiederbeleben und sich dabei der natürlichen Ressourcen von Cedar Grove und Umgebung bedienen, wie er behauptete? Wollte er seinen Vater beeindrucken, indem er dessen Leistungen noch übertraf?

Oder verdiente Gary sich irgendwo, irgendwie eine goldene Nase daran?

Irgendwer versuchte auf jeden Fall, Geld zu machen.

Was motiviert Menschen?

»Gier!«, verkündete Dan laut.

Vor dem Bau der Dämme hatte im Gebiet oberhalb des Flusses ein Erholungsgebiet in den Bergen entstehen sollen. Es hatte schon ziemlich konkrete Pläne gegeben, Golfplätze waren vorgesehen gewesen, ein Clubhaus, ein Pool und Dutzende von Ferienhäusern. Dieser Erholungsort sollte Cedar Groves Verwandlung einleiten, war damals oft gesagt worden. Die Immobilienpreise würden in die Höhe schnellen, die Geschäfte in der Stadt florieren. Dazu war es nie gekommen. Alle Pläne und Vorhaben waren wortwörtlich den Bach runtergegangen, als die hydroelektrischen Dämme ans Netz gingen.

Könnte es sein, dass das Gebiet erneut zur Erschließung anstand? Waren die neuen Besitzer deswegen das Risiko eingegangen, in Cedar Grove Geschäfte zu eröffnen?

Dan dachte nach – wo war er jetzt, wie weit war er schon gefahren? Ob er die Zufahrt überhaupt wiederfand, die man damals für das neu zu schaffende Cascadia Resort gebaut hatte? Er erinnerte sich daran, dass sich die Straße zwischen Silver Spurs und Cedar Grove befunden hatte. Versuchen konnte er es ja mal, er hatte schließlich nichts zu verlieren. Nach einem Blick in den Rückspiegel, der ihm bestätigte, dass von Verkehr auf der Landstraße nach den Schneefällen der vergangenen Nacht praktisch keine Rede mehr sein konnte, nahm er den Fuß vom

Gas und wurde langsamer. Bald kroch er nur noch, während er Ausschau nach der Abzweigung hielt. Sie war nie durch ein Schild gekennzeichnet gewesen, aber Tracy und er waren 2013 hierhergefahren, als Tracy Dan zeigen wollte, wo Sarahs Grab gelegen hatte. Soweit Dan wusste, wurde die Straße auch jetzt noch von Jägern befahren, die sie als Zugang zum Hinterland nutzten.

Langsam legte er einhundert Meter zurück, dann zweihundert, dreihundert, vierhundert, bis er schon fürchtete, zu weit gefahren zu sein und umkehren zu müssen. Da entdeckte er zwischen den Bäumen etwas, das wie eine Straße aussah, wobei die Einfahrt allerdings teilweise durch den vom Schneepflug am Straßenrand zusammengeschobenen Schnee blockiert wurde.

Dan schaltete in den niedrigsten Gang, bog links ab, hüpfte über den kleinen Schneewall, behielt sein Tempo bei. Obwohl es in der Nacht und auch an einigen Tagen davor geschneit hatte, fühlte sich der Schnee unter seinen Rädern komprimiert an, als sei hier in letzter Zeit jemand gefahren. Aber wieso? Dan wollte kein guter Grund einfallen. Es war noch lange keine Jagdsaison.

Ab einem bestimmten Punkt verlief die Straße gerader. Dan hielt an, schaltete die Automatik auf Parken und stieg aus. Sofort versank er bis zu den Knöcheln im Schnee. So ging er bis zur Kühlerhaube des Tahoe, wo er sich hinhockte und den lockeren Schnee vor den Reifen vorsichtig mit der Hand beiseitewischte. Unter der obersten Schneeschicht entdeckte er wie vermutet zwei Spurrillen, Reifenspuren, die sich in den tieferen Schnee gegraben hatten.

Jemand war erst kürzlich hier oben gewesen.

Dan setzte sich wieder hinter das Steuer und fuhr weiter, wobei sein SUV auf dem unebenen Boden abenteuerlich hüpfte und schaukelte. Nach etwa vierhundert Metern endete die Straße in einer Sackgasse. Dan sah sich um. Zwanzig Meter weiter vorn, rechts von ihm, ragte das obere Ende eines

Betonpfeilers aus dem Schnee. Hier hatte sich früher der Eingang zum geplanten Cascadia Resort befunden. Die mit der Erschließung des Geländes und dem Bau des Projekts befasste Firma hatte sogar schon in einem Bauwagen ein Büro unterhalten, in dem sich Interessenten von einem Vertreter der Firma Pläne des Golfplatzes, des Clubs und Bilder der verschiedenen Haustypen zeigen lassen konnten, die hier als Ferienhäuser entstehen sollten. Heute entdeckte Dan keine Anzeichen für Aktivitäten, weder Bauwagen noch Lastwagen noch Maschinen. Auch keine kürzlich erst gefällten Bäume oder Reifenspuren. Alles sah so aus, wie er es von dem Tag her in Erinnerung hatte, als Tracy und er hergekommen waren, weil man von hier aus am besten zum Fundort von Sarahs Leiche gelangte.

Die Bäume, die hier gefällt worden waren, waren damals gerodet worden, um Platz für den Bauwagen zu schaffen. Seitdem hatte sich der Ort kaum verändert.

Dan stieg aus, zog Mantel und Jacke über und ging ein paar Schritte, wobei er jedes Mal heftig einsank und sein ungeschützter Kopf die Kälte ganz erheblich zu spüren bekam. Seine Brille beschlug sofort. Er setzte sie kurz ab, hängte sie mit einem Bügel in den Spalt zwischen einem Hemdknopf und dem nächsten und zog den Reißverschluss seiner Jacke zu. Dann stapfte er zu dem Zementpfosten und versuchte sich zu erinnern, wo damals der Bürobauwagen gestanden hatte.

Die nächsten zwanzig Minuten verbrachte er damit, in einem Kreis zu gehen, dessen Umfang er bei jeder Runde erweiterte, wobei er die oberste Schneeschicht mit dem Fuß beiseiteschob und nach Anzeichen dafür suchte, dass hier in letzter Zeit gearbeitet worden war. Vielleicht entdeckte er ja im Schnee vergrabene Vermessungspflöcke, irgendetwas in der Art. Vor seinem Mund und den Nasenlöchern hingen immer wieder kleine Wölkchen und schon bald schwitzte er unter der dicken Winterjacke. Er lehnte sich gegen einen Baum, um wieder zu Atem zu kommen. Das Ganze war sinnlos, selbst wenn irgendwer hier Pflöcke in die Erde gehauen hätte, fände er die nie, dazu lag zu viel Schnee. Er musste sich etwas anderes einfallen lassen, zum Beispiel bei der Firma anrufen, deren Projekt Cascadia damals gewesen war, falls es die überhaupt noch gab, was er sich nicht richtig vorstellen konnte. Hatte es da nicht einen Zeitungsartikel über den Bankrott dieser Firma gegeben? Hatte es nicht geheißen, sie habe das Ende des Cascadia-Projekts nicht überlebt? Dan wünschte sich, er hätte den Geistesblitz mit dem Resort schon in Bellingham gehabt, dann hätte er beim Bauamt des Whatcom County nachschauen können, ob es dort irgendwelche Bauvoranträge oder Anfragen gab, wie man sie im Vorfeld eines Bauantrags stellte.

Mist! Er würde also zurückfahren müssen. Aber erst einmal musste er pinkeln, er hatte auf dem Weg zum Flughafen einen Kaffee getrunken.

Er zog den Reißverschluss seiner Hose herunter, stellte sich an einen Baum und ließ dem Strom freien Lauf. Dabei betrachtete er gedankenverloren den Baumstamm vor seiner Nase – und entdeckte dort, in die Rinde gehämmert, eine kleine, silberne Plakette. Etwa so lang wie ein Kaugummipapier und circa einen Zentimeter breit. Dan schloss seinen Hosenstall, öffnete die Jacke und zückte seine Brille. Die beschlug an der kalten Luft sofort wieder, und er musste sie mit dem Hemdzipfel trocken reiben, ehe er sie wieder aufsetzen konnte. Auf die kleine Plakette war eine Zahl gestanzt. Dan kannte diese Art von Markierung vom Umbau seines Elternhauses her, als er aufgrund einer im Whatcom County geltenden Auflage sämtliche Bäume auf seinem Grundstück von einem Baumpfleger begutachten lassen musste. Das County wollte sicher sein können, dass Dan die Bäume nicht einfach fällte, was den Ruin des Ökosystems bedeutet hätte, würden doch so die Kohlendioxidmenge in der Atmosphäre erhöht, die Ozonschicht zerstört und somit verheerende Ereignisse in Gang gesetzt, die die ganze Menschheit zu zunehmend höheren Temperaturen und Hautkrebs verdammten.

Nicht, dass es ihn gewurmt hätte, Geld für die Einhaltung einer Vorschrift ausgeben zu müssen, von der er bis dahin noch nie gehört hatte! Auf keinen Fall!

Wie dem auch sei, Dan kannte diese Plaketten und wusste, dass die Verordnung dazu vor fünfundzwanzig Jahren noch nicht existiert hatte, als dieses Gelände ursprünglich einmal erschlossen werden sollte. Sie war erst in den darauffolgenden Jahren in Kraft getreten, als Umweltschützer bei der Durchsetzung ihrer Ziele zum Schutz der Natur sehr viel energischer aufgetreten waren als vorher. Deswegen kam es ja auch zum Rückbau der hydroelektrischen Dämme: Man wollte den Lachsen ihr natürliches Habitat zurückgeben.

Die Metallplatten mussten also jüngeren Datums sein. Dan sah sich um. Auch der nächste Baum war markiert und in den folgenden fünf Minuten entdeckte er fünfzehn weitere, alle mit einem Stammdurchmesser von circa zwanzig Zentimetern oder mehr. In einigen Fällen erheblich mehr.

»Na, das ist ja der Hammer!« Auf Dans eiskaltem Gesicht breitete sich ein strahlendes Lächeln aus.

KAPITEL 27

Tracy fütterte Daniella, badete sie in der Küchenspüle aus rostfreiem Stahl, zog sie an und legte sie, nachdem sie sie noch einmal gefüttert hatte, zum Morgenschläfchen in ihre Krippe.

»Ich bleibe nicht lange weg«, versprach sie Vera.

»Lass dir ruhig Zeit. Im Vergleich zu meinem Antonio ist die Kleine wirklich ein Engel. Der hat die ersten sechs Monate unter Koliken gelitten und nur geschrien, sobald er wach war.«

»Ich werde versuchen, nicht allzu lange zu bleiben«, wiederholte Tracy.

Vera lächelte. »Tracy, ich bin seit neunundzwanzig Jahren mit einem Polizisten verheiratet und seit mehr als zwanzig mit einem Detective. Ich weiß, wie das ist. Ihr müsst Hinweisen nachgehen und manchmal führen diese Hinweise zu weiteren Hinweisen und das führt zu Überstunden. Uns geht's gut hier, dem Baby und mir. Draußen passt eine Polizistin auf uns auf und hier drinnen sind die beiden Hunde.«

Tracy fuhr zuerst zur Polizeiwache, wo sie etwa fünfzehn Minuten brauchte, um Roy Calloway auf den aktuellen Stand zu bringen und ihm zu erklären, was sie vorhatte. Dann fuhren beide in Tracys Subaru die kurze Strecke rüber zum *Towne Crier*, dessen Büros sich in der Fourth Street in einem alten

Bergmannshaus befanden, das die Stadt noch vor Tracys Geburt unter Denkmalschutz gestellt hatte.

»Habt ihr irgendetwas darüber herausbekommen, wer neulich Abend bei mir zu Hause geschossen haben könnte?«, fragte Tracy Calloway.

Der Chief rieb sich die Bartstoppeln. »Nein. Die Nachbarn erinnern sich nicht daran, überhaupt etwas gehört zu haben, solange der Sturm tobte. Nicht einmal einen Gewehrschuss. Was ist mit den Fotos, die du nach Seattle zu dieser Dingsbums geschickt hast?«

»Fährtenleserin. Mit der habe ich heute Morgen telefoniert. Was sie bislang sagen kann, ist, dass die Stiefelspuren auf den Fotos, die ich geschickt habe, von einem Schneestiefel der Marke L. L. Bean stammen, Größe zweiundvierzig oder dreiundvierzig.«

»Nicht besonders groß«, fand Calloway.

»Nicht für Leute Ihrer Statur natürlich, generell ist Größe dreiundvierzig bei Männern relativ weit verbreitet. Wenn meine Freundin die Spuren hätte ausmessen können, hätte sie uns anhand der Tiefe der Abdrücke sagen können, wie schwer die Person ist, von der sie stammen.«

»Also keine große Hilfe«, stellte Calloway fest.

»Keine besonders große«, musste Tracy zugeben.

Sie parkten auf der Fourth Street, zwei kurze Blocks von der Market Street entfernt, vor einem alten Gebäude aus hölzernen Balken, zwischen denen das Dichtungsmaterial hervorquoll. Die Büros schienen für Publikumsverkehr offen zu sein und es standen sogar Öffnungszeiten an der Tür, was allerdings in Cedar Grove nicht unbedingt viel heißen musste. Hier richteten die Leute sich ihre Arbeitszeiten gern so ein, wie es für sie persönlich am praktischsten war.

»Du willst das hier übernehmen, richtig?«, erkundigte sich Calloway.

»Ja, würde ich gern.«

»Und ich bin hier, damit Dan zufrieden ist?«

»Nein. Sie sind hier, weil Sie immer noch durch Ihre bloße Anwesenheit einschüchtern können.« Es machte Tracy nichts aus, Roys Ego ein bisschen zu streicheln. Der antwortete nicht, dafür sah Tracy einen seiner Mundwinkel hochgehen, als er aus dem Auto stieg.

Sie stapfte sich auf der Fußmatte den Schnee von den Stiefeln und drückte die Tür zum Blockhaus auf. Drinnen fiel ihr als Erstes ein Ständer mit alten Ausgaben des *Towne Crier* ins Auge, dann ein Tresen mit einigen Schreibtischen dahinter, jeder Schreibtisch mit einem Computer bestückt. Ein paar Aktenschränke rundeten das Bild ab. An zwei der Schreibtische saßen Frauen und tippten. Ein weiterer Tresen links an der Wand war mit einer Spüle ausgestattet. Unter diesem Tresen stand ein kleiner Kühlschrank, obendrauf eine halb volle Kaffeekanne auf einer Wärmeplatte, Becher und Tüten mit Milchpulver und Süßstoff. Es roch nach Kaffee. Das alles weckte Erinnerungen: Tracy war schon einmal hier gewesen, in diesem Haus, in diesem Raum. Im Sommer 1993, gleich nach Sarahs Verschwinden. Die Tage waren ihr nur noch verschwommen im Gedächtnis geblieben, aber sie wusste noch, dass sie ihren Vater in dieses Büro begleitet hatte. Sie hatten dem Verleger ein aktuelles Foto von Sarah für die Titelseite seiner Zeitung gebracht, in der ein Artikel über sie erscheinen sollte. Die Zeitung hatte das Foto auch für ein Flugblatt verwendet und Tracy hatte ihrem Vater und einem Team Freiwilliger geholfen, es in Cedar Grove, Silver Spurs und anderen umliegenden Städtchen zu verbreiten und aufzuhängen. Tracy erinnerte sich an den Geruch von Tinte bei diesem Besuch. Jetzt roch das Büro wie ein Antiquitätenladen, ein dichter, beklemmender Mief. Weiter hinten im Haus, hinter zwei offensichtlich erst in jüngerer Zeit eingebauten Glastüren, entdeckte sie zwei kleine Büros. In einem der beiden saß Atticus Pelham am Schreibtisch und telefonierte.

»Chief Calloway.« Eine der Frauen sah von ihrem Schreibtisch auf, als jetzt auch Roy durch die Tür kam. »Was führt Sie hierher?« Sie musterte Tracy mit leicht skeptischem Blick.

»Margaret, darf ich Ihnen Tracy Crosswhite vorstellen? Sie ist Mordermittlerin und kommt aus Seattle. Ich glaube, ihr kennt euch noch nicht.«

Die Frau stand auf und trat an den Tresen. Sie trug einen weißen, kurzärmligen Pullover zu einer blauen Stretchhose und wirkte gar nicht glücklich bei der Aussicht auf Tracys Bekanntschaft. »Hallo«, sagte sie. »Nein, wir kennen uns nicht persönlich, aber die Zeitung hat damals einige Artikel über das Wiederaufnahmeverfahren in Whatcom County veröffentlicht.«

»Richtig!« Calloway nickte. »Ich erinnere mich.«

Margaret sah ihn an. »Was führt Sie heute hierher?«

»Wir würden uns gern ein bisschen mit Atticus unterhalten.«

Sie warf einen Blick über ihre Schulter auf das Glasbüro. »Er ist heute Morgen sehr beschäftigt. Telefoniert, seit er gekommen ist.«

»Es ist wichtig«, sagte Calloway ohne nähere Erläuterung. Womit er klarstellte, dass seiner Meinung nach keine nötig war.

Margaret nickte ergeben. »Ich sage ihm Bescheid, dass Sie hier sind.«

Tracy sah zu, wie sie die Glastür zu Pelhams Büro aufschob und den Kopf hindurchsteckte. Pelham nahm den Hörer vom Ohr und deckte die Sprechmuschel ab, indem er ihn an die Brust drückte. Nach ein paar Sekunden wandte er den Kopf Richtung Nachrichtenraum, sah Calloway und Tracy, nickte Margaret zu, sagte etwas und telefonierte weiter.

Margaret kam zurück. »Er führt dieses eine Gespräch noch zu Ende. Darf ich Ihnen inzwischen einen Kaffee anbieten?«

Calloway schüttelte den Kopf. »Ich hatte heute Morgen schon eine Tasse, trotzdem vielen Dank.«

»Dann machen Sie es sich doch bequem.« Sie deutete auf eine Stuhlreihe an der Wand.

Calloway nickte, ohne sich von der Stelle zu rühren. Er war es nicht gewohnt, dass ihn in Cedar Grove jemand warten ließ, und er gedachte auch jetzt nicht zu warten. Atticus Pelham sollte ihn hier herumstehen sehen.

Lange brauchten sie nicht zu warten. Atticus legte auf und schob seinen Stuhl zurück. Er öffnete die Glastür und kam auf sie zu, allerdings mit einem leicht verunsicherten Lächeln im Gesicht. Mit seinen etwa ein Meter achtundsechzig und seinem vollen roten Haar mit nur ein paar grauen Strähnchen darin war Pelham gut einen Kopf kürzer als Calloway und eine Handbreit kleiner als Tracy. Er trug ein kurzärmliges weißes Hemd, eine schwarze Hose und schwarze Tennisschuhe. Ehe er bei seinen Besuchern ankam, schob er sich noch rasch mit dem Daumenballen die Brille auf der Nase zurecht.

»Chief Calloway.« Er streckte die Hand aus. »Was führt Sie hierher?«

Calloway stellte Tracy vor.

»Ich erinnere mich noch daran, wie Sie damals in die Stadt zurückkamen«, sagte Pelham. »Wann war das noch gleich?«

»2013«, meldete sich Margaret, die wieder vor ihrem Computer hockte.

»Wir haben mit dem Wiederaufnahmeverfahren des Mörders Ihrer Schwester eine Menge Zeitungen verkauft.«

»Tracy hilft uns ein bisschen aus, Atticus. Sie möchte Ihnen einige Fragen stellen.«

»Geht es um Finlay?«, wollte Pelham wissen.

»Ich habe ihr gesagt, Sie haben bestimmt ein halbes Stündchen Zeit für uns.«

Pelham warf Calloway einen Blick zu. Vielleicht war ihm gerade klar geworden, dass es hier nicht darum ging, ob er sich Zeit für die Besucher nehmen wollte. Es wurde ihm mehr oder weniger befohlen, Zeit zu haben.

»Klar, natürlich, das mache ich gern.« Er sah sich um. »Lassen Sie uns in mein Büro gehen. Das wird eng, aber wir sind dort mehr unter uns.«

»Eng macht uns nichts aus«, versicherte Tracy.

Pelham holte einen Schreibtischstuhl von einem der unbesetzten Schreibtische und rollte ihn in sein Büro, das Tracy an das kleinere der beiden Verhörzimmer im Polizeipräsidium erinnerte, das absichtlich klein gehalten war, damit es den Verdächtigen dort rasch ungemütlich wurde.

Pelham stellte den Extrastuhl neben den Besucherstuhl vor seinem Schreibtisch und wartete, bis alle sich gesetzt hatten. »Wie kann ich also helfen?«

Tracy wollte gerade antworten, als das Telefon auf Pelhams Schreibtisch sie unterbrach.

»Tut mir leid«, entschuldigte sich der Verleger. »Einen Moment bitte!« Er drückte auf ein paar Knöpfe. »In Ordnung, jetzt gehen die Anrufe gleich an die Mailbox. Also? Was wollen Sie wissen?«

»Ich habe ein paar Fragen in Bezug auf Kimberly Armstrong.«

»Tragisch.« Pelham schüttelte den Kopf. »Wirklich tragisch. Eine schreckliche Tragödie. Kimberly gehörte hier zur Familie. Wir haben uns noch nicht von dem Verlust erholt, nicht nur von der Arbeit her, auch emotional. Kimberly war für eine Menge unserer Artikel zuständig und hatte außerdem noch eine wöchentliche Kolumne. Zurzeit improvisieren wir noch ohne richtigen Ersatz.«

»Wie ich es verstanden habe, hat Kimberly auch längere Artikel verfasst, die einiges an Recherche erforderten«, begann Tracy.

»Manchmal.« Pelham nickte. »Aber so eine Zeitung sind wir eigentlich nicht. Wir bringen nicht besonders viel an knallharten Nachrichten. Bei uns geht es meistens um lokale Sachen, Geschäftseröffnungen, das Jazzfestival, all die Neuerungen in der Market Street. Interessantes über Leute hier in der Stadt, Berichte über die Sitzungen des Stadtrats. Interessanter wird es bei uns meistens nicht.«

»Aber Kimberly hat manchmal auch andere, vielleicht eher kontroverse Artikel vorgeschlagen?«, fragte Tracy.

Pelham versuchte zu lächeln, was allerdings eher wie eine Grimasse ausfiel. Er nahm eine Büroklammer von seiner Schreibunterlage und setzte sich zurück, spielte mit ihr. »Darüber gab es zwischen uns die eine oder andere Debatte.«

»Über welche Artikel haben Sie sich denn gestritten?«

»Streiten würde ich das nicht gleich nennen. Kimberly hat etwas vorgeschlagen und ich musste ihr erklären, dass wir solche Sachen nicht bringen.«

»Hat sie gedrängt?«

Jetzt lächelte Pelham, während sich seine Finger weiterhin eifrig mit der Büroklammer beschäftigten. »Sie hat es versucht. Ich habe dann immer gesagt, Kimberly, wenn dein Name mal an der Tür hier steht, kannst du solche Entscheidungen treffen. Bis dahin trage ich die Verantwortung.«

Tracy versuchte es mit einem anderen Ansatz, vielleicht entspannte Pelham sich dann ja. »Die Zeitung gehört Ihnen?«

»Ja.«

»Und Sie sind von den Einnahmen durch Anzeigen abhängig?«

»Wie fast alle Zeitungen in kleinen Städten, die sich immer noch durchzuschlagen versuchen. Leicht ist das nicht. Wir hatten schon überlegt, ob wir nicht zukünftig nur noch online erscheinen sollten, aber das mögen die Leute auch nicht. Die meisten haben immer noch gern eine richtige Zeitung in der Hand. Als Kompromiss fahren wir jetzt zweigleisig.«

Tracy dachte an die Zeitungen im Ständer vorn am Eingang. »Wie oft bringen Sie die Zeitung noch in Papierform heraus?«

»Alle zwei Wochen. Gleichzeitig sind wir online präsent, mit einem Blog für Lokales, mit Gartentipps und Nachrichten der Polizei und Feuerwehr. ›Was ist los in Cedar Grove?‹ nennen wir das Ganze. Diesen Blog bringen wir jeden Tag auf den neuesten Stand.«

Pelham entspannte sich sichtlich, als Tracy ihm jetzt noch ein paar Fragen zu vertrauten Themen aus dem Zeitungsleben stellte. Er legte sogar die Büroklammer zurück. »Dieser Blog«, erkundigte sich Tracy, »waren das die Artikel, die Kimberly für Sie schrieb? Berichte über lokale Ereignisse?«

»Nein. Kimberly hat meistens Nachrichten bearbeitet. Sie berichtete aus dem Büro des Bürgermeisters und über die Sitzungen des Gemeinderats, schrieb jedes Jahr einmal über den Haushalt der Stadt, solche Sachen.«

»Sie hat über die Arbeit von Gary Witherspoon berichtet?«

»Das war eine ihrer Aufgaben, ja.«

Das fand Tracy interessant. »Hat Gary Sie je deswegen kontaktiert? Wollte er je mit Ihnen über einen Artikel sprechen, an dem Kimberly arbeitete?«

Pelham griff wieder zur Büroklammer – ein eindeutiges Zeichen dafür, dass er sich bei dieser Frage unwohl fühlte. »Nicht, dass ich mich erinnere. Nein.«

»Hatten Kimberly und Sie nicht eine Auseinandersetzung über einen Artikel, den sie über die Ermordung von Heather Johansen schreiben wollte?«

Pelham wurde bleich und erholte sich nur mit Mühe.
»Keine Auseinandersetzung – eher eine Diskussion. Aber Gary hat sich dazu mir gegenüber nie geäußert.«
»Nein?«
»Nein. Eine richtige Diskussion war es auch nicht.« Pelham nahm wohl gern zurück, was er gerade gesagt hatte. »Sie wollte der Sache nachgehen und ich sagte, das könne sie meinetwegen tun, allerdings in ihrer Freizeit. Wobei ich nicht versprechen könnte, dass ich den Artikel auch wirklich veröffentliche.«
»Aber sie arbeitete an einem Artikel.« Tracy ließ nicht locker.
»Das könnte sein.«
»Sie haben nicht mehr darüber gesprochen?«
»Nein, eigentlich nicht. Nicht, dass ich mich erinnere. Nein.«
»Hat sie mit irgendjemandem hier im Büro darüber gesprochen?«
»Nicht, dass ich wüsste.«
Sackgasse, dachte Tracy. Leider so gar nicht, was sie erwartet hatte. »Gab es irgendwelche anderen Artikel, an denen Kimberly saß und über die Sie sich mit ihr gestritten haben?«
Pelham lächelte, während seine Finger die inzwischen gänzlich aufgebogene Büroklammer wie die Rotationsblätter eines Hubschraubers kreisen ließen. »Verleger und Journalisten haben Auseinandersetzungen über alles Mögliche. Welche Artikel wir bringen und welche nicht, welche wir kürzen müssen und so weiter. Das gehört zum Spiel.«
»Und was für ein Spiel wäre das?«, wollte Tracy wissen.
»Das Zeitungsspiel.«
»Worüber haben Kimberly und Sie im Rahmen dieses Zeitungsspiels sonst noch so diskutiert?«
Pelham wirkte zunehmend nervöser. »Ich meinte das eher so allgemein, an Konkretes kann ich mich nicht erinnern.«

»Und die allgemeinen Diskussionen? Worum ging es da so?«

»Ich meinte das eher als Begriff … ich wollte damit nicht sagen …« Er warf Calloway einen Hilfe suchenden Blick zu, so wie ihn ein Spieler seinem am Spielfeldrand wartenden Trainer zuwarf, wenn er aus dem Spiel genommen werden wollte.

»Atticus«, sagte Calloway ruhig, aber bestimmt, ganz der befehlsgewohnte Schuldirektor im Gespräch mit einem Schüler, »ich habe Tracy gebeten, mir zu helfen, solange Finlay ausfällt. Und jetzt sitze ich hier und höre euch zu und kriege so langsam das Gefühl, Sie führen einen Tanz auf, um Tracys Fragen zu entgehen, und zwar so unbeholfen und schüchtern wie ein Junge auf seinem ersten Schulball. Kriegen Sie sich ein, Mann, und kommen Sie zur Sache. Wir müssen wissen, woran Kimberly möglicherweise gearbeitet hat.«

»Darf ich eine Frage stellen, Chief?«, fragte Pelham.

»Natürlich.«

»Worum geht es hier eigentlich? Uns wurde erzählt, Kimberly sei beim Brand ihres Hauses ums Leben gekommen. Sagen Sie jetzt, das stimmt nicht?«

Ein Reporter hätte diese Frage eigentlich präziser stellen müssen. Calloway wich ihr geschickt aus. »Nein, ich sage nicht, dass das nicht stimmt. Sie ist eindeutig beim Brand ihres Hauses gestorben.«

»Warum denn dann all diese Fragen?«

»Das kann ich Ihnen im Moment noch nicht erklären, Mr Pelham«, sagte Tracy. »Aber ich setze mich gern mit Ihnen zusammen, nur wir beide, und hole das nach, sobald es mir möglich ist.« Das Versprechen schien Pelham nicht zufriedenzustellen, aber Tracy ließ nicht locker. »Recherchierte Kimberly zum Mord an Heather Johansen?«

»Wie ich schon sagte, sie hat das Thema zur Sprache gebracht und wir haben uns darüber unterhalten. Danach habe ich nie wieder von dem Projekt gehört, bis auf ein Mal, als Kimberly meinte, sie sei nicht weit gekommen.«

»Dann haben Sie also doch mit ihr darüber gesprochen?«

Pelham sah aus wie ein Mann am Rande einer Klippe, der mühsam nach Wegen sucht, einen Absturz zu vermeiden. »Nein. Nun, in diesem Sinne: Ja.«

»Was wurde gesagt?«

»Okay.« Er legte die Büroklammer ab, stieß einen tiefen Seufzer aus und hob beide Hände. »Sie machen da mehr draus, als dran war.« Er warf Calloway einen Blick zu, als hoffe er auf einen weiteren Rettungsring. Als keiner geflogen kam, seufzte er noch einmal. »Kimberly hat mir gegenüber durchblicken lassen, sie habe die Ermittlungsakte gelesen, und Heather Johansen sei laut Bericht des Rechtsmediziners wahrscheinlich schwanger gewesen. Ich bin sicher, damit erzähle ich Ihnen nichts, was Sie nicht bereits wissen, Chief. Kimberly hat Vermutungen angestellt, denen zufolge der Vater des Kindes auch Heathers Mörder gewesen sein könnte. Hören Sie, Roy, Sie kennen mich und Sie wissen, eine solche Geschichte hätte ich ohne konkrete, wasserdichte Beweise nie gebracht. Nicht zu Lebzeiten von Eric und Ingrid, nach allem, was die beiden durchmachen mussten.«

»Ja, ich kenne Sie, Atticus.« Calloway nickte.

»Wollte Kimberly denn, dass die Zeitung die Geschichte bringt? Hat sie das verlangt?«, wollte Tracy wissen.

»Nein. Darauf will ich doch hinaus. Kimberly hat den Bericht nicht ernst genommen.«

»Den Bericht der Rechtsmedizin?«, fragte Tracy verwirrt.

»Ja.«

»Hat sie gesagt, weswegen?«

»Sie sagte, sie sei auf der Highschool Heathers beste Freundin gewesen, und wenn Heather schwanger gewesen wäre, dann hätte sie das gewusst. Heather hätte es ihr erzählt.«

Die Antwort ließ Tracy aufhorchen. Das hörte sich an wie etwas, das Kimberly durchaus gesagt haben könnte. Gleichzeitig klang es auch so, als hätte sie versucht, sich selbst die Weiterarbeit an diesen Recherchen auszureden. War es für Kimberly zu schmerzhaft gewesen, dieser Spur nachzugehen? Hatte sie befürchtet herauszufinden, dass Finlay der Kindsvater gewesen war oder doch wenigstens hätte sein können? Was natürlich gleich die nächste Frage aufwarf, denn wenn Kimberly die eine Geschichte erst einmal auf Halde gelegt hatte, woran hatte sie zum Zeitpunkt ihres Todes denn dann gearbeitet?

»Saß Kimberly Ihres Wissens an irgendwelchen anderen Recherchen?«, fragte Tracy.

Pelham zupfte an der Haut unter seinem Kinn. »Okay, hören Sie ... ich möchte wirklich keine Gerüchte in die Welt setzen ...«

»Gott bewahre!«, sagte Calloway.

»Kimberly kam eines Nachmittags zu mir und behauptete, an der Sanierung der Market Street sei mehr dran, als Gary und der Stadtrat durchblicken ließen.«

Sofort schrillten bei Tracy Alarmglocken. Dan hatte mehr oder weniger dasselbe gesagt. »Hat sie das ausgeführt? Wissen Sie, was gemeint war?«

»Nicht genau.«

»Was hat sie denn gesagt?«, mischte sich Calloway ein.

»Sie sagte, es sähe so aus – und ich benutze diese Formulierung ganz bewusst –, als hätte jemand beim Bauamt in Bellingham einen Antrag auf Erschließung des Gebietes oberhalb von Cedar Grove gestellt.«

»Das alte Cascadia-Gelände?«

»So hat sie es bezeichnet. Ich war nicht hier, als die ursprünglichen Planungen liefen, also kann ich nicht mit Sicherheit sagen, dass es sich um genau dasselbe Gebiet handelt. Aber so hat Kimberly es formuliert.«

Tracy warf Calloway einen Blick zu. Ein Wiederaufleben des vor fünfundzwanzig Jahren ad acta gelegten Projekts zur Einrichtung eines Erholungszentrums würde den Wert der Geschäfte in der Market Street dramatisch in die Höhe schnellen lassen, ebenso die Hauspreise in der Stadt. Vielleicht war das die Antwort auf die Frage, die Dan beschäftigte, seit er an Larry Kaufmans Fall saß: die Frage nach dem Warum. Warum sollten Leute bereit sein, in einer Stadt, in der in den letzten Jahrzehnten so gut wie jeder Laden gescheitert war, Geld in die Renovierung von Gebäuden zu stecken und Geschäfte zu eröffnen? Das war jetzt nicht die Information, mit der Tracy an diesem Morgen gerechnet hatte, aber es ergab durchaus einen Sinn.

»Wie kam Kimberly darauf, jemand könnte einen solchen Antrag gestellt haben?«, fragte sie. »Hat sie das konkretisiert?«

»Für mich klang das alles eher nach Geheimtipp und Spekulation«, winkte Pelham ab.

»Was hat sie gesagt, Atticus?«, mahnte Calloway.

»Kimberly hatte sich gefragt, warum jemand Geld und Mühe in einen Laden investierte, der gescheitert war. Ich sagte, das läge an Gary, der versuchte, Cedar Grove von Grund auf zu ändern. Gary will Touristen in die Stadt locken, indem er mit den Attraktionen der Gegend und den vielen Möglichkeiten für Freizeitaktivitäten an frischer Luft wirbt.«

Ein lebendiges Geschäftsleben hieße mehr Läden auf der Suche nach Werbemöglichkeiten und damit mehr Geld für Atticus Pelham und seinen *Towne Crier*. Solche Überlegungen hatte sich Pelham bestimmt nicht einfach nur angehört, ohne nachzufragen.

»Ist Kimberly diesen Vermutungen nachgegangen? Hat sie recherchiert?«

Pelham zuckte die Achseln. »Das weiß ich nicht. Sie hat mir nur erzählt, sie glaube, das Land da oben solle erschlossen werden.«

»Hat sie gesagt, woher sie das wusste?«

»Sie hat nicht gesagt, dass sie es wusste. Sie hat gesagt, sie glaube, es könne der Fall sein.«

»Hat sie Ihnen auch mitgeteilt, warum sie glaubte, es könne der Fall scin?« Bei Bedarf konnte Tracy das den ganzen Tag durchhalten.

»Mir gegenüber nicht.«

»Hat sie noch irgendetwas anderes gesagt?«

»Nein. Nicht zu mir.«

»Zu irgendjemandem, den Sie kennen?« Tracy ließ nicht locker.

»Das ist möglich. Kimberly redete gern.« Pelhams Blick wanderte hinüber zu Calloway. »Das wissen Sie, Roy. Wenn Kimberly erst mal anfing zu reden, dann hörte sie so schnell nicht wieder auf. Erinnerte einen immer an diese Reklame für Batterien.«

Tracy hatte eine Idee. »Und was ist mit Ihnen, Mr Pelham?«

Pelham griff erneut zur Büroklammer, woraufhin Tracy nachdenklich auf seine Finger sah. Sofort legte er die Klammer ab. »Was soll mit mir sein?«, erkundigte er sich leise und zögerlich.

»Haben Sie mit irgendjemandem über Kimberlys Spekulationen in Bezug auf die Wiederaufnahme des Cascadia-Projekts gesprochen?«

»Natürlich habe ich das! Das ist mein Job!«

»Was ist Ihr Job?«

»Nachrichten.«

»Ich dachte, die eigentlichen Nachrichten seien Kimberlys Job gewesen.«

»Das stimmt, aber ich meine, letztendlich treffe ich die Entscheidungen.«

»Mit wem haben Sie darüber gesprochen, Atticus?«, warf Calloway ein.

»Ich könnte es einmal erwähnt haben, als ich mich mit Gary auf einen Drink traf.«

»Gary Witherspoon?« Tracy warf Calloway einen Seitenblick zu.

»Ja.«

»Sie haben ihm erzählt, dass Kimberly vermutete, das Cascadia-Gelände könnte jetzt doch entwickelt werden?«

»Ich habe ihn gefragt, ob er davon weiß.«

»Was hat er geantwortet?«

»Er meinte, er wisse nichts darüber, aber wenn es stimme, wüsste er das zu gern, denn das könne für Cedar Grove Großes bedeuten. Ein Projekt dieser Art könne seine Pläne für die Innenstadt unglaublich voranbringen. Andererseits war er sich ziemlich sicher, dass er Kenntnis davon hätte, wäre so etwas wirklich geplant.«

»Wann fand diese Unterhaltung mit Gary denn statt?«, wollte Calloway wissen.

»Im Sommer.«

»Wann im Sommer?«

»Am Abend des Jazzfestivals.«

Calloway sah Tracy an. Das war Ende August gewesen. Kimberly Armstrong war im September gestorben.

Kapitel 28

Vom Parkplatz der Mietwagenfirma fuhr Faz auf der Ringstraße 202 South Mountain Freeway zur Arizona State Route 101, der er laut Navi fünfundvierzig Minuten in nördlicher Richtung folgen sollte. Insgesamt dauerte die Fahrt knapp eine Stunde. Das Haus, in das sich Pete Adams flüchtete, um dem Winter zu entgehen, befand sich in den Ausläufern des Tonto National Forest, in einem Ort namens Rio Verde.

»Rio Verde? Das meinen die ernst?«, hatte Faz die Frau hinter dem Tresen der Autoverleihfirma gefragt, die ihm die Strecke auf der Landkarte markiert hatte.

»Ganz ernst.«

»Na dann prost.«

Falls Adams nach dem genauen Gegenteil von Silver Spoons oder wie das Kaff heißen mochte, gesucht hatte, dann war er hier offenbar fündig geworden. Je weiter Faz kam, desto spärlicher wurde der Baumbestand. Die einzige Ausnahme bildeten Kakteen, falls man die überhaupt als Bäume bezeichnen durfte. Er hatte Bellingham bei Temperaturen um den Gefrierpunkt verlassen, hier herrschten samtene einundzwanzig Grad. Faz hatte gleich beim Verlassen des Flughafengebäudes angefangen zu schwitzen, was sich erst im Auto wieder gelegt hatte, das über eine Klimaanlage verfügte. Bestimmt würde er schmelzen, wenn er sich länger unter der hiesigen Sonne aufhalten musste.

Nach ungefähr zwanzig Meilen auf der 101 meldete sich sein Navi mit der Stimme einer Dame mit britischem Akzent, den Faz einfach zu gern hörte, und wies ihn an, die Ausfahrt North Pima Road zu nehmen.

»Machen wir doch gerne!«, antwortete Faz ebenfalls mit britischem Akzent.

Auf der North Pima Road legte er fast sieben Meilen zurück, bis er erst links und dann gleich wieder rechts abbiegen sollte und nun an rostbraunen Häusern vorbeifuhr, die sich wunderbar in die Landschaft einpassten. Manche lagen hinter Mauern und schienen von respektabler Größe zu sein, umgeben von Grundstücken, die für ausreichend Abstand zum Nachbarn sorgten. Die Gartengestaltung beschränkte sich jeweils auf Felsen, Kies und allem dazwischen, Kakteen und ein paar blühende Pflanzen, deren Namen Faz beim besten Willen nicht gewusst hätte.

Nach weiteren fünfzehn Minuten bog er auf Anweisung des Navis in eine Einfahrt ein. Hier umgab eine fast zwei Meter hohe Mauer aus Lehmziegeln das Grundstück und die eigentliche Zufahrt wurde von einem Eisentor versperrt. Nicht schlecht, so ein Haus für einen Typen, der einen Großteil seines Lebens als Kneipenwirt verbracht hatte. Wobei man die Grundstückspreise in dieser Gegend wahrscheinlich nicht mit denen von Seattle vergleichen konnte, und im Sommer wurde es hier unerträglich heiß. Gut möglich, dass Adams sein Haus für einen Spottpreis hatte erwerben können. Oder für ein Lied, wie man mancherorts sagte.

Etwas in der Richtung von AC/DCs *Highway to Hell*.

Faz drückte auf den Knopf einer in die Mauer eingelassenen Gegensprechanlage und musterte durch die Lücken im Tor die Fenster des Hauses. Die Vorhänge waren nicht zugezogen, sodass er durch das Haus hindurch bis zum glitzernden Pool hinten im Garten sehen konnte, ohne dabei jedoch einen Menschen zu entdecken. Er hatte vor dem Abflug aus Bellingham bei Adams angerufen, um sicher sein zu können, dass der nicht gerade zu einer Urlaubsreise aufgebrochen war. Das war ihm zwar unwahrscheinlich vorgekommen, denn bei den Temperaturen da unten und dem ewigen Sonnenschein hatte man doch schon alles, was man zum Urlaub brauchte, aber man wusste ja nie. Eine Frau hatte abgenommen und gesagt, Pete sei gerade nicht da. Faz hatte sich bedankt. Er werde es später noch einmal versuchen.

Jetzt sah er sich in der kargen Landschaft um. Wenn er hier in der prallen Sonne stehen blieb, würde er bald wirklich schmelzen. Garantiert war es besser, sich in der nächsten Stadt ein nettes Restaurant mit Klimaanlage zu suchen und von dort aus später noch einmal bei Adams anzurufen.

* * *

Dan fuhr auf den Parkplatz der Behörde von Whatcom County, in der das Grundbuchamt des Bezirks angesiedelt war. Ein bisschen kam er sich vor wie ein Jo-Jo, erst Bellingham, dann Cedar Grove, dann wieder zurück nach Bellingham, doch gleichzeitig hatte er das Gefühl, kurz vor einer ganz wichtigen Entdeckung zu stehen. Einem Wendepunkt, an dem sich Larry Kaufmans Verfahren gegen die Stadt vielleicht erfolgreich beenden ließ.

Der jungen Verwaltungsangestellten, die er im Gebäude antraf, Celia Reed, erklärte er, er sei auf der Suche nach der Nummer eines bestimmten Flurstücks. Er beschrieb ihr die Lage des betreffenden Grundstücks, woraufhin Reed ein paar Minuten auf der Tastatur ihres Computers herumklapperte. Dann konnte sie ihm mitteilen, dass das von ihm beschriebene Grundstück drei Flurstücke mit jeweils eigener Nummer umfasste. Da sie gerade nicht viel zu tun hatte, erläuterte sie noch, wie er selbst herausfinden konnte, welche Nummer zu welcher Parzelle gehörte, loggte sich auf einer Webseite ein, gab die Nummern der betreffenden Parzellen ein und las die Informationen darüber vom Bildschirm ab, während Dan sich Notizen machte.

»Zwischen 1984 und 1993 gehörten die Grundstücke der Cascadia Redevelopment Corporation. Das Land wurde im Jahr 1993 vom Staat Washington beschlagnahmt.«

»Es wurde geflutet«, erklärte Dan. »Der Staat hat am Fluss den Bau von hydroelektrischen Dämmen genehmigt, weswegen das Gebiet geflutet wurde.«

»Das war vor meiner Zeit«, erklärte Reed.

»Aber leider nicht vor meiner.« Dan lächelte. »Steht da sonst noch etwas?«

Reed fuhr mit dem Zeigefinger auf dem Bildschirm entlang. »Im Jahr 2014 wurden die drei Parzellen von einer Gesellschaft mit beschränkter Haftung gekauft. Von der Cedar Grove Development GmbH.«

In Dans Kopf rumorte es gewaltig. »Kann ich irgendwo anders weitere Informationen zu den Flurstücken oder dem Käufer bekommen?«

Celia Reed schickte ihn zum Büro des Raumordnungsplaners am Northwest Drive. Dort konnte er anhand der Nummern der einzelnen Parzellen feststellen, dass es für diese drei Grundstücke noch keine Bauvoranträge gab. Es befand sich auch kein Bericht über eine topografische Vermessung im System, wobei sich Dan sicher war, dass ein solcher Plan erstellt worden war, denn sonst hätte man nicht die von ihm entdeckten Kennzeichnungen der Bäume eintragen können. Es leuchtete ein, dass man sich mit einer solchen Information im öffentlichen System noch bedeckt hielt, wenn man die Neuplanungen in Bezug auf das Cascadia-Projekt nicht an die große Glocke hängen und erst einmal sämtliche Läden an der Market Street praktisch zum Nulltarif erwerben wollte. Wahrscheinlich würden der Vermessungsplan und die Berichte über Bauvoranträge öffentlich erst dann vorliegen, wenn die Geschäfte an der Market Street eröffnet hatten. Jetzt verstand er auch, warum die Stadt so erpicht auf eine Einigung mit Larry Kaufman war: Sobald die Neuigkeit vom Erholungsprojekt oben in den Bergen die Runde machte, würde der Wert von Kaufmans Geschäft ordentlich in die Höhe schnellen.

Dan fuhr zurück zum Grundbuchamt und erkundigte sich bei Celia Reed, ob es dort vielleicht einen Computer gäbe, an dem er ein Weilchen arbeiten könnte. Er wollte Zugang zu den Unterlagen der obersten Beurkundungsbehörde des Staates Washington.

»Sie wollen sich die Cedar Grove Development GmbH ansehen?«, fragte Reed.

Genau das wollte Dan.

Reed tippte auf der Tastatur ihres Computers und drehte den Bildschirm dann so, dass Dan ablesen konnte, was sie gefunden hatte. Alles war genau so, wie Dan erwartet hatte. Besonders ins Auge fiel ihm der Name des designierten Bevollmächtigten der Gesellschaft.

* * *

Kurz nach halb zwei versuchte es Faz von seinem netten, klimatisierten Restaurant aus noch einmal bei Pete Adams. Als erneut eine Frau an den Apparat kam, fragte er nach »Pete«.

»Der ist gerade auf dem Nachhauseweg vom Golfplatz. Mit wem spreche ich?«

»Ich rufe vom Club aus an. Er hat ein paar Golfbälle in seinem Cart vergessen, die bringen wir Ihnen schnell mal vorbei.«

»Ich kann ihn auch an …«

»Kein Problem!« Faz legte auf. Wahrscheinlich wäre diese kleine List gar nicht nötig gewesen, es war ihm nur nicht danach, sich jetzt noch abwimmeln zu lassen. Nachdem er so weit gereist war, wollte er sich wenigstens persönlich einen ersten Eindruck machen dürfen.

Also hielt er schon bald erneut vor der Gegensprechanlage beim Haus von Adams, wo inzwischen hinter dem Tor zwei Autos parkten. Diesmal glitt das Tor sofort beiseite, nachdem Faz sich gemeldet hatte, sodass er auf dem Kopfsteinpflaster zum Haus fahren und hinter den beiden anderen Wagen parken konnte. Die Sonne blendete heftig, sobald er aus dem Auto gestiegen war, und er setzte sich hastig die Sonnenbrille auf. Vom Haus her kam ein Mann auf ihn zu, Anfang siebzig, eher dünn, mit silbernen Haaren und rötlicher Sonnenbräune auf den Armen. Er trug Golf Shorts, dazu ein Hemd mit Kragen, und musterte Faz neugierig. »Sind Sie vom Golf Club?«

»Eigentlich bin ich ein Detective aus Seattle, Mr Adams. Ich bin hier, weil ich Ihnen gern ein paar Fragen stellen würde.«

»Worüber?«

»Über Ihre Jahre als Wirt der *Four Points Tavern* in Silver Spoons.«

»Silver Spurs?«

»Genau.«

»Ein ziemlich weites Feld, die Bar hat mir dreißig Jahre lang gehört. Worum geht es denn genau? Ich habe die *Four Points* vor einigen Jahren verkauft, um mich zur Ruhe zu setzen.«

»Das ist mir klar und ich kann Ihnen versichern, dass es nicht um irgendetwas geht, was Sie getan oder nicht getan haben. Wir untersuchen zwei alte Fälle und würden in dem Zusammenhang gern ein, zwei Unklarheiten beseitigen.«

»Geht es um den Anwalt? Wie hieß er noch gleich? Mathew irgendwas.«

»Jason Mathews?«

»Richtig.« Adams warf Faz einen neugierigen Blick zu. »Deswegen sind Sie den ganzen weiten Weg hierhergekommen? Hätte ein einfaches Telefonat nicht genügt? Und warum die Ausrede mit den Golfbällen?«

»Nennen Sie es Paranoia. Berufskrankheit in meinem Job.«

Adams grinste belustigt. »Was wollen Sie denn nun wissen?«

»Könnten wir vielleicht reingehen? Irgendwohin, wo es eine Klimaanlage gibt? Ich bin für das Wetter hier nicht so gut gebaut wie Sie und schwitze schon vom Rumstehen. Mein Kopf kommt mir vor wie ein Flammenmeer.«

Adams lächelte. »Klar, kommen Sie rein. Ich bringe Ihnen einen Eistee.«

* * *

Vor Dans Haus stand immer noch der Streifenwagen, als er nach Hause kam. Er hatte von unterwegs aus mit Tracy telefoniert und sie über sein zweites Treffen mit Zack Metzger informiert, bei dem es um seine Arbeit an den Gründungspapieren der Cedar Grove Development LLC gegangen war.

Jetzt konnte er Tracy die Unterlagen geben, die Celia Reed für ihn ausgedruckt hatte.

»Das ist die Geschichte, an der Kimberly Armstrong gearbeitet hat, als sie umgebracht wurde«, stellte Tracy fest, nachdem sie die Papiere durchgesehen hatte. »Ihr Verleger wusste nicht, wie weit sie mit ihrer Recherche gekommen war, sie hatte ihm aber erzählt, dass das Land erneut erschlossen werden sollte. Wenn sie so viel wusste, dann hat sie auch gewusst, dass jemand dem Staat Washington das Grundstück abgekauft hat.«

»Und Sunnie war die Kontaktperson für den Anwalt in Bellingham, der als Bevollmächtigter für die Ausarbeitung der Papiere genannt wird.«

»Da muss Gary dahinterstecken. Cedar Grove Development ist seine Firma, anders kann ich mir das nicht vorstellen.«

»Ich würde ja zuerst einmal auf Ed tippen«, widersprach Dan. »Der hat immer schon gern Geld verdient und das Cascadia-Projekt würde eine enorme Wertsteigerung für sämtliche Grundstücke und Geschäfte in Cedar Grove bedeuten. Wenn es nicht Ed ist, dann könnte die Gesellschaft auch Gary und Rav Patel gehören. Ich glaube nämlich nicht, dass Patel nach Cedar Grove gekommen ist, weil sie ihm hier ein höheres Gehalt geboten haben als anderswo.«

»Wie konnten sie so eine Firma gründen und glauben, es würde keiner merken?«

»Sie sind einfach nicht auf die Idee gekommen, es könnte sich jemand die Mühe machen nachzuschauen. Sie hatten nicht damit gerechnet, dass Kimberly die Sache verfolgt, und ganz bestimmt auch nicht damit, dass einer der Ladenbesitzer an der Market Street ihr wunderbares Angebot ausschlagen könnte. Als Larry Kaufman nicht verkaufen wollte, hat sie das kurz aus der Bahn geworfen, aber sie haben gedacht, das kriegen sie in den Griff. Dass Larry sich einen Anwalt nimmt und dass dieser Anwalt dann so weit geht, all diese Einzelgesellschaften genauer unter die Lupe zu nehmen, ist ihnen wohl auch nicht in den Sinn gekommen. Wahrscheinlich haben sie gedacht, er greift zu und verschwindet, wenn sie ihr Angebot erhöhen.«

»Wenn das Erholungsgebiet wirklich entsteht, werden die Gesellschaften ein Vermögen wert sein, Dan.«

»Das glaube ich auch. Das Grundstück ist bereits vermessen worden, aber sonst ist noch nicht viel passiert. Zumindest lassen sich keine weiteren Unterlagen finden. Wahrscheinlich warten sie ab, bis die Übernahme sämtlicher Geschäfte geregelt ist, und machen erst dann weiter. Hast du schon die Adressen und Telefonnummern der anderen Gesellschafter erhalten?«

Faz hatte Kins gebeten, diese Informationen zu besorgen. »Nein, bisher noch nicht.«

Dan tigerte auf und ab, wie er es beim Nachdenken gern tat. »Ich wette, diese Geschäfte wurden von Verwandten oder Studienfreunden von Witherspoon gekauft. Von Leuten mit genug Geld, um die verlangten Reparaturen vorzunehmen und sich ansonsten zurückzuhalten. Oder Ed und Gary haben Darlehen aufgenommen, sämtliche Einzelfirmen gegründet und spielen mit dem Geld der Bank, bis das Projekt in den Bergen losgeht. Individuell wären die Darlehen keine so große finanzielle Belastung. Es ist irgendwie wie im alten Cedar Grove – sie graben nach Gold, haben aber diesmal dafür gesorgt, dass sie auf jeden Fall welches finden. Die verbesserten Bedingungen in Cedar Grove mit soliden Geschäften macht den Bau des Erholungszentrums viel lukrativer und umgekehrt.«

Tracy nickte wortlos.

Den Blick kannte Dan. »Was ist? Sag schon!«

»Deine Schlussfolgerungen sind nachvollziehbar. Ich kann mir bloß schwer vorstellen, dass jemand deswegen Kimberly umgebracht haben soll.«

»Es ist eine Menge Geld im Spiel, Tracy. Und der Verleger hat euch gegenüber zugegeben, dass er mit Gary über Kimberly und das, was sie herausgefunden hatte, gesprochen hat.«

»Was sie geglaubt hatte, herausgefunden zu haben.«

»Meinst du, der Verleger könnte Eigeninteressen haben?«

»Nein. Nichts, was über die Zeitung hinausginge. Er und Gary haben viel miteinander zu tun, das hängt mit ihren Funktionen in der Stadt zusammen. Ich bin sicher, Pelham hat die Sache Gary gegenüber eher beiläufig erwähnt, weil eine Wiederaufnahme der Planung für Cascadia der Stadt und damit im Grunde auch ihnen beiden Auftrieb geben würde. Gut gehende Läden bedeuten Werbeeinnahmen. Aber ich glaube ehrlich nicht, dass Atticus Pelham da mit drin hängt. Wenn du ihn kennen würdest, sähest du das auch so. Ich mache meinen Job jetzt schon eine ganze Weile, Dan. Jemanden zu erschießen kann eine spontane Tat sein, aus dem Moment heraus. Aber die Frau eines Polizisten in ihrem Haus aufzusuchen und ihr mit einem Schläger den Schädel einzuschlagen, deutet auf eine Tötung hin, die durch etwas anderes motiviert wurde als die Gier nach Geld. Außerdem sind da noch Heather Johansen und Jason Mathews. Wie passen die in dein Bild?«

»Vielleicht hängen die beiden Morde ja nicht mit dem an Kimberly zusammen.«

»Heather wurde ebenfalls erschlagen und Kimberly stellte Fragen zu ihrem Tod.«

»Aber von der Geschichte hatte Kimberly doch Abstand genommen, sagt ihr Verleger.«

»Das hat Pelham gesagt, ja. Sie soll ihm gegenüber behauptet haben, dass sie dem Bericht des Rechtsmediziners in Bezug auf Heathers Schwangerschaft nicht glaubte. Heather und sie seien beste Freundinnen gewesen und so etwas hätte Heather ihr erzählt. Ich frage mich allerdings, ob sie nicht aus einem anderen Grund von den Recherchen Abstand genommen hat.«

»Sie wollte nicht wissen, wer der Vater ist?«

»Vielleicht hat ihr der Gedanke Angst gemacht, Finlay könnte der Vater gewesen sein.«

»Ich sehe immer noch nicht, wie die beiden Morde zusammenhängen sollten«, sagte Dan. »1993 sind die hydroelektrischen Dämme ans Netz gegangen und das Grundstück da oben war wertlos. Weder Ed noch Gary oder sonst jemand konnte voraussehen, was jetzt passiert.«

»Ich behaupte ja gar nicht, dass Heather wegen irgendwelcher Pläne in Bezug auf das Erholungsgebiet umgebracht wurde. Ich stelle lediglich fest, dass beide Frauen auf dieselbe Art getötet wurden, mit einem Schlag auf den Kopf. Eine zu große Übereinstimmung, kaum vorstellbar, dass die beiden Morde nicht zusammenhängen.«

»Vielleicht«, sagte Dan. »Aber wie willst du diesen Zusammenhang beweisen?«

»Das weiß ich nicht.«

»Ich knabbere an einer Sache, die mir auf der Fahrt noch in den Sinn kam. Ich weiß nicht, ob das hinhaut, aber wenn ja, dann wäre uns beiden geholfen. Und vielleicht ist ja sogar unser hartgesottener Richter bereit, uns unter die Arme zu greifen.«

Kapitel 29

Faz trat an die Glasschiebetür und sah hinaus auf einen kleinen Garten mit einem nierenförmigen Pool und ein paar Bäumen, deren Zweige sich unter der Last von Zitronen und Grapefruits bogen.

»Was machen Sie mit den vielen Zitronen?«, erkundigte er sich.

Adams reichte ihm einen Eistee. »Limonade, Zitronenmarmelade, alles Mögliche. Möchten Sie ein paar mitnehmen? Ich habe mehr als genug.«

»Ich glaube nicht, dass ich die noch ins Handgepäck kriege.«

Sie setzten sich auf zwei rote Ledersessel. Der Boden des Wohnzimmers war gekachelt, die Einrichtung im Stil des Südwestens gehalten. »Sie sprachen von Fragen zum Tod von Jason Mathews?«, fragte Adams. »Ich dachte, das wäre ein Jagdunfall gewesen.«

»Genau das wird jetzt infrage gestellt«, erklärte Faz. »Uns wurde gesagt, er sei Stammgast in Ihrer Bar gewesen.«

»Eine Weile. Sie wissen, dass Cedar Grove nach dem Tod von Mathews eine Beamtin geschickt hat, um nachzufragen, ob der Mann sich bei uns in der Bar Feinde gemacht hatte?«

»Hatte er?«

»Nicht, dass ich es mitbekommen hätte.«

»Was wussten Sie über ihn?«

»Nicht viel. Er hielt sich eigentlich eher zurück, wenn er bei mir war, es sei denn, er hatte zu viel getrunken. Dann konnte er sehr laut und beleidigend werden.«

»In welcher Weise?«

»Meistens schimpfte er auf seine Ex. Ich würde Sie gerne etwas fragen: Eben vor der Tür sagten Sie etwas von zwei Fällen. Was ist denn der zweite?«

»Ein junges Mädchen, das 1993 auf der Landstraße verschwand und dessen Leiche wenig später unter dem Schnee gefunden wurde.«

»Ich dachte mir schon, dass es darum geht.«

»Wieso?«

»Weil er in dieser Sache nicht gerade diskret war.«

»Wer? Und in welcher Sache genau?«

»Mathews. Ich erinnere mich, dass er für die Familie des Mädchens gearbeitet hat. Zumindest hat er das behauptet.«

»Erinnern Sie sich sonst noch an etwas?«

»Ich weiß noch, dass er erzählt hat, er hätte etwas herausgefunden, das die Polizei nicht veröffentlicht hatte. Das war wahrscheinlich reine Angeberei. So einer war er.«

»Hat er erwähnt, was es war? Was die Polizei nicht publik gemacht hatte?«

»Wenn, dann erinnere ich mich nicht mehr. Ist ja auch schon ein Weilchen her.«

»Was ist mit irgendwem sonst in der Bar? Hat er sich öfter mit jemandem unterhalten, hatte er einen Trinkkumpan?«

»Nicht unter den Stammgästen. Wie ich schon sagte, so richtig beliebt war er nicht. Einmal musste ich seinetwegen sogar die Polizei rufen, da wollte er gar nicht mehr aufhören, gegen seine Ex zu hetzen. Wobei er ziemlich heftige Ausdrücke gebraucht hat.«

»Wann war das?«

»Wann ich die Polizei gerufen habe? Das weiß ich nicht mehr.«

»Können Sie es mit dem Zeitpunkt seines Todes in Verbindung bringen? Das war im Oktober 2013.«

»Nein, tut mir leid. Ich könnte mir aber vorstellen, dass es bei der Polizei einen Bericht gibt.«

»Das wäre die Polizei von Silver Spurs?«, wollte Faz wissen.

»Ich hatte Silver Spurs angerufen, aber die Beamten haben Cedar Grove Bescheid gegeben, weil Mathews dort wohnte. Sie dachten sich wohl, er ist deren Problem, und wenn ihn jemand nach Hause fahren muss, dann könnten das genauso gut die Kollegen vor Ort tun. Er war ziemlich betrunken. Ist an der Bar umgekippt.«

»Erinnern Sie sich noch an den Namen des Beamten, der kam, um ihn zu holen?«

»Sicher. Das war Finlay Armstrong. Er wurde später in Cedar Grove Polizeichef.«

Das wusste Faz schon von Tracy. Er hatte die Frage nur gestellt, um mit einem Gespräch über diesen Zwischenfall eventuell Adams' Erinnerungen auf die Sprünge zu helfen. »Sind Sie sich da sicher?«

»Ganz sicher. Finlay kam in die Bar und hat Mathews nach draußen geführt.«

»Haben Sie mit ihm gesprochen? Mit Finlay, meine ich.«

»Nichts außer ›da sitzt er‹ oder so etwas in der Art.«

»Sie sagten, der Typ, dieser Mathews, hätte ein ziemlich loses Mundwerk gehabt. Hat er je über die ermordete junge Frau gesprochen oder über die Arbeit, die er für die Familie machte? Irgendetwas?«

»Nicht zu mir, aber ja, wahrscheinlich hat er das getan, wobei ich jedoch nicht sagen kann, wem genau er es erzählt haben könnte. Er war einer von diesen Typen, wissen Sie? Hat immer so getan, als wäre er was Besonderes. Ein toller Hecht.«

»Ich nehme mal an, nach all den Jahren als Wirt verfügen Sie über eine ziemlich gute Menschenkenntnis«, sagte Faz. Vielleicht fiel Adams ja noch etwas ein, wenn man seinem Ego schmeichelte.

»Ich war nicht schlecht, hatte es aber irgendwann satt. Deswegen habe ich verkauft.«

»Erinnern Sie sich an irgendetwas, das Mathews über das Mädchen gesagt hat?«

»Es tut mir wirklich leid, aber ich weiß nur noch, dass er sagte, die Eltern hätten ihn angeheuert und der Typ, von dem alle gedacht hatten, er hätte sie umgebracht, wäre es vielleicht doch nicht gewesen. So etwas in der Art. So habe ich es jedenfalls in Erinnerung. Ich glaube, er war bloß einsam und wollte beachtet werden.«

»Und er hat nie Andeutungen darüber gemacht, was er entdeckt haben könnte?«

»Nein, nie.«

»Und es gab sonst niemanden in der Bar, den Mathews vielleicht näher gekannt hat? Mit dem er darüber geredet haben könnte?« Faz versuchte es immer noch mal.

Adams schüttelte den Kopf. »Wie ich schon sagte, niemand hat sich besonders viel aus ihm gemacht. Es tut mir wirklich leid, ich wollte, ich könnte Ihnen mehr bieten.«

»Was ist mit irgendetwas Ungewöhnlichem oder Außergewöhnlichem? Erinnern Sie sich an so etwas?«

»Na ja, einmal war da etwas. Ich bin nicht sicher, ob es viel zu bedeuten hat, aber …«

Faz war an einem Punkt angelangt, wo ihm alles recht war. »Was war es denn?«

»An einem Abend ist jemand in die Bar gekommen und er und Mathews saßen hinten an einem Tisch und haben sich unterhalten.«

»Kannten Sie die Person?«

»Oh ja.« Adams grinste.
»Aus Silver Spurs?«
»Nein. Er war aus Cedar Grove.«

* * *

Jason Mathews hatte sich einen Tisch ganz hinten in der Four Points Tavern *ausgesucht, möglichst weit weg vom Billardtisch und dem Shuffleboard, dort, wo man ein bisschen für sich sein konnte. Immerhin wollte er hier gleich eine geschäftliche Verhandlung führen. Die Johansens mochten es ablehnen, vom Tod ihrer Tochter zu profitieren, er selbst sah keinen Grund für solche Zurückhaltung. Wahrscheinlich würden die Johansens ihre Haltung noch ändern, wenn sie erst erfuhren, wer ihre Tochter auf dem Gewissen hatte. Und wenn nicht, dann eben nicht, das war nun wirklich nicht sein Problem. Dann sprang eben mehr Geld für ihn raus.*

Mathews nippte an seinem Wodka Tonic. Er hätte nicht sagen können, wie viele Gläser er schon getrunken hatte, um seine Nerven zu beruhigen und sich in die richtige Verfassung zu bringen. Sogar seine Kleidung hatte er dem Anlass entsprechend gewählt und trug einen der drei Anzüge, die ihm aus seiner Zeit als Anwalt in Montana verblieben waren. Alle anderen hatte er entweder aufgetragen oder sie passten ihm nicht mehr, weswegen er sie vor seinem Umzug in die Kleidersammlung gegeben hatte, ohne ihnen je nachzutrauern.

Endlich ging die Tür auf und der Mann, auf den Mathews gewartet hatte, kam herein. Er blieb kurz stehen, damit sich seine Augen an das schummrige Licht gewöhnen konnten. In der Four Points Tavern *war überwiegend die in den Fenstern und hinter dem Tresen angebrachte Neonreklame für die Beleuchtung zuständig.*

Der neue Gast wollte sich schon dem Tresen zuwenden, also stand Mathews auf und nickte ihm zu. Sie waren einander noch nicht vorgestellt worden, Mathews ging jedoch davon aus, dass er in Cedar Grove genügend Wind und Eindruck gemacht hatte, um inzwischen allgemein wiedererkannt zu werden. Wieso hätte sein Gast sich denn auch auf das Treffen hier einlassen sollen, wenn er nicht genau wusste, wer Mathews war? Dass der Mann gekommen war, durfte man ruhig als gutes Zeichen werten.

Inzwischen stand der Neuankömmling vor seinem Tisch und Mathews streckte ihm die Hand hin. »Mr Witherspoon! Ich bin Jason Mathews.«

Ed Witherspoon setzte sich, ohne die ausgestreckte Hand zu beachten. Sofort kam eine Kellnerin, um einen mit dem Konterfei eines prächtigen Hirschen geschmückten Bierdeckel vor ihn auf den Tisch zu werfen. »Whiskey«, befahl Witherspoon. »Jim Beam oder Wild Turkey, mit Eis.«

»Und noch einen Wodka Tonic.« Mathews setzte sich wieder.

»Sie haben Informationen für mich?«, fragte Witherspoon ohne Umschweife. »Ich bin ganz Ohr.« Er lehnte sich zurück und versuchte, gelassen und überheblich zu wirken.

»Möchten Sie nicht erst einmal etwas trinken? Ich würde Ihnen sehr dazu raten.«

»Hören Sie, Mann, ich weiß, wer Sie sind, und ich weiß, was Sie treiben. Ich weiß alles über jeden in Cedar Grove. Lassen wir also die albernen Spielchen und kommen gleich zur Sache. Weswegen sitze ich hier?«

»Die Frage sollte vielleicht umgekehrt ich Ihnen stellen, wo Sie doch alles wissen.« Mathews kam sich mit seiner Replik ziemlich schlau vor.

»Sind Sie betrunken, Mathews? Habe ich mich nach Einbruch der Nacht von einem Besoffenen aus dem Haus locken lassen?«

»Wären Sie dann gekommen?«

»Nein, wäre ich nicht.«

»Und doch sitzen Sie hier, Herr Bürgermeister. Warum?«

»Ich bin nicht mehr Bürgermeister und ich bin hier, weil Sie sagten, Sie hätten Informationen zum Tod von Heather Johansen, die ich bestimmt gern hören würde.«

»Sie muss Ihnen allerhand bedeutet haben, wenn Sie ihretwegen Ihr warmes Heim verlassen.«

»Sie hat bei mir gearbeitet.«

»Mehr nicht?« Mathews grinste.

»Worum genau geht es hier, Mr Mathews?«, fragte Witherspoon. »Ich bin es wirklich leid, um den heißen Brei herumzureden.«

Die Bedienung brachte die Drinks. Ohne dass Witherspoon nach seiner Brieftasche gelangt hätte, hob Mathews die Hand und winkte ab. »Das geht auf mich.« Er wartete, bis die Frau wieder gegangen war, um fortzufahren: »Damit wäre klargestellt, dass Heather bei Ihnen gearbeitet hat.«

»Genau das sagte ich gerade.«

»Ich glaube, sie hat bis zu ihrem Ableben im Februar 1993 bei Ihnen gearbeitet, stimmt das?« Ableben war so ein schönes Wort, viel besser als Tod.

»Ich wiederhole: Ich sagte bereits, dass sie bei mir gearbeitet hat.«

Mathews lehnte sich zurück und ließ seinen Stuhl kippeln. »In der Stadt geht das Gerücht, Sie schmeißen ziemlich tolle Weihnachtspartys. Zumindest haben Sie das mal getan.«

»Wir haben in unserem Büro früher eine Weihnachtsfeier für Kunden und Angestellte ausgerichtet, ja.«

»Und ich gehe davon aus, dass Heather die auch besucht hat, als sie noch bei Ihnen arbeitete?«

»Ich sagte bereits, sie war bei uns angestellt und die Feier war für unsere Angestellten. Um welches Jahr geht es hier?«

»Dezember 1992.«

»Das weiß ich nicht mehr. Wenn sie damals für mich gearbeitet hat, wird sie wohl auf der Feier gewesen sein. Und?«

»Waren ihre Eltern ebenfalls dort?«

»Auch hier gilt: Ich nehme das mal an. Eine Menge Leute waren da. Es war eine offene Einladung, wobei ich natürlich selbst beim besten Willen nie gleich die ganze Stadt bewirten konnte. Könnten wir langsam zur Sache kommen?«

Mathews hob die Hand. »Nicht ungeduldig werden. Die Johansens geben an, an dem Abend auf Ihrer Party gewesen zu sein, sie dann aber verlassen zu haben, um zu einer weiteren zu gehen, die am selben Abend stattfand.«

»Davon weiß ich nichts.«

»Heather sei noch geblieben, sagen die Johansens«, fuhr Mathews fort.

»Kann sein, kann nicht sein. Ich weiß es nicht.«

»Oh, Sie wissen, dass sie blieb, Herr Bürgermeister. Sie wissen genau, dass sie blieb.«

»Damals sind eine Menge Leute zu meiner Party gekommen. Und es war eine andere Zeit.«

»Was wohl heißen soll, es wurde viel getrunken?«

»Man war damals über die Gefahren von Trunkenheit am Steuer noch nicht so aufgeklärt wie heute.«

»Ich glaube, Menschen sind Menschen, damals wie heute.«

»Wie meinen Sie das?«

»Damit meine ich, dass ein junges Mädchen zur leichten Beute werden kann, wenn es auf einer Party zu viel trinkt. Meinen Sie nicht auch?«

Witherspoon antwortete nicht, dafür glich sein Adamsapfel einen Moment lang dem Schwimmer an einer Angel, wenn gerade ein fetter Barsch angebissen hat.

»Und da haben wir nun Heather«, fuhr Mathews fort, »betrunken und allein. Niemand, der sie nach Hause fährt.«

Witherspoon beugte sich vor und senkte die Stimme. »Wollen Sie mir irgendetwas unterstellen, Mr Mathews?«, fragte er leise und bedrohlich. »Weil ich nämlich zu Hause bei meiner Frau war. Sie wird es Ihnen bestätigen. Wir haben das alles auch der Polizei erzählt, Sie können gern nachfragen. Und abgesehen davon können Sie ...«

»Oh, ich bin sicher, Barbara würde mir das bestätigen. Und der große Chief hat Ihnen diese Fragen auch schon gestellt, steht alles in seinem Bericht. Aber das war ja, bevor die Bombe hochging.«

»Die Bombe?« Witherspoon nippte an seinem Drink. Bestimmt wollte er seinen Händen etwas zu tun geben, damit die nicht so zitterten, dachte Mathews zufrieden.

»Sie wissen, welche Bombe, Mr Witherspoon. Sie wissen alles über jeden in dieser Stadt, haben Sie selbst vorhin gesagt. Das mit Heather wussten Sie doch ganz bestimmt auch, oder?«

»Was wollen Sie, Matthews? Ist das ein jämmerlicher Versuch, mich zu erpressen?«

»Erpressen? Wieso das denn? Dazu müssten Sie doch schuldig sein, oder?«

Witherspoon wurde unsicher. »Darauf scheinen Sie hinauszuwollen.«

»Ja, darauf will ich hinaus, Herr Bürgermeister. Aber ich betrachte es nicht als Erpressung.«

»Ich sagte Ihnen bereits, ich bin nicht mehr der Bürgermeister. Und wenn es hier nicht um Erpressung geht, worum denn dann?«

»Um Entschädigung, Sir. Entschädigung.«

* * *

Faz lehnte sich in der roten Ledercouch zurück, wobei er spürte, wie ihm trotz Klimaanlage der Schweiß aus den Achselhöhlen tropfte.

»Haben Sie der Polizei von diesem Treffen zwischen Matthews und Ed Witherspoon erzählt?«

»Nein, es ist mir damals nicht eingefallen. Die Beamtin erkundigte sich nach Feinden, die Mathews in der Bar gehabt haben könnte. Das Treffen mit Witherspoon ist da einfach nicht auf meinem Radar aufgetaucht.«

»Dann haben Sie wohl auch nie selbst mit dem Bürgermeister gesprochen? Ihn gefragt, worum es bei dem Treffen mit Mathews ging?«

»Ich kannte Witherspoon eigentlich gar nicht, ich war ja aus Silver Spurs. Ich dachte einfach nur, Mathews und er würden sich kennen.«

»Aber Ihr Eindruck von der Unterhaltung an jenem Abend hat sich inzwischen geändert?«

»Wahrscheinlich. Vielleicht. Ich wusste nicht, in welcher Beziehung sie standen. Ich weiß nur, was ich gesehen habe. Der Bürgermeister schien nicht gern da am Tisch zu sitzen, und je länger er blieb, desto unzufriedener wirkte er. Es wurde nicht unerfreulich, niemand hat herumgebrüllt oder so, aber als der Bürgermeister ging, wirkte er ziemlich … erregt.«

»Und Mathews?«

»Soweit ich mich erinnere, blieb Matthews noch ein bisschen, um in aller Ruhe sein Glas auszutrinken. Mein Eindruck war, er wirkte irgendwie zufrieden.«

»Zufrieden?«

Adams suchte nach einer besseren Beschreibung. »Er sah aus wie die Katze, die gerade den Kanarienvogel gefressen hat.«

Kapitel 30

Am Abend kehrte Faz nach Cedar Grove zurück und sie setzten sich alle um den Küchentisch, Dan, Tracy, Faz, Vera und Roy Calloway. Vera hatte gekocht – Ravioli in einer Sahnesoße, dazu eine Schweinelende, so göttlich, dass Tracy kaum Worte dafür hätte finden können. Sie hatten Musik gehört, zwei Flaschen Rotwein aufgemacht und sich beim Essen Zeit gelassen, es genossen und die Arbeit erst einmal hintangestellt. Als sie fertig waren, schlief Daniella wieder. Tracy trug sie nach oben in ihre Wiege und brachte das Babyfon mit runter an den Küchentisch. Vera räumte Teller und Gläser ab und machte sich daran, die Spülmaschine einzuräumen.

»Ich mach das, Vera!«, protestierte Tracy. »Die Köchin darf jetzt sitzen bleiben.«

»Heute nicht. Ich weiß, ihr habt eine Menge zu besprechen, und ich mag es nicht, wenn ich zu genau über Vics Arbeit Bescheid weiß. Das macht mich nur nervös. Du setzt dich hin und tust, was du tun musst.«

»Dann lass doch wenigstens das Geschirr stehen und ich erledige das später«, bat Tracy.

»Sei nicht albern. So habe ich etwas zu tun. Ich höre Musik dabei und trinke meinen Wein. Geh schon.«

Als Tracy an den Tisch zurückkehrte, waren Faz, Dan und Roy Calloway schon mitten in der Diskussion. Sie brachte ein Glas Eiswasser mit, setzte sich und hörte zu, wie Faz Calloway von seinem Besuch in Arizona berichtete. »Diesem Pete Adams gehörte die *Four Points Tavern* in Silver Spurs. Er behauptet, der Anwalt sei so gut wie jeden Tag dort gewesen.«

»Jason Mathews?«, hakte Calloway nach.

»Ja. Er sagte, Mathews hätte in der Bar keine Freunde gehabt, sei ein Schwätzer gewesen, ein Angeber mit Hang zur Selbstdarstellung, angetrunken dann allerdings öfter auch streitsüchtig. Dann hat er sich mit deftigen Ausdrücken in einer so blumigen Sprache über seine Ex-Frau ausgelassen, dass ich es hier in Gegenwart von Damen nicht wiederholen möchte.«

»Herzlichen Dank!«, meldete sich Vera aus der Küche.

Faz fuhr fort: »Ich glaube, Tracy hat schon erzählt, wie Mathews einmal betrunken vom Barhocker fiel und Adams die Polizei rief. Es kam ein Beamter aus Silver Spurs, der allerdings fand, der Typ sei die Angelegenheit von Cedar Grove, und bei Ihnen auf der Wache angerufen hat. Und jetzt raten Sie mal, wer auftauchte, um Mathews abzuholen? Ihr Fenway.«

Calloway warf Tracy einen verwunderten Blick zu. Die nickte. »Finlay hat mir davon erzählt, als ich mit ihm gesprochen habe. Er hat nicht versucht, es zu verschweigen. Als er Mathews nach Hause fuhr, hat der ihm angeblich erzählt, er hätte in der Akte zum Fall Heather Johansen den Bericht des Rechtsmediziners gesehen und wüsste von daher, dass Heather bei ihrer Ermordung schwanger war.«

»Warum weiß ich nichts davon? Warum hat Finlay mir das nicht erzählt?«, wollte Calloway wissen.

»Weil Finlay klar war, dass er nach Heathers Tod unter Verdacht stand und die Schwangerschaft ihn erneut ins Visier rücken musste. Dann wurde Mathews erschossen …«

»Verstehe.« Calloway nickte.

»Genau. Sie wussten doch auch, dass Finlay an dem Tag nicht gearbeitet hat, auf der Jagd war und kein Alibi vorweisen konnte. Das machte es für Finlay noch problematischer.«

»Dieser Mathews hat anscheinend durchgezogen, was er den Johansens vorschlug«, sagte Faz. »Das schließe ich jedenfalls aus der Geschichte, die Adams mir erzählt hat.«

»Was meinen Sie damit, er hat es durchgezogen?«, wollte Calloway wissen. »Was hat er durchgezogen und mit wem?«

»Adams hat erzählt, wie Mathews eines Abends piekfein im Anzug in seiner Kneipe saß und hereinspaziert kam Bürgermeister Ed Witherspoon.«

Wieder warf Calloway Tracy einen raschen Seitenblick zu, bevor er sich erneut auf Faz konzentrierte. »Hat dieser Adams die Unterhaltung der beiden mithören können?«

»Nein, aber sie haben ungefähr fünfzehn Minuten lang miteinander gesprochen. Der Bürgermeister schien sich nicht sehr wohl zu fühlen, und als er ging, sah er noch unzufriedener aus. Mathews dagegen soll ausgesehen haben wie die Katze, die gerade den Kanarienvogel gefressen hat.«

»Wann war das?«, wollte Calloway wissen.

»Nur ein paar Wochen bevor irgendwer aus diesem Mathews einen toten Hirsch machte.«

»Aber wir wissen nicht, worüber sie gesprochen haben?«, hakte Calloway noch einmal nach.

»Adams konnte sie nicht hören.«

»Nehmen wir mal an, sie haben über Heather Johansens Schwangerschaft gesprochen«, wandte sich Tracy an Calloway. »Und darüber, wie nah das errechnete Datum der Empfängnis und Eds Weihnachtsparty beieinanderlagen.«

»Ein ziemlich gewagter Gedankensprung!«, fand Calloway.

»So gewagt nun auch wieder nicht«, widersprach Tracy. »Mathews wusste ja wohl, dass Heather bei Ed gearbeitet hatte, und dass sie in jenem Jahr auf Eds Party war, ist eine Tatsache.

Mathews könnte blitzschnell eins und eins zusammengezählt haben, nachdem er den Bericht des Rechtsmediziners gelesen hatte. Das ist sogar wahrscheinlich, denn er hat den Johansens erzählt, er könnte mit dieser Information ein bisschen in Wespennestern herumstochern. Was, wenn er sich deswegen mit Ed getroffen hat? Um in dieses eine Wespennest zu stechen und zu sehen, wen er aufscheuchen kann?« Tracy ließ die Unterarme auf dem Tisch ruhen und spielte mit dem Korken der Weinflasche. »Und Ed hat mir nichts von diesem Treffen gesagt, als wir uns unterhalten haben.«

»Hast du Ed denn zu Mathews befragt?«, wollte Calloway wissen.

»Nein.« Tracy schüttelte den Kopf. »Aber ich habe ihn nach Heather gefragt. Er hätte es mir sagen können.«

»Vielleicht hat er das Gespräch nicht erwähnt, weil er mit Mathews gar nicht über Heather geredet hat«, sagte Calloway.

»Oder vielleicht hat er es nicht erwähnt, weil es genau um Heather ging«, widersprach Tracy. »Wir haben jetzt zumindest eine Verbindung zwischen Heather Johansen, Jason Mathews und Kimberly Armstrong.«

»Ed Witherspoon!«, verkündeten Dan und Tracy wie aus einem Mund.

»Was ist die Verbindung zwischen Ed und Kimberly?«, wollte Calloway wissen. »Atticus Pelham?«

»Scheint mir logisch, dass Gary Ed erzählt hat, was Kimberly laut Atticus über Cedar Grove Development herausgefunden hatte.«

»Es ist kein Beweis dafür, dass die Morde miteinander in Verbindung stehen«, gab Calloway zu bedenken.

Tracy ließ den Korken Korken sein und holte sich aus der Schublade unter der Flurgarderobe, die Dan extra eingebaut hatte, damit sie da ihren »Kram« ablegen konnte, einen Kuli und einen Notizblock.

»Lasst uns das Ganze chronologisch durchgehen«, schlug sie vor. Sie teilte das oberste Blatt des Notizblocks mit einem Strich in zwei Hälften und schrieb links die Zahl »1992« hin, rechts die dazugehörenden Fakten. »Heather Johansen hat bei Ed Witherspoon gearbeitet. Heather war in diesem Jahr mit ihren Eltern auf Eds Weihnachtsparty. Heather ist geblieben, als ihre Eltern die Party verließen, weil sie noch auf die von meinen Eltern wollten. Heather wurde am sechsten Februar 1993 ermordet. Ihre Leiche wurde im Wald neben der Landstraße gefunden. Eine Autopsie förderte zutage, dass sie totgeschlagen wurde. Ein rechtsmedizinischer Bericht, den Sie angefordert hatten«, sie sah Calloway an, »enthüllt, dass Heather in der siebten oder achten Woche schwanger war.«

»Wir wissen außerdem, dass Heather einen Termin im Krankenhaus in Silver Spurs hatte«, fuhr Tracy fort.

»Einen Termin, den sie nicht wahrgenommen hat«, warf Calloway ein.

»Genau. Wir nehmen an, dass jemand sie gefahren hat«, sagte Tracy.

»Das haben wir nie bestätigen können«, gab Calloway zu bedenken.

»Heather ist hier aufgewachsen, Roy«, sagte Tracy. »Sie wusste, wie kalt es im Februar werden kann, und sie wusste, was es bedeutet, wenn die Wetterleute vor einem aufziehenden Sturm warnen. Sie wusste auch, wie weit es bis Silver Spurs ist. Sie hätte nie versucht, zu Fuß zu gehen, nicht in der Kleidung, die sie anhatte, und nicht unter diesen Wetterbedingungen. Sie hätte Kimberly bitten können, sie zu fahren, aber Kimberly sagte, sie hätte nichts von dem Termin und der Schwangerschaft gewusst. Die Tatsache, dass Kimberly nichts wusste, bedeutet, dass jemand anderes Heather gefahren hat.«

»Ich würde auf diesen Witherspoon tippen.« Faz klopfte mit dem Zeigefinger auf den Tisch.

»Lass uns noch einen Moment weitermachen«, bat Tracy, um gleich fortzufahren: »2013 sorge ich dafür, dass das Verfahren gegen Edmund House wieder aufgenommen wird. Die Johansens vermuten nun, dass House ihre Tochter nicht umgebracht hat.«

»Also heuern sie Mathews an«, sagte Faz.

Tracy nickte. »Mathews besorgt sich die Ermittlungsakte und erfährt, dass Heather schwanger war. Die Johansens feuern Mathews.«

»Um Heathers Ruf zu schützen«, warf Calloway ein.

»Was einfacher ist, als zu akzeptieren, dass sie schwanger war und eine Abtreibung in Erwägung zog«, konterte Tracy.

»Aber so sieht dieser Mathews das nicht. Für ihn ergibt sich hier die Möglichkeit, ein Geschäft zu machen«, sagte Faz. »Also erpresst er Ed Witherspoon oder versucht wenigstens, ihn zu erpressen, weil er ihn für den Vater des Kindes und somit auch für Heathers Mörder hält. Und Mathews wird erschossen.« Faz zuckte die Achseln. »Scheint mir, alles läuft fein säuberlich auf Ed Witherspoon hinaus.«

»Wir können nicht genau wissen, worüber Witherspoon und Mathews geredet haben, und wir können es auch nicht beweisen«, wandte Calloway ein.

»Wer käme sonst als Vater infrage?«, wollte Faz wissen.

»Ich sage ja nur, wir können es nicht beweisen«, antwortete Calloway.

»Roy hat recht«, meldete sich Dan. »Wir können sicherlich annehmen, dass sie darüber sprachen, aber wir können es nicht beweisen.«

»Machen wir erst mal weiter«, schlug Tracy vor. Sie kritzelte »2018« in die linke Spalte. »Die Zeit vergeht. Kimberly Armstrong arbeitet als Reporterin für den *Towne Crier*. Sie ist außerdem mit Finlay verheiratet, der Polizeichef von Cedar Grove geworden ist. Kimberly, so erfahren wir, verfolgt zwei

Geschichten, eine davon gegen den ausdrücklichen Wunsch ihres Verlegers. Zuerst beantragt sie Einsicht in Heathers Akte und erfährt nun auch, dass ihre Freundin schwanger gewesen sein soll. Laut Atticus Pelham hat sie das nicht geglaubt, weil Heather es ihr nie erzählt hatte. Ich kaufe Pelham ab, dass Kimberly ihm gegenüber diesen Grund angab, als sie ihm sagte, sie wolle die Story nicht weiterverfolgen. Aber ich glaube nicht, dass sie sich wirklich deswegen so entschieden hat. Ich glaube, sie fürchtete sich davor herauszufinden, dass Finlay der Vater war.«

»Das glaube ich auch«, sagte Calloway.

»Also richtet Kimberly ihre Aufmerksamkeit auf eine weitere interessante Story und diesmal geht es um die mögliche Wiederbelebung des Cascadia-Projekts durch eine Gesellschaft mit dem Namen Cedar Grove Development. Kimberly hatte von dieser möglichen Entwicklung erfahren, das wissen wir von Atticus Pelham. Wie weit sie mit ihren Recherchen war und was sie bereits herausgefunden hat, wissen wir nicht, denn all ihre Unterlagen sind beim Brand vernichtet worden.«

»Vielleicht lohnt es sich, Finlay dazu zu befragen«, schlug Calloway vor. »Vielleicht hat sie mit ihm über die Geschichte gesprochen.«

»Mag sein.« Tracy nickte. »Aber nehmen wir mal an, Kimberly trat mit ihren Recherchen zu dieser Geschichte völlig ahnungslos auf eine Landmine.«

»Atticus sagt, er hat mit Gary über diese Sache gesprochen«, meinte Calloway. »Gary könnte es Ed erzählt haben.«

»Das ist ein denkbares Szenario«, sagte Tracy. »Denkbar wäre auch, dass Kimberly ebenso wie Dan jetzt herausgefunden hat, dass Sunnie Witherspoon die Kontaktperson für den Anwalt war, der für sämtliche hier involvierte GmbHs die Gründungspapiere aufgesetzt hat.«

»Glaubst du, sie hat die größte Klatschbase der Stadt angerufen und sie zu dem Projekt befragt?«, wollte Faz wissen.

»Eine Reporterin würde logischerweise so vorgehen«, fand Calloway.

»Und ebenso logisch ginge es dann weiter: Sunnie erzählt Gary von Kimberlys Anruf und Gary wiederum informiert Ed.«

»Gut, aber wie ich die Frau erlebt habe und nach allem, was ihr so über sie berichtet, könnte sie es ungefähr jedem in der Stadt erzählt haben«, gab Faz zu bedenken. »Was nicht gerade zur näheren Identifizierung des Mörders beiträgt.«

»Trotzdem landen wir hier wieder bei Ed«, sagte Tracy. »Wir können wohl davon ausgehen, dass er wusste, was Kimberly entdeckt hatte.«

»Ich weiß nicht.« Calloway schüttelte den Kopf. »Ich kann mir einfach nicht vorstellen, dass Ed Kimberly wegen eines möglichen Immobiliendeals umbringt.«

»Wenn sich herumspricht, dass da draußen gebaut wird, sind sämtliche Geschäfte in der Market Street auf einen Schlag eine Menge mehr Geld wert«, gab Dan zu bedenken. »Und die neuen Besitzer dieser Läden haben sie sich mithilfe von Betrug und absichtlicher Fehlinformation unter den Nagel gerissen und so gut wie nichts dafür bezahlt.«

»Möglicherweise«, meinte Tracy. »Aber ich habe dasselbe Problem wie Roy. Vor allem auch, weil Kimberly und Heather beide totgeschlagen wurden, was normalerweise auf ein Verbrechen aus Leidenschaft schließen lässt, oder doch zumindest auf heftige Wut, und nicht auf Geldgier.«

»Vielleicht sollte es ja so aussehen, als sei beide Male heftige Wut im Spiel gewesen«, schaltete Faz sich wieder ein, woraufhin ihn alle fragend ansahen. »Wen hat man nach Heather Johansens Tod als Ersten verdächtigt?«

»Finlay«, sagte Calloway.

Faz nickte. »Wenn also Heathers Mörder weiß, dass Finlay der Hauptverdächtige war, könnte er doch auf die Idee kommen, auch den Mord an Kimberly wie ein Verbrechen aus Leidenschaft aussehen zu lassen. Um uns auf eine falsche Fährte zu locken. Damit es so aussieht, als sei es auch diesmal Finlay gewesen, meine ich.«

»Da kann ich nicht ganz folgen«, sagte Calloway.

»Okay, ich versuche es anders. Nehmen wir mal an, Mathews hat mit seinem Gerede über Heather Staub aufgewirbelt, und dann kommt Kimberly und wirbelt noch mehr Staub auf. Was, wenn der Mörder nun alles so arrangiert, dass Kimberlys Tod so aussieht wie der von Heather? Wie ein Verbrechen aus Wut und Leidenschaft nämlich? Damit ihr alle gleich wieder Finlay verdächtigt und gar nicht erst auf die Idee kommt, Kimberlys Tod könnte mit dem Bauvorhaben in den Bergen und einer Wertsteigerung der Geschäfte und Immobilien in der Stadt zu tun haben.«

»Aber wie passt Mathews da rein?«, wollte Calloway wissen. »Was hat er mit dem Cascadia-Projekt zu tun?«

»Gar nichts«, sagte Tracy. »Aber der Mörder könnte gewusst haben, dass Finlay Jäger ist und ein ausgezeichneter Schütze. Also sucht er sich einen Tag aus, an dem Finlay ganz bestimmt auf der Jagd ist. Alles sollte so aussehen, als hätte die Person, die Heather ermordet hat, auch Mathews und dann Kimberly ermordet.«

»Eine sich über zwanzig Jahre erstreckende Konspiration?« Calloway schüttelte den Kopf.

»Sechsundzwanzig«, präzisierte Dan.

»Er muss sich nicht unbedingt alles im Voraus zurechtgelegt haben.«

»Du glaubst, er hat improvisiert? So, wie es sich gerade ergab?«, fragte Faz.

»Wäre denkbar. Bis zu einem gewissen Grad.«

»Das ist sehr dürftig.« Calloway schüttelte den Kopf. »Mit dem, was du hast, kommst du vor Gericht nicht weit, und wenn unser Mörder so schlau ist, kriegst du ihn auf diese Art auch nicht dazu, irgendetwas zuzugeben.«

»Jedenfalls kein Verbrechen«, sagte Dan.

»Erzähl den anderen, was du mir vorhin erklärt hast«, bat Tracy.

Dan beugte sich vor. »Was, wenn ich alle möglichen Zeugen vor Gericht kriegen kann, einschließlich Gary und Atticus? Was, wenn die alle denken, sie sagen in einem zivilrechtlichen Verfahren aus und ich weiß gar nichts von Cedar Grove Development oder irgendwelchen Zusammenhängen zwischen drei Morden?«

»Und wie willst du sie in den Zeugenstand kriegen?« Calloway klang skeptisch.

»Ich spreche von der erneuten Anhörung zu Cedar Groves Antrag auf ein Urteil im abgekürzten Verfahren. Seit ein paar Tagen denke ich darüber nach, wie ich das am besten angehe. Ich kann Richter Harvey bitten, mir im Rahmen meines Widerspruchs gegen den Antrag der Stadt eine direkte Zeugenbefragung zu gestatten.«

»Das ginge?«, fragte Calloway.

»Rein theoretisch schon. Ob Richter Harvey es zulässt? Das weiß ich nicht.« Dan setzte sich gerade hin. »Ich hatte so eine Anhörung schon mal, als ich noch in Boston Anwalt war. Damals stand ich auf der Gegenseite und es ging um geheime Absprachen in einem sehr strittigen Fall, wo beide Parteien sich überhaupt nicht leiden konnten. Der Richter hat Zeugen zugelassen. Ich kann Leah anrufen und sie um Mithilfe bei der Recherche bitten. Richter Harvey riskiert gern mal was, vielleicht lässt er sich darauf ein.«

»Wann wisst ihr, ob er es zulässt?«, fragte Calloway.

»Ich kann den Antrag auf direkte Zeugenbefragung Ende der Woche einreichen und sechs Tage Frist setzen. Cedar Grove legt Widerspruch ein und Richter Harvey würde innerhalb von zwei Wochen entscheiden. Wenn er unserem Antrag stattgibt, könnten wir Ende des Monats vor Gericht sein.«

»Ich weiß nicht, ob wir so lange bleiben können, Tracy«, sagte Faz.

»Das ist in Ordnung«, meinte Tracy. »Dan und ich haben das besprochen.« Sie sah Calloway an. »Wir können die Gerüchteküche von Cedar Grove in Gang setzen und verbreiten lassen, Sie würden die Ermittlungen in den Fällen Heather Johansen und Kimberly Armstrong abschließen.«

Calloway nickte. Er wusste, worauf Tracy hinauswollte. »Ich setze Finlay wieder auf seinen alten Posten, damit es so aussieht, als hätte ich die Akten wirklich geschlossen.«

»Der Mörder oder die Mörder werden glauben, sie seien auch diesmal wieder fein raus«, fuhr Tracy fort. »Sie müssen den Streifenwagen vor meinem Haus abziehen.«

»Damit bin ich nicht einverstanden«, protestierte Dan.

»Ich auch nicht«, sagte Calloway.

»Es muss sein, sonst kauft der Mörder uns die Sache nicht ab. Außerdem hat er doch keinen Grund mehr, mich anzugreifen, wenn er denkt, er ist noch ein weiteres Mal davongekommen.«

»Okay, aber ich werde anordnen, dass regelmäßig ein Streifenwagen vorbeifährt, und ich gebe dir eine Handynummer, die du anrufen kannst, wenn irgendetwas ist. Du sagst Bescheid, wenn du das Haus verlässt und wo du hingehst, damit wir in der Nähe sein und die Lage sondieren können.«

»Und Vera und ich kommen zurück, sobald diese Anhörung mit Zeugen steht«, entschied Faz.

»Falls ich mit meinem Antrag durchkomme«, meinte Dan.

Faz' Handy klingelte und er setzte sich die Lesebrille auf, um einen Blick auf das Display zu werfen. »Das ist Kins«, wandte er sich an Tracy. »Kins? Ich nehme an, es geht um die Namen, die ich dir geschickt habe? Ich stelle dich auf Lautsprecher.«

»Ist das die Liste mit den Namen der Geschäftsführer der GmbHs, die Geschäfte in der Market Street gekauft haben?«, fragte Tracy nach, damit alle am Tisch Bescheid wussten.

»Ja«, hörte man Kins. »Ich hätte da mal ein paar Fragen, ich verstehe hier nämlich das eine oder andere überhaupt nicht. Das, was ich hier vorliegen habe, kann hinten und vorne nicht hinhauen.«

»Wie meinst du das?«, wollte Tracy wissen.

Während Kins seine Probleme ausführte, beobachtete Tracy ihren Mann und konnte förmlich zusehen, wie sich die Rädchen in seinem Hirn drehten. Nach einer Weile bedankte sich Tracy und Faz beendete den Anruf.

»Ach du Scheiße!«, sagte Calloway.

»Und jetzt?«, fragte Tracy.

»Jetzt muss ich neu überlegen, wen ich als Zeugen benennen und in welcher Reihenfolge ich die Leute aufrufen will.« Dan sah Faz und Calloway an. »Ihr beide kommt ganz zum Schluss dran, falls Richter Harvey mich überhaupt so lange machen lässt.«

Kapitel 31

Im Laufe der nächsten Tage fuhren Faz und Vera nach Seattle zurück, Dan verkroch sich in seinem Arbeitszimmer, wo er mit Leah telefonierte, und Roy Calloway machte sich daran, Cedar Groves Gerüchteküche zu schüren. Er setzte Finlay wieder ein und zog den Streifenwagen vor Dans Haus ab. Finlay wollte nicht wieder auf seinen alten Job zurück, ließ sich aber einreden, er werde gebraucht, und sei es auch nur für die Zeit, bis ein Ersatz gefunden war. Tracy kümmerte sich um Daniella und unternahm mit ihr Spaziergänge in der Stadt, als sei alles in bester Ordnung. Dabei trug sie unter ihrer Winterjacke allerdings ihre Pistole und wehe jedem Irren, der glaubte, schneller ziehen zu können als sie. Es dauerte nicht lange und die Leute plauderten munter über die Einstellung der Ermittlungen im Fall Kimberly Armstrong und die Rückkehr ihres Mannes auf seinen alten Posten.

An einem kalten Samstagmorgen jährte sich Heathers Todestag und Tracy setzte ihre warm eingepackte Tochter in die Karre, um mit ihr zum Friedhof zu gehen. Dort hatte sich an Heathers Grab eine kleine Gruppe zusammengefunden, zu der außer dem presbyterianischen Pastor Heathers Eltern und ihr Bruder Oystein mit Frau und drei Kindern gehörten.

»Tracy!« Eric war erstaunt, freute sich aber sichtlich, sie zu sehen. »Wie nett von Ihnen zu kommen.«

»Es tut mir so leid, Eric. Ich hoffe, ich störe hier nicht.«

»Natürlich nicht.« Er stellte ihr seinen Sohn vor, den sie ja lange nicht gesehen hatte, und dessen Familie. »Man sagt ja, es wird mit der Zeit einfacher«, sagte er mit Blick auf den Grabstein seiner Tochter. »Aber für mich hat sich das nicht bewahrheitet. Man lernt damit zu leben, besser wird es jedoch nicht. Das brauche ich Ihnen bestimmt nicht zu erklären.«

»Nein, ich verstehe Sie sehr gut.«

»Ist das Ihre Kleine?« Ingrid beugte sich über den Kinderwagen.

»Das ist Daniella.«

Ein paar Minuten standen alle um das Baby herum, dann begann die kleine Trauerfeier, die wegen der Kälte kurz ausfiel, aber sehr schön war. Hinterher luden Eric und Ingrid Tracy noch ein, mit ihnen zu essen, wie es für die Familie an diesem Tag Tradition sei. Sie lehnte höflich ab, wohl wissend, dass sie hier nicht dazugehörte. Stattdessen nahm sie Daniella mit in einen anderen Teil des Friedhofs, wo ihre Eltern und ihre Schwester Sarah begraben waren. Auf dem Grabstein standen außer den Namen Sarahs und ihres Vaters noch deren »Cowboy«-Namen, The Kid und Doc Crosswhite.

Tracy drehte Daniellas Karre so, dass die Kleine den Grabstein sehen konnte, soweit es ihr in ihrer dicken Vermummung überhaupt möglich war.

»Mom, Dad, Sarah. Das hier ist eure Enkelin und Nichte.« Tracy kniete sich hin, zupfte ein paar Grashalme aus, räumte ein bisschen auf. »Wir sind auf Besuch in Cedar Grove. Dan hat das Haus seiner Eltern behalten und wir hoffen, Daniella ist gern hier und wird später gute Erinnerungen an die Stadt haben. So wie es früher für uns war. Sie soll wissen, wo ihre

Eltern aufgewachsen sind und wo ihre Großeltern und ihre Tante Sarah gelebt haben und begraben sind.«

Sie holte tief Luft, spürte die Kälte in ihren Lungen. »Ich weiß nicht, was für eine Mutter ich sein werde. Mom, ich wünschte, du wärst hier und könntest mir ein paar Tipps geben. Und Dad, ich wünschte, du wärst hier und könntest Daniella das Schießen beibringen.« Jetzt ruhte ihr Blick auf Sarahs Namen. »Ich hoffe, sie hat einmal viel von dir, Sarah. Ich hoffe, sie hat deine Kämpfernatur und lässt sich von niemandem etwas gefallen. Ich weiß, wie oft ich gesagt habe, dass du mich in den Wahnsinn treibst. Dabei hatte ich mit dir zusammen ein paar der besten Augenblicke in meinem Leben. Wenn du dich im Recht fühltest, hättest du dich notfalls mit der ganzen Welt angelegt, und ich habe dich immer um deine Standfestigkeit beneidet. Ihr fehlt mir alle mehr denn je. Eric Johansen hat recht, wahrscheinlich werde ich nie darüber hinwegkommen, dass ihr tot seid. Aber ich hoffe, ich kann lernen, anders zu leben, ohne euch. Ich werde es versuchen, das verspreche ich. Daniella soll euch kennenlernen, ich werde viel von euch erzählen.«

* * *

Als Tracy vom Friedhof zurückkehrte, kam Dan aufgeregt aus seinem Arbeitszimmer, um sie zu begrüßen. »Wir haben den Antrag heute Morgen gestellt. Mach dich auf ein Feuerwerk gefasst.«

»Wie geht es dir damit?«

Er zuckte die Achseln. »Wir haben den Antrag mit der Zivilrechtsregelung sechsundfünfzig begründet. Das war auch die Grundlage für Richter Harveys Entscheidung, seinen endgültigen Spruch in Bezug auf die Beantragung eines Schnellverfahrens aufzuschieben. Absatz f dieser Regelung gibt einem Richter viel Freiraum für genau solche Anordnungen. Dann hat Leah in der Zivilrechtsregelung dreiundvierzig eine Passage gefunden, der zufolge ein Richter anordnen kann, dass eine Sache in Gänze oder teilweise auf mündlichen Zeugenaussagen basierend verhandelt werden kann. Untermauert wird das durch einen Fall, der vor einem Washingtoner Appellationsgericht verhandelt wurde. Und im Whatcom County darf ein Richter jede Zivilrechtsregelung ändern oder aussetzen, wenn so eine gerichtliche Fehlentscheidung verhindert werden kann. Ich argumentiere, dass wir Zeugen in den Zeugenstand laden müssen, um sie in einem öffentlichen Gerichtsverfahren unter Eid befragen zu können, weil wir nur so ehrliche Antworten erwarten können und die ganze Angelegenheit schneller beigelegt werden kann. Ich hoffe, das wird Richter Harvey mit seinem Streben nach einem Resultat entgegenkommen.«

»Glaubst du, Rav Patel wird jetzt einen Anwalt aus Bellingham hinzuziehen?«

»Das wird er tun müssen. Ich habe ihn als Zeugen benannt, weil er für die neuen Geschäfte sämtliche Verträge aufgesetzt hat. Das wird bestimmt noch ein Kampf, aber ich möchte auf keinen Fall, dass Patel als Rechtsbeistand der Stadt auftritt, wenn er selbst in diese Sache verwickelt ist. Wahrscheinlich wittert er ziemlich schnell, worauf ich hinauswill, und ich brauche so viel Vorsprung wie irgend möglich, wenn ich die Nase vorn behalten will. Wenn ich es schaffe, Calloway und Faz in den Zeugenstand zu kriegen, dann haben wir eine Chance. Wenn nicht, müsst ihr euch was anderes einfallen lassen, um an eure Beweise zu kommen, denn dann verliere ich.«

Ein paar Tage später legte Rav Patel sein Mandat als Anwalt der Stadt in diesem Verfahren nieder und eine Anwaltskanzlei aus Bellingham trat in Erscheinung, die sofort Widerspruch gegen Dans Antrag auf mündliche Zeugenvernehmung einlegte. Weitere sechs Tage später gab Richter Harvey Dans

Antrag statt und setzte in Bezug auf den Antrag der Stadt auf ein Urteil im Schnellverfahren eine Anhörung auf Grundlage der Zivilrechtsregelung sechsundfünfzig Absatz f an.

»Mumm hat er, das muss man ihm lassen«, lobte Dan, als Richter Harveys Entscheidung bei ihm einging. Er war mit seinem Antrag durchgekommen. Jetzt musste er dafür sorgen, dass die Zeugen seine Vorladung erhielten, die sie verpflichtete, auch wirklich vor Gericht aufzutauchen. Und er musste sie dem Gericht irgendwie so präsentieren, dass es nicht so aussah, als verhandele er in einer Strafsache – zumindest bis er Faz und Calloway in den Zeugenstand rufen würde. Falls es denn dazu kam ... Neugierig mochte Richter Harvey sein, aber er ließ aus sich ganz bestimmt keinen Narren machen.

Und Dan hatte nicht vor, sich wie einer aufzuführen.

Kapitel 32

Zwei Wochen später stand Dan neben Larry Kaufman in einem Saal des Kammergerichts von Whatcom County und redete den Schmetterlingen in seinem Bauch beruhigend zu. Seite an Seite beobachteten Larry und er Richter Harvey, der mit wehender schwarzer Robe den Gerichtssaal betrat und die wenigen Stufen zur leicht erhöhten Richterbank erklomm. Links von Dans Tisch, auf der anderen Seite des Rednerpults, hatten sich auch Lynn Milne von der Kanzlei Hogan, Milne und Peek sowie zwei weitere ihrer Anwälte zur Begrüßung des Richters von ihren Plätzen erhoben. Milne hatte im Vorfeld beantragt, die Anhörung um einen Monat zu verschieben, da sie Zeit brauche, sich mit dem Fall vertraut zu machen. Dagegen hatte Dan argumentiert, die Anhörung fände schließlich auf Bestreben der Stadt Cedar Grove statt, die den Antrag auf ein Urteil im Schnellverfahren gestellt hatte, über den hier verhandelt werden sollte. Wenn Milne nicht ausreichend vorbereitet war, diesen Antrag zu begründen und zu vertreten, hätte Cedar Grove ihn gar nicht erst stellen dürfen. Sie könnten ihn gern zurückziehen, hatte er angeführt. Dann hätte Milne alle Zeit der Welt, um sich auf eine neue Anhörung vorzubereiten. Das war eine deutliche Herausforderung an die Anwältin und Dan hoffte sehr, sie werde sich nicht darauf einlassen.

Sie ließ sich nicht darauf ein.

Dan hatte seinen Widerspruch gegen den Antrag der Stadt noch erweitert und angegeben, es bestünde Handlungsbedarf aufgrund einer zivilrechtlichen Verschwörung. Einfach zusammengefasst führte er an, zwei oder mehr Personen hätten gemeinsam ein gesetzwidriges Ziel verfolgt, beziehungsweise versucht, ein gesetzliches Vorhaben mit kriminellen Mitteln durchzusetzen. Im Staat Washington reichte hierfür ein Klageantrag, von Larry Kaufman wurde lediglich die Einreichung einer Schadensmeldung erwartet, er musste nicht noch Einzelheiten bereitstellen. Der Vorwurf der Verschwörung erweiterte den Rahmen des ursprünglichen Widerspruchs erheblich und Dan würde sich gerade auf diese Erweiterung stützen müssen, wollte er sein Vorgehen bei der gerichtlichen Anhörung rechtfertigen. Bestimmt würde Milne Widerspruch einlegen und behaupten, seine Fragen seien nicht relevant, doch er hoffte sehr, dass der Punkt mit dem erhöhten Handlungsbedarf sowie Richter Harveys Neugier hier für ein wenig Spielraum sorgten.

Harvey hatte Milne eine Woche Fristverlängerung zugestanden, um auf den erweiterten Widerspruch eingehen und selbst einen Antrag stellen zu können. Gemeinsam mit ihren Angestellten hatte sie daraufhin ein mehr als fünfzig Seiten umfassendes Bündel an Schriftsätzen und Dokumenten eingereicht. Dabei hatte sie neue Einreden der Beklagten aufgebracht und damit, wie erhofft, die Vermutung einer zivilrechtlichen Verschwörung noch untermauert. Milne würde es sehr schwerfallen, Widerspruch gegen Dans Fragen einzulegen oder sie als nicht relevant abzutun, wo sie doch so viel Zeit darauf verwendet hatte, in ihren Papieren den Vorwurf der Verschwörung zu entkräften.

Dan reichte eine kurze, zwei Seiten lange Erwiderung dahingehend, dass er Milnes Argumente zwar für relevant hielt, sie aber nicht zutreffend seien. Dabei war er sich gar nicht mal so sicher, im Besitz der besseren rechtlichen Argumente zu sein, was er sich natürlich nicht anmerken lassen durfte. Seine Argumente zur Untermauerung seines Rechts auf mündliche Zeugenaussagen mochten zwar dürftig sein, dafür hatte jedoch Leah Battles bei ihren Recherchen etwas zutage gefördert, das sich nicht in Erörterungen über das Fallrecht und auch nicht in Gesetzestexten finden ließ. Richter Harvey hatte früher als streitbarer Prozessanwalt im Ruf gestanden, die Grenzen rechtlicher Vorgaben gern einmal zu dehnen. Er hatte Rechtsprechung nicht nur zu zitieren gewusst, er hatte sie geschrieben. Ein Dutzend vor dem Appellationsgericht verhandelter Fälle trug seinen Namen.

Jetzt legte sich der Richter die Ordner auf seinem Tisch zurecht, wobei das helle Neonlicht seine grauen Haare betonte. Eichenvertäfelung und solides Mobiliar gaben dem modernen Gerichtssaal etwas Weiches, anders als bei den abgenutzten älteren Gerichtssälen in Seattle. Dennoch war auch dies hier eine Arena für Gladiatoren.

Milne meldete sich zu Wort, noch bevor Richter Harvey Gelegenheit gehabt hatte, von seinen Papieren aufzusehen: »Euer Ehren, Lynn Milne für die Stadt Cedar Grove.« Die Anwältin trug einen dunkelblauen Rock und ein passendes Jackett in rechteckigem Schnitt, was die breiten Schultern und die schmale Taille ihrer sportlichen Figur unterstrich. Sie hatte kurzes braunes Haar, das sie sich immer wieder hinter die Ohren strich. »Die Verteidigung legt Widerspruch ein gegen den Versuch des Klägers, bei diesem Verfahren mündliche Zeugenaussagen zuzulassen. Wir haben dem gegnerischen Anwalt angeboten, ihm die Personen, die er befragen möchte, für eidesstattliche Aussagen zugänglich zu machen, was er jedoch ablehnt.«

Harvey, inzwischen in einen der Schriftsätze vertieft, antwortete, ohne aufzusehen. »Hat Ihr verbaler Widerspruch mehr

Gewicht als das, was Sie in Ihrem mehr als fünfzig Seiten umfassenden Schriftsatz bereits vorgetragen haben?«

»Nein, Euer Ehren. Wir glauben …«

Harvey nahm die Brille ab und musterte Milne und ihr Gefolge mit einem durchdringenden Blick seiner blauen Augen. »Dann gehen Sie also davon aus, dass ich Ihren Schriftsatz nicht gelesen habe?«

»Nein, Euer Ehren …«

»Dann meinen Sie also, ich habe Ihren Schriftsatz gelesen, bin aber nicht kompetent genug, um die darin angeführten Argumente zu verstehen?«

»Nein, Euer Ehren! Wir wollten lediglich …«

»Sie wollten lediglich die in Ihrem Schriftsatz bereits vorgebrachten Argumente noch einmal vortragen, um sich für den Fall einer für Sie ungünstigen Entscheidung dieses Gerichts Ihr Recht auf Berufung zu sichern.«

Milne wirkte wie vor den Kopf gestoßen. Dan gab keinen Laut von sich.

»Ihr Widerspruch ist protokolliert und abgelehnt. Er wird zu den Akten genommen für den Fall, dass Ihre Mandantin in Berufung gehen möchte.« Harvey setzte sich die Brille wieder auf und wandte sich an Dan. »Mr O'Leary, das hier ist Ihre Show. Lassen Sie uns anfangen.«

»Sehr wohl, Euer Ehren. Wir rufen Rav Patel in den Zeugenstand.«

Der Gerichtsdiener ließ Rav Patel ein, der den Gerichtssaal in einem dunkelbraunen Anzug betrat, um sich mit einem deutlichen Stirnrunzeln im Gesicht auf den Weg zum Zeugenstand zu machen. Anwälte waren oft keine guten Zeugen, sahen sie ihren Platz doch eher vor dem Zeugenstuhl als darauf und waren es gewohnt, Fragen zu stellen und nicht zu beantworten. Der Gerichtsdiener ließ ihn schwören, die reine Wahrheit und nichts als diese zu sagen, dann nahm Cedar Groves Anwalt Platz.

Dan stellte durch entsprechende Fragen klar, dass Patel als Anwalt der Stadt fungierte, seit Gary Witherspoon im Jahr 2013 Bürgermeister geworden war, und dass Patel und Witherspoon sich schon seit ihrer Collegezeit kannten.

»Sie waren in derselben Studentenverbindung, Tau Kappa Epsilon?«

»Das ist richtig.«

Dan spürte, dass Harvey rasch vorankommen wollte, und hielt sich nicht lange mit Vorreden auf. »Gehörte es im Rahmen Ihrer Arbeit als Rechtsbeistand der Stadt auch zu Ihren Aufgaben, Käufe der Stadt und entsprechende Verträge zu betreuen und auszuarbeiten?«

»Ja.« Patel beschränkte sich auf eine kurze und bündige Antwort.

»Haben Sie den Vertrag vorbereitet, mit dem die Stadt Hutchins' Theater erwarb?«

»Ja.«

Dan kennzeichnete das entsprechende Beweisstück, nahm es offiziell zu den Beweismitteln und projizierte es mithilfe seines Laptops auf die Bildschirme des Computers im Gerichtssaal. Patel sah sich das Dokument an und bestätigte dessen Authentizität. Mit den Kaufverträgen für sieben weitere Geschäfte auf der Market Street verfuhr Dan auf gleiche Weise. Patel bestätigte, jeden einzelnen dieser Verträge für die Stadt ausgearbeitet zu haben.

»Und wenn Sie sagen ›die Stadt‹, wen meinen Sie damit? Wer war Ihr Mandant?«

»Die Stadt handelt durch den Bürgermeister und die Mitglieder des Stadtrats.«

»Bürgermeister Gary Witherspoon?«, wollte Dan wissen.

»Und die Mitglieder des Stadtrats, ja.«

»Haben Sie auch die Verträge aufgesetzt, mit denen diese Geschäfte an der Market Street später an Privatpersonen verkauft wurden?«

»Ja.«

Dan legte auch diese Dokumente vor, kennzeichnete sie und ließ sich die Authentizität durch Patel bestätigen. Dann kehrte er wieder zu dem Vertrag zurück, mit dem Hutchins' Theater an den neuen Besitzer, Barry Sewell, verkauft worden war.

»Wurde Mr Sewell beim Kauf von Hutchins' Theater anwaltlich beraten?«

»Das weiß ich nicht.«

»Haben Sie mit einem Anwalt verhandelt, der für Mr Sewell arbeitete?«

Patel wand sich ein bisschen. »Nein.«

»Sie haben mit Mr Sewell direkt gearbeitet?«

»Ich habe nicht mit ihm gesprochen, wenn Sie das meinen.«

»Haben Sie sich mit ihm getroffen?«

»Nein.«

»Wie haben Sie mit ihm kommuniziert?«, wollte Dan wissen.

»Meine Sekretärin hat sich seine E-Mail-Adresse besorgt und ihm den Vertrag per E-Mail zugeschickt. Er hat ihn unterschrieben und zurückgeschickt.«

»Und wer ist Ihre Sekretärin?«

»Sunnie Witherspoon.«

»Ist sie mit dem Bürgermeister verwandt?«

»Sunnie ist Gary Witherspoons Frau.«

»Verstehe.« Dan bemerkte, dass sich zwischen Richter Harveys Brauen eine Falte gebildet hatte. »Und hat Barry Sewell an dem von Ihnen aufgesetzten Kaufvertrag irgendwelche Änderungen vorgenommen?«

»Nein.«

Dan ging die anderen von Patel aufgesetzten Verträge durch, mit denen Geschäfte an der Market Street verkauft worden waren, und erhielt jedes Mal dieselbe Antwort. Patel hatte nie mit jemand anderem als Sunnie Witherspoon kommuniziert und auch keinen der Käufer persönlich getroffen. Alle Verträge waren den neuen Besitzern von Sunnie zugeschickt worden und sie hatten sie unterschrieben und ohne Änderungen zurückgeschickt. »Hat es Sie erstaunt, dass keiner dieser Leute Änderungen vornehmen wollte?«

»Nein.« Patel klang sehr überzeugt.

»Warum nicht?«

»Weil sie die Geschäfte für einen Dollar gekauft haben. Cedar Grove hat jedes einzelne Geschäft für eine nominale Summe verkauft, damit den neuen Besitzern genug Geld blieb, die Gebäude auf den Stand der aktuellen Bauordnung zu bringen.«

»Das war ja dann wohl ein verdammt guter Deal«, sagte Dan.

Patel zuckte die Achseln. »Das war es wohl.«

Dan bedankte sich bei dem Zeugen und setzte sich. Milne hatte keine Fragen an ihn, woraufhin er von Richter Harvey entlassen wurde und im Zuschauerraum hinter den Anwälten von Cedar Grove Platz nahm.

»Mr O'Leary, rufen Sie Ihren nächsten Zeugen auf«, sagte Richter Harvey.

»Wir rufen den Anwalt Zack Metzger in den Zeugenstand.«

Falls Patel besorgt aufhorchte, als er den Namen Metzger hörte, dann ließ er sich das nicht anmerken. Metzger betrat den Gerichtssaal und eilte zum Zeugenstand, als wolle er die Sache möglichst schnell hinter sich bringen, um sich wieder den wichtigen Dingen des Lebens widmen und Geld für diverse Schulgebühren verdienen zu können. Er trug ein braunes Jackett, dazu eine Strickkrawatte, die aussah, als hätte sie ihm jemand auf Höhe der Gürtelschnalle abgeschnitten. Den Knoten dieser Krawatte hatte er gelockert und den obersten Knopf seines weißen Hemdes aufgeknöpft.

Wieder stellte Dan die üblichen Fragen zu Metzgers Person und seiner Qualifikation als Anwalt. »Sind Sie je gebeten worden«, fuhr er anschließend fort, »für Personen, die Geschäfte in Cedar Grove zu erwerben wünschten, GmbHs zu gründen?«

»Ja.«

»Haben Sie für Barry Sewell eine GmbH gegründet, um Hutchins' Theater zu kaufen?«

»Ja.«

Dan ließ die Gründungspapiere der GmbH kennzeichnen und zu den Beweismitteln nehmen, dann zeigte er sie auf den Bildschirmen im Gerichtssaal. Milne legte auch jetzt an keiner Stelle Widerspruch ein, vielleicht versuchte sie zurzeit einfach nur, mit Dans Vorgehen mitzukommen.

»Haben Sie mit Barry Sewell über die Gründung dieser GmbH gesprochen?«

»Nein. Wie ich Ihnen bei unserem Treffen schon sagte: Ich erhielt den ganzen Papierkram von einer Sekretärin der Stadt Cedar Grove.«

»Und erinnern Sie sich auch noch an den Namen dieser Sekretärin?«

»Der war mir entfallen, aber ich habe ihn für Sie herausgesucht, als wir zusammen in meinem Büro waren. Sie heißt Sunnie Witherspoon und arbeitet im Büro des Rechtsbeistands der Stadt. Das hat sie mir jedenfalls so erzählt.«

Wieder zeigte Harvey eine kaum merkliche Reaktion. Er setzte sich zurück und schaukelte mit seinem Stuhl.

»Und war Sunnie Witherspoon der einzige Kontakt, den Sie hatten?«

»Ja, aber von großartigem Kontakt kann man nicht sprechen. Sie schickte mir jeweils die Namen der Gesellschafter der zu gründenden GmbHs und sagte, die Gesellschafter hätten um Mitwirkung eines Anwalts bei diesem Verfahren gebeten.«

»Sagte Mrs Witherspoon, wie sie auf Sie gekommen war?«

»Nein.«

»Wohin schickten Sie all die Gründungspapiere, nachdem Sie sie ausgearbeitet hatten?«

»Zurück an Sunnie Witherspoon. Sie sagte, sie würde sie an die Ladeninhaber weiterleiten. Ich behielt Kopien in meinem Büro.«

Dan ließ ein weiteres Beweisstück auf den Bildschirmen sichtbar werden. »Wenn ich Sie nach diesen weiteren sieben GmbHs frage, deren Gründungspapiere Sie aufgesetzt haben, erhielte ich dann jeweils dieselben Antworten? Beschränkte sich Ihr Kontakt in allen Fällen auf Sunnie Witherspoon, Sekretärin des Anwalts von Cedar Grove?«

»Meine Antworten wären jeweils dieselben.«

»Sie haben nie einen der Gesellschafter der von Ihnen gegründeten GmbHs persönlich getroffen?«

»Das ist richtig.«

»Und Sie haben auch nie am Telefon mit ihnen gesprochen?«

»Nein, das habe ich nicht.«

Dan brachte Milne dazu zuzustimmen, dass sämtliche Gründungspapiere der fraglichen GmbHs als Beweismittel aufgenommen wurden. Dann legte er ein vergrößertes Beweisstück auf die Staffelei im Gerichtssaal, auf dem die Namen der jeweiligen GmbHs sowie die Namen der einzelnen Gesellschafter standen. Richter Harvey sollte diese Namen für den gesamten Rest der Verhandlung vor Augen haben.

Jetzt stellte sich Dan so hin, dass er Rav Patel beobachten konnte. »Haben Sie auch für die GmbH mit Namen Cedar Grove Development die Gründungspapiere aufgesetzt?«

Wieder reagierte Patel gar nicht und Milne wirkte einfach nur verwirrt, während sie in einem ihrer Ordner blätterte und wohl nach einem Verweis auf diese GmbH suchte.

Metzger bestätigte, dass er die Cedar Grove Development GmbH gegründet habe, auch hier, ohne die Gesellschafter je persönlich getroffen zu haben.

»Wie haben Sie miteinander kommuniziert?«, wollte Dan wissen.

»Alles wurde über das Internet erledigt«, erklärte Metzger.

»War Mrs Witherspoon hier in irgendeiner Weise tätig?«

»Nein.«

Dan legte ein weiteres vergrößertes Dokument auf eine Staffelei, diesmal eine Auflistung der einzelnen Gesellschafter der Cedar Grove Development GmbH.

Auch an Metzger hatte Milne keine Fragen und er wurde als Zeuge entlassen. Dan hatte eigentlich damit gerechnet, dass er wie aus der Pistole geschossen den Saal verlassen würde, aber er setzte sich in eine der Reihen im Zuschauerraum auf Dans Seite. Es schien ihn zu interessieren, worauf die ganze Sache hinauslaufen sollte.

Richter Harvey beugte sich vor, um die vergrößerten Dokumente genauer zu studieren. Tracys Partner Kinsington Rowe hatte zu den Namen sämtlicher Gesellschafter aller GmbHs Recherchen angestellt. Ihnen sollte im späteren Verlauf der Verhandlung größere Bedeutung zukommen.

»Rufen Sie Ihren nächsten Zeugen auf«, ordnete Richter Harvey an.

»Euer Ehren, wir rufen Atticus Pelham in den Zeugenstand.«

Pelham betrat den Saal gewohnt leger in schwarzer Hose und dunkelblauer Daunenjacke. Die Jacke legte er ab, darunter trug er ein kurzärmliges weißes Hemd. Nachdem der Gerichtsdiener ihm den Eid abgenommen hatte, stellte Dan die üblichen Fragen zu Namen und Position, in diesem Fall die des Herausgebers von Cedar Groves Stadtzeitung *The Towne Crier*.

»Mr Pelham …«

»Sie können mich Atticus nennen, Dan. Alle nennen mich so.«

Richter Harvey lehnte sich vor. »Dies ist ein offizielles Verfahren, Mr Pelham, keine zufällige Begegnung in einem Coffeeshop. Das ist Ihnen doch klar, oder?«

»Oh ja, Sir. Das weiß ich.«

»Dann lassen Sie uns bei Nachnamen bleiben. Sie dürfen den Anwalt auch Herr Anwalt nennen.«

Dan hatte angefangen, auf und ab zu gehen, allerdings nicht weit vom Rednerpult entfernt. »Mr Pelham, Ihnen gehört der *Towne Crier* jetzt seit zwanzig Jahren, ist das richtig?«

»Ein bisschen länger, aber eigentlich kommen zwanzig Jahre hin.«

»Und wie trägt sich der *Towne Crier*? Wie generieren Sie die Umsätze, mit denen Sie Ihr Gehalt und die Löhne für Ihre Angestellten bestreiten?«

»Es gibt Monate, in denen ich mir kein Gehalt zahle.«

»Und in den anderen Monaten?«

»Die Zeitung ist nicht kostenlos, sie kostet einen Dollar fünfzig, aber eigentlich bildet der Verkauf von Anzeigen unsere Haupteinnahmequelle.«

»Und wer wirbt im *Towne Crier*?«

»Einzelpersonen, aber in der Hauptsache Läden und Betriebe.«

»Werben die Geschäfte in Cedar Grove in Ihrer Zeitung?«

Milne stand auf, vielleicht nur, um das Gericht wissen zu lassen, dass sie noch lebte. »Einspruch, Euer Ehren. Ich sehe nicht, welche Relevanz diese Richtung der Befragung haben könnte.«

»Abgelehnt. Ich lasse die Fragen zu. Fassen Sie sich bitte kurz, Mr O'Leary.«

»Jawohl, Euer Ehren. Werben die Geschäfte in Cedar Grove in Ihrer Zeitung, Mr Pelham?«

»Manche ja, aber viele Anzeigen aus der Stadt haben wir in den letzten Jahren nicht bekommen.«

»Wissen Sie, warum nicht?«

»Die Geschäfte in der Market Street haben kein Geld erwirtschaftet. Die meisten waren geschlossen, mit Ausnahme der Apotheke, Kaufman's, des chinesischen Restaurants und des Coffeeshops. Sie alle unterstützen die Zeitung, haben jedoch kaum Geld für Werbung.«

»Hat sich diese Situation in jüngster Zeit verändert?«

»Ja. Wir erhalten inzwischen Anzeigenaufträge von den in der Market Street neu entstehenden Geschäften, die bekannt geben wollen, dass sie bald eröffnen, und so weiter.«

»Hatten Sie in der Zeitung jemanden, der über die neuen Geschäfte in der Market Street von Cedar Grove berichtete?«

Pelham machte Anstalten zu antworten, wobei er allerdings aussah, als hätte er ein Wort verschluckt. Er räusperte sich. »Ja, hatte ich.«

»Und wen?«

»Kimberly Armstrong.«

»Und ist Kimberly etwas aufgefallen, was Leute veranlasst haben könnte, Geschäfte in der Market Street zu kaufen, die schon vor längerer Zeit hatten aufgeben müssen? Und bei Ihnen für Neueröffnungen zu werben? Hatte sich irgendetwas in Cedar Grove geändert?«

»Ich weiß, dass sie eine Theorie hatte, der sie auch nachging.«

»Sie hatte eine Idee für einen Artikel in Ihrer Zeitung?«

»Ich hatte noch nicht zugesagt, ihn zu veröffentlichen, aber ja, sie hatte eine Idee für einen Artikel.«

Dan nickte. »Und worum sollte es da gehen? Was für einer Vermutung folgte Ihre Reporterin?«

Milne sprang auf. »Einspruch, Euer Ehren. Hörensagen. Mr O'Leary sollte Kimberly Armstrong aufrufen und sie selbst befragen, was sie getan hat und welcher Vermutung sie nachgegangen ist.«

»Mr O'Leary?« Harvey sah Dan fragend an.

Der bedankte sich im Stillen bei Milne für diese wunderbare Gelegenheit. »Euer Ehren, es tut mir leid, ich hätte gleich klarstellen müssen, dass Kimberly Armstrong tot ist. Sie starb, als ihr Haus in Cedar Grove abbrannte.«

»Fahren Sie fort, Herr Anwalt.«

»Sie sagten, Kimberly habe eine Theorie gehabt, Mr Pelham?«

»Kimberly glaubte, es gäbe erneut Pläne zur Entwicklung eines bestimmten Grundstücks in den Bergen oberhalb von Cedar Grove.«

»Hatte es denn da früher schon Pläne gegeben?«

Pelham erklärte die Geschichte des Grundstücks. »Kimberly sagte, die Existenz dieser neuen Cedar Grove Development GmbH deute darauf hin, dass auf dem Land dort jetzt doch noch ein Erholungsgebiet entstehen würde, ähnlich dem damals geplanten Cascadia. Deswegen seien auch Leute bereit, in Cedar Grove die Neueröffnung eines Geschäftes zu wagen.«

»Hat Kimberly die Gesellschafter der Cedar Grove GmbH ausfindig machen und ihnen Fragen stellen können?«

»Nicht, dass ich es mitbekommen hätte.«

»Wie ist es mit einem der neuen Besitzer in der Market Street?« Dan deutete auf die ausgestellte Liste. »Wissen Sie, ob sie mit einzelnen Gesellschaftern dieser GmbHs gesprochen hat?«

»Nein, davon war nicht die Rede.«

»Ich möchte Ihnen eine Frage stellen, Mr Pelham, und zwar in Ihrer Funktion als langjähriger Herausgeber und Besitzer des *Towne Crier* mit großer Erfahrung auf dem Anzeigenmarkt: Wären die Geschäfte an der Market Street mehr wert, wenn es oberhalb der Stadt ein Projekt wie das eben von Ihnen beschriebene Cascadia gäbe?«

Milne schoss hoch. »Einspruch – Relevanz. Außerdem ist Mr Pelham kein Experte für die Beurteilung von Unternehmen. Diese Frage geht also über seine persönlichen Kenntnisse hinaus.«

Harvey kniff die Augen zusammen. »Ich lasse die Frage zu. Das Gericht wird berücksichtigen, dass Mr Pelham kein Experte in Wirtschaftsfragen ist.«

Pelham wirkte verwirrt.

»Sie dürfen die Frage beantworten«, erklärte Dan.

»Ich kenne den Wert der betreffenden Geschäfte nicht, kann Ihnen aber auf jeden Fall versichern, dass sie mehr Geld für Werbemaßnahmen hätten, gäbe es um die Ecke ein Erholungsgebiet wie Cascadia. Dazu muss man kein Experte sein, das sagt einem der gesunde Menschenverstand. Die neuen Inhaber könnten an den Wochenenden und in den Ferien mit ein paar Tausend Besuchern der Stadt und des Erholungsparks rechnen. Und solche Besucher geben Geld aus.«

»Wissen Sie, ob Kimberly Armstrong herausgefunden hatte, wie weit die Cedar Grove Development GmbH mit ihrer Planung gekommen war?«

»Nein, das weiß ich nicht.«

»Wann ist Kimberly gestorben?«

»Kurz nachdem sie mir von dieser neuen Entwicklungsgesellschaft erzählt hatte.«

Dan legte eine kleine Pause ein, um der letzten Information zusätzlich Gewicht zu verleihen. »Haben Sie je mit jemand anderem als Kimberly über die mögliche Wiederbelebung des alten Projekts gesprochen?«, fragte er dann.

»Nein«, sagte Pelham.

»Haben Sie sich je mit Bürgermeister Gary Witherspoon darüber unterhalten?«

»Ach, das. Ja, ich hatte Kimberlys Vermutung ihm gegenüber erwähnt, aber Gary sagte, er wisse nichts davon.«

Milne sprang auf. »Beantrage Streichung. Hörensagen.«

»Stattgegeben«, entschied Harvey.

Dan war das egal. Die Information stand im Raum. Er bedankte sich bei Pelham und setzte sich, während Milne die Gelegenheit ergriff, noch einmal festhalten zu lassen, dass Pelham kein Experte in der Beurteilung von Geschäften war. Danach setzte sie sich wieder. Offenbar wollte sie zurzeit so wenig wie möglich sagen.

Noch hatte Dan ihr und ihrem Fall nichts richtig anhaben können. Das musste er jetzt schleunigst schaffen, sonst waren sie hier ganz schnell am Ende.

KAPITEL 33

Tracy, zu Hause mit Vera und Daniella, fühlte sich wie die sprichwörtliche Katze auf dem heißen Blechdach. Zu gern hätte sie gewusst, wie die Verhandlung in Bellingham lief, aber sie waren sich alle einig gewesen, dass sie dort lieber nicht auftauchen sollte.

»Niemand darf an einen Strafrechtsfall denken, schon gar nicht die Gegenseite«, hatte Dan an dem Abend am Küchentisch erklärt, als sie ihre Strategie zurechtlegten. »Sobald es danach riecht, legen die anderen Einspruch ein und ich kriege keine Chance mehr, Roy in den Zeugenstand zu holen, von Faz ganz zu schweigen. Irgendwo zieht auch Richter Harvey Grenzen, egal, wie neugierig er sein mag.«

Calloway hatte zugestimmt. »Wenn du im Zuschauerraum sitzt, wissen die sofort, dass du nicht einfach nur deinem Mann zuhören willst. Dein Ruf als Mordermittlerin eilt dir voraus.«

Sie hatten ja recht, was das Warten zu Hause für Tracy allerdings nicht einfacher machte. Sie hatte Roy gebeten, anzurufen und sie von Zeit zu Zeit auf den neuesten Stand zu bringen, aber auch das ging nicht, weil Dan Roy und Faz nicht in der Eingangshalle des Gerichts bei den anderen Zeugen haben wollte. Und zwar aus demselben Grund, aus dem auch Tracy fernbleiben sollte. Die beiden Männer warteten in einem Café in Bellingham, bis er ihnen per SMS die ungefähre Uhrzeit für ihre Aussage nennen konnte.

»Lass uns spazieren gehen!«, schlug Vera vor. »Es soll heute Nachmittag ja wieder schneien. Gehen wir vorher noch ein bisschen an die frische Luft.«

»Ich bleibe lieber hier. So nervös, wie ich bin, hast du sowieso nichts von meiner Gesellschaft. Außerdem möchte ich erreichbar sein, falls Dan oder Roy noch Fragen haben oder irgendetwas brauchen.« Tracy hatte alle drei Ermittlungsakten vor sich auf dem Tisch liegen.

»Bist du sicher?« Vera hatte sich bereits den Mantel angezogen. »Frische Luft pustet den Kopf frei, hinterher kann man besser denken. Bei mir hat das immer funktioniert.«

»Ich geh nachher noch ein bisschen hinten vor die Tür, aber momentan will ich in der Nähe der Akten bleiben.«

»Okay. Brauchst du irgendetwas, wenn ich schon mal unterwegs bin?«

Nein, Tracy hatte alles.

»Such dir was zu tun«, mahnte Vera. »Sonst drehst du hier noch durch.«

»Zu spät«, seufzte Tracy.

* * *

Nach der Mittagspause rief Dan Celia Reed in den Zeugenstand, die Frau, die ihm im Grundbuchamt des Whatcom County geholfen hatte. Dan ließ Reed ihren Namen und ihre Funktion zu Protokoll geben und sie zur Geschichte der drei Parzellen aussagen, wobei es auch um den Verkauf des Gesamtgrundstücks durch den Staat Washington an die Cedar Grove Development Company ging. Dan legte als Beweisstück eine Landkarte vor, auf der die drei Parzellen eingetragen waren, und ließ im Protokoll festhalten, dass es in dieser Sache noch keine

Bauvoranträge zu geben schien und er auch keinen aktuellen Vermessungsplan hatte finden können.

»Also weiß das Whatcom County nichts von irgendwelchen Arbeiten, die auf eine anstehende Erschließung der drei Parzellen hindeuten könnten?«, fragte er.

»Es befindet sich nichts in unseren Unterlagen.«

Auch diesmal hatte Milne keine Fragen an die Zeugin.

Nach Reed rief Dan einen Experten in Sachen Immobilien und Bauvorhaben auf, mit dem er auch schon bei anderen Fällen zusammengearbeitet und mit dem er sich in den Wochen vor dem angesetzten Verhandlungstermin ein paarmal getroffen hatte. William Peters, Experte sowohl für kommerziell als auch für privat genutzte Immobilien und für Baugrundstücke, war groß und schlaksig und hatte auf dem College Basketball gespielt. Er näherte sich dem Zeugenstand mit einer gewissen Dynamik im Gang, als könne er jederzeit aufs Spielfeld zurückkehren und ein paar Körbe werfen.

Nachdem Dan fürs Protokoll Fragen nach Namen und Funktion seines Zeugen gestellt hatte, fragte er: »Kennen Sie sich mit den Schritten aus, die man unternehmen muss, wenn man ein bestimmtes Grundstück erschließen und bebauen möchte?«

Ja, Peters kannte sich aus und erläuterte diese Schritte.

»Habe ich Sie gebeten herauszufinden, ob es in Bezug auf die hier markierten Parzellen Aktivitäten gegeben hat, wie sie im Vorfeld einer Bebauung notwendig sind?« Dan nahm seinen Kuli und deutete auf der vergrößerten Landkarte die Umrisse des fraglichen Grundstücks an.

Milne stand auf: »Euer Ehren, ich glaube, jetzt weichen wir sehr vom Thema ab.«

»Soll das ein Einspruch sein, Frau Anwältin?«, fragte Harvey.

»Relevanz, Euer Ehren.«

»Mr O'Leary, Sie scheinen vom Kurs abzuweichen.«

Dan hatte an genau dieser Stelle mit genau diesem Einspruch gerechnet und sich eine Erwiderung zurechtgelegt, mit der hoffentlich nicht nur Richter Harvey überzeugt werden konnte, sondern sich noch dazu Milne in ihrer eigenen Schlinge fangen ließ. Damit wäre einiges an Spielraum gewonnen. »Euer Ehren, kriminelle Absprachen sind ihrem Wesen nach schwer nachzuweisen, weil sie im Geheimen stattfinden. Die Verteidigung hat zum Thema Verbrechensabsprache einen mehr als fünfzig Seiten umfassenden Schriftsatz eingereicht. Von daher kann ich nicht nachvollziehen, wie sie jetzt behaupten kann, mein Vorgehen sei nicht relevant.«

Harvey nickte und Dan meinte, auf seinen Lippen ein winziges Lächeln zu entdecken. »Sie haben meine Mitarbeiter wirklich überschwemmt, Frau Anwältin«, sagte er zu Milne. »Ich lasse die Fragen zu, Mr O'Leary, möchte aber dann doch bald einen Zusammenhang erkennen.«

»Haben Sie etwas unternommen, um festzustellen, ob sich das Grundstück in der Phase der Bauvorentwicklung befindet?«, fragte Dan seinen Zeugen.

»Ja. Ich fuhr zu dem aus den drei fraglichen Parzellen bestehenden Grundstück und sah, dass die Bäume gekennzeichnet worden waren. Man hatte eine Bestandsaufnahme gemacht.«

»Was bedeutet das?«

»In vielen Countys am Puget Sound dürfen Bäume mit einem Stammdurchmesser von zwanzig und mehr Zentimetern und einer Stammhöhe von über einem Meter fünfzig nicht mehr ohne Erlaubnis gefällt werden.«

»Woher wissen Sie, dass bei den Bäumen dieser drei Parzellen eine Bestandsaufnahme vorgenommen worden war, wenn sich darüber in den Unterlagen des Bauamts nichts finden lässt?«

»Die Bäume, die die eben von mir beschriebenen Voraussetzungen erfüllten, waren mit Metallplaketten von der ungefähren Größe eines Päckchens Kaugummi gekennzeichnet.«

»Wissen Sie auch, von wem?«

»Das kann man an den Plaketten nicht ablesen, auf denen steht nur jeweils eine Zahl.«

»Haben Sie versucht herauszufinden, wer die Bäume markiert hat?«

»Ich rief die für die Cedar Grove Development GmbH angegebene Telefonnummer an.«

»Haben Sie mit irgendwem gesprochen?«

»Nein, ich wurde mit einem Anrufbeantworter verbunden.«

»Haben Sie sonst noch etwas unternommen?«

»Ich habe online nach Baumpflegern dort in der Gegend gesucht, die solche Bestandsaufnahmen durchführen, und drei solcher Betriebe gefunden.«

»Hatte eine dieser drei Firmen eine Geländevermessung dieser drei Parzellen durchgeführt?«

»Ja, die Bellingham Tree Company. Ich rief dort an und sprach mit der Betriebsleiterin Carol Gilmore. Sie bestätigte mir, dass sie im vergangenen Sommer zu einer Geländevermessung und Aufnahme des Baumbestandes dort oben waren.«

»Hat sie auch gesagt, in wessen Auftrag?«

»Nein. Hat sie nicht.« Peters dachte kurz nach. »Vielleicht sollte ich lieber sagen, sie wollte es mir nicht sagen.«

»Wie soll ich das verstehen – sie wollte es Ihnen nicht sagen?«

»Manche Unternehmen halten ihre Projekte lieber geheim. Das geschieht aus allen möglichen Gründen.«

»Können Sie uns aufgrund Ihrer Erfahrung als Experte ein paar der Gründe nennen, warum jemand Wert darauf legen könnte, der Öffentlichkeit gegenüber Pläne zur Entwicklung eines bestimmten Grundstücks erst einmal geheim zu halten?«

Milne sprang auf und legte Widerspruch ein. »Das ist reine Spekulation, Euer Ehren.«

»Er ist ein Experte, er kann spekulieren«, sagte Harvey. »Ich werde es zulassen. Kommen wir in nächster Zeit zur Sache, Mr O'Leary? Das hoffe ich sehr.«

»Ja, Euer Ehren.«

Dan wiederholte seine Frage.

»Wenn es sich herumspricht, dass ein Grundstück erschlossen und bebaut werden soll, steigt der Wert des umliegenden Landes. Dieses Land möchte man ja aber vielleicht noch dazukaufen, um das Projekt erweitern zu können, wenn es sich als erfolgreich erweist. Und man muss mit dem Widerstand von Umweltschutzgruppen rechnen, die oft nicht wollen, dass Land bebaut wird. Solche Gruppen gehen auch vor Gericht und schaffen es manchmal über Jahre, den Baubeginn eines Projekts zu verhindern. Also ist den Betreibern solcher Bauvorhaben sehr daran gelegen, im Vorfeld möglichst viel im Stillen abzuwickeln, um dann, wenn sich nach Bekanntwerden des Projekts Widerspruch regt, mit Details über die genaue Ausgestaltung und die Vorteile ihres Vorhabens kontern zu können.«

»Worum habe ich Sie sonst noch gebeten?«

»Ich wurde gebeten, den Wert der Geschäfte in der Market Street von Cedar Grove einzuschätzen, und zwar einmal zum heutigen Zeitpunkt und dann für den Fall, dass das für die genannten Parzellen geplante Projekt eines Erholungsgebietes realisiert wird.«

»Wie haben Sie diese Einschätzung vorgenommen?«

»Ich habe mir drei vergleichbare Grundstücke ausgesucht, bei denen die Verhältnisse ähnlich lagen wie in Cedar Grove.« In den nächsten zwanzig Minuten nannte Peters diese drei Erholungsgebiete und erklärte, wie er den Wert der Geschäfte in umliegenden Städten vor Ausbau dieser Projekte berechnet hatte und wie den Wert derselben Geschäfte nach Inbetriebnahme der Erholungsgebiete. Er ging auch auf die speziellen Aspekte der jeweiligen Projekte ein und auf die speziellen Gegebenheiten des Gebiets um Cedar Grove.

»Wenn man dies alles nun berücksichtigt, was können Sie uns da über den Wert der Geschäfte in der Market Street von Cedar Grove sagen?«

»Der Wert dieser Geschäfte würde erheblich steigen. Ebenso der Wert von Wohnimmobilien in der Stadt.«

»Können Sie das in Prozenten ausdrücken?«

»Nicht im Einzelnen, aber die drei vergleichbaren Projekte, die ich eben beschrieb, dürften ein guter Ansatzpunkt sein.«

Nach einer halben Stunde Kreuzverhör durch Milne wurde Peters entlassen.

»Rufen Sie Ihren nächsten Zeugen auf, Mr O'Leary.«

Dan rief Gary Witherspoon auf, der beim Betreten des Saals besorgt wirkte, aber nur leicht. Das änderte sich, als er auf den Stelltafeln die vergrößert dargestellte Struktur der diversen GmbHs mit den Namen sämtlicher Gesellschafter entdeckte. Da wurde er blass.

Dan stellte rasch die einführenden Fragen, mit denen im Protokoll festgehalten wurde, dass es sich bei dem Zeugen um den Bürgermeister von Cedar Grove handelte. Witherspoon sah auch ganz danach aus, war er doch in Anzug und Krawatte vor Gericht erschienen. In seiner Jugend hatte er dichte, dunkelblonde Haare gehabt, die ihm fast bis zu den Schultern reichten und ihm das Aussehen eines Surfers verliehen. Diese Haarpracht war im Laufe der Jahre erheblich dünner und kürzer geworden.

»Als Bürgermeister sind Sie an dem engagierten Plan Ihrer Stadt beteiligt gewesen, die Market Street neu zu beleben. Darf ich das so sagen, ist das eine faire Einschätzung?«

»Ja, das kann man so sagen.« Witherspoons Blick glitt immer wieder zu der einen Stelltafel hinüber.

»Können Sie dem Gericht erklären, wie Sie die Belebung bewerkstelligten?«

»Es gab verschiedene Maßnahmen.« Witherspoon nippte an dem Glas Wasser, das jedem Zeugen hingestellt wurde. »Die erste bestand darin, die Stadtverwaltung ins Gebäude der First National Bank umziehen zu lassen, das eine historische Bedeutung hat und sich in der Nähe der Geschäfte in der Market Street befindet. Ich fand es angemessen, nah bei den Gewerbetreibenden dort zu sein und mir ihre Meinung anzuhören, um gemeinsam mit ihnen Schritte zum Wiederaufbau der Stadt zu überlegen.«

»Was haben Sie als Nächstes getan?«

»Ich habe mich um Anleihen und Bundesgelder bemüht, um die Innenstadt wiederbeleben und unser Image verbessern zu können. Wir bauen unsere Stadt um die ganz besondere Geschichte von Cedar Grove herum neu auf.« Jetzt kam der Makler in Witherspoon in Fahrt, und er holte zu einer flammenden Verkaufsrede aus, für die ihm Dan gern Raum eingestand. »Cedar Grove brauchte ein lebendiges Zentrum, um für Millenials oder, wie manche sagen, die Generation Y attraktiv zu werden. Attraktiv für Leute mit einer Collegeausbildung und unternehmerischen Ambitionen. Hat man erst einmal junge Talente in der Stadt, dann folgen die Leute mit Geld auch bald. Wir stehen kurz davor, ein Projekt zur Verschönerung der Straßen zu starten. Wir wollen Bäume pflanzen, die Bürgersteige im alten Muster pflastern und Fußgängerampeln aufstellen. Und wir sind dabei, mit Geldern aus Landesmitteln die Fassaden der Gebäude in der Market Street zu renovieren. Das alles kostet die Bürger von Cedar Grove nicht einen Penny.«

»Mr Witherspoon, warum waren Ihrer Meinung nach die neuen Besitzer von Geschäften in der Market Street bereit, Geld in Unternehmen zu investieren, die schon seit Jahrzehnten nicht mehr lukrativ oder sogar geschlossen waren?«

»Weil wir ihnen diese Geschäfte für einen Dollar verkauften. Die neuen Besitzer können so all ihr Geld in die Modernisierung der Gebäude stecken. Außerdem haben wir eine umfassende Marketingkampagne gestartet, in der wir die Umgebung der Stadt hervorheben, unsere Nähe zu Bergen, Seen und Flüssen. Wir stellen dar, was man hier alles unternehmen kann, Outdooraktivitäten wie Wildwasserfahren und Fischen, Wandern, Radfahren, Skisport, und zwar Langlauf und Abfahrt. Wer nach Cedar Grove kommt, um einer dieser Aktivitäten nachzugehen, muss ja irgendwo essen und trinken. Die Leute müssen sich ihre Medikamente besorgen können und vielleicht wollen sie sich auch einmal einen Film ansehen.«

Langsam wurde es Zeit, zur Sache zu kommen. »Kennen Sie die Cedar Grove Development GmbH?«

»Nein.«

»Hatten Sie eine Unterhaltung mit Atticus Pelham, bei der es um die mögliche Wiederbelebung des Cascadia-Projekts ging?«

»Ach das, richtig!« Witherspoon nahm seine erste Aussage zurück. »Atticus brachte das Thema im vergangenen Sommer beim Jazzfestival zur Sprache. Er hat aber in dem Zusammenhang nicht den Namen dieser GmbH genannt.«

»Was hat er Ihnen erzählt?«

»Er sagte, Kimberly Armstrong habe erfahren, dass jemand das alte Cascadia-Gelände gekauft hatte. Eine Bauträgerfirma. Ich sagte zu Atticus, das sei mir neu, ich würde eine solche Entwicklung aber natürlich begrüßen.«

»Haben Sie versucht herauszufinden, ob Kimberly Armstrong recht hatte?«

»Nein, das habe ich nicht getan.«

»Sie haben nicht beim Bauamt des Whatcom County angerufen?«

»Nein.«

»Wäre diese Information denn für einen Bürgermeister, der die Wiederbelebung des Zentrums seiner Stadt anstrebt, nicht wichtig gewesen? Hätten sich mit einer solchen Neuigkeit nicht weitere Investoren anlocken lassen?«

»Ja, wahrscheinlich. Aber … ich hatte gerade ziemlich viel um die Ohren.« Witherspoon machte keinen sehr überzeugenden Eindruck.

»Haben Sie je mit irgendeinem der neuen Besitzer der Ladengeschäfte an der Market Street gesprochen?«

»Nicht persönlich, nein.«

»Sie haben sie nie in Cedar Grove willkommen geheißen?«

»Die Gebäude werden immer noch den neuen Bauvorschriften entsprechend ausgebaut. Wenn die Läden erst einmal eröffnet sind und laufen, bleibt noch genügend Zeit, die neuen Besitzer zu begrüßen.«

Dan ging jede einzelne Gesellschaft und jeden einzelnen Gesellschafter durch. Witherspoon leugnete, einen dieser Menschen zu kennen oder schon einmal mit ihm gesprochen zu haben. »Haben Sie sich mit Ihrer Frau über diese neuen Besitzer unterhalten?«

»Ich weiß, dass sie mit dem Papierkram geholfen hat, mit den Verträgen und so. Das hat sie mir erzählt.«

»Haben Sie je meinem Mandanten erklärt, er müsse teure Reparaturarbeiten an seinem Gebäude vornehmen?«

»Nein, das habe ich nicht.«

»Haben Sie einen Bauinspektor beauftragt, ihm das zu sagen?«

»Der Bauinspektor könnte einen Brief geschickt haben, aber das kann ich nicht mit Sicherheit sagen.«

»Das wissen Sie nicht?«

»Ich weiß es nicht.«

Dan hatte von Witherspoon bekommen, was er wollte, und entließ ihn. Milne hatte keine Fragen.

Witherspoon verließ gerade den Zeugenstand, als Dan seine erste Runde Feuerwerk zündete. »Wir rufen Roy Calloway auf.«

Der Bürgermeister wirbelte herum und sah Dan an.

Lynn Milne sprang auf. »Einspruch!«

Kapitel 34

Tracy stand vor der Dusche und überlegte, ob heißes Wasser ihre Nerven beruhigen könnte. Dan hatte beim Umbau des Hauses im größten Bad eine Dusche eingebaut, die fast schon einem Dampfbad gleichkam, mit Düsen in verschiedenen Höhen und einem Sitz. Noch dazu hatte er das Bad mit ausgezeichneten Lautsprechern ausgestattet und erklärt, so eine Dampfdusche sei so ungefähr seine Vorstellung vom Paradies. Tracy, die heißes Wasser nicht besonders liebte, teilte seine Leidenschaft nicht. Sie hatte nie zu den Leuten gehört, die gern in der Sauna oder im Whirlpool sitzen, unter anderem auch deswegen, weil ihr das wie eine Zeitverschwendung vorkam. Seit es Daniella gab, hielt sie sich, selbst wenn Dan und Therese auch im Haus waren, nur ungern irgendwo auf, wo sie ihre Tochter nicht hören konnte. Also fielen ihre Momente unter dem heißen Wasserstrahl eher kurz aus.

Aber jetzt war Daniella mit Vera unterwegs und bei Tracy machte sich der Stress durch Verspannungen im Nacken und in den Schultern bemerkbar. Sie beschloss, dem Dampf noch einmal eine Chance zu geben. Zeit hatte sie genug, solange Dan sich in Bellingham bei Gericht befand, und bisher hatte er sich nicht gemeldet, was man hoffentlich als gutes Zeichen werten durfte.

Sie legte ihr Handy auf den Tresen neben dem Waschbecken, wählte Dans bevorzugten Klassiksender, leitete die Musik auf die schicken Lautsprecher und schaltete die Lautstärke herunter, bevor sie in die Duschkabine trat. In den nächsten zwanzig Minuten ließ sie sich von den pulsierenden heißen Wasserstrahlen die Muskeln massieren und es entspannte sie wirklich. Hinterher wickelte sie sich in eins der riesigen, unglaublich weichen Saunahandtücher, die Dan angeschafft hatte, um dem Ganzen noch ein bisschen mehr Glamour zu verleihen, und wischte mit einem Handtuchzipfel auf dem total beschlagenen Waschbeckenspiegel ein kleines Rechteck sauber.

Ein müdes Gesicht sah sie aus dem Spiegel heraus an, mit dunklen Schatten unter den Augen und Fältchen, die ihrer Meinung nach früher nicht so deutlich zu sehen gewesen waren. Vielleicht war es wirklich zu viel, Mutter und gleichzeitig noch Detective im Morddezernat sein zu wollen. Vielleicht hatte sie sich übernommen, trieb Raubbau mit ihren Kräften und wurde weder der einen noch der anderen Aufgabe wirklich gerecht. Vielleicht gehörte sie nach Hause zu ihrer Tochter, vielleicht war das jetzt ihr Platz. Wahrscheinlich sollte sie auch noch einmal über das Leben nachdenken, von dem sie als kleines Mädchen geträumt hatte, ein Leben, in dem sie ihre Kinder großzog, sich in Daniellas Schule und bei den anderen Aktivitäten ihrer Tochter einbrachte, sich das Auto voller Kinder lud und Ausflüge unternahm. Bei dieser Vorstellung musste sie allerdings lächeln. Sie schaffte es ja noch nicht einmal, zwanzig Minuten unter der Dusche einfach nur zu entspannen, ohne sich gleich zu überlegen, wie sie diese Zeit hätte besser und nützlicher verbringen können. Und jetzt wollte sie auf Dauer viele Stunden einfach so zu Hause verbringen?

»Du machst dich selbst verrückt!«, tadelte sie ihr Spiegelbild.

So war sie einfach nicht gestrickt und der Traum von der glücklichen Hausfrau und Mutter stammte aus einer Zeit, als Tracy sich selbst noch nicht gut genug gekannt und nicht begriffen hatte, was sie im Kern ausmachte. Roy Calloway hatte recht. Sie war ihrem Vater sehr ähnlich und wurde mit jedem Jahr noch mehr wie er. Sie war zwanghaft ehrgeizig, liebte ihre Arbeit, half gern anderen und hasste Ungerechtigkeit.

Eine Menge Frauen hatten Kinder und übten ihren Beruf aus. Sie würde eine von ihnen sein.

Sie cremte sich das Gesicht ein, danach mit einer anderen Creme Arme und Beine, und wollte gerade ins Schlafzimmer gehen, als es unten an der Tür klingelte. Rex und Sherlock bellten aufgeregt.

Konnte das Vera sein?

Tracy warf einen Blick auf die Uhr, die auf der Ankleidekommode stand. Vera und Daniella waren gerade mal eine halbe Stunde unterwegs und draußen schneite es nicht. Eine halbe Stunde kam ihr für einen Spaziergang recht kurz vor. Und warum sollte Vera klingeln? Sie wusste, wie die Tür aufging.

Es klingelte noch einmal und die Hunde schlugen weiterhin Alarm.

Tracy schlüpfte in Trainingshose und Sweatshirt und eilte die Treppe hinunter. Da klingelte es zum dritten Mal.

»Moment!«, rief sie. »Rex, Sherlock, auf den Platz!« Sie klatschte in die Hände, woraufhin die beiden Hunde brav auf ihre Betten zurückkehrten, um dort angespannt und aufrecht sitzend auf den Besucher zu warten.

An der Tür warf Tracy erst einmal einen kurzen Blick durchs Seitenfenster und hielt Ausschau nach dem Subaru, mit dem Vera unterwegs war, um den Kindersitz nicht umbauen zu müssen. Der Wagen stand nicht in der Einfahrt. Verwundert öffnete Tracy die Tür.

»Wenn du mich nicht besuchen kommst, komme ich eben zu dir!«, verkündete Sunnie Witherspoon, eine Hand in die Hüfte gestemmt, in der anderen eine Tüte. An ihrem rechten Unterarm baumelte ihre Handtasche. »Gehst du mir etwa aus dem Weg, Tracy Crosswhite?«

Kapitel 35

Milne hatte ihre eher passive Haltung aufgegeben und zeigte etwas von der Begeisterung, die Rex und Sherlock jedes Mal an den Tag legten, wenn Dan das Wort »Spaziergang« fallen ließ. Sie tänzelte förmlich zum Rednerpult. Endlich ergab sich die Gelegenheit, sich auf Dan zu stürzen! Verschwunden war das vom Scheinwerferlicht geblendete Reh, das sie dem Gericht bisher präsentiert hatte. Sollte das etwa nur Masche gewesen sein?

»Euer Ehren! Wir sitzen jetzt hier den ganzen Morgen und hören uns eine Zeugenaussage nach der anderen an. Es ging schon um den Wert irgendwelcher Baugrundstücke, um eine Firma, die sich angeblich für ein Grundstück oberhalb von Cedar Grove interessiert, und es wurde darüber spekuliert, was alles den Wert von Geschäften in Cedar Grove steigern könnte. Nichts davon ergibt das Bild einer Stadtverwaltung, die widerrechtlich einen privaten Geschäftsabschluss getätigt oder verbrecherische Absprachen getroffen hat. Ganz im Gegenteil. Dass die Stadt marode Geschäfte aufkaufte, um sie an Menschen weiterzuverkaufen, die willens waren, etwas Neues daraus zu machen, diente dem Wohl der Stadt. Daran ändert sich auch nichts, wenn diese neuen Besitzer von einer möglichen Erschließung eines Geländes in der Umgebung profitieren. Der Bürgermeister und der Stadtrat haben für die Stadt und im

Interesse ihrer Bürger gehandelt. Mr O'Leary hat keine privaten Geschäfte nachweisen können und im Gegenteil bewiesen, dass die Public Duty Doctrin hier voll zur Anwendung kommt. Jetzt will er den ehemaligen Polizeichef von Cedar Grove in den Zeugenstand rufen. Zu welchem Zweck weiß ich wirklich nicht, aber ich sehe nicht, wie dieser Zeuge die Behauptung untermauern kann, die Stadt habe private Transaktionen vorgenommen und verbrecherische Absprachen getroffen.«

Harvey sah Dan erwartungsvoll an. Der hatte mit diesem Einspruch gerechnet und die ganze Zeit gewusst, dass Calloway der Knackpunkt sein würde. Diese Klippe galt es jetzt zu umschiffen, wobei er sich nicht darauf verlassen konnte, dass die Neugier des Richters ihm auch diesmal half.

»Euer Ehren, wir haben festgestellt und nachgewiesen, dass die Stadt Cedar Grove Privateigentum gekauft und verkauft hat. Das gehört eigentlich nicht zu den Aufgaben einer Stadtverwaltung. Wir haben bewiesen, dass eine GmbH mit dem Namen Cedar Grove Development ein Grundstück oberhalb von Cedar Grove gekauft und dort auch schon mit ersten Erschließungsarbeiten begonnen hat. Wir haben festgestellt, dass der Bau eines Erholungsgebietes auf diesem Grundstück den Wert der Geschäfte in der Stadt erheblich erhöhen wird, womit die von der Stadt günstig erworbenen Läden eine Menge mehr wert wären, als die Stadt dafür bezahlt hat. Zu diesen Geschäften gehört auch der Laden meines Mandanten. Darüber hinaus möchte ich noch einmal bemerken, dass verbrecherische Absprachen nun einmal nicht öffentlich getroffen, sondern hinter verschlossenen Türen und fest zugezogenen Vorhängen erörtert werden.«

»Ja, aber um einen Antrag auf eine Entscheidung im Schnellverfahren vom Tisch zu räumen, müssen Sie die Vorhänge schon zur Seite ziehen, Herr Anwalt, damit ein bisschen Licht ins Zimmer fällt. Ich bin da mit Ms Milne einer Meinung: Es ist immer noch ziemlich dunkel im Raum.«

Dan ließ nicht locker. »Wir konnten bislang bereits aufzeigen, dass Cedar Grove Geschäfte in der Innenstadt für einen Spottpreis aufkaufte und sie noch günstiger an Unternehmen weiterverkaufte, die damit rechnen können, sie mit erheblichem Profit betreiben oder ebenfalls weiterverkaufen zu können, falls und wenn das Erholungsgebiet in den Bergen erschlossen und gebaut ist.«

»Na und? Davon profitieren die neuen Besitzer, ein kluger Geschäftszug.«

»Aber falls der Bürgermeister und der Stadtrat von der bevorstehenden Erschließung wussten, als sie die Geschäfte günstig aufkauften, und wenn sie den vorigen Besitzern nichts davon sagten, dann wäre das ein ganz anderes Szenario.«

»Die Stadt war in keiner Weise verpflichtet, die ursprünglichen Besitzer über ein mögliches Bauvorhaben zu informieren, das ja vielleicht nie realisiert wird«, warf Milne ein. »Die früheren Besitzer standen selbst in der Verantwortung, vor dem Verkauf den Wert ihrer Geschäfte feststellen zu lassen. Wenn sie das nicht taten, ist es ihr eigener Fehler. Ich weiß nicht, wieso diese Zeugenaussagen gegen eine Anwendung der Public Duty Doktrin sprechen.«

»Es tut mir leid. Mr O'Leary, ich habe Ihnen sehr viel Spielraum gelassen …«, setzte Harvey an.

»Euer Ehren, das Gericht war geduldig, das sehe ich auch so. Aber wie ich schon sagte, verbrecherische Absprachen sind nicht einfach nachzuweisen, man würde ja sonst auch nicht von Verschwörung sprechen. Ich versichere dem Gericht, dass wir uns dem Ende nähern, und wenn wir dort angekommen sind, werde ich niemandem erklären müssen, was wir nachweisen konnten, weder Ihnen noch der gegnerischen Anwältin. Ich habe vor, Sie damit auf den Kopf zu schlagen wie damals

Moe von den drei Stooges. Ich habe nur noch zwei Zeugen und danach überlassen wir die Sache der Entscheidung des Gerichts.«

Harvey lächelte. »Ich bin mit den drei Stooges groß geworden, Herr Anwalt.« Wenn der Richter die Aussagen von Roy Calloway und Faz nicht zuließ, dachte Dan besorgt, würde Larry Kaufman seinen Prozess verlieren und Tracy und Calloway fanden vielleicht nie heraus, wer Heather Johansen, Jason Mathews und Kimberly Armstrong getötet hatte. Wenn es denn wirklich ein und dieselbe Person gewesen war.

»Ich werde Ihnen noch ein bisschen mehr Spielraum geben, aber sorgen Sie dafür, dass ich hinterher nicht aussehe wie Joe DeRita. Ich möchte als einer der relevanten Stooge-Brüder in die Annalen eingehen.«

Dan unterdrückte einen Seufzer der Erleichterung. »Das kriege ich hin, Euer Ehren.«

Milne setzte sich kopfschüttelnd.

Calloway betrat den Zeugenstand in Zivilkleidung. Dan ließ ihn schnell seine Angaben zur Person machen und kam zum Kern der Sache. »Haben Sie den Tod von Kimberly Armstrong untersucht?«

»Ja, ich habe in Seattle angerufen und die Untersuchung durch einen Brandspezialisten beantragt.«

»Dann waren Sie also der Meinung, das Feuer, das Kimberly Armstrong getötet hatte, sei absichtlich gelegt worden?«

»Ich wusste, dass das Feuer absichtlich gelegt worden war. Wir haben einen Benzinkanister gefunden und in der abgebrannten Ruine des Hauses hing deutlich Benzingeruch. Außerdem hat das Haus lichterloh gebrannt, wie ein Strohballen. Man konnte den Rauch meterweit in die Luft steigen sehen, schwarzen Rauch, was auf einen Brandbeschleuniger schließen lässt. Ich wollte meinen Verdacht bestätigt haben.«

Dan führte den Bericht des Brandermittlers als Beweismittel ein. Milne erhob Einspruch aufgrund von mangelnder Relevanz, kam aber nicht durch. »Veranlassten Sie noch weitere Untersuchungen?«, wollte Dan von Calloway wissen.

»Ich habe einen Gerichtsmediziner aus Seattle hinzugezogen und eine Autopsie an Kimberly Armstrong vornehmen lassen, weil ich den Verdacht hatte, dass sie nicht durch das Feuer gestorben war.«

»Was hat der Gerichtsmediziner herausgefunden?«

»Dass Kimberly Armstrong durch einen Schlag mit einem stumpfen Gegenstand auf den Hinterkopf getötet worden war, und zwar bevor das Feuer ausbrach. Es wurde gelegt, um zu vertuschen, dass sie ermordet worden war.«

Nach den letzten beiden Sätzen von Calloway fühlte es sich im Gerichtssaal so an, als sei sämtliche Luft aus dem Raum gesogen. Dan sah Harvey an, der nicht mehr las oder sich Notizen machte. Er starrte Chief Calloway an.

»Chief Calloway, haben Sie im Haus von Kimberly Armstrong irgendwelche Notizen oder Ordner mit Materialien zu den Artikeln gefunden, an denen sie arbeitete, als sie ermordet wurde?«, fragte Dan.

»Nein. Laut Brandermittler war das Feuer in Kimberlys Arbeitszimmer ausgebrochen, in dem der Brandstifter das Benzin ausgegossen hatte, und laut Kimberlys Ehemann wurden Kimberlys Unterlagen und auch ihr Computer vollständig vom Feuer vernichtet.«

»Haben Sie versucht herauszufinden, an welchen Artikeln Kimberly zur Zeit ihrer Ermordung arbeitete?«

»Ich habe mit ihrem Redaktionschef beim *Towne Crier* gesprochen, mit Atticus Pelham. Der sagte, dass Kimberly Recherchen zu einem Unternehmen angestellt hatte, das vor nicht allzu langer Zeit ein aus drei einzelnen Parzellen bestehendes Grundstück gekauft hatte. Es handelt sich um die drei dort auf der Landkarte markierten Parzellen. Der Name des fraglichen Unternehmens war Cedar Grove Development GmbH.«

Dan wartete einen Herzschlag lang, konnte hören, wie hinter ihm geflüstert wurde. »Chief Calloway«, fuhr er schließlich fort, »Sie sagten, Sie hätten auch schon vor den Berichten des Brandermittlers und des Gerichtsmediziners den Verdacht gehabt, Kimberly Armstrong sei nicht durch das Feuer umgekommen. Warum hatten Sie diesen Verdacht?«

»Einspruch!«, rief Milne.

»Abgelehnt«, entschied Richter Harvey, noch bevor Milne sich ganz aus ihrem Stuhl hatte erheben können. »Fahren Sie fort, Chief Calloway.«

»Weil ich wusste, dass Kimberly Recherchen über Heather Johansen anstellte, eine junge Frau aus unserer Stadt, die im Jahr 1993 ermordet wurde. Kimberly hatte sich die Ermittlungsakte geben lassen, Berichte über den Mord gesammelt und einer Menge Leute Fragen gestellt.«

»Und Sie dachten, Kimberly Armstrongs Tod könne in Zusammenhang mit ihren Ermittlungen zum Tod von Heather Johansen stehen?«

»Ja, das tat ich.«

»Warum?«

»Weil Kimberly Armstrong aus der polizeilichen Ermittlungsakte erfahren hatte, dass Heather Johansen zum Zeitpunkt ihres Todes schwanger war. Diese Information hatten wir nie an die Öffentlichkeit gegeben. Ebenso wenig war allgemein bekannt, dass Heather Johansen nach Meinung des Rechtsmediziners um die Weihnachtstage des Jahres 1992 herum schwanger geworden war. Und Heather Johansen wurde genau wie Kimberly Armstrong durch einen Schlag mit einem stumpfen Gegenstand auf den Hinterkopf getötet. Meiner Meinung nach hatte der Mörder von Heather Johansen auch Kimberly Armstrong umgebracht, um sie an weiteren Recherchen zu hindern.«

Milne stand auf, inzwischen deutlich gereizt. »Jetzt sind wir vollständig von unserem eigentlichen Anliegen abgekommen! Sie baten den gegnerischen Anwalt, auf Kurs zu bleiben, Euer Ehren, aber der führt uns direkt ins Nirgendwo.«

»Abgelehnt«, sagte Harvey leise, ohne Milne auch nur eines Blickes zu würdigen.

»Chief Calloway, wer war Ihr Hauptverdächtiger für die Morde an Heather Johansen und Kimberly Armstrong?«

»Der Hauptverdächtige für den Mord an Heather Johansen war Heathers ehemaliger Freund von der Highschool, Finlay Armstrong. Der Hauptverdächtige im Mordfall Kimberly Armstrong war Kimberlys Ehemann, mein Stellvertreter, Finlay Armstrong.«

Kapitel 36

Tracy war Sunnie nicht gänzlich aus dem Weg gegangen, hatte sie aber auch nicht besuchen mögen, solange Dan versuchte, ihrem Mann Betrug und verbrecherische Absprachen nachzuweisen. Jetzt standen Ed und Gary unter einem weitaus schlimmeren Verdacht vor Gericht und ein freundschaftlicher Besuch kam überhaupt nicht mehr infrage.

»Sunnie, hallo!« Mehr fiel Tracy zu Sunnies Begrüßung von daher nicht ein.

»Und? Willst du mich reinbitten oder soll ich mir hier in der Kälte den Tod holen? Ich habe uns was zu essen mitgebracht. Nichts Besonderes, nur Sandwichs und etwas zu trinken.«

»Entschuldigung – klar, komm rein.« Tracy trat zur Seite, ließ Sunnie ins Haus und schloss rasch die Tür hinter ihr, um den kalten Wind auszusperren. Sherlock und Rex näherten sich bellend und wollten schnüffeln, was Sunnie extrem zu stören schien. Deshalb verfrachtete Tracy die beiden in die Waschküche, wo sie sofort durch die Hundeklappe hinaus in den Schnee verschwanden. Tracy schloss die Waschküchentür und ging zurück ins Wohnzimmer.

Dort war Sunnie gleich hinter der Tür stehen geblieben und wartete auf sie. »Ich finde, es ist höchste Zeit, dass ich deine

Tochter zu Gesicht kriege«, sagte sie. »Alle schwärmen davon, wie niedlich sie ist.«

»Ich hatte viel zu tun, Sunnie. Und ich fand es besser, mich erst nach Abschluss von Dans Fall hier bei dir zu melden.«

»Ach was!« Sunnie wischte das Argument mit einer Handbewegung beiseite. »Vergiss den Prozess. Das ist bald geregelt, sagt Gary, vielleicht schon heute.«

»Heute?« Tracy stellte sich dumm.

»Gary wurde für heute Morgen vorgeladen, er soll vor dem Kammergericht in Bellingham aussagen. Es geht um die Sache mit Larry Kaufman. Hat Dan dir denn nichts erzählt?«

Tracy zuckte die Achseln, sie wollte so lange wie möglich Unwissen vortäuschen. »Er sprach von einer Anhörung, aber dass er Gary vorladen will, hat er nicht erwähnt.«

»Mit uns hat das sowieso nichts zu tun«, fand Sunnie. »Wir sind Freundinnen, seit wir laufen können. Das habe ich Gary von Anfang an klargemacht, als Dan die Vertretung von Larry Kaufman übernahm. Von der Sache will ich gar nichts hören, habe ich gesagt. Das geht nur Dan und dich was an und wird mir auf keinen Fall die Freundschaft mit Tracy kaputtmachen. Geschäfte sind eine Sache, aber Freundschaften halten ein Leben lang.« Mit diesen Worten drückte sie Tracy kurz an sich.

»Komm rein!« Tracy befreite sich und führte Sunnie weiter in den großen Wohnbereich, an den sich nahtlos die Küche anschloss.

»Kaum zu glauben, dass dies das Haus von Dans Eltern gewesen sein soll. Es ist irgendwie so niedlich, so gemütlich!« Sunnie hörte sich an, als würde sie ein Puppenhaus loben. »Schön, dass Dan es relativ klein belassen hat.«

Tracy musste sich auf die Zunge beißen. »Wir sind nur zu dritt und wollen es als Ferienhaus nutzen.«

»Womit wir beim Thema wären: Ihr seid zu dritt!« Sunnie sah sich suchend um. »Wo ist denn die kleine Maus?«

Tracy war nicht entgangen, wie Sunnies Blick kurz an den auf dem Küchentisch ausgebreiteten Ermittlungsakten hängen blieb. »Draußen, auf einem Spaziergang mit ihrer Patentante. Sie wollen ein bisschen Sonne tanken.«

»Ach, das ist aber schade.« Sunnie trat an den Küchentisch und sah sich die Akten an. »Arbeitest du? Hast du dich nicht aus dem Job zurückgezogen?«

Tracy klappte die Ordner möglichst beiläufig zu. »Ich räum das schnell mal weg, dann können wir essen.« Sunnie sollte auf keinen Fall zu Hause Mann und Schwiegervater erzählen dürfen, Tracy Crosswhite befasse sich immer noch mit den Morden an Heather Johansen, Jason Mathews und Kimberly Armstrong.

»Ist das der Fall Heather Johansen? Ed hat erzählt, du wärst bei ihm gewesen und hättest Fragen dazu gestellt, weil du zusammen mit Chief Calloway daran arbeitest. Ich will mich da wirklich nicht einmischen, Tracy, aber warum wollt ihr das alles wieder hervorkramen? Hast du schon vergessen, wie es mit diesem Wiederaufnahmeverfahren zu Ende ging? Manche Dinge lässt man einfach ruhen, finde ich.«

»Da hast du wohl recht«, sagte Tracy. »Deswegen hat Roy die Akte ja jetzt auch geschlossen, es ist eine Sackgasse.«

Während Tracy ihre Ordner aus dem Zimmer trug, setzte Sunnie Tasche und mitgebrachte Tüte auf dem Tisch ab, zog sich die Jacke aus und hängte sie über einen Stuhl. »Wenigstens hast du Hilfe mit deinem Baby«, sagte sie. »Ich saß eine Zeit lang mit vier Kindern unter zehn Jahren da.«

»Daran erinnere ich mich noch«, rief Tracy aus dem Wohnzimmer.

»Gary hätte nie das Geld für eine Nanny ausgespuckt. Überhaupt – so etwas wie eine Nanny könnte ich mir in Cedar Grove überhaupt nicht vorstellen. Einmal im Monat ein Babysitter, damit wir ins Kino oder essen gehen konnten, das war für meinen Mann das Höchste der Gefühle.« Sunnie wiederholte noch einmal, was sie Tracy schon vor ein paar Wochen erzählt hatte.

»Aber in der Hinsicht scheint sich für dich ja einiges geändert zu haben.« Tracy war wieder zurückgekommen.

»Wie meinst du das?«

»Du hast gesagt, ihr hättet das Haus deiner Eltern gekauft, und das war immer wunderschön.«

Sunnie klang nicht glücklich. »Das habe ich geerbt. Gary hat nicht einen Penny dafür ausgegeben. Er wollte es sogar verkaufen. Auf gar keinen Fall, habe ich gesagt, ich wusste, es war meine einzige Chance, zu einem schönen Heim zu kommen. Aber das Haus war von der Einrichtung und Ausstattung her total veraltet, als meine Mutter schließlich starb. Ich musste sämtliche Badezimmer und die Küche komplett entkernen. Komm doch mal vorbei und schau es dir an! Alles ganz neu und hell, wir haben Oberlichter und größere Fenster eingebaut.«

Tracy erinnerte sich an das Haus von Sunnies Eltern, ein Gebäude mit Charme aus der viktorianischen Zeit, durchaus von historischer Bedeutung. Das Haus von Tracys Familie war recht ähnlich gebaut gewesen, und Tracys Vater hatte Jahre damit zugebracht, dem Anwesen von Mattioli wieder zum ursprünglichen Glanz zu verhelfen. Da war nichts entkernt worden, Doc Crosswhite hatte im Gegenteil das Alte erhalten wollen.

»In unserem alten Haus konnten wir kaum Leute empfangen, als Gary dann Bürgermeister wurde«, fuhr Sunnie fort. »Da hätte ich mich geschämt.« Sie legte eine Pause zum Luftholen ein, die dann allerdings immer länger wurde, bis es fast schon peinlich war.

»Möchtest du mir denn keinen Kaffee anbieten?«, fragte sie schließlich. »Der duftet köstlich.«

»Natürlich kriegst du einen Kaffee! Tut mir echt leid, Sunnie, ich kam gerade aus der Dusche, als es klingelte. Den Kaffee habe ich völlig vergessen.« Tracy ging hinter den Küchentresen und holte Sunnie einen Becher.

»Gary hat jetzt so viele Termine, da brauchten wir dringend ein Heim, das seiner Rolle in der Stadt entspricht.« Wenn man Sunnie so hörte, konnte man meinen, ihr Mann wäre gerade Gouverneur des Staates Washington geworden. Sie hatte schon immer gern übertrieben.

Tracy schenkte ihr einen Kaffee ein, den Vera gekocht hatte. »Milch oder Zucker?«

»Danke, ich nehme ihn so.« Sunnie trank einen Schluck. »Schmeckt wunderbar. Sieh dich bloß an, ganz die Hausfrau!« Sie setzte sich an den Küchentisch. »Irgendwie ist es witzig, dass du jetzt Mutter geworden bist.«

»Warum?« Tracy setzte sich ihr gegenüber hin.

»Wahrscheinlich hatte ich mich so an dich als Mordermittlerin gewöhnt und nun auf einmal ... Als wir klein waren, wolltest du immer eine Mom werden, weißt du noch? Du wolltest an der Highschool Chemie unterrichten, drei Kinder kriegen und in Cedar Grove wohnen, Tür an Tür mit deiner Schwester.«

»Pläne ändern sich.«

»Wem sagst du das? Eigentlich war ich ja diejenige mit den großen Plänen.«

»Du wolltest nach Los Angeles ziehen und Schauspielerin werden. Alternativ sollte es Nashville sein und eine Karriere als Countrysängerin.«

Sunnie nippte an ihrem Kaffee. »Wahrscheinlich haben sich bei uns allen die Pläne geändert.«

Es missfiel Tracy, ihren »Berufswechsel« mit dem von Sunnie verglichen zu sehen. Tracys Leben hatte eine Achterbahnfahrt hingelegt, als ein Psychopath ihre Schwester ermordete und ihre Familie implodierte, bis Tracy ganz allein dastand. Ihr Ehemann hatte sie verlassen, ihr Vater hatte sich umgebracht und ihre Mutter war zur Einsiedlerin geworden. Sunnie war gleich im Anschluss an die Highschool schwanger geworden, und zwar nicht erst nach der Hochzeit, wie ihre Familie allen hatte weismachen wollen, und hatte noch vor ihrem dreißigsten Geburtstag vier Kinder zur Welt gebracht.

Aber Tracy mochte nicht über die Vergangenheit reden. »Wahrscheinlich ist das so«, sagte sie.

»Seid ihr glücklich, Dan und du?«

»Sehr.«

»Das ist auch so etwas, was ich mir nie hätte vorstellen können. Ihr wart so verschieden, als wir aufwuchsen. Auf der Highschool warst du doch so etwas wie ein It-Girl.«

»Ich glaube nicht, dass es damals an der Cedar Grove High ein It-Girl gab.«

»Na, hör mal! Du warst Vorsitzende des Schülerrats, hast Volleyball und Fußball gespielt und du und deine Schwester, ihr wart zwei der besten Schützen im Staat. Nimmst du noch an Schießwettbewerben teil?«

»Nicht, solange Daniella so klein ist, dazu fehlt mir auch einfach die Zeit. Aber sobald sie älter ist, möchte ich es ihr beibringen. Meiner Meinung nach macht es Mädchen stärker zu wissen, dass sie auf sich selbst aufpassen können.«

»Es macht sie stärker«, wiederholte Sunnie leise. »Du klingst fast wie dein Vater. Du erinnerst dich bestimmt, dass er versucht hat, es mir beizubringen.«

»Natürlich erinnere ich mich. Du warst eine ziemlich gute Schützin.«

»Aber nie so gut wie Sarah oder du. Ich konnte euch nie schlagen.«

»Du hattest ja auch anderes im Kopf, all die Tanzstunden und den Schauspielunterricht.«

Sunnie lächelte, ohne dabei allerdings glücklich zu wirken. Sie nippte an ihrem Kaffee und sah zum Fenster hinaus, als erwarte sie jemanden. Dann stellte sie den Kaffeebecher ab.

»Du weißt, dass es nie irgendwelche Tanzstunden und auch keinen Schauspielunterricht gegeben hat«, sagte sie mit gedämpfter Stimme.

Tracy hatte so etwas praktisch von Anfang an vermutet, hatte Sunnie damals allerdings nie darauf ansprechen mögen, um ihr nicht wehzutun. Im Gegensatz zu Sarah, die Sunnie nicht mochte und ihr Misstrauen oft genug zum Ausdruck gebracht hatte.

Jetzt heuchelte Tracy große Überraschung. »Was? Und die Vorsprechtermine? Die Werbeaufnahmen?«

»Es gab weder Vorsprechtermine noch Werbeaufnahmen.« Sunnie zuckte die Achseln. »Meine Mutter fuhr an den Wochenenden nach Bellingham, um sich um ihre alten Eltern zu kümmern. Sie hat mich mitgenommen und ich habe mir die Vorsprechtermine ausgedacht, weil das aufregender klang. Die Leute sollten denken, ich bin auch zu exotischen Abenteuern unterwegs. Wie Sarah und du.«

»Du hättest nichts zu erfinden brauchen, Sunnie.«

Sunnie warf Tracy ein klägliches Lächeln zu. »Weißt du, wie schwer es war, mit dir befreundet zu sein?«

»Was?«

»Immer das Anhängsel zu sein?«

»Das ist doch nicht wahr, Sunnie.«

»Natürlich ist das wahr. Alle kannten Sarah und dich, ihr wart Doc Crosswhites Töchter. Ihr wart die Scharfschützen, die Champions. Die Leute haben gestrahlt, wenn sie dich und Sarah in der Stadt trafen, sie haben euch angehalten und nach euren letzten Wettbewerben ausgefragt und ich stand immer nur daneben wie der letzte Trottel. Ich war immer bloß euer drittes Rad am Wagen.«

Tracy widersprach, um höflich zu sein. Dabei wusste sie genau, es war etwas dran an dem, was Sunnie sagte. Die Leute hatten Sarah und sie wirklich auf der Straße angehalten, vor dem Kino oder dem Drugstore, um sie nach dem letzten Wettbewerb zu fragen und ihnen zu ihren Erfolgen zu gratulieren. Auch wenn ihre Freunde dabei waren. Dan war das egal gewesen, er machte sich nichts aus dieser Art von Aufmerksamkeit. Er ging schon mal vor in den Laden oder ins Kino, kümmerte sich um seinen eigenen Kram. Sunnie jedoch … Sunnie hatte man angemerkt, dass es ihr etwas ausmachte. Tracy erinnerte sich noch daran, wie die junge Sunnie neben ihr gestanden hatte, als wartete sie darauf, dass auch ihr jemand eine Frage stellte. Das war nie passiert und irgendwann, noch vor dem Wechsel auf die Highschool, hatte Sunnie angefangen, von ihrer Tanz- und Schauspielausbildung und von Vorsprechterminen in Bellingham zu erzählen. Auf der Highschool hatten Tracy und sie schon nicht mehr denselben Freundeskreis gehabt und sich immer weiter voneinander entfernt. Sie blieben weiterhin herzlich in ihrem Verhalten zueinander, aber mit deutlichem Abstand. Tracy hatte damals gedacht, Sunnie hätte sich den anderen zugewandt, weil sie Tracy zu viele Lügen aufgetischt hatte und nun in einem Spinnennetz gefangen saß, aus dem sie kein Entkommen wusste.

Wie in einem Spinnennetz – irgendetwas an diesem Bild brachte Tracy dazu, sich zum Wohnbereich umzudrehen, wo sie die drei Akten auf dem Couchtisch abgelegt hatte. Sie hätte nicht sagen können, warum, und wandte sich auch gleich wieder Sunnie zu. Sie wollte irgendetwas sagen, wollte versichern, wie leid es ihr tat, wenn sie früher irgendwie dazu beigetragen hatte, dass Sunnie sich zurückgesetzt fühlte. Aber wie formulierte man so etwas, ohne gleich herablassend zu klingen? Ohne dass es sich nach Mitleid anhörte? Denn das wäre für Sunnie bestimmt wie ein Schlag ins Gesicht. Da klopfte es an der Tür und Tracy war davongekommen, ohne den Mund aufmachen zu müssen.

Erleichtert stand sie auf. »Ich gehe schnell nachsehen, wer das ist«, sagte sie, schon halb auf dem Weg zur Tür, und hoffte dabei auf Vera und Daniella.

Aber als sie die Tür öffnete, stand Finlay Armstrong vor ihr, in voller Polizeimontur und dicker grüner Jacke.

»Finlay?« War er geschickt worden, um auf sie aufzupassen? »Was machst du denn hier?«

Kapitel 37

Dan legte die Hände auf dem Rücken zusammen. »Glauben Sie immer noch«, fragte er leise, aber deutlich, »dass die beiden Morde zusammenhängen, Chief Calloway?«

»Ja.«

»Ist Finlay Armstrong immer noch Ihr Hauptverdächtiger für beide Morde?«

»Nein.«

»Warum nicht?«

»Ich glaube, die Person, die Kimberly Armstrong umbrachte, tat das, um zu verhindern, dass Kimberly ihr Wissen über die mögliche Einrichtung eines Erholungsgebietes oberhalb von Cedar Grove öffentlich machen konnte. Weil die betreffende Person durch ein solches Erholungszentrum sehr reich werden würde.«

»Und gibt es da für Sie irgendwelche Verdächtigen?«

Calloway deutete auf Dans Stelltafel. »Die Leute, die die Cedar Grove Development GmbH gegründet haben.«

Mit diesem Zeugen war Dan so weit gekommen, wie es möglich war. Nun sollte Faz das größte und explosivste seiner geplanten Feuerwerke in Gang setzen. Dan bedankte sich bei Calloway und setzte sich. Lynn Milne versuchte nicht einmal, den Chief ins Kreuzverhör zu nehmen. Sie sah inzwischen aus wie jemand, der viel zu spät zu einem Treffen dazustößt und nicht mehr hoffen kann zu verstehen, worum es eigentlich geht. Ehe sie irgendwelche Einsprüche erheben konnte, rief Dan seinen nächsten Zeugen auf, Vic Fazzio.

Der spazierte in den Saal wie ein italienischer Mafioso, der sich wegen Mordes vor Gericht verantworten muss und fest mit einem Freispruch rechnet. Er trug Halbschuhe, cremefarbene Hose, einen dunkelblauen Blazer über weißem Oberhemd und eine blaue Krawatte mit roten Querstreifen. Der Gerichtsdiener, der ihm den Eid abnahm, wirkte neben ihm wie ein Zwerg.

Faz setzte sich und begrüßte erst einmal Richter Harvey. »Guten Tag, Euer Ehren.«

»Mr Fazzio.« Harvey nickte ihm zu.

Danach wandte Faz seine Aufmerksamkeit Dan zu und gemeinsam erledigten sie zügig die Eingangsfragen, um gleich zur Sache zu kommen. »Sie arbeiten bei der Polizei von Seattle in der Abteilung für Gewaltverbrechen?«

»Ja.«

»Könnten Sie dem Gericht sagen, was Sie in Cedar Grove machen?«

»Gern. Ich friere.« Leises Lachen bei den Zuschauern, auch Richter Harvey konnte sich das Schmunzeln nicht verkneifen. »Eigentlich bin ich hier, um meiner Kollegin Tracy Crosswhite zu helfen, die wie ich bei der Polizei von Seattle in der Abteilung für Gewaltverbrechen arbeitet. Sie ermittelte hier in einigen Fällen, bei denen sie Unterstützung brauchte.«

»Was für Fälle?«

»Die Morde an Heather Johansen und Kimberly Armstrong.«

In den nächsten zehn Minuten erklärte Faz den vermutlich zwischen diesen beiden Fällen bestehenden Zusammenhang und die mögliche Verbindung zum Tod von Jason Mathews. »Im Zuge dieser Ermittlungen«, fuhr er dann fort, »flog ich nach Scottsdale in Arizona und sprach dort mit dem ehemaligen Wirt der *Four Points Tavern* in Silver Spurs.«

»Was haben Sie dort erfahren?«

»Ich erfuhr, dass sich Mathews zwei Wochen vor seinem gewaltsamen Tod in der *Four Points Tavern* mit Ed Witherspoon traf, dem ehemaligen Bürgermeister von Cedar Grove.«

Dan warf einen Blick zum Zuschauerraum, wo Gary Witherspoon saß, immer noch blass um die Nase und inzwischen auch ängstlich wirkend. Roy Calloway hatte sich in dieselbe Reihe gesetzt wie Gary, und zwar auf einen Platz dicht bei der Tür.

»Was haben Sie im Zuge Ihrer Ermittlungen sonst noch herausgefunden?«

»Ich erfuhr, dass Ed Witherspoon am Abend des vierundzwanzigsten Dezember 1992 eine Weihnachtsparty gab, an der auch Heather Johansen teilnahm, und dass entweder er selbst oder einer der anderen Gäste Heather an dem Abend nach Hause gebracht hat. Ich erfuhr außerdem, dass Heather Johansen laut Bericht des Rechtsmediziners schwanger war, als sie ermordet wurde, und dass diese Weihnachtsfeier als Datum für die Empfängnis infrage kam.«

Milne stand auf. »Euer Ehren, die Verteidigung möchte feststellen, dass wir die Relevanz der Zeugenaussagen von Detective Fazzio insgesamt infrage stellen und von daher dagegen Einspruch erheben.«

»Abgelehnt«, sagte Harvey. »Eine Verschwörung dient der Verabredung von Handlungen zu kriminellen Zwecken. Von daher ist seine Aussage relevant.«

Aus dieser Feststellung galt es nun, Kapital zu schlagen, und so stellte Dan die Frage, auf die alle warteten: »Detective

Fazzio, warum sind Ihre Ermittlungen relevant, wenn es hier doch um einen zivilrechtlichen Streit zwischen der Stadt Cedar Grove und meinem Mandanten geht, einem Geschäftsmann aus dieser Stadt?«

»Die Relevanz besteht hierin: Kimberly Armstrong erfuhr vom möglichen Aufbau eines Erholungsgebietes oberhalb von Cedar Grove durch die kürzlich gegründete Cedar Grove Development GmbH. Sie untersuchte die Auswirkungen, die ein solches Projekt für Cedar Grove haben würde, und welche Bedeutung es für die Geschäfte hätte, die von der Stadt aufgekauft und an neue Besitzer verkauft worden waren. Mit diesen Recherchen riskierte sie ihr Leben.«

»Und warum riskierte sie dadurch ihr Leben?«

»Weil das Ganze ein Betrug ist.«

Milne schoss hoch. »Einspruch, Euer Ehren. Streichen Sie diese Behauptung. Es ist in keiner Weise ersichtlich, auf welcher Grundlage der Zeuge eine solche Aussage trifft. Es ist seine eigene Meinung, nicht angemessen noch dazu und, ich sagte es bereits, nicht relevant für dieses Verfahren.«

»Stattgegeben«, sagte Richter Harvey. »Aber ich glaube, das Verfahren, weswegen wir hier sind, ist schon seit zwei Zeugen im Grunde nicht mehr Thema. Oder sehe ich das falsch, Herr Anwalt?«

»Ich lege hier nur das Fundament für meine abschließende Argumentation, Euer Ehren.«

»Und ich hoffe sehr, das gelingt Ihnen, denn eine Anhörung wie die heute ... Ich muss ehrlich sagen, so etwas habe ich noch nie erlebt. Es wäre mir unangenehm, all diese Beweise nicht beachten zu müssen.«

Dan sah Faz an. »Woher wissen Sie, dass die Transaktionen, bei denen es um die Geschäfte in der Market Street in Cedar Grove geht, Schwindel sind?«

»Weil ich mir die Namen der Personen auf den Beweisstücken drei und vier angesehen habe, und zwar jeden einzelnen.«

Dan ging zum Beweisstück drei und deutete auf die Liste der GmbHs, die gegründet worden waren, um Geschäfte in der Innenstadt von Cedar Grove zu kaufen. Die Liste enthielt die Namen sämtlicher Gesellschafter dieser GmbHs. »Sie haben all diese Namen überprüft? Und was haben Sie dabei herausgefunden?«

»Ich fand heraus, dass all diese Menschen tot sind.«

Dan wartete einen Moment, bis er fortfuhr. Man hätte im Saal eine Stecknadel fallen hören können. »Sie sagen diesem Gericht gerade, dass jede einzelne der hier als Gesellschafter diverser GmbHs aufgeführten Personen tot ist?«

»Genau das sage ich.«

»Was haben Sie bei Ihren Ermittlungen sonst noch herausgefunden?«

»Ich fand heraus, dass jeder dieser Leute im Laufe der vergangenen Jahrzehnte in einer von Cedar Groves Nachbargemeinden ein Haus gekauft oder verkauft hatte. So konnte sich, wer immer diese GmbHs in betrügerischer Absicht gründete, Sozialversicherungsnummern, Bankdaten und sogar die Unterschriften dieser Verstorbenen verschaffen und auf den jeweiligen Verträgen die Unterschriften fälschen.«

»Und hatten all diese Leute einen Makler?«

»Ja.« Faz nickte. »Ed Witherspoon.«

Milne legte keinen Widerspruch ein, die Mühe schenkte sie sich. Sie drehte sich um und warf Rav Patel einen vernichtenden Blick zu: In was haben Sie mich da bloß reingezogen? Patel bekam diesen Blick gar nicht mit, denn er starrte Gary Witherspoon an, der zur Salzsäule erstarrt auf seiner Zuschauerbank hockte.

»Die Gesellschaften, die in Cedar Grove Läden erworben haben und Geschäfte machen sollen, sind lediglich leere Hüllen«, fuhr Faz fort. »Ebenso die Cedar Grove Development GmbH. Meiner Meinung nach handelt es sich hier um eine einzige große Verschwörung, um jemandem oder mehreren Leuten zu richtig viel Geld zu verhelfen.«

Kapitel 38

Finlay schien deutlich verwirrt über Tracys Frage, warum er gekommen sei. »Wie meinst du das?«

Draußen hatte es angefangen zu schneien. Tracy warf einen Blick hinüber zur Straße. Hoffentlich waren Vera und Daniella schon auf dem Nachhauseweg. »Komm rein, damit ich die Tür zumachen kann.«

Finlay setzte die Mütze ab und trat ins Haus. »Hallo, Sunnie.«

»Hallo, Finlay.«

Tracy schloss die Tür und wartete darauf, nun endlich den Grund für Finlays Besuch zu erfahren. Aber Finlay schien verstummt zu sein, seit er Sunnie begrüßt hatte. Irgendetwas stimmte hier nicht. »Was ist?«, fragte sie.

Diese Frage schien ihren Besucher noch stärker zu verwirren. »Das weiß ich doch nicht.«

Tracy schüttelte den Kopf. »Ich auch nicht! Ich habe keinen blassen Schimmer.«

Finlay warf einen kurzen Blick hinüber zu Sunnie, die in aller Ruhe an ihrem Kaffee nippte, um sich dann wieder auf Tracy zu konzentrieren. »Ich erhielt einen Anruf von der Diensthabenden auf dem Revier. Du hättest angerufen, ich sollte so schnell wie möglich hierherkommen.«

Tracy schüttelte erneut den Kopf. »Warum hätte ich auf dem Revier anrufen sollen? Ich konnte doch einfach dein Handy …«

Und in diesem Moment fiel Tracy wieder ein, was ihr durch den Kopf geschossen war, bevor es an der Tür geklopft hatte und sie unterbrochen worden war. Sie wusste wieder, warum sich ihr Blick während des Gesprächs zu den Aktenordnern hingezogen gefühlt hatte, warum ihr besonders Heather Johansens Ermittlungsakte durch den Kopf gegangen war. Sie hatte sich das Spinnennetz vorgestellt, das Sunnie Witherspoon als junges Mädchen um sich gewoben hatte. Mit einer Lüge hatte es angefangen und irgendwann war das Netz so dicht geworden, dass sie ihm nicht mehr entkommen konnte.

Jetzt jagten Tracys Gedanken einander wie wild. Ed Witherspoon wäre gar nicht in der Lage gewesen, Heather nach der Party an Heiligabend nach Hause zu fahren. Er trank auf diesen Festen immer viel zu viel. Gut, er hätte Barbara bitten können, Heather zu fahren, aber warum, wo es doch jemand anderen gab, jemanden, der sofort zur Verfügung stand und keine Gastgeberrolle zu erfüllen hatte? Ed hätte nicht seine Frau gebeten, einen Gast nach Hause zu fahren, er hätte seinen Sohn Gary darum gebeten.

Tracy drehte sich zum Küchentisch um, wo Sunnie inzwischen aufgestanden war, in der Hand keinen Kaffeebecher mehr, sondern einen Revolver.

Kapitel 39

Nachdem Dan Faz aus dem Zeugenstand entlassen hatte, strich sich Richter Harvey über das Kinn wie ein Boxer im Ring, der einen unerwarteten und höchst wirkungsvollen Fausthieb hatte einstecken müssen. Im Gerichtssaal blieb es unheimlich still.

»Mr O'Leary?«

»Die Anklage ist fertig, Euer Ehren«, erklärte Dan mit der gebotenen Ernsthaftigkeit.

Harvey setzte sich leise lachend zurück und starrte ihn einen Moment lang wortlos an. »Ich weiß nicht genau, was hier heute gelaufen ist«, sagte er schließlich, »aber ich weiß, es geht um viel mehr als um einen geschäftlichen Disput. Ich bin mir nicht sicher, ob es mir gefällt, dass Sie meinen Gerichtssaal für Ihre Zwecke benutzt haben, welche Zwecke das auch immer sein mögen. Aber ich muss sagen, es war verdammt viel unterhaltsamer als das, was sonst so bei mir im Terminkalender steht.« Er dachte kurz nach, wählte seine Worte äußerst sorgsam. »Allerdings ist mir auch bewusst, dass drei Menschen tot sind, was ich überhaupt nicht unterhaltsam finde.«

»Nein, Euer Ehren. Ich auch nicht.«

»Ich bin mir nicht sicher, wie Sie von hier aus weitermachen wollen, aber ich nehme mal an, Sie werden es wissen.« Er warf einen Blick in den Zuschauerraum. »Für Sie, Mr Calloway, und für Mr Fazzio dürfte das wohl auch gelten.« Wieder kam eine kurze Pause. »Was den Antrag auf ein Urteil im Schnellverfahren angeht, das Einzige, worüber ich hier und heute entscheiden muss, so ist dieser Antrag abgelehnt. Das Gericht stellt fest, dass es Tatfragen dazu gibt, ob die Stadt Cedar Grove, handelnd durch ihre Vertreter, an betrügerischen Handlungen beteiligt war, die eine zivile Verschwörung und unter Umständen noch viel mehr darstellen. Ich beende die Sitzung.« Damit klopfte er einmal mit dem Richterhammer auf seinen Tisch, stand auf und verschwand.

Dan klappte seinen Ordner zu und schob ihn in die Aktentasche. Larry Kaufman hatte die ganze Verhandlung in stoischer Ruhe an sich vorbeirauschen lassen, war aber wahrscheinlich ziemlich verwirrt. »Ich schulde Ihnen eine Erklärung, Mr Kaufman. Kommen Sie doch bitte mit raus auf den Flur, dann setze ich Sie ins Bild.«

* * *

Während Roy Calloway aufstand und aus seiner Sitzreihe trat, schoben sich Dan und Larry Kaufman an ihm vorbei in die Eingangshalle des Gerichtsgebäudes. Dan wollte sich kurz mit Kaufman unterhalten und dann so schnell wie möglich nach Hause fahren. Das Gespräch mit Gary Witherspoon sollten Calloway und Faz führen, denn jetzt ging es hier eindeutig um eine Strafsache und es galt herauszufinden, was Gary wusste. Falls er denn reden würde. Bis jetzt saß er nur reglos im Zuschauerraum. Als Calloway ihm die Hand auf die Schulter legte, zuckte er kurz zusammen, ohne jedoch aufzublicken. Er wusste auch so, wem diese Hand gehörte.

»Wir müssen reden«, sagte Calloway.

Woraufhin Gary wortlos aufstand. Die beiden verließen den Gerichtssaal und Gary ließ sich von Calloway in ein leeres Zimmer führen.

Calloway schloss die Tür hinter sich. Wahrscheinlich diente dieser Raum den Treffen von Geschworenen während eines laufenden Verfahrens, denn er konnte weder Telefon noch irgendwelche Bücher oder Unterlagen entdecken. Auch sonst nicht viel, außer einem Tisch mit Stühlen und vier nackten, beige gestrichenen Wänden. Gary galt als Verdächtiger, also wollte Calloway ihm gleich hier an Ort und Stelle seine Rechte vorlesen. Edmund House hatte er damals nicht über seine Rechte belehrt, nachdem er den Mann auf die Wache gebracht hatte, um ihn zum Verschwinden von Sarah Crosswhite zu befragen. Das war ihm später auf die Füße gefallen, dieser Fehler sollte ihm nicht noch einmal passieren. Er setzte sich Gary gegenüber an den Tisch, zückte sein Handy, drückte auf den Aufnahmeknopf und legte es vor sich auf die Tischplatte.

»Bevor wir anfangen, muss ich Sie über Ihre Rechte aufklären.« Gary erhob keinen Einwand.

»Sie haben das Recht zu schweigen«, fuhr Calloway fort. »Alles, was Sie sagen, kann und wird vor Gericht gegen Sie verwendet werden. Sie haben das Recht, zu jeder Vernehmung einen Verteidiger hinzuzuziehen. Wenn Sie sich keinen Verteidiger leisten können, wird Ihnen einer gestellt. Haben Sie verstanden, was ich gerade vortrug? Und möchten Sie jetzt, wo Sie belehrt wurden, mit mir reden?«

»Ich weiß nicht.«

»Haben Sie die Rechte verstanden, die ich Ihnen gerade vorgetragen habe?«

»Ja, ich verstehe sie.«

»Möchten Sie mit mir sprechen?«

Gary sah blass aus und schien nur mit Mühe Luft zu bekommen. Hektisch lockerte er den Knoten seiner Krawatte und knöpfte den Hemdkragen auf. Als er den Kopf hängen ließ, als würde er gleich ohnmächtig werden oder sich übergeben, schob Calloway den kleinen Mülleimer unter dem Tisch näher an ihn heran.

Er wollte gerade etwas sagen, als Gary den Kopf hob. »Was hat sie Ihnen erzählt?«, wollte er wissen.

»Wer denn?«

»Sunnie. Was hat Sunnie Ihnen erzählt?«

Unsicher geworden antwortete Calloway: »Warum fangen wir nicht bei der Cedar Grove Development GmbH an? Wir wissen, dass die Gesellschafter alle tot sind. Wir wissen auch, dass sie alle irgendwann einmal Kunden Ihres Vaters waren und Sie Zugang zu den Namen hatten. Wir wissen, dass auch die Gesellschafter sämtlicher neuen GmbHs mit Besitz in Cedar Grove tot sind und dass auch sie alle einmal Kunden Ihres Vaters waren, sodass Sie auch zu diesen Namen Zugang hatten. Wer hat Sunnie diese Informationen gegeben? Sie oder Ed?«

Gary schloss kopfschüttelnd die Augen.

»Es wird für Sie viel einfacher, wenn Sie die Wahrheit sagen«, drängte Calloway sanft.

Gary sah auf, Tränen in den Augen. »Die Wahrheit?« Er kicherte leise, fast schon hysterisch. »Ich kenne die Wahrheit nicht mehr, Chief. Seit fünfundzwanzig Jahren kenne ich die Wahrheit nicht mehr.«

»Fangen wir mit meiner ersten Frage an. Wer hat Sunnie die Informationen gegeben, die sie an den Anwalt in Bellingham weiterleitete?«

»Von mir hat sie diese Informationen nicht. Auch nicht von meinem Vater.«

»Lügen machen alles nur noch schwerer, Gary.«

»Ich weiß.« Gary musterte beiläufig die Tischplatte. Wahrscheinlich würde er gleich nach einem Anwalt verlangen, dachte Calloway.

Aber nein. »Ich lüge seit Jahren, Roy«, sagte Gary schließlich. »So hat es doch angefangen, mit einer Lüge.«

»Dann erzählen Sie mir von dieser einen Lüge. Fangen Sie damit an.« Calloway hatte keine Ahnung, was als Nächstes kommen würde, war aber bereit, sich erst einmal auf Gary einzulassen.

Der atmete hörbar aus. »Ich war derjenige, der Heather damals nach der Weihnachtsparty bei meinen Eltern nach Hause gefahren hat. Sie hatte sehr viel getrunken. Mein Vater auch, der trank immer zu viel auf diesen Partys. Meine Mutter blieb am Heiligabend nie gern lange auf, ich glaube, sie mochte ihn nicht so betrunken erleben. Sunnie hatte sie in unserem Auto nach Hause gefahren, mir blieb der Wagen meines Vaters. Mit dem fuhr ich Heather nach Hause, sie lag auf dem Rücksitz. Ich weiß nicht, warum Sunnie nicht einfach auch Heather nach Hause gebracht hat, denn ich hatte an dem Abend auch einiges getrunken. Das soll keine Entschuldigung sein, bestimmt nicht, aber ...« Er setzte sich schwer nach Atem ringend zurück.

Calloway wartete geduldig.

»Wir hatten Sex, da im Auto«, flüsterte Gary schließlich. »Heather war ziemlich betrunken. Genauer gesagt: Sie war total betrunken.«

»Nicht mehr bei sich?«

Gary zuckte die Achseln. »Ich weiß nicht.«

»Und dann, acht Wochen später ...«, drängte Calloway.

Gary nickte. »Heather kam zu mir ins Büro, sie weinte. Sie sagte, sie hätte einen von diesen Schwangerschaftstests gemacht und der sei positiv ausgefallen. Ich hätte es Sunnie sofort sagen müssen. Ich hätte ihr gestehen müssen, was ich getan hatte. Aber das habe ich nicht. Ich verlangte von Heather, sie müsse sich Gewissheit verschaffen. Sie müsse sich im Krankenhaus von Silver Spurs untersuchen lassen, hab ich ihr gesagt. Ich würde sie hinfahren. Wenn sich das mit der Schwangerschaft bestätigte, müsse sie eine Abtreibung machen lassen. Dafür würde ich auch aufkommen. Ich würde sie ins Krankenhaus fahren und bei ihr bleiben.«

»Wie hat sie reagiert?«

»Sie versprach hinzugehen. Sie hätte Angst, aber sie würde hingehen. Ich fuhr sie ins Krankenhaus, noch am selben Abend nach der Arbeit. Sie war sehr ruhig, schwieg die ganze Fahrt über. Als wir im Krankenhaus ankamen, stieg sie aus und sagte, sie brauche mich nicht, sie könne allein reingehen. Irgendetwas schien mir da nicht zu stimmen, also wartete ich. Und sie blieb, wo sie war. Also stieg ich auch aus und ging zu ihr. Sie hätte keine Wahl, sagte ich. Ich könnte mich nicht um sie und das Baby kümmern, könnte nicht für sie und das Baby sorgen. Ich war verheiratet. Ich hatte zwei Kinder. Und Sunnie war gerade wieder schwanger. Wir hatten finanziell sehr zu kämpfen.«

»Was ist passiert, Gary? Was haben Sie getan?«

»Was ich getan habe? Ich habe Heather dort beim Krankenhaus stehen lassen.«

»Sie haben sie dort gelassen?«

Er zuckte die Achseln. »Ich dachte, sie würde von sich aus hineingehen und den Termin wahrnehmen. Natürlich wusste ich, dass ich mich nicht richtig verhielt, aber...« Ohne den Satz zu beenden, ließ er den Kopf hängen. Wieder sah es so aus, als müsse er sich gleich übergeben.

Roy schob den Papierkorb noch dichter an ihn heran.

Gary holte ein paarmal tief Luft und setzte sich auf. »Als ich nach Hause kam, fragte mich Sunnie, was los sei, und an dem Punkt dachte ich, ich hätte keine Wahl mehr. Also erzählte ich es ihr. Sunnie blieb bemerkenswert ruhig. Sie sagte, sie kenne Heather und werde mit ihr reden. Sie werde sie schon von einer Abtreibung überzeugen können. Da erzählte ich ihr auch, dass ich gerade aus Silver Spurs kam, wo Heather vor dem Krankenhaus einen Rückzieher gemacht und sich geweigert hatte, ihren Termin wahrzunehmen. Ich sagte, ich hätte Heather dort stehen lassen. An diesem Punkt wurde Sunnie wütend und nannte mich einen Idioten. Wenn Heather nun jemanden angerufen hatte, um sie nach Hause zu fahren, was dann? Heather würde dieser Person mitteilen müssen, was passiert war, warum sie in Silver Spurs war. Das käme auf keinen Fall infrage, sagte Sunnie, eine Geschichte wie diese würde in Cedar Grove sofort die Runde machen und sie würde zum Gespött der Leute, die schwangere Ehefrau mit zwei Kindern, deren Mann ein Schulmädchen fickt. Sie stürmte aus der Tür und ich hörte, wie der Wagen angelassen wurde.« Gary schüttelte hilflos den Kopf. »Ich wusste nicht, dass sie sie umbringen würde, Roy«, flüsterte er mit tränenerstickter Stimme. »Ich hätte doch nie gedacht, dass Sunnie vorhatte, sie umzubringen!«

Diese Tränen waren echt, da war sich Calloway sicher. Nicht so sicher war er sich bei der Geschichte insgesamt. Er versuchte, sich an alles zu erinnern, was sie zu den drei Fällen zusammengetragen hatten, aber Garys Aussage jetzt war zu schnell gekommen. Er brauchte Zeit, sie zu verarbeiten. Konnte Sunnie Heather Johansen umgebracht haben? Konnte sie die Leiche in den Wald geschleppt haben? Atticus hatte Gary von der möglichen Wiederbelebung des Cascadia-Projekts erzählt. Gary hatte dies bestimmt Sunnie erzählt.

Was zum Teufel war in seiner Stadt los?

Die Tür des Zimmers ging auf. Vic Fazzio kam herein und warf Gary Witherspoon, dem die Tränen über beide Wangen liefen, einen kurzen Blick zu. »Ich kann Tracy nicht erreichen«, sagte er zu Calloway. »Sie geht nicht ans Telefon. Ich habe Vera angerufen, die ist mit dem Baby unterwegs. Tracy wollte nicht mit, sie ist zu Hause geblieben. Allein.«

Kapitel 40

Sunnie lächelte, ein Lächeln, das Tracy noch von früher her kannte und das immer etwas Trauriges, Resigniertes gehabt hatte. »Kennst du diese Pistole, Tracy? Die hat mal dir gehört. Dein Vater hat sie mir gegeben, als ich bei ihm schießen lernte. Erinnerst du dich?«

»Natürlich erinnere ich mich, Sunnie.«

»Aber sonst weiß das niemand. Das wussten nur du, dein Dad und deine Schwester. Und jetzt Finlay.«

»Leg die Pistole weg«, befahl Finlay mit fester Stimme. »Was zum Teufel soll das?«

»Halt den Mund, Finlay«, befahl Sunnie. »Wo wir gerade beim Thema Waffen sind: Zieh du deine ganz langsam aus dem Holster und leg sie auf den Tresen. Denk nicht mal dran, sie zu entsichern, sonst fängst du dir gleich eine Kugel zwischen die Augen. Ich kann das. Frag Tracy. Ich habe beim Besten der Besten gelernt. Doc Crosswhite war ein guter Lehrer und er hat mir viel beigebracht. Das stimmt doch, Tracy, oder?«

Finlay sah Tracy an. Die nickte. »Tu, was sie sagt«, bat sie, denn was sie jetzt mehr als alles andere brauchte, war Zeit.

Finlay zögerte immer noch.

»Tu es, Finlay!«, wiederholte Tracy.

Sunnie entsicherte ihre Pistole. »Ist eigentlich auch egal, ob ich dich jetzt gleich erschieße oder später.«

»Immer mit der Ruhe, Sunnie.« Tracy musste zusehen, dass Sunnie weiterredete, was unter normalen Umständen nie ein Problem gewesen war.

Sunnie richtete ihre Waffe auf Tracy. »Immer mit der Ruhe?« Sie schüttelte den Kopf. »Das ist so typisch für dich. Genau wie dein Vater, immer schön Ruhe und Stärke ausstrahlen.« Sie zielte erneut auf Armstrong. »Finlay, wenn du nicht sofort deine Waffe auf den Tresen legst, erschieße ich dich auf der Stelle. Und diesmal muss ich kein Haus anzünden, um das zu vertuschen.«

Finlay, der die Pistole bereits aus dem Holster gezogen hatte, zögerte bei diesen Worten erneut.

»Du hast Kimberly umgebracht?«

»Kimberly hat sich selbst umgebracht«, widersprach Sunnie. »Und jetzt leg endlich die verdammte Waffe da hin.«

**

Sunnie stand vor Kimberly Armstrong, die entgeistert den Benzinkanister vor ihren Füßen anstarrte. »Was machst du mit unserem Benzinkanister?«

Sunnie hob den Baseballschläger.

Kimberly wich zurück, Panik im Blick. Sie drehte sich um, stolperte – und Sunnie schlug zu. Mit einem hohlen Klang traf der Schläger auf Kimberlys Hinterkopf, schleuderte sie zu Boden. Aber sie bewegte sich noch, kroch auf Händen und Knien weiter, bis Sunnie sich breitbeinig über sie stellte, den Schläger wie eine Axt hoch erhoben, und zum nächsten Schlag ausholte. Und zu einem dritten.

Fertig. Schwer atmend legte sie den Schläger nieder. Es blieb noch viel zu tun. Sie griff Kimberly unter die Achseln, schleifte sie über den Teppichboden zum Arbeitszimmer. Dort trat sie den Schreibtischstuhl mit dem Fuß beiseite und schleppte die Tote hinter den Schreibtisch. Gut, da blieb eine Blutspur, aber das konnte ihr egal sein. Die würde hinterher niemand mehr sehen.

Kimberlys Ordner standen im Regal, einer lag aufgeschlagen auf dem Schreibtisch. Die polizeiliche Ermittlungsakte zu Heather Johansen. »Du warst so nah dran«, sagte Sunnie zur toten Kimberly.

Sie ging wieder hinaus in den Flur, um den Benzinkanister zu holen, den sie zwei Wochen zuvor bei der Erkundung des an Finlays Garten angrenzenden Geländes im Schuppen hinter dem Haus entdeckt hatte. Eigentlich konnte man davon ausgehen, dass Finlay immer Benzin im Haus hatte, denn er besaß einen Aufsitzrasenmäher und eine motorbetriebene Heckenschere.

Sie hatte trotzdem im Schuppen nachgesehen, damit sie ganz sicher sein konnte. Sie hatte zu hart gearbeitet, um sich jetzt noch einen dummen Fehler leisten zu können.

* * *

Tracy beobachtete Finlay, der seine Waffe auf den Tresen legte. »Warum Kimberly?«, fragte sie Sunnie.

»Weil Kimberly einfach nicht lockerlassen wollte. Sie recherchierte zu Heathers Tod und dann fing sie noch an, Fragen zur Cedar Grove Development zu stellen. Das hatte Atticus Gary erzählt.« Sunnie schnaubte verächtlich. »Die Frau war Reporterin beim *Towne Crier*! Für wen hielt sie sich denn? Bob Woodward?«

»Du bist die Cedar Grove Development«, stellte Tracy fest.

»Ich bin eine Menge Dinge, Tracy. Ich bin die Bäckerei und der Delikatessenladen und bald auch der Mercantile Store.«

»Die Namen der Gesellschafter hast du aus Eds Unterlagen.«

»Ich war mir nicht sicher, wie viel du weißt.«

»Aber warum?«, wollte Tracy wissen. »Warum hast du das getan?«

»Ich musste Ed und Gary an der kurzen Leine halten, um sicher sein zu können, dass sie wegen Heather den Mund halten. Ich habe mit den Namen von diesen Leuten gearbeitet, weil es dann so aussehen würde, als hätten mir Ed und Gary die ganze Sache aufgetragen und als ob ich nicht wüsste, worum es ging. Ich bin doch nur die dumme kleine Sekretärin.« Sie zuckte lächelnd die Achseln, wobei das Lächeln allerdings rasch wieder verblasste.

»Ich habe alles, was ich besaß, in die Cedar Grove Development gesteckt. Ich habe eine Hypothek auf unser Haus aufgenommen und jeden Penny, den meine Eltern mir hinterlassen hatten, in die Geschäfte investiert. Ich wollte nicht mehr die sein, die zurückbleibt, diesmal nicht, Tracy. Ich würde nicht diejenige sein, die in Cedar Grove hängen geblieben ist und nichts weiter vorzuweisen hat. Ich wollte mir verschaffen, was mir zusteht. Alles, wovon ich je geträumt habe.«

»Du hast Kimberly umgebracht.« Finlay sagte das so, als könne er es immer noch nicht fassen.

»Aber so wird es nicht aussehen!«, verkündete Sunnie strahlend. »Es wird so aussehen, als hättest du Kimberly und Heather Johansen umgebracht.«

Da wurde Tracy klar, was Sunnie vorhatte.

»Ich habe Heather nicht umgebracht«, beteuerte Finlay.

»Du warst schon immer ein Idiot«, stellte Sunnie fest.

* * *

Sunnie sah Heather Johansen auf die Straße treten und winken, den Arm hoch über dem Kopf erhoben. In diesem Moment dachte sie ganz kurz daran, einfach aufs Gaspedal zu treten und die kleine Nutte über den Haufen zu fahren, sie zum tragischen Opfer eines

Unfalls mit Fahrerflucht werden zu lassen. Aber sie hatte einmal erlebt, welche Schäden der Zusammenstoß mit einem Reh an einem Wagen verursachen konnte. Bei einem Menschen dürfte das ähnlich sein, selbst wenn der so mager war wie Heather.

Schon eine Beule wäre ja ein Problem. Wie sollte sie die erklären?

Also stoppte sie den Wagen mit quietschenden Bremsen, weil sich Wasser zwischen Bremstrommel und Belägen gesammelt hatte. Die Reifen hatten Mühe, auf dem nassen Asphalt zu greifen. Aber sie schaffte es. Das Licht der Scheinwerfer kippte kurz nach vorn, richtete sich dann wieder korrekt aus. Heather kam erwartungsvoll näher, um dann abrupt stehen zu bleiben. Sie sah aus wie jemand, dem eine Überraschung verdorben worden war, wie jemand, der zurückgewiesen worden war. Sie sah geschlagen aus.

Mit Sunnie hatte sie nicht gerechnet.

Vielleicht mit Gary oder mit einem Fremden. Aber nicht mit Sunnie.

Überraschung!

Aber nicht für Sunnie, nein, für Sunnie nicht. Sie hatte bei ihren Besuchen im Maklerbüro genau gesehen, wie Gary Heather ansah. Sie erkannte das Verlangen in seinen Augen, weil er sie früher genauso angesehen hatte. Bevor sie schwanger wurde und fünfzehn Kilo zulegte. Sie hatte ihm gesagt, sie würde die Pille nehmen, weil sie dachte, alles würde anders werden, wenn sie zusammen ein Kind hatten. Sie hatte gedacht, dann würde Gary sie auch lieben. So lieben, wie sie ihn liebte.

Aber er wollte sie nicht einmal heiraten.

Er hatte behauptet, das Kind wäre nicht von ihm, Sunnie hätte auch mit anderen Männern geschlafen und solle abtreiben. Er hatte eine Menge schrecklicher, verletzender Dinge von sich gegeben – bis Sunnie ihren Vater zur Diskussion hinzuzog. Ed und Gary ahnten ja nicht, welche Macht Sunnies Vater in Cedar Grove in Händen hielt, welche Register er als Anwalt ziehen konnte, wenn jemand seiner Familie und besonders seiner Tochter an den Karren fuhr.

Sunnies Vater hatte sich mit Ed und Barbara unterhalten. Er hatte klargestellt, welche Alternativen Gary blieben. Gary konnte Sunnie heiraten und für sie in einer Weise sorgen, wie sie es verdient hatte, oder ihr Vater würde die ganze Familie Witherspoon verklagen und ihr alles, was sie besaßen, in Form von Kindesunterhalt abnehmen. Da Gary selbst keinen Penny besaß, war klar, es ging um Eds Maklerbüro.

Eine Woche nach ihrem Abschluss auf der Highschool heirateten Sunnie und Gary und Gary fing an, für seinen Vater zu arbeiten. Sunnie hatte fest geglaubt, Gary würde lernen, sie zu lieben, aber da hatte sie sich geirrt.

Und jetzt der Betrug mit dieser kleinen Schlampe.

Sunnie drückte die Fahrertür auf. Heather richtete sich auf, nahm die Schultern zurück und schien tapfer sein zu wollen.

»Heather?«, fragte Sunnie, als sei dies ein zufälliges Zusammentreffen. »Was machst du denn hier? Du holst dir doch den Tod in dieser Kälte!«

Heather schien sich zu entspannen, wenn auch nur einen Augenblick lang. Sie hob die Stimme, um den Sturm zu übertönen. »Ich muss zu den Crosswhites.«

»Zu den Crosswhites?«

»Fährst du mich hin?«

»Was willst du denn bei den Crosswhites?«

»Ich muss mir über ein paar Sachen klar werden. Bitte, fährst du mich hin?«

»Worüber musst du dir denn klar werden?«, fragte Sunnie.

Heather trat an die Beifahrertür. »Ist doch egal. Es geht um etwas Persönliches. Kannst du mich bitte einfach nur hinfahren?«

Jetzt kam die Überraschung! »So geht das nicht, Heather, du musst damit aufhören. Es war einfach nur ein Unfall. Ein Fehler.«

Heather zuckte zusammen. Erstarrte.

»Denk daran, wem du hier allen das Leben kaputtmachst! Dir selbst doch auch.«

»Leben? Genau daran denke ich ja. Besonders an eins!«, rief Heather.

»Von wegen, du bist einfach nur stur. Und du reagierst viel zu emotional. Ich fahre dich zum Krankenhaus von Silver Spurs, du gehst da rein und wir alle können unser Leben weiterleben.«

»Ich gehe auf keinen Fall zurück, ich gehe zu Doc Crosswhite. Zu Fuß, wenn du mich nicht fährst.«

Sie machte Anstalten, am Wagen vorbeizugehen, die Straße hinunter. Sunnie brüllte sie mit hoher Stimme an.

»Steig ein!« Die kleine Nutte! »Komm schon, Heather, steig ein! Wenn du dir dein Leben kaputtmachen willst, bitte, das ist deine Sache. Aber meins machst du nicht kaputt, dazu hast du kein Recht.«

Heather blieb stehen, Schnee fiel ihr ins Gesicht. Sie wischte die Flocken beiseite. Dann drehte sie sich um und ging weiter. »Hau ab!«, rief sie über die Schulter. »Lass mich in Ruhe!«

Sunnie spürte die Wut in sich hochsteigen. Sie fuhr ihr in sämtliche Glieder, ließ ihre Muskeln steif werden. Heather würde nie tun, was jetzt angebracht, was jetzt klug wäre. Das war Sunnie vollkommen klar, als sie aus dem Auto stieg. Heather machte es nichts aus, Sunnie vor ganz Cedar Grove zu demütigen. Aber Sunnie würde sich nicht demütigen lassen.

Heather wurde schneller, fing an zu laufen, war zu Fuß nicht mehr einzuholen. Sunnie rannte zurück zum Auto, kletterte hinter das Steuer und stieg aufs Gaspedal. Der Wagen schoss vorwärts. Sie bremste, um nicht auf den Seitenstreifen und von da aus in den Schneematsch zu geraten, legte mit aufheulendem Motor einen U-Turn hin. Wieder hatten die Räder Mühe, auf dem nassen Asphalt Halt zu finden.

Als sie näher kam, warf ihr Heather über die Schulter hinweg einen Blick zu und sprang von der Straße, stürzte kurz, rappelte sich mühsam wieder auf.

Sunnie fuhr an ihr vorbei und bremste scharf, riss das Steuer herum, um Heather den Fluchtweg abzuschneiden. Sie schnappte sich Garys Baseballschläger vom Rücksitz und riss die Fahrertür auf. Ganz kurz ging im Wageninnern das Licht an, um gleich wieder zu verlöschen, als Sunnie die Wagentür zuschlug.

Heather rief im Weitergehen irgendetwas über die Schulter, aber Sunnie bekam nicht mehr mit, was sie sagte. Alles, was sie hörte, war ein fremder, gurgelnder Laut, der tief aus ihrem Innern kam. Sie hob den Baseballschläger und rannte los.

Heather drehte sich um, schirmte mit der Hand die Augen gegen das gleißende Scheinwerferlicht ab. Dabei stolperte sie, verlor das Gleichgewicht. Sunnie schwang den Schläger, als gelte es, einen dicken Holzklotz zu spalten, hörte den dumpfen Aufprall. Der Schlag trieb Heather in die Knie. Sie wankte einen Moment, fiel nach hinten und schlug mit dem Kopf auf den Asphalt. Dort lag sie nun, mit offenen Augen, und starrte hoch in den fallenden Schnee.

Sunnie stellte sich über sie.

Und hob den Schläger ein zweites Mal.

Kapitel 41

Calloway nahm Faz mit hinaus auf den Gerichtsflur und fasste kurz zusammen, was ihm Gary Witherspoon bis jetzt erzählt hatte.

»Glauben Sie ihm?«, wollte Faz wissen.

»Ich weiß es nicht. Vielleicht nicht ganz. Dazu werde ich Ihnen später mehr sagen können. Sehen Sie jetzt erst mal zu, dass Sie Dan erwischen, und fragen Sie ihn, wie weit er es noch bis Cedar Grove hat.«

Faz zückte sein Handy und verschwand den Flur hinunter, um in Ruhe telefonieren zu können.

Calloway sah auf die Uhr. Wie lange brauchte Dan für die Fahrt nach Cedar Grove? Er konnte unmöglich schon da sein, wahrscheinlich war er noch nicht einmal in der Nähe. Calloway zog sein Handy aus der Tasche und rief in Finlays Büro an. Der Polizeichef sei nicht im Haus, teilte ihm eine Beamtin mit. Er versuchte es auf Finlays Handy, doch da ging niemand dran, woraufhin er sich noch einmal bei der Polizeiwache meldete und der Diensthabenden befahl, einen Streifenwagen zum Haus von Dan O'Leary zu schicken. »Sie sollen sich beeilen.«

Dann ging er zurück zu Gary Witherspoon, legte sein Handy auf den Tisch und drückte auf den Aufnahmeknopf.

Gary fing an zu reden, ohne dass auch nur eine Frage gestellt worden war.

»Ich hatte keine Wahl«, sagte er flehend. »Sunnie hat gedroht, wenn ich mit irgendwem darüber rede, behauptet sie, ich hätte Heather umgebracht. Sie würde zu Ihnen gehen und sagen, ich hätte Heather geschwängert. Ich hätte sie vergewaltigt und dann ermordet, als sie mit der Nachricht von der Schwangerschaft zu mir kam. Sie behielt sogar den Baseballschläger, mit dem sie Heather erschlagen hatte, versteckte ihn irgendwo, damit ich ihn nicht sauber machen konnte. Sie würden mir nicht glauben, wenn ich Ihnen die Wahrheit erzählte, behauptete sie. Niemand würde meine Geschichte glauben, alle würden sie für die verzweifelten Lügen eines Mannes halten, der seine Verbrechen vertuschen will.«

»Und warum sollte ich Ihnen jetzt glauben?« Calloway setzte sich. »Woher weiß ich denn, dass Sie mich jetzt nicht anlügen?«

»Weil Sie mich kennen und weil Sie meinen Vater kennen und weil Sie von daher wissen, dass keiner von uns das Geld hatte, die Geschäfte in Cedar Grove zu renovieren und das Cascadia-Projekt wiederzubeleben.«

»Das hat alles Sunnie gemacht?«

Gary nickte. »Mit dem Geld, das sie von ihren Eltern geerbt hatte. Sie hat den Anwalt in Bellingham angeheuert, um die Formalitäten zu erledigen, und den Job bei Patel angenommen, damit es so aussah, als kämen die Verträge aus dem Büro des Anwalts der Stadt. Als ich erfuhr, was sie machte, und ihr sagte, sie solle damit aufhören, lachte sie mich bloß aus. Sie sagte, wenn jemand nachfragte, würde sie behaupten, ich hätte das alles angeordnet. Niemand würde glauben, dass sie es von sich aus täte. Dann fand ich heraus, dass sie die Namen verstorbener Kunden meines Vaters verwendet hatte. Sie wusste ja, wo sich die Unterlagen befanden, und hatte Zugang dazu.

Ich könnte entweder mitspielen, erklärte sie, und wie der Held dastehen, der Cedar Grove gerettet hat, oder sie würde alles mir und meinem Vater in die Schuhe schieben und hätte genügend Unterlagen, um damit durchzukommen.«

Inzwischen wusste Roy wirklich nicht mehr, was er glauben sollte. Aber es gefiel ihm ganz und gar nicht, dass weder Tracy noch Finlay an ihre Handys gingen.

* * *

Sunnie zuckte auf Tracys Frage hin die Schultern. »Heather wollte nicht vernünftig sein. Ich habe versucht, sie zu überzeugen, aber sie wollte einfach nicht. Es hätte nicht so enden müssen, für keinen von uns. Aber ich hatte nicht vor, gedemütigt nach Cedar Grove zurückzufahren, und ich wollte mir auch keine Vorwürfe machen lassen, weil ich getan hatte, wofür Gary der Mumm fehlte.«

Red weiter, dachte Tracy. Je länger Sunnie redete, desto größer waren ihre Chancen, sich die Pistole vom Tresen zu holen. An die Sunnie heranzukommen, die sie einmal gekannt hatte, an dieses unsichere junge Mädchen, schien ihr unmöglich. Dazu grollte Sunnie ihr jetzt schon viel zu lange und Tracy wusste, dass diese Art von Groll wie eine nie behandelte Wunde Körper und Seele vergiftete. Sie glaubte auch nicht, dass sie Sunnie zur Aufgabe bewegen könnte, nicht nach all den Jahren der Lügen und der Morde, um die Lügen zu vertuschen. Das Mädchen, das sie als Kind und Jugendliche gekannt hatte, das Mädchen, mit dem sie sich jahrelang fast jeden Tag getroffen hatte, dieses Mädchen gab es nicht mehr. Vor ihr, in ihrer Küche, stand eine Fremde, narzisstisch, paranoid, krank. Sie kannte diese Frau nicht. Trotzdem musste sie versuchen, an sie heranzukommen, wenn auch nur, um Zeit zu gewinnen. Und was immer Tracy dann unternahm, es musste geschehen, bevor Vera und Daniella nach Hause kamen. Sie durfte die beiden auf keinen Fall in Gefahr bringen.

»Ich habe an jenem Abend etwas erkannt«, fuhr Sunnie fort.

»An welchem Abend?«, fragte Tracy nach.

»Dem Abend, an dem Heather starb. Ich erkannte, dass Gary keine Macht mehr über mich hatte, er konnte mich nicht mehr kontrollieren. Er konnte mir nicht mehr sagen, was ich zu tun und zu lassen hatte. Und Ed auch nicht. Kannst du dir auch nur in Ansätzen vorstellen, wie es ist, mit einem Mann zu leben, der dich nicht liebt? Nein, natürlich kannst du dir das nicht vorstellen. Du hast Dan gekriegt, unseren Mister Optimismus. Ist er immer noch so? Der gute Junge, der liebe Junge, der dir in einer Tour Komplimente macht?«

»Wir haben alle Probleme, Sunnie. So sind Ehen nun mal, das gehört dazu.«

»Nennt er dich fett und hässlich, wenn er betrunken ist?«

»Es tut mir leid«, sagte Tracy.

Sunnie wischte ihre Entschuldigung mit einer Handbewegung beiseite. »Was weißt du denn schon? Du warst immer so perfekt. Du warst immer so hübsch, deine Figur so … Sein Vater war noch schlimmer«, sagte sie, nahtlos von einem Gedankengang zum nächsten springend. »Mit dem Tod meines Vaters verschwand das Damoklesschwert, das zu seinen Lebzeiten über ihren Köpfen hing. Allerdings hatte ich dann bald ein neues Schwert und konnte Gary drohen, wenn er mich noch einmal misshandelte, würde ich Roy von der Sache mit Heather erzählen. Roy würde mir glauben. Gary hat mich nicht ernst genommen, er dachte, so was würde ich nicht fertigbringen. Dann habe ich den Anwalt umgebracht.« Sie lächelte. »Danach wusste er genau, wozu ich in der Lage bin, und stellte auch nicht mehr infrage, dass Roy mir und nicht ihm glauben würde.«

»Du hast die Äste auf die Straße gezogen.«

»Jemand mit deinem Talent hätte den Schuss einfach so hingekriegt, aber ich musste üben. Ich war auf dem Schießstand.«

Sunnie sah Finlay an. »Ich wollte dich da nie mit reinziehen, Finlay, aber ehrlich, es war doch deine eigene Schuld. Du hast Heather schließlich gestalkt. Sie hatte dich abserviert und du warst nie über deine Jugendliebe hinweggekommen. Ich dachte, sie würden dich bestimmt verhaften, aber dann tat Edmund House uns allen den Gefallen, deine Schwester zu kidnappen.« Sie wandte sich erneut an Tracy. »Wie praktisch, der perfekte Verdächtige auch für Heathers Tod. Roy hat es wohl nicht so ganz geschluckt, habe ich immer gedacht, aber was wollte er ohne DNA nachweisen?«

»Warum hast du Jason Mathews umgebracht?«, fragte Tracy. Red weiter, Sunnie, red weiter!

»Das war deine Schuld.«

»Wieso war das meine Schuld? Wie meinst du das?« Es konnte nicht schaden, ein bisschen zu drängeln, solange Sunnie nur weiterredete. Eigentlich konnte sich Tracy die verquere Logik schon denken, die hinter Sunnies Behauptung steckte. Aber solange sie redete, hatten Finlay und Tracy eine Chance. Verstohlen schätzte sie die Entfernung zur Pistole auf dem Tresen ab. Die konnte sie wahrscheinlich nicht erreichen, ohne dass Sunnie reagierte und schoss. Gab es irgendetwas, womit sie werfen konnte? Egal was?

»Wärst du nicht nach Cedar Grove gekommen, um die Unschuld von Edmund House zu beweisen, dann hätten die Johansens ihn weiterhin für den Mörder ihrer Tochter gehalten. Sie hätten keine Zweifel bekommen und Mathews nicht angeheuert, um Nachforschungen anzustellen, und alles wäre so weitergegangen wie zuvor.«

»Nur, dass Mathews sich mit Ed in der *Four Points Tavern* in Silver Spurs getroffen hat«, sagte Tracy.

»Woher weißt du das?« Sunnie wirkte wie vor den Kopf gestoßen. »Wer hat dir das erzählt? Ed? Hat Ed dir das erzählt?«

»Habe ich recht?«

Sunnie schnaubte verächtlich. »Recht haben! Das war dir immer so wichtig. Ihr wart beide so verdammt ehrgeizig, musstet immer siegen, und euer Vater war auch so. Ja, es war alles wegen diesem Treffen. Ed wusste von nichts, bis Mathews sein großes Maul aufmachte. An dem Tag kam er zu uns nach Hause und hat sich Gary vorgeknöpft. Er wollte wissen, ob das stimmte, ob Gary Heather geschwängert hätte. Er wollte wissen, ob Gary sie umgebracht hat.«

»Und du hast eine weitere Gelegenheit gesehen, die Dinge in die richtigen Bahnen zu lenken.«

»Nicht gleich. Erst einmal hatte ich Angst, aber nach ein paar Tagen erkannte ich, dass dies meine Chance war, Macht über beide zu gewinnen, Gary und Ed. Also behielt ich diesen Mathews im Blick. Ich registrierte seine Saufgewohnheiten, was nicht besonders schwierig war. Er hat ja praktisch in der Kneipe gewohnt, in der *Four Points*. Dann habe ich dich beobachtet, Finlay. Ich habe dich beobachtet und auf einen Tag gewartet, an dem du jagen gingst. Ich fuhr nach Hause, schnappte mir mein Jagdgewehr und wartete, bis Mathews die Bar verließ. Er war so betrunken, ich dachte schon, er baut einen Unfall, noch bevor er bei meinen Ästen angekommen ist. Ich fuhr hinten rum, auf der Staubstraße, zu der Stelle, an die ich wollte. Du erinnerst dich an die Staubstraße, Tracy. Die haben wir als Kinder immer genommen, wenn wir zum See wollten.«

»Ich wusste, dass ich das schaffe«, fuhr sie fort. »Dass ich treffen würde. Immerhin war ich vom besten Schützen in Cedar Grove ausgebildet worden.«

»Du hast mich gefragt, wieso ich wusste, dass Mathews Ed erpresst hat«, sagte Tracy. »Ich weiß es, weil wir mit dem Wirt der *Four Points Tavern* gesprochen haben. Er erinnerte sich an das Treffen. Wir wissen außerdem alles über die Cedar Grove Development Gesellschaft. Wir wissen, dass die Namen der Gesellschafter sämtlicher GmbHs, die du gegründet hast, aus Eds Kundenlisten stammen. Dan erläutert das alles gerade vor Gericht, in seinem Verfahren gegen die Stadt. Es ist vorbei, Sunnie. Hier, an diesem Punkt, hört es auf.«

»Ich habe meine Hausaufgaben gemacht, Tracy. Ich bin nicht so blöd, wie du denkst.«

»Ich habe dich nie für blöd gehalten.«

»Dann solltest du wissen, dass mir durchaus klar ist, was Dan in Whatcom County treibt.« Sie zuckte die Achseln. »Aber das ist egal. Sie werden glauben, Ed und Gary hätten die GmbHs gegründet. Deswegen habe ich ja die Namen von früheren Kunden des Immobilienbüros genommen. Ed war ein gieriger Schweinehund, der den Hals nicht voll genug kriegen konnte, und Gary war immer schon sein treuer Handlanger. Roy weiß das, alle wissen das. Niemand glaubt doch, dass die dumme kleine Hausfrau sich das alles ausgedacht hat. Und genau diese Rolle werde ich spielen. Tief getroffen von dem, was mein Mann und mein Schwiegervater mir antun und wie sie mich um mein Erbe bringen wollten.«

»Das mit uns kannst du nicht erklären«, warf Finlay ein. »Ed und Gary sind nicht hier.«

»Das muss ich auch gar nicht. Ed und Gary stehen zurzeit nicht unter Mordverdacht, bei ihnen geht es nur um Betrug. Der Hauptverdächtige für die Morde an Heather Johansen, Jason Mathews und deiner Frau bist nach wie vor du, Finlay. Raffst du etwa immer noch nicht, warum ich dich zu dieser Party eingeladen habe? Du hast Tracy gestalkt, weil du dachtest, sie hätte alle offenen Fragen klären können und wäre nun überzeugt, dass du der Mörder sein musst. Das glaubt Roy Calloway bestimmt sofort, Heather hast du ja auch gestalkt. Du hast gewartet, bis Tracy allein zu Hause war, und bist zu ihr, um sie zu ermorden. Dabei hast du allerdings eine entscheidende Sache vergessen, nämlich wie schnell Tracy mit einer Pistole ist. Sie konnte ziehen und einen Schuss abgeben. Es reichte nicht, um ihr Leben zu retten, aber dich konnte sie töten.«

»Das glaubt doch jeder, oder, Tracy?«, fuhr Sunnie fort. »Alle wissen doch, wie schnell ihr wart, deine Schwester und du. Auf deiner Beerdigung werden sie über nichts anderes reden.«

Kapitel 42

Dan saß im Auto, als sein Handy klingelte. Das Display zeigte eine vertraute Ortsvorwahl, dazu eine Nummer, die er nicht kannte. Also weder Tracy noch Leah Battles. »Hallo?«, meldete er sich.

»Hallo, Dan, hier ist Faz.«

»Redet Gary Witherspoon?«

»Ja. Er sitzt mit Calloway zusammen. Einzelheiten kenne ich noch nicht, aber er erzählt eine ziemlich haarsträubende Geschichte, mit der keiner von uns gerechnet hat.«

»Erklär mal kurz.«

»Calloway sagt, laut Gary war Sunnie für alles verantwortlich.«

»Sunnie? Das ist doch lächerlich.«

»Vielleicht ja nicht. Gary gibt zu, dass er Heather Johansen geschwängert hat, und er gibt auch zu, dass er sie ins Krankenhaus gefahren hat, damit sie eine Abtreibung vornehmen lässt. Aber mehr nicht, sagt er. Heather hätte sich geweigert, auch nur einen Fuß ins Krankenhaus zu setzen, als sie dort angekommen waren, und er hat sie einfach stehen lassen. Zu Hause hat er alles Sunnie gebeichtet und die ist dann dahin gefahren, behauptet er. Aber er hätte doch nie im Leben gedacht, sie würde Heather umbringen wollen. Hinterher hat Sunnie gedroht, Calloway zu erzählen, Gary hätte Heather geschwängert und dann umgebracht, weil sie sich gegen eine Abtreibung sträubte.«

»Er lügt, Faz. Sunnie ist für dieses ganze Konstrukt einfach nicht clever genug.«

»Das kann ich nicht beurteilen. Ich weiß nur, dass Calloway mich bat, dich anzurufen. Tracy geht nicht an ihr Handy.«

Dan setzte sich auf. Ihm wurde ganz schlecht.

»Ich habe mit Vera telefoniert«, fuhr Faz fort. »Die ist mit Daniella spazieren und Tracy wollte zu Hause bleiben, falls einer von uns anruft und noch Fragen hat, zu denen sie einen Blick in die Akten werfen muss.«

»Wo ist Vera?«

»Inzwischen auf dem Weg nach Hause.«

»Nein!«, rief Dan. »Ruf sie an. Sag ihr, sie soll nicht nach Hause gehen. Sag ihr, sie soll Daniella jetzt nicht nach Hause bringen!«

»Okay, okay, wird sofort erledigt.«

»Hast du Finlay benachrichtigt?«

»Darum kümmert sich Roy.«

»Ruf du Vera an.«

»Ich rufe Vera an.«

Dan legte auf und versuchte Tracy zu erreichen. Sie nahm nicht ab. Er rief auf der Polizeiwache an und erkundigte sich nach Finlay, bekam jedoch die Antwort, er sei nicht im Hause. Dan bestand darauf, ihn zu sprechen, es sei ein Notfall, Roy Calloway habe ihn, Dan, mit diesem Anruf betraut. Die Frau am Apparat versprach, mit Finlay Kontakt aufzunehmen und ihn zu bitten, sich bei Dan zu melden.

Dan diktierte ihr hastig seine Handynummer und versuchte es noch einmal bei Tracy. Sie ging nicht dran. Und er war immer noch eine halbe Stunde Fahrt von Cedar Grove entfernt!

Während er auf Finlays Rückruf wartete, dachte er über alles nach, was passiert war und was sie herausgefunden hatten, und versuchte, das mit der Geschichte zusammenzubringen, die Gary Witherspoon offenbar gerade Roy Calloway erzählte. Sunnie sollte Heather Johansen umgebracht haben?

Dan kannte Sunnie. Okay, die dachte sich Sachen aus, aber …

Konnte sie Heather Johansen umgebracht und Gary damit all die Jahre unter Druck gesetzt haben?

Er dachte an das Treffen von Mathews und Ed Witherspoon. Ed hatte seinen Sohn ganz bestimmt damit konfrontiert, er wusste ja, wer Heather an jenem Abend nach Hause gefahren hatte. Und wenn Ed sich Gary nach dem Treffen in der *Four Points Tavern* vorgeknöpft hatte, dann hatte Sunnie das mitbekommen.

Gary war kein Jäger. Dan hätte nicht sagen können, wieso ihm das jetzt einfiel, aber es stimmte.

Gary wusste bei einem Gewehr nicht, wo vorn und wo hinten war. Er hätte den Schuss nicht abgeben können, mit dem Jason Mathews getötet worden war.

Aber Sunnie hatte bei Doc Crosswhite schießen gelernt.

Hundert Meter? Mit einem Zielfernrohr?

Für Sunnie wäre das kein Problem gewesen.

»Mein Gott!« Dan trat aufs Gaspedal.

* * *

Tracy bemühte sich weiterhin um einen klaren Kopf. Bisher hatte sie Sunnie schon ein paar Minuten lang erfolgreich zum Reden gebracht, das war gut. Nur ging diese Zeit bald zu Ende, das spürte man ganz genau. »Du hast das nicht genau genug durchdacht, Sunnie«, sagte Tracy.

»Dann klär mich doch bitte auf. Du warst ja immer schon schlauer als ich.«

»Sobald Dan vor Gericht nachgewiesen hat, dass sämtliche GmbHs im Grunde nicht existieren, schlicht Betrug sind, fangen Gary und Ed unter Garantie an zu singen. Und zwar beide dasselbe Lied: Alles war deine Idee und wurde mit deinem Geld finanziert. Sie selbst sind eigentlich finanzschwach, und außerdem hättest du auch Heather Johansen umgebracht. Sie werden singen wie die Vögel und so schnell nicht wieder aufhören.«

Sunnie lächelte. »Aber wer soll ihnen glauben, Tracy?«

»Ich zum Beispiel. Und andere auch. Heathers Ermordung hat mir immer schon Kopfschmerzen bereitet. Und auch der Mord an Kimberly Armstrong. Calloway weiß um meine Bedenken, ich habe sie ihm mitgeteilt.«

»Was weiß er denn genau?«

»Kimberly Armstrong ist nicht bei einem Einbruch oder einem Raubüberfall gestorben und auch nicht im Feuer. Ihre Ermordung war ein Akt der Wut, genau wie der Mord an Heather Johansen. Jemanden mit einem Baseballschläger zu erschlagen, zeugt von unglaublicher Wut, Sunnie.«

Sunnie lächelte. »Dann singen Ed und Gary eben und erzählen allen, das Geld wäre doch schließlich meins. Na und? Ich bin ein kleines Dummerchen, ich habe gerade mal den Highschool-Abschluss.« Ihre Stimme kletterte eine Oktave höher. »Euer Ehren, ich weiß wirklich nicht, was mein Mann und mein Schwiegervater da getan haben. Mein Mann kümmert sich um all unsere Finanzen. Und was die Anrufe bei dem Anwalt in Bellingham betrifft, da habe ich nur die Anweisungen meines Mannes befolgt. Er hat mir gesagt, ich soll diese Namen an den Anwalt in Bellingham weiterleiten und ihn bitten, die GmbHs zu gründen. Ich hatte keine Ahnung, was mein Mann mit denen vorhatte. Mein Gott! Ich habe all die Jahre mit einem Mörder zusammengelebt! Und Tracy Crosswhite hat ja immer gesagt, der Mord an Heather sei im Affekt geschehen, aus einer unglaublichen Wut heraus. Das verstehe ich jetzt! Das war die Wut eines Mannes, der Gefahr lief, alles zu verlieren! Weil ein junges Mädchen, das sein Kind trug, nicht abtreiben wollte. Ich weiß, wie Gary ist, wenn er wütend wird. Ich habe es oft genug selbst erleben müssen.« Sunnie lächelte.

»Das Wetter.« Tracy dachte blitzschnell, ohne dabei panisch zu werden.

»Du meinst den Schnee draußen?«

»Du wirst Spuren hinterlassen.«

»Ich habe vorn an der Tür ein Paar Stiefel von Gary abgestellt, bevor ich klopfte. Männerstiefel, Größe zehn. Die hatte ich auch an, als ich mich von hinten an euren Zaun schlich, um auf dich zu schießen.« Sunnie warf einen Blick auf die Küchenuhr. »Es wird Zeit für mich zu gehen.«

Da fing Finlay Armstrong an zu lachen, ein Geräusch, so fehl am Platz, dass Tracy es anfangs gar nicht erkannte. Es war kein nervöses Kichern oder das angespannte Lachen eines Mannes, der erkennt, dass er gleich sterben wird. Es war ein fröhliches, ironisches Lachen, das Lachen von jemandem, der etwas weiß, was niemand sonst im Raum ahnt, und der nicht fassen kann, dass die anderen nicht auch längst darauf gekommen sind.

»Warum lachst du?«, wollte Sunnie wissen.

»Ich lache über dich, Sunnie. Ich lache, weil du Leute immer schon so schlecht einschätzen konntest.«

»Das werden wir ja sehen. Ich würde sagen, ich habe alle Beteiligten ganz prima eingeschätzt. Statt zu lachen, solltest du die Zeit also lieber zum Beten nutzen.«

Finlay lächelte. »Worum soll ich Gott denn bitten?«, fragte er. »Siehst du, das ist genau das, was du immer noch nicht raffst.«

»Wie bitte?«

»Worum soll ich beten, Sunnie? Du hast meine Frau umgebracht, mein Ein und Alles. Du hast mir den Grund zum Leben genommen.«

»Finlay, nicht!« Tracy hatte erkannt, worauf er hinauswollte.

»Du hast einen Fehler gemacht, Sunnie.«

»Ach ja?«

»Du hast unterschätzt, wie weit ein verzweifelter Mann gehen kann, wenn er nichts mehr zu verlieren hat.«

Finlay stieß Tracy um und stürzte sich auf Sunnie, krachte mit ihr zusammen. Ein Schuss fiel, dann wurde Sunnie rückwärts gegen die Wand geschleudert und einen Moment lang gelang es Finlay, ihre Hand festzuhalten. Dann kippte er nach rechts, stolperte ein paar Schritte weit und stürzte zu Boden, wobei er einen der Barhocker am Küchentresen mit sich riss. Vorn auf seiner Uniform breitete sich in Magenhöhe ein Blutfleck aus.

Einen Moment lang starrte Sunnie auf ihn hinunter. Dann hatte sie ihre Pistole schon wieder auf Tracy gerichtet.

»Nicht«, sagte Tracy, die inzwischen Finlays Glock in der Hand hielt.

»Tracy Crosswhite. Du warst immer schon unglaublich schnell.«

»Leg die Pistole hin«, befahl Tracy mit ruhiger Stimme. »Wir besorgen dir Hilfe.«

Sunnie lächelte. »Weißt du noch, was dein Dad immer gesagt hat?«

Nein, das wusste Tracy nicht, sie hatte keine Ahnung. »Leg deine Waffe hin, Sunnie. Dann können wir reden, du und ich. Wir reden, wir kriegen das hin. Wir können dir Hilfe besorgen. Ich setze mich für dich ein.«

»Du erinnerst dich nicht mehr, oder?«

Tracy fragte sich gerade, ob sie es schaffen könnte, Sunnies Schulter zu treffen, die Schulter des Arms ihrer Schusshand.

Aber Sunnie erinnerte sich wirklich an alles, was sie im Training gelernt hatte, und hielt die Waffe in beiden Händen direkt vor dem Körper, wobei die Arme eine Pyramide bildeten, mit der Pistole am Scheitelpunkt. »Was hat er gesagt, Sunnie? Was hat mein Dad gesagt?«

»Er hat immer gesagt, um die Beste zu sein, musst du die Beste besiegen.«

»Nein, Sunnie, nicht so. Es muss nicht so laufen.«

Von draußen her hörte man das Heulen von Sirenen näher kommen. Sunnie wandte dem Geräusch einen Moment lang den Kopf zu. Nur einen ganz kurzen Moment, ohne die Waffe sinken zu lassen.

Sie warf Tracy ein müdes, resigniertes Lächeln zu, das Lächeln des kleinen Mädchens für die Leute von Cedar Grove, wenn die sie wieder einmal nicht beachtet hatten, wenn es sich wieder einmal angefühlt hatte, als wäre sie unsichtbar. Es war ein unglaublich trauriges Lächeln.

»Dich konnte ich nie besiegen.«

»Nicht!«, bat Tracy, den Finger am Abzug. »Sunnie! Zwing mich nicht dazu!«

Sunnie lächelte. »Tracy Crosswhite! Als würde ich mich noch einmal von dir besiegen lassen! Die Genugtuung gebe ich dir nicht.«

Jetzt verstand Tracy, was Sunnie vorhatte. Da hatte sich Sunnie den Lauf ihrer Pistole auch schon an die Schläfe gehalten und drückte ab.

Kapitel 43

Dan fuhr in seine Einfahrt, die Nerven zum Zerreißen gespannt. Seit er beim Einbiegen in die Straße schon von Weitem vor seinem Haus mehrere Streifenwagen und ein Rettungsfahrzeug entdecken musste, war er kaum noch bei sich. Er hielt, sprang bei laufendem Motor aus dem Wagen, lief mit langen Schritten durch den Schnee, stürzte fast, rappelte sich auf, rannte auf dem Pfad, den andere getrampelt hatten, auf seine Haustür zu. Dort stellten sich ihm zwei Polizeibeamte in den Weg.

»Das ist mein Haus!«, schrie er. »Wo ist meine Frau?«

Sofort trat Tracy aus der Tür. »Lassen Sie ihn durch, das ist mein Mann.«

Die Beamten ließen Dan passieren, sodass er Tracy in die Arme nehmen und ganz fest an sich drücken konnte. »Alles in Ordnung?«

»Mit mir ja. Der Krankenwagen ist für Finlay. Sie hat auf Finlay geschossen.«

»Sunnie?«

»Dann hat sie sich selbst erschossen, Dan.« Tracy rang mit den Tränen. »Und nach allem, was sie getan hat, tut sie mir trotzdem leid. Ich kann nicht anders, ich denke immer an das Mädchen, mit dem ich aufgewachsen bin.«

Dan drückte sie an sich. »Es tut mir auch so leid, Tracy!« Er atmete schwer und hatte Mühe, zu Atem zu kommen. Nach einer Weile ließ er sie los, trat einen Schritt zurück, holte ein paarmal tief Luft und atmete laut und langsam wieder aus. Versuchte vergeblich, sich zu fangen, beugte sich vor, stützte die Hände auf die Knie und musste sich übergeben. Tracy litt mit ihm, erkannte, wie tief sein Schmerz ging. Mein Gott! Die Knie wurden ihr weich. Wie konnte sie dem Mann, der sie so sehr liebte, all dies antun?

»Ist alles in Ordnung mit dir?«, erkundigte sie sich leise.

Dan brauchte noch einen Moment, bis er sich aufrichten konnte. Noch immer atmete er schwer. »Ich glaube schon.«

»Woher hast du es gewusst?«

»Faz rief an. Gary sitzt mit Roy Calloway zusammen und erzählt wohl gerade alles. Erst mochte ich die Geschichte nicht glauben, dachte, er lügt, aber dann habe ich nachgedacht. Die Morde an Heather Johansen und Jason Mathews und wie eins ins andere griff – langsam kam Logik rein. Und je logischer mir die Geschichte vorkam, desto größer wurde meine Sorge, dir könnte etwas zustoßen.«

»Sie hat gedacht, niemand würde ihm glauben«, sagte Tracy.

Dan nickte. »Sie war immer schon eine geschickte Lügnerin, selbst als Kind.« Er schüttelte den Kopf. »Und mit dir ist wirklich alles okay?«

»Mir geht es prima, aber Vera und das Baby sind auf dem Nachhauseweg. Fang sie doch bitte draußen ab, ich möchte nicht, dass Vera sieht, was im Haus passiert ist.«

»Faz hat Vera erreichen können und ihr gesagt, sie soll im *Daily Perk* auf uns warten. Ich rufe sie dort an.«

Tracy, die hinter sich ein Geräusch gehört hatte, drehte sich um. Die Sanitäter trugen Finlay heraus. Sie hatten ihn mit einer Sauerstoffmaske versorgt und an einen Tropf gehängt. Finlay war bei Bewusstsein und streckte die Hand nach Tracy aus, als er an ihr vorbeigetragen wurde. Er packte sie beim Arm und sah aus, als wolle er etwas sagen, bevor die Kräfte ihn verließen und er die Hand wieder sinken ließ. »Es wird besser, es wird wieder gut«, sagte Tracy leise. »Das musst du mir jetzt einfach mal glauben. Es wird alles wieder gut. Es dauert nur. Ganz erholst du dich nie, aber mit der Zeit wird es besser.«

Finlay antwortete nicht. Eine Träne lief seitlich an der Sauerstoffmaske vorbei und er schloss die Augen.

* * *

Stunden später, nachdem die Sanitäter und Kriminaltechniker gegangen waren, nachdem der Läufer im Essbereich entfernt und die Fußbodenfliesen mit einer Desinfektionslösung bearbeitet worden waren, saß Tracy mit Dan und Faz am Küchentisch. Sie tranken Kaffee und hörten Roy Calloway zu, der zu ihnen gestoßen war, nachdem er vorher auf der Polizeiwache vorbeigeschaut hatte. Vera, die auch diesmal gar nicht so genau wissen wollte, was Sache war, beschäftigte sich oben mit Daniella.

»Was ist da mit meiner Stadt passiert, Tracy?«, fragte Calloway leise. »Was ist mit unserer Stadt passiert?«

»Das kann ich Ihnen nicht sagen, Roy.«

»Es fühlt sich so an, als wäre hier 1993 der Teufel eingezogen, um das Böse zu verbreiten. So viel Böses. Edmund House. Sarahs Verschwinden. Der Tod deines Vaters. Heather Johansen, Sunnie. Wie kann es denn in einer so kleinen Stadt so viel Böses geben?«

»Ich weiß es nicht, Roy.«

Sie saßen schweigend da.

»Hat Gary eine schriftliche Erklärung abgegeben?«, erkundigte sich Tracy schließlich.

Calloway nickte. »Ed nicht, der hat nach einem Anwalt verlangt.«

»Lass man, der redet auch noch«, sagte Tracy.

»Ich weiß nicht.« Calloway schüttelte den Kopf. »Ed war immer schon ein selbstgerechtes Arschloch.«

»Es wird ihm nichts anderes übrig bleiben, wenn Gary auspackt. Er wird versuchen, sich irgendwie durchzumogeln, und vielleicht verschafft ihm Sunnies Tod diese Möglichkeit. Ed wird tun, was er immer getan hat, und das sagen, was ihm seiner Meinung nach am meisten nützt.«

»Wahrscheinlich hast du recht«, sagte Calloway. »Dein Vater hatte immer einen sehr treffenden Spruch, was Ed betraf.«

»So korrupt, dass er sich selbst nicht über den Weg traut.«

»Genau!« Über Calloways Gesicht huschte ein müdes Lächeln.

»Wie geht es Finlay?«, wollte Dan wissen.

»Das kann man noch nicht sagen, ist noch zu früh«, antwortete Calloway. »Die Kugel ging glatt durch, ohne lebenswichtige Organe zu verletzen. Wahrscheinlich verliert er die Milz, aber die Ärzte sind zuversichtlich, dass er wieder wird. Rein körperlich zumindest.«

»Was haben Sie vor für die Zeit, in der er ausfällt?«, fragte Tracy.

»Keine Ahnung. Als ich letztes Mal für ihn einspringen musste, hat Nora einen ziemlichen Aufstand gemacht. Ich bin mir auch selbst nicht ganz sicher, ob ich es noch mal machen möchte.« Er sah Tracy an. »Du könntest dir wohl nicht vorstellen ...«

»Auf keinen Fall. Ich habe absolut kein Interesse, Roy.«

Calloway zuckte die Achseln und stand auf. »Na denn. Ich glaube, in meiner Funktion als Chief sollte ich jetzt Eric und Ingrid besuchen, bevor die Gerüchteküche zu brodeln beginnt. Sie sollen die Geschichte von mir hören, das haben sie verdient.«

Tracy warf Dan einen fragenden Blick zu. »Geh ruhig mit«, sagte Dan. »Ich weiß, das möchtest du gern. Ich kümmere mich um Daniella.«

»Nein, ist schon in Ordnung.« Tracy hatte noch zu deutlich vor Augen, wie Dan sich im Vorgarten übergeben hatte. Er hatte genug mitgemacht. »Ich möchte lieber hier sein.«

»Geh!«, wiederholte Dan. »Das ist wichtig, du musst diese Sache zu einem richtigen Abschluss bringen. Du musst beenden, was du angefangen hast. Ich weiß, wie wichtig das für dich ist.«

Tracy sah Calloway an, der an der Tür auf sie wartete. »Richten Sie den Johansens aus, ich komme morgen bei ihnen vorbei. Jetzt gehe ich nach oben zu meinem Baby. Ich muss bei meiner Familie sein, meine Tochter in den Schlaf singen, wie meine Mutter mich in den Schlaf gesungen hat.«

Epilog

Tracy hatte die Augen fest geschlossen, als sie die Wagentür öffnete und nach Dans Hand tastete.

»Nicht schummeln!«, befahl Dan.

»Auf keinen Fall«, versprach Tracy.

Sie war froh, aus Cedar Grove weg zu sein. Je länger sie dort noch hatte bleiben müssen, desto mehr hatte die Stadt ihr zu schaffen gemacht. Die Klatschbörse lief auf Hochtouren, seit sich herumgesprochen hatte, dass Sunnie tot war und man Gary und Ed wegen Beihilfe zu ihren Verbrechen verhaftet hatte. Tracy hatte sich praktisch in ihrem Haus verbarrikadiert, war nur noch in die Stadt gegangen, wenn es sich gar nicht vermeiden ließ, und hatte bei diesen Gelegenheiten so getan, als wisse sie von nichts. Sie hatte die Zeit genutzt, um Bücher zu lesen, die sie immer schon einmal hatte lesen wollen und die sie davon abhalten konnten, an Sunnie zu denken und an das, was sie getan hatte. Und sie hatte sehr viel Zeit mit ihrer Tochter verbracht, hatte zugesehen, wie Daniella aß, wie sie sich auf ihrer Matratze vom Bauch auf den Rücken drehte und umgekehrt, wie sie schlief. Kleine Dinge, alltägliche Dinge, die sie nie vergessen würde.

Sie, Dan und Calloway hatten sich ein paar Tage lang mit dem ermittelnden Staatsanwalt von Whatcom County zusammengesetzt, ihm die gesammelten Beweismittel übergeben und Kontakt zu Zeugen hergestellt. Rav Patel hatte sein Amt als Rechtsbeistand der Stadt niedergelegt, obgleich es so aussah, als hätte er nichts von den kriminellen Handlungen gewusst. Sein Vorgehen im Zivilverfahren von Larry Kaufman wurde jetzt vom Staatsanwalt und von der Anwaltskammer untersucht.

In diesem Zivilverfahren war es noch nicht zu einer endgültigen Entscheidung gekommen. Die ehemaligen Besitzer der in die Sache verwickelten Betriebe in der Market Street hatten sich Kaufmans Verfahren angeschlossen und machten Betrug geltend. Leicht würde der Kampf nicht werden und falls es zu einem Sieg kam, hatte der wahrscheinlich einen schalen Beigeschmack. Da es keine GmbH mehr gab, die oben in den Bergen ein Erholungsgebiet bauen wollte, waren die Geschäfte erneut nicht viel wert. Vielleicht wendete sich das Blatt ja noch und jemand übernahm die Idee für ein solches Projekt, aber ob es so kommen würde und wann, das konnte natürlich niemand sagen.

Gary Witherspoon war als Bürgermeister zurückgetreten. Seine Zusammenarbeit mit dem ermittelnden Staatsanwalt würde ihm im eigenen Verfahren helfen, aber wahrscheinlich nicht genug, um einer Haftstrafe zu entgehen. Tracy konnte nicht anders, er tat ihr leid, immerhin hatte er vier Kinder. Als guter Sohn versuchte er, seinen Vater möglichst aus allem herauszuhalten. Ob ihm das gelang oder nicht, blieb der Staatsanwaltschaft überlassen.

Tracy war auch bei den Johansens gewesen, die jetzt, wo alles vorbei war, einerseits erleichtert, andererseits aber auch beunruhigt zu sein schienen. Erleichtert, weil sie nun endlich die Wahrheit kannten und wussten, was ihrer Tochter zugestoßen war, beunruhigt, weil die neuen Informationen die Erinnerung an eine so dunkle und schmerzhafte Zeit in ihrem Leben erneut aufgewühlt hatten.

»Es ist, als ob Heather noch einmal gestorben wäre«, hatte Eric erklärt.

Tracy kannte das Gefühl. Als die sterblichen Überreste ihrer Schwester zwanzig Jahre nach Sarahs Verschwinden aufgetaucht waren, hatte sich Tracy in die schreckliche Zeit damals zurückversetzt gefühlt und noch einmal um ihre Schwester getrauert, als sei sie gerade erst aus ihrem Leben verschwunden.

In der Market Street kamen alle Baumaßnahmen zum Erliegen und das Zentrum von Cedar Grove glich erneut wieder dem einer Geisterstadt. Tracy konnte nicht anders, als nostalgisch zu werden, wenn sie die Apotheke aufsuchte oder Dan und sie zum Abendessen ins Restaurant gingen. Eine wiederbelebte Innenstadt mit neuen Geschäften und sogar wieder einem Kino, das wäre schön gewesen. Vielleicht wurde ja irgendwann einmal doch etwas daraus. Sie hoffte es sehr, allein schon für Daniella.

»Nicht schummeln, du behältst die Augen schön zu!«, mahnte Dan jetzt noch einmal, während er Tracy beim Aussteigen half.

»Ich schummele nicht! Ich kann absolut nichts sehen.«

Dan nahm ihren Arm und steuerte sie vom Auto weg. »Okay, hier entlang.« Tracy fühlte sich desorientiert. Sie wusste, sie waren zu Hause, in Redmond, aber sie sollte das Haus erst sehen, wenn Dan so weit war. Er wollte sie überraschen, also kniff sie die Augen zu, seit sie in ihre Auffahrt eingebogen waren. Jetzt konnte sie die Hunde bellend im Garten herumtoben hören.

»Hast du Daniella?«, fragte sie.

»Sie ist hier in ihrem Autositz.« Dan nahm Tracy bei der Schulter und drehte sie ein bisschen herum. »Jetzt noch zwei Schritte. Okay. Stopp. Bist du bereit?«

»Dan!«

»Okay, dann mach die Augen auf.«

Zuerst bekam sie kein Wort heraus, so sprachlos machte sie der Anblick dessen, was einmal ihr winziges Häuschen mit den drei Zimmern gewesen war. Sie hatte gewusst, dass der Architekt und die Bauleute das Fundament beibehalten hatten, damit man die ganze Sache als Umbau bezeichnen konnte und keinen Neubau beantragen musste, was mit Genehmigungen und Bauvorschriften zu tun hatte. Aber die konkrete Ausführung hatte Tracy Dan überlassen, weil sie die ihr noch vom Mutterschaftsurlaub verbliebene Zeit lieber mit Daniella verbringen wollte.

»Gefällt es dir?«, erkundigte sich Dan vorsichtig.

Von außen sah das Haus aus wie ein typisches gelb gestrichenes Farmhaus mit weiß abgesetzten Fenstern, vorn einer breiten Treppe und einer Veranda, die sich einmal ums ganze Haus zog. Das alles ruhte auf einem Fundament mit Backsteinverkleidung. Ein Garten war noch nicht angelegt.

»Tracy?«

»Wunderschön!«, sagte sie leise. »Mein Gott, Dan! Es ist einfach wunderschön.«

»Kannst du dir vorstellen, hier zu wohnen?«

Sie lächelte. »Solange du auch hier wohnst, Dan O'Leary. Und Daniella.« Sie warf einen Blick auf den Autositz mit ihrer schlafenden Tochter.

»Es ist noch nicht fertig«, erklärte Dan. »Ich habe gesagt, sie sollen erst einmal die Küche und das Wohnzimmer fertig machen, damit wir einziehen können. Und Daniellas Zimmer, damit sie keinen Baustaub einatmen muss.«

»Das kriegen wir schon hin, es wird wunderbar!«

Dan nahm den Autositz und sie gingen die Treppe hoch zur Veranda. Rechts neben der Haustür hing an langen Ketten eine große, weiß gestrichene Schaukel, links standen drei

Schaukelstühle, weiter hinten auf der Veranda ein Tisch mit vier Stühlen. »Bei schönem Wetter können wir draußen essen, dachte ich«, sagte Dan.

»Ich sehe schon Daniella auf dieser Schaukel sitzen. Vielleicht ja irgendwann einmal mit einem Mann, der ihrem Daddy ganz ähnlich ist.«

»Lass sie uns erst mal aus den Windeln kriegen, bis wir uns um so was Gedanken machen«, bat Dan. »Wobei ich die Schaukel so aufgehängt habe, dass man sie vom Wohnzimmer aus im Auge hat.«

Tracy lachte. »Du machst dir noch mehr Sorgen als ich, Dan O'Leary.«

»Auf jeden Fall!« Dan nickte entschieden. »Viel mehr.« Er ging zur Haustür, stellte den Autositz auf der Veranda ab und kramte in seinen Taschen.

»Was ist?«

»Ich hab meine Schlüssel vergessen. Moment!« Er klopfte an die Tür.

»Was soll das denn?«, fragte Tracy.

Da wurde die Tür auch schon aufgerissen. »Ich frage mich die ganze Zeit, was Sie da draußen treiben!«, rief Therese. »Ich hatte schon Angst, Mr O'Leary beschreibt Ihnen gleich das ganze Haus. Wissen Sie denn nicht, dass ein Bild mehr sagt als tausend Worte?«

»Therese?« Tracy lächelte.

Therese umarmte sie strahlend.

»Sie sind wieder bei uns?«

»Das hoffe ich doch! Wir können unsere Kleine schließlich nicht bei irgendwem lassen, wenn die Tagesmutti arbeiten geht.« Therese zwinkerte Dan zu. »Und wer wohnt nicht gern in einem so schönen Haus? Kommen Sie doch rein und schauen Sie es sich selbst an!«

Die Fußböden bestanden aus dunklem Hartholz. »Teak?«, fragte Tracy, der das bekannt vorkam.

Dan nickte. »Wie in dem Haus, in dem du in Cedar Grove aufgewachsen bist.«

Links von ihr führte eine Treppe mit einem kleinen Absatz nach oben. Auch sie erinnerte an das Haus, in dem Tracy ihre Kindheit verbracht hatte. Der Haustür gegenüber befand sich die Küche, rechts von Tracy das Wohnzimmer. Über dem Kamin hing das Bild vom Gartenhaus im Schneesturm, an dem Therese in Cedar Grove gearbeitet hatte.

»Sie haben es zu Ende gebracht!«, rief Tracy.

Therese lächelte. »Nein, Madam. Meine Mutter hat immer gesagt, ein Haus ist erst dann ein Zuhause, wenn eine Familie darin wohnt. Ich würde sagen, Sie haben es zu Ende gebracht, jetzt wo Sie endlich wieder zu Hause sind.« Sie nahm Dan den Autositz ab. »Ich bringe Ms Daniella in ihre Krippe, Mr O'Leary. Dann können Sie Tracy herumführen.«

Damit verschwand sie nach oben.

»Was meinst du?«, fragte Dan.

Tracy wischte sich eine Träne aus dem Auge. »Ich glaube, ich bin zu Hause, Dan. Ich glaube, wir sind beide endlich nach Hause gekommen.«

Danksagung

Manche Augenblicke in unserem Leben vergessen wir nie, das können gute, aber auch schlechte sein. Ich wartete nach einer dreiwöchigen Safari zusammen mit meiner Frau auf dem Flughafen von Johannesburg auf den Heimflug, als die E-Mail einer Freundin einging. Sie wollte wissen, ob ich es schon gehört hatte. Solche Worte können eine wunderbare Nachricht einleiten oder aber eine schreckliche. In diesem Fall war ich sofort besorgt. Zu Recht. Die Freundin schrieb nämlich weiter, dass Scott Tompkins vom King County Sheriffs Office gestorben war. Scott war gerade mal achtundvierzig Jahre alt und ich konnte die Nachricht von seinem Tod kaum fassen, sie stimmte mich unglaublich traurig. Knapp einen Monat zuvor hatte ich noch mit Scott und seiner Verlobten Jennifer Southworth zu Abend gegessen und Scott hatte einen gesunden, glücklichen Eindruck gemacht. Jetzt war er völlig unerwartet an einem Herzinfarkt gestorben. Ich stand da auf dem Flughafen und weinte. Das Leben kann so verdammt unfair sein.

Scott Tompkins trat im Jahr 2013 in mein Leben und das meiner Familie, um es von Grund auf zu verändern. Ich hatte ihn angerufen, um ihm ein paar Fragen zu einem Buch zu stellen, in dem es um die Geschichte einer Mordermittlerin bei der Polizei von Seattle ging, die Tracy Crosswhite heißen sollte. Scott nahm sich ohne zu zögern zwei Stunden Zeit für mich, beantwortete alle meine Fragen und meinte zum Schluss noch, ich müsse unbedingt seine Freundin Jennifer kennenlernen, denn die arbeite in Seattle als Detective bei der Mordkommission. Woraufhin ich fast vom Stuhl gekippt wäre. Kann man sich als Schriftsteller etwas Besseres wünschen? Ohne Scott und Jennifer hätte ich weder »Das Grab meiner Schwester« noch die folgenden drei Bücher dieser Reihe schreiben können. Scott schenkte mir großzügig von seiner Zeit, obwohl er eigentlich gar keine hatte. Abgesehen davon war er ein prima Typ, mit dem ich gern zusammen war, immer optimistisch trotz seines schwierigen Berufs, ein Mann mit Humor. Jede Begegnung mit ihm machte ganz einfach Spaß.

Ich weiß noch genau, wie wir zusammensaßen, weil ich mit ihm die Idee für einen weiteren Roman aus meiner Reihe durchgehen wollte. Scott hörte sich an, was ich zu sagen hatte, und meinte dann: »Vergiss das alles. Ich sage dir jetzt, was du machst. Du steckst eine Leiche in eine Krebsfalle.« Dann erzählte er mir die wahre Geschichte eines Mannes, der seine Freundin umbrachte und ihre Leiche in eine Krebsfalle stopfte. Eine ziemlich ekelhafte Vorstellung und die perfekte Idee für den Roman, der unter dem Titel »Die Tote im Käfig« zu einem meiner erfolgreichsten werden sollte.

Ich ging zu Scotts Beerdigung, wobei es mir immer noch surreal vorkam, dass es ihn nicht mehr geben sollte. Wenn Sie noch nie auf der Beerdigung eines Polizisten waren: Es ist unglaublich bewegend. Ich habe an dem Tag viele Tränen vergossen. Ich habe um Scott geweint und um alle, die er zurückgelassen hat und die ihn liebten. Das waren viele. Auf der Trauerfeier wusste ich beim besten Willen nicht, was ich zu Jen sagen sollte. Was sagt man in einem solchen Moment? Ich versicherte ihr, wie leid es mir täte und dass ich für sie beten würde, dass Gott ihr Stärke schenkte.

Da wusste ich schon, dass ich dieses Buch Scott widmen würde und dass ich Tracy Crosswhite in dieser Geschichte nach Hause schicken würde, nach Cedar Grove, wo die Geschichte ihren Anfang genommen und ich Scott kennengelernt hatte. Das schien mir einfach richtig.

Danke, Scott. Vielleicht kannst du in diesem Roman, der dir gewidmet ist, ein bisschen weiterleben.

Ich danke Meg Ruley, Rebecca Scherer und dem Team der Rotrosen Agency. Sie sind die besten Literaturagenten, die ich mir vorstellen kann, die mich auf der ganzen Welt unterstützen. Wir hatten schon in New York, Seattle, Paris und Oslo viel Spaß miteinander und ich finde, als Nächstes sollte eine Buchmesse in Italien auf unserem Zettel stehen.

Dank an Thomas & Mercer und Amazon Publishing. Ich schreibe jetzt das zehnte Buch für sie und all meine Romane haben sehr von ihren Vorschlägen und dem Lektorat profitiert. Sie haben meine Romane in alle Welt verkauft und ich hatte das Vergnügen, die Amazon Publishing Teams aus Großbritannien, Irland, Frankreich, Deutschland, Italien und Spanien kennenzulernen, begeisterte, engagierte Leute, denen ihre Arbeit viel Spaß zu machen scheint. Sie werben unermüdlich für meine Bücher und verkaufen sie, wofür ich ihnen sehr dankbar bin.

Danke an Sarah Shaw, Autorenbetreuung, Sean Baker, Herstellungsleitung, Laura Barrett, Produktionsleitung, Oisin O'Malley, künstlerische Leitung. Vielleicht ist es gar nicht nötig, immer wieder zu sagen, wie gut mir die Titel und Cover meiner Bücher gefallen, aber ich mache es trotzdem. Ich bin stets von Neuem überrascht darüber, wie gut ihr euch um mich kümmert. Danke an Denelle Catlett, Amazon Publishing PR, für die Arbeit für mich und meine Romane. Denelle ist immer da, steht immer zur Verfügung, wenn ich eine Bitte oder Frage habe. Sie unterstützt mich aktiv in so vielen Dingen und sorgt dafür, dass alle meine Reisen angenehm verlaufen.

Dank an das Marketing Team, Gabrielle Guarnero, Laura Constantino und Kyla Pigoni, für die wunderbare Arbeit und die neue Idee, mit mir zusammen eine Autorenplattform aufzubauen. Ich hoffe, sie hören nie auf, mir Vorschläge zu machen und mich um Mitarbeit zu bitten, denn mit ihnen zusammen wird die Umsetzung neuer Ideen immer wieder zu einer tollen Erfahrung. Danke an die Verlagsleitung, Mikyla Bruder, Galen Maynard und Jeff Belle, die ein Verlagsteam aus talentierten und engagierten Leuten zusammengestellt hat und mir erlaubt, dazuzugehören.

Bei Thomas & Mercer gilt mein besonderer Dank Gracie Doyle. Wir arbeiten bei jedem neuen Buch von Anfang an zusammen, tauschen Zeitungsartikel aus, spielen Szenarien durch, reden und planen, bis das nächste Abenteuer von Tracy Crosswhite steht. Dabei macht die Suche nach neuen Ideen und deren Ausarbeitung zu tragfesten Geschichten uns beiden sehr viel Spaß.

Danke an meine Lektorin Charlotte Herscher. Dies ist das elfte Buch, bei dem wir zusammenarbeiten, und sie ermahnt mich immer, mich nicht mit Mittelmaß zufriedenzugeben. Danke an meinen Korrektor Scott Calamar, den ich wirklich sehr brauche, da Grammatik noch nie meine starke Seite war. Von daher hat er mit mir immer allerhand zu tun.

Danke an Tami Taylor, die meine Webseite betreut und einige der Cover für die fremdsprachigen Ausgaben meiner Bücher entworfen hat. Danke an Pam Binder und die Pacific Northwest Writers Association für ihre Unterstützung. Danke an Seattle7Writer, ein Kollektiv von Schriftstellern des pazifischen Nordwestens, die das geschriebene Wort hegen und pflegen.

Danke an die Leser überall auf der Welt, die meine Bücher entdecken und lesen und mich auf vielfältige Art unterstützen. Ich freue mich immer sehr, von ihnen zu hören.

Danke an meine Mutter und meinen Vater für eine wunderbare Kindheit. Ihr habt mich gelehrt, nach den Sternen zu langen und sie dann mit hartnäckigem Fleiß auch zu erreichen. Ihr wart meine großen Vorbilder, bessere hätte ich wirklich nicht haben können.

Ich bedanke mich bei meiner Frau Christina für ihre Liebe und für ihre Unterstützung und bei meinen Kindern Joe und Katherine. Die beiden haben angefangen, meine Romane zu lesen, was mich sehr stolz macht.

Ohne euch könnte ich dies alles nicht leisten und würde es auch gar nicht wollen.